藏地高兵

探秘香巴拉的雪山传奇

巴娃／著

中国文史出版社

图书在版编目（CIP）数据

藏地奇兵 / 巴娃著 . -- 北京：中国文史出版社，
2018.2

ISBN 978-7-5205-0073-9

Ⅰ . ①藏… Ⅱ . ①巴… Ⅲ . ①长篇小说 – 中国 – 当代
Ⅳ . ① I247.5

中国版本图书馆 CIP 数据核字（2018）第 014632 号

责任编辑：刘　夏
封面设计：秋　雨

出版发行：中国文史出版社
网　　址：www.wenshipress.com
社　　址：北京市西城区太平桥大街 23 号　邮编：100811
电　　话：010-66173572　66168268　66192736（发行部）
传　　真：010-66192703
印　　装：廊坊市海涛印刷有限公司
经　　销：全国新华书店
开　　本：1/16
印　　张：24.5
字　　数：388 千字
版　　次：2018 年 3 月北京第 1 版
印　　次：2018 年 3 月第 1 次印刷
定　　价：68.00 元

〈目录〉

第一章　神秘的鼓声

　　从一上车开始，马强的眼睛几乎就没离开过对面那位英俊的藏族小伙子。

　　从衣着上看，这位藏族小伙子和时尚的北京青年穿着没有多大区别，一身名牌休闲，有着典型藏族同胞的相貌特征，十八九岁的年纪，五官协调而又俊朗，又高又壮的个头，黑亮的头发微卷，一只耳朵上戴着纯银耳环，长长的睫毛，清澈的眼神似圣湖玛旁雍错里的水。

　　绝不是因为他长得年轻帅气的缘故，而是因为他脖子上挂的那颗古老的藏天珠。对于神奇的藏天珠，马强深有研究。马强保守地估计，那颗古董天珠绝对来历不凡，肯定是经高僧加持过，价值不菲，至少也值两百万，照目前的市场趋势，送拍的话，怕是五百万都打不住。这小伙子不一定知道他戴的这颗天珠的价值，这种情况不稀奇，民间把小老虎当猫养、拉着司母戊大方鼎送废品站的现象并不稀奇。

　　马强在北京开着一家古董店，以前主要经营明清瓷器，近几年转向佛教用品以及和藏文化有关的古玩杂项。对于古董的价值，马强还是颇有心得的。

　　藏族小伙子似乎也注意到了马强垂涎三尺的目光，他把藏天珠塞进了衣领深处，眼睛盯着窗外飞驰的景色，再不看马强一眼。

　　已经晚了，这颗藏天珠早已牢牢地在马强的脑海中定格。看不到藏天珠，马强又开始羡慕小伙子脖子上那串骨链，挂天珠用的，只露出一截。这是一串雕得十分精致的骷髅头骨链。马强断定，这肯定是人的头盖骨雕

出来的。从磨损程度和光泽上看，至少也有百年以上的历史。古玩杂项里，骨雕类的串串链链也不少，什么象骨、牛骨……那些玩意儿和人的头盖骨比起来，可谓是天差地别，缺乏必要的硬度和光润，长期把玩出来的头盖骨雕，乍一看上去，似玉石一般润泽。马强在他朋友的店里曾经亲眼见到过一串古董头骨手链，标价十五万，成色和工艺跟这串比起来，明显地差着一大截。

这个小伙子的身份绝对不一般。上车那会儿，马强就感觉到了，一辆挂着军牌的奔驰，直接把他送到了站台上，车上下来一位雍容华贵的贵妇人，戴着墨镜，在站台上关切地叮咛着他，看上去他们的关系很亲昵。小伙子称呼她姑姑。他们讲的是藏语，马强长期在藏区收购古董，也是粗通藏语。车上跟着一名当兵的小伙子，利落殷勤地帮他们往软卧车厢拿行李，恰好和马强在同一节车厢。在车厢里，当兵的小伙子曾用威严的目光扫视过马强几眼。马强当过兵，能看明白那种眼神是什么意思：照顾好，否则，吃不了兜着走！

马强不屑一顾地回了他一眼，心里嘀咕着："新兵蛋子，老子当兵那会儿，你还没生下来呢！"马强看上去三十来岁，实际年龄快五十了，曾经参加过1979年的对越自卫反击战，早些年就退役经商了。

"什么时候能到呀？烦死啦！"或许是无聊的缘故，梅青挤到马强的身边开始撒起娇来。

的确，从北京到拉萨的列车，是一段漫长而又枯燥的旅程。

梅青是一名三流舞蹈演员，三十多岁，个头挺高，身材保持得很好，五官还算标致，浓浓的妆痕似乎想遮住脸上的沧桑。梅青曾经为一些大牌唱歌时伴过舞，或许是上了年纪的缘故，时常以舞蹈家自居，有时也会故作一副纯情少女的样子。虽然他们住在一起，在马强的眼里，她既不是老婆，也不算是恋人，尽管马强已经离了婚。这次马强去阿里的冈仁波齐神山朝圣，她非要跟着过来。

冈仁波齐是亚洲最著名的神山。据说最近神山显灵了，冈仁波齐山谷传出了神秘的鼓声，时隐时现，只有福缘深厚的人才能够听得到。苯教和藏传佛教都有大师推测说，那是神圣而又隐秘的香巴拉王国传出来的鼓声。于是，到神山朝圣转山和旅游的人们多了起来。虔诚的信徒们深信，这是神灵的启示和召唤。四面八方的信徒和僧人，纷纷赶了过去，络绎不绝，仿佛又是一次宏大的圣会。每个人都希望能听到这神圣的鼓声，给自己带来吉祥和福报。

见梅青凑到自己身边，马强略显不耐烦地轻推她一把，对她说道："西可西可。"马强的心思丝毫不在梅青身上。

梅青娇嗔地看着马强，问道："又说藏语，什么意思呀？"

马强最近一直在学习藏语，言语间，便有意无意地卖弄一句。当然，他说的藏语东一句西一句，肯定是不地道的那种。

马强故意压低声音，说道："当然是好话啦，是'我爱你'的意思。"

梅青一听，很开心，轻轻地锤了马强一拳，说道："讨厌！也不怕人家笑话。"说完，瞟了对面的藏族小伙子一眼。

藏族小伙子倒是真的笑了。他看了看马强，又看了看梅青，似是想大声笑出来，却又强忍住了。小伙子明白，"西可西可"是一句不常用的康巴藏语，意思是指"给老子滚开"，小伙子没有捅破这层窗户纸。

马强注意到了藏族小伙子的表情，不失时机地拿起面前的一个苹果递给了他，热情地说道："兄弟，吃个苹果吧？"马强倒不是非要和这个藏族小伙子结交，他心里合计着：怎么才能把这颗藏天珠弄到手，不管什么招，总得先和他混熟了。

藏族小伙子没有答话，用淳朴友善的目光盯着马强，摇了摇头。

马强大大方方地把苹果放了下来，接着又问道："我叫马强，兄弟怎么称呼？能听懂汉话吗？"

藏族小伙子答道："我叫杰布。扎西德勒！"一半汉话，一半藏语，汉话说得很标准。

马强朗声笑道："杰布兄弟的汉话说得很好嘛，可以做中央台的播音员了，到哪下车？"

"拉萨。"杰布答道。

……

马强很善于交际，不停地寻找话题，和杰布神侃起来。杰布的回答总是不长，显得有些拘谨，很有分寸，又不失礼貌。

原来，杰布是北大考古系的学生，放假了，回家看望阿爸阿妈。

梅青试图插话。马强不是把她的话题堵上，便是不理会她，一门心思放在杰布身上。

一会儿的工夫，马强和杰布便熟了，杰布也不再那么拘束。

梅青见插不上话，有些生气，脸一拉，脑袋歪向一边，开始跟马强恼气。

马强怕梅青乱闹，把好好的气氛给破坏掉，便开始哄着她。他抽出手来，轻轻地搂着梅青，故作温存地说道："青青听话，别闹。"

梅青娇气地说道："还叫我青青？昨天晚上我不是告诉你了嘛，叫我美多，美丽的美，很多的多。"

马强眉头一皱，又好气又好笑地说道："前一阵子你不是让我叫你罗拉的嘛，怎么又改叫美多了？"

梅青神秘地笑了笑，说道："这你就不懂了吧？美多是一个藏族名字。不信你问问杰布。"

杰布点了点头，说道："藏语里的'美多'有'鲜花'的意思。"

梅青得意地看了马强一眼，说道："这下你明白了吧？"

马强一听，有些哭笑不得，说道："俺的亲娘！藏族同胞美好的语言全让坏人给糟蹋了。"

梅青打了马强一拳，顺势靠在了他的肩膀上，说道："讨厌！在你眼里，好像人家什么都不是。快点，你叫一遍给我听听。"

马强迟疑着，怎么也叫不出口。

杰布乐呵呵地看着他们。

梅青又闹了起来，"快点嘛，不叫？我生气啦。"

好不容易和杰布混熟了，马强还真不乐意让梅青再来添乱，无可奈何地说道："美多，美多，西可西可！"

梅青一听，很高兴，但还不满足，接着又说道："这还差不多，你再给我讲讲你在越南战场上的故事，好不好？"

马强不耐烦起来，有些生气，说道："我说你别闹了行不行？差不多就得了，闹个没完了还？我这正和杰布兄弟唠嗑呢，尽打岔！"

杰布看了看马强，好奇地问道："你当过兵打过仗？"

马强得意地回答："是呀！想当年，哥哥我在越南战场上差点没回来！"

杰布敬佩地看了马强一眼，没有说话。

马强敏锐地捕捉到了杰布的眼神。

梅青皱着眉头，说道："让你讲你就讲一个嘛，这一路上闷死了，什么时候才到呀？就算是给杰布兄弟讲一个，消磨一下时间。要不是因为你当年当过兵打过仗，我才不会跟着你，追我的人多着哪！"

马强犹豫片刻，说道："好！那就讲一段吧！我想想，讲哪一段呢？这样吧，干脆就给你们讲一段我终生难忘的故事！"

梅青拍着手掌，笑道："太好啦！"

杰布期待和敬佩的眼神紧盯着马强。

马强长吸一口气，又呼了出来，似是一声长长的叹息。他的脸上已经没有了刚才的笑意，变得有些凝重起来，眼睛在窗外不停后退的树木上看了一会儿，又回到了杰布的脸上，开始讲了起来。

"那是在一次战前动员大会上，每场大规模战斗打响之前，首长都要给我们做动员。每逢这种情形，战友们都明白，这一场战斗肯定会是惨烈的！我记得，那天，首长讲完话，诚恳的目光向全场扫了一遍，很关心地问到：同志们，还有什么要求没有？有的，就提出来！我保证，会尽最大努力帮助同志们办到！"

梅青插了一句："大家都提什么要求了？快说说看！"

杰布出神地盯着马强。

马强没有搭理梅青，点了一根烟，深深地吸了一口，憋了几秒钟才吐出来。车厢不让抽烟，马强的烟瘾不小，一直克制着，每次想抽的时候，都是去车厢的吸烟处。这一次，似乎忘记了这个规定。马强接着说道：

"战友们心里很清楚，这一去就是九死一生，可能再也回不来。可是没有人提要求，战友们都明白，如果能够活着回来，要求就不用提了；如果回不来，提那么多又有什么用？队伍沉默了一会儿，突然有位年轻的战友大声地说到：我就是想看看那个随军女记者的乳房！"

梅青哈哈笑了起来，一边笑一边说道："这个战士真够可以的！"

马强恼怒厌恶地把她推到一边，想要抡起巴掌扇她，又强忍住了，巴掌攥成了拳头，放在了大腿上，捏得紧紧的，微微有些发颤。

梅青也突然意识到自己嘲弄的语气有点过分，收敛了一些，追问了一

句："后来怎么样了？"

杰布也忍不住问道："后来呢？"杰布的脸上很是关切，眨着单纯好奇的眼睛看着马强，丝毫没有乱七八糟的杂念。

马强也感觉到了，杰布是个好孩子。年近五十的男人，经过了那么多的世事，已经不需要别人去表白，一言一行，便基本可以判断出一个人的秉性。正所谓：四十不惑，五十而知天命。

马强深深地吸了一口烟，眼睛盯向了窗外，语速慢了下来，声音略显低沉，接着讲道：

"队伍里一片喧闹，有人开始起哄，有人始终默默无语。首长参加过抗日战争、解放战争，虽然经过了那么多大风大浪，还是头一回碰到这样的问题。一时间不知如何处理。可是很快，整个队伍安静下来，全场鸦雀无声，静得像是死寂的坟场，喧闹突然间变得那么遥远。因为，因为那个站在队伍最前面的女记者，已经走到了首长讲话的台上，面对着整个队伍，默默地解开了她的上衣，她的眼睛里闪着泪花……"

说到这里，马强的声音有些哽咽，眼睛有些湿润。

车厢里出奇地安静，只有铁轨的声音在回响着，"克里克，克里克……"

控制了一下情绪，马强接着又说道："先是首长，然后是战友们，所有的战友们，默默地举起了右手，向她的完美和勇气，向她的伟大和宽容，行了一个长长的标准的军礼！那场战斗，是当时最惨烈的，我们伤亡惨重，但是最终我们胜利了！大部分人没有回来，那位提要求的战友，中学刚毕业，在战斗中子弹打光了，被五六个越南兵围在山角，他向着北方默默地看了最后一眼，拉响了腰间的手榴弹……"

听到这里，梅青略显夸张地抽泣起来。

杰布脸上的表情似是僵住了，眼睛一眨也不眨，半张着嘴巴，呆呆地看着马强。

马强已经从车窗外转过头来，他在面前的小桌子上用力地掐灭了烟头，擦了擦眼角，勉强地笑了笑，看着杰布，说道：

"那年我十九岁，大概像你这么大。那天，我就站在队伍的最前面，那也是我一生中第一次见到女人的乳房，除了我妈的。战友们都很年轻，绝大部分没有结婚。要知道，在那个年代，没有结过婚，极少有碰过女人的。那个女记者，我一生也忘不掉，我一直都在思索她当时眼睛里的泪花，直到现在，还是不能完全理解。在这个世界上，最让人琢磨不透的就是人的本性！好了，兄弟，别傻看着我了，睡会儿吧，路还长着呢。"说完，马强伸开手掌，在杰布的眼前晃了晃，然后笑了笑，侧身躺到了卧铺下床的空间里。躺下后，马强抬脚踢了踢梅青，说道："你也上去睡会儿吧。"

梅青的面前已经扔了一堆纸巾，她站起身来，说道："太感人了！你的战友们太伟大了！你也太伟大了！"

杰布这才回过神来，傻傻地"哦"了一声。此时此刻，他看着马强的眼神已经大不一样了，满眼的崇敬，似乎马强就是那位拉响手榴弹的无名英雄。

一路颠簸，快到拉萨的时候，马强终于和杰布成了亲昵的好朋友。

马强委婉地向杰布提出要求，想仔细看看杰布的藏天珠，杰布稍稍犹豫一会儿，便答应了。马强心里明白，杰布的的确确把他当朋友了，他知道一些藏人的习俗，佩戴的天珠或是护身符，除了亲人以外，一般不愿意让外人碰。

杰布告诉马强，这是小时候他阿爸送他的，他一直戴着。

这是一颗长圆柱形的九眼天珠，因为年代的久远，已经稍稍有些磨损，但是显得更加温润，似深邃的宇宙般，隐隐透着奇异的暗光，牙白色的线条微微泛黄，中间部分是黑白的图案，图案隐约是一只展翅的大鹏鸟。这只大鹏鸟的图案很奇特，长着三只翅膀。

挂着天珠的头骨链，雕刻得十分精致，头盖骨被雕成一颗颗如黄豆般大小的骷髅头，用一根奇怪的细线穿着。马强仔细辨认了一会儿，没认出来是什么材料，漫不经心地顺口问了一句："这是什么绳子穿的？"

杰布平静地答道："阿爸说，这是龙筋。"

听了此话，马强双手一抖。

梅青抢着要看，马强出于对杰布的尊重，把梅青推开了。

梅青噘着嘴，不服气地说道："有什么了不起的，一颗破珠子，我还不稀罕看哪！"

马强眉头一挑，不屑地说道："什么？破珠子？实话告诉你，这样的

宝贝，让你看一眼，那就是你的缘分和福气！懂什么呀你！"

梅青好奇地问道："有那么神？那你给我说说，天珠到底有什么好？"

马强爱不释手地把天珠递给了杰布，然后说道："今天我马强也算是开了眼，心里高兴，就给你上一课。天珠又叫天眼珠，这可是喜马拉雅山域特有的稀有宝石，藏密七宝之一、藏传佛教的圣物、苯教的法器之一。尤其是老天珠，那可是藏区充满神秘色彩的无价之宝！藏民们一直把它看作天降石，上天赐予的吉祥宝物。在他们眼里，比钻石还珍贵。现在，全世界的人都爱上这宝贝了。据小日本科学家研究，天珠是几千年前太空陨石撞击喜马拉雅山时，产生的十四种火星元素，据说其中的镄元素磁场能量相当强，戴着它会产生不寻常的感应。老天珠大多经高僧加持过，有灵气。藏民们坚信：天珠有神奇的力量，可以趋吉避凶、消灾解难，还可以保佑主人获得福报、功名和财富，是可遇而不可求的宝贝。所以，藏区自古就有'一珠易良马，三珠抵高楼'的说法。我听朋友说，早期的苯教法师在墓园里修行，到了一定境界才会有天珠掉落。"

梅青惊道："哇！这么神奇？马强，我也要你帮我买一个。"

马强笑道："切！帮你买一个？我还想买一个哪！哪买去？几百年前就绝矿了，碰到颗新的，比登天还难！人家的老天珠，谁又卖给咱？"说完，马强轻描淡写地扫了杰布一眼。

杰布淡淡地笑着，不动声色。

梅青起哄道："不如把杰布兄弟这颗买了吧，杰布兄弟开个价。"

杰布脸色一变，有点生气，坚定地摇了摇头。

梅青咬了咬牙，一副不到手不罢休的样子，说道："这样吧，兄弟，你这颗就让给美多姐姐吧，姐姐给你出一万！不少了！可以帮你女朋友买一颗不错的钻戒了。"

杰布轻轻地笑了笑，还是坚定地摇了摇头，说道："我没有女朋友。"

马强看在眼里，笑着对梅青说道："歇会儿吧你！寒碜兄弟哪？别捣乱了！给你讲个天珠的传说故事。"马强岔开了话题。

梅青也便放弃了买天珠的念头，真要让她掏一万块钱出来，她还舍不得。梅青笑道："好呀，好呀！快讲，快讲！坐了一路的车，快憋疯了。"

马强说道："在藏区，关于天珠的传说也不少，我讲一个我印象最深的吧。”

梅青打了马强一拳，说道：“讨厌！尽卖关子，快讲吧你！”

马强清了清嗓子，讲了起来：“相传在公元……公元……公元几千年前吧，喜马拉雅山脉地区，发生了空前大灾难，瘟疫流行，灾情十分严重！当时曼殊室利佛正好经过喜马拉雅山上空，曼殊室利佛也就是文殊菩萨的前身。佛亲眼见到了百姓的惨况，心中顿时无限悲悯，便撒下‘天华’救度众生。凡是捡到‘天华’的灾民，疫病很快好转，不治而愈。当时撒下的‘天华’正是目前我们所谓的天珠。”讲完，马强喝了口水，便不再言语。

梅青急着问道：“讲完啦？”

马强答道：“完了！”

梅青说道：“就这故事呀，我当又有一场什么战争呢。不好听，老套路。”

马强说道：“不喜欢听就不听，又没求着你？歇着去吧。”

梅青说道：“我不！”

马强冲梅青使了个眼色，说道：“听话！我和杰布兄弟唠会儿嗑呢。”

梅青倒也机灵，犹豫片刻，说道：“好吧，不和你们这些臭男人混在一起，我出去透透风。”说完，便站起身来。

马强笑着说道：“别瞎跑哈！出去之前先学一句藏语，‘乌哈嘟里’，记住喽，情况紧急时，就扯破嗓子喊！”

梅青问道：“什么意思呀？”

马强说道：“好汉饶命！”

梅青故意瞪了马强一眼，然后开心地一笑，转身出了车厢。

马强冲着杰布笑了笑，说道：“杰布兄弟，哥哥这藏语说得还行吧？”

杰布皱着眉头，哭笑不得地说道：“你这藏语说得……说得……我从来都没听过啊！”

马强哈哈一笑，说道：“我所学的，也是半路捡来的，跟他们喝酒时切磋出来的！好了，不扯这些没用的。俗话说得好：相识就是缘！哥哥我下了车，先去布达拉宫转一圈，然后还要到阿里去。兄弟是拉萨市的？”

杰布惊讶地看了马强一眼，笑道：“真巧！我也要先到布达拉宫朝圣，然后回阿里。我家在阿里。”

马强哈哈一笑，把手伸到杰布面前，说道："还真是缘分哪！哈……跟哥哥一起走吧，从拉萨到阿里还有 1700 千米的路程，人多不闷，一路上互相也有个照应。"

杰布笑着握了握马强的手，说道："谢谢了！我姑姑已经安排好了车子，送我回去。"

马强乐得合不拢嘴，他把手收了回来，说道："那我们就沾点光，搭杰布兄弟的便车，咱们一起去阿里，你看行不行？"

杰布爽快地点了点头。

西藏军区某部指挥部会议室。军区、边防武警部队、自治区公安厅的同志会聚一堂，气氛显得稍有点紧张。

众人听完了作训参谋王志军少校综合详细的情况综述之后，每个人都皱起了眉头，心里思忖着，他们到底想要干什么？

前不久，先后有两支秘密入境的武装小分队，从尼泊尔边境悄悄潜入我国阿里境内，化装成朝圣者，绕道冈仁波齐，神秘地消失在雪谷之中。他们自以为神不知鬼不觉，其实早已被机警的边防部队察觉。先前的两支小分队共十人，消失之后，最近又派出了第三支七人小分队，赶往了同一个地方。

军区的领导在接到部队报告的同时，也接到了自治区公安厅的情况通报。军地领导们对这个情况十分重视。

原因有三：其一，他们故意从尼泊尔境内潜入，显然是为了混淆视线，企图嫁祸尼泊尔。其二，平时虽偶尔有边境渗透的情况发生，大多是出于侦察和扰民的目的，发现被我方盯上之后，很快便逃了出去。目标也比较模糊，哪里薄弱便从哪里潜入。这一次却一反常态，既不扰民，也不侦察我方的军事目标。其三，三支小分队均绕道冈仁波齐，消失在地形恶劣、人迹罕至的雪谷无人区，那里并没有任何军事目标。显然，他们有不可告人的目的。

一开始，边防部队提出请求，要消灭他们，被军区首长制止了。灭掉他们像踩死几只蚂蚁一样容易，问题是首先得搞清楚他们的真实意图。

他们到底想要干什么？那里到底藏着什么秘密？

根据侦察到的情报反馈，这三支非法入境的小分队很可能是黑鲨雇佣军部队。据国外媒体报道：黑鲨雇佣军是国际特种部队中的精英，战斗能力很强，战功显赫。曾经在某次任务中以少胜多，十几人的队伍打死过数十名对手，自己却无一伤亡。他们曾经也在喜马拉雅山地区安置过高灵敏度的侦察设备，监视中国边境部队动向，而且经常对中国领土实施有限的越境侦察行动。

"灭了这群兔崽子！"诺日朗一声激愤的怒骂，打断了众人的沉思。诺日朗是西藏军区赫赫有名的优秀藏族军官，猎豹侦察连的上尉连长。

军区副司令员木危诺少将恼怒地瞪了他一眼。

诺日朗马上意识到自己的失态和冲动，窘迫得脸腾地红了，局促不安地低下了头。自己只是猎豹连的一名上尉连长，还是头一回列席这么重要的会议。

木危诺少将把手中的茶杯重重一放，生气地说道："匹夫之勇！就你爱打仗！当年要是修好了青藏铁路，老子打到新德里，饮马印度洋！"木危诺少将出身农奴，后来参加了解放军，是在部队成长起来的优秀藏族军官，智勇双全，曾经参加过 1962 年的中印自卫反击战。

当时的中印之战，印军动用了三十余万人的部队。中国人民解放军以四万兵力，轻武器为主，四路出击，气吞山河。西线从错那攻达旺、邦迪拉；东线从察隅进攻；中间两路从墨脱沿雅鲁藏布江往下游打；还有一路沿苏班西里河推进。风卷残云一般，只用了一个月便基本收复失地。其中有支精锐部队防守的西山口，印军修筑了坚固的军事堡垒，扬言，解放军想要攻下来，至少需要半年时间。结果一个早上，就被解放军拿了下来。英勇的解放军在军事上取得了绝对的优势和胜利，迅速击溃印军，战事只进行了十多天，先头部队便打到了距新德里 300 多千米的地方。当时新德里一片慌乱，大街上修筑了工事，市民们争相出逃。部队接到停止进攻的命令，这才撤了回来。

这场战争中，解放军的后勤补给和伤员运输十分困难，基本靠的是身背肩扛，补给线太长，一发炮弹，从拉萨背到前线需要两个月的时间。热爱家园的藏民们，投入了极大的热情支持参战部队收复被侵略的藏区土地。

光支前的牦牛就有三万多头，家家户户出人出力，十二三岁的孩子也帮着运物支前。德东下边有位四岁的小男孩，背了四筒罐头，有八斤多重，他的阿爸阿妈背着沉重的物资牵着他的双手，全家人一起翻山越岭。

"众人有什么好的意见和建议，说出来，一起研究一下。群策群力是我们的老传统了，不要紧，大家畅所欲言。"主持会议的刘副政委微笑着，开始发言，也打断了木危诺少将的沉思和回忆。

"会不会是和最近风传的冈仁波齐的鼓声有什么联系？"公安厅的一位同志提示着问道。

众人的眼光一起聚向了主持会议的刘副政委，显然，大家都想到了这一点。

刘副政委看了看大家，说道："在事情没有搞清楚之前，不排除任何可能。至于鼓声一说，我也有所耳闻。不管怎么样，采取什么办法，一定得摸清他们的真实意图！"说到这里，刘副政委看了看自治区公安厅的许副厅长，笑着问道："说说看，你这位刑侦专家有什么好的想法？"

许副厅长笑道："刚才王参谋已经把情况叙述得很详尽很清楚，分析得很透彻。想必两位将军早已经胸有成竹，我们坚决支持军区领导的决策。况且，赫赫有名的猎豹侦察连连长坐在这里，我们还有什么不放心的？我们原打算派出侦察员协同军区行动，现在看来是多余啦。哈哈……"说罢，许副厅长大笑着，指了指诺日朗。

在神秘的雪域高原，西藏军区有一柄利刃，这就是名震中外的特种部队——猎豹侦察连。连长诺日朗曾经率队在国际侦察兵竞赛场上，获得外军组团体第二名的优异成绩。有国外的军事专家分析说，这是中国军队专门用于对付中印边境特种部队渗入的杀手锏。

众人的目光，纷纷投向了诺日朗。

在训场上似猛虎一般的诺日朗，此时羞涩得如同一名大姑娘，不好意思地低下了头。

刘副政委笑了笑，说道："看来我们是不谋而合了。"

军区副司令员木危诺少将看了看诺日朗，随即目光转向少校参谋王志军，命令道："通知一线各边防部队，加强戒备，密切注视边境动向。"

王志军啪地一个立正，答道："是！"

木危诺少将再次把目光转向诺日朗，说道："别像个大姑娘似的，平时训练场上的威风哪去了？让你列席会议，就是为了让你把情况掌握得更清楚。我命令：猎豹连立即组建侦察小分队，务必搞清楚非法入境人员的真实目的！"

诺日朗立即从座位上站了起来，啪地一个标准的立正姿势，洪亮、干脆地答道："是！"

木危诺少将接着又补充道："人员由你挑选，具体行动计划，由参谋长亲自向你下达。行动要快，行动中严格执行军队纪律和党的宗教政策！"

"是！首长，坚决完成任务！"诺日朗行了一个军礼，利落地答道。

次日，由诺日朗上尉带队的五人侦察小分队，化装成朝圣者，按照拟订的计划迅速赶到了冈仁波齐山谷的预定地点。

冈仁波齐是冈底斯山脉的主峰，峰顶终年积雪，洁白晶莹，似是青藏高原上一枚巨大的水晶钻石。四周护绕着的群峦，如同神圣的八瓣莲花。雪峰白云缭绕，威凌万峰之上。南面与"圣母之山"纳木那尼峰遥遥相望，两峰之间是圣湖玛旁雍错和鬼湖拉昂错。东边的万宝山，传说是佛祖释迦牟尼踏过的神山。西面为度母山，北面是护法神大山……周围的群峰像恭顺的臣民，向主峰冈仁波齐低头朝拜。

这是一座高悬于信仰者、崇拜者和赞颂者，高悬于圣徒和凡夫俗子心中的圣洁之峰。自古以来，冈仁波齐和玛旁雍措湖就被许多教派誉为神山、圣湖，更是把它看作圣地和世界中心，这里是他们心中的"麦加"，到神山朝拜是信徒们一生的梦想，朝拜之后是他们一生的荣耀。传说到冈仁波齐转山，可以洗去一生的罪孽，可以免受轮回之苦，可以立地成佛。神山圣湖周围，寺庙林立，古迹众多，流传着无数神奇美妙的传说。数千年来，信徒们络绎不绝的朝拜，更使它的神采光耀炫目。

猎豹小分队到达的这个位置，是被人们称之为"死亡谷"的地方。远远看去，似是有许多垃圾，走到近处才知道，只是些衣物。据说，转山的人们把衣物丢在这里，象征死过一次，所有的不幸，全部留在了这里，丢

下之后，便可以获得重生。不远处便是"地狱门"，传说这是进入地狱的大门，转山的人们大多会下来看看，把道路弄清楚，生怕死后会迷路。附近还有一个天葬台，有好奇的朝圣者忍不住会溜到附近，偷看神秘的天葬仪式。

根据边防部队的跟踪报告，三支黑鲨雇佣军的小分队全部从这一带进入了冈底斯山脉雪谷。

远处有一些转山的人们虔诚地走在朝圣的路上，没有人留意诺日朗他们。诺日朗走到一个不容易被人发现的地方，开始与指挥部联系。指挥部指示，立即执行第二步行动计划。队员们整好行装，快速地向着雪谷深处，迈开了步伐。

正值盛夏，西藏阿里远不似内地那么炎热。深邃、辽阔的天空仍不时飘下白雪，群山与草原之间一片片的戈壁、沙漠，似是一片洪荒未开的空灵世界，更显出一份神秘而超凡的高原旷野之美。这里被许多人视为人间天堂。

木辛村不远处的活佛灵塔威严静寂地肃立着。灵塔附近有一个洁白的玛哲堆，这是具有灵气的经石堆，藏语称"多本"。经石堆上插着的黑色风马旗，在风中猎猎飘扬，发出阵阵神奇的"哗啦哗啦"的声音，仿佛是在诵念经文，为木辛村朴实善良的村民们送去祝福。"风马"也称作"经幡"，藏语称"隆达"。"隆"是风的意思，"达"指的是马。苯教的经石堆称"玛哲"，藏传佛教称"玛尼"。这是藏区原始而又朴素的祭坛之一。

木辛村是阿里地区一个古老偏僻的村落，这是村民们引以为荣的名字，木辛是苯教传说中最神圣的家族之一。村民们笃信不疑，村里住着的活佛木辛霍尔伦，便是木辛家族的后裔。

这时，经石堆前走过来一位后背微驼、六十来岁的老人，他迈着蹒跚的步履，沿着逆时针方向，一边虔诚地念着八字真言经"阿、嘛、吱、枚、依、萨、哩、咄"，一边绕着经石堆慢慢走动着。无论刮风下雨，这是他每日必做的事情，几十年如一日，从没落过。他叫弥梁柯巴，是一位勤快能干的老人，他没有妻室，是木辛霍尔伦活佛的奴仆。西藏解放后，农奴制解体，弥梁柯巴没有离开，一直追随着木辛活佛。因为跟着活佛的缘故，他仿佛无所不知，同样深受村民们的尊敬。

转完经石堆，弥梁柯巴老人便往家里赶。一路上，心里念念不忘，杰布少爷的神犬扎巴又该喂了。杰布少爷在家的时候，都是他亲自喂扎巴的。

"扎巴"在藏语里是非常厉害的意思。神犬扎巴是附近最有名的藏獒，方圆百里所有的藏獒都不是它的对手，它曾经在戈壁滩上单独战胜过五只恶狼，一战成名。它从来不屑与同类争斗，一个威严的眼神便足以让对手慑服。它不但力大勇猛，而且非常漂亮，青黑茂密的鬃毛，透着光泽，似雄狮一般，目光雪亮，含蓄而又深沉，令人望而生畏，浑身透着剽悍、刚毅、沉稳和高傲。小的时候，是杰布从冈仁波齐附近捡回来的，杰布视扎巴如同兄弟，常常搂着它入眠。没有人能说出它的来历，木辛霍尔伦活佛说，它是上古时期喜马拉雅山脉最凶猛的古鬃犬种，是天神赐予杰布的保护神。

自从杰布去了北京念书之后，照顾扎巴的重任便落到了弥梁柯巴老人的身上。杰布离开扎巴时，抱着扎巴的脖子哭得像个泪人，扎巴的眼睛里也满是泪水，低声地呜噪着。弥梁柯巴老人站在一边，也忍不住地抹泪。扎巴跟着送杰布的车子跑了很远很远。

这几天，扎巴一直不安分，它似乎已经感知到，主人杰布很快便要回来了。

弥梁柯巴老人很喜欢杰布少爷，像对待亲生儿子一样疼他，自从杰布少爷离开，他开始变得沉默寡言。

走在路上，弥梁柯巴老人又对着远处的神山为主人木辛霍尔伦活佛、仁珍拉姆和杰布少爷祈祷着。

木辛霍尔伦是附近苯教寺庙的活佛，庙里有十几个僧人。他们大多住在木辛村和附近的村子里，通常白天在寺庙里念经，晚上除了值班僧人外，全部回家休息。苯教僧人大多有妻室，也有终身不娶的修行者。

苯教在藏区有着非常久远的历史，曾经的信徒遍布藏区，自一千多年前吐蕃王松赞干布开始兴佛，外来佛教和原始苯教开始了激烈而漫长的斗争。最终还是藏传佛教占了上风，苯教逐渐衰落。在这个过程中，双方互相借鉴，互相融合。如今，藏区有些传统的习俗和仪式，已经很难严格区别，

哪些是佛，哪些是苯，早已经是佛中有苯、苯中有佛。

木辛村所在这个地区也曾经发生过佛苯之争，双方互相诅咒。木辛村人在村头不远处立起了几座活佛灵塔，据说可以把对方的诅咒挡回去。这几座灵塔内原先装着几世活佛的法体。"文革"期间，这里的灵塔全部被砸毁，里面装的法体也都不知去向。近年来，政府拨款重新修复了这些灵塔，里面装着一些泥佛、经文、泥塔和具有苯教法力的法器。

这些日子，木辛霍尔伦活佛和北京来的钱忠教授正在家中的念经堂里，研究一本神奇的经卷，这是木辛活佛在冈底斯山上一个密洞里静修时，掘藏得来的伏藏品。木辛霍尔伦活佛是藏区有名的掘藏大师。

接到活佛的电话时，钱忠教授正在北京的家中准备女儿的婚事，当他听说活佛邀请他帮助译读一本古象雄文字写成的古老经书时，他欣喜若狂，立刻放下了所有的事情，急火火地赶了过来，兴奋得一路上吃不香也睡不好。钱忠教授是国际上享有盛誉的藏文化专家、藏史专家、原始宗教专家，他是国家社科院院士，光专家头衔就七八个。近几年，因为痴迷于神秘学、灵魂学和超自然现象的研究，而渐渐被一些正统的科学界人士疏远。

神秘、古老、悠久的象雄文明也是钱忠教授近年来研究的重中之重。

曾经繁荣昌盛了几千年，纵横捭阖于藏地的象雄文明，似乎比神秘的玛雅文明更加扑朔迷离。

公元七世纪，吐蕃第三十二代赞普——松赞干布，征服了这个古老的部落联盟——象雄王朝。似是顷刻间的土崩瓦解，象雄王朝的消失成了千古之谜。没有人说得清象雄王朝的历史。只知道它灭亡于吐蕃帝国崛起之时。留下的只是一些神奇的传说和史书、经书中的点点蛛丝马迹。甚至没有几个人看得懂残存的古老象雄文字，只知道它比藏文的历史更加久远。吐蕃在松赞干布统一了西藏之后，才正式创立了藏区自己的文字。

世界上，越来越多的人在关注和研究着象雄文明，试图解开这个谜。相互矛盾的传说和经文记录，使很多研究者迷失在这段复杂而隐秘的历史框架之中。

钱忠教授是世界上少数几个看得懂古象雄文字的专家之一，国际上著名的象雄文化专家。

木辛霍尔伦活佛对象雄文化也有独到的研究，活佛和钱忠教授是多年的至交。钱忠教授年轻时在阿里地区参加过援藏工作，也是从那时起，对藏文化着了迷，致力于藏文化的学习和研究。

经过两位老人数日数夜的互相启发和参详，这本经书已经被最大限度地译出了其中的一部分，大部分的章节和字句，依旧无法看懂。

放下经书的那一刻，钱忠教授才感觉到确实累了，毕竟六十岁了，身体和年轻的时候已经没法相比。一连数日，钱忠教授没怎么睡，困了，就迷糊几个小时，活佛会为他念上一段经文。

木辛霍尔伦活佛已经年近七十，似乎有着无穷无尽的精力。他们几乎没有离开过经堂，连吃的都是弥梁柯巴老人送进来的。

弥梁柯巴老人感到无比的荣幸。平时，这里除了活佛之外，极少让外人进入。在这个经堂里，弥梁柯巴老人见到了供着的一尊灵塔里曾经失踪的活佛肉身法体，弥梁柯巴老人激动得热泪盈眶了，顶礼膜拜。木辛活佛冲他挥了几次手，他才极不情愿地退了出去。这是从来没有过的事情，对于木辛活佛的吩咐，弥梁柯巴老人从来都是严格遵从。活佛是他心目中神圣不可侵犯的神。

活佛家中的念经堂挺宽敞，光线却不是很足，主要是窗户开得窄小的缘故。里面供着神龛、敬神器物，等等。神龛前摆放着念经的坐垫，墙壁上许多地方挂着诸神面具，多数是青面獠牙的狰狞相，与佛教的护法神十分相像。

从念经堂走出来，钱忠教授异常兴奋，译出来的这一部分内容，恰恰和传说中神秘的香巴拉有关。躺在客房的床上，钱教授脑子发木，虽然感到疲倦，却是无法入睡。

木辛霍尔伦活佛倒显得比较平静，他坐在客厅，一边轻轻地摇着手铃，一边念诵经文，闭着眼睛，让人觉得他仿佛神游在虚无缥缈的香巴拉王国。

钱忠教授在活佛安详慈和的经文声里，渐渐安静下来，像个孩子般香甜地睡了。他梦见了威严的象雄国王、美丽的王妃、英俊的王子和善良的象雄臣民们……

诺日朗带领着猎豹小分队在冈仁波齐的山谷里已经转了三天，一直没有找到黑鲨雇佣军的踪迹。寻找的过程中，诺日朗一直在思索着，他们

为什么要绕道冈仁波齐？或许把这个问题想明白了，可以成为追踪他们的线索。

三天前，按照原订计划，猎豹小分队进入雪谷。搜索很久，没有找到目标的蛛丝马迹。他们每天按照预定的时间与指挥部保持联络。指挥部没有催促，安慰着他们要有耐心、要细心。可是小分队的每个队员都觉得窝囊，五个人心里都窝着火：就是把雪山翻个个儿，也要把他们给挖出来！

以失踪地点为原点，搜索的范围越来越大，道路越来越艰险，环境越来越恶劣。每个人随身携带的干粮也都吃得差不多了。

走在茫茫的雪地上，队员们依次抓在一根长绳上面，绳子的一端被诺日朗拴在了腰间，这是为了防止个别队员发生意外。雪山的环境复杂，随时都有可能突发不可预料的事情。上路的时候，队员们发过誓愿，一起出来就一起回去，一个也不能少。

战士吕哲有点担心，提醒着诺日朗："豹头，这么漫无边际地搜下去，什么时候是个头？不如，我们回去一趟，到附近的部队增加一些补给再说。"豹头是猎豹连的战士们给诺日朗起的绰号。

诺日朗思忖片刻，停下了脚步。其他几名队员也停了下来，一齐看着诺日朗。诺日朗晶亮的目光在队员们的脸上扫了一遍，说道："我们连的番号是什么？猎豹连！我诺日朗就不相信，四条腿的动物在这雪山上能活下去，我们长着脑袋的猎豹队员就生存不下来？我诺日朗就不相信，他们的人会生着雄鹰的翅膀？继续前进！"

"豹头，豹头，你快看！对面的山谷有个人影。"诺日朗的话音未落，队员巴特尔便指着远处低声喊道。

队员们的第一反应，是按照战术动作分散卧倒，然后目光一齐聚向了对面的山谷。人人心里明白，在这个人迹罕至、环境恶劣的雪地，只要有情况，十有八九与黑鲨雇佣军有关，对方先后派出过三个分队，加起来十七个人，都是训练有素的特种战士，个个是强手，容不得丝毫的马虎大意。

隔得比较远，看得不是很清楚，在茫茫白雪的映衬下，还是依稀可以看到，有一个人影，发疯般在雪地上不顾一切地向前跑动，一边跑着，不时地向后挥动着右手，手上似乎拿着什么东西，向后面驱赶什么，显得十分狼狈。积雪比较厚实，与其说那人在跑，倒不如说是连滚带爬。

总算有了线索，诺日朗心头一喜，却显得十分镇定。他拿起了胸前的望远镜看了过去。通过望远镜，对面的情景被拉到了眼前十几米远的地方，诺日朗看得真切，那人穿的是普通的藏袍，衣服好几处地方被撕烂了，脸上沾着鲜血，蓬头垢面，看上去惊恐万状的样子。隐隐约约，后面有一块雪团状的物体紧随其后。

突然，后面的雪团箭一般疾速扑到了那人的身上，扑起的刹那，雪团伸展开来。诺日朗看出，似乎是一只动作敏捷的四足动物，比一只常规猎豹的块头大一些，拖着一条长长的尾巴，鳄鱼般的脑袋，外形十分奇特，绝不似寻常的动物。可惜只是一闪而过，很快又收成一团。诺日朗怀疑是自己眼花，迅速地拿开望远镜，揉了揉眼睛，马上又看了过去。那人已经被雪团压倒在雪地上，雪团蠕动着，那人的整个身子被压进了雪层。很快，那人的两只脚从雪里蹬了出来，挣扎了几下，伸了伸，紧接着便跌落下去。那个雪团，停住了，诺日朗屏住呼吸，眼睛一眨不眨，急切地想看清楚雪团究竟是什么。

忽然，那个雪团再次伸展开来。是的！一只庞大的四足怪兽。它转过头来，向着小分队这边的方向看了看，然后转身离开。在雪地上，飞一般疾驰而去，很快消失在茫茫的白雪之中。

诺日朗脸色苍白，双手微微颤抖着，望远镜从手中滑落，惊愕地盯着远处怪物消失的方向，瞪大了眼睛，张大了嘴巴，脸上的表情似乎是凝固了。

"豹头，怎么回事？"吕哲焦急地问道，他们没有带望远镜，搞不清楚究竟发生了什么事情。

诺日朗极力地镇定自己，顺口"哦"了一声，然后喃喃自语道："幻觉！幻觉！一定是幻觉！"

"豹头，到底怎么回事？什么幻觉？"吕哲又是担心又是着急地问了起来，一连问了好几次。在平时，吕哲就是个急性子。

其他队员也用期待的眼神等待着诺日朗的回答。

隔了一会儿，诺日朗才回过神来，没有答话，一连做了几次深呼吸，

努力地使自己保持平静。他没有解释，也不知如何解释，坚定地手一挥，说道："走！过去看看再说。"

一路上，其他队员接连问了诺日朗几次，到底看到了什么？诺日朗不回答，只是说，到了看看情况再说，除此再不多言。他实在是不知道该怎么解释。队员们便不再追问。

到了那里，诺日朗便急切地开始察看留下的足印，快速看了一番，然后便回到那人被扑倒的地方。

两名队员巴特尔和吕哲负责警戒，另外两名队员格桑平措和杨立华把那人从雪地里拖了出来，平放到附近的一块岩石上。

诺日朗挑选的几名队员都是猎豹连的好手，各有各的特长。巴特尔是蒙古族的摔跤高手，曾经还是草原上有名的哲别，在猎豹连的射击是最优秀的，绰号"神枪哲别"；吕哲是四川籍汉族青年，头脑灵活，反应机敏，知识面广，绰号"小诸葛"；格桑平措是藏族的，老家在拉萨，对藏区不同地方的风俗习惯、风土人情和藏民的宗教信仰了解得比较多，绰号"活菩萨"；杨立华是河北籍的汉族小伙子，细心沉稳，平时沉默寡言。入伍前，曾在民间跟随乡下的赤脚医生学过医，也是这次任务中的兼职队医，绰号"三句半"。

那人早已经断了气，手中死死地攥着一支冲锋枪。诺日朗站到那人的尸体一边，解开了他的衣袍，上上下下，里里外外，仔细地察看起来。尸体已经开始冰冻。

那人的衣袍被撕烂得不成样子，颧骨似是被重物砸碎了，口鼻歪斜着，一侧脸上有几道深深的抓痕，惊恐的眼睛瞪得大大的，看得出临死前的巨大恐惧。眼睛、耳朵、口鼻流出的鲜血已经凝固起来。右侧的肋骨似是断了几根，右腹已经塌陷下去。胸口有几道长长的抓痕，一直延伸到小腹。抓痕很深。

诺日朗从尸体的手中用力地取下那支冲锋枪，麻利地拉开枪膛、取下弹匣看了看，子弹早就打光了。这是一支斯特林 MK-4 型冲锋枪，是印度在英制斯特林冲锋枪的基础上改造出来的轻型冲锋枪，也是印军特种部队配备的重要单兵武器之一。

诺日朗有些遗憾地说道："从他的武器、手上的茧子和身上的肌肉特征来看，曾经受过超强度特种训练，他应该就是我们要找的目标之一，可惜是个死的。巴特尔和吕哲继续负责警戒，格桑平措和杨立华再仔细察看一下死者衣物，看看还能找到什么线索。"说完，便又回到尸体被怪物扑倒的地方，仔仔细细地察看着怪物留下的脚印。

诺日朗紧锁着眉头，心头画着一个巨大的问号。这到底是什么动物？

格桑平措和杨立华检查完毕，立即报告，没有发现什么特别的地方。诺日朗下令，把尸体掩埋到雪底，清理一下现场。

很快处理完毕，诺日朗向指挥部报告了一下情况。指挥部又惊又喜，指示他们在附近严密搜索，注意安全，然后，又根据定位系统通报了他们所处的位置。

这一片雪域目前还没有明确的国界线，大概处在中印交界处。诺日朗知道，这一带还属于争议地区，环境复杂，气候恶劣，人迹罕至，实地测绘的难度太大，目前的技术水平，很难做到。在国界线问题上，即使能够实地测绘出来，那条蛮横无理的麦克马洪线，目前也是一个棘手的问题。这条线是全国人民为之痛恨的霸权主义的产物。

中印之间约有2000千米的边界，虽然从未正式划定过，但在历史上按照双方的行政管辖范围，形成了一条传统习惯的边界线。这条边界西段沿着喀喇昆仑山脉，中段沿着喜马拉雅山脉，东段沿着喜马拉雅山脉的南麓。历史上，一直受到两国人民的尊重。1914年西姆拉会议期间，英国代表背着当时的民国中央政府代表，在会外同西藏地方政府的代表团用秘密换文的方式，画了一条麦克马洪线，从此，中印两国的边界传统习惯线遭到破坏。印度独立后，尼赫鲁政府继承了英帝国主义对西藏的侵略野心，不断向非法的麦克马洪线推进，蚕食中国藏区领土，不断在边界挑起武装冲突，屡屡打死打伤中国军民，直到中方忍无可忍，这也是当年中印之战的起因。

指挥部提出，要派出一架直升机为他们空投一些补给过来。

这个想法被诺日朗果断地拒绝了。诺日朗是受过陆军学院正规训练的指挥官，他心里清楚，这是普通的直升机很难完成的任务，稀薄的空气、极不稳定的风向和气流，无异于让飞行员过来送死。直升机有旋翼而没有固定机翼，依靠螺旋桨向下打风而产生升力，依靠旋翼角度的变化前后左

右行进，当空气稀薄到一定程度，直升机便不能保持足够的升力，基本要失控，如果碰到急剧不稳定的气流和风向，这时的直升机和风中的叶子也差不了多少。

指挥部接受了诺日朗的建议，再次指示他们注意安全，克服困难，有情况随时联络，以便支援。

结束了通话，诺日朗果断地带领小分队，向着那人逃过来的方向进发。

天气很冷，刚才还是风和日丽，这会儿又刮起了六七级的大风，空中飘起了零星的雪花。

队员们一个接着一个，在冰冻的雪地上艰难地穿行。

西部阿里的晚上9时，正是明丽黄昏。阿里地区与北京大约有两个小时的时差。

善良而又慈祥的仁珍拉姆站在村口向远处眺望着，心中默默地向神灵祈祷，保佑儿子杰布平安归来。中午的时候，木辛霍尔伦活佛就告诉她，杰布要回来了。

仁珍拉姆是杰布的阿妈，一位通情达理、深受村民们爱戴的慈祥老人。

苯教活佛是世袭制，到木辛霍尔伦活佛这辈子却没有生下一个孩子，活佛善良的妻子仁珍拉姆心中十分愧疚，这曾经也是她一直放不下的心病。活佛安慰她说，神会赐予他们一位正直、勇敢、聪明而又英俊的孩子。

果不其然，有一年，木辛霍尔伦活佛在冈底斯山密洞静修归来的山路上，听见附近"哇哇"的婴儿啼哭声，顺着声音，活佛好奇地走到近前，果真发现了雪地上用一张猎豹皮包裹着的婴儿，孩子的脸蛋冻得通红。活佛激动不已，赶紧解开衣袍，把孩子包裹在温暖的怀抱中。活佛记得，那天出去的时候，风很大，这时，风早已停息了，金灿灿的阳光笼罩着冈底斯山脉，冈仁波齐峰祥云缭绕，远处的天边泛着少见的吉祥的光芒。天空中似乎有隐隐的低鸣，"杰布！杰布！"

木辛活佛抬头看去，一只如神骏的大鹏鸟正振翅远去，慢慢地消失在茫茫雪峰的祥云之中。"杰布"在藏语中有"王"的意思，活佛意识到，这是天神赐予他一位神奇的雪山王子。他赶紧向圣洁的冈仁波齐峰不停地祈祷，表达他心中对神灵最虔诚的感激之情。

木辛霍尔伦活佛和仁珍拉姆非常疼爱乖巧而又聪明的杰布。几岁时，活佛便开始给杰布传经，心中也是希望将来的杰布能够继承自己的衣钵。后来，豁达开明的木辛活佛听从了在北京工作的妹妹和妹夫的意见，把杰布送进了政府的学校。杰布的成绩一直十分优异，中学一毕业便被保送进了北京大学的考古系。

就在仁珍拉姆失望地要离开之时，神犬扎巴兴奋地低鸣着，从她的身边快速越过，不顾一切地向着远处狂奔，似一团疾驰的旋风。

仁珍拉姆停住了脚步，奇怪地看着消失在远处的扎巴，心里嘀咕着：扎巴这是怎么了？

没多久，远处便出现了一个黑点，黑点越来越大，终于看清了：是一辆颠簸的越野吉普，扎巴跟在吉普车一旁欢快地奔跑着。

仁珍拉姆心中一阵欣喜，忍不住眼泪流了出来。她知道，肯定是儿子杰布回来了！她赶紧掉头回家，她要把好消息告诉大家，她要为杰布准备洗脸水，要为杰布做好吃的。

木辛活佛听到这个消息时，只是一怔，然后便平静地和钱忠教授继续研究译出来的经文。

弥梁柯巴老人老泪纵横，激动得不知所措，像一只无头苍蝇，在院子里转来转去，转了几圈才想起来，自己该出去迎接一下杰布少爷了。弥梁柯巴老人刚出大门，杰布的车子便已经到了。

"嘀——"随着一声清脆的喇叭，车子停在门口，车门打开了。

车上一共下来五个人，司机、一名年轻的解放军战士、杰布、马强和梅青。梅青的高原反应很厉害，让马强从车上抱下来时，面色惨白，似一团烂泥。

弥梁柯巴老人上前对着杰布恭敬地鞠了个躬，然后紧紧地拉住了杰布的手，激动地看着杰布，喃喃低语着："可算是回来了，可算是回来了。"

仁珍拉姆默默地站在一边，看着个头又长高一些的杰布，不停地抹着眼泪。

杰布眼睛红红地看着弥梁柯巴和仁珍拉姆，哽咽地叫了声："阿妈！"

司机和解放军战士帮着从车上拿行李，杰布的、马强的、梅青的，三

个人的行李不少。杰布、马强、弥梁柯巴老人也帮着一起拿。

很快，行李全部拿进了客房。梅青面色苍白、嘴唇紫青，瘫软无力地靠在马强身上。杰布让弥梁柯巴老人给梅青安排房间，马强把梅青抱到客房躺下了。所有的房间早就收拾好了，几天前弥梁柯巴老人和仁珍拉姆一道，把家中里里外外打扫得干干净净。

马强一进屋，便见到了钱忠教授，没顾得上和木辛霍尔伦活佛打招呼，便惊呼起来："钱教授！你怎么在这？我是马强，古玩店的马强！"

钱忠一怔，仔细辨认了一番，忽然大笑起来，说道："哦，我想起来啦，去过你店里几次，哈哈……真是人生何处不相逢！"原来，钱教授有几个喜欢收藏古董的朋友，他们曾经拉着钱教授去过马强的店里几次，让他帮着把把眼。

随即，马强意识到自己的失礼，心怀歉意地向活佛鞠了个躬，开始向众人打招呼问好。

活佛并没有丝毫的在意，看上去很高兴，既然和杰布一起回来，肯定是杰布的好朋友。活佛热情地招呼大家就座。仁珍拉姆为他们敬上了酥油茶。

一坐下来，马强便不时地偷眼察看着屋子里的佛像、唐卡、面具等，心中估算着市面上大概价值多少，连摆着的家具也猜一下是什么木料的，价值几何，甚至连活佛手中的念珠，他也接连辨认了好几眼。马强是个老江湖，他的举动漫不经心的，众人谁也没有在意。活佛家藏的宝贝，让他心中惊叹不已。

司机和士兵安静地在一边坐着，喝着酥油茶，一言不发，很有礼貌，本来他们搬完行李便要离开，说是要到附近的边防部队给车子加油。仁珍拉姆说什么也不同意，硬是把他们留了下来，这么晚了，至少也要吃完饭。

活佛的家中散发着一种淡淡而又奇特的幽香，这是活佛秘制藏香的味道，让人感到惬意又宁静。

众人刚坐定不一会儿，从村子里快步走来一个惊慌的身影，急急火火地闯进了活佛家的院门，快步冲向了客厅。是猎人索朗占堆，他的肩头背着猎枪，衣服有些地方撕破了，双手沾着一些尚未擦干净的鲜血，脸上、脖子上好几个地方有擦破的伤痕，木制的猎枪枪托也折断了，一副狼狈不堪的样子。

弥梁柯巴老人正在院子中洗菜，见此情形，很是不满，恼怒地说道："冒失的阿觉索朗占堆，难道是风沙迷住了你的眼睛？魔鬼吸走了你的灵魂？你不知道活佛老爷正在招呼远方尊敬的客人？"藏民的称呼中，一般很少直呼其名，大多要在名字前面或后面加以敬称，以示尊敬和亲切。不同的地区，有不同的习俗。大多会在名字后面加上"啦"，比如，杰布啦、索朗占堆啦。

索朗占堆脸色惨白，看上去十分不安，顾不得许多，进了客厅便直冲到木辛霍尔伦活佛近前，忘记了行礼，惊恐地盯着活佛，语无伦次地说道："女神，女神！我看到雪山女神了……我看到魔鬼吃人了！魔鬼吃人了……"

木辛霍尔伦活佛慈和地看着惊魂未定的索朗占堆，笑道："冒失的猎人，不要惊慌，有事情慢慢说，无所不能的雪山之神会保佑你平安，会带给你吉祥的。"活佛说完，又喃喃地念了几句经文。

仁珍拉姆赶紧去找了些药拿了过来，帮着索朗占堆涂在伤口上。索朗占堆渐渐安定下来，在活佛的面前，他心里踏实多了。在村民们的眼里，活佛就是天神转世，拥有大智慧、大法力，可以驱除魔鬼，佑护他们的平安，赐给他们圆满和福报。

仁珍拉姆帮助索朗占堆上了药之后，又给他端来了酥油茶，然后便忙着去厨房和弥梁柯巴老人准备饭菜。

杰布原打算去厨房帮忙，见到索朗占堆狼狈不堪的样子，他很是好奇，便坐到活佛的一边，想听听到底发生了什么事情。

神犬扎巴安静地趴到杰布的脚底下，一动不动，早已没有了平日的冷傲，显得十分温驯，像一名最忠诚的卫兵。

索朗占堆渐渐平静下来，这才意识到刚才在活佛面前的失礼，感到十分羞愧，深深地向着活佛和众人鞠了个躬，"尊敬的活佛老爷，尊贵的客人，请原谅我刚才的无礼。"

活佛笑了笑，丝毫没有怪罪的意思，他伸手示意索朗占堆坐下来，温和地说道："木辛村最勇敢的猎人，到底发生了什么事情？"

索朗占堆走到座位前，他把猎枪从肩头拿了下来，放到了一边，然后

坐了下来，接连喝了几口酥油茶，为众人讲起了他在雪山打猎时的遭遇。

今天一大早，索朗占堆像往常一样，背着猎枪到冈仁波齐附近的雪谷寻找猎物。那一带道路艰险，气候恶劣，容易被魔鬼迷了心窍，索朗占堆却不管这些，冈底斯山脉的许多地方他都敢去，熟悉得很，能到的地方几乎全到了，越是人迹罕至的地方，越是能打到猎物。

不知不觉之中，索朗占堆走到了雪谷的深处。忽然，他看到一只美丽的银色雪狐，在雪地上轻盈灵动地跳跃着。这可是平时很难碰到的！剥下它的皮毛，肯定能卖个好价钱，感谢山神的恩赐，巴扎嘿！索朗占堆心中顿时兴奋起来，他赶紧从肩头取下猎枪瞄了上去。银狐很快便跑远，索朗占堆沿着足迹快步跟了上去。银狐似是在故意逗他，不时地回头看着他，并不跑得太远，始终保持着一段距离，让索朗占堆进退两难。索朗占堆索性狠下心来，调皮的小家伙，我一定要捉住你，剥下你的皮毛，送给活佛仁慈的妻子仁珍拉姆。仁珍拉姆待村人们既慈和又友善，深受村民们的尊敬和爱戴，村民们都说她是度母转世。

爬到了半山腰的时候，索朗占堆感觉有些疲惫，有些气喘，忍不住停了下来，喘了几口粗气，擦了擦额头的汗水。等他定下神来，再四处寻找雪狐时，小家伙早已不见了踪影，索朗占堆心中又气又恼，忍不住狠狠地跺了一下脚，只听得"咔嚓"的一声，觉得身子开始下沉，索朗占堆惊出了一身冷汗，连滚带爬地向着上面猛冲！他很有经验，雪崩了！神奇的雪山总是让人安不下心来，有些地方，甚至是落下一只雄鹰，都有可能引起一场雪崩的灾难。

一定是魔鬼在作祟。索朗占堆慌乱中急冲到了上面一个山角，方才落脚处的一大片积雪便塌了下去，好悬！还好，仅此而已，并没有引起更大的灾祸。他在附近找了一块岩石，掸了掸上面的积雪，把猎枪抱在怀里，坐了下来，惊魂未定地看了看下面，心里不由自主地念起了经文，对着冈仁波齐峰祷告起来，感谢雪山之神的佑护。

歇了一会儿，索朗占堆站起身，四处看了看。这是一处险地，他还是第一次来到这里，以前每次走到远处的山脚，他便绕开了。索朗占堆心中开始恼恨古灵精怪的银狐把他引到这个鬼地方，简直是要他的命。

索朗占堆开始寻找下山的路，忽然，他看见不远处峭壁夹缝的一个角落里，有一个奇怪的影子站在那里，一动不动地看着他。他心里顿时紧张起来，壮着胆子向前走了几步，定睛看了看，心中不由得一阵激动，热血上涌。是一位美丽的雪山女神！她的身上沾着积雪，冰清玉洁的脸上泛着银色的光芒，头顶的峭壁上还挂着个包裹，包裹上面盖满了积雪，在阳光的照耀下，闪着炫目的光芒，里面肯定装满了宝物！巴扎嘿！我索朗占堆看到传说中的雪山女神了，雪山女神一定会给我带来吉祥！巴扎嘿！索朗占堆不敢再多看，那是对神灵的亵渎。他赶紧跪拜，口中念起了经文，祷告起来。

雪山女神始终一动不动。跪拜祷告的时候，索朗占堆用眼睛的余光偷偷看了看，女神一直在眺望着远方，似乎在守候着某个人，并不高兴他的打扰。

索朗占堆跪拜一会儿，便站起身，低着头弯着腰，恭恭敬敬地往后退，准备下山。他兴奋不已，十分自豪！他要把这个经历告诉木辛村所有的村民，还要告诉智慧的木辛霍尔伦活佛和仁慈的仁珍拉姆！

退到了山边，索朗占堆直起腰来，转过身，把猎枪斜挎到肩头，双手扶着峭壁，沿着可以落脚的岩石，深一脚浅一脚，往山下慢慢移动。由于兴奋。他的疲惫早已消失得无影无踪，忍不住又回头看了看美丽的雪山女神。忽然，他发现女神的不远处好像闪出一个人影，一晃便不见了。索朗占堆有些奇怪，以为是自己看花了眼，不由自主地侧了侧身，想要看个明白。就在这一分神的工夫，索朗占堆脚底一滑，摔了下去，向着下面的雪谷快速滚落着！滚动中，他的双手胡乱地抓着，凡是手中能摸到的，他便用力地抓一把。陡坡雪底下突起的石头刺得他浑身疼痛。滚了一会儿，只觉得重重地一摔，终于停了下来。他心中懊恼极了，一定是因为自己亵渎了女神，女神怪罪了他，这是对他的惩罚。他头晕目眩，五脏六腑在翻腾着，过了好久才缓过神来，他感觉到自己似乎躺在一大片平整冰冷的岩石上，积雪盖住了他。索朗占堆平息了一会儿，挣扎着爬了起来，积雪很厚，快要没过膝盖，他活动了一下胳膊和腿，还好，没有受到重伤，冰冻的积雪似垫子一般，救了他一命。

索朗占堆四处察看起来，这里似乎是从半山腰平伸出来的一块巨大岩

石，上面盖着厚厚的积雪，约有两丈见方，底下便是茫茫的雪谷，从下面看上来，很难想象到，这里还会有一片空地，从峰顶俯瞰，除非离得很近，离得远了，和茫茫的雪谷混在一起，根本就分辨不出。

更不会想到，在峭壁上还凹下去一大块，里面有一个一人多高的洞口。看着黑乎乎阴森森的洞口，索朗占堆有些犹豫，要不要进去看看？说不定，里面正有一位大师在静修，他会带给我吉祥和福报。连绵的冈底斯山脉密洞不少，有些僧人在里面静修，有人从中得到了神奇的经书，有人得到了神器和财宝。

索朗占堆犹豫了一会儿，忍不住向着洞口慢慢走了过去。到了洞口近前，他看到洞口两边的岩壁上似乎有些刻画，刻的是一些似人非人的模样，他们载歌载舞，好多的画。索朗占堆并不觉得稀奇，打猎时，他不是第一次见到山里的岩画。他只是有点好奇，这些画好像和别的地方有些不同，他心中猜想着，也许画的便是香巴拉王国的天神们在跳舞。

看了一小会儿，索朗占堆便不再理会，壮着胆子，好奇地向洞口走去，到了近前停下了脚步，伸着脑袋向里面看了进去。

里面离洞口三四米远的地方，正坐着一个蓬头垢面的魔鬼！魔鬼的旁边躺着一具死尸，魔鬼正抱着死尸的胳臂发疯般地撕咬着。

索朗占堆一声惊叫，吓得转身而逃！

魔鬼也看见了索朗占堆，站起身来，瞪着凶狠的目光，咆哮着向索朗占堆冲了过来。

没跑几步，索朗占堆便冲到了悬崖边，再也无路可逃，眼看着魔鬼冲到了近前。索朗占堆心一横，牙一咬，眼睛一闭，向着下面的雪谷跳了下去。宁肯在雪谷里摔死，也绝不能让魔鬼吃掉！要是让魔鬼吃掉，那我索朗占堆的灵魂便永远待在地狱，永世不能轮回了。

好在魔鬼并没有跟着跳下来。

坠落在半空中，索朗占堆心中祷告着：仁慈的天神，美丽的雪山女神，保佑我索朗占堆平安吧！

不知过了多久，索朗占堆从昏迷中醒了过来，他发现自己已经被深深地埋在了大雪深处。他心里胡乱地猜测着，这里是地狱还是天堂？他用力地掐了一下大腿，很疼！他心里踏实起来，听老人们说，灵魂是感觉不到疼痛的。他心头一阵欣慰，我还活着！猎人索朗占堆还活着！索朗占堆并不想死，家中还有仁慈的阿妈、美丽的妻子和可爱的儿子。

接下来的第一件事情，索朗占堆又是向山神祷告，向女神祷告。也不知祷告了多久，他才挣扎着向外面爬去，凭借着猎人坚强的意志和过人的体魄，拼命地爬着。爬到筋疲力尽，他便坐下休息一会儿，然后接着再爬。如此反复，终于，他似乎爬到了一个山坡的底脚处，他感觉到了向上的坡度和冰冷坚硬的石头，心头踏实了许多，又开始不顾一切地向上爬。当索朗占堆看到太阳和群山之时，已经再也没有力气。他心头一阵激动，忍不住眼泪流了出来。

这个时候，索朗占堆早已是饥肠辘辘、浑身瘫软、周身疼痛。坐在斜坡上，他四处察看着，远处的地形依稀有些熟悉。直到恢复了一些气力，索朗占堆这才站起身来，摸索着回家的路。一路上，他甚至不敢回头，生怕吃人的恶魔再追赶上来，想到此节，他不由自主地加快了脚步，他要回到木辛村，把这个不幸的遭遇告诉木辛霍尔伦活佛，让拥有大智慧、大法力的活佛老爷早日铲除妖邪。

众人听完了索朗占堆的经历，唏嘘不已，既同情又惊奇。众人心里疑惑着，雪山深处真的有女神和吃人恶魔吗？看着索朗占堆的表情，不像是编出来的。一个没有文化的猎人，也不大可能编出这样离奇的故事，况且他面对的是他最尊敬的木辛活佛。

木辛活佛听完，用仁慈安慰的目光注视着索朗占堆，说道："善良的索朗占堆，勇敢的猎人，你经受住了天神对你的考验，雪山之神保佑你渡过了灾难，雪山之神会用他无边的法力铲除所有的妖魔。这是雪山之神在启示你，你将会获得吉祥和圆满的福报。"

索朗占堆听完活佛的话语，顿时激动不已，双手颤抖着，几乎要坐不住了，心中所有的不快和恐惧消失得无影无踪，得到雪山之神的佑护实在是他最大的荣耀！他嘴唇嗫嚅着，想要说什么，却一时又说不出话来。

这个时候，仁珍拉姆和弥梁柯巴老人端上了青稞酒和丰盛的热腾腾的饭菜。

猎人索朗占堆这才回过神，他站起身来，恭恭敬敬地向活佛和众人深

深地鞠了个躬，便要告辞。仁珍拉姆拦着他，不让他走，让他坐下来和客人们一起喝酒吃饭。索朗占堆执意要回去，他说，家中的阿妈和妻子还惦记着他呢。仁珍拉姆见留不住他，便不再拦着，为他说了一些祝福的话安慰着他。

青稞酒是弥梁柯巴老人自己酿造的，村民们公认这是附近最好喝的青稞酒。青稞酒是藏民们最传统也是最喜欢喝的酒，几乎家家都会酿造。

端上来的酒壶和酒杯都是纯银的，象征着主人与客人的情谊就像银子一样纯洁珍贵。马强注意到酒壶和酒杯上都印着一些精美的花纹，心里合计着，把这些放店里，保准能卖个好价钱。

木辛活佛从不饮酒，为大家说了些祝福的话，便到经房去了。弥梁柯巴老人为他专门送去了饭菜。

杰布按着木辛村的习俗，用藏语为大家唱起了祝酒歌，不停地向大家敬酒。这是藏民们喝酒时最有意义也很热闹的一个习俗，谁来敬酒谁就要对被敬者唱一首吉祥的祝酒歌。每逢重大的喜庆节日，每个人都要敬酒并唱祝酒歌，而且歌曲不能重复。唱完祝酒歌后，喝酒的人就必须一饮而尽。

已是很晚，众人早已饿了。这场热闹的酒会，让每个人都感到十分开心，感受到了藏民们善良质朴和热情好客的习俗。

一边喝着酒，马强、杰布以及钱忠教授心中不约而同地思考着几乎同样的问题：索朗占堆猎人所说的"雪山女神"和"吃人魔鬼"究竟是谁？他们在那里做什么？神秘的山洞里面藏着什么秘密？洞口的岩画会是什么时期的遗迹？这些会不会和神秘的鼓声有联系？

第二天一大早，杰布刚起床出门，便发现扎巴早已安静地守在门口，等待着主人。杰布在它的脑袋上拍了拍，便急匆匆去洗了脸，然后赶往索朗占堆家。他生怕去得晚了，索朗占堆又要打猎出门。

阿爸木辛活佛在经房里念经，阿妈仁珍拉姆和弥梁柯巴老人正在准备早餐。钱忠教授早已起来，到外面活动身体去了，马强和梅青住的客房里很安静。送他们回来的两位战士昨天吃完晚饭，便连夜赶回去了，说什么也留不住。杰布心里有些过意不去，回来的时候就没打算麻烦他们，可是北京的姑姑、姑父说什么也不放心，硬是帮他安排好了。他们说，这并不是因为一己之私、滥用职权，像他这样优秀的藏族青年，是国家的人才，西藏建设未来的栋梁，说什么也要保护好。杰布无奈，只好顺从了他们的意愿。

走在木辛村的道路上，扎巴紧紧跟在杰布的身边，前后左右，欢快地跑来跑去。的确，和主人分别得太久，久别重聚，又怎能不开心？

杰布心中的反差十分强烈，从繁华的北京中转拉萨，一路颠簸，回到这个熟悉、偏远、还显得原始的村落，心中感慨万千，就是在这片自然环境最艰苦的地方，勤劳、勇敢、智慧的藏族人民创造出了辉煌灿烂的文明。在这片神奇的土地上，孕育着藏族人民多少美好的期望！杰布早已下定决心：一毕业就回到西藏，建设这片神奇而又美丽的雪山高原。

木辛村的房屋绝大部分是用石头建造，村里有一条主街道，街道两边是房屋，井然有序，每一排房屋之间又有一条胡同，胡同的路面铺着各种形状的石块。整个村子显得别具一格。每家每户的门，都十分低矮，进门时先要弯腰，不然就会撞头。这是木辛村古老的习俗，主要是为了防止起尸进门。

村子里有个传说，人死后的七天内，死者要放置在家里，不能送往天葬台，这段时间容易起尸。起尸前会有征兆，死者浑身膨胀，面色紫黑，毛发竖起，身上起满水泡，缓缓睁眼站起身来，眼珠子一动不动，直盯前方，接着举手一蹦一跳向前直行，不会说话，不会弯腰。据说，如果某人被起尸触摸到，会立刻死亡。所以，人们为了预防起尸进门，带来不幸，便为房屋修建了矮门，起尸撞到门框，不是离开便是倒地不起。这个习俗和藏区许多地方有所不同。

杰布穿的是藏袍，村里有些孩子歪着脑袋，好奇地看着他，似乎认不出他来，村里的大人们碰到他，便会热情地同他互相问好。在他们的心目中，杰布是他们未来的活佛。

村子不大，一小会儿工夫，杰布便到了索朗占堆的家门口，弯腰进了门，差点和村里的干部贡布江措大叔碰到一起。贡布江措正要发火，见是杰布，立刻换了一副笑脸，热情地打起了招呼。

索朗占堆正在院子里修理猎枪，见了杰布，也笑着打起了招呼。

杰布客气礼貌地分别向他们问好。

贡布江措指着索朗占堆，恼怒地说道："可恶的索朗占堆啦，正好，杰布少爷来了，让杰布少爷给你说说。"

杰布问了问缘由，原来贡布江措大叔是来动员索朗占堆送孩子去政府的学校上学，索朗占堆说什么也不答应，说要是送孩子到寺庙去学经。

杰布笑了笑，说道："尊敬的贡布江措大叔，放心吧，我会和索朗占堆估秀啦说说的。""估秀啦"在藏语里是对男士或是兄长的尊称。

贡布江措这才放心地离开，在他心里，杰布少爷是见过世面、有学问的人，又是未来的活佛，肯定能把这件事情办好。

索朗占堆热情又有些拘谨地招呼着杰布到屋里去喝酥油茶。

杰布说，不了。

索朗占堆好奇地问道："尊敬的杰布少爷，来找我有什么吩咐吗？"杰布很少到他家来。

杰布很认真地说道："尊敬的索朗占堆估秀啦，以后你就叫我杰布好了，不要叫我少爷，我们都是木辛村平等的公民。"木辛村一些年纪大的人，一直称呼木辛霍尔伦活佛为活佛老爷，自然称呼杰布为杰布少爷，有些年轻一点的也会跟着叫，当然这只是一少部分，大部分的村民早就不这么称呼了。

索朗占堆用奇怪的眼神看了看杰布，似是在琢磨着他的话是什么意思。心里寻思着，平等的公民？我怎么能和杰布少爷平等呢，怎么能和未来的活佛平等呢？

杰布看着索朗占堆奇怪的眼神，似乎看出了他的想法，笑了笑，说道："我的意思是说，我们都是一样的木辛村的村民。我这次来，有件事情想麻烦你一下。"杰布岔开了话题，他心里明白，有些事情一时半会儿，和他解释不清，还有许多村民也一样，他们生活在这个近似原始的地方，对很多东西一时半会儿还明白不过来。不是单凭几句话就能够改变，所以，自己毕业后更应该回到这里来。

索朗占堆笑道："尊敬的杰布少爷，有事你就说吧，是不是活佛老爷有什么吩咐？"

杰布不再绕弯子，直截了当地问了问他，昨天在雪山看到的情形，主要是问了雪山女神和洞口岩画的情况。

索朗占堆绘声绘色地讲了起来，谈到女神的时候，眉飞色舞，谈到那个神秘的山洞和吃人恶魔时，依然心有余悸。

杰布问他，愿不愿意再带他一起找到那个地方。

索朗占堆犹豫了半天，才答应下来。开始有些担心，后来想起了昨晚木辛活佛说过的话，你将会获得吉祥和圆满的福报。活佛说的话从不会错，况且又是杰布少爷的请求，自己能不答应吗？

杰布见索朗占堆答应下来，十分高兴，又请教了索朗占堆一些登山的问题。便回家去做准备。杰布原打算这个暑假去札达象泉河畔考察一下古格王朝遗址，还带了一些考古工具回来。昨晚听完索朗占堆描述的神秘洞口的岩画后，对那里产生了浓厚的兴趣，他心里想着，这肯定是考古工作上的一块空白，先到那里去看看再说。

杰布刚回到家，钱忠教授便招呼他坐到身边。钱忠教授援藏的时候就在阿里，一直和木辛活佛有很好的交情，还抱过小时候的杰布，他很喜欢这个聪明懂事的孩子。杰布对他很熟悉，所以也不用特别地客气，杰布也很喜欢钱忠教授，他觉得钱忠教授有时很认真，有时又像个老顽童，大多数的时候很平和，研究学问总是很投入，知识渊博，每次谈起神奇的藏文化，便如数家珍。在北京时，杰布时常到钱忠教授家里做客，一起海阔天空地探讨各种话题。

马强和他们一起坐在客厅，喝着酥油茶，见了杰布，互相微笑着点点头。没见到梅青，肯定还在床上躺着，她的高原反应很强烈，看样子一时半会儿适应不过来。

马强跟着杰布回家，心里一直觉得有些唐突，好在在这里碰到了故人钱忠教授，他心里一下子踏实多了。一开始他便感觉到杰布的背景非同一般，又惦记着他的那颗价值不菲的藏天珠，便厚着脸皮跟着过来，一到这里便印证了他的猜想，果然不出所料。他隐约地觉得，这一趟来西藏，肯定会有好运气！

杰布对马强的到来，并没有什么不快，他骨子继承了善良的藏民们的真诚质朴和热情好客。况且，梅青的境况如此，杰布反倒觉得，把他们领到家里来是理所当然的事情。

木辛霍尔伦活佛正在和他们二人议论关于神鼓的传说，刚刚开始，杰

布来得正巧。

神秘的鼓声早已传得沸沸扬扬，路上马强曾告诉杰布，他就是听了朋友所说，才赶来冈仁波齐朝圣。

关于神秘的鼓声，有人说是幻觉，有人说确实是听到了。

马强忍不住地问起木辛霍尔伦活佛，鼓声是真的有吗？木辛霍尔伦活佛是苯教古老的木辛家族的后人，世袭的活佛，肯定知道一些鲜为人知的隐秘。

活佛肯定地点了点头，深邃而又充满智慧的眼睛盯在对面挂着的一幅陈旧的刺绣唐卡上，唐卡上绣的是被苯教信徒奉为至高无上的始祖辛饶米沃。这幅唐卡也是让马强羡慕不已的活佛家藏古董之一。

沉默了一会儿，木辛活佛开始讲了起来，很早以前，苯教的大师们作法，以手鼓、单钹为声，以此交往神灵。鼓是最古老、最具神威的法器，拥有无上的法力，可以迎神驱鬼、召唤亡魂，是祈神占卜的神器，法力高超的大师们可以骑鼓飞天，这种飞天的鼓被称为"昂"。鼓的分类很多，有杂额、桑额、扎如、达玛如等，不同的鼓有不同的用场和法力。比如，用两块头骨制成的头盖鼓，便是护法神专用。当年，吐蕃王赤都松赞普远征南诏（今云南大理）之时，传递军情靠的便是苯教的大师们骑鼓飞行，瞬间即达。佛教的米拉日巴大师和苯教的纳若琼奔大师曾经在冈仁波齐比赛斗法，争夺神山之主，看谁先到神山峰顶谁便获胜。纳若琼奔大师骑鼓飞行，眼看只差一箭之遥，不料却被米拉日巴大师赶上，纳若琼奔大师大吃一惊，从鼓上摔了下来，胯下的神鼓也顺着陡坡滚落。冈仁波齐峰自上而下的沟痕，便是当年神鼓滚落时留下的。

在藏区的原始自然崇拜时期，山神是有地区性的。某个地区的人群，只供奉本地区以内的山神，如果越境祭祀会引发部落间的纠纷。因此，藏区的传说中，关于争夺各种神山之主的故事便不足为奇。

马强听得津津有味，听到此处，插进话来："活佛大师，纳若琼奔不是骑着神鼓吗？为什么会败呢？"虽然觉得这句话问得有些不合适，可还是忍不住问了出来。这对苯教来说毕竟不是荣耀的事。

木辛活佛并不在意，既然和大家讲出了这个传说，马强即便不问，他也会说个透彻。活佛看了马强一眼，接着说道："这是因为纳若琼奔大师的法力不够。神鼓的神威和驾驭者的法力相通，驾驭者修习的法力愈高，则神鼓具有的神威便愈强。如若当时是法力无边的辛饶米沃祖师，又怎么会败呢？辛饶米沃祖师曾带着弟子坐着他的神鼓，云游世界，普救众生，日行数万里。"说到这里，木辛活佛的脸上满是自豪，眼中充满了无限敬仰。

马强又问："辛饶米沃祖师我倒是听说过，相当于佛教的佛祖释迦牟尼。大师可不可以给我详细地说说辛饶米沃的渊源呢？"

木辛活佛点了点头，说道："辛饶米沃祖师的一生成就了十二项功业。他具有圣人的聪慧和特异的形体。他的言行能启迪众生，他的形体发出万丈光芒，普照万千世界，光芒所至之处，亿万苍生虔诚信仰。根据《朵堆》经记载，在什巴叶桑天国，有达巴、塞巴、希巴三位兄弟，他们都拜了天界最高神灵为师，学习苯教教理。学成后，三兄弟一起到辛拉俄格尔神那里，请教为人间消除苦难的最高修身济世之法。辛拉俄格尔神告诉他们，要分三个阶段修习。老大达巴完成了第一个阶段的修习，成为第一阶段的上师，相当于佛教的前世佛；老二塞巴完成了第二个阶段，成为第二阶段的上师，相当于佛教的现世佛，并化身为辛饶米沃，塞巴便是辛饶米沃祖师的前身；老三希巴则一直在等待着修习第三阶段的教理，以便承担未来的职责。辛拉俄格尔神是辛饶米沃的保护神，他答应帮助辛饶米沃使世界众生皈依苯教，让苯教传布于万千世界。于是辛饶米沃便化身为王子，降生到了美丽的香巴拉王国……"

说到这里，木辛活佛停住了话语，显得神采奕奕，眼睛里充满了无限憧憬的光芒。

钱忠教授更是显得神采飞扬，十分兴奋的样子。因为这几天他和活佛翻译的经书里描写的主要就是香巴拉王国。关于香巴拉的传说不少，大多是比较模糊的只言片语，从来没有专门的经书去详细描述过。他们二老正在翻译的这本经书叫《雍仲古经》，用古老的象雄文字写在一种略呈青蓝色的黑色纸面上，一排用金汁、一排用银汁，在光线强烈的时候，便闪烁出炫目的光芒，显得富丽堂皇。遗憾的是，木辛活佛和钱忠教授还是有很多地方翻译不出。

杰布安静地听着，这些故事，他也比较熟悉，木辛活佛过去给他讲过。

木辛活佛所讲的，马强有的听说过，有的却是头一次听闻，只听得津

津有味，热血沸腾。他对藏传佛教和苯教一知半解，甚至曾经一直误把苯教当成藏传佛教的一个分支。他虽然不信奉宗教，但是近几年对神秘的西藏宗教文化产生了越来越浓厚的兴趣。

马强忍不住又问道："大师，难道真有香巴拉这个地方？香巴拉究竟是个什么样的世界？到底在哪？"

活佛沉寂了一会儿，眼睛中闪着熠熠的光辉，缓缓地说道："香巴拉王国在无人能至的雪山深处，被两层洁白的雪山环绕。整个王国被神秘的咒语保护着隐藏起来，是万千世界最神圣的地方。王国有八个莲花般的区域，王国中心耸立的九层黄金雍仲山，俯瞰着整个大地，山峰是巨大的水晶石，山上撒满了钻石珠宝。四条河流从山脚流向四方。东边是土吉河，从黄色的象鼻山口流出；西边是水吉河，从白色的雄狮山口流出；南边是火吉河，从红色的孔雀山口流出；北边是风吉河，从青色的骏马山口流出。无数的庙宇、城堡和园林遍布整个王国。九层黄金雍仲山的东面是神圣雄伟的香巴拉神庙，南面是金碧辉煌的卡拉波齐王宫，香巴拉的国王就住在这里。国王有着海一般深邃的智慧，世代掌管着未来世界的最高教义，他的坐骑是一只金色的三翅大鹏鸟。香巴拉王国的整个大地被碧蓝如玉的时轮海环绕着，环绕着的海洋又被陡峭的环形雪山层层包裹。这里的人们有着超凡的智慧，居住在宁静和谐的城市。他们不执、不迷，皆已达到修身的最高境界，他们遵循智慧而生活，和谐相处……法力无边的辛饶米沃曾经化身王子降生在这里，降生的时候，前所未有的奇花绵绵绽放，天空出现巨大的'卍'字符，日月星辰发出奇异的虹光，万物欢腾，鬼神哭号。只有经过箭道才能进入香巴拉王国。当年，辛饶米沃祖师到吐蕃传教时，从他神奇的戒指里射出了一支箭，开辟了这条通道。只有戴着这枚神戒，得到神灵的庇佑，才能安然地通过箭道。"

木辛活佛显得有些激动起来，说话的时候，声音微微有些颤抖。

钱忠教授神采飞扬，他知道，木辛活佛描述的香巴拉王国正是《雍仲古经》里面记载的内容。

马强只听得两眼放光、血脉偾张、心驰神往，忍不住自言自语道："香巴拉！神奇美丽的香巴拉！真是太让人向往！'九层黄金雍仲山，俯瞰着整个大地，山峰是巨大的水晶石，山上撒满了钻石珠宝'，随便从山上捡一颗钻石回来，那可就发大了。可是到哪才能找到辛饶米沃神奇的戒指？"

"听！你们听！鼓声！冈仁齐波山谷传来的鼓声！"坐在一边的杰布睁大了他好奇的眼睛，半张着惊愕的嘴巴。

众人一下子安静下来，细心聆听。

木辛霍尔伦活佛闭上了眼睛，捻动着手中的珠链。

钱忠教授眉头紧锁，一副不可思议的神情。

听了一会儿，马强有些着急，嘟嘟囔囔，"哪呢？我怎么听不到？哪呢？"

木辛霍尔伦活佛轻声说道："驱除纷乱的杂念，平抚躁动的心灵，屏息凝神，神威的鼓声自会唤醒你智慧的灵魂。"

马强明白活佛的意思，是让他安静、静心。他学着木辛霍尔伦活佛，闭上了眼睛，努力地镇定自己，渐渐地平静下来。隔了一会儿，马强一声惊呼："啊，我听见了！太神奇了！我听见了！咦，怎么就响了三声？"马强又着急地睁开了眼睛。

杰布静静地看着他，说道："确实停了。"

钱教授用疑惑的眼神盯着活佛，似乎是想听听活佛的解释。马强刚要说话，见此情形，便不再言语。杰布也盯着木辛活佛，希望阿爸能给他一个合理的解释。

木辛活佛皱起了眉头，一副忧心忡忡的样子，沉默了许久，终于说道："缓慢而悠长，低沉而哀伤，这是召唤的鼓声。"

杰布傻傻地呆坐着，似乎在思考着什么。

钱教授点了点头，他似乎也听出鼓声中有召唤的意味。他知道，鼓在藏区有着悠久的历史，现如今，有些偏远的寺庙中，僧人一天的生活依旧要听从鼓声指挥，或聚或散，或作或息。苯教自古就有鼓占的卜术，他们把鼓面的一半涂成黑色，画上格子，放上青稞麦粒等物，然后击鼓，看看麦粒跳至何处，以此判定吉凶和原因，据此决定禳祓之术。有些冰雹僧人，在驱雹之时，坐在山顶或房屋上，击鼓而歌，或诵经，或念动咒语，以阻挡和驱散冰雹。据说，有经验的还能从鼓声判断出天象的变化。

马强更是好奇，急切地问道："这神秘的鼓声究竟是谁敲的？到底从哪传来的？"

木辛活佛看了看马强，说道："神器有不叩而自鸣的法力。除了香巴拉神庙供奉着的辛饶米沃的神鼓，世间不会再有如此神威的鼓声。"

听了此言，马强的心中产生了更大的疑问，禁不住又问道："大师，您说这神鼓究竟有多大的神威？"

活佛说道："恶人得到它，可以夷平高山，填平四海，摧毁军队，灭绝生灵，可以使沉睡的恶魔恰巴拉仁苏醒；善良的人得到它，可以唤醒沉睡的智慧，振奋孤寂的灵魂，获得无上的法力，可以赶走妖魔，得到勇气和希望、正义和真理！辛饶米沃祖师曾经驾驭的神鼓拥有至高无上的威力。水兔年冬天，辛饶米沃在香巴拉王国的第九层雍仲山顶圆寂，他的神鼓和一些法器、经书被供奉在香巴拉王国的神庙之中。"

马强"哦"了一声，还想问，似乎又觉得自己问得太多了，有些不好意思，欲言又止，但又显出一副不甘心的样子。木辛活佛越是解释，他的疑问似是越来越多。

钱教授看穿了马强的心事，笑着对他说道："恶魔恰巴拉仁是辛饶米沃一生中的敌人和对手。他们之间的关系如同释迦牟尼与提婆达罗。直到辛饶米沃归隐到一个山洞，恶魔恰巴拉仁才终止了同他的抗衡。辛饶米沃在圆寂之前，用他的法力，使恶魔恰巴拉仁沉睡起来。"

马强笑道："啊，原来是这样，那辛饶米沃在圆寂之前，为什么不铲除恶魔恰巴拉仁？"

木辛活佛若有所思地说道："这是天神的旨意。是的，是天神的旨意。天神给人们带来吉祥，也留下了灾难。灾难是为了提醒人们不断地去进取，以获得更多的勇气和力量。至于鼓声究竟在召唤什么，无从得知。"

这个时候，弥梁柯巴老人端上了饭菜，开始招呼着他们吃饭。

杰布安静地听着他们谈论了半天，这才用请求的目光看着木辛活佛，说道："阿爸，我想去索朗占堆说起的那个山洞前去看看那里的岩画。"

钱教授一听，立即接过话来："太好了！我也正想过去一趟！看看这片考古空白的地方究竟藏着什么秘密。"

马强笑着说道："说不定山洞里藏着许多宝藏！"说完，又觉得有些不妥，补充起来，"可能还有历史文物，比如经书和法器。"

木辛活佛看了看杰布，沉默了一会儿，说道："想去那你就去吧，勇敢的杰布，你是阿爸的尼玛！这是天神的安排，雪山之神会铲除吃人的恶魔，会保佑你们平安和吉祥！索朗占堆是木辛村最勇敢最善良的猎人，他会领着你们过去的。"

杰布脸上绽开了笑容，说道："阿爸，我已经和他说好了，他会为我带路的。"杰布一直担心阿爸不让他去。阿爸一直很慈和，有时又很威严。对于阿爸的意愿，杰布很少抗从。不过，木辛霍尔伦活佛向来深明事理，从不为难杰布。在杰布的眼里，阿爸既是一位长者，又是一位智者。

马强自告奋勇："杰布兄弟打算什么时候动身？我和你们一起去，实话告诉你，我可是有名的登山高手。"马强说的倒不是大话，他确实是一名业余登山高手，在国内的业余登山界小有名气。也许是他一直爱好旅行和探险的缘故，再加上他有良好的体格和坚实的财力。

杰布笑道："好啊，人多力量大！那就一起去！不过，还得准备一些登山的器材。"

马强一听说杰布愿意带他一起去，很是高兴，胸脯拍得咚咚响，说道："放心，这些包在我身上，需要准备什么，我清楚得很，比你们在行。吃完饭我就去办，阿里城里有个旅行社，我和他们是老朋友了，他们可以帮忙代办，我来安排，你只管准备你的考古设备就行。"

钱教授说道："还有我一个呢！这样的事情可是少不了我，我倒是要看看，那些岩画到底藏着什么秘密！"

杰布担心地看了钱教授一眼。

钱教授拍了拍胸脯，笑着说道："放心吧！小杰布，我这把骨头结实得很，老当益壮，不比你们年轻人差多少。"

杰布笑了笑，算是同意了。

钱忠教授又对着马强认真地说道："器材和设备需要多少钱，我出一部分。"

马强一听，有些不乐意，说道："钱教授，看你说的，瞧不起我马强不是？我马强虽不是什么富豪，拿出个百八十万的探险基金，还是小菜一碟。"

钱教授说道："好！那就宰你这个大款一回吧，算是支援国家考古工作，上次你卖给我朋友一件假货，还没找你算账呢。"

马强很认真地说道："一码是一码！真要是假货，那是因为我马强眼

力不济。回去你就给我送店里，一分不少，包退！还报销打车钱。钱教授，你看怎么样？"

钱教授笑道："看你这张嘴，顶得住千军万马，难怪生意做得好。丑话我可得先说在前头，出了文物那要上交国家文物部门。可不能往你店里拿，一件也不行。好了，不说了，吃饭，吃饭，假货的事先不和你计较，回北京再说。"

马强的办事能力倒是真有一套，当天下午快傍晚的时候，旅行社的人开着车子，按照他列的器材清单把货物送到了木辛村。

第二天一早，钱教授、杰布、马强、索朗占堆四人便雄赳赳地出发了。

梅青还躺在床上，似乎垮掉一般。马强要把她先送到阿里的医院，梅青说不必了，自己能挺住，让自己慢慢适应过来。

临行前，木辛霍尔伦活佛为他们念诵经文做了护持，然后便去了寺庙。

杰布从村里找了一辆拖拉机，把他们送到了冈仁波齐山口。在这个道路崎岖的地区，拖拉机似乎比越野车实用性更强。

当然，队伍里肯定少不了杰布的好兄弟——神勇的扎巴。

第二章　雪山女神

　　猎人索朗占堆对雪山的情况比较熟悉，走了整整半天的时间，沿着那天追踪银狐的道路，他把大家带到了雪山女神附近的山脚下。

　　扎巴兴奋地在雪地上撒欢，不停地跑来跑去，不时机警地四处张望，似乎冷傲的雪山才是它真正的归宿。

　　走了半天，众人都觉得有些累，钱忠教授早就嚷嚷着要坐下来休息。的确，背着个沉重的大包，着实让他觉得有些吃力。一路上钱忠教授不停地抱怨，马强准备的家当太多了，仅仅是一次小小的考察，就让每个人背着这么多东西，似乎有些小题大做。

　　马强信誓旦旦地说："听我的准没错！做学问我不如你，搞登山这套，在我面前你们都是小学生。知道什么是有备无患吗？来这登山，小命都在这包里装着。背不动也得背，包丢了就等于命丢了！"

　　钱教授笑着说："有你说得这么严重？"

　　马强说："我也希望包里的东西派不上用场，真派上用场的时候，怕是搬座金山也换不来这么一个包。"

　　好在风和日丽，大家可以一边休息，一边远望着雄伟的冈仁波齐山峰。

　　举目远眺，雪峰直插云霄，被朵朵白云环绕着，就像戴上了一顶洁白的银冠，更增添了几分神秘，给人一种缥缈空灵之感。峰体中央，似是通往云端的悬梯，两侧是险峻的悬崖峭壁，像一座天然的宫殿，使整个山峰看上去更加庄严壮观。让人不由自主心生敬畏之感。

　　趁这工夫，马强仔细地察看了一番地形。索朗占堆所指的山洞口和雪

山女神的位差不大，也就相隔二三十米的高度。马强建议：先沿着索朗占堆那天追踪银狐的路线，到达雪山女神的位置，然后再放下绳索，攀到山洞口的岩石上。

大家采纳了他的意见，除了猎人索朗占堆之外，谁的登山经验也没有他多，质朴的索朗占堆又不大爱说话，这个时候，马强便充当起考古队的指挥官来。

休息了一会儿，马强便催促大家出发，"山上的路看着近，走起来可就远了。耽搁的时间久了，怕是天黑也到不了。"

休息了一会儿，众人恢复了一些体力，赶紧起身出发，谁也不希望在雪地里过夜。

在索朗占堆的一路提醒下，大家知道，已经渐渐地接近雪山女神的位置，可是依然看不见女神的影子，道路越来越难走。没有人抱怨。一想到马上就可以见到雪山女神，大家反倒越来越兴奋，丝毫不觉得累。

攀上了最后一个斜坡，过了一个拐角，索朗占堆很快便找到了他曾经歇脚的岩石。没费多大工夫，众人的目光很快便搜寻到了雪山女神的影像。

神秘的雪山女神依然肃立在远处峭壁夹缝的角落里。索朗占堆走在队伍的最前面，他激动不已地快步走到雪山女神几米远的地方，虔诚地顶礼膜拜。

马强欢呼着扔掉了手中的登山杖，刚要往前冲，见到索朗占堆正跪在雪地上喃喃地祷告着。出于尊重，不便惊扰他，他们放慢了脚步，放下身上的背包，走到雪山女神附近，站在一边，仔细地打量着传说中这位神秘而又美丽的雪山女神。

杰布双手合十，闭上眼睛，默默念诵着经文。按照苯教的习俗，对着女神拜了几拜。虽然杰布信仰的也是苯教，但远不似索朗占堆这般痴迷。一位理性的宗教信奉者和一位虔诚的宗教徒，有很大的差别。

的确是一位美丽的雪山女神！她的身上落着冰冻的积雪，穿着少见的早已褪色的黄色登山服，透过稀疏的积雪，在阳光的照耀下显得有些灰白。马强了解这种登山服，这种款式早已过时，曾经在国际登山界流行过。雪山女神的双手收拢着，缩在衣袖中，紧紧地抱在怀里。她的身体微微蜷缩着，稍弯着腰，微缩着脖颈，长发从帽子边沿一直垂到肩头。她长着大大的眼睛，长长的睫毛，高耸的鼻梁，蓝玻璃般的眼睛一动不动，凝视着远方，脸上挂着微微的笑意，似是向远方眺望她等待着的人。她的衣服和脸庞凝结着一层薄薄的冰霜，泛着银色的光芒，冰清玉洁的神情让人禁不住地惊叹她冰冷慑人的美丽！

马强走到近前，想要伸手去碰，却又缩了回来，自言自语道："是雕像还是真人？"紧接着，他又喊了一嗓子，"喂，美丽的女神，我们来朝拜你啦！"

"像是被冻死的登山者！"杰布走到近前，接了一句。

"是的，我想是的！"钱教授认可了杰布的观点，"马强，你个子高，把上面的那个包拿下来看看，说不定可以从中找到遇难者的线索。"

马强默认了他们的观点，微笑着，走到了包裹下的位置，伸手够了够，差了一点，他到附近找了块石头，石头冻住了，想搬也搬不起来，便对杰布说道："来，杰布兄弟，过来帮我一把，抱着我的腿，把我往上抬一下。"在冰冻的雪地上，马强不敢乱跳，万一滑倒，可能引发难以预测的连锁后果。

杰布照做，用力地抱起了马强的双腿，将马强往上抬了抬。背包只是被卡在峭壁的夹缝里，冻住了，马强用力一拉，便掉了下来，落到了雪地上。

索朗占堆已经站起身来，疑惑的眼神看着他们，有些不高兴，皱起眉头，似乎是怪罪他们扰乱了雪山女神的宁静。

马强弯下腰来，正要打开背包，忽然又停了下来，看着钱忠教授，狡黠地一笑，说道："钱教授，这包里的东西可不能算是文物，要算也只能算是遗物。不管有多少宝贝，要是找不到他们的家人，咱大伙儿就平分了哈！"

钱教授知道马强在故意逗他，和他开玩笑，说道："赶紧打开看看。先弄清楚她的身份再说。"

马强刚要打开。忽然，附近猛地传来一声厉喝："Stop！住手！不许乱动！"说的是生硬的汉语夹了一句英语。

不远处，一支黑洞洞的长筒猎枪对准了马强。

不知何时，一位神秘的怪人从十几米远的雪山峭壁间闪身而出，突然出现在众人面前。

这个时候，扎巴正在远处的雪地上追逐着一只精瘦而高大的黑熊，这

种熊看上去不是很壮，却是很灵活，力大无比，很厉害，被藏民们称为"山地之王"，可以把一头牦牛的脑袋掰成两半。扎巴似是突然意识到了主人杰布的危险，向着这边看了看，放弃了逃窜的黑熊，向着杰布奔了过来。

众人惊愕的眼睛顺着声音的方向一起看了过去。索朗占堆举起了猎枪对准了那个怪人。

只见那怪人长着一副高大的身材，穿着一身破旧的藏袍，戴着一顶灰色的藏帽，帽子下面露出的半黄半白的头发卷曲着，披散在肩头，比较凌乱，灰白的络腮胡子又密又长，遮住了半个脸庞，高耸的鼻梁，蓝色的眼睛，额头上印着几道深深的皱纹。从他的五官上看，明显的西方人的长相。那怪人双手端着一支土制的藏家长筒猎枪，犀利的目光正喷着愤怒的火焰瞪视着马强。

钱教授注意到了，他胸前的藏袍上面挂着一块十字形的托架。托架是藏语的音译，指的是天铁或雷正。藏区有个传说，托架是打雷时降下来的神铁，长期埋在地下而不锈，形状各异，颜色也多种多样，在边远的农牧区，人们很看重神秘的托架，以佩戴托架为荣，捡回来做护身符，据说可以驱魔避邪，带来吉祥。据考证，这些托架大多属于古人类的遗物，也有一部分是陨石碎片。钱教授思忖着，从这人的情形上看，是位长期在藏区生活着的外国人。

杰布有些不知所措，大脑飞快地思考着，这个怪人是谁？和这位冻死的登山者有什么联系？

马强不愧是参加过实战的老兵，非常镇定，放下背包，举起了双手，慢慢站起身来，平静的目光紧盯着那个怪人，慢慢向前走了几步，然后停了下来，眼睛一眨不眨，紧紧地盯着他，似乎在寻找出手的机会。

钱忠教授临危不乱，赶紧说了一句英语："Friend! Don't fire!"意思是说，别开枪，我们没有恶意！钱教授的英语基础还是不错的，可以流利地阅读国外的考古文献，可惜的是，和国内的许多专家教授一样，只会阅读，真要说起来，费劲得很。说完，钱教授又把焦急的目光投向了杰布。

杰布很快便反应过来，赶紧用英语解释起来：请不要误会，我们没有恶意，我们只是登山者，偶然路过这里。

扎巴很快奔到了杰布的身边，低鸣着，眼睛瞪着那个怪人，等待着主人杰布下达发起攻击的命令，随时准备一跃而起，扑上前去。

杰布了解扎巴的性情，蹲了下来，伸手搭在扎巴的脊背上，提示着它不要冲动。这是他们之间的默契。虎视眈眈的扎巴冷静地等待着主人的攻击命令，蓄势待发。

那个怪人疑惑的眼神打量了他们一会儿，神色渐渐平和下来，相信了。他把猎枪慢慢地放了下来，利落地一甩枪身的带子，背到了肩膀上，紧接着，不紧不慢地走到雪山女神的背包前，把背包整理好，拎着放到的雪山女神的身边，然后又深情地吻了吻雪山女神的额头。

见此情形，马强长吁一口气，举着的双手放了下来。

索朗占堆举的猎枪也放了下来，惊愕地盯着怪人的惊人之举。

杰布紧张的心情放松了许多，赶紧从自己背包里拿出了一些食物，送到了怪人的面前。怪人迟疑着看了看他，没有去接。

钱教授伸手擦了擦额头的冷汗。

杰布用他真诚的目光注视着那位怪人，再一次把手中的食物往他面前一伸，微笑着，说道："Friend！"杰布把他当成了一位雪山"野人"，展开"食物外交"。

那个怪人最终还是拒绝了，很客气地说了一句生硬的藏语："托及其！"藏语里，"托及其"是指"谢谢"的意思。

杰布也笑了，不再勉强，收回了食物，紧张的气氛一下子缓和下来。

见此情形，为了缓和气氛钱忠教授笑着说道："一场虚惊！一场虚惊！折腾了大半天啦，早就饿了，看到杰布拿出吃的，也勾起了我老人家的食欲。干脆我们就在这儿搞个野餐吧！"

马强笑道："好啊，早就饿啦，正等着你这句话呢。"说完，赶紧跑到自己的背包前，打开来，开始张罗起来。

不一会儿工夫，一顿雪地上的野餐盛宴便准备妥当。居然还有一瓶青稞酒，是临行前马强特意向弥梁柯巴老人讨要的。

杰布架起了酒精炉，从附近拿了些雪块放到小锅里，烧起了开水。一路上，马强曾反复地和大伙儿说，水可是登山探险者的万能良药。尤其是在高海拔中，登山者每天必须摄入足够的水分，以获得体内的平衡，有助于在短时间内适应高山环境，获得良好的身体状况和体能，还可以有效地

缓解头痛、水肿、疲劳等高原反应，正确地喝水将使登山者走得更远，攀得更高。

杰布和钱忠教授向那位怪人发出了友好的邀请，那个怪人看上去很高兴，爽快地接受了邀请。围坐下来之后，怪人便用英语和杰布谈了起来，一开始还显得有些生硬，似是很久没有说过，一会儿工夫便慢慢恢复过来，越说越流畅。钱教授小声地为马强和索朗占堆充当翻译。遇到钱教授卡住的地方，杰布会小声地帮着补充解释。

他们一边喝着酒，一边聊着天。

这个怪人叫史密斯，曾经是一位美籍登山爱好者。或许是不胜酒力的缘故，只喝了几口，史密斯便脸色发红，讲起了自己在这座雪山曾经经历的故事。

原来，"雪山女神"名叫玛瑞丝，是史密斯的妻子，他们来自加利福尼亚。夫妻俩酷爱登山。夫妇二人曾经一起征服过许多国际名山，包括珠穆朗玛峰。

1985 年 5 月，史密斯夫妇应几位好友的邀请，一起来到中国的西藏阿里，企图征服这座亚洲最著名的神山——冈仁波齐峰。他的这几位朋友，都是当时国际上著名的业余登山高手。虽然冈仁波齐峰海拔只有 6638 米，但挑战这个高峰对于他们来说，似乎比攀登珠穆朗玛峰更具有诱惑力。或许是因为它的神圣不可侵犯，国内外曾有许多著名的登山队在这座神峰前折戟。

他们出发的日期和中日联合登山队攀登海拔 7694 米的纳木那尼峰的出发日期选在那一年的同一天。这也引起了国际上众多媒体的强烈关注。

出发的时候，天气状况极好，天气预报说，晴好的天气将会持续相当长的一段时间。这十分有利于他们的登山计划。他们很兴奋，仿佛在冈仁波齐峰登顶是指日可待的事情。

不幸的是，就在中日联合登山队宣布纳木那尼峰登顶成功之时，厄运却降临到了史密斯他们的头上。离峰顶不远处，他们碰上了雪崩，除了史密斯一个人幸存下来之外，其他人员全部遇难。

史密斯从鬼门关闯出之后，曾多方组织搜救队，投入了大量的人力物力，持续了一个多月，始终一无所获，最后，无可奈何地放弃了救援行动。

就在即将登机回国之际，史密斯的意识中似乎突然觉得，妻子玛瑞丝还活着！正在雪山的某个地方召唤着他、等待着他。史密斯很爱他的妻子。

于是，他不顾一切再次回到了冈仁波齐，孤身一人在曾经失事的地方四处寻找。足足花了三个多月的时间，终于，他找到了他深爱的妻子玛瑞丝。

此时的玛瑞丝已经变成了一位美丽的冰冻"女神"，她的灵魂永远地留在了这座圣洁之山。

伤心不已的史密斯，发誓要在这里终身陪伴他深爱的妻子。在他心中，只有这座圣洁的雪山才能永久地留住玛瑞丝永恒美丽的容颜和他们神圣伟大的爱情。

讲完了自己的经历，史密斯是微笑着的，并没有流泪，看上去，正陶醉在他们幸福而又伟大的爱情之海。他深情地看着正凝望着远方的玛瑞丝，静静地喝了一大口烈烈的青稞酒。或许是玛瑞丝的美丽让他陶醉，又或许是甘醇的青稞酒让他迷醉，史密斯苍老的面庞开始泛红，眼睛中闪烁着熠熠的光芒。

众人听完之后，唏嘘不已，对史密斯投去了钦佩的目光。算起来有二十多年了，先不去想象史密斯是如何生存下来，单凭这份坚贞不渝的爱情，便足以让人震撼。那个时候，史密斯还年轻，现在已经开始衰老，或许有一天，他终究会老去，倒下的时候，肯定是陪伴在妻子玛瑞丝的身旁，圣洁的雪山将会成为他们伟大爱情的永恒见证！会把他们传奇的爱情凝固到时光的尽头！

索朗占堆终于算是搞明白这位神圣的"雪山女神"原来只是位登山遇难者。他坐在雪地上，双手合十，真诚地对着玛瑞丝又拜了拜，为她念诵着最美好的祝福经文。

见此情形，杰布借机开导着索朗占堆：勇敢的索朗占堆啦，最伟大的天神藏在你的心里。

结束了这顿特别的雪地盛宴，史密斯向他们表达了真挚友好的谢意。随后，便解下自己的藏袍，包裹着他心中冰清玉洁的"女神"，抱着她冰冻的躯体，头也不回，默默地离开了。

或许，他不愿意再让别人打扰这位美丽的"雪山女神"的宁静。

众人的目光注视着他们远去，各自心中感慨不已。

史密斯走远之后，马强便开始张罗起来，选好了位置，让杰布和索朗占堆做他的帮手，打桩，固定绳索，准备攀到下面的山洞中去。

马强临时给他们三个人讲了一些必须注意的攀岩常识、技巧和一些安全问题，又详细地讲解了相关器材的使用。然后，安排了下攀的顺序：马强第一个下去，之后是杰布，再之后是索朗占堆，钱教授被排在最后，扎巴就留在上面站岗放哨。

马强解释说："有经验的在下面。这样，万一上面哪个人出了点麻烦，可以及时发现，便于帮助救援。"

钱忠笑着开起了马强的玩笑："你小子还不是惦记着洞里的宝藏吗？想第一个下去独吞呢？"

马强笑道："洞里不是有个吃人恶魔嘛，我是想先下去送给它吃喽，它吃饱了就不吃你们了。"

马强有着丰富的登山经验，动作很熟练，攀得比较快，二三十米的高度，不一会儿工夫，便攀到底，下到了岩石的雪地上，然后，急火火地钻进了洞口。洞口峭壁上的岩画，他看也不看，对于他来说，一点吸引力也没有，他最关心的是山洞中是不是真的藏着巨大的宝藏。

钱教授的动作比较慢，倒也稳健，一副老当益壮的雄姿，一边向下攀，一边心里嘀咕着，这马强进了洞半天没出来，别把里面的文物遗迹给破坏喽。

杰布和索朗占堆动作比钱教授麻利得多，他们一下到底之后，便担心地站在底下，紧张地抬头看着钱教授。没多久，钱教授终于也下到了底。三人同时长吁一口气，随即，便着急地进了洞。一边走着，索朗占堆把猎枪的子弹压上了膛，端着往里冲，他们担心马强在洞里出什么问题。

一进洞，三人松了一口气。马强毫发无损，正涨红着脸，喘着粗气，靠在岩壁上揉着脖子。洞口并不深，大约也就一间房子那么大。

马强的脚底下躺着一具死尸，尸体的脑袋耷拉着歪在一边，似是脖子被扭断了。角落里还躺着一具死尸，衣服被扒光了，扔在一边，一只胳膊和一条腿被卸了下来，旁边扔着一些沾血的骨头，地上有一摊血，凝固了，已经变得紫黑。想必这就是曾经让索朗占堆惊慌失措的"吃人魔鬼"。

杰布和钱忠教授见到洞中的情形，不约而同地问道："怎么回事？发生了什么事情？"

马强的呼吸渐渐平稳下来，他看了看脚底下的死尸，狠狠地踢了一脚，气恼地说道："简直就是个疯子，差点要了老子的命！还别说，看他的眼神倒像是真的疯了！想我马强，当年的战场上都挺了过来，没想到差点在这丢了老命。这丫的出手真狠，招招要命。幸亏这些年，我没把看家的本事给丢了，要不然，还真在这里送了命！"

显然，刚才这里发生了一场恶斗。马强胜了，杀死了这个所谓的"吃人魔鬼"。

杰布和钱忠教授走到尸体近前，低头打量起来，皱起了眉头，心里思索着：他们究竟是什么人？为什么会在这？

马强说道："看什么呀？你们全外行，能看出什么名堂来？走，到外面透透气去，这一洞的血腥味，真让人恶心。"马强说完，便快步往洞外走。钱教授他们三人下意识地跟了出去。

一出洞口，马强大口地吸了一口气，然后吐了出来，微笑着，盯着杰布问道："杰布，知道他们是什么人吗？"

杰布摇了摇头。看着马强自信的样子，心里想着，马强经验丰富，也许他知道，不由问道："马大哥，他们究竟是什么人？"

马强心有余悸地说道："我也不知他们是什么人，但有一点我敢肯定，肯定是军人出身，而且是受过特种训练的军人。出手有力，又快又狠，招招要人的命。"

钱教授笑道："大难不死，必有后福，想不到你小子生意做得好，居然功夫也练得好。你怎么就知道他们是特种部队的军人？不会是特警或者是功夫好的民间奇人？"

马强认真地摇了摇头，说道："我敢打赌，肯定是特种部队的军人！"

钱教授笑道："我看这个赌是没法打了，死无对证了嘛。奇怪，他为什么会在这个地方？"

马强笑道："我说钱教授，想不到你这偌大年纪，好奇心还挺重。哈哈，赶紧赶紧，趁他刚上路，没走远，你老人家追过去问问。"

钱教授笑道："去你的！你小子狗嘴里吐不出象牙来。"

杰布听着他们二人调侃着，心中一直在疑惑着，等他们停下话来，便急切地问道："马大哥，我觉得刚才钱教授的问题很有道理，你怎么就知道他是特种部队的军人？不会是特警？我就不明白了，你为什么这么肯定你的结论？"

马强笑道："好家伙，你们的好奇心都不小，看来我不帮大伙儿分析一下原因，大伙儿都得憋疯喽。从军事素质上说，特种部队的军人和特警差不多，但是有一点你们要明白，特警的任务主要是维护社会治安，制服恐怖分子和歹徒。而特种部队的训练是为了战争，直截了当地说，就是为了杀人。真正到了战场上，扯什么淡都是瞎话！唯一的目的就是要保全自己、消灭敌人。世界上最残酷的地方不是刑场，而是战场！因此，在平时的训练上，特警的格斗主要是为了擒敌，而特种部队的格斗就是要杀敌，所以招招致命，根本不讲什么套路规则，能消灭对手的就是最强最狠的招式。明白了这点差别，我的推论你们也就容易理解了。你们是没见，好家伙，想我马强好歹也是鬼门关前硬闯过来的，刚才差点让这孙子给灭了！"

听了马强一番分析，众人似是明白过来。刚才的一场恶斗，肯定十分凶险。在这场短短的你死我活的争斗中，好在是马强幸存下来。

索朗占堆和杰布用敬佩的目光盯着这位曾经从战争中全身而退的英雄。

钱教授大是心服，说道："对，对，对，是这么回事。刚才你有句话说得好！'世界上最残酷的地方不是刑场，而是战场！'这可不是一般人能感受出来的道理，很有哲理。真想不到，你这个生意精还曾经是位大英雄、国家的功臣。小时候练过？"

得到了钱教授的夸奖，马强得意扬扬，"是的，算你老人家有眼力，我马强五岁开始学功夫，不过，那些都是花拳绣腿，中看不中用。曾经在部队特训的那段时间，才真正明白什么才叫格斗！"

杰布问道："你们上前线的部队都要经过这种特殊的训练吗？"对于杰布这样的大孩子来说，战争仿佛是很遥远的事情，仅仅是从一些影视画面和小说里看到过，只感觉到浪漫，没觉得有多么残酷。

马强的脸色沉寂下来，仿佛又回到了硝烟弥漫的战场，长舒了一口气，说道："一般士兵的训练主要是体能和常规的战术动作，比如射击、隐蔽、匍匐、急行军，等等。能够有机会参加特种训练的士兵只是少数。至于那时我为什么参加特种训练，也是出于当时的特殊情况。干脆，我就给你们扯个明白吧，省得大伙儿的好奇心越来越重。"说完，马强显得有些无可奈何地笑了笑。

钱教授、杰布、索朗占堆同时笑了起来。战争对于男人来说，似乎有着无穷无尽的吸引力。

马强从口袋中掏出了一包烟，烟盒是扁的，折皱着，大概是因为刚才搏斗的缘故，马强拿出一支烟来，捋了捋，捏圆捋直了，然后叼上，点着，吸了一口，吐了出来，很过瘾的样子。

钱忠教授、杰布和索朗占堆三人紧紧地盯着马强，急不可耐地等着他的故事。

看着他们的神情，马强轻轻笑了笑，这才开始讲了起来："对越自卫反击战一开始的时候，越南士兵很嚣张，内战、外战毕竟他们打了很多年的仗，连曾经拿着先进装备的老美军队都让他们打怕了。当时他们号称自己是排在美苏之后的世界第三军事强国，背后又有苏联做后台，根本就没瞧得起我们。因为那个时候我们部队中大多的战士都很年轻，国家经济还有些困难，没有实力配备太好的装备。可是，接连经过了几次战事，我军节节胜利，战线快速向前推进，越南兵扛不住了，开始惊慌起来。可能是被我们打急了，狗急了还跳墙不是？越南军队居然派出他们的特种部队潜入我们的后方，袭击村庄，破坏交通线，见人就杀，被杀的大部分是普通的百姓。更可气的是，当时居然袭击了我军后方的一所野战医院，用极其残酷的手段杀掉了所有的伤员和医生！

"这下子把首长给震怒了！首长下令，从各个部队挑选精干，组建特种部队，专门收拾这群畜生。我就是在那个时候被挑了出来，参加了一段时间不长的临时集训。于是，中越特种部队之间的对抗就这样开始了。当时我们那些战友们个个抱着决死之心，官兵每人都有一个光荣弹，自杀用的。所以，极少有越军能够俘虏我们的特种兵战士。我们这个部队一出手，越南军队就尝到了苦头。遭遇战中，基本上每次出手，就是一招毙命，素

质高的战友，往往徒手便可以干掉两三个越南的特种兵。当时前线的越南兵一谈起我们的特种部队，就吓得尿裤子，闻风丧胆，望风而逃。对我们是又恨又怕，又无可奈何。到最后，越南人扛不住了，竟然恬不知耻地向我方提出建议，停止两军特种部队之间的对抗。哈……"

听到这里，钱忠教授没有笑，却叹了一口气，说道："唉，战争啊，总是太残酷，我算是进一步理解了你刚才的那句话：世界上最残酷的地方不是刑场而是战场。好啦，时间不早了，赶紧忙我们该忙的，等到天黑，就什么也干不了了。"

马强谈兴未尽，笑道："只有经过战争，才能真正明白，和平来的是多么不容易，好日子有多么幸福。好啦！哥几个都抓点紧，先把尸体埋了，我看就埋外面的雪地里，放在洞里真够恶心人的，也算是尊重死者，不管他是什么来头。"

钱忠教授略显激动地快步走到了洞口的岩画前，如醉如痴地察看起来。对于钱教授这样的学者来说，这些就是远古文明留下来的最伟大的艺术品。

杰布帮着马强和索朗占堆，从洞里拖出尸体，在雪地里掩埋了。然后，杰布赶紧取出数码相机，走到岩画前拍了起来。

索朗占堆静静地坐到一边，眺望着远处的冈仁波齐峰和白皑皑的茫茫雪谷，心里似乎有些茫然，有些事情他想不明白，皱着眉头奇怪地思索着。一直让他敬畏的"雪山女神"和惊恐的"吃人恶魔"，原来也只是普通的人。

马强一忙活完，便赶紧再次进了山洞，寻找他梦寐以求的宝藏。马强心里琢磨着，在这地方出现这么个奇怪的山洞，肯定非同寻常，说不定这就是一个大宝藏的入口，通道就藏在一个隐秘的石门背后，需要念动"芝麻开门"之类的咒语，或者找到一个隐秘的开门机关。

山洞中两具死尸拖出去之后，便显得空空荡荡。四壁光秃秃的，什么也没有，连一条细缝也看不见。马强上上下下、仔仔细细地用他敏锐的眼睛筛了一遍，还是找不见密洞或暗道之类的任何蛛丝马迹。

钱忠教授和杰布正在洞口的岩画前，看得如醉如痴。杰布小心地清掉了画面上稀疏的积雪，能拍的地方全拍了下来。

在阿里地区，藏民中很久以来就流传着关于"日木栋"的传说。"日木栋"在藏语里是画面的意思。据说，这些"日木栋"是天神亲手在岩石上刻画出来的，时隐时现，而且画面时常变换，不同的时间不同的季节显出不一样的画面，只有福缘深厚的人才能够看到，平常的人即使在旁边走过，也是视而不见。

洞口外面的这片岩画泛着青灰色铁褐般的隐隐光泽，似乎画的是一个原始部落的生活场景，有狩猎的、放牧的、耕耘的、祭祀的，虽然经过了风霜雨雪的侵蚀，依然线条流畅，清晰可见，透着一种原始粗犷的美。

钱教授一边看着，一边激动地给杰布讲解着："杰布，看！这边暗红的粗线条，肯定是用矿物颜料绘制的。拉弓的猎人，还有这奔跑的猎狗、四脚朝天的牦牛，真是栩栩如生！了不起的杰作，典型的原始部落狩猎场景；再看这祭祀的画面，巫师浑身长毛、头插羽毛，领着人们对天长拜，血池边倒地被杀的奴隶，鲜血似乎仍在汩汩流淌，这是以活人祭天的血祭场面啊！早期原始苯教的典型祭祀仪式。这些岩画看起来很久远。西藏的历史，比人们想象中的要久远得多！"

对于杰布来说，有这样一位知名的专家做指导，这是一次极好的学习机会。虽然他生长在阿里这个地方，大部分时间却生活在学校中，学的又大多是理论，实际的考察经验并不多。

杰布说道："是的！钱教授，据我所知，目前在我们阿里一带已经发现了不少遗存的岩画，时间的跨度很大，内容也很丰富。考古的发现，已经证实，西藏的文明远比书中记载的要久远得多。很多被人们当作宗教神话的民间传说，并非空穴来风。"说到这里，杰布显得有些激动起来，"而且，在我们西藏，已经发现了好几处新石器时代的遗址。从发现的岩画中反映的那些先民生活形态、从出土的陶器碎片和石器来看、从发现的新石器时代的建筑遗迹和墓葬来看，一万年以前，我们的青藏高原就有人类生活在这里。曲贡遗址出土的铜器，证实了我们藏民在4000年前就跨入了青铜器时代。所有这些考古发现，大致和中原文明相近的历史时期接近着。我相信随着考古工作的逐步进展，青藏高原上的文明，将会打破现有的历史框架，改写史书！"

钱忠教授赞赏地看了杰布一眼，笑道："是的！杰布，西藏西部的早期，在相当长的一段历史时期，曾经有过超乎今人想象的文明，这一点不容置疑！比如象雄文明。我一直就没有怀疑过：我们对西藏历史的认识太少！

真正能够还原祖先历史的，不是史学家和文人们，而是考古工作者。这个重任还是要靠你们一代一代的年轻人去接力！"

说着话间，杰布的眼睛定格在了那幅巫师的画面上。对钱忠教授的话似乎并没有在意。他觉得画面上的巫师很奇怪，头上插的那根长长的羽毛很特别，从来没有见过的种类，不像是装饰用的，倒像是一种权力和身份的象征。尤其是他举着的那根手杖，杖被巫师双手捧着，高举过头顶，显然，这是一件神圣之物，杖的一头似乎是一只展翅的大鹏鸟，这只大鹏鸟和自己佩戴的藏天珠上的大鹏鸟，倒是有几分相似。最让杰布惊奇的是，前面祭坛的中心位置上，似乎又供着一件很特别的圣物。他隐隐地觉得，画面中巫师领着人们朝拜的对象不是天神，而是祭坛中心的这件圣物。

杰布忍不住走到近前，想看清楚，这究竟是一件什么圣物。

钱忠教授依然沉醉在追溯往事的想象之中，目光又转移到了山洞另一侧的画面上，他慢慢地从积雪中走了过去，指着另一边的岩画又滔滔不绝地讲了起来：

"杰布，你看那里，这边的风格似乎和那边有所不同。上方绘着的残月和太阳，太阳内还有几个小圆圈，这代表着什么？一、二、三……九、十，一共是十根，外面的十根线条应该代表的是太阳的光芒。可是，为什么是十道光芒而不是九道？再看太阳右侧的这棵大树，枝繁叶茂，分布于枝干两侧，两边还有一些大圆点，是在表示果实吗？还是另有其他的含义？大树右侧的'卍'字形雍仲符号。这是最常见、最古老、又最能够代表藏地文明特征的神秘符号，在这些古老的岩画中为什么总是和树联系在一起？目前在阿里发现的好几处岩画都出现过这种现象。而今天阿里的事实是：凡是出现树木岩画的周围，数十千米之内根本不见大树，难道阿里的历史上曾经有过树木茂盛的时期？这一点着实让人费解！为什么创造出这些岩画的古代部族会一而再、再而三地表现树？树对于他们来说究竟意味着什么？难道岩画的创作者是从其他地区迁徙而来的族群，他们熟悉树木，并把记忆中的树木留在了岩画里？难道创造象雄文明的古人原本就是从其他地方迁移而来，和当地的人们融合在一起，从而延续了几千年的繁荣？象雄文明消亡之后，他们又迁到了一个不为人知的地方？"

说到这里，钱忠教授这才发现，杰布并没有跟在他的身旁。他奇怪地转过头，看见杰布还在呆呆地盯着那个巫师祭天的画面。

钱忠教授走到杰布近前，诧异地问道："杰布，看出什么名堂来了？"

杰布答道："钱教授，我觉得他们不是在祭天，而是在祭一件圣物。你看前面的祭坛中心。"说完，杰布贴到了岩画近前，伸手向上面的画面够了够，差了一点点，画面上沾有一些积雪，依稀盖住了圣物。杰布用力跳了起来，手掌在那个圣物的位置上擦了一下，残留的积雪被清掉了。

杰布退后几步，又努力地辨认起来。

"是一枚戒指！"钱忠教授和杰布二人几乎是异口同声地叫了起来。

"什么戒指？哪呢？"马强刚好从洞口走出来，马上接了一句。他在洞里差点挖地三尺，整个岩壁能摸得着的地方，都被他受过特种训练的双手捋了一遍。一无所获，终于沮丧地走了出来。恰好听到他们说起戒指，马上两眼放光，快步赶到钱忠教授身旁，四处察看起来。

钱教授指着岩画上的戒指，笑着说道："你看，在那不是？"

马强一看，顿时垂头丧气，苦笑着，说道："那画的戒指能算吗？我在墙上给你画个大饼，你能拿下来填肚子吗？"

钱教授哈哈大笑，说道："这可比现实生活中一枚纯金的戒指更有价值啊！"

马强说道："得了，钱教授，别寒碜我了，一会儿我就过去给抠下来。回到北京，你就拿个纯金戒指来找我换，你看成不成？"

钱教授的脸马上涨红了，着急地说道："那可不成！你这是破坏文物古迹！"

马强哭笑不得地说道："我说你这高级专家的智商怎么就这么低呢？我说抠下来就真抠啦？这不是开个玩笑嘛。"折腾了半天，一无所获的马强似乎一肚子情绪，"得了，我看你还是别回去了，就在这看守文物古迹吧，没准国家还能给你授个'看守古迹劳动模范'的荣誉称号。"

钱教授瞪了马强一眼，不再理会他，继续盯着巫师的画面琢磨起来。马强见钱教授不愿和他斗嘴，便向着索朗占堆走了过去，"我说木辛村最勇敢的猎人索朗占堆估秀啦，在这看什么呢？这么深沉？"百无聊赖之际，他又凑到索朗占堆那里去调侃起来。

钱忠教授越看越觉得杰布说得有道理，不由得赞扬道："小杰布，你

真是个天才！没错，他们就是在朝拜戒指，或者说是祭供。你说，这枚戒指和传说中辛饶米沃的神戒会不会有什么联系？或者说，他们朝拜的就是辛饶米沃的神戒？"

杰布转过头，看了看钱忠教授，笑了笑，说道："都有可能，这可是说不好的事情。"说完，杰布又走到岩画近前，从衣领深处取出了挂在脖子上的藏天珠，又察看起岩画上的巫师手杖，画面上手杖的位置不高，刚好越过了杰布的脑袋，倒也看得比较清楚。杰布仔细地对比着手杖上的大鹏鸟和自己天珠上面的大鹏鸟图案。没错，几乎是相同的，同样是展翅的大鹏鸟在俯视着大地。对比了一会儿，杰布很是诧异，这是为什么呢？据阿爸说，他的这颗藏天珠是木辛家族世代相传的圣物。为什么会和巫师手杖上有着同样的大鹏鸟图案？在这之前，杰布还从来没有见过和这相同或是类似的。因为这个大鹏鸟图案有三只翅膀，除了两侧的，背上还有一只。

杰布忍不住伸手在岩画中大鹏鸟的图案上擦了起来，每擦一次，便清晰一些，擦了几次，杰布索性抓住衣袖，用力地在图案上面蹭了几下，他想擦得更清楚一些。

突然，大鹏鸟脊背上的第三只翅膀似是动了一下！

"轰隆隆隆隆——"只听得山洞里面传出来几声巨响。

大伙儿先是吃了一惊，随后，马强第一个跳了起来，赶紧向洞口冲了过去。

索朗占堆端起了猎枪紧跟其后。

钱忠教授和杰布双双惊得一怔，迟疑片刻，随即转身，快步向洞口走去，想要过去看个究竟。

挤在洞口，四个人都被里面的情形惊呆了。山洞里的整个地面向内倾斜了下去，对面的峭壁底下露出了一个黑洞洞的洞口。

原来，外面岩画中大鹏鸟的第三只翅膀竟然是一个秘道的机关。这让马强如何想得到？

一直在崖顶上焦急不安的神犬扎巴，似乎也听到了巨响，它担心起主人的安危，急得在原地刨了一阵子雪，随即，奋不顾身地从崖顶向着洞口的雪地上跳了下来！

扎巴真是好样的！腾身空中，四肢张开，如同一只黑色的神兽下凡，在白茫茫的雪山映衬下，显得格外神勇。很快便坠落到了雪地上，扎巴借势打了几个滚，减弱了下坠的势头，随即迅捷地稳住身形，向着杰布身边奔了过去。

到了近前，见到主人安然无恙，扎巴这才安定下来，张大嘴巴，伸着舌头，喘着粗气依偎在主人身旁，和主人一起，目不转睛地盯着神秘的暗道洞口。

"这里面肯定有宝藏！就是不知洞里到底有多深哪，大伙儿赶紧把包背上，进去看看，包里有照明和救命的家当。"马强显得有些激动起来。幸好他经验丰富，攀下来之前，他便让大伙儿带上了背包。大伙儿一攀下来，都顺手把背包扔在了雪地上，听了马强的话，几个人赶紧过去背上了包。

马强又是第一个回到了洞口，顺着已经倾斜的地面小心地走了下去，站到了底下的洞口旁。他从包里取出了手电，向里面照了照，里面是一条笔直狭长的通道，似乎看不到尽头。他转过头，见钱教授、杰布、索朗占堆聚到了近前，这才说道："麻利点！都磨蹭什么哪？进洞之后，都跟在我后头，保持一定距离，不要靠得太近，也不要离得太远喽。"

钱教授笑道："你还真以为是个大宝藏呀，说不定里面机关重重，进得去出不来，有去无回！"

马强刚要抬脚，一听钱教授的话，立即又停了下来，犹豫了一会儿，说道："对！对！对！钱教授这话乍一听倒是颇有几分道理。不过，还是提醒了我，电影上小说里，都是这种情况。要不，先让扎巴进去探探？"说完，看了杰布一眼，悻悻地笑了笑。

扎巴正威武地立在杰布的身旁。

杰布瞪了马强一眼，气恼地说道："你想得倒是美！我宁肯自己去探路，也不让扎巴去冒这个风险。闪开，我来带头！你不是男子汉！"

马强一听这话，急道："好你个小杰布，敢说我不是男子汉？你是知道的，我马强可是从鬼门关前闯回来的。敢说我不是男子汉？得了，还是我领头吧。电影小说里的毕竟都是胡编乱造的，哪来那么多的机关暗道？"马强反驳了杰布两句，又自我安慰一番，转身进了洞。

第三章　古格秘道

　　钱教授和杰布相视一笑，跟在了马强的身后，扎巴紧紧地跟着杰布，索朗占堆背着猎枪走在最后。洞里不高，需要稍稍弯着腰。

　　马强拿着他心爱的流明强光战术灯，照着前面的道路，小心翼翼地向前慢慢行走。这种灯性能卓越，照射距离可以达到几百米远。这是一种氙气体放电灯，宝马、奔驰等高档轿车大多装备这种原理的灯。一般来讲，相同的光通量，这种灯泡能够减少一半的能量消耗，而且输出的是高色温度光，也就是常说的"白光"，灯泡寿命长，这些优点对于野外探险者来说，是再适合不过的了。在探险装备上，马强一直认为，多花一分钱，都有可能减少一次难以预料的灾难。

　　洞里比较干燥，透着一股说不出来的怪味，或许是长久不通风的缘故。走在笔直的通道上，偶尔能在地上踩到一些黑乎乎的小块物品，马强早就用手电照过了，像是火把留下来的灰烬。他很相信自己的猜测，心里琢磨着，难道曾经有人从这个洞里走过？他没敢和钱教授说起自己的想法，生怕钱教授一冲动，便留在原地，搞起研究。这些东西，对于马强来说，一点价值也没有，放到钱教授眼里，没准就成了珍贵文物。其实钱教授早就发现了，他认为此灰烬的价值并不大，因此也便不以为意，另外他也不想在这上面浪费时间。

　　走了好久，一直见不到出口，仿佛无休无止走不到尽头。由于长时间弯腰，让人觉得又烦又累。马强心中有些急躁起来，刚要开始发牢骚，便看到前面有个转弯口，心头一喜，快步走了过去。

转了这个弯，通道豁然开朗，变得宽畅起来，可以容得下两三个人并行，也高了许多，再也用不着弯着腰走路。那种难闻的气息，却是越来越重。四人过了弯道，不约而同地停到了原地，舒展了一下各自早已弯得发酸的脊背。

出于关心的缘故，杰布用手电照了照扎巴，只见扎巴正抬起脑袋，竖着耳朵，一动不动，眼睛死死地盯着往里延伸的通道。杰布觉得扎巴非常奇怪，扎巴在平时很灵敏，也很安分，难道扎巴察觉出了什么异常？

杰布用手电向里面照了照，除了望不到尽头黑洞洞的通道，什么也没有发现。

"赶紧走吧。离宝藏只有一步之遥了。"马强催促起来，他刚要抬脚，索朗占堆一把拉住了他。"怎么了这是？"马强皱起了眉头，觉得有些奇怪，马强有时候觉得索朗占堆有些好笑，似乎神经兮兮的，满脑子不是魔鬼就是天神。他还是停住了脚步。

见马强停在了原地，索朗占堆又扯了杰布一把，显得有些惊恐地说道："你们听！杰布少爷你听。"

听了他的话，众人屏息静听。

通道的深处，似是若隐若现地传过来低缓的歌声，很轻，不细心的话还真是难以听到。慢慢地，歌声高了一些，隐隐约约地飘入了耳际，似是一位上了岁数的老人在唱，歌声低沉婉转，显得凄楚悲壮——

"天地来之不易，就在此地来之；

寻找处处曲径，永远吉祥如意。

生死轮回，祸福因缘；

寻找处处曲径，永远吉祥如意……"

这是一首古老的阿里底雅民歌，本来是一首动人纯朴的歌，却被唱得无比地悲伤苍凉，唱得人心中一下子沉重起来。钱忠教授、杰布和索朗占堆对这首歌都比较熟悉，阿里的民间很多人都会唱。众人顿时显得有些紧张起来，在这个隐秘的洞中怎么会有如此歌声？

索朗占堆喃喃地念起了经文。

虽然黑暗中看不见对方，钱教授和杰布还是对望了一眼。

马强却是听不明白唱的是什么内容，拉住了钱教授，急切地问道："钱教授，唱的是什么？"

钱教授答道："是用古藏语唱的一首阿里底雅民歌，这首民歌非常古老而且著名。"

"哦。"马强稍稍安下心来，掏出一支烟点着了，猛吸几口，又扔在地上，狠狠地踩了一脚，把手电一挥，心一横，坚决地说道："走！不管他是人是鬼，看看去！我马强就不相信世上有鬼神之说。想我马强曾经也是从死人堆里爬出来的，从来就没有见到过有什么妖魔鬼怪！"说完，马强向洞里迈开了步伐，走了几步，又转过头来，说道："既然里面有人，更说明里面是安全的。再说了，有扎巴在，真有什么问题，扎巴肯定第一个冲上去。我早就发现了，这家伙机灵着呢。索朗占堆兄弟不是还背着猎枪吗？"马强像是在安慰别人，又更像是在鼓励自己。

神犬扎巴向来很沉稳，在主人没有受到威胁，或是没有主人命令的情况下，很少冲动，很少贸然行动。不战则已，战则必胜！扎巴是一名真正的勇士。

大伙儿的脚步明显比刚才慢了许多，每个人的心中多少有些惊恐不安。虽然四把手电照得洞里明晃晃的，依然小心翼翼一步一步向前慢慢移动着，走了一会儿，歌声也停了下来。众人的面前出现了一个岔道，左右各有一个弯道。难闻的气味越来越重，让人觉得有些窒息。

马强停住了脚步，转过身来问道："往哪边走？"

钱教授正要回答，左边的弯道里又传出了悲缓苍凉的歌声。马强毫不犹豫地向歌声方向迈动了脚步，众人紧紧地跟在他的身后。

接下来的这个弯道是弧形的，让人没有办法看到远处，更让人觉得忐忑不安。走了大概有几十米远，弯道陡然变得开阔起来，眼前出现了一个宽敞高大的石洞，众人的手电灯光交叉着在洞中快速扫了一遍。

石洞比一间房子整整大出一倍，靠着岩壁有一张长方形供桌，供桌上放着一尊满是灰尘的释迦牟尼坐像。供桌前的一块方形地毯上，正盘腿坐着一位双目紧闭的老人。

只见他，长长的白发披散开来，搭到了地面上，斑白的胡须垂到了胸前，额头上有几道深深的皱纹，白色的眉毛弯弯地挑起，面色枯竭，干枯的皮肤似乎早已失去了水分，如老树皮一般。老人穿着一身怪异的藏袍，戴着一顶破旧的藏帽，两边分别挂着一条黑色的带子，阿里民间的唐卡上才会有的装束，衣服早已经陈旧不堪，上面积满了灰尘。

众人诧异得呆立当场，见了这位怪异的老人，心中莫名地产生了几分恐惧，紧张得咽喉发干，掌中冒出了冷汗，心中惊呼："是人？是鬼？还是塑像？"

那位怪异的老人，歌声早已停了下来，一直端坐着，闭着眼睛，一动不动。

众人呆立着，一时有些不知所措。

扎巴的眼睛在黑暗中发出淡淡的光芒，低鸣着，似乎是想扑击那位怪人，杰布把手搭到了扎巴的背上，扎巴明白主人的意思，保持冷静，不要轻举妄动！这是他们之间的默契。

马强壮着胆子，小心翼翼地问道："尊敬的老人家，刚才是您在唱歌吗？你是人还是鬼？"

老人不语。

众人屏住呼吸，紧张地盯着他，空气似是凝固了一般。老人一点反应也没有，马强轻吁了一口气，转过头对钱忠教授说道："是个死人，可能是一具干尸，也可能是一座雕像。"

马强的话音未落，只听得老人缓缓地说道："终于来了。"声音低沉，略带沙哑。他说的似乎是古藏语，钱教授、杰布和索朗占堆大概可以听得明白。马强却是听不懂。

一听老人开口，众人惊得退后几步，赶紧把手电灯光从老人身上移到一边，直对着他似乎有些不礼貌，光线在岩壁的折射下，洞里的情形倒也能辨得清楚。

杰布镇静地问道："尊敬的老人家，请问您是什么人？怎么会在这里？"杰布说的是阿里当地的土语。

老人一直没有睁开眼睛，慢慢地说道："难道你没有听说过，伟大的古格王赤扎西扎巴德陛下有一位最忠实的老臣，名叫根曲扎西？"

听了此话，钱忠教授大吃一惊，他知道，传说中，阿里历史上的古格王朝被拉达克王朝灭掉之时，最后一位古格王正是赤扎西扎巴德，他有一

位最信任的老臣，名叫根曲扎西。根曲扎西曾经是古格王朝最高的苯波，忠心耿耿，辅佐了两代古格王，苯波在古苯教中指的是巫师，据说，古苯教中法力高强的苯波，有知道过去、预知未来的能力。可是，传说中，这位大苯波最终陪着古格王一起跳下了悬崖。难道这位老人和他们之间有什么联系？钱教授的心中开始"怦怦"跳了起来。他意识到，这位老人非同寻常。

杰布点了点头，惊讶地说道："啊，尊敬的老人家，这个我倒是知道。根曲扎西是赤扎西扎巴德王最忠实最能干的老臣，也是古格王朝最了不起的苯波，在古格王朝和拉达克王朝的最后一战中，始终跟随在赤扎西扎巴德王的身边。"

老人舒了一口气，眼睛慢慢地睁开来，干枯发皱的面庞似乎舒展了一些，露出了一点笑意，他的眼睛在黑暗中闪着熠熠的精光，在他们每个人身上打量了一会儿，老人逆着光线，似乎依然可以把他们看得清清楚楚，只听得老人又说道："伟大的天神会帮助善良的古格臣民们消灭残暴的拉达克军队。"说罢，老人稍显得有点激动，身形略微颤动了一下。

众人的大脑中都在迷惑不解地思索着，这位老人究竟是什么人？

杰布接过老人话来，有些疑惑地说道："可是古格王朝早已灭亡了，拉达克王朝也早已不复存在。你究竟是什么人？"

老人又显得激动起来，身体不住地颤抖，嘴唇嗫嚅了几次，眼中的光芒似乎显得更加明亮，直盯着前方，隔了一会儿，又放松下来，眼睛盯住了杰布，上上下下地仔细打量一番，和气地说道："根曲扎西是我的先人。"

听了此言，杰布大吃一惊，洞中的老人竟是根曲扎西的后裔！

钱教授小声地帮着马强翻译解释着，让马强听明白他们的对话，生怕马强一时着急冲动，做出惊人之举。

老人笑了，爱怜的眼神盯着杰布，说道："善良的孩子！你的眼睛告诉我，你是天神赐予雪山正义的化身。无所不能的天神啊，你让我等待的时间太过漫长，终于等来了！"老人说完，闭上眼睛，低声喃喃地念起了苯教古老的八字真言。

马强想要插话，可是觉得自己似乎是失去了控制，想动又动不了，想说话也说不出来，突然间觉得自己像块木头。

钱教授和杰布惊得瞠目结舌，呆若木鸡，死死地盯着这位老人，仿佛在梦中，这怎么可能？他居然说他是根曲扎西的后人！这怎么可能？难道这个秘洞中还住着古格王朝的后人？他们是如何生存下来的？这到底是怎么回事？

老人念了一会儿经文便停了下来，眼睛在众人身上扫了一遍，说道："伟大的天神对世界的过去和未来无所不知。能够得到天神的旨意，是我无上的荣幸。天神早已安排了过去和未来的一切，启示我在此守候你们，并赐予你们非凡的勇敢和智慧的灵气。"不知为什么，老人此时说的话，连马强也都能听得明明白白。

如此令人难以置信的事实摆在面前，众人都惊讶万分，甚至于不知道自己该做什么，只有呆呆地立在原地。

老人接着又说道："天神赐予你们的勇敢和灵气，将会帮助你们渡过无法逾越的劫难。我已经等了很久很久，你们终于来了。"

老人说完，把放在膝盖上的双手慢慢地举了起来。他的指甲很长，泛着淡淡的灰白色光泽，慢慢地，双手的整个手掌泛出了淡淡的蓝莹莹的光芒。一边举着双手，老人用他沙哑低沉的声音唱了起来：

"土的形状是四方形，土的颜色是黄金，它的因子是蓝木佑。
水的形状是椭圆形，水的颜色是白色，它的因子是坎木佑。
火的形状是三角形，火的颜色是红色，它的因子是染木佑。
风的形状是扇状形，风的颜色是青色，它的因子是烟木佑。"

钱忠教授和杰布都知道，老人唱的正是藏地最古老的创世歌《思巴达义》。这首创世歌和原始的古苯教之间有着密切的联系，原始的古苯教认为：世界的最初是由土、水、火、风四种"元素"构成，它们有颜色，有形状，也有最小的"原子"微粒，聚在一起，会产生一种"灵"，这便是第五大"元素"。五大"元素"形成了整个世界。

唱着唱着，老人沙哑的歌声渐渐变得雄壮，听得众人热血沸腾，精神振奋起来。唱了一会儿，歌声才渐渐地平息，他的双手举过了头顶，停在了空中，似是向上托着什么。

过了一会儿，老人的双手重新放回到了膝盖上，手掌上的光芒消失了，脸上手上的皮肤似是变得更加干枯，眼中的光芒也暗了下去，缓缓地说道："神奇的佛像将会指引你们踏上艰难的香巴拉之路，天神会佑护你们的！你们是和平的使者，勇敢和智慧的化身。美丽的香巴拉在等待和召唤着寻求真理的人！"话音刚落，老人的躯体化作了一道淡紫色的光芒，在众人头顶盘旋了一圈，随即，顺着山洞中的弯道迅速飞了出去，倏忽不见。

隔了好大一会儿，众人才渐渐回过神来。

索朗占堆跪到了地上，向着光芒远去的方向长拜着，低声念起了经文。

钱忠教授喃喃地自言自语："虹化！神秘的虹化之谜！难道这就是传说中奇特的虹化现象？幻觉，幻觉，一定是幻觉！"

钱教授所说的虹化现象，在藏民中广为流传，很多人笃信不疑，据说，修炼到很高境界的高僧在圆寂时，其肉身会化作一道彩虹而去。

杰布更是惊奇万分，关于虹化的传说，他很小就听说过，只是从来没有见过，此刻明明白白地展现到了眼前，却又让他不知所措。杰布呆呆地看着钱忠教授，似是想听听他的看法。

马强激动万分地走到供桌前，用手电照着上面的释迦牟尼坐像，上上下下研究起来。

喃喃低语了几句，钱教授抬起头来，看着杰布，似乎他也想从杰布这里找到合理的解释，解开自己的疑惑。杰布平时和钱教授聊天时，时常表现出超乎寻常的智慧和想象，常常能带给钱教授意料之外的惊喜和启发。

钱教授见杰布呆呆地盯着他，和气地问道："小杰布，想什么呢？"

杰布这才缓过神来，惊异地说道："钱教授，刚才……"

钱教授渐渐平静了下来，轻舒了一口气，答道："我想是幻觉，一定是幻觉！从科学理论上说，正常的人处在一个特殊的环境下，潜意识中会产生出一些超乎寻常的想象，人的大脑便开始虚构现实中见不到的种种怪异场景。"

杰布摇了摇头，说道："钱教授，每个人的大脑都有他独特的想象和思维方式，如果是幻觉，那么四个人的大脑产生了同样的幻觉，这似乎也太巧了。"

钱教授点了点头，认可了杰布的观点，大惑不解地说道："不是幻觉又是什么呢？这简直是太令人难以置信了！"

杰布说道："我也说不清，也许这就是所谓的'时空错乱'现象吧。爱因斯坦认为，这个世界有很多时空，每个时空都按照自身的规律运行着，它们是平行的，一般不会有交叉，有时间的先后。但也有例外的情况，出现时空交叉，这便是所谓的'时空错乱'，或许刚才我们碰巧了，暂时到其他的时空转了一会儿。"说到这里，杰布笑了笑，他也觉得自己的解释太牵强，甚至有些可笑，又提示着钱教授，说道："钱教授，这几年你不是一直在研究神秘学、灵魂学和超自然现象吗？能不能从这个角度去分析一下？"

钱教授若有所思地看着杰布，犹豫片刻，说道："杰布，虽然我们经常在一起海阔天空地神侃，但是你知道的，有些话题我一直对你闭口不谈。我是怕你受到影响，因为我在这些方面的研究，一直被人们称为'伪科学'。不管怎么样，既然遇到了今天这样奇怪的事情，我们就在这里顺便探讨一下西方的灵魂学。从某种意义上来说，西方的灵魂学可以纳入哲学的范畴。古希腊哲学从一开始，就介入了灵魂学的领域。阿那克西米尼认为，'灵魂'和'神灵'与其他事物一样，由'气'产生，随'气'而散。赫拉克利特认为灵魂产生于'火'，熄灭之后又变化为其他物质，构成新的生命体；德谟克利特主张'原子论'，他认为灵魂由'原子'构成，人死之后，'原子'离散，灵魂也就不复存在；而毕达哥达拉斯学派主张'灵魂不死''轮回转世'的学说；柏拉图继承了毕达哥达拉斯学派的学说，认为灵魂不灭，可以投胎多次。他将灵魂当作人的本性，并将其分为三个层次：理性、意志和欲望，类似弗洛伊德对意识的'超我''自我'和'我'的三分法。"

杰布疑惑地问道："钱教授，那你认为灵魂真的存在吗？"

钱教授答道："到目前为止，我暂时还是不相信。关于这个问题，还有很多奇怪的现象，困惑了我好久，这也是我近年来开始研究的重要原因。关于灵魂一说，人类已经争论了数千年，也许会持续数万、数十万年。古今中外，目前为止，没有人能对这个问题作出合理的回答和解释。现在的哲学和科学无法解答这个问题，只能以'无灵魂''伪科学'来加以搪塞，却留下了大片难以解释的现象。比如刚才发生的事情，如何去解释？藏文化中确实存在着的'伏藏'和'虹化'现象又如何去解释？在藏区，那些

能够传唱《格萨尔王》史诗的神授艺人，那些十几岁目不识丁的小孩病后或一觉醒来，竟能说唱洋洋洒洒的长篇史诗，还有那些神奇的巴仲艺人又如何解释？"

杰布笑道："钱教授，其实关于灵魂学、神秘学、超自然现象的书籍和文章，我也看过不少。据说，西方灵魂学一说，到现在为止已经有很多的证据证明：灵魂本身是存在的，这个学说中，灵魂的概念不是人们常说的鬼魂，而是人的大脑在人体死亡后存留的脑电波，脑电波是一种类似短波的东西，像电台一样拥有一定的频率。我个人认为，如果真的有灵魂，那么灵魂不属于我们目前所认知的物质范畴，起码不属于我们所处的三次元的空间。目前，对于四维空间的认识，还是有很多的人不能很好地理解，那么对于五维、六维，甚至于多维的空间呢？又是怎样的世界？按照我们目前的思维能力，实在是无法想象出来。人类对于自身的认识太少，对于整个世界的认识太少。"

钱教授赞赏地看了杰布一眼，说道："是的！根据科学研究，人类对自身大脑的使用也只有5%左右，那么另外的95%之中又藏着怎样的秘密？把这些潜力开发出来，人类的思维能力将会达到怎样的水平？实在是无法想象！藏族的民间信仰文化起源久远，这其中，超自然信仰文化体系是藏文化的重要组成部分，我认为，这也是世界上许多人对藏文化着迷的重要原因之一。比如，原始苯教中关于游魂'赞'的世界，你是信奉苯教的，这一点，想必，你比我更清楚。"

杰布答道："是的，钱教授，苯教认为，在人死后，如果灵魂既不能下地狱，也不能升入天界，只是在中界徘徊、游荡，这便成为一种赞魔。藏族的地方保护神，一般都是当地熟悉的人死后变成的赞。传说中，赞穿着红披儿，骑着一匹栗色灰斑皮毛的马，经常出现在日落时分，手持一把半月形镰刀和一条套索。藏传佛教中，也有类似的说法，人活着时灵魂可以离开躯体远游，并能寄附在某种物体上，因此，民间有许多人相信，一些得道高僧能够举行灵魂转移的'夺舍'法术。西方的灵魂学指出，大部分的人死亡后脑电波都会在很短的时间内消失，但是如果死者在死前有过剧烈的大脑活动，如不甘、冤屈、憎恨、牵挂等过于强烈的思想波动，那么他的脑电波就会比平常人强烈很多，如果受到特殊环境的影响，如地球磁场的集中地点或者其他高能量的场，那么死者的脑电波就会长期存在着，也就是人们常说的阴魂不散。这一点和苯教中'赞'的理论十分相似。如果能发明一个机器，可以接收到这种脑电波，就像人类接收声波、电波一样，然后再解码分析，那就好了。"说完，杰布笑了起来。

钱教授似是入了魔，皱着眉头苦苦思索着，反复琢磨着杰布刚才的话。

杰布见钱教授犯傻的样子，笑着说道："钱教授，我觉得西方的灵魂学也不足为信，如果灵魂就是脑电波，那么灵魂出体该如何解释？传统科学意义上讲，失去脑电波，人类就属于死亡状态，然而据西方灵魂出体的试验中，灵魂可以成功脱离肉体，而出体过程中人的肉体并未出现死亡征兆，这又该如何解释？岂不是自相矛盾？我还是坚持这样的观点，我们假定存在着的灵魂，并不属于我们目前所认知的物质范畴，起码不属于我们所处的三维元次的空间。"

钱教授问道："那么刚才的现象如何解释？"

杰布思索了一会儿，答道："这是一个强烈的'意念'存在着，偶然出现在我们的空间中。我这里说的'意念'是暂时借用的，当然也可以用其他的词来替代，类似于苯教中的'赞'，它存在于一个很多维的空间，这个空间是我们无法想象的世界，而当这个'意念'完成了他的使命，他便自然而然地消失。这只是我的假设，钱教授，这可认不得真，只当作闲谈。"说完，杰布笑了。

钱教授不住地点着头，喃喃地自言自语："有道理，有道理！很多维的空间，人类目前想象不出的空间，到底是怎样的空间？或许就是因为这些始终让人无法找到答案的假想，才让科学研究变得更有魅力，更加迷人！"

"我说，你们都在那扯什么呢？这种环境里，你们也能凑在一起研究学问，真是服了你们。标准的一对书呆子！快过来看哪，这可是国宝级的佛像！"只听得马强兴奋地喊了一嗓子。

钱教授和杰布被马强这一嗓子，从神思游离喊回到现实生活中来。二人快步走到马强近前，把手电灯光照到了供桌上放着的释迦牟尼的坐像上。

索朗占堆也凑了过来。

马强把手电放到了佛像一边，双手抱起了佛像，亲吻了一下，激动地

说道："这就是传说中的'古格银眼'工艺，肯定错不了，藏族同胞古老制佛技艺的巅峰之作！天哪，太完美了！"

杰布对马强的话似乎并不感兴趣，疑惑地问道："钱教授，根曲扎西是苯教的大苯波，供的佛像应该是苯教祖师辛饶米沃才对，为什么这里放的是佛教的释迦牟尼呢？"

钱教授笑呵呵地答道："合情合理，合情合理！"

见到钱教授和杰布二人一唱一和地探讨理论，马强哭笑不得地说道："合什么情理呀？合不合情理的，回去坐下来，端上一杯酥油茶，再慢慢探讨。钱教授也是为老不尊，尽是把孩子往歪道上领，一会儿小鬼，一会儿大神。赶紧先来研究一下这尊佛像，我看像是古格王朝早期的制品，你在这方面研究多，赶紧看看，然后我给估个价。"

钱教授听了马强的话，有些不乐意，说道："懂什么呀你？这是科学，没有探讨和研究，哪来的科学发展、社会进步？"说着话，钱教授还是把手电灯光聚到了佛像上面，低下头，仔细地看了起来。

马强无可奈何地笑道："跟你这样的老学究，真是无法沟通，咱先不争这些没用的。你看这佛像做的，简直是让人惊叹！肯定错不了，典型的'古格银眼'工艺！我在托林寺见过两尊，那是十二世纪的制像，一尊莲花千手观音像和一尊释迦牟尼立像，都比这尊大，我感觉那工艺还真不如这一尊的完美，总体来说，应该是同一时期的作品，典型的藏西风格。你再仔细看看这一尊，造型舒展，身材匀称，看这面部表情，看这手脚的细纹，再看这衣服的皱褶，还有这精巧的饰物。这白毫还有这眼珠子，白银镶嵌的。这嘴唇、珠链还有衣带，红铜镶嵌的。太精湛、太华贵了！"马强一边比画着，一边滔滔不绝地激动着。

佛像上面的灰尘早已经被马强细心地清理干净。钱教授看了一会儿，渐渐地显得有些兴奋起来，说道："没错！典型的'古格银眼'工艺！金、银、铜合炼的金属，一次性铸就的薄胎佛像，通体无接缝如自然形成，质地细腻温润，镶嵌不露痕迹，工艺精湛，精美绝伦！非常少见的佛像精品！其价值超过一尊纯金佛像！名扬天下的鲁巴造像工艺真是太了不起了！由此可见，古格王朝的金属制造业已经达到了相当高的水准。"

马强说道："钱教授，你的意思是说，这就是鲁巴工艺？这一点，我倒是一直没弄明白，你给说说看？"

钱教授笑了笑，说道："好，今天就给你补这一课。'鲁巴'在藏语里本身就是'冶炼人'之意，据民间所传，历史上藏西一带的造像基地位于现在札达县的香孜和底雅之间，至今那里还有一个叫鲁巴的地方。很早以前，这里是象泉河流域最出名的工匠之乡，出产的佛像种类众多、工艺精美，曾经盛极一时。到了噶尔本政府执政之后，加重了此地的赋税、差役，百姓们不堪重负，纷纷逃离，才使得鲁巴这个造像基地不复存在，这种造像工艺也随之失传。真是可惜，民族文化的一大损失！"

马强笑道："行了，先别在这感慨了。这尊佛像，我们带回北京送拍去，我估摸着至少 500 万开外，我准备起价就定在 500 万，弄不好轻松拍过千万。我可得丑话先说前头，每人一份。当然，杰布兄弟的阿爸算上一份。梅青虽然没来，也有一份。对了，说到这，我倒是回过神来了。刚才怎么回事？我怎么觉着是在做梦似的。"

杰布笑道："幻觉，马强大哥刚才一定是出现了幻觉。"

马强说道："我合计着也是。这会儿，我还觉着迷迷糊糊的。咱别在这耗着，赶紧回去，搁这阴森森的洞里，我总觉得心里有点发虚。"说完，马强放下背上的包，打开来，从里面拿出了一件衣服，细心地把佛像缠好，觉着不踏实，又拿出一件包上了，一边包着一边嘟囔着，"这比照顾亲爹亲娘还得倍加小心，我这也算是尊重宗教文化，尊敬佛祖！"马强开心地笑了。其实，马强心里明白，杰布刚才所说的话是在和他开玩笑，突如其来的兴奋，让他暂时忘掉了一切，什么也顾不上想，心里只有这尊佛像。得到了一件珍宝，马强的心里总算得到了平衡。

钱教授瞪着眼睛，看着马强，说道："你小子还当真了？这可是国家文物，要上交国家博物馆！"

马强皱起眉头："行了，咱别在这耗着，当务之急，赶紧回，不管什么事都等回去再商量！"麻利地装好了佛像，马强把包背了起来，手电一挥，说道："走吧，还愣着干什么？赶紧回吧。"说完，又用手电照了照地上老人坐过的地毯，说道："把这张地毯放我店里准能卖个好价钱，算了，先不计较这点损失，有了西瓜就不捡芝麻。没准拿出洞还风化了哪。"

众人收拾好，原地环顾了一番，迈开了脚步。

刚走出几步，马强说道："钱教授，你说我们是往前走还是往回走？"

不待钱教授回答，杰布笑道："马大哥，我看我们还是向前走吧，说不定前面还有一个大宝藏！"

钱教授和索朗占堆跟着笑了起来。

马强一乐，说道："对！杰布兄弟说得有道理，自打见了杰布兄弟第一眼，我就觉着跟杰布兄弟在一起肯定沾光！这不，已经开始应验。就听兄弟的，咱往前走。但愿能真的找到个大宝藏，也省得我整天惦记着你的那颗宝贝天珠。"

走过了这个空间，通道又变得狭窄起来，难闻的气息愈发地重了起来。

马强的心情却是格外地好，脚步轻飘飘，明显快了许多。从某种程度上说，兴奋可以成为战胜一切的力量。

又走了许久，难闻的恶臭，终于让钱教授无法忍受，扶着通道的岩壁吐了起来。

走在最前面的马强停下了脚步，转过头来，看着钱教授狼狈的样子，哈哈大笑起来，"钱教授，怎么了这是？胃病犯了？回去赶紧到医院查查，为了革命事业鞠躬尽瘁几十年了，正到了享清福的时候，不能说倒下就倒下，是吧？好日子还在后头哪。"马强的声音听起来有些怪怪的，似是感冒了一般。

杰布和索朗占堆赶紧走到钱教授身边，照应起来。

钱教授一只手扶着岩壁，另一只手冲着大伙儿摆了摆，说道："我不要紧，照顾好你们自己。"

马强一直笑个不停，从口袋里摸出了两个棉花球,递给了钱教授，说道："给，钱教授，还不快堵上？"

钱教授有些不解，问道："堵什么呀？"

马强说道："堵上鼻孔呀！可真有你的！还真打算让这洞中的臭气熏死啊？"

钱教授一听，恼怒地一把接过棉花球，赶紧把鼻孔塞上，塞完，愤愤地说道："你怎么不早点给我？"

马强幸灾乐祸地笑道："你自己看看他们俩。这还用别人教吗？三岁孩子闻见臭屁都知道捂上鼻子，你这偌大年纪，可真是会照顾自己。我就是想看看你到底能挺多久？这不，扛不住了吧？"

钱教授把手电灯光在大伙儿脸上快速扫了一遍，只见马强、杰布和索朗占堆三人的鼻孔都堵上了，杰布的鼻孔里好像堵的是面巾纸，索朗占堆的鼻孔里塞着两块破布，马强的鼻孔里塞着两团棉花球。难怪马强说话的声音怪怪的。

见此情形，杰布有些歉意地说道："真对不起！钱教授，我也没想到，没想到……对不起，钱教授，我忽略了这一点，我以为你……"

钱教授平时在生活上，一直是老伴照顾着，连菜市场在哪都找不到。这种情况并不稀奇，钱教授和许多专心做学问的专家学者一样，有时候在生活常识方面连个孩子也不如。

钱教授也觉得自己有些傻气，大度地笑了笑，说道："好呀，合着你们大伙儿组团忽悠我老人家。"

马强说道："钱教授，千万不要棒打一片，成为人民的公敌。这对你老人家大大不利，这回我可是提醒你了吧，万一再有什么麻烦可不能再怪我没说。"

钱教授笑道："行了，行了，赶紧走吧，早点出去，大伙儿不就脱离苦海了？"

众人笑着，又迈开了步伐。马强的一番逗乐，也让众人紧张的心情放松了不少。

走了一会儿，通道豁然开朗，众人的面前又出现了一个空旷的山洞，比上次遇到古格老人时的空间大出一倍有余，空间的对面是个一人多高的通道洞口，比过来的通道宽了许多，可以并行三四个人。

令人诧异的是，这块空荡荡的空间里，仅仅在地上插了一把奇怪的木杖，挡在了洞口处。别无他物。众人的脚步停了下来。

钱教授和杰布二人惊愕的目光互相对望了一眼，这把杖的造型竟然和洞口岩画里巫师拿的那把杖惊人地相似，拇指般粗细，立在地上，有七八十厘米高，杖头是一只展翅的三翅大鹏鸟，整个杖上落了薄薄的一层灰尘，看不出杖身的颜色。

马强的手电灯光一动不动地照着那把杖，先是惊讶，迟疑了足足有半分钟，然后，把背上的包拿下来往地上一放，快步冲到杖的近前。钱教授、

杰布、索朗占堆也跟了过去。

马强先是伸出一只手想要把杖拿起来，没想到，那把杖插得很牢固，马强把手电往地上一放，两只手抱着那把杖猛地发力往上拔，竟然纹丝不动，马强又试着发了几次力，还是纹丝不动。马强又试着往一边折，企图折断这根杖，徒劳无功。看上去，这把杖很坚硬。马强有些沮丧，便放弃了努力，他蹲了下来，从地上拿起手电，照在那把杖上，又从口袋里掏出了几张面巾纸，仔细地擦着杖上的灰尘。

"钱教授，你看！"杰布用手电照着洞口一侧的岩壁说道。岩壁上刻着一些古怪的文字。

"什么？什么？写的什么？"马强一听，赶紧站起身来，把他的手电灯光叠加到了杰布的手电灯光处，岩壁上顿时亮了许多。马强的手电灯光比杰布的强出好多倍。上面刻的是古藏文，尽管刻得比较大，马强却看不懂。

钱忠教授和杰布二人皱着眉头辨认了一会儿，一言不发。

"我说，究竟写的什么呀？老少两位专家，赶紧给解释一下，是不是写着开启宝藏秘洞的咒语？到底是芝麻开门还是绿豆开门？"马强着急地问道。

钱教授哈哈大笑。

杰布刚要念出来，钱教授说道："杰布，偏不告诉他，急死他。"

杰布笑了笑，还是说了出来："上面写的不是什么咒语，好像是警告的话，大意是说，天神将会惩罚残暴的军队，所有残害古格生灵的敌人将会受到龙神最严厉的报复。"

马强笑着说道："原来是这么回事，我当是写着'芝麻开门'之类的咒语哪。钱教授，难道这藏族人民的宗教信仰里也有龙？"

杰布点了点头，接过话来，说道："这里说的龙神和汉族神话传说中的龙，有比较大的区别。汉族神话传说中的龙，掌管着人们的风调雨顺，到今天已经演变成为整个中华民族的图腾。而藏文化中的龙神，是苯教的主要神灵之一。苯教信奉三界神灵。天空为神界，由天神掌管；地上为赞界，由赞神掌管；地下为龙界，由龙神掌管。因此，天神、赞神和龙神便成了藏区的三界守护神。"

听了杰布说完，钱教授补充起来："龙神从早期的原始苯教直到今天的系统苯教中，一直就存在着。苯教在藏区的发展历程有几千年之久，在原始苯教中，人们信奉的是万物有灵的泛神论，在辛饶米沃创立雍仲苯教之后，原始苯教发生了飞跃性的发展，逐步过渡成为系统宗教。所以说，苯教是藏族远古文化的延续和传承，对藏文化产生过很大的影响，可以说是整个藏文化的根。"钱教授借机又给马强讲了一点苯教的知识。

马强说道："原来是这么回事，钱教授，那照你这么说，在辛饶米沃创立雍仲苯教之前，苯教就一直存在着？"

钱教授说道："是的。从研究历史、研究宗教的角度来说，辛饶米沃在历史中确有其人的可能性比较大。可以说他是一位宗教创立者，也可以说是一位杰出的宗教理论整理者。长期以来，他被尊为苯教的祖师，地位相当于佛教中的释迦牟尼。有时间再给你好好补上一课，省得以后到藏区来闹笑话，再把苯教和藏传佛教混为一谈，遭人白眼。"

马强笑道："行啦，钱教授，回去再给我补课吧，你先说说，这里为什么要放一把这么奇怪的杖啊？"

钱教授皱起了眉头，说道："我这也正奇怪呢，为什么这里放着这样一把法杖？为什么这把法杖和岩画里面祭祀巫师的法杖如此相似？为什么在这里的洞口又刻上这样的一段话？难道这些和拉达克王朝灭掉古格王朝有关？"

马强笑道："行了，不知道就先别瞎琢磨，回去再慢慢寻思。快看，另一边还有字呢，赶紧再给翻译一下，说不定秘洞咒语就写在那儿！"说着话，马强的手电照到了另一侧的岩壁上，那边也刻着一些字。

杰布和钱教授顺着马强的手电灯光看了过去。看完后，二人几乎同时转过头，看了看插在地上的法杖，又看了看马强，面面相觑。

马强又开始急了，问道："又怎么了这是？倒是翻译下呀，神道道的。到底写的什么？"

钱教授神色不安地又看了一眼马强，转过头去，对着岩壁念道：

　　"无偏无向的威玛神杖，供在上方荣耀的庙堂；

　　念动神奇的咒语，守护众生的安详；

　　摧毁有形的敌人，制服无形的魔鬼；

胆敢冒犯神威，龙神会给他残酷的诅咒；

四百种病来如风袭，具备六种武艺的勇士，

也会让鹰雕撕肝裂肠。"

钱教授刚念完，马强手中的手电便"吧嗒"掉落到了地上。

钱教授和索朗占堆赶紧把手电对准了马强，杰布好奇地问道："马大哥，你怎么了？"

马强面色有些惨白，摆了摆手，浑身似是在微微颤抖着，低声说道："没事，没事！只是刚才听你说完咒语，忽然觉得心口一惊，感觉怪怪的。"

"哦，没事就好。"钱教授还是有些不放心，他不希望队伍中有人出什么差错。

索朗占堆怔了怔，然后走到马强近前，从自己怀中掏出了一个小巧的银制盒子，放到了马强的手中，双手合十，喃喃地念起了经文。

杰布认得这是索朗占堆的"噶乌"，也就是护身符，藏民们有着形式不同的护身符，这是其中一种。"噶乌"一般是用银或铜制成小盒，外表雕饰得十分精美，还有的镶嵌着宝石、松石或是珍珠，里面装着泥塑或是金属小佛。

或许是得到了索朗占堆的提示，杰布赶紧从脖子上取了他的藏天珠，挂到了马强的脖子上，他的心中产生了一种莫名的紧张，他在藏地的民间长大，小时候便听说过一些奇异的传说，他知道护身符可以驱魔避邪。

马强依旧不停地颤抖着，面色惨白，伸手擦了擦额头的冷汗，感激地说道："谢谢！真奇怪，我这感觉怪怪的，胸中很不舒服，看来，回去还得加强锻炼。不过，索朗占堆兄弟和杰布兄弟的护身符一下子全给了我，想有怪事都难！"说完，马强勉强地笑了笑，精神头倒是显得好转了一些。

钱教授皱着眉头，站起身来，拿着手电再次看了看岩壁上的字迹，然后走到法杖一边，仔细地用灯光照着法杖，上上下下察看了一番，却是不敢伸手去碰，看了一会儿，钱教授把头转向杰布，说道："杰布，关于原始本教中的诅咒，我只是在经书记载上看到过，你说真的存在吗？"

杰布说道："钱教授，我也说不好。从小到大，关于这方面的传说，我倒是听说过不少。"

索朗占堆惊恐的眼神看着杰布，坚定地接连点了几次头，说道："杰布少爷，有的！冒犯了神灵就会受到惩罚和诅咒。杰布少爷，有的！"

杰布看了看索朗占堆，说道："我去看看法杖。"说完，拿着手电走到法杖近前，蹲了下来，上上下下照了一会儿，一咬牙，顺手握住了法杖，用力一拔，一动不动，他又试着旋转起来。不料，法杖却跟着轻轻转动，只转了一圈，法杖便轻飘飘地离开了地面，被杰布拿到了手中。

杰布横握法杖，借着手电光，翻来覆去地看了起来，杖身已经让马强擦得干干净净，黑乎乎的杖身看上去很坚硬，像是木头做的，拿在手中很轻，却看不出是什么木料。

大伙儿正惴惴不安之际，忽然，听到扎巴低声地呜叫起来。扎巴一直很安静。杰布用手电照了照扎巴，只见扎巴正死死地盯着来时的洞口，一副警觉的样子。四个人都觉得有些奇怪，手电一起顺着洞口的通道照了过去。只见，从通道不远处正慢慢地涌过来一股沙浪，沙浪过处，通道被尽数封死。马强的脑门上顿时冒出了一层冷汗，惊呼起来："快走！离开这里，快走！"

四个人顾不上拿包，顺着前面的洞口通道，拼命地狂奔起来。杰布一直死死地攥着法杖，他正琢磨着，这根威玛神杖和洞口岩画上的那根法杖到底有什么联系？

刚跑出几步，马强又赶紧掉过头来，背包忘记拿了，包里还装着国宝级的佛像"古格银眼"，说什么也不能丢。

众人的速度远远快过沙浪，一直跑到筋疲力尽，掉回头看了看，沙浪并没有跟着涌上来，众人稍稍松了一口气。通道也到了尽头，面前出现了一个很大的空间，众人停了下来，一边喘着粗气，一边察看着。

四把手电交错着扫了一遍，这个空间似一个长方形的篮球场一般大小，顶壁有两米多高，对面的一个角落，有一个陡峭的石头阶梯盘旋着向上延伸。

洞中的景象让众人惊诧不已，只见洞的两侧不规则地摆放着几十具穿着铠甲的干尸。众人总算明白了秘道中恶臭的来源。此时，虽然众人都堵着鼻子，依然很难挡住怪味的侵袭。

马强拿着手电快步在洞中四处察看着，大概是想在这里找到一个藏宝

洞的入口。索朗占堆跟在了他的身后，一起寻找着。钱教授和杰布拿着手电，皱起了眉头，强忍着怪味，走近了干尸，仔细察看起来。

大部分的干尸比较完整，少数的干尸身上已经没有了胳膊或是少了腿，有几具干尸躯体上还插着长长的箭支。干尸穿着的铁制铠甲、头盔早已经锈迹斑斑。尸体似乎没有完全脱水干化，手足、脖颈露出的骨骼上残留着腐肉、干皮和筋。几乎每一具干尸上面都有不同大小的不规则小洞，洞口凝结着浓重的黑斑，似乎是血迹的残留物。干尸堆里，有不少尸骨的手边放着武器。有一个角落里，堆放着七八具未穿铠甲的干尸，这些干尸用古旧的藏式无领粗布长袍包裹着，其中有一具特别显眼，这具尸骨拖着长长的发辫，辫子上束着一颗绿松石和一个长着绿锈的小铜环，显然是一名女性尸骨。她的手骨边有一把依旧闪着寒光的弯刀，刀身凝固着一些黑色的印迹，这把刀似乎在死前依然被她死死地握在手中。另一个角落里也堆放着十几具，稍稍不同的是，这些干尸都没有了脑袋。

看了一圈，杰布用肯定的语气对钱忠教授说道："这些应该都是战死的士兵！"显然，是仓促之间被堆放到了这里。

钱教授点了点头，说道："是的！这很显然。从衣着和铠甲风格特征上分析，应该是古格王朝末期的。奇怪，这里怎么会有一个干尸洞？古格故城一带也有一个干尸洞，传说那里面的都是古格王朝敌人的遗骸，也有人说，是被拉达克人杀死的古格人。"

杰布答道："我去过那里。钱教授，你看，那边还有一个洞。"

顺着杰布的手电灯光，钱教授看了过去，果然，不远处有一个一人多高的洞口。二人快步走了过去。

"别进去了，那是一个粮仓，里面全是一些发霉的粮食。旁边还有一个洞，里面放的全是生锈的武器。我说，咱赶紧回去吧，这洞里的味实在让人受不了，我都仔细察看过，没有宝藏。"不知何时，马强到了他们的身边，他的语气有些沮丧。

钱教授和杰布没有理会他，还是进了装着粮食的洞中。进去之后，二人又吃一惊，这个洞口虽小，里面却别有洞天，规模似乎和外面差不多大，四周整整齐齐码放着一些粮袋，好几个袋子扔在地上，已经被打开，霉变的粮食撒落在地上，似乎是青稞。显然是刚才马强进来时打开的。钱教授从地上取了一点，用纸巾包好装入了口袋。

二人正要往粮洞的深处走去，忽听见马强在外面急促地喊道："钱教授、杰布！快走，流沙来了！快走！"

二人一听，赶紧转身出了粮仓，手电灯光往逃来时的通道上照了过去，只见一股沙浪正不急不慢地向这边涌来。

这时，马强和索朗占堆早已经站到了阶梯上，焦急地等待着他们。扎巴低鸣着，紧紧地跟在杰布的身后，似乎也在催促着杰布快逃！

钱教授和杰布的目光最后在洞中扫了一圈，有些不舍地向着阶梯冲了过去。还没来得及仔细研究，这又将会成为困扰他们的一个心结。

阶梯顺着一个宽阔的洞口倾斜着向上延伸，四人慌乱地顺着阶梯向上爬了大约二三十米，阶梯便到了尽头。出了阶梯，又是一个山洞，山洞不大，和进来时入口处的山洞差不多。山洞的四壁、顶端和地面上空空荡荡，找不到一个出口。似乎是一条死路。或许是刚才爬得太急，众人显得很累，坐到了地上开始喘息起来。

马强一边喘着粗气，一边着急地说道："钱教授，没出口了，这可怎么办？万一流沙跟着涌上来，咱们往哪跑？我还急着回去把佛像拍了，给大伙儿分钱呢。"

钱教授笑道："都是你小子惹的祸，非要拿着佛像，你看，这下子触怒神灵了吧？"

马强一听，急了，辩解道："钱教授，这可不能往我头上乱扣屎盆子。洞里的老人家不是说过了吗？'神奇的佛像将会指引你们踏上艰难的香巴拉之路'，傻子也能明白，这是天神赐予我们大伙儿的。索朗占堆兄弟，你说是不是这个道理？"说完，马强把脸转向了索朗占堆，他知道，不能指望杰布帮他说话，杰布肯定会站在钱教授一边。

索朗占堆看着钱教授，用力地点了点头，他很认同马强的说法，显然，他想让钱教授也认同这一点。

杰布却没有心思参与到这场争执中来，他侧着身子顺着阶梯口向下看了看，焦急地说道："这得赶紧想办法，马强大哥刚才说得对，万一流沙跟着涌上来，我们怎么办？往哪躲？马大哥，数你的经验最丰富了，你有什么好办法？"

三人的目光齐刷刷地盯住了马强，连扎巴的眼珠子也一眨不眨地瞪着马强。大伙儿把逃出去的希望都寄托到了马强身上。

马强把脸色一收，显得既严肃又神秘，挨个儿地盯着他们，慢条斯理地打量了一会儿，开口说道："办法嘛，倒是有一个。"

"快说说看！"钱教授、杰布、索朗占堆一阵惊喜，异口同声地说道。

马强说道："赶紧打110，让他们组织救援队，从外面凿开一条通道，把我们接出去。"说完，马强哈哈大笑起来，笑声里显得既无奈又有些悲怆。

众人却是笑不出来。看来，马强也没有什么好办法。索朗占堆不时地盯着阶梯口，紧张地向下察看着。每个人都皱起了眉头沉思起来。

马强还真的从口袋中掏出了手机，按了按号码，拨打起来，接连拨了几次，然后，苦笑着，无可奈何地摇了摇头。显然，手机早已没了信号。

沉默了几分钟，马强站起身，沿着四壁仔仔细细地察看起来，不时地用手掌在岩壁上用力拍打着，似乎是想再找到一个秘洞机关。钱教授、杰布、索朗占堆见此情形，也站起身来，走近岩壁，学着马强察看起来。

能碰到的地方几乎让四个人全部摸了一遍。连整个地面，也排着踹了一番，一寸地方也没落下。一无所获。

正当大伙垂头丧气之际，忽然，索朗占堆又指着阶梯口惊呼起来："流沙上来了！流沙上来了！"

众人看去，流沙顺着阶梯口，正慢慢地涌了上来。

钱教授已然失去了镇定，急得在洞内团团乱转，杰布依然在做着最后的努力，反复地察看着岩壁，希望能够找到蛛丝马迹，打开出口。他心里琢磨着，这里没理由是条绝路。

这个时候，扎巴却显得比较平静，这是它不同寻常的独特品质，眼睛盯着慢慢涌过来的流沙，眨着机警的眼睛，似乎也在帮主人想办法。

马强急得抬起一只脚，用力地在岩壁上接连不断地踹着，一点作用也没有。

流沙在地面上的高度，一点点地增加着。

钱教授、马强、杰布三个人如同热锅上的蚂蚁，不停地在流沙上面来回踩动着，以保持自己始终站在沙面上。三个人不时地你看看我，我看看你，似乎都在鼓励别人尽快想出好办法。

索朗占堆却立在了原地，一动不动，闭上了眼睛，双手合十，喃喃地念起了经文。随着时间的推移，流沙慢慢地没过了索朗占堆的膝盖。

马强把目光转向了索朗占堆，看了一会儿，若有所思地说道："藏民们最让我敬佩的，不是他们心中的天神，而是他们在艰难环境中的坚忍、在生死之间的无所畏惧。"

钱教授也看了看索朗占堆，感慨地说道："是的！他们每个人的心中都装着一个美好的来生。藏区人民对自身信仰的狂热和虔诚，的确令世人为之感动。"

杰布默默地看着他们，一言不发，似乎在琢磨着他们刚才说过的话。

马强又看了看杰布，然后从自己的脖颈上取下了藏天珠的珠链，递给了他，笑道："杰布兄弟，你的宝贝护身符也让哥哥戴了大半天了，着实让哥哥过了把瘾，哥哥临死也知足了。说句心里话，也是因为这颗藏天珠，把我们拉到了一起。对于这颗藏天珠，我马强已经没有了非分之想！世上有很多的宝贝是不属于自己的，羡慕一把也算是正常。真是我的好兄弟，能结识你这样的朋友，也是我马强的福气。唉，只可惜，你这年纪轻轻的……"

杰布笑了笑，犹豫了一下，接过天珠挂到了脖子上。他本想不接，到了这个时候，接与不接，好像没有多大差别，终究是要埋到流沙之中，但是木辛霍尔伦活佛曾经多次提醒过他，这是木辛家族世代相传的圣物。

马强又笑着问道："不知杰布兄弟还有什么要求？是不是也想看看随军女记者的乳房？"说完，大声笑了起来，笑声中显得有些苍凉、悲壮。

杰布大笑着，伸出胳膊重重地打了马强一拳，说道："去你的！这个时候，还开得出这种玩笑！"

马强叹了一口气，深怀惋惜地说道："唉，只可惜了，一颗神奇的藏天珠，还有一尊国宝级的佛像也要掩埋在这流沙之中了。"说罢，马强接连又叹了几口气，然后居然又清了清嗓子，拿腔捏调地唱了起来："美人自刎乌江岸，战火曾烧赤壁山，将军空老玉门关。伤心秦汉，生灵涂炭，读书人一声长叹。"

听了马强的唱词，钱教授突然间哈哈大笑起来。

马强好奇地问道："钱教授，你怎么了这是？"

钱教授答道：“马强啊，马强。你可真是让人琢磨不透。不过，我很欣赏你的性格！”

“钱教授，我看你还是别琢磨这个，赶紧想想，还有什么心愿未了。”马强苦笑着说道。想了半天逃生之计，却是始终一筹莫展。

钱教授低头看了看，流沙的高度又增加了许多。钱教授哈哈笑道：“好，我老人家先整整发型，怎么着也要给后人们留下一个潇洒的人体化石标本。”

听了此言，马强、杰布跟着哈哈大笑起来，各人悲观的心情放松了许多。生性豁达的人，到了生死之际，反倒能够坦然面对。

他们说话的时候，双脚都在下意识地运动着，所以，始终站在松软的流沙上面，沙子只是没过了脚踝。只有索朗占堆一动不动，一直不停地喃喃念着经文。三人这才想起来，忽略了老实厚道的猎人。此时，流沙已经没过了索朗占堆的腰际。

杰布冲到索朗占堆近前，一把扯住索朗占堆的胳膊，用力拉扯着，着急地说道：“别再傻站着了，一会儿沙子就没过头顶啦。”

马强也跟着走了过来，拼命地刨着索朗占堆身边的沙土，笑着说道：“真是个傻兄弟，大义凛然，慷慨赴死，舍生取义，我马强算是服了你！”

索朗占堆停下了念经，睁开双眼，他的眼睛中闪着灿烂的光芒，笑着看了看杰布，欣慰地说道：“杰布少爷，活佛老爷说过的，我索朗占堆将会获得吉祥和圆满的福报。我们就要去香巴拉了。”

马强一听，乐了，说道：“傻兄弟，我也想着去香巴拉哪，不过，不是这样的去法。赶紧爬出来，哪怕还有一线希望也不要放弃。”

钱教授听了索朗占堆的话，有些哭笑不得。

在杰布不停的拉扯和马强的帮助下，索朗占堆从沙堆里挣扎着爬了出来。

马强和杰布开始帮着索朗占堆拍打身上的沙土。

忽然，索朗占堆惊呼道：“我的猎枪！我的猎枪被埋到底下了！”

看着朴实敦厚的索朗占堆，钱教授又好气又好笑地说道：“命都不在乎了，还在乎什么猎枪？”

索朗占堆腼腆地笑了，像个孩子般挠了挠头。

杰布叹了一口气，十分内疚地说道："索朗占堆，都是我连累了你，要不是让你带路，也不至于如此。"

索朗占堆忽然一怔，并未答话，惊诧的眼睛紧紧地盯着前方，紧接着抬起胳膊指着前面，说道："杰布少爷，你看，扎巴！"

钱教授、马强、杰布的目光齐刷刷地转到了扎巴身上，只见扎巴正抬着脑袋，眼睛死死地盯着山洞顶壁的角落，一次又一次努力地向上跳着。扎巴的嘴里低声呜咽着，似是发现了什么秘密。

众人觉得很奇怪，顺着扎巴盯着的方向看了过去，四把手电照在岩壁上，照得雪亮。察看了一会儿，并没有发现什么特异之处。不仅这个顶壁的角落，洞内所有的地方，早就让他们的目光仔细地搜寻过。

杰布心里想着，可能是扎巴有些着急，显得有些不正常。

大概是嫌手电不方便，马强从包里拿出了一个小型野外照明灯，打开来，支到了一侧角落的沙面上，洞内的空间不大，让照明灯照得通亮。

马强一边手脚不停地忙着，一边说道："那个角落肯定有玄机，你们不懂，我过去也曾经养过狗，这种动物灵得很，有超强的感应力，甚至连地震都能预报，嗅觉和听觉比常人不知高出多少倍。杰布兄弟，把你的法杖借我用用。"说完，马强指了指杰布的后背。

杰布这才想起来，刚才拿到法杖之后，跑动的过程中嫌着碍手碍脚，他给别到后腰上了，法杖不长，也就七八十厘米，再加上他自己个头又高，隔着藏袍，倒也省了不少心思。杰布差点把这茬给忘了，脑子里一直在琢磨着经历的一些怪事。

听了马强的话，杰布赶紧顺着肩膀头，拔出法杖，递给了马强。

马强把法杖雕着大鹏鸟的一端拿在手中，举起了胳膊，刚好可以触到顶壁。马强用杖尾一点一点仔细地捅着，岩壁很坚硬。

这个时候，扎巴不再乱跳，立在原地，抬着脑袋，死死地盯着顶壁，一副随时准备出击的架势，它似乎很相信自己的判断。

捅了一会儿，马强觉得胳膊酸涨，并没有发现什么异常，有些气馁，放下了法杖，又看了岩壁一会儿，似乎很不死心，他蹲到了扎巴近前，抚摸着扎巴的脑袋，问道："扎巴呀，我的好扎巴，你到底发现了什么？快告诉我们呀！"

扎巴看了看马强，低低地呜呜了几声，似乎很着急。

见此情形，马强无可奈何地苦笑起来，随即站起身，对着钱教授说道："钱教授，你猜我马强要是能逃过此难，最大的心愿会是什么？"

钱教授笑道："做个亿万富翁。"

马强很认真地答道："错！我最大的心愿就是希望扎巴能够学会说话，当然，最好是学会说汉语，这样我就可以听得很明白。"说完，马强轻轻地笑了。

听起来是一句玩笑话，钱教授、索朗占堆、杰布却都没有笑，他们的目光一起盯住了扎巴，心里都在想着，是呀，要是扎巴能够说话该有多好？扎巴到底发现了什么秘密？

时间一分一秒地推移，流沙的平面高度一寸一寸地增加着。众人伸手便可以触到顶壁，心里也是越来越着急。

马强把法杖还给了杰布，抬起双手在坚硬的顶壁上仔仔细细地触摸着，一点一点地按动着。钱教授也走到近前，和马强一起搜寻，忙活了半天，还是什么异常也没有发现，二人最终放弃了努力。马强沮丧地坐到了流沙上面，苦笑着说道："到底是哪来的流沙啊？难道真的是我们惹怒了神灵？"说完，马强点了一支烟，这个时候，马强已经没有心思再开玩笑。

钱教授也坐到了沙面上，伸出手来，笑道："给我一支烟，这烟啊，我都戒了快二十年啦。"

马强递了一支给钱教授，又递了一支给索朗占堆。索朗占堆冲着马强摇了摇头。

钱教授点着了烟，猛吸了一大口，咳嗽了几声，很快便适应了过来，他一边吸着烟，皱起了眉头，自言自语地说道："是啊，到底哪来的流沙？难道真的有天神？或者说，存在着许多个我们未知的世界？因为我们的不幸而赶上了时空错乱？爱因斯坦和牛顿到了后来为什么都信奉了宗教？唉，我姓钱的也算是搞了一辈子科学研究，想不到到头来越搞越糊涂。"

马强刚要开口发一番感慨，未等插话，忽然，扎巴猛地叫了一声，再一次跳了起来，这一次却向着角落里的沙面扑了过去！

众人一惊，赶紧看了过去。

只见一条暗红色的小蛇，约有一尺来长，身上闪着点点的金光，正在沙面上快速地游动，显得十分灵敏。

扎巴连续扑了几次，都被它迅捷轻盈地闪避开。几次扑空，扎巴也发现了小金蛇的敏捷，它不再莽撞，很快改变了战术，采取稳扎稳打的策略，瞪着机警的眼睛，向着小金蛇步步逼近，企图把小金蛇逼进角落里，然后再收拾它。

小金蛇似乎也察觉出扎巴的意图，立起身来，张开嘴巴，瞪着扎巴，待扎巴走近，猛地跃起，箭一般，向着扎巴的眼睛咬了过去。

扎巴一直处在高度戒备之中，刹那间，扎巴猛地侧身一滚，躲过了小蛇这雷霆一击，随即站起身来，再次向小金蛇逼了过去。

小金蛇扑了个空，见一招失手，也很惊奇，想不到这个庞然大物的速度也是如此之快，小金蛇似乎不愿意与扎巴争斗，开始四处游走，游动了一小会儿，小金蛇猛地一停，抬起了脑袋，看了众人一眼，随即迅速地钻入流沙，不见了踪影。

恰在这时，扎巴也扑到了小金蛇消失的地方，用两只前脚，快速地刨动着。

一切发生得太过突然，很快便又结束，众人看得傻了眼，心里想着，哪来的这条奇异的小金蛇？

想到此节，众人的脑袋不约而同地抬了起来，向着扎巴刚才扑向的岩壁角落看了过去，只见岩壁的一角出现了一个黑乎乎的小圆孔，众人曾经察看过很久，一直都没有发现。显然，小金蛇是从这里刚刚钻出来。

沙面在不知不觉之中又上升了一些，杰布的个头最高，脑袋快要碰到顶壁了。马强和钱教授快速站起身来，冲到小洞近前，杰布和索朗占堆也快步跟了过去。

四个人围着小洞，你推我挤看了起来。小洞内黑乎乎的，什么也看不见。

马强伸出了食指，刚好可以插进小孔，似乎很深，探不到底。

随即，马强又举起了双手托住了顶壁，用力向上顶了一会儿，岩壁纹丝不动。见此情形，不待提醒，其他三人也抬起了双手，帮着马强一起向上举着，举了一会儿，一点作用也没有。终于，众人气喘吁吁，沮丧地放弃了努力。

忽地，马强的目光停留在了杰布的法杖上，"杰布兄弟，把你的法杖

借我用用。"

杰布不假思索，顺手递了过去。马强接过法杖，将底端顺着小孔插了进去，法杖的粗细和小孔刚好吻合。小孔挺深，一直没到了法杖大鹏鸟的位置才探到底，马强用力顶了几次，没有什么反应，他又试着逆时针转了起来。大概转了三四圈，忽然，众人似是听见一声闷响，顶壁震动了一下，紧接着，中间出现了一个四四方方的裂缝，约有三尺见方，一些灰尘和碎屑撒落下来，随即，四方形的顶壁慢慢地向上抬了起来，耀眼的光线"唰"地照了进来，新鲜的空气也跟着涌了进来。

杰布下意识地顺手拿出了法杖，站在原地呆呆地看着洞口，钱教授、马强、索朗占堆也呆呆地看了一会儿，紧接着，四人欢呼着，拥在一起跳了起来。

索朗占堆和钱教授激动得流出了眼泪。

钱教授拉着杰布的手，说道："我就知道我们会没事。我就知道，我们一定能够出去！"

扎巴也显得异常兴奋，在沙面上打了一个滚，随即站起身来冲到主人面前，用嘴巴撕咬着杰布的衣服，拖了起来。

杰布这才回过神来，说道："都愣着干什么？不想出去啦。"

绝处逢生的兴奋心情简直是无以言表，大家互相帮衬着，出了洞口，再次回到了地面上。

站在明媚的阳光下，四个人连同扎巴兴奋地大口大口呼吸着新鲜的空气，默默无语，仰望着蓝天和白云，远望着群山和大地，悲喜交集。

待到心情渐渐平复了一些，众人又回过头，看了看洞口，流沙还在慢慢地向上涌着，到了洞口的底沿边缘，便戛然而止，厚厚的石板又慢慢地盖了下去，很快与整个地面融为一体，仿佛一切都未曾发生。

众人你看看我，我看看你，都觉得有些茫然，似是刚刚经历了一场怪梦，马强摸了摸背包中的佛像，还在。各人心中开始感慨起来，都觉得这一场经历太不可思议。

四周环顾了一番，众人很快又开始惊讶起来，万万没想到，出口竟然会是在这里，这是他们熟悉的地方，都曾经来过。

他们正站在西距札达县城大约 18 千米的扎布让区象泉河畔、一座 300

多米高的黄土山上，这里是曾经高高在上的古格王宫的遗址。

远远近近的百里土林环抱着这里，古老城堡的断壁残垣与脚下的土林浑然一体，这就是被人们称为"土林环绕的地方"，曾经的古格王朝的中心，在阳光的照耀下，处处映射出一种残缺和悲壮的美。

这里地势险峻，易守难攻，王宫、庙宇、碉楼、佛塔、洞穴，自上而下，依山而建，布局有序。最高处为王宫，山坡上是达官贵族的府邸，山下是奴隶们的住地，佛塔、洞穴曾经是僧侣们修行的地方。聪明的古格人在山体内还修筑了暗道，这些暗道迂回曲折，拾阶而上，山腰处有一条暗道直通山顶王宫，这条通道，其他地方全是悬崖，真可谓"一夫当关，万夫莫开"，当时的古格王宫是整个藏区防守能力最强悍的地方。

然而，战火摧毁了昔日辉煌的城堡，黄沙淹没了曾经的英雄。眼前已是满目凄凉，千古沧桑的庞然大国在一场战争中似是瞬间灰飞烟灭，消失得无影无踪。

在这片备受摧残的土地上，唯有寺庙保存完好，寺庙内的壁画，虽时隔数百年，依然光彩夺目，金漆依然闪闪发亮。或许是因为神灵的尊严不容冒犯，纵使是最残暴的军队，也望而却步。其他全部的房舍早已坍塌，只剩下一道道土墙。这里依稀残留着当年抗敌的痕迹，依稀回响着悲怆的歌声。

看着眼前的这一切，马强开始惊叫起来："万万没想到，出口会在这里！出口怎么会在这里？"

钱教授笑道："是呀？出口怎么会在这里呢？我也在纳闷。"

杰布也跟着调皮地笑道："是呀？出口怎么会在这里呢？我也在纳闷。算了，我看我们还是赶紧回去再讨论吧，我忽然间觉得累得不行。"

杰布的话似是猛然点醒了众人，大伙儿都开始觉得疲惫不堪，一直在紧张和疑惑中穿行，一直绷紧的神经突然放松下来，确实觉得累了，还有干渴和饥饿。马强从背包中拿出水来分给大家，只有他一个人还带着背包，其他人的全丢了。主要也是马强的背包里装着佛像的缘故。

从太阳的位置上判断，这个时候，已经过了晌午。喝了点水，众人开始下山。行走的路上，马强和钱教授不时地说说笑笑。

杰布似乎突然想起了一件事情，疑惑地问道："钱教授，我还是有一

个问题没弄明白，我问过你的，我们在洞中碰到的那位奇怪的老人，根曲扎西的后人，他们供的佛像应该是苯教祖师辛饶米沃才对，为什么他供的却是佛教的释迦牟尼？你那时为什么又说这合情合理呢？"杰布或许天生便具有强烈的好奇心，这也是他获取知识的一个很好的动力。

钱教授哈哈大笑，说道："难得你还有这份好奇心！我认为这点不难理解，应该说，他这不算是供奉。我给你大致说一下古格王朝的历史，我相信你就能够明白其中的缘由。"

一提起藏地的历史，钱教授便显得颇有兴致，把一切都抛之脑后，滔滔不绝地谈了起来："说到古格历史，不能不提起吐蕃王朝。吐蕃王朝以前的历史，我们先不去说，话题太长，直接从吾都赞普朗达玛时代说起。公元823年，俗官朗达玛发动政变，上台成为吐蕃的末代藏王，这个时期，曾经盛极一时的吐蕃王朝已经逐渐衰落，统治内部的僧侣集团和世俗贵族集团之间的矛盾早已经白热化。为了维护政权，朗达玛采取了灭佛兴苯的手段，这个时期，也是苯教的又一个黄金时代，佛苯斗争再起，朗达玛掀起了全国规模的第二次灭佛运动，这促使了权力矛盾急剧激化，最终导致朗达玛被僧人暗杀。因为争斗，也使平民陷入了水深火热之中，于是爆发了大规模的平民起义，吐蕃王朝迅速崩溃。朗达玛死后，他的两位王子及其王孙为了争夺王位混战了半个世纪之久。结果，次妃一派的王孙吉德尼玛衮战败后逃往阿里，当地头人将女儿嫁给他并立他为王。据学者考证，当地的头人就是象雄王系的后代，这也算是藏史中吐蕃王室后人与象雄王室后人的血缘维系……"

听到这里，杰布插进话来，说道："啊，钱教授，我明白了，曾经辉煌灿烂的象雄王朝被藏王松赞干布统一之后，残存的王室后人，演变成了地方势力也是情理之中的事情。"

钱教授答道："是的！我一直是赞同这种观点。"

杰布说道："神秘的象雄王朝的消失始终是一个更大的谜团！钱教授，我们暂时先不提象雄之谜，你还是接着再给我说说古格王朝。"

钱教授接着讲了起来："在这里，绝处逢生的吉德尼玛衮充分施展了他的才干，重整旗鼓，逐渐统治了藏西地区，将各部收归治下。到了他的晚年，吸取了曾经争夺王位的教训，他将领地分封给三个儿子，于是便演变出了史上的'阿里三围'——古格王朝、拉达克王朝、普兰王朝，史称'三衮占三围'。普兰王朝后来并入了古格。古格王朝的开国元首——最年幼的王子德祖衮主要占据在象雄遗址阿里一带，拉开了700余年的历史，前后世袭了16代国王。古格王朝之初，鉴于朗达玛灭佛而导致吐蕃亡国的惨痛教训，便又开始了大兴佛教。在古格政权的繁荣时期，始终弘扬佛法，实行以教辅政的政策。公元10世纪末的古格王柯日曾经放弃王位出家，取法名益西沃，大力倡导兴佛。至此，阿里境内，寺庙如林，贵族僧侣集团日益庞大。今天托林寺周围残存的大量佛塔、洞窟、寺庙遗迹，正是那个时期的历史写照。到了17世纪初，西方的天主教徒进入了古格传教，当时古格王与当地寺庙上层喇嘛为争夺属民已经存在了矛盾。此时的苯教早已逐渐衰落，不足以与佛教抗衡。于是，古格王在境内又开始大力倡导天主教，希望以此压制佛教的势力，却遭到了当地僧俗的反对，尤其是遭到了影响力颇大的佛教寺院的抵制。以古格王为首的王室和僧侣集团之间矛盾日益尖锐，古格王的弟弟是僧侣派的代表人物。大约到了大清天聪年间，由于古格王对拉达克王妹的悔亲，成为导火索，拉达克王僧格朗嘉在古格佛教徒的暗中支援下，派兵攻入古格，古格政权至此灭亡，算下来，已经300多年。在整个藏区的历史中，政权和宗教之间的关系一直是很微妙、也是很复杂的。"

听完之后，杰布思索了一会儿，忽然间恍然大悟地说道："啊，钱教授，我明白了！根据洞中老人所说，这尊佛像中似是藏着重大隐秘，处在当时的环境下，若是想很好地保存这个秘密，避免佛教徒的摧毁和损坏。藏在释迦牟尼的佛像中是再安全不过的了。"

钱教授笑道："正是这个道理！"紧接着，钱教授又感慨起来："追溯古格王朝的历史，可以看出古格王朝在藏史中有着非凡的意义。而古格王朝灭亡之后，许多现象又是让人不解，曾经的庞然大国在战争中似乎是瞬间灰飞烟灭，消失得是那样突然。从记载上看，那场战争并不足以毁灭整个古格文明，事实上，拉达克人占领这个地区的时间并不长，也就几十年的时间，公元1680年左右，五世达赖阿旺洛桑嘉措就派兵驱逐了拉达克人，重新将阿里纳入甘丹颇章政权的行政管辖范围。而古格文明的消失似乎显得太过突然。容纳成千上万人的寺庙、洞窟似是在一夜之间荒废起

来。在今天的古格遗址附近，只有十多户居民守着一座曾经居住过上千人的城市，而这些居民并非古格人的后裔。那么当时为数众多的古格人都到哪里去了？难道全部战死了吗？显然这不合常理！在整个人类的历史上，任何一次侵略想要把一个民族灭绝，还没有这个先例，是不可能的！"

一路上，望着满目的苍凉景象，生长在阿里的杰布又给大伙儿讲起了当地关于古格灭亡时的一些传说。

当时的古格王朝和拉达克王朝，最后一场残酷的攻坚战就在这里打响。战斗持续了很长时间，拉达克军队面对坚固的古格都城久攻不下，他们开始驱使古格的老百姓们在半山腰修建一座石楼，他们的想法是，等石楼修得和山顶一样高时，便可以最终拿下这座坚固的城堡。

由于拉达克人强迫古格的老百姓夜以继日地修筑石楼，百姓们在下面不堪重负、凄苦的歌声，被仁慈的国王听到了，国王非常难过，为了挽救百姓，古格国王投降了。也有人说，古格王最终跳下了悬崖，国王一死，都城自然也就破了。

走到半山腰的地方，大伙儿再一次看了看石楼的遗址，很是显眼，因为周围的建筑都是土建，只有这里砌着石头。并没有修完，大概有十几米高。

钱教授说，从零碎的史料记载中来分析，古格王可能是投降了，全家被拉达克军队带回了拉达克都城列城，关进了监狱。不管国王最终的下场如何，当时的古格老百姓结局都很惨，那些堆满尸骨的无头干尸洞便是证明。据说，那里的无头干尸全都是古格士兵和百姓们的尸体。提起了干尸洞，钱教授和杰布都开始思索起来，秘道里的干尸是哪来的？难道是古格王朝最后战死的勇士？

下山的路上，他们碰到了一个旅游团，导游正指手画脚，滔滔不绝地为游客们讲解着重复过很多次的解说词。

他们四个人带着扎巴和旅行团擦肩而过，没有人留意他们，在他们眼里，钱教授等人也不过是些普通的观光游客。

钱教授的心中一直在思索着几个问题，关于秘道的问题似乎是越来越明朗。

到了山下，四个人不由得再次回头看了一眼高高在上的古格都城。

看了一会儿，钱教授哈哈大笑起来，兴奋地对着杰布说道："小杰布，我有一个问题突然间想明白了，你想不想知道？"

杰布看着钱教授，笑道："我也有一个问题突然间想明白了，你想不想知道？"

钱教授说道："你先说！"

杰布也说道："还是你先说！"

马强没好气地说道："都打什么哑谜？想说什么痛快点，这一老一少的互相卖什么关子？"

钱教授正要接过话来奚落马强几句，忽然听见了一阵奇怪的声音，似是有人在唱诵经文，便皱起眉头，问道："你们听，什么声音？"

众人止住了话语，凝神静听。

听了一会儿，马强突然笑了起来，赶紧解开衣袍，从衣服的内口袋摸出了一个手机，手机摸出之后，声音便大起来了，原来是马强的手机铃声。马强居然用唱经的歌声设置为手机铃音。

马强笑道："看看！这洞里洞外就是两重天，这会儿又有信号了！"说完，接起了电话。

是梅青打来的，梅青在电话里又是哭又是闹，说马强把她抛弃了，整整半个月了，电话一直打不通，是不是又勾搭上了别人？还说马强要是敢把她抛弃了，她说什么也不活了。

马强心里有些内疚，问道："身体好些了吗？"

梅青回道："身体早好了，还在杰布家里，杰布阿妈照顾得很好，你心里还有我啊？你这半个月到底跑哪去了？"

马强诧异地问道："你说什么？这半个月是什么意思？"

梅青说："你都出去半个月了，我给你打了无数次电话，一直打不通，你说，到底干什么去了？进山看个岩画要看这么多天？我还以为你挂了呢。"

马强皱起了眉头，说："先别吵吵了！我们马上回去，回去再说。"

挂了电话，马强对钱教授说道："钱教授，刚才梅青在电话里说，我们都出来整整半个月了。"

钱教授惊得叫了起来，"这怎么可能？我们从出发到现在，算起来也

不过两天时间。"

杰布也惊诧地说道："是啊？满打满算顶多也超不过两天，怎么可能会过了半个月？"

马强眉头紧锁着，说道："我也纳闷！可是梅青信誓旦旦地说，我们出来了整整半个月。"

钱教授和杰布面面相觑地对望了一眼。

见这情形，马强开起玩笑，说道："八成是梅青脑子出问题了，女人家一个样，说犯病就犯病，赶紧回去，别给杰布兄弟家添什么乱子。"

钱教授也跟着说道："对啊，我们赶紧回去！我也要急着见杰布阿爸。现在，我有太多的疑惑要请教活佛。"

第四章　扎巴战雪龙

　　钱教授等人回到木辛村时，已经临近傍晚。夕阳下的木辛村更显得古朴、庄严和宁静。

　　杰布的阿妈仁珍拉姆正站在村口眺望着他们。她看上去，似乎憔悴了许多，一见到杰布，她的嘴唇嗫嚅着，想要说话又说不出来，左看右看，生怕杰布少了块肉似的，鼻子一酸，眼泪流了出来。这些天，她一直挂念着杰布，几乎每天都要到村口忧心忡忡地守候着。杰布和朋友们进了雪山深处，一去那么多天，杳无音信，怎么能不让人着急？况且，他们去的还是那个"吃人魔鬼"的山洞。她每天都在为杰布祈祷着，祈祷着雪山之神佑护着他们的平安。

　　杰布见到阿妈，很是高兴，似个孩子般扑到了仁珍拉姆的怀里，拥着她一起往家里走。扎巴更是兴奋地跟在他们身后，前后左右，跑来跑去。

　　索朗占堆和大伙儿匆匆道别后，直接回了家。

　　路上，仁珍拉姆问起杰布，是不是出了什么麻烦？怎么一去半个月就没了音信？让人着急死了。

　　听了仁珍拉姆的话，钱教授、马强、杰布三人大吃一惊！大伙儿可以不相信梅青，但是没理由不相信一向受人尊敬的仁珍拉姆。看来，梅青并没有和马强瞎胡闹，说的是真的，他们出来半个月了。这怎么可能？

　　尽管杰布心里疑惑着，还是不停地安慰着阿妈，我这不是好好地回来了吗？

　　说着话，便到了家门口，弥梁柯巴老人见到杰布，激动得说不出话来，

上前一把拉住了杰布的胳膊，双手颤抖着，半天才嗫嚅了一句："杰布少爷，你回来啦！"说完，老人家止不住流泪了，在老人家的眼里，杰布就如同他的亲生儿子一般。杰布笑着安慰了他几句。弥梁柯巴老人半天才回过神来，赶紧张罗着帮大伙儿准备洗脸水。

梅青正在房间里嗑瓜子，听见了外面的动静，一下子猜出是马强他们回来了，赶紧冲出房间。一见到马强，顿时哭天抹泪地扑了上来，先是勾着马强的脖子，随后又是一通夸张的西式狂吻。

弥梁柯巴老人在一边直皱眉头，装作没看见，转身进了厨房开始准备饭菜。

任由着梅青闹了一会儿，马强笑道："行了行了，赶紧起来，像什么话？前面一个大活人，背上还一个大背包，还让不让人喘口气了？"虽是如此说，马强的心里还是有几分愧疚，把她带到了这个偏远、荒凉的地方，自己却一直没有好好地照顾她。

梅青在马强的肩膀上锤了一拳，嗔怒道："谁让你这么多天一去没了音信？是不是找到相好的了？"

马强哭笑不得地说道："我的天！往哪想了？雪山里头，是一般人进得了的吗？哪个美女愿意到那里去？"

梅青笑道："不是有位美丽的雪山女神嘛！"

马强脸色一板，说道："不许你亵渎神灵！行了，我这累着哪，赶紧让我进屋歇会儿。你帮我把背包拿进房间整理一下。"说罢，马强把背包放到了地上。

梅青吃力地拎着背包回了房间。看着她的背影，马强又补充了一句："我们要商量点事，没事你就别过来添乱了！"

梅青没好气地应了一声："知道了！我帮他们准备饭菜去！"

见此情形，钱教授心里一阵失落，想起了老伴，想起了女儿还在准备婚事，也不知她们怎么样了。虽然钱教授身在北京，大多时候心思却一直放在西藏这片神奇的土地上，这些年来，对她们母女俩的关怀和照顾太少了。想到这里，钱教授开始内疚起来。

梅青还算懂事，没有再闹，去了厨房帮忙。

木辛霍尔伦活佛正坐在经堂内闭目诵经，轻摇手铃。

钱教授、马强、杰布直接去了经堂，进屋时，活佛睁开了眼睛。杰布走在最前面，活佛一眼便见到了杰布手中拿着的威玛神杖。

三人笑着向活佛问好。活佛顾不上和他们打招呼，双眼惊异地盯着法杖，仔细地看了一会儿，站起身来，走到杰布近前，从杰布手中拿过了法杖，双手微微颤抖着，捧住了法杖，眼神变得精亮。

看了半天，活佛抬起头盯着杰布，诧异地问道："威玛神杖！辛饶米沃祖师的威玛神杖！你哪来的威玛神杖？"不待杰布回答，木辛霍尔伦活佛又盯着法杖自言自语起来，"无偏无向的威玛神杖，供在上方荣耀的庙堂；念动神奇的咒语，守护众生的安详，摧毁那有形的敌人，制服那无形的魔鬼。"

钱教授、马强、杰布顿时呆若木鸡，木辛霍尔伦活佛所说的，正是刻在秘道石洞中的咒语。三人很是惊奇，活佛怎么也知道秘道岩壁上的咒语？

活佛让大家坐了下来，仁珍拉姆为他们端上了酥油茶。

借此机会，钱教授追问活佛，是不是知道法杖的来历。

活佛说，这是传说中辛饶米沃的法杖，他以前只是在古画中见过。

听了活佛之言，三人大是好奇，又开始仔细打量起这把神奇的法杖来。想不到这根法杖竟会是辛饶米沃的法器。

活佛问起他们这些天到底发生了什么事情。

马强刚要开口，钱教授冲他摆了摆手。钱教授长期以来为学生讲课，对自己的语言描述能力比较自信，他生怕马强一着急，给说乱了，影响到活佛的分析和判断。钱教授用他简洁、生动又准确的语言，把他们的经历详细地讲述了一遍。

活佛听完，闭上了眼睛，默默地念起了经文，手中的念珠，慢慢地捻动着，似乎是在和神灵对话，又似乎在思考着什么。

钱教授、马强、杰布着急地看着活佛，三人谁也不言语，谁也不愿意去打断活佛，都在等待着活佛睁开眼睛，告诉他们一些启示。

经堂里很安静，空气似乎是凝固起来。

静静地等了一会儿，忽然，他们三人同时一怔，愣住了，开始凝神静听。咚，咚……冈仁波齐神秘的鼓声似乎又一次响了起来，若隐若现，缓慢而又低沉。木辛霍尔伦活佛曾经对他们说过，这是香巴拉王国传来的鼓声，

这是辛饶米沃的神鼓，具有无边法力的神鼓，在召唤着，在启示着。但是，到底在召唤什么，启示什么，谁也弄不明白。这一次，鼓声过了良久，才渐渐停息。

木辛霍尔伦活佛也慢慢地睁开了眼睛，他看了看钱教授、马强、杰布三人，平缓地说道："从古格王赤扎西扎巴德赞普生下他的王子开始，主宰着世间一切的天神便已经向古格王国明确了他的旨意。"说到这里，活佛停住了话语。

钱教授诧异地看了活佛一眼，他不明白活佛为什么在这个时候突然提起了最后一代古格王赤扎西扎巴德，他想插句话问问，但又忍住了，心里想着，活佛这么说，一定有他的用意，还是耐心地听听吧。

一向爱插话的马强此时却是显得格外地安分，轻易不敢再打断活佛的言语，活佛说的每一字，他都用心地听。他心里琢磨着，没准活佛会告诉他们一个关于古格宝藏的秘密。

活佛环顾了一番经堂里挂着的诸神面具，接着又讲了起来："古格王和王后生下的是一位无法继承王位的王子，也就是你们汉人所说的精神失常，他们请了所有能够请到的名医来医治王子，可是没有丝毫的作用。最后，古格王下定决心再娶一位新王后。他打算新娶的王后，就是拉达克国王的妹妹。一来是为了缓和王朝之间的矛盾；二来也是为了生下一位新的王子，来继承他的王权。然而，在这位新王后被迎娶的途中，距离古格都城只有两天的路程时，古格王突然改变了主意。命令禁止新王后进入古格，并将她遣返拉达克……"

"阿爸，那为什么呢？"这时，好奇的杰布着急地插了一句。

活佛接着说道："或许是他想起了曾经的象雄王李米嘉娶了松赞干布的王妹赛玛噶的缘故。"

听到这里，钱教授和杰布二人似乎一下子被点明白了。杰布眼睛一亮，说道："阿爸，我明白了！根据经书记载，末代象雄王李米嘉娶了松赞干布的王妹赛玛噶之后，不久便冷落了她，赛玛噶一怒之下，悄悄写信给他的王兄松赞干布。在王妹的激励下，松赞干布发兵攻打了象雄，因为有了王妹做内应，吐蕃王松赞干布的军队，洞悉军情，巧设妙计，以少胜多，最终杀了象雄王李米嘉，把象雄部落收归吐蕃治下，列为编氓。至此，松赞干布也统一了整个青藏高原。古格王是不想重蹈象雄王李米嘉的旧辙！"

活佛赞许地点了点头。

听到这里，钱教授补充道："或许也是因为古格人从心底里恼恨拉达克人，根据资料记载，古格人和拉达克人的冲突在悔亲之前就一直存在着。"

活佛又点了点头，接着说了起来，"悔亲激怒了拉达克人，拉达克国王决定不惜一切代价，攻打古格。这场战争，足足打了18年。古格人节节败退，被拉达克大军重兵困住了王国都城。古格王亲自率领古格勇士们坚守在山顶王宫，与敌人苦战数日，最终，不忍心看着百姓们受苦罹难，投降了拉达克人，条件是不得伤害百姓！当古格国王和勇士们放下了武器，拉达克人却背信弃义，砍去了许多百姓和勇士们的头颅，抛尸于洞内，并把所有被俘的古格臣民掠往拉达克。"说到这里，活佛停住了话语，轻轻地叹息了一声，眼睛中充满了无限的悲悯。

钱教授、马强、杰布静静地看着活佛深邃而又充满智慧的眼睛。

木辛霍尔伦活佛接着又讲了起来："当古格王最终决定投降的时刻，他最忠诚的老臣，也是他最信任的大苯波根曲扎西，借以威玛神杖的法力，向祖师辛饶米沃祈祷，祈求辛饶米沃用他的神通拯救善良的古格人民。威玛神杖是辛饶米沃曾经在象雄传经时留下来的神圣法器，苯波凭借法器可以与神灵相通。象雄王朝灭亡之后，威玛神杖又传到了古格。辛饶米沃没有答应根曲扎西的祈求，因为这是天神的旨意，没有人可以违抗，但是，根曲扎西的虔诚和国王的仁慈还是感动了辛饶米沃，于是，辛饶米沃为他们打开了一条逃亡的通道。"

听到这里，杰布说道："阿爸，我估计，那条无人知晓的秘道便是辛饶米沃打开的那条逃亡之路！里面的干尸肯定就是古格王朝最后战死的勇士！"说完，杰布又看了看钱忠教授。

钱教授点了点头，接过话来，说道："杰布，这也是我在下山后想和你说的问题。我就猜着你也能想到。"

活佛看着杰布点了点头。

杰布兴奋地说道："钱教授，我敢断定，肯定有不少人从这里逃了出去！而国王之所以没有选择逃亡，是他担心自己逃亡后，拉达克人不会放过留下来的百姓们。可是，他没有想到，拉达克人会背信弃义。"

钱教授兴奋地点了点头，说道："我想是这样的！可是，逃出去的人都到哪里去了？"说完，皱起了眉头。

木辛霍尔伦活佛赞许地看着杰布，说道："天神给了你无比的智慧和勇气，你说得很对。"

杰布说道："我想，威玛神杖放在秘道里，一定是大苯波根曲扎西，为了防止秘道被敌人发现后追击而来，留下了最毒的诅咒，用以阻击拉达克人。"

马强突然插话问道："活佛大师，我记得洞中的老人见了杰布时曾说过：善良的孩子！你的眼睛告诉我，你是天神赐予雪山正义的化身。奇怪的是他怎么会认得杰布？"

活佛自豪地说道："我们木辛家族世代忠诚于伟大的天神，杰布是雪山之神赐予我们木辛家族智慧的传人！"

马强又仔细地看了看杰布，越看越觉得认识杰布真是一件幸事，杰布肯定能给他带来好运，想到这里，马强盯着活佛，问道："活佛大师，那古格人最后战败之时，就没有留下宝藏什么的？"

活佛看了看马强，说道："或许有吧，或许没有，只是我们无从得知了。我的孩子，一切天神自有安排，从你们进入这条秘道开始，便已经注定，你们要踏上一条非凡之旅。最终你们会获得吉祥和福报！"

钱教授问道："活佛大师，依你看，那些从秘道中逃出去的古格人究竟会去了哪里？"

活佛智慧的眼睛抬了起来，熠熠地闪着光辉，隔了一会儿，说道："魏摩隆仁！我想是的，魏摩隆仁！我原以为这只是我们木辛家族世代相传的一个传说，或许魏摩隆仁是真的存在！辛饶米沃祖师为他们打开了那条通道，一定是安排他们去了雪山深处的魏摩隆仁！除此，又能去了哪里？没有神灵的旨意，没有人可以找得到魏摩隆仁。据说，辛饶米沃的神戒，就是被魏摩隆仁的臣民们世代守护着。"

"啊！"听了活佛之言，钱教授、马强、杰布惊异地瞪大了眼睛。

提起了辛饶米沃的神戒，马强显得有些激动，急切地说道："活佛大师，我记得上次你说过，要想进入香巴拉，必须穿越箭道，而这条箭道正是辛饶米沃当年来吐蕃传教时，从他的神戒里射出了一支箭，开辟的通道。

只要我们找到了魏摩隆仁，再拿到神戒，就可以凭借神戒穿越箭道，到达神奇的香巴拉王国！"

活佛笑道："是的，善良的孩子。箭道的入口和神戒一起被魏摩隆仁的臣民们世代守护着。"

马强兴奋地惊叫起来："哦！太好了！终于找到线索了！"刚说完，马强又皱起了眉头，疑惑地问道："可是，活佛大师，魏摩隆仁究竟又在哪里？为什么我们这次秘洞之行不到两天，他们却说我们出去了半个月？"

活佛面色凝重，轻轻地摇了摇头。

此时，杰布的眼前似是忽然一亮，高兴地对着马强说道："马大哥，佛像！你背回来的'古格银眼'，释迦牟尼的佛像！我想，这里面藏着的一定是关于魏摩隆仁的秘密！"

钱教授也兴奋地喊了起来："是呀！小马，秘道里的老人不是说过吗？神奇的佛像将会指引你们踏上艰难的香巴拉之路。秘密一定藏在佛像里，快去拿佛像！"

马强一拍脑袋，兴奋得几乎要跳了起来，麻利地站起身，向院子里冲去。

不一会儿工夫，马强便兴高采烈地抱来佛像，放到了木辛霍尔伦活佛的近前。佛像一直被他用两层衣服包裹着，他双手微微颤抖着，小心翼翼地打开来。

打开的刹那，众人的眼前一亮，灰尘早已经被马强在洞里观赏时擦得干干净净，在明亮的光线下，这尊释迦牟尼的坐像更显得庄严神圣，众人心里不由惊叹起来，这件古老的"古格银眼"，太华贵、太完美了！

在秘洞中，马强虽然也曾仔细地看过，现在处于充足的光线下，心中更是赞叹不已，他是开古玩店的，古老的艺术品见过很多，还是第一次见到如此精美绝伦的佛像。

见大家都在傻看着，杰布笑着说道："都傻盯着干什么呀？不想找出佛像中的秘密了？"

马强这才回过神来，说道："对！对！对！好好找找，这里面可是藏着惊天的隐秘！"

马强仔细地在佛像周身察看了一遍，除了佛像上面精美的工艺，并没有发现什么特异之处。只是在佛像底部装藏的位置上，封着一小块古旧的

皮革。马强刚要打开，犹豫了一下，停了下来，看了看活佛。

活佛已经皱起了眉头。

马强在供奉佛像方面的知识了解得比较多，毕竟，他的店里出售一些古旧的佛像，据说这类佛像更具有灵性，绝大多数曾经被举行过古老的装藏开光仪式。

一般来讲，佛像都要经过装藏开光再去供奉。宗教信徒们认为，佛之金身在未被开光装藏之前，只是一块铜。佛的真身，原来是安住在法界，举行一定的仪式，将他请来安住，这个铜像才是真正的佛。尤其是在藏地，佛像必须依照传承的仪轨如法制作和装藏开光才能供奉在佛堂。据民间传闻，在藏地有些殊胜的佛像会说话、有体温，有的还会有不可思议的感应，特别是由大成就者和大智慧的上师装藏开光的佛像尤其珍贵。而打碎一尊这样的佛像，罪过如同毁佛，所以瓷器等易碎的佛像一般不装藏。开光过的佛像，若不再供奉，一定要遵循送佛的仪轨。

钱教授对这些习俗更是了然于心，虽然这是佛教的释迦牟尼，而木辛霍尔伦活佛信奉的是苯教，但是对于活佛这样虔诚的信仰者来说，所有的神祇佛像同样神圣不可冒犯。于是，钱教授说道："小马，还是让活佛大师举行个送佛的仪式再打开吧。"

木辛霍尔伦活佛点了点头。如果不是为了解开佛像藏着的秘密，活佛说什么也不会应允。

马强连声答应下来，小心地放下了佛像。

木辛霍尔伦活佛闭上眼睛，轻摇手铃，念了一会儿送佛咒，念完，睁开了眼睛，冲着马强点了点头。这仅仅是一个最简单的送佛仪式。

马强早已经是急不可耐，赶紧搬过佛像，轻轻地揭开底部封着的皮革。这块历经岁月沧桑的皮革，早已经陈旧，似乎依然很有韧性，却看不出是什么皮。马强把皮革顺手扔到了一边，顺着装藏的小孔轻轻地摇晃着佛像，往外倒着里面的东西，很快，一些黑色的粉末从中洒落出来。马强知道装藏的物品大多是活佛或高僧的加持圣物或是五谷、金银珠宝、甘露丸、嘛呢丸、名贵藏药、七珍八宝、圣地花草、水土以及各类经咒、舍利粉、符等，不一而论。

可是马强倒了半天，除了一些黑色的粉末，其他的什么也没有。他又把佛像斜着放倒，顺着小孔看了进去，很快，马强大失所望地怔了一会儿，放下了佛像，重重地坐了下去。

坐在一边的杰布笑了，钱教授也笑了。活佛一直在皱着眉头，似乎不大满意马强这样做，这种行为是对佛的不敬。但是，为了里面藏着的重大秘密，也只好默许了。

杰布说道："马大哥，别着急，还有件重要的东西，你忘了察看。"说完，杰布小心谨慎地捡过马强扔在一边的皮革，轻轻地摊开来。

皮革有孩子的巴掌般大小。钱教授和杰布伸着脑袋凑了上去，马强一下子明白过来，赶紧抬起脑袋也凑了上去。

三人看了一会儿，谁也没有说话，呆呆地傻盯着皮革上面若有若无的细小线条，他们心里都明白，这便是通往魏摩隆仁的地图了。

活佛已经闭上了眼睛，默默地诵起了经文，嘴唇快速嚅动着，却不出声。

慢慢地，钱教授的双手开始颤抖，眼睛死死地盯住皮革，似是傻了一般，待了一会儿，又从口袋里掏出了随身带着的袖珍放大镜，仔细地看了起来。

杰布站起身来，走到一边，兴奋得双手紧紧地抱住了脑袋。

马强也站起身来，顾不得失礼，先是拿了一个大顶，双手撑着地，挪到杰布近前，然后，双脚落地，站起身来，一把抱住了杰布。马强在杰布的额头上亲了一下，激动又夸张地说道："你太聪明了，杰布，我心中的尼玛！""尼玛"在藏语里指"太阳"，"达娃"指的是月亮。

这个时候，梅青在经堂门口着急地喊了起来："马强，你没事吧，里面怎么样了？晚饭准备好啦，都要凉了，仁珍拉姆阿妈喊你们赶紧出来吃饭。"梅青在外面早就急不可耐，刚巧仁珍拉姆过来喊大伙儿吃饭，她便嚷嚷起来。

杰布也回过神来，冲着活佛说道："阿爸，吃饭啦！"

钱教授收好放大镜，站起身来，笑道："今天我要吃上三大碗，还要喝上几杯青稞酒！"

众人兴奋的心情，无以言表。

出了经堂，马强搂过梅青狠狠地亲了一口。

登时把梅青高兴坏了。马强笑着，自豪地说道："梅青，我告诉你，

这一次，我们可是要发大财了。一回到北京，我马强就是砸锅卖铁也要帮你买辆宝马，你不是一直想要吗？现在我就答应你！真的！"

梅青乐得眉毛弯成了小月牙，说道："我跟你在一起，并不是图你的钱。一点也不理解人家。到底什么事呀？高兴成这个样子。"

马强拍了拍梅青的肩膀说道："我知道你那点弯弯肠子，别着急，还真没准儿，我一高兴就把你给娶喽。走，吃饭。什么事，晚上我再慢慢告诉你。"

梅青开心地笑了。

第二天一大早，钱教授、马强、杰布三人便早早地起床，连续的紧张跋涉，让他们觉得异常疲惫，昨晚都睡得很香，一觉醒来，身体中似乎再次蓄满了无穷无尽的力量。

三人兴奋地凑在一起，再次开始研究皮革上面的地图。尽管皮革历经岁月的沧桑，线条的一些轮廓，模糊得难以辨认，经过细心地推敲，加上放大镜等工具的帮助，地图依然被复制了下来。

地图并不复杂，上面标注的冈仁波齐、古格都城等几个位置他们基本上能够推敲出来，只是雪山深处的地形他们却不熟悉，当然，这得请教熟悉雪山地形的猎人索朗占堆。地图中，标注着一个红色的圆圈，用古藏文写着：魏摩隆仁。这是他们首先要找到的核心位置。

吃过早饭，马强便给阿里旅行社的朋友打了个电话，定购了一批装备和器材，这一次要得比较多，也比较全，他们知道，这将会是一次漫长而又艰险、神奇而又刺激的梦想之旅。

他们要找到雪山深处神秘的魏摩隆仁，他们要去传说中神奇隐秘的香巴拉王国，那里是人们梦想的天堂。

没有人去想为什么要去，仿佛冥冥之中早已注定。

既然发现了这个秘密，不需要更多理由，非去不可！

马强原打算把梅青留在杰布家里，等待着他们凯旋。

梅青说什么也不答应。她说她不放心，她要照顾马强，要照顾大伙，她不要什么宝藏，也不是为了凑热闹，即使他们不带着她，她也会一个人在后面跟过去。

马强苦笑着说：“你的体质不行，高原反应就克服不了，怎么去呀？对了，我都忘了问了，你的高原反应怎么就好了？”

梅青说：“活佛给配了秘药，服了几次全好了。”

钱教授说：“活佛的秘制藏药很是神奇，当年我刚来阿里的时候，也是高原反应得很厉害，朋友把我带到活佛这里，服了几次活佛的藏药才好转，我也是因此才结识的活佛大师。”

最终，马强答应带上梅青。当然，还需要带上熟悉雪山地形的猎人，帮助他们找到魏摩隆仁。

杰布再次去找了索朗占堆，和他简单地说了说魏摩隆仁和香巴拉王国的事情。索朗占堆激动不已，在神秘而又美丽的藏地，每个人的心中都装着香巴拉王国的千古传说，这是他们梦寐以求的地方。

他们又休息准备了一天。第二天一大早，木辛霍尔伦活佛为他们做了一场庄严而又隆重的法事，活佛用他对神灵无比的虔诚和超凡的智慧为他们做了护持，佑护着他们的平安和吉祥。

出发之前，木辛霍尔伦活佛把那本极其珍贵的《雍仲古经》递到了钱教授的手中，经书装在一个精致的纯银盒子里，这是活佛前几日让匠人赶制的。

这让钱教授大吃一惊，说什么也不愿意接受。这可是天授活佛的伏藏品，用古老的象雄文字记载着香巴拉王国的隐秘，这是极为罕见的珍贵文物资料，其价值无法用任何数字化的金钱来估量。可惜的是，他和活佛却只翻译出其中一小部分。钱教授早已下定了决心，回来之后，他会用全部的精力，全本翻译出来，留给后人。

活佛说：“我想，这是天神的旨意，从我得到这本经书时起，天神已经对将要发生的一切作出了安排。带上吧，这将会使你们得到天神的启示，引领你们渡过难关。”

钱教授不知说什么好，犹豫了很久，终于接过了这本珍贵的经书。心里想着，活佛深明哲理，充满着智慧，他这么做或许有他深深的用意。

见钱教授接过了古经，活佛似乎也踏实了一些，后来似是突然想起了一件事情，神色猛地一变，忧心而又着急地说道：“有件重要的事情我差点忘了告诉你们。”

钱教授一惊，问道："怎么了？"

活佛说道："是关于魏摩隆仁的隐秘传说！传说天神赐予了魏摩隆仁一位凶猛的保护神，叫雪龙，所有进犯魏摩隆仁的人都将会受到雪龙最残酷的惩罚！"

钱教授诧异地问道："雪龙？魏摩隆仁的保护神？这究竟是怎么回事？"

木辛霍尔伦活佛摇了摇头，说道："我也不知道雪龙究竟是怎么回事，这只是我们木辛家族世代相传的神奇传说。传说中，只有带上冈仁波齐附近地狱门的死亡之花，才能躲得过雪龙的惩罚。"

钱教授舒了一口气，笑道："看来，我们出发之前还得去一趟地狱门，先找到死亡之花才行。"关于地狱门，钱教授是知道的，人们在冈仁波齐朝圣转山的道路附近，有一个叫死亡谷的地方，不远处便是地狱门，附近还有一个天葬台。好奇的朝圣者总是忍不住溜到这几个地方偷看一番。关于死亡之花，钱教授却是第一次听说。

活佛叮咛着钱教授："伟大的神灵会佑护你们！你们要小心。"说完，活佛关切而又意味深长地看了一眼杰布，然后，便转身，默然无语地走向了经堂，似往日一般的平稳。

杰布看着阿爸苍老的身影，心里一阵酸楚，说道："阿爸，你放心！我们会互相照顾好。天神会保护我们到达香巴拉，会保佑我们平安归来！"

站在一边的仁珍拉姆和弥梁柯巴老人早已经是泪如雨下。

仁珍拉姆走到杰布近前，紧紧地拥抱着杰布，对着他的额头吻了又吻。见此情形，弥梁柯巴也只能站在一边。

马强和梅青一直静静地守候在一旁，见此情形，十分感动，不忍心去打扰他们。

扎巴安静地守在门外，等待着出发的信息。它要追随主人一起去经历这次神奇之旅，到雪山深处展现它非凡的神勇和神奇的力量。

仁珍拉姆和弥梁柯巴老人一直流着泪把他们送到了村口，索朗占堆早已经在村口的路上等待着。

他们坐上了马强从旅行社租来的一辆半新的越野吉普车，出发了。

扎巴紧紧地跟在车子后面，欢快地奔跑着。

远方，阳光照耀下的冈仁波齐峰显得更美丽、庄严和神圣。

阿里位于西藏最西端，终年寒冷，雪山重重，众多的雪山冰川形成了天然的水源，雅鲁藏布江、印度河、恒河的源头均出于此。这里是象雄文明的发源地，这里有着举世闻名的古格王朝遗址。

这里还有超凡入圣的冈仁波齐。佛教中的须弥山，指的便是这里。佛教、苯教、印度教和耆那教皆视其为神山，认定这里是世界和亚洲的中心，多种宗教叠加的神圣，更使它成了万神之殿、东方的奥林匹斯。藏地神山有千百座，这是其中最伟大的一座。在人们的眼里，这里到处都是神迹，每年都会有无数的人来此朝圣转山。

蓝天下，阳光普照，转山的人们在朝圣道上虔诚地走着，有的甚至是一路的磕头长拜。洁白的经石堆、长长的五彩经幡旗成了人们虔诚的赞颂和精神的寄托。古老而永恒的朝圣道，经过信徒们数千年无数次的踏行，已经成为一条通往圣地的大路，人们把美好的期望寄托在这条道路上，以求获得永恒的慰藉。无论是信徒、僧人还是旅行者，走在这条路上便能感受到来自宇宙深处冥冥的奇异魔力，心灵迸发出超乎寻常的灵性之光。

到了冈仁波齐附近，下了车，梅青便开始夸张地大呼小叫，她还是头一次来到这里。看着她激情澎湃的样子，仿佛即刻间便要赋诗一首，或是谱写出一曲千古绝唱，可惜的是，除了"啊"了几声，再没了下文。引得许多游客远远地看着她，她越发地得意。可能是她认为，游客们垂涎于她的美丽。

马强算是倒了霉，本来是每人背一个包，里面装着一些必需的物品。梅青叫嚷着背不动，马强没办法，只好又拿出一个袋子，装了她一半的装备，自己背着一个大包，胳膊上还得挎着一个小包。

当他们翻过了一座山，到达死亡谷附近时，马强便决定把挎着的半个包给扔掉。找到魏摩隆仁，还不知要走多少路，翻多少山，这样耗下去，怕是自己体力不够。万一，路上梅青再闹出个幺蛾子，自己再没了精力，岂不是把大伙儿也给连累了？马强是一个聪明、豁达，也比较明智的人。

梅青出了个主意："不如让扎巴帮着背。"

马强气得差点没把她踹下山去，马强说，"亏你想得出，扎巴是大伙

儿的保护神，万一有什么情况，扎巴冲得不利索，大伙儿的安危交给谁？"

到了此时，马强已经从心底里认可了这只很特别的藏獒，它少有的沉稳和出奇的冷静让他叹服。马强一直认为，两个势均力敌的对手之间的较量，最后的获胜者肯定是始终能够保持冷静的那一位。这一点，也是马强与生俱来的过人素质，才使得他在几次的生死边缘全身而退。他和扎巴找到了默契，找到了共鸣。

一路上，梅青不停地絮絮叨叨，除了马强训斥她几句，几乎没人和她多言语。

钱教授和杰布心中一直在想象着香巴拉究竟是怎样的地方？一直在琢磨着这些天遇到的一些奇异现象到底是怎么一回事？

梅青一直看着索朗占堆不顺眼，原因是上车不久，索朗占堆叫了她一句"阿佳"，她原以为是夸她美貌，后来问了杰布，才知道藏语里"阿佳"指的是大姐的意思。于是，梅青很气愤，自己无论从长相上还是从实际年龄上，都比索朗占堆年轻许多，怎么能叫她"阿佳"呢？若不是马强称呼索朗占堆为兄弟，自己还准备喊他叔叔。梅青时不时地抓住机会，奚落索朗占堆几句，索朗占堆并不愿意和她计较，也不以为意。索朗占堆一直憧憬在走向香巴拉的巨大兴奋之中。

一到死亡谷，梅青便叫嚷着累了，坐到一边歇息起来。众人放下了背包，让她给看守着，然后，分散开来，开始四处寻找死亡之花。

所谓的死亡谷，也就是一个不大的翠绿山谷，有转山的人在这里扔了一些衣物，据说，这象征着死过一次，可以把所有的不幸和晦气抛在此处，走过这里便可以获得重生。

或许是名字的缘故，这里让人感觉有点阴森森，好似另外的一个世界。他们找寻了半天，也没有找到活佛所说的死亡之花。死亡之花究竟是什么样子，谁也说不清楚，几个人凑到一起，互相启发着猜测了半天，也说不出个所以然来，只是推测着，或许是一种不同寻常奇异的花朵吧。可是，这里除了一些本地惯有的野生植物外，并没有发现什么特别的花朵。

最后，钱教授笑着安慰大伙儿："传说终究是传说，传说中的许多东西是人们想象出来的，并不足以为信。或许，本来就没有什么死亡之花。"

索朗占堆很不同意钱教授的说法，活佛的每一句话，他都认定是圣义。

别人坐到一边休息时，他还是在附近反复去找，直到仔仔细细地搜了个遍，还是一无所获，虽然不死心，最终也只能放弃。

杰布的心里在疑惑着，是不是真的不存在所谓的死亡之花？他一直相信阿爸说过的话。但是眼前的事实，更让他相信，传说终究是传说。杰布知道，在藏地，各种各样的传说，太多太多，世代相传，并不见得每一个都是真的，其中绝大多数是因为祖先们对自然科学的认识不足想象出来的。

马强说，钱教授说得很有道理，传说终究是传说。别说是死亡之花，便是香巴拉王国是不是真的存在，还很难说。这次寻找香巴拉，可能就是一次对生命极限的挑战过程，要经历多少艰险还不好说，为了不在这里浪费更多的体力和精力，还是早点出发为好。

索朗占堆瞪了马强一眼，他坚信不疑，香巴拉存在着！他不高兴马强说出表示怀疑的话语来。

最终，众人还是决定放弃寻找或有或无的死亡之花，失望地离开死亡谷，按照地图上标注的魏摩隆仁大致方位，开始向着雪山深处进发。

走了一些时候，还是梅青的眼光敏锐，甚至赛过了扎巴。她指着天空大呼小叫起来：“你们快看呀！天空那么多的老鹰！肯定是出来抓兔子的！”

听了她的喊叫，众人抬起头来，一群鹰鹫正慢慢地振动着翅膀，低鸣着向附近的山谷飞来。

杰布抬头看了看，沉思片刻，说道：“它们不是出来抓兔子的，附近有个天葬台，这个时候差不多要开始举行天葬仪式了，它们是过来获取食物的。”

一听说天葬，梅青惊叫了一声，问道：“杰布，你说的天葬是不是书上写的，把死人的尸体喂鹰的天葬？”

杰布答道：“是的。”

马强一听来了精神，“走！赶紧看看去，我还从来没有见过传说中的天葬到底是怎么一回事呢。”

梅青笑着，紧随其后。

钱教授和杰布犹豫片刻，跟了上去。

索朗占堆也只得跟着众人一起快步前行。

钱教授和杰布都没有见过真正的天葬仪式。连索朗占堆也没有见过，有时候索朗占堆打猎路过此地，总是悄悄地避开。天葬不是随便可以看的，有许多的忌讳和限制。天葬是藏民们最普遍采用的丧葬方式，就是把死者的尸体运送到天葬台，由天葬师处理后喂老鹰。藏民们认为，一个人死后被背上天葬台，把最后的肉体奉献给大自然中的鹰鹫，才算是走完了人生的最后旅程。

当他们到达天葬台附近，天葬师正在用牛粪生火。钱教授示意大家不要出声，以免冲撞了忌讳。马强拿出了数码相机，钱教授冲着他摇了摇头。马强悻笑着，小声说道："我偷偷地拍还不行呀？"钱教授目光开始严厉起来，再次坚决地摇了摇头。马强只好作罢，收起了相机。

长方形的天葬台，血迹斑斑，东西走向，东侧摆着两块大石头，石头上放着斧头、尖刀等工具。西侧立着一根碗口粗的石柱，上面系着一条白色的哈达。

天葬师点着火后，又在牛粪上面撒了些东西，隔着一定的距离，他们看不清楚是什么，不一会儿工夫，便冒起了青烟。天葬师盘腿坐了下来，摇起了手鼓，念诵了一番经文，然后，掏出骨笛吹奏起来。骨笛的声音有些怪异，声调倒也悠扬清越，好似凤鸣鹤唳一般。据说，天葬师用的骨笛大多是用人骨做的号子。据考证，骨笛是人类最早的乐器之一，至今有近万年的历史。

附近山中和周围天空的鹰鹫，听到手鼓声和笛声，振翅飞来，盘旋在天葬台的上空，有的降落在天葬师周围，围作一团，静静地等待着。

天葬师见鹰鹫们到了近前，便站起身来，打开了天葬台上的裹尸包，尸体的头部被弯曲到了膝盖处，似婴儿出生时的姿态，喻意是使死者以出生的姿态重新进入下一个轮回。天葬师有条不紊地将尸体展开，使其头朝西，趴在天葬台上，用石柱上的哈达固定住了尸体的脑袋。

然后，天葬师拿起了尖刀，在尸体背上，先是竖三刀，然后横三刀，接着便开始肢解，把尸体的肉割成了一个个小块，又取出了内脏、肠子等等切成碎块。处理完毕，天葬师向周围的鹰鹫挥了挥手。一直很守秩序的鹰鹫们这才纷纷上前，你争我抢，吃起肉来，不一会儿工夫，便吃得干干净净。据说，这些鹰鹫从不伤害任何动物，被藏人们称之为"神鸟"。

天葬师又拿起了斧头，把卸开的骨头敲碎，拌上糌粑，捏成小团，再用团块吸干台上的血水，然后又扔给鹰鹫，直到鹰鹫吃得干干净净，一点不剩，天葬师这才开始收拾工具。收拾完毕，天葬师面无表情地向着马强他们藏身的地方，冷冷地看了一眼，便扭过头，开始下山。

索朗占堆一眼也没有看，坐在一边，显得很安静，似乎在默默地念诵着经文。

扎巴伏在地上，一动不动，安详地盯着远方，对这一切没有丝毫的兴趣。

梅青只看了一小会儿，便皱着眉头，用手捏着嗓子，走到了一边，不再去看。似是想吐，一直没吐出来。

钱教授、马强、杰布三人默然无语，一直看完了整个过程。

马强冲着索朗占堆喊了一声："索朗占堆兄弟，起来吧，走啦。"

索朗占堆默默地站起身来。

众人背起了各自的背包，开始出发。

梅青一直一言未发，似乎早就憋坏了，一开口便嚷嚷起来："天啦！西藏怎么有这种陋习？太残酷了！"

索朗占堆冷冷地瞪了她一眼，没好气地说道："你们汉人死了埋到土里，宁肯把无用的皮囊一点点地烂掉，那不是更自私、更残酷吗？"

梅青一听急了，说道："你这人怎么这么说话？谁说我们汉人土葬了？那是以前，现在早就实行火葬了。你知道什么呀？你们藏民……"

"梅青，不了解藏民习俗，不要乱说话！"马强及时地打断了梅青的话语。梅青这人口无遮拦，他生怕她又说出让人生气的话语来。

钱教授打起了圆场："小马说得对，不懂的不要瞎说。我们国家是一个多民族的国家，各民族有各民族的信仰和习俗。"

梅青对钱教授一直十分尊敬，不再多言，不服气地扭了扭身子，往前疾赶几步，走到了最前面。

杰布带着扎巴一直默默地跟在队伍后面，一言不发。

马强看了看梅青的背影，笑了笑，不再搭理她，然后，好奇地向钱教授问道："钱教授，你说，藏民是不是全部实行天葬？他们为什么会用这种特别的形式？"

钱教授笑道："这个问题还是让杰布回答吧，他能比我解释得更圆满。"

杰布听了钱教授的话，接过话来，说道："整个藏区也不全是实行天葬，但天葬是目前最普遍的丧葬仪式，少数地方还有石棺葬、土葬、水葬、干尸葬、壁龛葬、树葬、火葬等，在我们阿里地区便能发现好几种。至于天葬的由来，当然这主要是和藏区的宗教信仰密切相关。根据目前的考古推断，可能起源于公元7世纪以后，目前整个藏区的主流信仰是佛教，天葬恰恰吻合了佛教布施中的最高境界——舍身，佛经中有'舍身饲虎'的故事。人死之后，灵魂离开肉体进入新的轮回，尸体便无所用，将肉身喂鹰，也算是人生的最后一次善举。"

听了杰布说完，马强点了点头。

钱教授又补充道："在佛教进入藏区之前，苯教居主流时期，丧葬仪式有许多种，之所以目前天葬成为主流，主要因素杰布刚才说过。另外，从地理环境上来看，藏区气候寒冷，土地大部分时间被冻得坚硬，难以挖掘，再加上树木稀少，木棺的取料成了问题，实行天葬不但吻合了宗教教义，而且也是因地制宜，成为藏民们最能够接受的一种仪俗。任何一种民族文化或是精神传统的形成，都是长期的，多重因素交融而成。"

马强"哦"了一声，然后又疑惑地问道："那天葬师实行天葬之前为什么要点一堆牛粪？"

杰布答道："更准确地说，是点燃桑烟，桑烟也是人神沟通的一种方式。佛教中的说法是，铺上五彩路，恭请空行母驾临天葬台，尸体作为供品，敬献诸神，以求赎去死者一生中的罪孽，请诸神把他的灵魂带入天界。"

钱教授笑道："牛粪可是藏民眼中的宝哇，别说是人喜欢了，就是神也喜欢。既可以做肥料，又可以生火取暖，帮助人们驱除饥饿、寒冷，成了美好和幸福的象征。梦见牛粪，都会被认为是吉祥与好运的征兆。藏医中还有一种'龙杜'的独特疗法，就是将秘制的藏药撒在点着的牛粪上，待其冒烟，让病人去闻，可以起到镇定、安神的作用，效果好得很！"

梅青在队伍的前面插进话来，笑道："钱教授，你闻过吗？"

钱教授说道："还别说，我还真的闻过！那还是我在阿里工作时……"钱教授又为大家讲起了他过去在阿里工作时的一些趣事。

一边说着话，众人沿着似是而非、崎岖的山路转了一个弯，走到了一处山坡前，眼前展现出了一片青翠的草地。一个甩着羊鞭的小女孩，有十一二岁，正悠闲自在地赶着一大群白羊。

天空晴朗，一尘不染，太阳升了起来，显得格外灿烂，白云缭绕着绵延的冈底斯山脉，笼罩着圣洁的冈仁波齐峰。阿里地区的气候不适宜农作物生长，许多藏民仍过着逐水草而居的游牧生活，地域偏僻，交通困难，受外界的影响比较少，所以，一直保留着原汁原味的藏域风情，被世人们称为"小西藏"。

梅青惊呼起来："大家看呀，牧羊的小姑娘真可爱！哇，她家怎么有这么多的羊啊？现在羊肉、羊毛这么贵，她爹肯定是这里的首富！"

杰布笑了，说道："不全是她家的羊，或许其中属于她家的也就只有那么几只。"

杰布的回答令钱教授、马强、梅青三人同时大吃一惊。

索朗占堆轻蔑地笑了笑，似乎在嘲笑这些汉人的无知。

杰布解释道："小姑娘赶的是全村的羊。"

"为什么？"三人又异口同声地追问了一句，连如此熟悉阿里的钱教授也搞不明白，一个村子的羊怎么会让一个小女孩子去放？为什么不让大人去放？

索朗占堆接过了话茬，不容置疑地说道："她喜欢呀！这么多的羊是她的快乐和吉祥！"

"难道大伙儿不担心她会把羊搞丢了？"梅青诧异地问道。

钱教授和马强的目光也聚到了索朗占堆身上，期待着他的回答，显然这是他们三人共同的疑惑。

索朗占堆指着孩子笑了笑，坦然地说道："正是因为她不会弄丢，大伙儿才放心地交给她。你们看，这么好的孩子照顾羊群像照顾亲人一样，怎么会弄丢呢？"

马强和梅青似乎还是不明白，依旧一脸的疑惑。钱教授似是明白过来，笑了笑，心里思忖着，虽然同在一片蓝天下，汉人和藏人在思维上，确实还存在着一定的差异。

杰布补充道："等到傍晚回村的时候，村里各家各户的妇女们会陆续赶到羊群那里，领回自己家的羊，然后赶回家。一般每家也就几只。而且，村民们养羊，也主要是为了能喝上羊奶，并不是为了卖钱。"

众人说着话间，那女孩儿好奇地冲着他们看了一会儿，水灵灵清澈的眼睛，看上去天真又可爱。很快又转过头去，照顾起她的羊群来，"啪啪"地甩了几个响鞭。

梅青把背上的包一放，对着马强喊道："马强，帮我拍张照片，我要和这位可爱的小姑娘合个影，别忘了拍上羊群，远处的雪山也要拍上！"说罢，向着小姑娘跑了过去。

马强笑了笑，拿出了数码相机。

梅青到了小姑娘近前，和气地笑道："小姑娘，姐姐跟你合个影好不好？"

牧羊的小姑娘笑嘻嘻地看了看梅青，既不感到羞涩，也不感到害怕。一言不发，既不表示同意，也不表示拒绝。

梅青不管三七二十一，上前蹲了下来，把小姑娘搂在了怀里。

小姑娘歪过脑袋，把食指咬进了嘴里，眨着单纯的眼睛，好奇地看着梅青。

梅青指着马强，对小姑娘说道："小妹妹，别看我，看那，看着叔叔那边。"

小姑娘下意识地顺着梅青手指的方向看了过去，马强赶紧按下了快门。

一拍完，梅青便站起身来，快步跑回马强身边，抢过相机，从中调出刚才的照片，看了看，自豪地笑道："这张照片太棒了！我要把这张照片放进我的博客，还要登到杂志上。"

杰布也凑上来看了看，故意说道："的确不错！这小姑娘拍得真好，很自然，很可爱，也很漂亮！"

梅青一听，急了，不服气地说道："我拍得就不好吗？我觉得我拍得比小姑娘好！"

马强笑道："行了，你就别瞎叫唤了，就这照片要是发了出来，明眼人谁都会看出，这小姑娘拍得就是好！天真、纯朴、自然！"

梅青一听，赶紧从口袋里摸出了化妆小镜子，照了起来，麻利地整了整妆，又收起了小镜子，对着马强说道："不行，再帮我拍一次，这一次一定要把我拍好。"

马强苦笑道："拍倒是能拍，可是，你想要的效果，是我能办得到的吗？你就是再扎上个小辫子，也装不出那份清纯来了！"

钱教授、索朗占堆、杰布同时放声大笑起来，连一直安静沉默着的扎巴也低鸣了几声，似乎也在嘲笑梅青。

梅青尴尬地一怔，恼羞成怒地说道："去你的！狗嘴里吐不出象牙，没一句好听的话！"

马强笑道："我真要是长出象牙来，半夜还不让你掰下来给卖喽。赶紧，赶紧，拍完还要赶路。"

再一次拍完，梅青站起身来，弯着腰对着小姑娘说道："谢谢你呀，小妹妹，没准你还能跟着姐姐沾上光，当个网络名人呢。小妹妹，告诉姐姐，你叫什么名字？几岁了？"

小姑娘似乎听不懂梅青的话，一言不发，只是眨着好奇的眼睛盯着梅青。

梅青似乎明白了，小姑娘可能听不懂她的普通话，觉得有些无趣起来。她上上下下打量了小姑娘一番。忽然，她看到小姑娘的发间插着一朵别致的白花，似是刚采下不久，有五个晶莹剔透的花瓣，还带着一点湿润，她从来没有见过。

梅青顺手给取了下来，问道："小姑娘，你的花真漂亮，从哪采的？"说完，顺手放到鼻前闻了闻，有一股很是奇特的淡香，一下子沁入了肺腑，梅青感到精神一振。

这时，钱教授几个人走到了近前，小姑娘的神色显出了几分紧张和不安。看着梅青手里的白花，突然，索朗占堆瞪起了眼睛，惊呼起来："辛达里积麦！辛达里积麦！"

钱教授笑着问道："勇敢的猎人，你说什么哪？"

索朗占堆看了看钱教授，指着梅青手里的白花，又重复着："辛达里积麦！辛达里积麦！"索朗占堆的语气有些激动，看上去很是惊异的样子。

马强有些不耐烦地说道："汉语不像汉语，藏语又不像藏语，到底什么呀？你倒是说明白嘛。"

索朗占堆又看了看杰布，连声说道："杰布少爷，辛达里积麦！辛达里积麦！"

杰布也不知所以然，说道："索朗占堆估秀啦，到底怎么回事？别着急，慢慢说。"

索朗占堆控制了一下情绪，说道："我阿叔说，辛达里积麦是天上的度母最喜欢的花朵，开在雪山最隐秘的地方，会给勇敢和善良的人带来平安和福报，没有福缘的人，永远也找不到它。以前，我曾经和阿叔在雪山里碰到过一次。"

杰布"哦"了一声，原来如此，难怪索朗占堆如此激动。杰布知道，索朗占堆的叔叔曾经是方圆一带最有名的猎人，几乎熟悉雪山的每一个地方，几年前刚刚过世。

听了索朗占堆之言，众人的眼光一起聚到了梅青手里拿着的神奇白花上面。

猛地，钱教授又惊叫起来："啊！我想起来了！我想起来了！我们找到了！我们找到杰布阿爸所说的死亡之花了！"

众人的目光又转移到了钱教授的身上，钱教授正激动得不知所以。

杰布诧异地问道："钱教授，你的意思是说，这就是死亡之花？"

钱教授肯定地说道："是的！杰布！我敢肯定，这就是死亡之花！你知道吗？在古象雄语里，'辛达里'是'死亡'的意思，'积麦'指的便是'花'！"

众人一听，顿时高兴起来。踏破铁鞋无觅处，得来全不费工夫！

梅青对着小姑娘，眉开眼笑，娇声娇气地说道："小妹妹，告诉姐姐，这花是从哪里来的？"

杰布用阿里当地的土语，问了一句："小妹妹，告诉叔叔，你这花从哪采的？"

小姑娘看了看杰布，似是明白了杰布的意思，她茫然地摇了摇头，又看了看众人，神色开始显得惊恐起来。

钱教授也用藏语问道："小姑娘，别害怕，告诉爷爷，这花是从哪得来的？"

小姑娘仍不回答，快步走开，伸出羊鞭对着羊群"啪"地一甩，嘴里用藏语嘟哝了一句，"我不知道！"头也不回，赶紧离开了。

梅青又要追上前去。

钱教授说道："算了，别追了。有些东西本来就是可遇而不可求，既然找到了，也算是天意。对了，你有没有带着合适的玩具？送给小姑娘一个吧，算是补偿一下夺人所爱。"

梅青想了想，从口袋里摸出了她的化妆镜，追到小姑娘近前，塞进了小姑娘的手里，说道："小姑娘，这是姐姐送给你的，收好了，花了姐姐好几百块钱买的哪。"送出去的时候，梅青倒是真有几分心疼。

小姑娘下意识地接过镜子，顺手往草地上一扔，头也不回，赶着羊群，快步走开了。

梅青一见，捡起了镜子，气恼地说道："不要拉倒！我还舍不得哪。"说完，转过身，回到了大伙儿身边，说道："你们可是都看见了，是她自己不要的！"

钱教授说道："算了，刚才也是我们不对，大伙儿一起冲了上来，你一言我一语，把孩子吓坏了，真是对不住孩子。行了，赶紧上路吧。"说完，又歉意地看了看孩子的背影。

梅青背起了包，把死亡之花递给了钱教授，说道："钱教授，这么重要的东西还是交给你保管吧。"

钱教授说道："还是交给杰布保管吧，这孩子一直很让人放心。"

众人走了一会儿，忍不住又回过头来，看了看牧羊的小姑娘。小姑娘的身影早已消失在山路的弯道后面，远远地还能看见几只羊正快步向着弯道一颠一颠地小跑着。

众人似乎都想发点感慨，又不知说什么好，便转过身去，向着魏摩隆仁的方向，继续前行。

扎巴在雪地上欢快地跑着。

远处的山谷传来了高亢动人的歌声，不知是谁在唱，很好听，或许便是传说中的雪山女神，唱的是一首地道的藏地民歌，只听得她唱到——

> 吉祥神圣的佛祖，
> 一如既往地佑护我的生命。
> 在蓝天中行走的红太阳呵，
> 给世界带来了温暖和福运……

按照地图上标示的方向，众人再一次经过了当初发现"雪山女神"的

位置，停下了脚步，放下了背包，开始休息起来。

"雪山女神"玛瑞丝冰冻的尸体和她的丈夫史密斯，早已不见了踪影，当初留下的足迹，让山风吹来的落雪掩埋得看不出一点痕迹。这里仿佛什么也没有发生过，所有的印迹被埋进了雪底。

皑皑的雪底又掩藏着多少人们未知的秘密？神奇的雪山，历经亿万年的沧桑，究竟发生过多少神妙的传奇？一切让人无法想象。或许，正是这些让人永远无法找到答案的未知，才让这连绵的雪山更显得神秘。

众人忍不住地议论了一会儿，开始惦记起那位美丽的"女神"和坚贞不渝的丈夫。茫茫的雪山，不知他们又去了哪里。他们找到宁静的归宿之地了吗？若不是当初众人的打扰，或许他们还会在这里享受着无人能够超越的幸福和宁静。

马强拿出了望远镜，走到山边，察看起当初攀下去的洞口。看了一会儿，大声叫喊起来，"钱教授！杰布！你们快来看呀！奇怪呀，那个洞口也不见啦。"

几个人快步走到马强近前，马强把望远镜交给了钱教授，钱教授看了一会儿，又交给了杰布，杰布也看了一会儿，刚要递给索朗占堆，让梅青一把抢了过去。

站在上面，原来的洞口不需要望远镜便可以看到。而此时，那个位置上，洞口突出的岩石早已不见了踪影，陡峭的斜坡浑然一体，找不到任何原来的印迹，仿佛从来就没有出现过。

钱教授、马强、杰布三人均是一脸的惊愕，你看看我，我看看你。

梅青看了半天才把望远镜递给了索朗占堆。

钱教授疑惑地说道："难道，我们出现了记忆中的错觉？这个地方只是和原来的地形地貌相似而已？"

杰布说道："这个问题，只能问问熟悉地形的索朗占堆了。"

索朗占堆接过话来，肯定地说道："钱教授、杰布少爷，你们放心吧，肯定没有错，这就是原来我们到过的地方。"

钱教授疑惑地问道："为什么会是这样呢？下面的岩石平台哪里去了？"

马强说道："别在这里瞎合计了，这个问题容易解决，毛主席说过：

实践是检验真理的唯一标准！"说完，转过身，走到当初聚餐的地方。这个位置比较容易确定。

马强放开双手，快速地刨起落雪，不一会儿工夫，便刨出了一个酒瓶子。马强直起腰来，举起手中的瓶子，晃了晃，又指了指地上，说道："你们看，没有记错地方，这就是我们当初留下的证据。"说完，顺手把瓶子扔到了山坡下。

众人快步走到马强近前，看了看刨开的积雪，曾经聚餐时的残迹依然留在那里，已经冰冻起来。

钱教授皱起了眉头，茫然不解，自言自语地说道："怎么会是这样呢？"

马强也跟着说道："是呀，怎么会是这样呢？还有当初洞里的两个吃人魔鬼，又是怎么到的那里？"

杰布赶紧从口袋里掏出了复制的地图，仔细地看了看，指着地图说道："钱教授、马大哥，你们再仔细看看这张地图。"

待到钱教授和马强看完，杰布抬起手指着远处的一座大山说道："根据地图上的地形标示，前面的这座大山应该在另一个方向上，足足偏差了大约一个直角九十度。"

索朗占堆顺手扶了扶肩头的猎枪，又挠了挠头，也是一脸的疑惑。

杰布皱着眉头思索了一会儿，自信地笑了，说道："我这几天一直在思考一个问题，根据传说，当初辛饶米沃用他的法力为古格人打开了一条逃亡的通道。按理说，出口不应该会在下面这个地方。"

钱教授点了点头，说道："不错！我也一直在疑惑这个问题！没有理由把出口放在悬崖峭壁上。"

马强说道："不琢磨吧，稀里糊涂的还心里踏实。越琢磨起来，越让人觉得玄乎。"

这会儿，梅青倒是没有和他们瞎掺和，她对这些问题也没有兴趣，正拿着数码相机兴致勃勃地四处选景，不停地拍着，心里想着，回去把这些照片全放在自己的博客上，准能在网络上火一把。

扎巴伏在了雪地上，伸出两只前脚，脑袋趴在上面，很安静，似乎在养精蓄锐。

杰布说道："要解开这个谜团，还得追溯一下青藏高原的形成史。青

藏高原不也是曾经被淹没在海底吗？岁月的沧桑，地质的变动，一切都有可能发生。"

钱教授一拍脑袋，恍然大悟的样子，笑道："不错！也只有这种解释才合乎情理！科学研究本来就不是单凭实践来得出推论，很多问题还是需要通过合乎逻辑的猜想，再通过科学手段去验证猜想的正确性。有些猜想会被证实，有些猜想会被否定，有些猜想永远还是猜想。"

马强却惊叫起来："钱教授、杰布，你们是说，世界屋脊青藏高原曾经是沉没在海底，世界最高峰是从海底冒出来的？"

杰布点了点头，笑道："是的！青藏高原有确切证据的地质历史可以追溯到距今 4 亿—5 亿年前的奥陶纪，其后曾有过不同程度的地壳升降；大约在 2.8 亿年以前，这里还是波涛汹涌的海洋；到了 2.4 亿年以前，印度板块开始向亚洲板块挤压，使整个青藏高原开始抬升。到了距今约 1 万年前，抬升速度加快，逐渐形成了今天的地理特征。直到现在，青藏高原的边缘仍在不断地上升中，根据研究，每年上升的高度在 10 毫米左右。"

马强惊道："简直是不可思议！对于我这只井底之蛙来说，不知道的东西真是太多太多了。我明白你刚才的意思了。你的意思是说，秘道出口处原来可能就是一马平川，地壳的变动，形成了现在的这种情况，还有那座山也是，挪动了位置。"

杰布笑道："是的！不过，那座山挪动位置的可能性不大，不至于挪动那么多，很可能是一座新崛起的山脉，而原来的山脉沉了下去。至于那两个奇怪人，我还是想不出，究竟是从哪来的，又怎么到了那里。"

钱教授也笑道："对啦！小马同志，这一次你答对了一半，给你加五分。"

马强得意地笑了笑，说道："那是！咱马强……"

马强的话未说完，忽听远处传来一声清脆的声音，"啪——"隔了一小会儿，又是一声，"啪——"

众人同时一怔，朝着声音的方向看了过去。

扎巴机警地站起身来，向着声音的方向望了望，又看了看杰布，似乎在等待着主人的命令。

"是枪声！"马强迅速地作出了判断。

远处，依稀见到一个黑色的人影正在雪地上拼命地奔跑着，不时地回头开一枪。跑动的过程中好像在慌乱地压子弹，后面似乎有个团状白影在跟着他。白茫茫的雪谷，除了人影，别的让人辨不清楚。

"走！过去看看！"一听见枪声，马强顿时抖起了精神，久违的枪声让他听起来比摇滚乐还刺激，虽然自己平时也会到射击房，那只是娱乐性质，总觉得不过瘾，少了点什么。

钱教授、马强、杰布丝毫没有犹豫，向着人影的方向冲了过去。见到主人有所动作，扎巴立刻明白了主人的意图，向着前方，迅速冲出，很快冲到了最前面。索朗占堆从肩头取下了猎枪，把子弹压上了膛，紧紧地跟了上去。

梅青喊了一声："马强！你们干什么去？"

马强一回头，喊道："你看着包，别乱跑，我们过去看看！"说完，似乎是猛然想起了一件事，赶紧又转过身，奔到自己的背包前，迅速打开来，从中麻利地拿出了一个小包，再打开，取出了一把手枪。

这是一支民间非法私制的仿六四式手枪，马强悄悄地托阿里旅行社的朋友给办的。马强一直和他比较熟，知道他是位"江湖中人"，最近因为大批采购了他们不少的装备，说了半天的好话，人家才犹豫着说了句：试试看，搞不到可别怪我。没想到，送装备的时候一并给送了过来。马强之所以要这支枪，一来是为了安全；二来也是为了这次旅程中打点猎物，解决大伙儿的食物问题。

取出手枪，马强再次奔了出去，很快便赶上了钱教授他们。

马强和索朗占堆体质都很好，跑得比较快，冲到了前面。

扎巴早已经把他们远远地甩在了身后，似一头疾驰的豹子，在雪地上尽情展现着它的雄姿。很快，扎巴便奔到了那个人影近前，迅速辨认出了他的身份。

那人正是他们的朋友，"雪山女神"玛瑞丝的丈夫——史密斯。

史密斯的身后不远处，紧紧地跟着一只奇异的怪物，全身雪白，比扎巴的个头略大，长着鳄鱼般的嘴巴，拖着一条长长的尾巴。这只怪物正是传说中，魏摩隆仁的保护神——雪龙！

史密斯已经筋疲力尽，跑动的速度越来越慢，最后停了下来，转过身，朝着雪龙射出了最后一发子弹，便绝望地把枪扔向了雪龙，瘫软在地。子

弹打在了雪龙身体上，他那只早已陈旧的猎枪也砸中了雪龙。似乎对雪龙并没有多大损伤，不过，还是让雪龙的身形迟滞了一下。奔逃了半天，若不是如此，怕是史密斯早就被雪龙凶狠的利爪撕碎。

雪龙似箭一般，疾速地扑向了史密斯，伸出了它那凶猛有力的前爪狠狠地拍了下去！

史密斯绝望地闭上了眼睛，他已经伤痕累累，耗尽了他最后的力量和勇气。

千钧一发，生死关头，扎巴冲了上去，速度快得已经让人看不清它的身形，只见一团黑影撞在了雪龙洁白的躯体上，把雪龙撞倒在一边，打了一个滚。

撞到雪龙的瞬间，扎巴也感觉到了雪龙躯体的坚实和它孔武的力量，扎巴的身躯被弹在空中翻了一个跟斗，随即稳稳地落在了冰冻的雪地上。

紧接着，扎巴迅速稳住身形，拉开架式，骨骼和肌肉里蓄满了它超乎寻常的力量，敏锐的目光死死地盯住雪龙，不再出击。只一次交手，扎巴便已察觉出，面前的，是它一直以来碰到的最强悍的对手，对付这样的对手，它要做到的不光是勇敢，更需要沉着和冷静。

雪龙迅速地站起身来，死死地盯着扎巴看了一会儿，它感到很奇怪，哪来的这么条藏獒？速度和力量竟然超出了一只凶猛的猎豹。扎巴从远处冲过来时，雪龙便看到了它，心里却根本没有瞧得起这条黑乎乎的獒。

扎巴一动不动，冷冷地注视着雪龙，丝毫不惧。雪龙骄傲的眼神与扎巴四目相对。

双方对峙着。周围的空气似是凝固了一般。

史密斯睁开了眼睛，看见了扎巴，一阵欣喜，清楚地记起它来。这是一只很特别很有魅力的藏獒，让人见一眼，便难以忘记。正是它救了自己。史密斯转过头，朝着钱教授他们看了看，他们正从远处向着这里跑动着。

史密斯一咬牙，努力地站起身来，向着钱教授他们的方向，跑动了几米，随即又停了下来，转过身看着扎巴和雪龙。他心里想着，不能抛弃这位勇敢的朋友，再说了，他也实在没有力气再去奔逃。他的肋骨已经断了几根，胳膊也断了一只。这是他不久前碰到雪龙时，遭遇到的袭击，刚才全凭着一股强烈的求生欲望，才逃出这么远。这会儿，开始觉得浑身无力，伤处异常地痛楚，痛得冒起了冷汗，面色惨白，全身颤抖，仿佛生命正在一点点地离开自己的躯体。史密斯软软地坐到了雪地上。

雪龙和扎巴对峙了一会儿，越来越感到惊奇，这只小小的藏獒站在自己面前，竟然毫不畏惧，显得是如此地冷静。就连庞大的狼群，见到自己，也是惊恐地四散而逃，人人畏惧的猎豹和狮子见到自己，也是乖乖地驯服。

扎巴一动不动，保持着高度的戒备，紧紧地盯着雪龙的一举一动，四肢的力量蓄得满满的，随时准备痛击对手！

雪龙向着扎巴，一步一步，慢慢地走了过去。

扎巴依旧一动不动，死死地盯着它。

距离扎巴一米多远时，雪龙停了下来。

两只神兽四目相对，眼睛中的火焰一点点地上升着，它们的周遭遍布着冷冷的萧萧杀气。

突然，雪龙和扎巴几乎在同一个瞬间，跃了起来，它们竟然用的是同一个战术，扑向对方，张开大嘴向着对方的喉咙咬了下去！

可是，双方都没有达到目的，两个脑袋碰到了一起，紧接着两只神兽的身形从空中交错开来，同时落地，又迅速转身，再次扑向对方。

一黑一白两团影子交错在一起，互相撕咬着，互相扑击着，你进我退，你攻我闪。雪龙的嘴里发出清脆的"昂昂"怪叫，扎巴的嘴巴也时不时地低声咆哮着，似是两军对阵时，在敲响战鼓，双方都在为自己呐喊助威。

扎巴的力量和速度似是稍稍地弱了一筹，几个回合下来，扎巴的腹部、前爪、脖颈被雪龙咬开了几个伤口。越来越多的鲜血洒落周围，似一片片的红叶，落在冰冻的雪地上。滚烫的血滴融化了冰雪，很快便凝固起来，留下了一个个小坑。

扎巴几次咬住了雪龙的躯体，用它尖利的牙齿企图在雪龙身体上撕开几个伤口。雪龙的外皮很坚韧，扎巴几次努力都是徒劳无功。

雪龙的进攻越来越迅猛，凭借着坚实的躯体，承受着扎巴的攻击，鳄鱼般的嘴巴和它有力的前爪逼得扎巴不停地闪避后退。

渐渐地，扎巴落了下风，进攻的次数越来越少，凭借着它的机警和灵活，凭借着它的勇敢和沉着，一次次地化解了对手的致命攻击。

忽然，扎巴从空中落地时，似是踩到了一个冰块上，脚底一滑，身躯

一个趔趄，雪龙果断地抓住战机，两只前爪，疾速地将扎巴按倒在雪地上，张开大嘴向着扎巴的喉咙恶狠狠地咬了下去！它要给扎巴致命的一击！

恰在此时，"砰"的一声枪响，打在了雪龙的脑袋上。紧接着，又是"嗵"的一声枪响，打在了雪龙的腹部。

雪龙的动作迟滞下来。

就在这个瞬间，扎巴爆发出了它全部的力量，奋力地从雪龙的双爪下挺立起来，身子一扭，摆脱开，猛地转头，张开嘴巴，向着雪龙的喉咙恶狠狠地咬了过去！动作疾如闪电，扎巴使出了全力！

雪龙的反应奇快，它感觉到了扎巴这次反击的危险性，有些慌乱，迅速地一侧身，却是没有躲过扎巴的雷霆一击。

扎巴咬在了雪龙的颈部，死死地咬住！

刚才的第一枪是马强的仿制手枪中射出来，第二枪是索朗占堆的土制猎枪中射出来的。

马强、杰布、索朗占堆赶了过来。钱教授跑得比较慢，还在后面不远处喘着粗气，正往这边赶。

雪龙奋力地挣脱了几次，却是没能摆脱扎巴。

扎巴利刃般的牙齿一点点地向着雪龙坚韧的毛皮下收紧。

雪龙似是被激怒了，索性下定决心和扎巴决一死战，消灭这个沉着、顽强而又凶悍的对手。可是，它的颈部被扎巴咬得死死的，几次想要转头咬住扎巴，嘴巴却是碰不到它，雪龙只好恼怒地伸出前爪击打着身侧的扎巴。

两只神兽混战一团，身体在原地快速地转着圈。

马强待想射出第二枪，却又犹豫着停了下来，这种情形下，他怕伤着扎巴。

射出了第一枪后，索朗占堆慌忙地又装上第二发子弹，他拿的是自制的单发猎枪，子弹也是自制的，就是弹壳中塞紧火药，然后再塞上铅弹，威力并不大，对付普通的鸟兽还行，对付雪龙这样的神兽，形同于搔痒。

马强和索朗占堆都是头一回见到如此激烈的动物大战，看得傻了眼，目瞪口呆地怔在当场。想要开枪再帮扎巴一下，却又怕伤着他们心爱的扎巴；想要近前，却又觉得似乎插不上手。

见到扎巴身体上不停地向周围洒落着鲜血，见到满地的血迹，杰布什么都明白了，心急如焚，痛得如刀割一般，眼泪瞬间溢满了眼眶。扎巴是他的好兄弟，是他的第二生命，他又怎能不心痛？杰布的一颗心揪得紧紧的，揪得似乎瞬间便要进成碎片。

史密斯一只手撑在地上，一只手捂着小腹，也是惊得瞠目结舌，已经忘记了伤口的痛楚。

雪龙的利爪一下一下拍打在扎巴的身体上，前腿上。

扎巴就是不松口！

终于，鲜血从雪龙的颈部汩汩地流了出来，染红了它洁白的皮毛，有一部分连同扎巴的鲜血一起，向四周飞溅着。

雪龙被激怒了。晶亮的眼睛中似是要喷出火焰，嘴巴里恼羞成怒地"昂昂"怪叫了几声。

"少爷，怎么办？我们得帮帮扎巴啊！"索朗占堆着急地喊了一声，索朗占堆是很有经验的猎人，他知道再这样下去，扎巴的骨头都会被雪龙拍碎，他已经看出了雪龙的凶猛。连他的猎枪子弹都打不透它的皮毛，这样的怪兽，索朗占堆还是头一回遇见。

索朗占堆的一声惊呼，喊得杰布回过了神。

杰布瞪着血红的眼睛，不顾一切地扑了上去。冲到近前，恰好雪龙的尾巴摆了过来，杰布不假思索，下意识地双手一把抓住，拖住了雪龙。

扎巴和雪龙不停转着圈的躯体停了下来。

"开枪！"马强不失时机地喊了一声。

话音未落，"砰，砰，砰！"马强手中的枪又响了，一连三枪打在了雪龙的腹部。

"咚！"索朗占堆的猎枪也跟着射了出去，准确地打在了雪龙的身体上。

虽然不能打透雪龙的外皮，但是接连的近距离射击，也让雪龙感觉到了痛楚。

扎巴的利齿已经咬进了雪龙的肌肉。

杰布拖着雪龙的尾巴，让它无法再灵活地施展威力。

这下子，雪龙被彻底地激怒了。

只听得"昂——"的一声大吼，雪龙尾巴用力一甩，脑袋猛地一摆！

杰布的双手松脱开来，紧接着身体被雪龙的尾梢大力扫中，扫出了几米远，跌落在附近的雪堆里。与此同时，雪龙的脖颈也从扎巴的口中松脱出来，身体将扎巴撞到了一边。

杰布浑身一阵剧痛，五脏六腑似是要翻了出来，疼得透不过气！

扎巴见雪龙脱开来，再次扑上前，向它咬了过去，雪龙的前爪已经闪电般地拍了过来，扎巴迅速地扭身，想要躲开雪龙的大力一击，却是未能闪得利索，还是被雪龙拍在了身体上，扎巴坚实的身躯被抛了出去！落到了几米远的雪地上。

这一次，扎巴似乎伤得不轻，努力地挣扎着，想要站起来，却又痛得一时缓不过气来。

"砰！砰！砰！"马强把弹匣里剩余的三发子弹又一口气射了出去，这一次射击的是雪龙的眼睛。马强倒是没有慌乱，一直比较镇定，他也察觉到打在雪龙的身体上并不起多大作用。

不凑巧的是，就在马强扣动扳机的刹那，雪龙正开始跃起。雪龙的动作本来便异常迅速，恰好闪开了一连的三发子弹。

凶悍的雪龙向着倒地的杰布，愤怒地扑了过去！

见此情形，索朗占堆慌了起来，下意识地顺手扣响了手中的扳机，子弹射中了腾空而起的雪龙。

马强和索朗占堆惊得脸都快绿了，冒出了一身的冷汗，丝毫不加迟疑，迈开大步，同时向着雪龙冲了上去。

钱教授也跑到了近前，举着手，上气不接下气地惊呼："保，保护杰布！"

见到了主人的危急情形，扎巴聚起了全力，奋勇地跃起，不顾一切地冲了过去，扑向雪龙。

杰布一直在紧紧盯着扎巴和雪龙，见势不妙，就地打了一个滚。滚动中，从胸部的口袋里跌落出了一朵洁白的花朵，正是梅青交给他的死亡之花。

雪龙扑了个空，前爪恰好踩住了花瓣，刚要转身再次扑向杰布，却又停了下来，抬起前爪，低头看了一眼白花，紧接着，便立在了原处。雪龙眼睛中凶狠的目光，渐渐地缓和下来，变得有些怪异，似是无意再进攻。正犹豫着，猝不及防，被扎巴扑到背上，撞到了一边。

马强和索朗占堆也冲到了杰布近前，护住了杰布，索朗占堆弯腰扶起了杰布，马强拉开了架势挡在了前面。

扎巴和雪龙又一次缠斗在一起，没过多久，扎巴再次被雪龙摔倒在地，再也没有爬起来。

雪龙却不再进攻，立在原地，猛地高声吼叫了一声，这一次似乎是在警告。声音在雪野上远远地传了出去，震得众人耳内嗡嗡作响。

随即，雪龙用奇怪的目光扫了众人一圈，转身离开了。先是慢步走动了一会儿，随即加快了步伐，跑了起来，越跑越快，不一会儿，身影便消失在远处雪山的隘口。

马强转过身来，看着杰布，关切地问道："杰布兄弟，你没事吧？"

索朗占堆伸出了双手想要把杰布拉起来。

杰布却不多言，挣扎着，奋力站起身，一把推开了索朗占堆，快步冲到扎巴近前，跪到了雪地上，紧紧地抱住了扎巴的脖颈，轻声地啜泣起来。脸上的泪水止不住地流淌着，嗓子里哽咽着，"扎巴！扎巴！"

扎巴伤口流出的鲜血还在慢慢地向外流淌着，染湿了主人的衣袍，脑袋紧紧地贴着主人的脸庞，不时地蹭着，低声地呜呜着，似是很委屈，似是很内疚，自己没能战胜对手，没能保护好自己的主人。这是扎巴第一次败给对手。对手太强悍了！扎巴已经尽了全力。时不时地，扎巴用舌头舔着主人的脸颊，又似是在安慰着主人。

钱教授、马强、杰布都冲到了扎巴的近前。

马强拍了拍杰布的肩膀，急切地问道："杰布兄弟，你没事吧？"

杰布控制了一下自己的情绪，说道："我没事，你们去照顾一下史密斯先生，我来照顾扎巴。"

马强应了一声："没事就好，刚才可是吓死我了！我先过去看下史密斯，一会儿再来看你和扎巴。"说完，转身走向了史密斯那里。

钱教授的气息渐渐平稳下来，见到杰布平安，一颗悬着的心也踏实下来，长舒一口气，擦了擦额头的汗水，说道："你没事就好，多亏了我们的好扎巴！我先过去看下史密斯。"

索朗占堆却留下来和杰布一起照顾扎巴。

见到杰布一直抱着扎巴，索朗占堆说道："少爷，还是先检查一下扎

巴的伤口吧，再这样下去，扎巴会流血而死的！"

杰布已经心痛得失去了理智，听了索朗占堆的提醒，这才缓过神来，急忙松开扎巴，焦急地说道："你不是懂得医术吗？快！快把扎巴治好！"

索朗占堆没有说话，皱着眉头，把扎巴从头到脚，上上下下的骨骼捏了一遍，捏完，松了一口气，说道："还好，扎巴没有伤到骨头。少爷放心，我给它上了药，扎巴很快就可以复原。这会儿扎巴是流血多了，使尽了力气，有些虚脱。"说完，索朗占堆从怀里摸出了一个药瓶子，倒出了一些黑色的药末，在扎巴身体被撕开的伤口处撒了一些。

药物的作用，扎巴似乎很疼，抽搐了几下，身体颤抖起来。扎巴的确是乏力了，又加上伤口的疼痛。

索朗占堆盖上了药瓶，装入怀中，然后拍了拍扎巴，笑道："勇敢的扎巴，忍着点，我索朗占堆神奇的药物会医治好你的。"这是索朗占堆的叔叔传给他的秘制藏药，治疗跌打损伤，加速伤口止血愈合，非常有效。

杰布松开扎巴后，扎巴的眼睛便一直死死地盯着雪龙消失的方向，眼珠子一动不动，似乎在思考着，刚才的对战中，这个强大的对手到底有哪些弱点？怎样才能够战胜它？

钱教授把史密斯扶着坐到了怀中。史密斯似乎快要不行了，浑身已经瘫软，嘴角向外慢慢地流着鲜血，脸色蜡黄，双唇干裂，已经没有了血色，眼睛盯着钱教授，挣扎了几次，想要抬起手，却又很费力的样子，抬不起来。史密斯大口喘息了一会儿，似是恢复了一些精气，脸上渐渐地泛起了红晕，神色好了很多，轻轻地微笑着，看着钱教授和马强，用生硬而又费力的汉语说道："谢谢！谢谢你们救了我。也谢谢那只神勇的藏獒，它很厉害，足以战胜一只老虎。"说完，向着扎巴的方向，看了一眼，会心地笑了。

钱教授问道："你没事吧？史密斯先生。刚才到底是怎么一回事？"钱教授心里在嘀咕着，哪来的这么一只凶猛的怪兽？怎么又会追击史密斯？

马强见到史密斯的情形，皱起了眉头，他心里明白，史密斯快要不行了，刚才只是人们常说的回光返照，过了这一会儿怕是要撑不住了。

史密斯没有回答钱教授的问话，眼睛盯着远处的山口，无限深情地看了一会儿，努力地抬起手来指了指，又转过头，恳切的目光看着钱教授，断断续续地说道："请你们……把……我……和我的……玛瑞丝……

在一起。"

　　见此情形，钱教授也明白了史密斯这是在交代后事，他不知说什么好，用力地点了点头，答应下来。

　　马强冲着史密斯大声地说道："放心地去吧！史密斯先生，我明白你的意思，你是想让我们，把你和你的夫人玛瑞丝安置在一起，对吗？"

　　史密斯舒了一口气，感激地看着马强，笑了，费力地说道："谢谢！中国人……厚道……伟大！上帝会保佑你们！"

　　马强笑道："我也谢谢你！史密斯先生，顺便你也代我们谢谢上帝，不用麻烦他老人家了。放心吧，中国人好着哪！"

　　史密斯听了马强的话语，咳嗽了几声，笑道："我明白……你的意思。你很幽默……认识你们……我很荣幸。"

　　钱教授被马强的话逗得轻轻笑了起来，看了马强一眼。

　　扎巴的伤口已经止住了流血，休息了一会儿，挣扎着慢慢站了起来，身体仍然在微微颤抖着，扎巴抖了抖了它健壮的身躯，渐渐开始恢复着它的气力。

　　杰布爱怜地轻轻抚摸着扎巴的伤口，扎巴低鸣几声，伸出舌头舔了舔主人的胳膊，似是在安慰着主人：放心吧，杰布，我没事的。见到扎巴好转了一些，杰布的心里踏实了许多，心情渐渐地平静下来。

　　"史密斯！史密斯先生！"钱教授和马强接二连三地惊呼起来。

　　杰布扭过头看了他们一眼，这才想起来，刚才一门心思放在了扎巴身上，忽略了一位朋友。杰布心里有些歉疚，赶紧站起身来，对着扎巴喊了一声："扎巴，跟我来！"然后，便快步走向了史密斯。扎巴摇着尾巴，慢慢地跟在了杰布的身后。

　　索朗占堆也跟了过去。索朗占堆虽然对史密斯没有恶意，心里却也没有多少好感。外国人他见过很多，来阿里地区朝圣和观光的外国人一批又一批。他从小便听老人们讲，至今仍有大片的藏地被外国人强占着。天神赐予了他们这片神奇而又美丽的雪山和土地，一直以来，总有外国人在虎视眈眈地惦记着。索朗占堆心里明白，外国人也有好人和坏人，有朋友和敌人，但是他没法去分辨清楚。

　　到了近前，杰布盯着史密斯，顺口问了钱教授和马强一句："史密斯

先生怎么样了？"说完，便弯腰蹲在了史密斯的近前。

史密斯的脸庞上挂着淡淡的微笑，眼睛已经定格在深邃而又湛蓝的天穹，表情凝固了，看上去很幸福的样子。他把幸福的微笑保留到了他生命的最后一刻。

钱教授和马强没有答话，二人均摇了摇头。

杰布伸手探了探史密斯的鼻息，史密斯已经停止了呼吸。杰布顺手擦去了他嘴角的血迹，然后低声念诵了一段经文。索朗占堆站在一边，也跟着杰布念诵起经文，他们在超度和祝福史密斯，祝福他在理想中的天国和他深爱的妻子幸福地相伴在一起。

待杰布和索朗占堆念完经，马强问道："钱教授，你看怎么处理？"

钱教授叹了一口气，答道："我看，还是尊重死者遗愿吧。"说完，钱教授抬起头来，向着远处史密斯刚才指过的那个山口，皱了一会儿眉头，接着又疑惑地说道："显然，史密斯先生是从那个山口逃过来的，刚才听他的言下之意，他的妻子玛瑞丝的遗体很可能就放在那一带。刚才那只怪兽也是消失在那里。你们说，这只怪兽会是什么来历？"

马强答道："难道是杰布阿爸提到的魏摩隆仁的保护神雪龙？没错！肯定是！在这一点上，我马强绝对不会猜错！"最后的一句话，说得信心十足。

钱教授点了点头，说道："姑且这么认定吧，如果是的话，我想，我们离魏摩隆仁已经不远了。可是，从地图上看，还有好远的一段距离。"

杰布接过话来，答道："钱教授，我也是这么想的，从大方向上看，没有太大的偏差。不过，我觉得，我们也不能过分地依赖这张地图，毕竟经历过了那么久的沧桑，具体什么时间绘制的无法搞清，在这个过程中，雪山的地形发生过多少变化，更是个未知数。"

钱教授又点了点头，沉思起来。

马强见钱教授开始发呆，说道："先别管那么多啦，咱一会儿到那个山口看看不就知道了？先过去找找玛瑞丝的遗体，满足史密斯先生的最后一个遗愿吧。这个怪人，我算是彻底服了他！"说完，马强摇了摇头，满脸不可思议的神情。当然，马强从心底里还是十分敬重、佩服史密斯的坚贞。在感情方面，人与人之间的观念毕竟存在着差异。

杰布仍是有些好奇，问道："奇怪的是，雪龙怎么会追击史密斯先生？"

马强答道："这个不难理解，我想，很可能是史密斯先生在雪山中乱窜，无意中碰到雪龙，冒犯了这家伙，才导致这个结果。要说，这史密斯对他的老婆爱得也真够深的，足以感天动地！也真是的，干吗不早点回国，不就安生了？严格来说，他这属于非法滞留。哦，对了！对了！我又弄明白一件事情！"说完，马强拍了拍脑袋。

一听此言，三个人的目光一齐盯住了马强。

钱教授疑惑地问道："又想起什么了？神神道道的！"

马强诡秘地一笑，答道："我帮大伙儿再解开一个疑团。大伙儿不是一直搞不明白洞口中的两个'吃人恶魔'是怎么一回事吗？我寻思着，他们的遭遇肯定和史密斯的情况类似，曾经被雪龙追击过，无路可逃，从山中一不小心，跌落到那里，就像是索朗占堆跌落到那里幸存下来的情况差不多。"

杰布和索朗占堆点了点头，默认了马强的推测。

钱教授笑道："有道理！想象力倒是挺丰富，不过，也只能是一种猜测。"

马强不服气地说道："怎么是猜测？这是推理！曾经在那个山洞中，我仔细地察看过，那位先死的尸体，受伤的情形和这位史密斯很类似。你们想啊，另外一个活着的，肯定是被雪龙吓怕了，吓疯了，躲在那里不敢出来，饿了吃什么？肯定不会啃石头吧？我奇怪的是，哪来的这两个特种兵？到这里做什么？"

钱教授赞许地说道："越说越有道理！不过总不应该生吃人肉嘛，而且是同伴的，这太有悖人伦。算了，暂且不讨论这个问题。你小子还行啊，再加上一副好身手，是块搞刑侦的料。"

马强说道："那是！想当年，我退伍的时候，特想进公安局，可是没门路，结果给安置到了工厂的保卫科。前些年，又给安置下了岗，没了活路才逼得我开始折腾生意。这人生啊，没法说！既然没法说咱就不说。我看这么着吧，咱先把史密斯的遗体背上，再过去把背包带上，然后去那个山口找找玛瑞丝的遗体，把他们给合葬了，让死者安息。钱教授，你说呢？"

钱教授笑道："安排得有条有理，行，就按你说的办！你小子要是留在部队，这会儿肯定也是个不小的官了。"

马强说道："没准这会儿已经授了个少将军衔呢。哈……"

钱教授疑惑地问道："那当时你为什么没留在部队？"

马强淡淡一笑，说道："我也说不清，反正当时就是吵着要退伍。部队倒是打算留我，组织上也找我谈了几次话，原来还真打算给我提干。我执意要回地方，部队也没办法。抓点紧吧，梅青还在等着哪，别一会儿再让狼群把她给叼走喽。"马强一边说着话，一边把史密斯的尸体背了起来。

杰布麻利地帮着马强，笑道："马大哥对梅姐还是挺关心的嘛，我看梅青姐对你可是一往情深。你也离了，不如把梅青姐娶了得了。"说话的时候，杰布心里寻思着，马强退伍的事，肯定有什么苦衷，只是他不愿意说出来。

马强笑道："小孩子家懂什么呀？这男女之情真要是这么简单就好喽，走，赶紧回！"

路上，索朗占堆、杰布和马强三人轮换着把史密斯的尸体背了回去。

梅青早已等得不耐烦，一见到马强便气哼哼地埋怨道："到底怎么回事呀？大半天才回来？"其实，梅青远远地看到了他们经历的凶险，只不过看得不是很清楚，又见他们开了枪，估计刚才的情况很惊险。她这么问也属正常，也算是女人关心和惦记男人的一种方式，故意生气、撒娇，或是耍点小脾气，这本来便是女人的天性。若不是因为看着包，她早就跑过去了，几个包里的装备可是花了马强不少钱，梅青有些不放心。

马强没好气地说道："刚才的情形你不是都看见了吗？哥几个差点儿回不来了。先别问那么多了，赶紧收拾一下，赶到那边山口去，一会儿我再把详细情况跟你汇报一下。"

梅青嫣然一笑，说道："这还差不多，刚才担心死了。"说完，梅青开始麻利地帮着大伙儿收拾起来。一边收拾着，梅青又漫不经心地问道："史密斯死了吗？"

马强笑道："暂时是死了，不知道还能不能活过来。"

第五章 神秘的阶梯

扎巴恢复得很快，又可以在雪地上灵活地跃动。

走了大半天，众人方才到达雪龙消失的山口，把背包和史密斯的遗体放了下来，先是四处察看了一番，然后便停下来休息。

这个山口似乎并没有什么特别之处，连着蜿蜒的绵绵群山，山上盖着厚厚的积雪，找不到树木，看不见人烟，满眼都是冰天雪地的世界，甚至连一块不沾雪的岩石或是草木也看不见。天空晴朗，一丝风也没有。这是雪山中很难得的好天气，灿烂的阳光照在雪地上，格外地耀眼。幸运的是，没有人遭遇雪盲现象。雪地上，依稀留着一些杂乱的脚印，索朗占堆和马强仔细分辨了一会儿，最后得出结论：是史密斯和雪龙留下的。雪龙的脚印一直延伸着，消失在茫茫的远方雪地。

众人暂时没有发现玛瑞丝的遗体，估计着应该在这一带可以找到，一定是史密斯把她藏在了一个隐秘之处，防止外界再次打破她的宁静。

梅青大呼小叫，饿了，要吃东西。

钱教授也跟着嚷嚷开来，人困马乏，赶紧准备一场雪地盛宴。

虽说，在出发的路上，他们曾经吃过一次，吃得比较简单，折腾了半天，到这会儿，众人确是饿了。

马强吆喝着，让杰布赶紧找块平整的地方整理一下，让梅青帮着铺上餐布，又让索朗占堆从包里取出食物准备好。连钱教授，马强给也给安排了一下，燃起炉子取雪煮水。

钱教授笑着问道："马总司令，你把大伙儿都分配了差事，那你做

什么？"

马强故意把脸一板，正色道："我做什么？这些鸡毛蒜皮的事还需要我亲自动手？我一出手，当然就是要干件大事！"

钱教授乐了，说道："成！给你个梯子还上了天，赶紧帮着大伙一起干点活，一个个都饿得不行了。"

马强正色地说道："钱教授，我这可不是和你开玩笑。等着瞧，我马上行动！真的！"

钱教授疑惑地看着马强，不知道他葫芦里卖的什么药。

马强解释道："咱带的干粮也不多，吃一顿少一顿不是？打这会儿起，我就得帮大伙儿解决好伙食问题。"

杰布一听，笑道："我说马大哥，这茫茫雪山的，我就不信，你还能给大伙儿变出一个超市来？"

马强不屑地答道："我说你们俩到底什么智商？这老的是社科院院士，小的是北大的高才生，我看连个三岁孩子也不如。在这雪山里头可能出现超市吗？没有超市怎么办？"

"打猎呀！"梅青一边忙活着，一边接过话来。

马强乐了，说道："看！连梅青都明白这个道理。一会儿给大伙搞点牛肉带上。你们看！"说完，马强指了指前方。

梅青不服气地说道："怎么叫连我都明白这个道理？合着我梅青低智商似的。切！懒得和你争！"

众人顺着马强手指的方向看了过去，不远处的雪地上，一头灰色的牦牛正慢慢地向着这边走来。

"扎巴！跟我走！"马强走到背包那里，顺手抄起了索朗占堆的猎枪。

扎巴似乎明白了马强的意思，站在原地，看了看主人，没有主人的命令，扎巴是不会跟着马强去的。

杰布还没有作出反应，只听得索朗占堆一声厉喝："扎巴是不会跟你去的！"说完，放下了手中的活，快步冲到马强近前，一把抢过了猎枪，脸涨得红红的，愤怒地瞪着他。

马强有些摸不着头脑，瞪大了眼睛，诧异地问道："我说索朗占堆兄弟，你这是怎么了？犯傻了？"

钱教授也是奇怪地看了看索朗占堆，然后又把头转向牦牛，伸开手掌，遮住额头的阳光，仔细地看了一会儿，看着看着，钱教授笑了，他明白是怎么回事了，刚要告诉马强。

杰布却开口说道："我说，马大哥，还是算了吧，这只牦牛，咱谁也不许惦记。"

马强越听越糊涂，说道："哎，我说你们这都是怎么了？一个个怎么跟犯病似的？是不是刚才都让雪龙给吓傻了？"

钱教授笑道："你才让雪龙吓傻了呢！你再仔细看看牦牛，我告诉你答案。"

马强又转头看了看牦牛，牦牛已经越来越近，似乎一点也不惧怕他们。马强不解地问道："没什么呀？这牦牛也不是三头六臂？到底怎么了这是？"

钱教授说道："没看清？再好好看看，牦牛的耳朵上是不是穿着一根红绳？"

听了钱教授所言，马强又看了看，说道："是呀，这又怎么啦？"

杰布答道："马大哥，这是我们藏人的习俗，在耳朵上穿红绳的，都是放生的牲畜，不允许任何人捕杀，只能让其自生自灭。"

索朗占堆恼怒地补充了一句："天神会怪罪的！"

马强一听，总算是明白过来，眉头一皱，说道："咳！我当是什么大不了的！你们这算是什么习俗？算了，算了，算我马强多事又多嘴，我不说了，说多了，钱教授一会儿该给我乱扣帽子，赶紧开饭！"

索朗占堆的神色缓和下来，把猎枪放到了几米开外。

众人围坐到了一起，索朗占堆勤快地帮众人分发食物。

梅青一言不发，直到大伙儿坐下来之后，才瞪着乐呵呵的马强，没好气地说道："看你这熊包样，枉费了一身功夫，让人家合起伙来欺负成这样，连个屁也不敢放！"

马强一听，哈哈大笑，说道："他仨绑一起，也不够我马强收拾的！按你的意思我该怎么着？把他仨揍一顿？红颜祸水，祸国殃民，唯恐天下不乱！"

钱教授和杰布听了，也跟着哈哈大笑起来。

梅青觉着自己的话有些过分，脸色一红，急忙辩解道："钱教授，我不是这意思，我不是冲你的；杰布兄弟，我也不是冲你的！"说完，用眼角白了索朗占堆一眼。

索朗占堆正拿着吃的，准备递给梅青，听了梅青的话，神色一怔，伸到中途的手停了下来。

马强说道："行了，别瞎描了，都是一起出来的生死兄弟，命都绑到一起了，还说这些没用的话做什么？哥几个，别听她瞎说，她这人就这样，刀子嘴豆腐心，人是好人，就是爱没事找事，不找点事她不自在。快吃吧！吃完赶路。"

索朗占堆伸到中途的手，再次向前伸了伸，送到了梅青的面前。

梅青把头一扭，根本不伸手去接，恼怒地说一句："我不要你拿的！"

马强忍了半天，终于火了，把眼一瞪，看着梅青，说道："到底想要怎么着？欠揍不是？"

见了马强的样子，梅青有点着慌，以前挨马强揍过几次，梅青也知道，马强离婚，原来也是因为两口子吵架，揍了他老婆。在梅青的心目中，马强如果没有这个毛病，几乎可以称为一个完美的男人。梅青依旧硬气地说道："我不吃他拿的，脏！他们藏族人一辈子才洗三次澡！"

索朗占堆一听，把手中的食物顺手扔给了扎巴，拿起面前的藏刀，用力地往雪地上一插。积雪已经清理过了，藏刀在冰冻层上，深深地扎了下去，只露出了一个短短的刀把。看上去，索朗占堆十分愤怒，身体微微颤抖起来。索朗占堆强忍着自己的怒火，若不是因为他们是杰布少爷的朋友，这会儿，他早就站起身来，拔出藏刀刺了过去。

钱教授气愤地低声说道："荒谬！可笑！无稽之谈！"

杰布一听，再次哈哈大笑起来，他顺手拍了拍坐在身边的索朗占堆的肩膀，示意他不要冲动，眼睛看着梅青，说道："梅青姐，你这都是听谁说的？"

梅青振振有词地说道："杰布兄弟，这可不是我瞎编的，我也是听一个姐妹说的！我这姐妹来过西藏，还在一个藏民家里住过。她还说，那家的老阿妈，刚放下生火的牛粪就给她倒酥油茶，手连洗都不洗一把。"

钱教授拉着脸，刚想批评梅青几句，杰布冲着他摆了摆手，又拍了拍马强的肩膀，示意大家别发火，听他来解释。

杰布说道："你说的这个情况倒是有可能，不过，也只会发生在少数偏远而且又缺水的乡村。但是你不能以偏概全，钱教授也说过，牛粪是藏民眼中的宝……算了，大伙儿正吃东西，不提这个。我问你，你们汉人是不是一生只洗三次澡？"

梅青这会儿也觉出来，自己刚才说的话触了众怒，不敢再多言，摇了摇头。

杰布接着说道："你说我们藏族人一生只洗三次澡，这不新鲜，我记得我在学校的时候，有个同学也曾私底下问过我这个问题，问我们藏族人一生中，是不是只有在出生、结婚和死亡的时候才会洗澡？我现在再一次郑重地告诉你，这正如钱教授刚才说过的，无稽之谈！这也仅仅是极少数人道听途说的谣言。"

钱教授又气愤地说了一句："愚昧！无知！"

杰布正色地说道："钱教授，你也别着急，我觉得这个问题虽然荒诞，倒是有一定的代表性，所以有必要多说几句。事实上，整个藏地自元代正式纳入中华民族的版图以来，就已经和各民族的兄弟姐妹亲如一家。我们国家是一个多民族的国家，虽然各民族的风俗习惯有些差异，但基本的生活习俗一样，都有生老病死，都有婚丧嫁娶，都要吃喝拉撒，当然包括都要洗澡。我们藏地还有著名的沐浴节，想必大伙儿都听说过。

"现在有相当的一部分人，就是不能够正确地理解西藏文化，要么过度地神秘化，要么故意地贬低。包括我们一部分藏人对博大的中华文明、对整个社会的现代文明也缺乏必要的了解和认识，还有少数人甚至于生了病，也不愿意到政府的医院接受免费医治，这样的认识又怎能不受人蒙蔽？多一些交流，就会少一些误会。站在我个人的角度，我希望大家能够到西藏实地感受一番，了解一下真正的西藏。仅仅靠道听途说来认识西藏，或是妄下结论，是很不负责任的。

"我个人感到非常庆幸的是，我阿爸没有让我跟着他学一辈子的经文，而是把我送进了政府的学校。索朗占堆估秀啦，这里顺便谈一下你个人的私事，关于你孩子上学还是到庙里学经的事情，我觉得你还是认真地考虑一下，我希望你能够接受我的建议，把孩子送进学校去读书。"杰布滔滔

不绝地讲了许多，情绪显得有些激动。

钱教授赞许的目光一直盯着他。

听了杰布的话，索朗占堆也不知说什么好，低下了头，似是明白了一些，又似乎不理解他究竟在说些什么，他心中只有一个标准，杰布少爷是未来的活佛，说过的话一定有道理，有空的时候，自己再好好地寻思一下。

梅青的脸红了起来，开始觉得自己刚才的话的确是太过分，尴尬地低下了头。

马强的怒气慢慢地平息下来，他本来想冲着梅青发火，一直忍着，听着杰布说了半天，渐渐消了气。马强虽然文化不高，但是深明事理，他知道跟梅青这样没心没肺的女人讲大道理，不起多大作用，必须哄着来，万一真把她惹恼了，生出事端，在这荒天野地的还真不好办，便笑道："听明白杰布兄弟说的话了吧？多有水平？这读过书的人就是不一样。"说完，又对着索朗占堆说道："我说兄弟，刚才杰布的话你也听明白了吧，刚才你嫂子说话不好听，你可别往心里去，你嫂子虽然嘴上这么说，心里可不是这么想。她这人哪，向来是刀子嘴豆腐心！"

梅青一听马强的话，顿时高兴起来，马强的话里居然让索朗占堆称呼她为嫂子，一定是深有用意，故意说给她听，虽然他们之间没有过什么誓言，这也足以说明马强心里装着她，便笑道："哎呀，我说索朗占堆兄弟呀，你马大哥说得对，嫂子我嘴巴臭，不会说话，你可别往心里去呀，嫂子向你道歉啦。"说完，又对钱教授和杰布说道："我也向大伙儿来个集体道歉，我不是那个意思，你们千万别误解。"

杰布笑道："梅青姐，看你说哪的话？赶紧吃点东西吧。"

钱教授苦笑着，什么也不说，只顾吃东西。

索朗占堆反倒显得有些腼腆起来，低低说道："都是兄弟姐妹，大家不要客气。快吃吧。"

马强笑道："可惜没吃上牦牛肉。"说完，又看了刚才的牦牛一眼，那头牦牛已经走远。

"哎呀！"忽然，梅青惊叫起来。

马强说道："又什么事，一惊一乍的？"

梅青笑道："水开啦。"

众人的眼睛转向了山脚下的酒精炉，壶里的水正向外翻腾着热气。

马强说道："水开了，你不会去拿过来，给大伙儿倒点？我再次提个醒，对于我们大伙儿来说，这水可是最大的宝，一会儿都多喝点。"

杰布说道："我去给大伙儿拿过来吧。"说完，便要站起身来。

梅青赶紧伸手按住了他，殷勤地说道："杰布兄弟，还是我来吧。"说完，麻利地站起身来，走了过去。取下了水壶拿了过来，往众人面前的杯子里分了些，然后又走到山边，准备再去采集一些干净的积雪。

梅青不在一边，众人都觉得安生了一些，开始大口大口、津津有味地吃了起来。

猛然间，梅青又是一声惊呼，"谁？是谁？"

众人一惊，急忙转过头，看了过去。梅青正抬起头，看向山坡。众人向着梅青盯着的方向，看了上去，什么也没有发现。

马强问道："又怎么了？"

梅青看了一会儿，笑道："刚才好像看见有个人影，可能是我看花眼了。"

众人一听，暗暗笑了笑，又把脑袋转了回来，不加理会，继续吃起东西。

马强双手抱住了脑袋，两手抓住了头发，紧皱着眉头，一副痛不欲生的样子，似乎已经无法忍受，却又无可奈何。估计此刻，在他的心里，最最后悔的一件事情，便是把梅青带了出来。

稳定了一下情绪，马强放下了双手，拿起了一根火腿肠，刚放到嘴边，只听得"啪"的一声，紧接着，梅青惊叫一声"妈呀"，奔向了马强的身边。梅青手中的水壶已经从手中扔了出去，慌乱地直往马强的怀里钻，一副恐惧的样子，嘴里叫嚷着："马强，有鬼！有鬼，吓死我啦！"

"我说你还有完没完？还让不让人活下去了？"马强没好气地说道。

"我刚才真的看见一个人影，肯定没有看错！"梅青委屈地说道。

众人向着刚才的方向一齐看了过去。

这一次梅青没有瞎嚷嚷，众人看得真切，几十米远的半山坡上，有个人影，手中拿着一根长长的木棍，正快速地向一处峭壁飞奔着，很快便躲到了峭壁的后面，不见了踪影。

马强放下手中的食物，快步地走到索朗占堆的猎枪近前，麻利地抄了起来，顺着山坡向着那人的方向追了过去。

钱教授冲着杰布和索朗占堆喊道："快过去帮马强一下，大家小心点，别出什么意外！"

杰布和索朗占堆二人迅速起身，跟着马强奔了过去。

扎巴也快速地冲出，很快冲到了马强的前面，向着那人的方向奋起直追。

梅青喊了一声："马强，小心点。大家小心！"

钱教授开始收拾餐具。

梅青一看，急了，忙道："钱教授，我还没吃哪，等会儿再收！"

钱教授笑道："那还不赶紧吃点？我还真以为你不饿呢。"

梅青尴尬地笑了笑。其实梅青早就饿了，不再假装斯文，顺手抓起了一把牛肉干，大口大口嚼了起来，一边嚼着一边说道："旁边躺着个死人，让人怎么吃呀？"话是如此说，事实上丝毫没有影响美食进度。

钱教授"哦"了一声，不再言语。

梅青笑着说道："钱忠教授，您高寿啦？"梅青开始和钱教授搭讪起来。

钱教授答道："六十了。"

梅青说道："比我爸小了两岁，我爸六十二了。那我以后就叫您钱忠叔吧。"

钱教授答道："别！还是叫我老钱吧。叫我钱忠叔，折我寿，我可是愧不敢当，这也侵犯了人家名誉权，大学者钱钟书老人家九泉有知，也不会答应。"说话的时候，钱教授的目光一直远远地盯着马强他们三人，有些不放心。

梅青哈哈笑了起来，说道："看不出，钱教授还挺幽默！放心吧，钱教授，有马强在，没事的。"话一说完，梅青开始咳嗽起来，不停地咳嗽着，脸都涨红了，让食物给呛着了。

钱教授说道："你在这里看着行李。我过去看看他们。"说完，钱教授向着他们三人那边慢慢跑了过去。

梅青说道："又让我看呀？哎，怎么说走就走了？这还躺着个死人，怎么把我一个人扔在这里呀？"

马强追到那人失踪的地方时，再也找不见那人的身影。他先是平稳了一阵气息，略作休整，警惕地贴着峭壁搜索着，顺便大致看了一下附近的地形。

　　马强觉得很是奇怪，峭壁后面的居然是深不可测的悬崖深谷，深谷的对面是连绵的群山，山下远远地看过来，峭壁似乎和远处的群山一体，让人无论如何也想象不出来。一条两米多宽的平坦山路贴着山边，似一条圆弧向里延伸着，马强顺着山路走了进去，走了大概十几米，眼前出现了一片平整的方形阔地，大致有半个篮球场那么大。阔地上面盖满了积雪，分散着六根高大的石柱，更让人奇怪的是这片阔地所处的位置，两边靠着陡峭的绝壁，高高的绝壁矗立着，似乎直通云霄，阔地的另外两侧都是悬崖深谷，唯一的通道便是山边的弧形弯路。

　　扎巴早已立在阔地的中央，正四处察看着，似乎它也感到很奇怪，目标藏到哪里去了？看不见一点踪迹，嗅不出一点气息。

　　阔地四周再也找不见出口，似乎这里是一块绝地，马强皱起了眉头，明明看见那人跑向了这里，却不见了踪影，雪地上除了扎巴杂乱的脚印，再也找不见别的。那人能躲到哪里去了？他到底是什么人？马强一边警惕地搜索着，一边快速地思考着。

　　杰布和索朗占堆气喘吁吁地赶了过来，见到此地情形，也很是诧异。杰布喘了几口粗气，顺口问道："这是什么地方？人呢？"

　　马强摇了摇头。

　　忽然，扎巴紧盯着阔地的角落处，凶狠地吼叫了几声，似乎在提醒着主人，要小心。

　　三人向着扎巴吼叫的方向看了过去，发现那里有一片奇怪的雪堆，自然的落雪绝不会形成这样的形状，是人工堆出来的，马强快步走了过去。杰布和索朗占堆跟在了身后。

　　马强先是用猎枪枪筒往积雪里用力捅了几下，似是碰到了硬物，随即站到一边，举起了猎枪，冲着索朗占堆和杰布一摆头，说道："把雪堆打开！"

　　二人赶紧走到近前，三下五除二把雪堆扒拉开来。里面埋着的竟然是史密斯的妻子玛瑞丝的遗体！

　　众人一阵欣喜，总算是找到了，终于可以满足史密斯先生的最后一个遗愿。

　　此时，钱教授也赶了过来。见此情形，上气不接下气地说道："太好了！

原来玛瑞丝的遗体被藏在这里。"

马强笑道："我说，钱教授，你这把老骨头了还跟着瞎折腾什么呀，老老实实和梅青一起看好行李就是了。"

钱教授又喘了几口粗气，擦了擦额头的汗水，平稳了一下气息，笑道："没我这把老骨头跟着，你们这帮孩子懂什么呀？你们看，看到这些石柱了吗？知道是怎么回事吗？"

听了钱教授此言，三人的目光聚向了他，想听听钱教授到底如何解释。

钱教授笑了笑，说道："我也说不清楚。不过令人奇怪的是，我发现这几根石柱子和普兰境内的甲尼玛列石群倒是有几分相像。杰布，不知你注意到了没有？"

杰布皱起了眉头，又仔细地看了看，说道："是有些相像！不过，钱教授，这里的规模似乎比甲尼玛那里的小很多，也没有那么高，从位置排列上看，倒是有几分类似，而且都是无字碑。看这扁扁的长方体形状，与其说是石柱，倒不如是说是石碑。"

马强笑道："照你们这么说，只要搞清楚了甲尼玛石头群的作用，这里的不也是可以搞清楚了？"

钱教授答道："问题是，到目前为止，也没弄清楚甲尼玛列石群究竟是做什么用的。当地藏民称之为'斯贝多仁'，转译过来就是'宇宙之碑'，'斯贝'在藏文里有非常远古的意思。根据专家考证，整个藏西北高原，在许多地方发现过类似石碑的遗迹。到底做什么用的，目前只能去分析猜测，可能是部落首领、巫师或者部族有威望的人物去世后，为他们立起的纪念碑；还可能是因为重大事件的立誓盟碑，可以断定一点的是，这是佛教进入藏地之前的苯教文化。"

马强笑道："解释了半天等于没说，还是没说清到底是做什么用的。咱先别研究这个，大家看，这玛瑞丝的遗体也找到了，咱还是先把他们合葬了吧，老是停着尸也不吉利。至于其他的，完事以后再研究。"

钱教授点了点头，说道："那就先这么办吧。那你说，把他们葬在哪？"

马强想了一会儿，说道："我看就葬这。既然史密斯把他的妻子遗体放在这里，肯定是他看中了这里的风水宝地。"

钱教授笑道："成！就这么着！那史密斯的遗体，你去背上来？"

马强说道："成！"

钱教授说道："那还不赶紧去？我在这里再研究一下这几根石柱子。"

待马强三人离开，钱教授沿着阔地的周围仔细察看了一遍。他发现沿着峭壁边缘，似乎有扫动的痕迹，痕迹一直顺着峭壁通向外面。钱教授心里想着，这可能是史密斯把妻子遗体藏在这里之后，刻意地清除痕迹，生怕别人打扰她的安宁。这史密斯对他的妻子可真是一往情深。唉，这世间啊，除了长眠于地下，似乎在哪都很难找到一块真正的宁静之地。难怪汉人们要向往世外桃源，藏民们要向往神圣的香巴拉。

钱教授在几根石柱近前，静静地沉思了良久，马强三人才把史密斯的尸体背了上来。大家一起动手，把他们夫妻二人合葬到了雪堆下面。杰布特意带上了他用来装着威玛神杖的锦盒，拆开来，做了一个十字架立在他们的墓前。

忙完了这一切，众人向着他们的墓堆鞠躬行礼。

简单的仪式完成，杰布自言自语地叹道："真想为他们举行一场隆重而又庄严的葬礼，他们是一对让人感动的情侣。可惜不能为他们立一座带字的石碑，刻上对他们最真诚的祝福。"

钱教授说道："有这里圣洁的绵绵雪山，见证了他们伟大的爱情；还有这神奇的'斯贝多仁'作为他们坚贞永恒的标志，他们应该无憾了。"

马强说道："还别说，我看了下，根据中国人的风水学，这里还真是块风水宝地，想想我马强将来死了还不知埋哪去了。对了，我就纳闷了，刚才那人能跑哪去了？到底什么人？难道这里又有个秘道？他藏进去了？"

自从到了此地，众人的心里一直都在思考着这个问题，只不过一直没有腾出工夫来讨论一下。

钱教授说道："问得有道理！咱再找找，看看还会不会出现什么奇迹。"

众人找了一会儿，一无所获，都不死心，继续仔仔细细地察看着，找秘道机关，他们已经有了经验，不知这一次是不是真的又会发生奇迹。

蔚蓝的天空掠过了几只雄鹰，山间开始刮起了冷风，偶尔会有几片落雪被山风吹到众人的身侧。太阳躲到了云彩的后面，天空渐渐阴沉下来。

这时，一直在一边安安静静的扎巴，突然冲着杰布大声地吼叫起来，

一边叫着一边冲到杰布身边，用嘴巴咬住了他的衣服下摆，向外面的弯道处拖着。

众人疑惑起来，扎巴这是怎么了？

索朗占堆觉得不对劲，抬头看了看雪山的峭壁，似乎没有发现什么危险。

马强说道："哥几个，我看咱还是赶快走吧，扎巴这么反常肯定有情况。听人说，灵敏的狗连地震、火山都能察觉到，聪明一些的连预报天气都没问题。"

钱教授哈哈大笑起来，"没那么夸张吧？"

马强说道："夸不夸张的，谁也说不好，这可是有过先例。反正这会儿，我情愿相信扎巴。扎巴可真是条好狗，等回去了，说什么我也要找条母狗来，让扎巴给配个种。"

杰布怒道："去你的！"

马强乐了，说道："孩子家懂什么呀？扎巴也是条汉子，也有七情六欲吧？"

马强的话音未落，众人似乎听见附近传来"喀嚓"一声爆裂的闷响。

富有经验的索朗占堆的脸都白了，慌乱地咽了一口唾沫，惊叫起来："快跑！要雪崩了！"

众人一怔，随即回过神来，玩命似的转身而逃。

马强跑得最快，似乎比刘翔还快，跑了一会儿，又掉过头，回到钱教授的身边，一把拉住了钱教授的胳膊，顺手把猎枪递给了跑动中的索朗占堆，以便腾出手来跑得利索一些。

杰布也飞快地赶到钱教授身边，和马强一道拉着钱教授，一起往山下冲！

扎巴紧紧地跟着杰布。

幸运的是，山顶崩塌下来的大片冰雪大多落进了深谷，一小部分顺着他们的身后砸了下来，不至于产生多大的危险，反倒成为他们奔逃的动力。

跑到山口放行李的地方，众人几乎是连滚带爬了，早已经是气喘吁吁，顾不上歇息，拿起行李，便向着远处的阔野再次狂奔，跑了一会儿，直到气力耗尽，才停了下来，惊魂未定地转过身来。

众人筋疲力尽地坐倒在雪地上，大口大口地喘着粗气，远远地看着山上壮观的雪崩景象，可惜的是山体挡住了大部分的视线，也只能看到大片的冰雪落入深谷的一部分侧影。

杰布上气不接下气地说道："要，要是能在那一边，看，看一下雪崩的场景，就好了。"

话音未落，只见他们这一侧山体上的冰雪，先是绽开几条长长的裂纹，然后，沉寂了一会儿，漫天的冰雪便铺天盖地，轰然而落，如惊涛骇浪般向着山脚飞奔而下。他们刚才埋葬史密斯夫妇的地方，也有大片的冰雪压了过去。

众人瞠目结舌，惊呆了！都是头一回见到如此壮观的雪崩景象。

马强擦了擦汗，叹道："悬！还真是悬！看来还真是有天神在佑护着我们！"

没有人顾得上去接马强的话语，如此难得一遇的场景，众人甚至都不愿意去眨一次眼睛。

仅仅持续了几分钟的时间，雪山再次沉寂下来，山顶一些地方露出了光秃秃的灰色山体，大部分地方依然包裹着冰雪，附近的地形发生了明显的变化，和最初所见有着很大的差异。一座崭新的雪山立在眼前，静寂得似乎刚才什么也没有发生过。数万年来，神奇的雪山在人们未知的时刻，究竟曾经发生过多少神奇的事情，实在是难以想象。

山风渐渐地大了起来，吹起一些落雪飘散到了空中，弥散开来，很快便不见了踪影，仿佛和冰冷的空气融为一体，为茫茫的雪野平添了几分寒气。

众人沉醉在这番神奇的雪山奇观之中，梅青却嘤嘤地哭了起来，低声啜泣着。

马强皱起了眉头，看了看她，问道："又怎么了？"

梅青很是委屈地说道："你一点也不关心人家。"

马强说道："到底什么事，你就直说嘛，卖什么关子！"

梅青生气地说道："说了又有什么用？你会在乎吗？人家冷！"

听了此言，马强这才注意到，梅青的身体在颤抖着，说话的时候在打

着牙战，脸色苍白，嘴唇冻得紫青。马强心里有些歉疚起来，自己的确是忽略了她，他也觉得有些冷。马强看了看天空，天色有些泛黄，比刚才阴暗了许多，看样子天气不大好，折腾了一天，按照阿里的时间推算，过不了多久，天也快要黑了。

马强又看了看钱教授、杰布和索朗占堆，他们三个人也在打着冷战，马强明白了，刚才跑动之后，众人出了汗，这会儿开始转冷是很正常的。马强说道："对了，钱教授，我帮大家订的内衣，大家出门之前都换上了吗？也怪我，我忘了交代大家了。"

钱教授皱着眉头，依然盯着雪山，漫不经心地顺口答了一句："你那化纤的破内衣谁穿呀？我穿的是老伴帮我买的纯棉的，吸汗，保暖性极好。你那内衣，我带着，包里装着呢。"

马强一听，急了，说道："你怎么能不相信我马强？知道吗？你这是在玩命！在登山界，全棉内衣有'死人衣服'之说，在天气寒冷的情况下，如果内衣不能及时地排汗，会把人活活地冻死！我就是估摸着你们穿的全是流行的全棉内衣，才专门订的化纤的，是便宜了一点，但至少比全棉内衣排汗性要好。我承认在这一点上，是我抠门了，还有一些别的装备，没有帮大家订好一些的。知道吗？现在我开始后悔了。"

钱教授"哦"了一声，似乎对马强的话一点也不关心，依然盯着远方的雪山。

马强说道："天也快黑了，一会儿我们找个地方搭起帐篷，休息一晚，该换的装备都换了，按我的要求重新武装一下。对了，梅青，包里有针线，一会儿把我的衣服拆一件，帮扎巴改个外套，扎巴的伤口还没好，别给冻坏了。"

杰布调皮地笑着，吐了吐舌头。

听了马强此言，梅青放声大哭起来，一边哭一边号叫着："马强，我恨你！在你眼里，我连一条狗都不如。你宁肯关心一条狗也不关心我。"

听了梅青所言，众人哈哈大笑起来，把目光转移到了梅青和扎巴的身上。

马强也禁不住乐了，说道："你这娘们，心眼可真够小的，跟一条狗也要抢一下风头。谁说我不关心你？我帮你订的那套内衣可是进口货，不但排汗功能强，而且抗风保暖，比我那套贵多了。你自己不换上又怪谁？这会儿知道冷了吧？内衣吸了汗排不出去，能不冷吗？好了，好了，别叫唤了，叫得人心烦。"一边说着话，马强走到梅青的身边，把她搂进怀里，紧紧地抱了一会儿，轻声说道："看你这冻的，嘴唇子都紫了。"

梅青这才破涕为笑，恼怒地说道："女人图的是什么？不就是希望有个男人关心自己、疼爱自己？你什么都好，就是大男子主义太严重。谁让你不帮我买我喜欢的红色，非要买套黑的？"

马强说道："不是没有红色的吗？只有黑的。保命要紧，别挑三拣四的了。行啦，你就别叨叨了。我这心里正烦着哪。我包里那套，晚上换给钱教授，他这大把年纪的怕是顶不住。"

钱教授笑道："没事，换给杰布吧，我这把老骨头真要冻死了，埋在雪山也算是我的福气。"

杰布的心思一直在远处雪山上，对于他们的对答并没有留意，他一只手远远地指着雪山，另一只手拉了一把钱教授，说道："钱教授，雪崩之后，山体上那条长长的大裂缝，你注意到了吗？"

钱教授答道："我早就注意到了，看了半天，可惜离得有些远，光线又不太足。看得不大清楚。"

杰布说道："是呀，可惜看得不是很清楚。但是基本可以判断出来，这条裂缝由来已久，只不过一直被冰雪包裹着，不像是刚裂开的。"

钱教授再次盯着雪山聚精会神地看了起来，一边看着一边问道："为什么会作出这种判断？"

杰布答道："我分析，应该是这样的，因为裂缝的内侧看不到多少冰雪，这就说明，被包裹着的时候，内部是封闭的，温度不会太低，不足以结冰。另外，雪崩的时候，也没有发现山体向两侧移动的迹象。"

钱教授赞许地说道："有道理，还是年轻人脑瓜子灵，我很想现在就过去瞧瞧，究竟是怎么回事。刚才梅青看见的那个人到底是从哪来的？又到哪去了？不像是寻常的猎人，更不像是普通的藏民，怪怪的。"

杰布说道："钱教授，你说，会不会是传说中的雪山野人？"

钱教授答道："不像是野人，似乎比传说中的野人的文明程度高出许多。"

杰布也疑惑地说道："是呀，从衣物上判断，传说中的野人达不到这个文明程度。"

马强笑道："别把人类都想得那么高明，人类有一个共同的最大的毛病，就是太把自己当回事，外星球上生存着智慧和文明程度比我们高明不知多少倍的生物，在他们眼里，我们和猴子没什么两样。说不定，地球上也有，只不过目前人类的智慧没有能力去发现他们。"

杰布笑道："马大哥这话倒是有几分道理，别说是茫茫的宇宙，就是在这个微不足道、尘埃一般的地球上，依然存在着太多太多的未解之谜，肯定还存在着一些人们暂时没有发现的领域，或者说，还存在着一个或者多个与现实世界叠加着的世界，依照人类目前现有的智力水平，根本就无从想象出来，更别谈去发现了。古格秘道中的事情，不就是一个很好的例子吗？还有那些流沙，究竟是从哪来的？实在是让人费解！或许这些疑问，我们今生也找不到答案。"

马强笑道："得，说这些，我也不关心。还是早点找到香巴拉，你阿爸说，香巴拉的神山上，到处撒满了珠宝钻石呢。"

听了此言，梅青眼前一亮，说道："是呀，钱教授，我们还是早点找到那个魏摩隆仁吧，早点找到神戒，早点到达香巴拉。"

钱教授说道："别着急，快了！我有个直觉，不远了。"

杰布说道："钱教授，我也有这种感觉，雪龙在这一带消失，突然间又出现了一个奇怪的人，又像是蒸发了似的，一下子不见了踪影，可不可以大胆地猜测一下，这个人就是来自魏摩隆仁，这一带有一条神秘的通道，他进了秘道，此时已经回到了魏摩隆仁。"

钱教授说道："有道理！大胆的想法，听你这么一说，我真想马上到雪山那里再去看一下。我越看这条裂缝，越是觉得，形状上和神山冈仁波齐峰那里的裂谷有几分相像。没法让人不去做一些大胆的猜测和想象！"

杰布说道："是呀，钱教授，我也觉得有几分像。要不，我们这会儿带上手电，过去看看？"

马强说道："我看你们还是先别去冒那个风险，老老实实待在这里看看吧，明天再说。真想看的话，我这有现成的装备，你们就是不找我要。"说着话，马强从包里拿出了望远镜，递给了钱教授。

钱教授一拍脑袋，说道："看我这脑子，平时就没用过这个，一时也没想起来。"说罢，接了过来，举起望远镜赶紧又盯着雪山看了起来。钱教授虽是很想过去，但还是接受了马强的建议。

马强说道："等明天天气好了再过去好好看，这会儿大伙儿要做的最重要的事情就是恢复和补充体力。索朗占堆，来帮我搭帐篷。"

杰布好奇地问道："马大哥，我们就在这雪地上扎营？风太大了，不如到山边找个背风的地方。"

马强说道："我看还是在平地里踏实，靠着山边，我倒也是想，这万一半夜里睡着时，再闹个雪崩，不是把我们全活埋了？"

杰布一听，赞同地说道："对，对！还是马大哥有经验。要不，我们把帐篷搭在那边的雪堆边上？"说完，杰布指了指远处一处凸起的丘陵。

马强看了看，想了一会儿，说道："算了，我还是觉得在这平地上安生。"

钱教授一边拿着望远镜观察着雪山，一边说道："杰布，你就别跟着瞎掺和了，咱就听马总指挥的，他可是这方面的专家。"说完，把望远镜递给了杰布。

马强带着索朗占堆一边忙活着，一边说道："要不说嘛，你们这些有文化的，有时候看上去精得像猴，有时候笨得没法说。算了，我不说那难听的。一会儿按我的食物配比，大伙儿多吃点，再烧上开水多喝点。"

大伙儿真的是累了，整个夜里众人都睡得很香。半夜里飘起了雪花，又刮起了很大的山风，好在刮了不久便又停息下来。天蒙蒙亮时，一声巨大的爆炸声响，似是夏日的惊雷，把众人从睡梦中惊醒。

众人赶紧钻出睡袋，穿上外套，出了帐篷，借着即将破晓的亮光和白茫茫的雪色，紧张地四处察看起来。昨天，杰布建议在那里搭帐篷的丘陵已然不见了踪影，却在原地出现了一个大大的陷坑。这会儿杰布心中开始暗自庆幸起来，不由得对马强越发地佩服。

空气中飘散着一股淡淡的怪怪的味道，有点像硫黄，众人很是奇怪，正琢磨着爆炸声是不是来自那里，忽然，大坑附近的又一个小丘陵，伴随着一声巨响，猛地爆开，炸起的冰雪和石块，向四面抛开。转眼间，丘陵变成了一个大坑，一条三四米高的水柱从爆开的地方，喷了起来，喷了一

小会儿，又落回到坑里。紧接着，众人闻到的奇怪的气味，加重了许多。

索朗占堆喃喃地念起了经文。

马强惊叫道："怎么回事呀？谁在那里埋了地雷了？"

杰布笑道："不是地雷，我们藏民把这种现象叫作'水火山'。奇怪的是，'水火山'现象大多出现在唐古拉山地区，据我所知，这还是在冈底斯山脉头一次被发现，至少是我头一回见到，以前听都没听说过。"

马强急忙问道："水火山？不会是要火山喷发的前兆吧？我看，大伙儿最好赶紧收拾一下，马上离开。"

杰布说道："没那么严重，这只是一种冻胀丘的自我爆炸现象，仅此而已，不会像火山那样可怕。放心吧，马大哥。"

马强还是觉得有些忐忑不安，说道："我心里还是不踏实，别一会儿像电影里的火山一样，我们想逃都来不及。你和钱教授不是惦记着昨天看到的那个野人吗？要不，咱这会儿就到裂缝那里看看去？顺便再找找秘道什么的。"

一听这话，钱教授顿时来了精神，说道："好！咱们这就收拾收拾赶紧过去。哈，我这刚注意到，这一大早的，扎巴的新衣服也穿上啦！"说罢，钱教授笑了起来。

扎巴昨天晚上一直躺在杰布的身边。梅青临睡之前，帮着扎巴改制了一件小马夹，刚才众人说话期间，梅青帮它给穿上了。

梅青开始很不愿意缝。马强说，在这冰天雪地里，大伙儿全指着扎巴了，又夸了扎巴是如何如何神勇，如何如何机灵，这会儿扎巴伤口没好，容易冻伤，万一扎巴有个三长两短，大伙儿的安全系数可就大大降低。梅青这才帮着扎巴赶制了一件。

连杰布看着扎巴穿着新衣服滑稽的样子，也忍不住乐了起来。

马强摸了摸扎巴的脑袋，说道："小样，穿上马夹我就不认识你啦。"

大伙儿连声夸着梅青的手艺不错，梅青扬扬得意。

众人一边说笑着，一边收拾好了行李，向着雪山赶了过去。

再次返回到雪山近前，大家先是准备了简单的早餐，吃完后，天色放亮。抬头望去，裂缝已经看得比较清楚，大约有四五米的宽度，可以从内部两侧清晰地看出，原来冰雪包裹着的山体是灰褐色。山脚四处是散乱的冰雪，堆积着，让人无法穿过，很难走到裂缝近前，裂缝到底有多深，底下有些什么，堆积的冰雪遮掩着视线，看不清楚。

众人绕道爬到了附近的山上，居高临下，裂缝的轮廓终于清楚地展现到了眼底，这条长长的裂缝，似是一条深沟，从山体中斜斜地通向另一侧的深谷，他们这一侧的下方，贴着裂缝的底部，竟然突出一条层层向下延伸着的山体阶梯，有二三米宽，阶梯下面是深不见底的裂谷。阶梯接近山顶的部分，被大量的冰雪覆盖着，看不出究竟是从哪里延伸下来的。向下的阶梯上散布着一些冰雪，显然是雪崩时洒落的。阶梯到了远方，进了一个巨大的洞口，洞口里面的通道笔直，并不长，尽头是远方的深谷，阶梯过了山洞的通道之后，似是转了个弯，无法判断阶梯到底通向何处，茫茫的深谷中缭绕着云雾，看不清谷中究竟是怎样的世界。

众人有些惊奇，睁大了眼睛看着眼前的景象，默然无语，万万想不到，山体中竟然还会包裹着这样一条神秘的道路，是谁开凿的这条鬼斧神工般的阶梯？是天神还是史前文明的人类遗迹？

钱教授开口说道："到了，我们快要到了！"语气显得有些激动。

马强好奇地问道："快要到哪了？"

杰布接过话来，说道："我想，钱教授指的是魏摩隆仁。"

钱教授说道："不错！你们知道吗？魏摩隆仁这个词的含义一直有人理解为魏摩长长的深谷。根据苯教《色米》经中的解释：魏指的是没有轮回；摩是如愿以偿；隆是苯教祖师辛饶米沃的授记；仁是永恒的慈悲。联结起来的意思是说：在辛饶米沃永恒慈悲的普照下，脱离尘世生死轮回的痛苦，享受永恒的宁静和幸福。有人曾经大胆地猜测过，魏摩隆仁这个地方很可能就是绵延了几千年的苯教最初的发源地！至于到底是怎样的地方，我们会得到怎样的答案，到了之后，一切都会水落石出！"

索朗占堆的眼睛中闪出了熠熠的光彩，顺着阶梯的方向，静静地凝望着远处的深谷，此刻已经忘记了念经。他知道，此时此刻，离他心中的天堂——圣地香巴拉又近了一步。

"太好了！那我们赶紧下去吧！赶紧找到辛饶米沃的神戒！"马强激动地说道。

"好啊！我比你还急，恨不能插上翅膀，马上飞下去！"钱教授笑道。

众人异常地兴奋，先是研究了一会儿地形，然后开始准备起来，马强在山边固定了一条绳索放了下去。阶梯可以落脚的地方，距离他们有二三十米的高度。由马强指挥着，下到那里并不算难事。

马强让索朗占堆先下去，用绳子把众人的背包吊着放了下去，然后便顺次开始下攀。杰布把扎巴背在了肩头，一起攀了下去。马强一开始还担心梅青是个麻烦，哪料到，梅青的动作似乎比他还要麻利，一反平时的娇气。

下到了阶梯上，马强夸了梅青几句，梅青很是得意，说自己是搞舞蹈的，从小就开始练基本功，身体的柔韧性和灵活性是他们这个队伍中最好的，做这些当然是小菜一碟。

众人收拾完毕，顺着阶梯小心翼翼地向着深谷走了下去。走了没多久，众人却在峭壁上又发现了一个奇怪的洞口，便停下了脚步，这个洞口大约有两米的高度，挺开阔，通向山体的内部。

马强叫嚷着要进去看看，说不定里面有一个大宝藏。

梅青一听，也跟着起哄，要进去看个究竟。

杰布笑道："我估计进去之后会一无所获。我先不说为什么，等一会儿进去看完了，自然会证实我的猜测。"

马强急道："说那么多废话做什么？进去看了不就知道了？"说完，放下背包，开始安排起来，"索朗占堆和梅青在这里看着包，带着包进去不方便。我和钱教授、杰布三人进去。"

梅青不答应，也要吵着进去。

马强看穿了她的心思，说道："真有宝藏了，肯定少不了你一份，我这也是为你好，万一里面有些豺狼虎豹，不是不安全嘛。"

梅青一听，不再言语。

洞中很干燥，也挺暖和，道路是一条平缓的坡道，向着上方斜伸着。走了有一二百米的深度，便到了尽头。马强拿着手电仔细搜寻了一会儿，希望找个机关或是暗门之类，却是一无所获。

杰布笑道："马大哥，你知道我们现在的大概位置在哪里吗？"

马强摇了摇头。

杰布说道："如果我推算得没错的话，我们现在的位置，和发现几根石柱子的位置很近，很可能隔壁就是。不过，那里已经堆满了积雪，史密斯夫妇可以永远安静地长眠雪底了。"

马强一听，想了想，说道："不错！位置上倒是能够对应起来。这么说来，这条通道很可能是阶梯的一条暗道，在列石群那里有一个入口，只是我们没有找到，那个野人就是进了这条暗道。所以，像是突然间蒸发了。"

杰布说道："我们只能这么去推测和想象。"

马强一听自己的想法得到了认可，连忙说道："对啊，对啊！这不是想象，肯定是这样！奇怪的是，在原来积雪没有包裹雪山之前，山顶肯定有一个入口，而这里又出现一个入口，那么其他的地方会不会还有入口？"

杰布答道："马大哥，你的猜测很有道理，我想是有的。我阿爸说过，通向光明的道路有千万条，天神指引着每个人走着他们自己的道路。"

钱教授说道："杰布的阿爸可是真正拥有大智慧的活佛，我一直很敬重很佩服他。杰布阿爸所说的，是宗教中的哲学观。宗教中的一些原始哲学很值得现代人进一步去深入研究。在我看来，宗教本身就是一门哲学。一些传统的哲学理念，包括一些近代的哲学，都可以从中找出一些原始宗教哲学的影子。只可惜，学术界有很多人把这一点给忽略了，或者说是给抹杀了。"

马强笑道："钱教授，你的话题我没兴趣，目前我只关心魏摩隆仁。根据杰布的说法，这么说，还可能有其他的道路通向魏摩隆仁？"

杰布说道："我想是的！按照宗教中的思维，是天神安排我们走上了现在的这条道路。还有，那条失踪的雪龙很可能又从另外的一条通道回到了魏摩隆仁。"

马强说道："一点没错！越说越对路子！对了，杰布，这几天我就寻思着，想回去拜你阿爸为师，做他老人家的弟子，这样一来，我就成了你的大师兄了。你阿爸要是不答应，你可得帮我说说情。"或许马强只是说笑，真要是让他入了宗教，他不一定答应，他已经年近半百，在坎坷的人生旅途中，摸索出了自己的一套人生哲学，并且笃信不疑。

杰布笑道："我想会答应的。不过，入我们藏地的宗教和你们汉地的习俗有很多的不同。这件事情回去再说，我看我们还是先赶路，早点找到魏摩隆仁。"

三人一边说着话，很快回到了阶梯上。

一出洞口，梅青见到他们兴高采烈的样子，便急切地问道："马强，里面真的有宝藏啊？"

马强笑道："是呀，有一个大大的宝藏，放心吧，我刚才在那里立了块牌子，又刻了几个字：马强和梅青私有财产，任何人不准乱动。"

梅青半信半疑，急忙问杰布："真的啊，杰布？告诉姐姐，你马大哥的话我从不相信，我只相信杰布兄弟的。"

杰布看了看马强，又看了看梅青，笑道："还是让马大哥告诉你吧。"

钱教授也跟着打起了哈哈，笑道："是的！梅青女士，马强发现了一个大大的宝藏，是金钱无法衡量的。走吧！我看咱还是抓紧赶路！早点找到魏摩隆仁，找到香巴拉！"

梅青一听激动起来，说道："太好了！马强，你可给我听好喽，我不用你砸锅卖铁帮我买宝马，我要用我自己的那一份财宝去买。对了，关于宝藏，我们几个人，应该人人有份，你怎么能光写我们两个人的名字呢？"人在贪欲面前，总是能显出几分弱智来。

马强哈哈笑道："行！行！行！人人有份，人人有份！赶紧上路吧。"

临近中午，他们才慢慢地走到阶梯下面的拐角处，气温上升了许多，已经丝毫感觉不出雪山中的寒冷，反倒是让人觉出似乎要进入春天一般。阶梯上已然见不到一丝的积雪。众人穿着厚厚的衣袍，渐渐地开始出汗，各自忍不住解开了外套的纽扣或是拉链。过了拐角，有一片阔地，众人停下歇息一阵，又开始往下走。

转过弯的阶梯依然贴着山边，开阔了一些，向下延伸着，下面是蒸腾着云雾、深不见底的峡谷，远处可以隐隐约约地看到另一个转弯口，依然找不到阶梯的尽头。接连下了几个阶梯，还是不见尽头，阶梯似乎是在盘旋而下。众人心里开始犯起了嘀咕，到底还要走多久才能到达阶梯的尽头？正寻思间，又到了一个转弯口，众人再次开始歇息起来，下山总是比上山更容易让人疲惫。

众人在歇脚处，从峭壁的角落里，看到了几株青色的植物，没人叫得出名字来，钱教授小心地取了一株，用纸包好，放进了包里，说要带回去作为研究的样本。少量的青苔散布在向下延伸的阶梯上。

看着这里的一切，钱教授皱起了眉头，自言自语道："奇怪，这里的天气和墨脱那一带倒是有些相像。"

杰布说道："是呀，钱教授，我没去过墨脱，但是我听说那里有'一山有四季，十里不同天'之说。"

马强问道："怎么讲？"

梅青笑道："笨！还一直以为你真的聪明哪！就是说，那里的气候变化很大，一个山上有春夏秋冬四个季节。我说的对吧，钱教授？"

钱教授答道："对！就是这么个道理。"

杰布帮着扎巴把马夹解了下来，又仔细看了看扎巴的伤口，好了很多，已经结了痂，杰布心里踏实起来。昨天临睡之前，索朗占堆又帮着扎巴的伤口上了一次药，看来他的药还真是不错。

马强说道："看来这魏摩隆仁还真是个神奇的好地方！难怪他们在这里住着不愿意出来。等我以后老了，也搬到这来养老。对了，钱教授，我听说，阿里那个地方好像也有个叫魏摩隆仁的地方吧？"

钱教授答道："是的！阿里地区的魏摩隆仁只是一个小地方，和传说中的魏摩隆仁似乎联系不大，比如，我们老家的县城还有北京路、上海路呢。我想，这一点很容易理解。"

提起了老家，钱教授似乎想起了一件心事，脸色沉了下来，向马强伸出手来，说道："小马，手机借我用用，我给家里打个电话，今天是我女儿结婚的日子。"钱教授平时不用手机，也没买过。

马强赶紧掏出手机递给了钱教授，很是吃惊地说道："啊，钱教授，这可是你的不对了，女儿这么大的事情，你也不在身边？回去老伴一准儿要骂你。有时候，我真的很佩服你们这些一门心思搞研究的专家学者，把什么都能够抛开。"

钱教授叹了一口气，没说话，按起了家里的号码。一连打了几次，似是打不通，皱起了眉头，把手机递给马强，说道："小马给看看，手机我不大会用，怎么老是打不通？"

马强接过手机一看，惊道："没信号了！梅青，看看你的手机有没有信号？"

梅青赶紧也掏出手机，看了看，惊叫起来："我的也没信号了！我还纳闷呢，我这每天都有几十条短信，打昨天起，就一条也没有收到过。"

说完，又讪笑着看了马强一眼，说道："你可别乱猜疑，都是我的姐妹们给我发的，大多是一些笑话和幽默……"

话没说完，马强就打断了她，说道："谁稀罕吃你的醋！爱跟谁聊跟谁聊。真有个小帅哥把你给拐跑了，我还巴不得呢。"

梅青一听，气得粉脸罩起了寒霜，怒道："你！马强！你什么意思？"

钱教授不耐烦地说道："行了，行了，年轻人在一起，要互相珍惜，别动不动吵啊闹的，伤感情。小马也真是，以后说话要注意，别动不动就出口伤人，梅青也是，马强这不是和你开玩笑的吗？"钱教授把二人各打了一个大板。

大家看到钱教授的脸色不大好看，知道他并不是真的埋怨他们，只是因为女儿的事情，心情不好。

马强和梅青互相看了一眼，梅青恼怒地把眼一瞪，马强扮了一个鬼脸，随即，二人同时默默地笑了。

这一个举动，被杰布看了个正着，杰布笑了，刚要说话，忽听远处深谷中，猛地传来一阵急促似是爆竹的声音，夹杂着几声"轰——轰"的巨大声响，在深谷中久久回响着。

众人一惊，凝神静听起来，放爆竹般的声音持续了一会儿，便又渐渐地稀疏起来，仍然响个不停。

梅青惊讶地叫道："谁在山谷里放鞭炮？这么热闹？"

马强警觉地站起身，冷静地说道："不是鞭炮！是枪声！冲锋枪的声音！还有手雷的爆炸声！刚才是连发，现在都改成了点射。索朗占堆，把猎枪的子弹压上！"说完，麻利从包中取出了他的那支仿六四式手枪，和一个装着子弹的纸盒，很老练地往弹匣里压满了七发子弹，六四的弹匣容量是七发。压完后，纸盒子里的子弹已经不多了，大概还有十来颗，马强把剩余的子弹全塞进了口袋。紧接着，马强又紧张地说道："收拾一下行李，待在原处，贴近山边。我先下去看看，你们千万不要乱跑。索朗占堆，注意警戒，把大家照顾好！"

索朗占堆用力地点了点头。

钱教授吃惊地问道："你肯定是枪声？没听错吧？"钱教授也开始紧张起来。

马强眉头一皱，不容置疑地说道："我马强是枪林弹雨中闯出来的！会听错？"

杰布说道："奇怪！哪来的枪声？听上去还挺激烈！马大哥，我跟你一起去！"

马强严厉地喝道："你们全部留下！别给我添乱了。注意，要尽量贴紧山边隐蔽。不管发生什么情况，都不要慌乱！"马强的语气坚决又果断，神态俨然一名战场的指挥官，让人对他的命令不容置疑，更不允许有任何的违抗。说完话，马强脱掉了外套，扔到了地上，又从包里拿出了望远镜挂上脖颈，拿出一把藏刀别到腰间，端着手枪，向着远方的阶梯转弯处奔了过去。

梅青担心地喊了一声："小心呀！"

杰布犹豫了一下，没有跟上去，拍了拍扎巴的身体，说道："扎巴，上！"

扎巴精神抖擞，箭一般冲了出去，很快便冲到了马强的前面。

两名勇士，紧紧相随，脚步轻快，看上去都有些兴奋。对于真正的勇士来说，战斗中的刺激，才是他们最大的兴致！

第六章　追踪

在这个隐秘的深谷中哪来如此激烈的枪声？原来是猎豹小分队和黑鲨雇佣军交上了火。猎豹小分队又是如何到达魏摩隆仁的深谷，又是如何追踪到了黑鲨雇佣军？

原来，猎豹小分队在连长诺日朗的带领下，顶着风雪，沿着雪龙的足迹一路追踪。诺日朗寻思着，既然这头怪兽追击一名黑鲨小分队的士兵，直到把他灭掉，显然，要想找到黑鲨小分队的踪迹，追踪怪兽是目前最好的办法。

在冰天雪地里行进，再加上大风，他们的速度远远地落后于迅捷的雪龙。顺着雪龙的足迹，一直追踪了大半日，到达一处山口时，再也找不见一点迹象，风雪已经渐渐地把雪龙的足迹扫平。

这个山口便是马强他们后来进入深谷的地方，小分队比他们早到了一些时间。世间的事情大抵如此，在你不知道的时间和地点，一样在发生着各种各样的事情。当你的时间和空间的坐标与别人交汇的时候，大家便会进入同一个事件之中。

诺日朗带着战士们在山口搜寻了半天，一无所获，决定搭起帐篷，扎营休整。当他们再次与指挥部联络时，才发现，每个人的通信设备都已经没有了信号。

诺日朗很吃惊，他感到有些不可思议，茫然地思索了一会儿，拿出了随身携带的多功能匕首。这把匕首是他的心爱之物，是他费了好大工夫自己改制出来的。配有电子打火机、指北针等多重野外实用功能，从刀柄中还可以按动机关发射暗针。诺日朗喜爱匕首胜过于枪支，他个人收藏了几十种不同的匕首，他认为，对于一名真正的野战军人来说，在一定程度上，匕首的作用强于枪支。诺日朗看了看刀柄上的指北针，还好，指北针依旧发挥着作用，就是不知道它指的方向是不是正确。诺日朗心里嘀咕起来。天气状况不好，没有办法根据自然的天文现象去定位。

其他队员也感到很困惑，通信系统的失灵他们还是头一次碰到。

"小诸葛"吕哲开始发挥想象，"豹头，我听说在魔鬼三角洲百慕大一带，这种情况屡见不鲜。你说，我们是不是进入了一个类似百慕大的神秘地区？"

诺日朗看了看吕哲，他知道吕哲头脑灵活，想象力、知识面很丰富，对他的猜测既没有表示肯定，也没有表示否定，心里寻思着，神奇的雪山由于地理环境的特殊性，偶尔遭遇到一些奇怪的现象，也不足为奇。

诺日朗镇定地回答："说不定是指挥中心那里对设备进行临时的调整和测试，过一段时间再看吧，如果还是不能恢复通信，我们再想办法。马上扎营休整，迅速把体能恢复到最佳状态。"他不想因为这个奇怪的特殊事件在战士们的心中造成丝毫的慌乱。

他们在远离雪山的位置上，很快扎起了一个简易的军用帐篷，然后，开始生火烧水做饭。吃饱喝足，诺日朗亲自负责警戒，安排战士们开始休息。诺日朗了解他手下的每一个士兵，他们五个人中，他的体能和耐力是最强悍的。

"神枪哲别"巴特尔睡了一会儿，便起来，要求接替诺日朗，说自己睡好了，让豹头去休息一会儿。

诺日朗说，猎豹连只有汉子，没有娘们！已经给你机会休息，你说睡好了，我就信了，现在和总部失去联络，不可能再有外援，万一遭遇目标，那就是以一对三，到时候必须无愧于猎豹连的荣誉！

巴特尔冷笑道："放心吧，豹头！我们蒙古草原走出来的，都是好汉！"

诺日朗很快便入睡，睡得很香，他很放心自己带出来的战士。

没过多久，风停了，天空依然静静地飘着雪花。巴特尔思量着，白茫茫的雪地上，若是有目标接近的话，很容易被发现，用不着太费神死盯着。百无聊赖之际，巴特尔坐到了雪地上，拿出一块鹿皮，擦起了心爱的狙击

步枪。

巴特尔和诺日朗不同，他不爱刀，他更爱枪。由于猎豹连的特殊性，战士们在训练中比起寻常的士兵，掌握着更多种类的武器装备使用。每一把枪在巴特尔的眼中都是有生命的小精灵，一块冰冷的钢铁到了他的手中，仿佛瞬间便融入了他的灵魂，变得神奇起来，百发百中。

巴特尔一边细心地擦着枪，一边在嗓子里低低地哼起了他们草原上的民歌：

> 翠绿的草地上走着白羊，
> 羊群像珍珠撒在绿绒上，
> 无边的草原，我们的故乡
> ……

巴特尔参军入伍之前，是内蒙古草原上一位普通的蒙古族牧民。坐在帐篷附近，在静寂的雪野上，他想起了美丽的草原，想起自己心爱的姑娘，一边擦着枪，禁不住脸庞上泛起了会心的笑容。

忽然，巴特尔似乎觉得不远处的雪地上有银光一闪，他的反应很迅速，警觉地扔掉了手中的鹿皮，迅速把枪口指向了那里，仔细地看了一会儿，又没有发现什么异常。他怀疑是自己眼花了，他还是站起身，很谨慎地四处察看了一番，丝毫没有放松警惕，他记得连长诺日朗曾经对他们说过：一名警戒人员的疏忽，很可能会把整个团队置于死地。

巴特尔很有耐心地盯在刚才银光闪动的雪地上，同时用眼睛的余光，警觉着周围的环境，对于一名受过特种训练的优秀战士来说，他很明白，在警戒中保持冷静和耐心，是十分重要的素质。对于任何可疑的迹象，绝不能轻易地单凭猜测和臆断放松警惕。

一直盯了大约五六分钟，雪地上猛地站起了一个小巧的身影，巴特尔下意识地刚要开枪，又停了下来，看了看站起来的小家伙，他笑了，原来是一只美丽的银色雪狐。小家伙真够狡猾的！

小银狐冲着巴特尔看了看，它似乎也意识到了，面前的这条汉子，不是那么轻易能够糊弄，赶紧拖着大尾巴，撒开轻盈的脚步向着雪山的方向跳跃着，跑动的过程中不时地回过头，调皮地看看巴特尔，似乎在逗他玩。

巴特尔用手中的枪瞄了瞄跑动中的银狐，这只是他瞄着玩，并不是真的想开枪射击。打掉这只银狐，对于巴特尔来说，太轻松了。巴特尔的射击成绩在全军区名列前茅，他能够在时速 50 公里的汽车上，准确地击中 200 米外的活动靶，可以从 30 米开外将手榴弹准确地投进小汽车的窗口。

巴特尔一直看着银狐跑到远处的山顶，这座山并不高，和远处绵延着的雪山比起来，显得微不足道。渐渐地，银狐在巴特尔的眼中已经变成了一个跳动的小白点，在如此距离和白茫茫的背景下，一般人很难分辨出来，从草原上走出来的牧民大多有良好的视力。

银狐的白点在山顶闪动了一小会儿，便不见了踪影。莫名其妙地，巴特尔的心头涌上一股奇妙的感觉，银狐不进山谷跑到山顶做什么？难道那里藏着什么秘密？在他们蒙古族，和其他民族一样，流传着各种各样关于灵狐的传说。

休息了几个小时，小分队的队员们精神抖擞地起身，飞雪已经渐渐地停了。诺日朗再次与指挥中心联系了一下，还是没有成功，思忖片刻便下令，让队员们先喝足开水，吃饱收拾好，到附近的山中搜索一下再说。队员们从包里取出凯夫拉头盔戴好，弹匣里压满了子弹，出发的时候，出于隐蔽的目的，每个人的装束和普通的藏民没什么分别，只是在外套底下穿着凯夫拉防弹背心。

巴特尔把发现灵狐的情况简要地说了说，建议先到灵狐消失的山顶去看看。诺日朗说，不急，按平时训练过的搜索方式，先在附近小范围地排查一下。诺日朗心里合计着：通信设备失灵，怪兽在这里消失，巴特尔在警戒时又发现了灵狐，这里肯定是一个不寻常的地带。若再找不到线索的话，下一步该怎么办，我这个"豹头"也要变成不知如何是好的"猪头"了。诺日朗不由得在心中暗暗地祈祷起来。

刚下过一场雪，天气似乎变得更冷了一些，队员们深一脚浅一脚踩着新鲜的积雪，丝毫不觉得有什么艰难，他们经受过各种恶劣天气的行军训练，诸如攀登峭壁以及艰苦的野外生存训练早已是家常便饭。不单如此，猎豹连的绝技在高科技方面的展示也是赫赫有名，曾经在军区的一次测试演练中，成功地穿越了夜视仪、声响和震动报警系统、防步兵雷达系统等

高科技预警设备组成的防线。

走了一小会儿，诺日朗忽然觉得有些不对劲，赶紧命令队伍停了下来，带着队员回过头，处理了一下营地的痕迹和在雪地上留下的足迹。

吕哲笑着说道："豹头，你也太小心了，其实在这冰天雪地里，哪用得着如此谨慎？当对手发现我们，也是我们发现他们的时候。"

接近山边时，走在队伍前面的吕哲突然停住了脚步，皱起了眉头，侧着脑袋，开始凝神静听，跟在后面的队员见此情形，赶紧停了下来。

诺日朗问道："怎么回事？"

吕哲冲着大家摆了摆手，示意大家不要打扰他。

众人沉寂下来，警觉地四处察看着，周围一带似乎没有什么异常。队员们都知道，吕哲是猎豹连反应最机敏的战士。

诺日朗也凝神静听起来。

听了一会儿，吕哲紧张地盯着诺日朗说道："豹头，好像有直升机引擎的声音！"

诺日朗的目光在吕哲的脸庞上停滞了约有两三秒钟，他确认出：吕哲对自己的判断很有信心，诺日朗急促地命令道："战术队形！贴近山体分散隐蔽！"

队员们迅速地奔向山边，快速找好掩体隐蔽起来，刹那间雪野上再次恢复了平静，似乎从来没有人打扰过。

足足过了几分钟，一点动静也没有，伏在诺日朗一边的队员格桑平措有些沉不住气，刚要抬起头来察看一下，让诺日朗一把按了下去。诺日朗顺手在格桑平措的脸上用力拧了一把，格桑平措伸了一下舌头，赶紧小心地隐蔽起来。

大概又过了两三分钟的时间，隐隐约约的直升机轰鸣声自空中由远而近地传来，渐渐地清晰起来。

诺日朗悄悄地看了看吕哲，吕哲正在得意地盯着他，二人目光对视，诺日朗向着吕哲竖起了大拇指，以示赞扬。随即又给了他一个注意隐蔽的手势。手势语也是他们平时训练中的必修课。

诺日朗的位置比较好，顺着缝隙，可以看清山体附近空中目标的一举一动。

直升机越来越近，先是在附近的山体范围内盘旋了一圈，似乎是在搜索一下附近有没有可疑目标，只盘旋了一圈，便悬停在山体另一侧的空中，开始空投物品，直升机的下方是茫茫不见底的深谷。

这个时候队员们开始佩服诺日朗的谨慎，幸好清掉了雪地上的印迹，原本可以不清，大致地清了这一次，并没有费多大工夫，却带给了他们一次避开对手的机会。

空投完毕，直升机又在附近盘旋搜索了一番，离开了。

待直升机远离，诺日朗迅速站起身，对着大家做了一个手势，大家跟着站起身来。五名队员快速交流了一下各自意见，众人的想法惊人的一致，直升机很可能是给他们要寻找的黑鲨小分队空投补给。最后，诺日朗综合了众人的意见，决定先去搜索一下山谷的情况。

小分队很快攀到了山顶，到达灵狐消失的地方，山顶倒也平整，没有发现什么异常，诺日朗拿起了望远镜，居高临下，观察下面的深谷，深谷里被氤氲的雾气遮挡着，看不到底。

吕哲提示着诺日朗，根据他的分析和猜测，谷底和山顶的温差一定不小，雾气往往是由于温差造成，当温湿的空气上升后，遇冷便很快凝结成小水珠，形成了深谷中的雾气。

要不要下去看看？诺日朗咬了咬牙，心里想着，不入虎穴，焉得虎子？下就下！

根据吕哲的分析，诺日朗估计着，谷底一定比较深，从峭壁攀下去的难度和危险性比较大，他让战士们拿出携带的小型滑翔伞直接跳下去！

对于猎豹小分队来说，这是一个比较简单的课目。

由于山间风已经停止，相对来说，这是一个跳伞的好时机，一来是安全有保证；二来是降落后的落点不会出现太大的偏差，便于小分队迅速集拢。一旦起风，便会出现诸多不可预料的后果。

一连几日，找不到目标的踪迹，诺日朗和每位队员一样，心中异常焦急，再这样拖下去，一旦对手完成其既定的任务，再想找到他们就更难了，即使找到，也没有多大的意义，所以，必须尽快行动，搞清并阻止和破坏他们的行动计划！即便下面是龙潭虎穴，是狼窝，也要豁出去，闯一闯！闹它个天翻地覆！

诺日朗交代了队员们要注意安全，约定了降落后一旦失散，他们之间的联系方式。由于通信设备失灵，只能采用土办法：鸟叫。

诺日朗第一个跳了下去，队员们依次而下。

最初，队员们还可以互相看到对方的英姿，没过多久，雾气便遮住了视线，可视距离越来越小，诺日朗的心头有点紧张起来，他担心队员们在谷底失散，如此浓重的雾气，再加上未知的地形，集结起来不是一件容易的事情，一旦失散，安全系数将大大降低。通常情况下，特种部队从不鼓励孤胆英雄式的单兵行动。他心中只有一个想法，既要保证顺利完成任务，又要保证全体队员全身而退，这是他的责任。

越是向下，温度似是越来越高，由于视线很短，诺日朗不敢放松，集中精力，眼睛紧紧地盯着下方，以便降落时踩上合适的落点。雾气很重，降落的速度又比较快，他的这个举动从理论上说，似乎起不到多大作用，但是特战队员们都有着超快的反应和应变能力，哪怕是一丝一毫的机会，被他们捕捉到，都可以创造出奇迹。

终于，随着"嗵"的一声，诺日朗落进了谷底的一处湖中，这是他没有办法回避的事情，再强悍的特战队员，也训练不出水上漂的功力。由于向下的冲力比较大，诺日朗下沉了一会儿，他感觉湖水深不可测，水压使他两耳的耳膜感觉到了疼痛，他在水底睁开眼睛，湖水浑浊，什么也看不见。奇怪的是，越往下，似乎水温越高，寻常的河流湖泊，越是往下，水温越低。很快，诺日朗便浮了上来，水中的温度似是温泉一般，周围水面上不时地"扑扑"地冒着气泡，水面空气中的温度也很高，仿佛炎炎的夏季，四周既没有蝉叫，也没有蛙鸣，悄悄的一片静寂。他没顾得多想，先是麻利地解开滑翔伞，然后浮在水面上，一边警惕地观察着周围的环境，一边凝神静听，他希望能听到队员们落地后的声音。这样，他会更踏实一些，也便于找寻。遗憾的是，听了好一会儿，他只听到附近传过来两声闷响，他判断着，这是队员们降落后踩到实地的声音。

诺日朗落得很巧，这是一个不大的湖，浮在水里，他甚至可以从雾气中依稀看到三四米远的湖边，湖边长着茂密的水草。岸边长着不知名的鲜花和青草。

又沉寂了一会儿，依旧听不到另外的两次声响，诺日朗心里合计着，可能是落点有些远，降落过程中，空气中偶尔出现不稳定的气流，影响下降路线，这也是正常现象。诺日朗学了一声约定的鸟叫，很快附近传来了两声回应。

他赶紧游到湖边，上了岸，把滑翔伞收起叠好，放下了背包，脱下了浸满水的棉衣。迅速拿出工具，挖了个坑，把棉衣和滑翔伞放入坑底，盖上土，再撒上催泪瓦斯粉，以防动物刨掘，最后再盖上土层，移回植被。

其他的队员落下后，和诺日朗做着同样的处理，他们平时训练中便是如此。

诺日朗又学了一次鸟叫，仍旧只有两声回应。循着声音，诺日朗与另外两名队员杨立华和格桑平措迅速会合。巴特尔和吕哲暂时失去了联系。

鸟叫声他们并不敢使用得太多次，他们很明白，这只是不得已而为之的临时联络手段，对手也是受到特种训练，可以轻松地识破这种掩耳盗铃式的土办法，使用的多了无异于自我暴露目标。

诺日朗领着二人在附近开始快速搜索起来。很快他们便搞清楚了附近的地形，一个直径有十几米的圆形温泉小湖，周围是一片绿地，散布着一丛丛叫不出名字来的野花和草木。绿地的三面，几十米远的地方，环绕着茂密的原始丛林，另一侧由于视线所限，看不出远处究竟是怎样的地形。三人心中禁不住惊诧地感慨起来，大自然真是神奇，想不到，在这冰天雪地的雪山深处还藏着这样一处世外桃源，温差竟是如此之大。

在草地上，他们发现了直升机空投下来的一个箱子，杨立华想要上前打开来查个究竟，诺日朗伸手拦住了他。

杨立华冲着诺日朗指了指箱子，又指了指小湖，三人谁也不言语，只是用眼神和手势交流着。浓雾锁住了视线，他们没有办法判断周围是不是潜伏着对手黑洞洞的枪口。一出声，很容易暴露位置。

诺日朗明白杨立华的意思，他是想说，目标即使过来寻找空投物品，少一箱，他们未必发现，因为附近有个湖，坠入湖底，是很正常的事情。诺日朗思索片刻，一弯腰，把箱子上面的伞翼收了收，搬了起来，小心地走入附近的树林中，选了一处理想的位置，放下了箱子，对着杨立华做了个手势，示意他打开来。自己和格桑平措，紧紧握着手中的 05 式微冲，警戒着周围的动静。

箱子很快被打开来，和诺日朗心中的猜测基本吻合，食品补给或是弹药。这个箱子中的上面半箱，码的是放食品的包装盒，下面码的是折叠起来的几条毛毯。食品包装盒比一本厚厚的词典略大一些，装的是美式的单兵野战口粮，里面有黄油面包、咖喱鸡肉、蔬菜饼干、饮料粉、加热袋等，还有盐、糖等各种调味品，连一次性餐具也配备着。

三人心里都是一阵惊喜，这几天虽然一直省着吃，他们的口粮也几乎消耗一空，出发之时，他们带的只是有限的压缩饼干和90式单兵自加热食品，比起这些美味来可是差距不小。

不过，食物对于他们来说，并不算什么难题，他们在平日的生存训练中，只带一块压缩饼干，在荒山野地至少可以坚持7天7夜，吃蚂蚁、蛇、毛虫是家常便饭，再苦的野菜到他们的嘴里也会变成人间美味。没有水，挖个土坑吸口潮气便可以缓解干渴。

诺日朗一挥手，三人各自麻利地往背包里装了一些食品，背包中少了一个滑翔伞，位置空出不少，正好可以补充食品。

取完食品，诺日朗亲自对箱子进行了隐藏处理，以备不时之需。

另外两名队员到底落到了哪里？迅速找到他们会合，对于诺日朗来说，是当务之急。虽然他们都是特战精英，有着过人的军事技术、身体素质、心理素质和超常思维，生存和应变能力极强，但诺日朗还是心生几分担心。毕竟，附近未知区域中潜伏着十几名强悍的对手。

诺日朗拿出了指北针，对照着地上的绿色植物辨认了一次方向，还好，指北针似乎没有失灵。他带着杨立华和格桑平措，谨慎地进入丛林开始寻找巴特尔和吕哲。一般来说，在行动中落了单的队员大多会选择藏身到丛林之中，这样生存的概率会大出很多。

他们一边走着一边默默地用脚步大致测量着距离和方位。经过无数次的行进训练，正常情况下，每一位特战队员都清楚地知道自己在平地、上下山时每一步的间距，清楚地知道自己踩出第几步刚好是百米，大致用了多少时间。在暗夜丛林和陌生地点执行任务时，地图上的距离都必须用队员的脚步来测定，这项技能对于他们来说更显重要。

三人小心翼翼地在搜索中行进，范围越来越大，不时地用指北针确认着方向，随时保证对行进方向和距离的把握性，不至于迷路。可是，找了许久，一直没有找到巴特尔和吕哲的踪迹。诺日朗的心中暗暗焦急起来，难道他们二人中了埋伏？或是出现了不测？

正寻思间，一处乱石堆出现在了他们的眼前，乱石堆间夹杂高高的杂草，不见树木。三人先是隐藏在周边密林中观察了一会儿，只见一些大块的石头，横七竖八在躺在地上，石堆后面有一条平缓的长着青苔的石头台阶，顺着台阶向前的方向，被浓雾遮着，肉眼看不清楚。诺日朗拿出了望远镜察看着，他的这只军用望远镜虽然功能比较强大，但是在浓雾中也顶多增加十几米的视距，他的心中有些后悔起来，若是带上激光夜视仪，在雾中便可以增加二三百米的视距。

顺着台阶，在五六米远的距离上，有一处三四米高的长方形石头门框，门框的右侧立着一尊一米多高的无头半身石像，石像的腿很短，大腿很粗，小腿较细，下半身似是雕着裙子，上半身的胸前雕着两只裸露的乳房。乳房以上的形体却是没有雕出来，上方是一块齐齐整整的平台，看不出是故意雕成如此形状，还是人为地从中断开。门框的附近躺着一些横七竖八的大块青石。一片败落的景象，大致可以看出是文明的遗迹。四周静悄悄的一片，没有发现任何动静。

是颓废的庙宇还是残败的庭院？诺日朗心中思索着。难道这个深谷中曾经有过人类活动？或者说，这个深谷中至今仍然存着人类文明？

格桑平措轻声地向诺日朗问道："豹头，我过去看看？"

诺日朗犹豫起来，他倒是真想过去好好地察看一番，心中又觉着哪个地方不大对劲，他有不好的预感，却又说不出为什么，仅仅是直觉。他顺手从地上捡起了一块小石头扔了过去，小石头落到了石阶上，"吧嗒"一声脆响，滚落到一边。还是没有任何动静。

静静地等了几分钟，诺日朗终于低声地说道："你们两个先在这守着，我过去看看，等我的手势。"

诺日朗刚要起身，格桑平措一把拉住了他，说道："我去！"不待诺日朗回答，他便悄然站起身来，慢慢地走了过去。格桑平措并不是为了逞能，他知道这样做风险很大，他不希望他们的指挥官出现任何不测。

越过石堆，走过石阶，穿过门框，格桑平措这才看清，门框后面是一处颓败沧桑的庭院残垣，他沿着院落走了一圈，规模不是很大，石堆间横

七竖八地躺着几尊断裂的石头神像，有些倒塌的大石头上依稀可以看出刻着神像的线条，神像的造型风格和藏地发现的一些岩画上的十分相似。这里似是一处倒塌的神庙。

走着走着，格桑平措眼前一亮，心中一阵欣喜，在一块不起眼的石头上，他发现了小分队独特的标记，这是他们出发前临时约定的，别人不大可能画出同样的印迹来。在这次行动中还是第一次使用，肯定是巴特尔和吕哲留下的。除此，没有发现什么异常，似乎比较安全。格桑平措回到门框外面的石阶上，向着诺日朗二人招了招手，诺日朗和杨立华迅速站起身来，走了过去。

三人分散着进入院落，来到画着小分队印迹的石头前，格桑平措负责警戒，诺日朗和杨立华开始细心地察看起来。没错！肯定是他们留下的：两根平行的横线中间，画着一条交叉的斜线，两条线代表他们两个人在一起，斜线指向代表着他们二人目前所处的方向。

诺日朗确认完毕，心中思索着，这是什么地方？巴特尔和吕哲为什么没有急着与他们会合，而是悄然离开？难道他们发现了什么情况？

正寻思间，忽听格桑平措紧张地低声说道："有情况！"

三人的反应非常迅速，电光石火之间端起了手中的冲锋枪，便要向丛林中冲去，可是已经晚了，四周丛林边，已经无声无息地站出了许多手持弓弩和长矛、怪模怪样的人。林中响起了拨动树叶时"簌簌"的声音，看来对方人数不少。

诺日朗、杨立华和格桑平措三人按照战斗队形，接连冲了几个方向，这才发现，已经被团团围住了。

三人只好退回到败落的庭院中，背靠背，互相掩护着死角，急切中，格桑平措问道："怎么办？"言下之意，是想问，要不要发起攻击，硬冲出去？

诺日朗答道："不要开枪！"

诺日朗的大脑中快速思索着，他们是什么人？从他们的模样上看，和藏地的居民长得有几分相似，只是皮肤略白一些。从衣着上看，很简单，大部分人的脑袋上扎着一条宽宽的黑布带，裸露着上半身，下半身围着一条粗布短裙，有的围的是兽皮。其中一个人包裹着黑色的头巾，穿着和藏式风格很类似的长袍。他们似乎并没有恶意，虽然剑拔弩张，并没有真正地发起攻击，每个人面无表情，一言不发，冷漠地盯着他们。诺日朗已经意识到了，他们很可能是居住在深谷中的土著居民，自己冒犯了他们的领地，所以才会被困。这说明，自己从一开始落地，便被他们发现了。

诺日朗的心中在犹豫着，要不要硬冲出去？他的心中已经有了冲出去的方案，凭着三人强大的火力和矫健的身手，对付这些长矛弓弩，硬冲出去并不难，这样一来，势必造成两败俱伤。这些土著深居在这个人迹罕至的深谷，虽然一直不为人知，不管怎么说，也是当地的百姓。

双方对峙了一会儿，诺日朗的手心中紧张得渗出了汗水，心中不停地提示着自己：要镇定，要冷静，见机行事，能避免冲突的话，尽量避免。

终于，对方人群中身穿长袍、头缠黑巾的那人走到了队伍前面，那人健壮魁梧，面容俊朗，有四十多岁的样子。诺日朗从他冷漠的目光和倨傲的神色猜测着，他很可能是这个队伍的头领。

那人打量了诺日朗三人几眼，终于开口说话，语气缓和，语速也比较慢，有些语句诺日朗听得不大明白，还是大致听出了他的意思，他好像是说，没有天神的指引，无人能够找到这个地方。能够进入这个深谷，想必是天神的旨意，只要不随意乱闯禁地，不会伤害你们。请你们去见部落的王，王会知晓你们的来意，给你们一个公道的处置。

诺日朗心里踏实起来，一下子轻松了许多，伸手擦了擦额头的汗水，心里感慨着，这个深谷的天气真热！

诺日朗点了点头，友好地看着那人，说道："尊敬的头领，我首先对我们冒失的行为深表歉意！能够见到你的王，将是我们最大的荣幸，我们是正义之师，我保证并无恶意。"说完，诺日朗按照藏人的礼仪向着那人鞠了一个躬，心中思索着，能见到他们的王，这样最好，交涉一下，可以省去不少的麻烦。

那人似乎听明白了诺日朗的意思，神色缓和了许多，点了点头，向着身后一摆手，围着的人，为他们闪开了一条路，他们依然剑拔弩张，似乎并没有放松警惕。

诺日朗心里再一次踏实起来，还好，居然没有要求让他们缴械，说明他们真的是没有恶意。他把冲锋枪关了保险，往肩头一背，大大方方地

说道："都把枪收了。走，见见他们的王！"

杨立华和格桑平措疑惑地看了诺日朗一眼，二人都有些不放心，对于战士来说，枪是他们的保护神。

诺日朗看着他们的眼神，明白了他们的想法，语气坚决地说道："我说收了就收了！执行命令！"

二人看着诺日朗信心十足的样子，赶紧关了保险，麻利地把枪背到了肩头。

诺日朗三人刚要迈步，忽然，部落的队伍后面似是一阵骚动，传来一阵拨动丛林枝叶的响声，队伍闪开了一条通道。

随着一阵沉重的脚步声，几个土著人走到了部落队伍头人的近前。随即，只见巴特尔和吕哲二人被捆绑着，让几个人用尖利的长矛和弓弩指着要害，押了过来。二人垂头丧气，沮丧的样子，红着脸，羞愧地看了看诺日朗，什么也没说，低下了头。

诺日朗心头一阵欣慰，这二人总算是有了着落，他赶紧向着头人急切地解释起来，我们是一起的！尊敬的头人，请相信我们，我们只是在执行任务，并没有恶意。

那位头人上上下下地打量了巴特尔和吕哲一会儿，又看了看诺日朗他们，沉默了片刻，对着手下的人说了一句他们的土语。小分队的五个人谁也听不明白他说的是什么。

那头人的话音刚落，站在巴特尔和吕哲身后的两人，挥动手中的长矛向着二人疾速地刺了过去！

诺日朗三人登时惊得冒出了冷汗！刹那间，肩头的冲锋枪利落地拿到了手中，打开了保险，子弹上了膛，枪口对准了手持长矛的二人。

刚要开枪，又停了下来，原来只是一场虚惊。

却只见那二人的长矛刺到巴特尔和吕哲的背后时，猛地向上一挑，挑断了捆绑的绳索，很快又收回了长矛，立到了地上，似是在表演，要故意惊吓诺日朗一般。

巴特尔和吕哲二人毫发无损。

看着这手持长矛之人敏捷的动作，诺日朗不由心惊，都是一副好身手。速度、力度和准度掌握得很有分寸，照此情形，刚才真的斗起来，若是不凭借枪械的火力，赤手空拳的话，己方肯定占不到他们的便宜！

紧接着，一边的几个部落中人，将巴特尔和吕哲的枪和背包扔到了他们面前的地上。

那位头人极是镇定，一点的慌乱也看不出来，他看了看诺日朗，轻轻地说了句，"走吧！"然后便转身，迈开了大步。他似乎也猜出了诺日朗是队伍的头。

诺日朗倒显得有些内疚起来，刚才误解了他们的意图，差点酿成一场悲剧，他赶紧收起了冲锋枪，气恼地对着另外四名队员说道："都傻乎乎地愣着干什么？还不收了家伙，出发！"

巴特尔和吕哲赶紧捡起背包和枪，格桑平措和杨立华互相吐了吐舌头，做了个鬼脸。

部落里的人马也收起了长矛和弓弩。

路上，诺日朗问起了巴特尔和吕哲二人发生了什么事情。

巴特尔恼怒地解释起来。原来，巴特尔和吕哲在降落的过程中，遇到了不稳定的气流，偏出去了许多，就在他刚和吕哲会合之时，却在浓雾中发现了一个身影一闪而逝，他的视力极好，在浓雾中看得比常人远一些。二人当即决定，暂时先不急着与诺日朗他们会合，跟踪一下，看看那个身影到底是什么人，他估计着很可能是他们要找的目标。后来，诺日朗发出鸟叫的信号时，他们也听见了，为了不暴露自己，没有出声回应，一直跟着那个身影。跟着跟着，在丛林中给跟丢了，却发现了那片神庙的废墟，二人留下了记号，顺着那人消失的方向，快速搜索，却不料跌落部落隐秘的陷阱之中，被陷阱机关中的绳索捆了个结结实实。二人觉得窝囊透了。

诺日朗庆幸着，幸好是被部落的人捉住，万一落到目标的手里，事情可就复杂了，看来，对手很狡猾，隐藏得很深，他们对这里应该是熟悉的，是有备而来，要不，他们不可能找到这个地方，更不可能把物品空投下来，谁又能想到连绵的雪山中藏着这样一个深谷，深谷中竟又是这样的一番世外桃源。

这里到底是怎样的一个地方？和黑鲨雇佣军又有什么联系？诺日朗一路上在思索着。从刚刚接触的部落中人的举止上看，又不似是和他们有着紧密的联系，如果真有联系，断不会用这样的态度对待他们，至少也会缴

了他们的枪械。难道这中间还藏着什么阴谋？总之，需要加倍小心才是。

格桑平措、吕哲、巴特尔一路上说说笑笑，互相开着玩笑。格桑平措笑他们俩真是没用，让人给生擒了。

吕哲很是不服，急得满面通红，你们不是也让人家给围住了吗？你是没见他们的陷阱，设计得太巧妙了，隐藏得太绝了，根本就看不出一点蛛丝马迹，绝对是超一流的高手布下的，比咱的教程里那一套高明多了。让你遇上了，你也肯定栽进去！格桑平措说，比就比，回去比，谁怕谁呀？

诺日朗等人跟着部落的人在丛林中七拐八绕，走了一会儿便出了丛林。丛林之外，有一条蜿蜒的青石路，路边长着各式各样奇特的青草和鲜花，一条狭长清澈的小溪让花丛和草木半遮半掩着，空气中弥散着一股清新的淡香，让人觉得格外清爽。可惜浓雾挡住了视线，看不到远方的景象，一定很美！

难道这里就是传说中的香巴拉？诺日朗等人心中不禁遐想起来。

顺着盘旋曲折的青石路，诺日朗感觉到了，他们现在正沿着舒缓的坡道向上行进着，他一直在心中默默地计算着一路上的距离和方位，大脑中开始一点点地勾勒起深谷的地图。

又走了许久，众人的脚步渐渐地慢了下来。终于，诺日朗他们听到了不远处传来众人齐声"嗦！嗦！嗦！"的呼喝声。诺日朗寻思着，快到了。心里不禁稍稍紧张起来，这里究竟是怎样的部落？他们的王是怎样的王？到底将要如何处置他们？

大约又走了几分钟的时间，他们走到了山腰处一片开阔的空地上，浓雾中传来了很有节奏的鼓声，又一群手执长矛、面戴各种面具的部落中人，进入了诺日朗的眼帘，他们随着鼓点的节奏不时地舞动着，有的戴着鹿头、狮子、牦牛等夸张变形的动物面具，有的戴着各式青面獠牙的鬼神面具。

把诺日朗他们领回来的部落中人，不约而同地加入了舞动的队伍中，他们没有来得及戴上面具，随着鼓点的节奏一起舞动起来，看得出，每个人的表情都非常严肃，很投入很虔诚的样子，口中不时地随着众人一起呼喝着："嗦！嗦！嗦！"

领头的人盯着诺日朗，顺手指了指山边一侧的空地，示意他们先到一边等候。诺日朗点了点头，手一挥，领着手下的四名队员安静地站到了那人所指的位置。

吕哲好奇地轻声问道："豹头，他们这是在做什么？举行什么祭祀仪式吗？"

诺日朗低声答道："都别出声！不管什么事情，都等到仪式完了再说。以免冲撞了他们的禁忌。"

领头的人刚要进入部落的队伍中一起舞动，似是听到了诺日朗他们的对答，又走到诺日朗身边，轻声说道："每年的这个季节，恶魔恰巴拉仁便会降下大雾，给我们魏摩隆仁与世无争的人们制造灾难。今天是辛饶米沃赐予我们吉祥的日子，我们要向他祈祷，用他神圣无边的法力，为我们驱除不见天日的灾难。"

对于他的语言，诺日朗听得不是十分明白，但是大意基本能懂，诺日朗按着藏地的礼仪向着头领行了个礼，表示自己明白了他说的话，非常感谢他告诉自己这件事情。

那个头领也还了礼，然后便转身进入队伍中，一起舞动起来。

诺日朗他们开始打量起浓雾中视线之内的可视目标。整个部落队伍的前面，是一处供着丰盛祭品的祭台，祭台两侧分别立着三根高大的石头立柱，石柱上系着白色的哈达。祭台前跪着两个身穿长袍的人，正背对着他们，其中一位头上戴着一顶奇特的帽子，帽子上插着一根长长的羽毛，他的双手高过头顶，正举着一根奇特的法杖，那根法杖拇指般粗细，有七八十厘米长，杖身黝黑，一端似是雕着一只展翅的大鹏鸟。另一个人长袍的风格和藏式的僧袍有些类似，紫黄色的，他戴着一顶奇特的黑色帽子，左手拿着一个泛着光泽的手铃，似是纯金制成，右手拿着一个骷髅头做成的手鼓。诺日朗猜测着，这两个人中，很可能一位是他们的部落之王，一位是他们的大祭师。

诺日朗没有猜错，事实的确如此。

祭台的一侧煨着一堆袅袅的桑烟，另一侧有一个四方形的池槽，池槽边正捆着几只白羊，几只白鹿，还有几头牦牛，一只豹子。这些动物在绳索的捆绑下，躺在地上，似是十分委屈，却又无可奈何，不时地挣扎着，伸动它们的四肢。诺日朗寻思着，这一定是祭池了，一会儿在仪式过程中，他们会杀掉这些动物，用它们的鲜血祭神。

一声尖利刺耳的笛声响了起来，似是骨笛的声音，让人听了不由心中一颤，生出一种恐怖之感。紧接着，和藏式乐器十分类似的声音响了起来，顺着声音的来源，诺日朗看了过去，在山边一个不起眼的角落，有几个人正拿着一些乐器吹奏着，有小法号、长腰鼗鼓、铜铃、镲、铙钹、大鼓和人胫骨做成的冈林。虽说乐器的样式和藏地风格的稍有些不同，但是大致类似。

这个时候，跪在祭台前的大祭师双手向天，高高举了起来，抬着头仰望着天穹，口中念起了让人根本无法听懂的奇特咒语。手铃和手鼓很有节奏地摇动着。

部落的人们更加卖力地舞动起来，口中不时地呼喝着："嗦！嗦！嗦！"声音很齐，似乎他们有很好的默契，能够在同一时间，准确地找到节奏。他们围着各式粗布裙子，有的甚至是用宽大的草叶缝制的，有的围着兽皮。男人们赤裸着上身，女人们的胸部也只稍稍遮掩，丰满的乳房在扭动中颤动着。

随着大祭师的高声呼喝，几个手持尖刀的部落中人，快步地走向祭池，把捆着的动物麻利地拖到池边，随着寒光一闪，手中的尖刀插进了动物们的咽喉，直没过刀柄，然后快速地抽出尖刀，一条条血箭从动物们的咽喉处向着祭池喷了进去。尖刀上沾着的鲜血，一点点地向下滴落。动物们的嘴巴都被封着，咽喉处挨了刀子，无法呻吟，无法呼号，只有不停地挣扎四肢来宣泄着它们的不满、无奈和抗争。鲜血从它们的咽喉处汩汩地流淌着。它们的眼睛绝望地盯着天穹，连那只曾经凶猛一时的豹子，眼神也早已经显得是那样地哀怜。

部落中人有的开始模仿起各种动物的动作，舞动得更加卖力，动作越发地夸张起来。

众人低沉的呼喝声，伴着鼓声和乐器声，震得人内心发颤。法师的咒语，更让人的心中泛起了阴森森的寒意。整个场面让人感到肃穆威严、气势恢宏，但更多的是让人觉得有些恐怖，有些毛骨悚然。

诺日朗他们还是头一次看到这种场面，眼睛瞪得大大的，手心不停地冒着冷汗，内心什么也顾不上去想，似是随着他们一起进入了另一个天地玄黄的神秘世界。

也不知过了多久，跪在前面的祭师停止了念动咒语，站起身来，走到祭台前，把手铃和手鼓放到了祭台上，然后端起祭台前面的一个金色的盆钵，里面似是装满了清水，他一只手端着，一只手从中蘸着清水，向着天上、地下，向着祭台，向着各个方面弹洒着，嘴唇嚅动着，似是开始低声念起了经文。

部落的王已经站起身来，向着诺日朗他们这边冷冷地看了一眼，转身离开了。他的身形高大魁梧，一副自信倨傲的样子，威严的目光看得诺日朗心中一凛。

各种乐器声渐渐停了下来，只有低沉的鼓声仍在不时地敲动着。人们舞动的动作也渐渐地慢了下来。

便在此时，方才带人捉住他们的那个小头领走到了诺日朗的近前，他已经是大汗淋漓，长袍似是被浸湿了许多，面上泛着兴奋的红光，眼睛中闪着熠熠的光彩。他对诺日朗说道："请随我去见伟大的王。"他的语气比一开始缓和多了，显出了几分友好。

诺日朗他们早已经等得着急，一听此言，高兴起来，赶紧随着那个头领迈开了脚步。

祭池边有一条山路，山路边零星地散布着几株格桑花和一些不知名的异草。格桑花似是刚刚开放，细细的枝干支撑着纯朴秀美的花瓣，花瓣上沾着湿润的露滴。这是一种青藏高原很常见、并不特殊的花朵，尽管看上去弱不禁风，却是耐得住风吹雨打。大风中它会更加挺立；暴雨中，它会越发青翠；炎炎烈日下，会开得更加灿烂。它是藏民们心中的幸福和吉祥之花。"格桑"在藏语里是"幸福""好运"的意思。

顺着蜿蜒向上的山路，他们又走了一会儿。领路的头人一路无语，诺日朗他们一边欣赏着路边的奇花异草，一边心里猜测着，这里的部落之王究竟住在怎样奢华的宫殿之中？

山路边的花花草草渐渐多了起来，偶尔可以见到几株高大茂盛的树木，其中有叶大若扇的麒麟叶、花冠红艳的芒毛苦苣苔和香郁喜人的兰花，除此之外诺日朗却认不得多少品种。大约快到山顶的位置，眼前豁然开朗起来，或许是高度的原因，也或许是祭祀仪式的神效，此时的浓雾减淡了许多，视线也变得开阔多了，隐隐地可以看到昏黄的圆日挂在空中。空气显得格

外清新，一阵阵清雅的淡香沁人心脾，诺日朗他们既觉得神清气爽，又觉得格外地兴奋，心中惬意极了！

他们踏上了一处阔大平整的广场，广场有四个拼在一起的篮球场那么大，地面是踩得光亮的青石底基，四周开满了花朵，矗立着几株粗壮高大的参天大树，广场的两侧下面是悬崖，对面是大石块垒起的几米高的围墙，围墙下面搭着八个帐篷，分居两侧。围墙正中位置留着一处大门，大门两侧站着四名手持长矛、腰悬弯刀、身穿简易盔甲、脸上涂着油彩的部落士兵。士兵两侧的围墙下面，坐落着几尊高大的护法神石像，似是人工雕琢，又似是天然形成，形象古朴粗陋。围墙内是一所奇特的宫殿。并不是想象中的那样富丽堂皇，没有五光十色的装饰，也没有精美绝伦的浮雕，相反，大块的石头垒起的墙体更显得粗犷简陋，拱起的房顶盖着各式宽大的树叶，整个建筑比一幢三层小楼大不了多少，与其说是宫殿，不如说成是小型城堡更加贴切。

诺日朗心中思索着，想必这里便是他们的部落王宫。

门口的士兵对头人十分恭敬，不但没有阻拦，还向他行了礼。头人领着诺日朗他们很快进入了宫殿。

他们所进宫殿内的设施比较简单，地上铺着一层薄薄的地毯，墙上挂着几个牦牛、豹子等动物的头骨，还挂着长矛、弓箭和弯刀等兵器，几尊奇特的鬼神面具夹杂其中，高高地悬挂在这些物品之上的位置。整个房间不大，看来，这里只是一处议事厅之类的处所。部落的王正端坐在一张宽大的石制座椅上，椅背上垫着一张黑白相间的豹皮。王一动不动，威严地坐着，眼睛盯着前方墙壁上的一支长矛，似是思索着什么。两名手持长矛的部落士兵站在他的身侧。

头人领着诺日朗他们，走到王的近前，双手抱在胸前，躬身行礼，"伟大的王，天神的化身，我已经完成了王赋予的使命，把部落的客人带到了。"

诺日朗他们也学着头人的礼仪躬身行礼。

王回过神来，把目光投向了诺日朗他们，上上下下打量了一番，然后对头人说道："勇敢的贡布，你是我们巴拉部落最强悍的勇士，是我们巴拉部落的骄傲，招呼我们的客人们坐下来吧。"

诺日朗听明白了，原来这个部落叫巴拉部落，刚才领路头人的名字叫贡布。同时，他的心中更是惊奇，似乎，对于他们自以为神不知鬼不觉的到来，部落之王早已经事先预料到了。

贡布对着王再次恭恭敬敬地施礼，然后转过身，对着诺日朗他们伸手示意落座。

诺日朗说了声"托及其"致以谢意，然后示意队员们随他一起走到一边的一排石凳上坐了下来，他们把背包放到了脚下。刚坐定，便有几位性感迷人的部落少女走过来为他们献上了白色的哈达，随即又送上了酥油茶。

部落少女们大多二十岁左右的样子，头上戴着花草编织的花环，穿着兽皮短裙，胸前围着青翠的树叶做成的胸罩，光着脚，光滑洁白的肌肤大部分裸露着，脸上挂着迷人的微笑，长得甜美可爱，落落大方，一点也不显得羞涩，为诺日朗他们敬茶的时候，妩媚动人的眼神看得几个人心里怦怦直跳。献了茶，她们便退了下去。

第七章　关角祭坛

　　队员们品着浓香的酥油茶，静静无语。诺日朗显得比较沉稳，因为他还没有搞清楚巴拉王的意图，心中思忖着，一会儿该如何向这位威严的部落之王表达自己的来意。

　　正喝着茶，巴特尔猛地一惊，手中的杯子晃动了一下。诺日朗责备地看了他一眼，只见他正吃惊地盯着巴拉王，诺日朗的眼神快速地转了过去。不知何时，巴拉王的怀抱中多了一只可爱的银色狐狸。那只银狐正昂着脑袋，眯缝着眼睛，一动不动，看着他们，大尾巴拖在巴拉王的身侧，一副淘气可爱的样子。诺日朗猛地想起，在雪地宿营之后，巴特尔曾经和他谈起，警戒时看到过一只银狐。难道这只银狐和巴特尔看到的那只有什么联系？要不然，巴特尔绝不会如此。

　　巴特尔意识到了自己的失态，他脸色一红，局促地看了诺日朗一眼，很快镇定下来，仔细地打量着那只银狐，从小家伙调皮的神态，巴特尔几乎可以百分百地断定，没错，就是他在警戒时看到的银狐。

　　巴拉王的表情平和了许多，一只手揽着银狐，一只手轻轻地抚摸着它油滑光亮的皮毛。终于，巴拉王开口说起话来："天神已经谕示了你们的来意。没有天神的旨意，神秘的香巴拉并不是人人都可以到达的地方。"说罢，巴拉王顿住了话语，目光犀利，紧紧地盯着诺日朗，似是要把他的心事看穿。

　　诺日朗皱起了眉头，心里快速思索着巴拉王的话语，天神的谕示？香巴拉？巴拉王说这话是什么意思？

见到诺日朗疑惑的样子，巴拉王的脸色冷峻下来，锁起了眉头，眼神凝视着前方墙壁上的一副护法神的面具，接着又说道："恶魔的使者已经到达了与世无争的魏摩隆仁深谷，我知道他们和你们一样都是为香巴拉而来，为香巴拉王国的财富和神鼓而来，他们已经藏身在那邪恶的巴达先部落。你们的到来，让我感到很欣慰。天神留给人间的磨难是对我们的考验，也是对我们最伟大的谕示。天神最后带给人们的终究是真理和正义、吉祥和福报。"

诺日朗心中一怔，大脑又开始飞速旋转，仔细地琢磨着巴拉王的话语，难道巴拉王所说的恶魔的使者指的便是自己正在苦苦追踪的对手？他们的目的，竟然是传说中的香巴拉？难道传说中的香巴拉王国真的存在吗？诺日朗迷惑不解地盯着巴拉王。

巴拉王的目光再次转移到了诺日朗的脸庞上，目不转睛地盯着诺日朗片刻，然后，又开始扫视诺日朗身边的几位勇士。刚要开口再补充些什么，又停了下来，目光转向了门口。

诺日朗的余光早已留意到，门口静悄悄地走进了一个人。

那人不紧不慢地走到巴拉王的近前，深深地鞠了一躬，说道："伟大的王，愿天神赐予你无比的勇气和智慧，愿天神赐予巴拉部落善良的臣民们永恒的吉祥和福报。我已经得到辛饶米沃的启示，他会为我们神圣的魏摩隆仁驱除恶魔恰巴拉仁带来的迷雾灾难，重新为我们洒落金色的圣光，您的子民们的梦里将会永远充满希望，您的草地上万物生长！"

众人的目光移向了刚进来的那人，那人正是祭祀时，向着天神祈祷的部落祭师。从巴拉王及贡布头领的神情举止可以看出，他们对这位祭师都很尊敬。

巴拉王的眼前一亮，心中似是瞬间照进了光芒，他信服地看了祭师一眼，态度变得稍有些拘谨，已不见了傲慢，欠了欠身，向着祭师说道："辽阔的天空虽然能够覆盖一切，但也要预防乌云遮蔽蓝天。深具智慧的杰尔，感谢你及时把天神的旨意和祝福带给我们的巴拉臣民们，天神也会带给你最好的吉祥和福报……"

巴拉王的话音未落，门口快步冲进来一位手持长矛、脸上沾着鲜血的士兵，只见他神色惊恐，一副狼狈的样子，跌跌撞撞地冲到巴拉王的近前，

扑通跪倒,一只手拿着长矛支撑住身体,一只手指着外面,语无伦次地说道:"尊敬的王,无所不能的杰尔!魔咒!他们,恶毒的巴达先人,对您最忠实的臣民施放了魔咒!"

巴拉王一惊,他把银狐从怀抱中放了下来,然后站起身,走到士兵的近前,伸出双手把他扶了起来,镇定地言道:"我们巴拉部落最勇猛的勇士,世上并非没有灵验的猪舍利,即便是哑巴的手势也会有意义。不要着急,慢慢说来,到底怎么回事?"

在巴拉王的搀扶下,这位士兵站了起来,神色安定了许多,他还是紧张地咽了一口唾液,说道:"伟大的王,今天我们到关角神山祈祷,不料却遭遇到了巴达先部落的人,您是知道的,他们一直无理地认为,关角是他们的领地……"

巴拉王听到这里,点了点头,打断了士兵,说道:"我明白了,我的勇士,你们为了捍卫巴拉部落的荣誉,为了捍卫神山的尊严,于是和他们起了一场争执。"

士兵答道:"是的!圣明的王。他们捣毁了我们最神圣的祭坛,向我们发起了挑战,就在我们巴拉部落的勇士们战胜敌人之时,不知他们从哪里请来了一群凶残的巫师,突然对我们的勇士们施放了魔咒,让我们的勇士们一个个如同雪山崩塌一般,流血倒地!"士兵的脸上满是仇恨和愤怒,一只手把长矛握得紧紧的,眼睛里噙着委屈的泪水。

巴拉王皱起了眉头,疑惑着自言自语道:"魔咒?"说完,看了他的大法师杰尔一眼。

杰尔法师一直静静地坐着,面无表情,直到此时,听完士兵的话语,眼睛中才闪出一道奇异的光亮,见到巴拉王正看着他,他明白,巴拉王是在询问他关于魔咒的事情。杰尔法师站了起来,看着士兵,轻声问道:"魔咒?究竟是怎样的魔咒?不要着急,慢慢说,天神会佑护你的平安。"

士兵定了定神,顺手指着门口,说道:"我们巴拉部落深具智慧的杰尔,我也不知道他们究竟施放的是什么魔咒,我只看到他们拿起奇特的巫杖,对着我们一指,我们的勇士们便似雪山崩塌一般倒下。尸体已经抬了回来,放在宫殿外面的广场上。快去看看吧。"

巴拉王一听,眉头一皱,说道:"走!看看去!"说完,站起身,快步向殿外走去。

士兵急忙冲到了巴拉王的前面，为他领路。杰尔法师、贡布头领、诺日朗他们也跟了出去。

他们很快走到了宫殿大门外，只见广场上并排停放着十几具士兵的尸体，似安睡一般，静静地躺着，几名士兵正立在一边，默默地守护着他们的亡灵。

杰尔法师将他的法杖平放在双臂的臂弯中，双手合十，喃喃地念起了经文。

巴拉王走到尸体近前蹲了下来，皱起眉头，仔细地察看起尸体的伤口。

诺日朗也跟着走到近前，蹲了下去，看着尸体胸膛上沾着黑色污血的洞口，大吃一惊，十分肯定地惊呼道："是枪伤！"说完，看了巴特尔等人一眼，又转过头，仔细察看起伤口。看了一会儿，站起身来，兴奋地看着手下的队员们，慢慢地说道："这应该是冲锋枪的枪伤，是他们干的！找到了！找到了！"说完，又恼恨地跺了一脚，紧紧地攥起了拳头。

队员们登时显得有些欣喜，争先恐后地走到尸体近前，察看起尸体的伤口。

杰尔法师已经念诵完经文，站到了尸体近前，面色平静地看着躺在地上的尸体，皱着眉头，一言不发，似乎在思索着：他们中的究竟是怎样的魔咒？

巴拉王已经站起身来，向着那名报信的士兵问道："其他的人呢？"

士兵答道："圣明的王！已经把他们送回各自的帐篷，用黑绳把他们的四肢捆绑。"（注：在实施天葬之前，一般会用黑绳捆住尸体。）

浓雾已经有些渐渐地淡了，巴拉王仰起了他的头颅，双手紧紧握拳，高举着，向着天空昏黄的日光大声地祈祷起来："伟大的战神，请求你赐予勇敢的巴拉人最勇猛的力量！"

不知何时，广场上已经聚集了许多士兵，远远近近的士兵们，不约而同在地上顿着长矛，齐声呼喝着："嗦！嗦！嗦！"贡布头领站在巴拉王的近前，他身上结实的肌肉似乎膨胀起来，眼睛中闪出复仇的火焰，紧紧地盯着巴拉王，他的手中已经紧紧地握着一根锋利的长矛，似乎在等待着巴拉王的命令，他要带领他的勇士们，用他们的勇敢和力量去反击伤害他

们的敌人。

巴拉王的卫兵已经为他背来了一张硕大的弓弩，弩身缠着黑白相间的豹皮，弓弦绷得紧紧的。另有两名士兵正抬着一支黝黑的长矛，站在他的身后。矛身有两米多长，矛头闪着寒光，看上去长矛很沉重。

巴拉王对贡布头领说道："勇敢的贡布，巴拉部落最强悍的勇士！请召唤你的士兵们，带上他们的勇敢和锋利的武器，跟随我去攻打邪恶的巴达先部落，他们冒犯了神山的尊严，冒犯了我们的荣誉，天神会赐予我们神圣的力量，让他们血债血偿！"

贡布头领热血沸腾，举起手中的长矛，向着天空一挥，呼喝一声："嗦！"

广场上的士兵们跟着挥舞起手中的武器，齐声呼喝着："嗦！嗦！嗦！"

见此情形，诺日朗的心中有些紧张起来，到了此刻，他已然大致明白这其中的根源，看来，这个被他们称为魏摩隆仁的深谷，不仅有他们巴拉一个部落，至少还有另一个叫巴达先的部落，他们宿怨已久，今天因为在一个名叫关角的神山祭祀时引发了冲突。目前，基本上可以断定，猎豹小分队要寻找的目标——黑鲨雇佣军，正藏在巴达先部落之中。他们可都是受过严格的训练，手中又有强大的火力配备，如果今天巴拉王带着他的勇士们拿着冷兵器去硬拼，一场悲剧式的结局是显而易见的。自己必须想办法阻止他们这次行动！

恰在此时，杰尔法师走到了巴拉王的近前，躬身说道："圣明的王！祖先告诉我们：有了福气，路途也会平坦；有了勇气，武器也会锐利。天神会保佑我们最终战胜邪恶的力量！可是天神刚刚启示了我：如果任凭双脚无限制地去走，弯曲的道路永远不会有尽头！现在还不是惩戒他们的最佳时机。天神已经派来了正义勇敢的使者，他们将会带给我们希望和光明！"说罢，杰尔法师用信赖的目光盯向诺日朗他们。

听了杰尔法师所言，巴拉王怔了片刻，随即慢慢地冷静下来，似乎有些意识到自己方才的冲动，表情变得有些复杂起来，目光转向了诺日朗。

诺日朗已经听明白杰尔法师所说之意，轻舒一口气，眼睛盯着巴拉王，然后向着巴拉王鞠了一个躬，说道："尊敬的王，杰尔大师是智慧的化身，我们都很赞同他的意见。此时此刻，我们和您是一样的心情，为死伤的勇士感到痛心和愤恨！造成这笔血债的，不但是巴拉部落的敌人，也是我和我的勇士们的敌人。请允许我和我的勇士们先把情况了解清楚，我向着伟大的天神起誓：我们一定会铲除和消灭我们共同的敌人！"

巴拉王看了看诺日朗和小分队的战士们，又看了看杰尔法师。杰尔法师冲着巴拉王点了点头。巴拉王没有说话，此刻已经完全平静下来，他闭上了眼睛，再次向天空仰起了头颅，似乎在等待着神灵的启示。

众人默默地看着他，等待着他的决断。

过了良久，巴拉王终于低下头来，盯着诺日朗，缓缓地说道："你们需要我给你们提供多少勇士？"

诺日朗果断地摇了摇头，说道："尊敬的王，如果您允许的话，我希望能够带上贡布头领和我们一起战斗！"说罢，诺日朗看了贡布一眼。事实上，诺日朗的心中是希望让他来做小分队的向导。

贡布看上去很高兴，一副摩拳擦掌的样子。

巴拉王疑惑地问道："只带他一个人？"

诺日朗说道："是的！尊敬的王。我的想法是，先把他们的情况摸清楚，以后肯定会有一场激烈的战斗，但不是现在，我们将会和巴拉部落的勇士们并肩作战，消灭我们共同的敌人！"

杰尔法师一直显得沉稳镇定，此时接过话来，说道："天神会保佑你们的！"

巴拉王说道："好吧！在你们出发之前，我现在正式地邀请你们到我的宫殿做客，你们将得到最真诚的款待和巴拉臣民们的祝福！我将下令杀掉七七四十九只白羊为你们祈求神灵的佑护！"

诺日朗说道："尊敬的王，请接受我深深的谢意！我希望现在就能出发，请等待我们凯旋的好消息！"此时此刻，诺日朗和队员们的心中早已急不可耐，这次行动的目标总算是有了眉目，他一分钟也不想再耽搁了。

诺日朗和队员们快速准备好武器装备，带上背包，跟随着贡布头领出了宫殿，下了山。一路上，诺日朗不停地询问着贡布头领一些深谷中的情况。贡布头领已经把他们当成了朋友，知无不言，言无不尽。

这个叫作魏摩隆仁的深谷到底有多大，贡布头领也说不清楚。贡布头领说，天神在这个深谷施下了咒语，没有人能够走到尽头。没有天神的旨意，没有人能够找到这里，也没有人能够走得出去。他们许多人都知道，深谷

之外，跨过雪山，还有一个充满贪欲和杀戮的世界，所以，他们也不想走出去。这里分布着大大小小十八个部落，组成了一个与世无争的世外王国，魏摩隆仁的王统领着十八个部落，十八个部落的王也是由他来下令封赏。他是天神之子，智慧的王。王住在银城，那里有一座神奇而又宏伟的王宫。王宫的一侧有一座神山，山上有一座神庙，那是魏摩隆仁最圣洁的地方，也是离神秘的香巴拉王国最近的地方。到那里朝拜，是整个王国臣民们最大的荣耀。

吕哲好奇地问道："世间真的有香巴拉吗？"

听了吕哲的话语，贡布头领用奇怪的眼神看了他一眼，不屑地答道："那还用问？当然有了！我们的巴拉王和智慧的杰尔早就知道，你们和那群魔鬼的使者，都是为了香巴拉而来！"贡布的语气有些不快，带着明显指责的意味。

到了此时，诺日朗的心中对黑鲨雇佣军的目的，已然有了几分把握，肯定是和香巴拉有关！可是，他们到底要去香巴拉做什么？

关于香巴拉的千古传说，生活在藏区的，无人不知。有人虔诚地信奉着她的存在，有人永远把她装在洁净的心灵之中。这一点，诺日朗的心中很清楚。香巴拉真的存在吗？虽然听了贡布之言，诺日朗的心中依然在疑惑着。或许，香巴拉在这个深谷中依然也只是个美丽的传说。

诺日朗微笑着问道："勇敢的贡布，香巴拉到底在哪？如何才能找到香巴拉？"

贡布的眼睛中泛起了光芒，没有回答，静静地摇了摇头。诺日朗猜不出，他是不想说，还是不知道。

一边说着话，他们经过了最初降落时进入的那座神庙的废墟。贡布双手合十，虔诚地对着废墟拜了几拜，然后带着诺日朗他们小心翼翼地从废墟侧面的小路绕了过去。诺日朗想问问贡布头领关于废墟的情况，见到他虔诚的神情，又止住了话语，心里想着，先不着急，等回去再问，免得犯了他的忌讳，多生枝节。

绕过废墟，又走了一会儿，便出了丛林，沿着一条被踩得光亮的小路，他们似乎正在登上一处向上的慢坡。走着走着，队伍最前面的贡布头领忽然停下了脚步，指着远方的迷雾，对诺日朗说道："前面就是关角神山。"

诺日朗脸色一沉，严峻起来，向着队员们下达命令："分散！警戒！"

四名队员麻利地将子弹推上了膛，端起了手中的微冲，吕哲和格桑平措冲到了前面，巴特尔和杨立华断后，保持着一定的距离，将诺日朗和贡布头领围在了队伍中间。

贡布头领好奇地看了看他们手中的武器。其实，贡布头领从见到他们起，就时不时地用奇怪的眼神观察着他们手中的枪支。

诺日朗笑着解释道："这就是你们的士兵所说的巫杖。事实上，这叫冲锋枪，不是巫杖。他们有，我们也有！"

贡布头领一脸的茫然。

诺日朗知道，暂时还不是和他解释的时机，等回到部落，他会告诉贡布头领更多关于人类社会的现代文明。他看了看贡布，然后快速放下了手中的武器，脱掉了外套，解下了自己的防弹背心，递给了贡布头领，说道："穿上！"

贡布头领当然不明白诺日朗递给他的是什么，但他能看出诺日朗的好意来，他向着诺日朗点头致谢，坚决地摇了摇头。推辞了几番，贡布头领还是不接受，诺日朗只好作罢。

诺日朗又问贡布头领，他们部落之间的冲突究竟是怎么回事？

贡布解释说，前面的关角神山，很早以前原本是属于巴拉部落的领地，也是巴拉部落为之骄傲的神山，传说山间藏着一条可以登天的梯子。谁找到这个梯子便可以进入天堂，有福缘的人才能够找到这个天梯。关角神山有一个神圣的祭坛，一直以来是他们祭拜天神、向天神祈福的地方。原本巴拉和巴达先部落友好相处，巴拉部落的人一直默许巴达先部落的人上山朝拜。不知从何时起，巴达先部落出现了一位蛮横无理的王，他企图霸占神山，派部落的士兵守住了祭坛，竟然不允许巴拉部落的人使用神山的祭坛，由此两个部落展开了一场无休止的争战。魏摩隆仁之王曾经调解过几次，近些年，双方渐渐平息了争斗，神山恢复了以往的宁静。哪料到，这一次的祭祀时，再起干戈，这是很多年没有发生过的事情了。

听了贡布气愤的解释，诺日朗豁然明白了其中缘由。"关角"在藏语中，原本指的便是"登天的梯"。在整个藏区的历史中，自古以来，部落之间因为争夺神山祭坛的归属问题，也是时有冲突。宗教的宗旨原本是要引导

人向善，带给人们吉祥。可是总有一些别有用心的人，借着宗教信徒的朴实和虔诚，把他们作为利用的工具，来满足他们霸权的野心和自私的欲望。这场再起的纷争，肯定和黑鲨雇佣军的人有脱不了的干系，故意来挑起早已平息的纷争，以便他们浑水摸鱼、渔翁得利。

猎豹小分队的队员们小心翼翼地在贡布头领的指引下，快速赶往祭坛。出于谨慎，众人不再出声，由于雾气的遮掩，平添了几分安全。

诺日朗思忖着，不知道黑鲨雇佣军的人是不是还守在那里？如果巴达先部落在祭坛的仪式没有结束，那么巴达先部落的士兵和黑鲨雇佣军的人不会离开，一定会张开一个大口袋，等待着伏击巴拉部落前去报复的士兵。黑鲨雇佣军的人知道猎豹小分队一直在追踪他们吗？这是一个很重要的问题。

向着山上走了许久，一向机警的吕哲最先听到远处浓雾中隐隐约约传来的祭祀呼喝声。

诺日朗低声交代着贡布头领，最好紧紧地跟随队伍，不要出声，不要轻举妄动，自己有对付敌人"巫杖"的办法。贡布头领默默地点了点头，看上去，他也有点紧张。或许他心中对所谓的巫杖的魔咒产生了几分惊恐。诺日朗仔细地询问贡布头领祭坛附近的地形，贡布头领指手画脚，描述了好大一会儿，诺日朗的心中大致有了底。

迷雾中，猎豹小分队的队员们训练有素地向着祭坛慢慢靠拢。诺日朗心中的那根弦越绷越紧。他心里盘算着，最好不要正面冲突，这次行动的目标是借着迷雾和地形的掩护，活捉一名黑鲨雇佣军的士兵，那是最理想的结果了。

听着越来越清晰的呼喝声，诺日朗不停地判断着祭坛的方位和距离，到了附近，诺日朗命令巴特尔、格桑平措和杨立华三名队员选择有利地形埋伏起来，保护好贡布头领的安全，随时准备接应，行动由杨立华临时指挥，自己带上吕哲悄悄地向着祭坛靠近。

祭坛大约在半山腰的位置，根据半路上贡布头领的描述来判断，从祭坛向上的地形十分复杂，传说是魔鬼居住的地方，魔鬼害怕人们找到天梯，进入天堂向天神诉说他们的恶行，于是便日日夜夜守在那里。居住在谷中的人，没有人敢跨越那里。

诺日朗寻思着，对于这个与世隔绝的深谷来说，所谓的"天梯"很可能是藏着进出这个深谷的通道。黑鲨雇佣军为了守住这个通道，争夺关角祭坛，也是情理之中的事情了。

诺日朗带着吕哲小心谨慎地绕了上去。

道路陡峭崎岖，遍布刺人的荆棘，时不时可以见到一只只硕大的蜘蛛或是蚂蚁快速爬过眼前。

远远地绕过祭坛，二人进入了上面的丛林，然后一点点地向着祭坛靠近，选择了一处既可以藏身，又便于观察的合适位置，二人分散开，在互相可视的距离内隐蔽起来。

诺日朗的位置可以清楚地俯瞰整个祭坛，甚至可以看到祭坛前面一部分跪着的部落中人。祭坛正前方是一处宽大的长方形白石平台，长一丈左右，五尺多宽，三尺上下的高度。平台上摆放着许多祭品，有奇异的水果、谷物，有几只脖颈还沾着污血的兽头，还有一些他看不出名堂的法器。祭坛的一侧立着十余根粗大的白石柱，每一根石柱上面都系着一根黑色的哈达，石柱间煨着一堆桑烟，正袅袅地升腾着青色的烟雾，空气中飘散着奇特的香味，夹杂着浓重的血腥味。另一侧有一个方形的血池。血池边躺着数十只被捆着四肢的白羊、豹子、狮子。更让诺日朗惊愕的是，还有十余具人的尸体也躺在血池的一边，尸体被绳子紧紧地捆着，绳子勒着四肢的地方，染得满是污血，每个人的咽喉处都有一个沾着紫黑色血迹的黑洞。显然，他们早已成了活祭品。祭坛的另一侧有一个峻峭的陡坡，坡道上可以看到散乱的祭品和摔坏的法器，还有几具人的尸体。诺日朗猜测着，这很可能是巴拉部落的祭品和战死的部落中人，被巴达先部落的人扔了下去。

祭坛前正跪着一名装束奇特的巫师，他不时地向着祭坛虔诚跪拜着，口中高声呼喊着根本无法听懂的咒语，每念一遍，便跪拜一次。有一条怪异的金色小蛇，有一尺来长，贴着巫师的身体，快速地游动着，时而从巫师的脖颈绕过，时而又缠着他的四肢游走，巫师毫不顾忌。巫师的身后，跪拜着一群双目紧闭、神色迷离的部落中人，口中不时默契地齐声呼喝着："嗦！嗦！嗦！"和巴拉部落祭祀时的呼喝声几乎雷同。

诺日朗的目光一直在人群中快速搜寻和判断着，分析着哪一个可能会

是黑鲨雇佣军的队员。——筛过之后，诺日朗有些失望，心中也不由得紧张起来，这不是一个好兆头。

诺日朗寻思着，难道他们离开了？估计这种可能性不大，祭祀仪式还没有结束，虽然他们伤害了许多巴拉部落的族人和士兵，但是他们手中握有绝对的火力优势，没有理由会惧怕巴拉部落的报复反击。或许是他们隐蔽在周围，正用黑洞洞的枪口瞄准着自己？之所以没有开火，是他们还没有搞清楚己方的虚实。如果是这样，那情况便糟透了！局面太被动！

想到此节，诺日朗冒起了冷汗，不由得向四周察看着，没有发现任何异常，耳际听到的只是祭祀巫师古怪的咒语和不时"嚓！嚓！嚓！"的呼喝声。那名巫师的表情显出几分诡异的样子，嘴角似乎挂着阴森森的笑。

诺日朗担心地看了吕哲一眼。不看则罢，眼神落到吕哲身上之时，惊得他差点便想起身冲过去，看看究竟发生了什么事情，他冷静地克制住了自己，轻举妄动，随时都可能给二人带来灭顶之灾！

只见吕哲浑身颤抖着，死死地趴在岩石上，一只手牢牢地握着冲锋枪，搭在岩石上的冲锋枪似乎也在微微颤动着，他的另一只手紧紧地抓着岩石的棱角，似乎想要把岩石掰碎一般。吕哲面色煞白，额头上全是汗水，脸上的神情极是难看，似乎在忍受着巨大的痛苦，眼睛仍然向着前方机警地观察着。

诺日朗想喊又不能喊，对着他做了几个手势，吕哲没有发现。诺日朗索性从脚底捡了一块很小的石子，弹了过去，石子轻轻地打在吕哲的脖颈上。吕哲猛地一惊，下意识地快速把枪口转向了诺日朗。诺日朗向他做了一个手势语，意思是说：到底怎么回事？

手势语是所有特种兵的必修科目，在执行任务中的重要作用不言而喻。

吕哲镇定地看着诺日朗，用力地点了点头，一只手移开了枪口，重新指向前方，另一只手依然死死地抠在岩石上。从他的眼神，诺日朗明白了吕哲想要说的话：放心，我能挺住！他们在平日千百次的训练中，早已磨合出了很好的默契。

诺日朗还是很不放心，自己的兄弟到底是怎么了？平常训练中的跌打损伤是家常便饭，刀子划进肌肉，眉头都不皱的铁汉子，此刻究竟是怎么了？难道是让毒虫给咬伤了？

悄悄潜伏过来的路上，他们见到的几只形状和体形奇特的蚂蚁和蜘蛛，便让他们心悸，难怪贡布首领谈起有魔鬼守在这里的传说时神情有些恐惧。

诺日朗猜得没错，吕哲刚伏下一小会儿，便猛地觉得脖子上一痛，被什么东西狠狠地咬了一口，他下意识地顺手拍了过去，抓到手心一看，是一条只有几寸长、青黑色的小蛇！吕哲一把捻烂了蛇头，把它扔到一边。紧接着便是一阵阵揪心的疼，在他全身的每一根神经处弥散开来，这种疼痛吕哲从来没有经历过，简直是无以言表，疼得他头晕目眩，差点昏了过去！吕哲咬紧牙关，顽强地挺住了！

诺日朗皱起了眉头，犹豫了一小会儿，咬了咬牙，悄悄地向吕哲靠了过去，他终究是不放心自己的兄弟！

就在诺日朗猫着腰快要靠近吕哲之时，"啪"的一声枪响，一颗子弹，从左上方的迷雾中射了过来，诺日朗的后背中弹了！

到了此时，再也顾不得什么了，吕哲惊呼一声："豹头！"双手握住了冲锋枪，"嗒……"一梭子急射，向着子弹射过来的方向反击过去！目的是压制住对方后续火力的攻击。一边射击着，吕哲快速地转头看了诺日朗一眼，很是担忧！

诺日朗就地打了一个滚，迅速躲到了岩石后面。身上的防弹背心，让他逃过了一劫。诺日朗恼怒地骂了一句："王八蛋！"此刻，他已伏在了吕哲的身侧，手中的冲锋枪也急速地还击了一梭子。

"嗒……"忽然间从好几个方向，强大的冲锋枪火力网压了上来，猛烈密集的子弹打在了他们隐蔽的岩石上，石屑飞溅！

大部分的特种作战任务与常规的战斗不同，都要求队员尽量避免与对方正面冲突，特战部队接敌的主要原则是：在最短时间内、以最大火力、给敌人以最大的杀伤。对于单兵来讲，需要掌握三个原则：不浪费弹药、不浪费时间、不给对方任何机会。诺日朗深明此理，显然他们的对手也是受过正规的训练，强大的火力瞬间便压了上来。

诺日朗一把拉住吕哲，二人蹲了下来。巨大的岩石把他们二人从对方的火力网中遮了个严严实实。

互相对望一眼，吕哲关切地轻声问道："豹头，你没事吧？"

诺日朗低声答道："我没事！刚才你是怎么了？"

吕哲恼怒地答道："让狗日的毒蛇给咬了一口，我没事！"

就在他们这简单的对话之间，对方的火力似乎更加猛烈起来。吕哲皱着眉头，仔细地听了一会儿，低声地说道："大概是七八个人的火力！"

诺日朗点了点头，对着吕哲做了一个嘘声的手势，随即指了指后面的丛林。

吕哲回了一个"OK"的手势。

诺日朗寻思着，既然自己在浓雾中看不到对方，对方未必便能看到自己，很可能是行动中轻微的声响暴露了位置，看来对方的军事素质绝对不能低估！遗憾的是刚才若是不开火还击，或许对方未必知道自己的身份。这一开火，反倒给了对方一个极好的提示。都怪自己刚才急于自保，忽略了这一点，没有交代队员们不到万不得已不得开火还击。如果对方根本不知道猎豹小分队的到来，小分队在暗处行动，可以始终掌握着主动权。事已至此，懊悔无用。眼下的侦察基本上已宣告失利，暂时先撤到安全之处再作计议。万万再不可掉以轻心！对方到底了解小分队的多少情况？诺日朗有些焦虑和担忧起来。

他顺手从脚底捡了一个大些的石块，握在手中，耐心地等了一会儿。终于，对方的火力停了下来。诺日朗把手中的石块用力地抛向了附近。随着石块落地的声响，对方的枪声立即再次响起，密集地压了过去。

诺日朗和吕哲抓住时机，快速起身，向着身后的丛林冲了过去！由于迷雾对视线的阻隔，距敌越远，安全系数越大。现在的情况是敌众我寡，还不到硬拼的时候，好汉不吃眼前亏。

短短几秒钟的时间，二人冲进了丛林。恰在此时，一声巨大的爆炸声震得二人耳膜生疼，一枚爆破榴弹击中了二人方才藏身的大石块，石块被炸开来，乱石飞溅！隔了一小会儿，又一枚榴弹落在小石块落地的位置，随着一声巨响，炸出了一个深深的大坑，石块、土屑和树枝从半空中四下飞落着。

二人心中暗自庆幸着，好悬！诺日朗心中恨恨地骂着：这群王八羔子，居然连榴弹发射器也带上了！

黑鲨雇佣军的火力网在他们方才藏身的附近，加大范围猛烈地扫射着，射击了一会儿，再次停了下来。

巫师祭祀的咒语和部落中人的呼喝声也早已停息，诺日朗隐隐约约听到了他们向山下逃窜时慌乱的脚步声和惊恐的喊叫声。

吕哲伸出衣袖擦了一把额头的汗水，他全身的衣服大部分湿透，脸色红润了一些，看上去好了许多。紧张的情绪可以暂时缓解肉体的痛楚。诺日朗看了看吕哲脖颈上被毒蛇咬伤的地方。伤口是一个红点，没有出血，周围形成了一元硬币般大小的青黑圆斑，圆斑的下面已经高高地隆起一个拳头般大小的暗红色肿块，看来伤势不轻，明显中毒的征兆。诺日朗紧锁眉头，心疼得咬了咬牙，从牙缝中迸出了一声低沉的怒骂。

吕哲的脸上勉强地挤出了一点笑容来，显然是想安慰一下诺日朗，看着他皮笑肉不笑的样子，诺日朗反倒越发地心疼！心里想着，赶紧撤吧，现在还闹不清毒性究竟如何，回到巴拉部落得马上想办法处理一下。诺日朗对着吕哲做了个撤退的手势，随即便起身准备行动。

吕哲一把拉住了诺日朗。

诺日朗疑惑不解地看了看吕哲。

吕哲双手圈起，贴近诺日朗的耳际，小声说道："豹头，我估计他们没有真的看到我们。这是一个机会！守株待兔！"说罢，吕哲又做了一个活捉的手势。

诺日朗沉思片刻，立即同意了吕哲这个大胆的想法，作为一名特种部队的指挥官，他很清楚，如果对方真的能够准确地发现己方的行踪，用数倍火力打伏击的情况下，他二人生还的可能性很小。诺日朗也想到了这一点：他们一定会派出侦察人员出来探个虚实，察看他们对目标的攻击结果，这是一个极好的抓俘虏的机会。诺日朗却又担心吕哲的伤口，生怕拖延时间，延缓了伤口处理。诺日朗指了指吕哲的脖颈。

吕哲挑起大拇指指向自己，微笑着，用力点了点头。诺日朗顺手拍了拍吕哲的肩头，也冲着吕哲挑起了大拇指。

二人在丛林边选择了一处绝佳的位置，悄悄地隐蔽起来，静静地等待着黑鲨雇佣军的侦察兵。诺日朗心中担忧着，杨立华他们几个人千万不要轻举妄动。不过，对于他们的机警和军事素质，诺日朗心中有数。选出的这几名队员，至少是他认为的猎豹连最优秀的战士。

听到枪声之时，尤其是听到巨大的榴弹爆炸声，杨立华三人倒是真有几分着急，格桑平措建议，赶紧过去接应一下，被杨立华制止了。杨立华说，这会儿什么情况也没搞清楚，过去等于添乱，隐蔽好，沉住气，再等一会儿，看看情况，想法悄悄绕过去。

枪声再次停了下来，浓雾中，诺日朗和吕哲听到了一声大叫："他们被消灭了！撤！"是用熟练的藏语说的，似乎是故意说给诺日朗他们听到。

迷雾中发出一阵得意的大笑声，紧接着，杂乱的脚步声重重地响了起来，听得出他们是在向着山下走去。

诺日朗的嘴角挂上了一丝轻蔑的冷笑，依旧静静地潜伏着，越发机警地向外察看着。

很快，四周一片死一般的静寂。

足足等了有半个小时左右，吕哲有些沉不住气，刚想凑近诺日朗的耳际和他说话，诺日朗的一个指头快速地压住了吕哲的双唇。

诺日朗看了看附近的地形，思索片刻，指了指几米远的一棵大树，示意吕哲到那里去。

吕哲很快明白：两路伏击。他冲着诺日朗点了点头，似一只灵敏的猴子，快速无声地到达自己的战位。

二人又耐心地等待了十几分钟。丛林中不时有毒虫从他们的脚下快速爬过，不知是因为身上在流汗，还是有蚂蚁爬进了衣服，二人不时地觉得身上有些发痒。

这个过程既让人紧张，又让人觉得兴奋，如同极有耐心又经验丰富的猎人在静静地守候着狡猾的猎物。

突然，吕哲似是一怔，屏住了呼吸，凝神静听着，几秒钟之后，吕哲的脸上露出了笑意，转过头看了看诺日朗,恰巧诺日朗也在注视着他。其实，诺日朗一直担心着吕哲的伤口，不时地察看着吕哲。吕哲对着诺日朗竖起了大拇指，示意自己安全，又伸出小指向着丛林外指了指。

诺日朗点了点头，从腰间取下了他心爱的匕首，紧紧地握在手中，目光如电，向着丛林外面快速地巡视着。猎物马上就要出现了！

吕哲紧握微冲，做好了随时攻击的准备，紧张得手心渗出了汗水。

不一会儿，一个身着藏袍抱着冲锋枪的年轻人，进入了诺日朗和吕哲的视线。只见他中等身材，二十几岁的样子，头发微卷，皮肤灰褐，略略高耸的鼻梁，正猫着腰，小心谨慎，蹑手蹑脚，慢慢向前移动着，不时机警地四下察看。

这是小分队自出发以来，正面发现的第一个敌人。那人一步一步向着丛林靠近着，离吕哲藏身的位置越来越近。

吕哲和诺日朗快速地对望一眼，这是他们在准备行动前寻找默契的一次沟通交流。诺日朗对着吕哲发出了一个准备攻击的手势，吕哲点了点头。吕哲用手中微冲的枪托轻轻地在树皮上敲了几下，随即停了下来，紧紧地贴着大树一动不动。

那人似乎听到了声响，猛然一怔，停下了脚步，冲锋枪的枪口指了过来。静静地听了一会儿，似是怀疑自己听错了，又不死心，慢慢地一步一步机警地靠了过来。

诺日朗早已蓄势待发，微冲已经背上了肩头，腰间的六四式手枪，子弹上膛，手中的匕首脱手而出，准确地击向那人的右手手腕。随即，似猎豹一般，猛地跃起，如离弦之箭，疾速向着那人扑了过去！

电光火石之间，匕首插在了那人手腕上，那人疼痛之间，扣着扳机的右手不由得从冲锋枪上脱开来，猛地转过脑袋目瞪口呆地向着诺日朗看了过来，还没有来得及做出反应，诺日朗已到了近前，一个鱼跃，将他扑倒在地，左胳膊快速锁住了他的咽喉，右手一个利落的小擒拿，夺下了他的冲锋枪，拿到了自己的手中。

恰在此时，迷雾中，好几个角度的冲锋枪子弹急射过来，却是射了个空，打在了附近的乱石丛中。他们大概是低估了面前这个强悍的对手，没有想到他会干净利落地使用这个战术动作。即便想到，对于射击伏在地上的目标，射击角度、短暂的时间以及视线的局限，想要准确地命中，也是十分地困难。

此时的吕哲早已经贴在大树的一侧，他取出一枚手雷，摘下保险，向着射击过来的方位扔了出去，紧接着抱起手中的微冲一阵急射。借此机会，诺日朗的胳臂紧紧地锁住那人，随即翻身而起，将他拖到了丛林中的一块岩石后面。诺日朗擒敌，吕哲掩护，二人配合得很是默契，短短的时间内，高质量地完成了一次战术配合。若不是为了活捉他，根本不必多此一举，

诺日朗只需从暗处甩出他的匕首，这人也便是九死一生了。

诺日朗拔下了他心爱的匕首，那人顿时一声惨叫。

对方的火力稍稍一缓，很快又反击过来，密集的火力压得吕哲无法找到合适的射击角度。

此时的诺日朗一只腿半蹲着，另一只膝盖死死地顶住那人后腰眼的要害，那人根本动不得，恼羞成怒、无可奈何地趴在地上。诺日朗手中的冲锋枪，"嗒……"迅速做出反击，紧跟着扔出了一枚手雷。

迷雾中，双方都无法看到对手，只能凭着直觉来大致确定射击方位，黑鲨雇佣军虽然人多势众，一时却也不敢轻举妄动。

已然达到了行动的目的，诺日朗当然不愿意恋战，一边射击一边对着吕哲低低地吼道："准备撤退！"说罢，手中的冲锋枪一刻不停地连续急射，很快，对方的大部分火力被吸引过来，射击中，诺日朗腾出手来，又抛出了一枚手雷。

吕哲的压力顿时减小，迅速熟练地换了一个战位，藏到了一处乱石后面，接着又是一阵急射。

诺日朗用匕首顶住了俘虏的咽喉，用流利的英语低低地说道："想活命，就给我老实点！走！"

那人惊慌失措，赶紧答道："别杀我！别杀我！我跟你们走！"

诺日朗想把那人捆绑起来，却是找不到绳索，背包里倒是装着，可惜过来之时，为了行动方便，放在杨立华几人那里。这个俘虏可不是普通的士兵，不捆不可行，情急之中，诺日朗麻利地撕下了那人外套的下摆，将他的双手别到背后，紧紧地捆住了他的手腕。

那人故作呻吟，"啊"的一阵阵大叫，顿时，猛烈的火力向着他们二人压了过来。紧接着，又跟过来几枚手雷落在附近，爆炸开来。

诺日朗低低吼道："不要命啦！你的同伴根本不会管你的死活！"

那人一愣，随即明白过来，看着猛烈的火力，脸涨得通红，很是气恼的样子，心中也不禁恼恨起同伴的不义，便不再乱叫，变得乖顺起来。

诺日朗快速看了看附近地形，选好了撤退的路线，对着吕哲做了一个手势。

吕哲点了点头，麻利地换了一个弹匣，将连发的模式改为点射，猛地从乱石后面站起身，快速跑动起来，一边跑动，一边不时地射击，每次只打出两到三发子弹。显然是为了引开对方火力。

吕哲采用的是突击射击法，在快速变换位置的同时进行射击。这种战法大多用于攻坚、冲刺、垂降或水下突击。一般来说在移动的过程中，对目标射击不管打中或是打不中，至少可以在气势上压制对手，因此突击射击的要求，第一是气势，第二是速度，第三才是精度。虽然不强调射击精度，但也并不意味这是乱枪吓人。在特种部队平时的突击射击训练中，要求队员在第一时间内射出的两发子弹，至少要有一发击中视线范围随机出现的目标，而且不能恋战，每个靶只有一次射击机会，连击两发，最多不超过三发，同时保持自身的机动性，即使换弹或重新装弹时，都绝不能停下脚步。因此，在这个过程中，必须及时计算射出的弹药数，如果等到子弹射完了再退匣装匣、重新上膛，虽然只需要几秒，也会大大减小生存的概率。老练的特种队员，一般会在枪膛内还有不多的剩余弹药时换掉弹匣，这样至少可以省掉重新上膛的时间。突击射击的战法在训练中，上手容易，想成为一名高手，却是很难。

在吕哲的掩护下，诺日朗再次抛出一枚手雷，然后迅速押着俘虏换了个位置，便不再还击，一来是为了避开对手的火力追踪；二来也是为了节约弹药。他用冲锋枪顶着俘虏，小心翼翼地快速移动着。

那人一直磨磨蹭蹭，让诺日朗有些头疼，这也是很正常的事情。俘虏无非想拖延时间，等待队友救援。

二人正行进着，只听得身后"轰！"的一声巨响，诺日朗快速地把那人扑倒，二人一起伏在地上，还好，都没有受伤。二人抖了抖脑袋上的灰土，转过头看了一眼，只见他们藏身的岩石，已经被一枚榴弹炸得无影无踪。

诺日朗冷笑着，说道："看到了吧？这就是你的队友！根本不管你的死活。"

那人瞠目结舌，待了片刻，涨红了脸，恼怒地咬了咬牙，一言不发。

诺日朗再次押着他改变位置。这次，俘虏开始乖顺地配合起来。

诺日朗一边行进，一边变换着撤离的路线，道路崎岖，遍布荆棘，或者说根本没有道路，许多地方缠绕着密密的藤蔓，很难通过，还有许多不知名的树枝上长着长长的针刺。时而上，时而下，诺日朗也不知道，自己

选择的路线究竟通向哪，暂时不考虑那么多，只要能够安全地甩掉对手的追踪就好。

吕哲在诺日朗身后几米开外，紧紧跟随，一路掩护着。诺日朗时不时地回头察看着他，若不是因为吕哲被毒蛇咬伤，诺日朗倒也不必担心，虽然在战斗中看到吕哲生龙活虎的样子，诺日朗的心中还是踏实不下来。

对手的火力始终死死地咬着吕哲，有好几次，吕哲甚至看到了他们嚣张的身影。他们都不是吃素的，肯定已经从还击的枪声中判断出来，他们拥有绝对的兵力优势，而且他们都是受过特种训练的精英，个个自认为高手，又怎肯错过这场猫捉老鼠般的游戏？

黑鲨雇佣军却也不再使用榴弹和手雷，射击模式也从连发改成了点射，想必，他们也有活捉二人的企图。

一直甩不掉对手，诺日朗有些着急，一边行进一边思索着，这还真不是一般的对手，怎样才能安然脱身呢？一时半会儿想不出什么好办法，对周围的地形环境又不熟悉，诺日朗真是颇费心思。若是一直甩不掉，等到迷雾散去，处境便会被动起来。

正踌躇着，诺日朗担心的事情终于发生了。就在他再一次回过头察看吕哲的时候，心中咯噔一下揪了起来，他看到吕哲正蔫巴巴地靠在一块岩石上，不时地向后射击，从他的神色和战术动作上看，不是负了重伤便是蛇毒发作了。

诺日朗犹豫片刻，用冲锋枪指着俘虏，恶狠狠地说道："面向石头蹲下！老老实实待着！若是乱动，一枪打死你！你可以试试，看是你快还是我的子弹快！"

俘虏惊恐万状，连声说道："别杀我！别杀我！我听你的！"说罢，乖乖地面对着一块岩石蹲了下来。

诺日朗急速地奔至吕哲近前，关切地问道："小诸葛，你没事吧？坚强些，挺住！"诺日朗看到，吕哲的面色惨白，双唇铁青，整个脖颈已经变得青黑，浑身不停地颤动着，似是连冲锋枪也拿不稳。

吕哲勉强地笑了笑，对诺日朗说道："豹头，别管我了！我掩护你，你押着俘虏先撤吧！完成任务要紧！"

诺日朗怒道："少废话！我命令：猎豹小分队队员吕哲立即押着俘虏

撤退！这是军令！"说完，诺日朗对着远处的对手就是一梭子连射。

吕哲有气无力地说道："豹头，怕是这一次我不违抗军令也不行了。我真的走不了了，你赶快撤吧。别再耽搁时间，再不走，怕是都走不了了！"吕哲一边说着话，一边挣扎着向后还击。

这时，远处的黑鲨特战队员喊起话来："你们赶快投降吧，前面就是绝地，你们是走不掉的！只要放下武器，我们保证不会伤害你们。"

诺日朗对着喊话的位置一阵急射。

吕哲咬了咬牙，猛吸了一口气，精神一下子振奋了许多，说道："豹头，是条汉子，你就快走，完成任务才是最重要的事情！再不走就来不及了！"说罢，推了诺日朗一把，随即对着黑鲨雇佣军喊话的方位"嗒……"又是一梭子。

对方似是不愠不怒，以点射为主，时不时地向着二人扫上几梭子，并不急着攻击，似乎已经胸有成竹，这二人逃不出他们的手掌心，只要耗尽了二人的弹药，便是游戏结束之时。

诺日朗脸涨得红了起来，低低地对着吕哲吼道："混蛋！敢违抗老子的军令？老子枪毙了你！"

吕哲停下了射击，无力地坐了下来，似是再也没有一点力气，脸色已经变得青黑，急促地喘了几口粗气，说道："豹头，我们都不要再说无谓的废话了。你快走！"话音刚落，吕哲猛地翻起了白眼，嘴角吐出了几丝血沫，脑袋一歪，昏了过去。此时的吕哲再也扛不住了。

诺日朗用力地摇动着吕哲的肩膀，心急火燎地喊道："小诸葛！小诸葛！"

吕哲却不应声。

诺日朗连续扔出了他所带的最后两枚手雷，把吕哲的冲锋枪往他的脖子一挂，一弯腰，拉起吕哲，把他背了起来。

诺日朗背起吕哲之时，下意识地再次察看一眼俘虏，一怔之间，似乎感觉脑袋"嗡"地一下涨大了许多，俘虏已不见了踪影。诺日朗心中恨恨地骂了一句：这王八羔子！刚才还真妈的能装孙子！

诺日朗此刻也顾不得再去追踪俘虏，他很清楚，自己背着吕哲，在这种复杂的地形中，再次捉住他，几乎是不可能，先不去管他，把吕哲背回

第七章 关角祭坛

去再说，等下次再找个机会活捉一个。这只怕是更加困难。诺日朗心中苦笑起来。

诺日朗背着吕哲绕过一块岩石，快速察看了一下可视距离内的地形，前面有一片十几米宽的草地，一侧是悬崖；一侧是高不可攀陡峻的大山，草地对面的峭壁间有一条狭窄的入口。诺日朗思索着，只要自己能够在对手追踪过来之时，快速穿越这片草地，钻进入口，甩掉对手追踪的概率就很大了。问题是，自己有把握背着吕哲在对手追上来之前，穿过这片草地吗？

"投降吧，前面是绝路，你们已经逃不掉了！"从对手张狂的语气和声音中，诺日朗能够听出，他们已经很近了！

别无选择，冲过去！诺日朗牙一咬，深吸一口气，聚起了全身的气力，背着吕哲，向着入口冲了过去！

"嗒……""轰！轰！轰！"诺日朗的身后，爆竹般的枪声和手雷爆炸声响了起来。

诺日朗很快越过了草地，安然无恙，进了入口。这是他自入伍以来，在负重情况下，超常发挥出来的最快速度！

尽管入口比较窄，里面却是开阔了许多，散布着几堆乱石。诺日朗就近选了一块平整的空地，放下吕哲，自己坐了下来，大口大口喘着粗气，稍稍平缓了气息，便拿起冲锋枪，贴近峭壁，在入口处选择了一处合适的掩体，准备阻击身后的追兵。

奇怪的是他们并没有追上来。

"嗒……"密集的枪声一直没有平息，反倒越来越猛烈，显然是两拨人马在对攻。诺日朗心中一喜，精神为之一振。肯定是杨立华他们及时赶了过来，好样的！"嗒……"诺日朗手中的冲锋枪向着黑鲨雇佣军的追兵方向，恨恨地射出了一梭子。

"豹头，你们没事吧？"是巴特尔在远处喊叫的声音。

诺日朗大声地回了一嗓子："放心吧！好得很！给我狠狠地打！一个也别放走喽！"

"豹头，要活猪还是要死猪？"是杨立华的声音。这家伙平时一贯不苟言笑，这会儿居然和诺日朗说笑起来。

诺日朗答道："少废话！狠狠地揍，一个不留！"

气势上，猎豹连的勇士们已经完全压倒了黑鲨雇佣军。

"轰！轰！"又是两枚手雷的爆炸声，紧接着枪声越发地猛烈起来。

诺日朗的心中有些发痒，他很想冲过去和他的勇士们并肩战斗！终于还是冷静地克制了自己，他心中明白，自己只要一进草地，便会成了黑鲨雇佣军的活靶子。

"轰！"一声巨大的爆炸声，是黑鲨雇佣军的爆破榴弹。"轰！"又是一声巨响。两声榴弹过后，几枚手雷的爆炸声跟着又在山间回响起来。

爆炸过后，对攻的枪声缓了许多。

诺日朗从迷雾中的枪声判断，黑鲨雇佣军的人似乎在边打边退。诺日朗心中踏实起来，难得碰上这样的实战机会，尽管他很想在这里和这群强悍的对手好好地拼一场你死我活的丛林对战，诺日朗的心中更希望自己的战士们没有流血没有牺牲，能够尽快完成任务，全身而退。他们正值一生中最绚丽的青春时光，更应该朝气蓬勃地走在繁华的都市街头，去学习、去工作、去恋爱、去休闲……做他们喜欢做的事情，听他们喜欢听的歌，去享受他们美好的快乐生活。

无论哪一位战士在这里倒下或是伤残，都将会成为诺日朗一生中最最遗憾的心结。小诸葛，放心吧！你会没事的！我诺日朗豁出命去，也要把你这个一贯淘气的家伙安然地带回部队！诺日朗不由得转过头，把担忧的目光投向了躺在地上的吕哲。吕哲依然昏迷着，青黑的面色，发紫的双唇，高高肿起的脖颈，看着就让人心疼。

"不许动！放下武器，举起手来！"一个低沉有力的声音似一记重拳砸向了诺日朗。

诺日朗一怔，惊愕地转过头，瞪大了眼睛。

身后几米开外，站着一位健壮魁梧的中年汉子，正举着一只六四式手枪，指着自己的脑袋。

万万没有想到，这里居然还藏着伏兵。诺日朗的胸中腾地升起了一团火焰，或许是因为焦虑，或许是因为气愤，心中愤愤道：奶奶的！一不留神，飞过雪山的雄鹰居然栽进了小山沟。诺日朗慢慢地把手中的冲锋枪放到地上，举起了双手，镇定地站起身来，眼睛死死地盯着他，身上的每一根神

经都紧紧地绷了起来，随时准备寻找机会，扭转乾坤。

这人是谁？怎么会出现在这里？从他的长相、穿着和带着京味的普通话，不像是黑鲨雇佣军的，更不像是深谷的部落中人，倒更像是汉地入藏的旅游探险者。诺日朗稍稍心安。

来者何人？正是马强。

凭着马强曾经丰富的实战经验，他很清楚诺日朗在打什么主意，狡黠一笑，说道："丫的还挺壮实！我可警告你，别动歪念头哈！要是不服气的话，那你就试试，看你快还是我快！"马强抖了抖手中的枪，瞄了一眼诺日朗腰间的匕首和手枪。

诺日朗举着双手，瞪了马强一眼，冷冷地问道："你是谁？想干吗？"

马强道："嘀！当了我的俘虏，还挺横！你现在没有权利问我，老老实实回答我的问题，你们是什么人？到这里干什么？搞军事演习呢还是反恐作战？"

诺日朗没有回答，静静地盯着马强，他似乎也看出来，面前这位高大健壮的中年男子对自己并没有真正的恶意，也便放弃了给他致命一击的念头，但是心中依然高度戒备，随时准备抓住机会反击制服他。受制于人，心里总觉得不自在。

不待诺日朗回答，马强又看了看地上的冲锋枪，上下打量了诺日朗一眼，说道："好家伙，居然带上了05式微冲。脚上穿的是中国军队最新式的陆战靴吧？听说是非常耐磨，跑步不出汗，零下18度，加个鞋垫就不冷了。有这么神吗？"

听了马强的话，诺日朗已经基本确认了对方不是敌人，八成还是位铁杆的军事发烧友。他看了马强一眼，没有回答这个让他觉得啼笑皆非的问话。

马强把脸一拉，一副很严肃的样子，把手中的仿制六四式手枪又往前伸了伸，说道："问你话呢！老老实实回答！"

诺日朗没好气地大声说道："是！"

马强点了点头，一副得意扬扬的样子。事实上，诺日朗刚进入口之时，马强便已埋伏在此，从诺日朗熟练的战术动作和他们战斗中的对话，马强对他们的身份猜了个八九不离十——非同一般的特种战士在执行着特殊的任务！马强知道，别说是这么随口问，就算是严刑逼供，也不会告诉你真正目的。

这会儿马强拿枪指着诺日朗，一来，是想进一步证实一下他们的身份；二来，是自我满足一回；同时，再找找当年实战中的感觉，眨眼间一别战场二十多年，那段峥嵘岁月中的记忆，已经永不磨灭地烙进了他的铮铮铁骨，融进了他的滚滚热血。

马强又道："我再问你，解放军的三大纪律八项注意是什么内容？"

不待诺日朗回答，山口处传来几声厉喝："不许动，放下武器，举起手来！"杨立华他们赶了过来！两支05式微冲、一支88式狙击步枪的枪口指向了马强。"神枪哲别"巴特尔平稳地端着他心爱的狙击步枪，精准地瞄着马强的眉心，对于巴特尔来说，在如此距离，准确无误地击中目标的概率是百分之千、千分之万。贡布头领站在杨立华的身侧，惊奇的目光在他们之间来回巡视着。

诺日朗急道："不要乱来！是自己人！都把武器放下。"

听了诺日朗急切、确定的语气，杨立华、巴特尔、格桑平措三人有些疑惑起来，犹豫着要不要放下枪口。

马强对于他们的到来，丝毫不在意，显得很镇定，他很清楚，他们的队友在自己的控制之下，他们轻易不会乱来，厉声问道："回答我的问题！解放军的三大纪律八项注意的内容是什么？"强硬的命令式语气。

诺日朗瞪了马强一眼，没好气地答道："一切行动听指挥；不拿群众一针一线；一切缴获要归公；说话和气；买卖公平；借东西要还；损坏东西要赔；不打人骂人；不损坏庄稼；不调戏妇女；不虐待俘虏！我说这位老乡，你别闹了，行不行？我都怀疑你手中仿制的六四，能不能打得响还是个问题！"

马强笑了起来，放下了手中的仿制手枪，仔细看了看，说道："嗬！这也看出来了？"

"豹头，我看这位老乡拿的像是把玩具枪。"躺在地上的吕哲低低地开了口。

诺日朗一阵惊喜，快步冲到吕哲近前，把他扶了起来，紧紧地搂了过来，激动地说道："小诸葛！你可算是醒过来啦！"

见此情形，杨立华等人收起了武器，快步冲到近前，关切地问道："怎么回事？小诸葛伤着了？"

格桑平措留在山口警戒着。

马强笑道："哎哎哎！我说，同志，我还没同意让你乱动哪。地上躺着的这位兄弟怎么了？我看像是中了毒。"一边说着话，一边快步走到吕哲近前。诺日朗熟练的回答，基本上让马强确认了他们的身份。

没人顾得上理会马强。

吕哲见到众人都在为他担心，强打起精神，勉强笑了笑，说道："放心！我没事，回去吞几个牛黄解毒丸，就会没事啦。"

杨立华一拍脑袋，说道："看把我急的，一时给忘了，包里带着药！"说罢，放下背包，手忙脚乱地打开来。杨立华是一名农村兵，入伍前曾经学过赤脚医生，粗通医术，在这次行动中，他兼任小分队队医的任务。事实上，小分队的队员们，人人都学过急救和处理伤口的办法。

诺日朗急道："小诸葛刚才让毒蛇给咬了，谁对这个在行，赶紧给处理一下！"

巴特尔轻轻地拍了拍吕哲，笑着，安慰道："凭着小诸葛的体格，还用吃药？听说大蒜也能解毒，我看回去吃两头大蒜，准好！"

吕哲笑道："我女朋友过一阵子要到连队来看我哪，我早就不碰大葱大蒜啦。豹头，俘虏呢？"说罢，吕哲四下打量一番。

诺日朗一跺脚，怒道："让这王八蛋给跑了！放心，看准机会，一准儿再捉一个回来！"

吕哲有些遗憾，叹了一气，说道："豹头，先说好了，再去捉的话带上我！唉，要不是我拖累，他肯定逃不掉。"

诺日朗道："好！没问题，等你养好了伤再说！全体队员，准备撤离！"

这时，马强凑到近前，拦着诺日朗，好奇地问道："你们到底从哪来？这是要到哪去啊？来这做什么？"

诺日朗站起身来，不耐烦地看着马强，说道："这位老乡，您是过来探险旅游的吧？你怎么到这里来的，我不管。我只奉劝你一句：从哪来的还回哪去！目前，这里很不安全。到时万一出了事，别怪我没有提醒你！"

马强冷冷一哼，说道："怕我拖累你们？我还没指望你们几个来保护我！我知道你们在这里执行特殊的任务。我也不跟你们开玩笑绕弯子，都是军人，需要帮忙的话哼一声。谁保护谁还不一定哪！"说完，马强面色冷峻，很不服气地盯着诺日朗。

听了马强的话，诺日朗诧异地盯着马强，上上下下打量了一番，隔了一小会儿，说道："你也是军人？哪个部队的？来这里做什么？"

马强一笑，说道："我，马强，曾经当过兵。对越自卫反击战的时候在猫耳洞里蹲过！"

"哦！"诺日朗惊讶敬佩的目光停留在马强自信的脸庞上。小分队的队员们齐刷刷地把惊奇的目光投向了马强。

马强看上去显得有些得意起来，摆了摆手，笑道："得！好汉不提当年勇！我只是给你们提个醒，江湖中藏龙卧虎，千万不要小瞧人！"

诺日朗说道："没想到能在这里碰到当年的老兵，还真是失敬了！不过，我还是劝你一句，从哪来的还回哪去！目前这里的情形，的的确确很不安全！你真要是不听劝告，我们也没有办法！自便吧！全体队员，准备撤离！"说罢，诺日朗的目光扫向了小分队队员们。众人已经麻利地收拾齐备，巴特尔把吕哲背了起来。

"等等！"马强着急地喊了一声。

诺日朗眉头一皱，说道："又怎么了？什么事？痛快点！"

马强手一摆，一脸的严肃，说道："我还能说什么？什么也不说了！你们谁是头？跟我来！"说罢，马强转身便走，头也不回。

诺日朗诧异地看了看马强的背影，搞不清他的葫芦里卖的什么药，犹豫片刻，说道："原地待命，注意警戒。"说完，自己快步跟在了马强身后。

马强这人虽然显得有些世故，甚至可以说是油滑，他的身上却在不经意间透出一股自信、干练、咄咄逼人的气势，这是军人特有的。能够从当年残酷的战争中全身而退，对于一名军人来说，这一点足以引以为豪。

诺日朗是陆军学院毕业的高才生，对于当年的对越自卫反击战、对印自卫反击战，他都深有研究。当年教训徒有虚名的印军可以说是势如破竹，打得很漂亮。教训越南军队的时候，打得却是艰苦又惨烈，历经战事磨炼的越南军队，早已摸索一套独特的山地、丛林战法。眼前的这位老兵能够从当年的战争中全身而退，肯定有过人之处。今天与黑鲨雇佣军遭遇的这

场丛林战，可以说，是他正儿八经打的第一次实战，诺日朗只觉得打得有点憋屈，还没有来得及发力，战斗便结束了。虽然以前曾经协助过地方警力，参加过几次围捕犯罪分子和反恐行动，那对于他来说，根本称不上作战。

跟在马强的身后，诺日朗对马强产生了几分好奇，又觉得这人身上又透着几分古怪和神秘。他究竟想干吗？

走了有十几米远，这条谷中通道便到了尽头，三面矗立着陡峭的悬崖。一路上，诺日朗一直在观察着地形，却是没有看到任何出口。难怪方才黑鲨雇佣军的人叫嚣着，说自己无路可逃，以此可以猜测，他们曾经到过此地。

山壁上刻画着各式各样奇奇怪怪的原始岩画，有载歌载舞的，有祭祀天地的，有放牧狩猎的，有一些夸张变形的野牛、羚羊、狮、鹿、马、豹等动物形象，还有一些手持武器格斗的人物，有的像是热带岛国的土著，有的像是中原汉画里的"羽人"，在这些岩画中间，间接地分布着几幅巨大的神灵图像。马强和诺日朗二人对这些都没有多大的兴趣，只是简单地扫了几眼，若是钱教授和杰布见到了这里的岩画，一定会是如醉如痴。

到了尽头，马强没有停下脚步，径直走向角落，绕过一块岩石，才停了下来，转过身，看了看诺日朗，顺手向着岩石后面一指，说道："初次见面，送给兄弟一份薄礼，不成敬意！算是补偿你刚才的精神损失费！"说罢，马强半是玩笑半是开心地哈哈笑了起来。

诺日朗快步走到近前，顺着马强手指的方向，看向了岩石背后马强的"礼物"，诺日朗惊喜得差点跳了起来！

刚才逃掉的俘虏面色惨白，可怜巴巴地背靠岩石半躺着，正瞪着眼睛，惊恐万状地看着自己。他的双手被捆在背后，平伸的双脚也被藤条捆着。他的身边立着一只双目如电、健壮威猛的黑色藏獒，这便是扎巴了。

扎巴凶狠地瞪着诺日朗，口中低低地呜呜着，大有马上扑击上来的气势，那气势看得诺日朗心中一惊，不由得稍稍紧张起来，诺日朗很清楚一只凶猛藏獒的威力。

马强轻描淡写地说道："我听你们刚才提到俘虏什么的，不会指的是这孙子吧？这礼物还行吧？"

诺日朗哈哈大笑起来，说道："简直是太行了！老乡，回到部队，我要向上级申报，给你记功！记大功！"

马强不屑一顾地答道："得得得！别寒碜我了！我可不稀罕！军功章我有好几个呢。真打算奖励我的话，那就实惠点，直接发现金，至于发多少，你们看着办！"

诺日朗乐道："成成成！不过，我说了不算，还得回去请示首长！他怎么落到你手里了？"诺日朗指了指俘虏，看着马强的眼神，已经变得十分友好，而且带着敬佩和尊重，这是对一位勇士的钦佩和对一名老兵的敬重。诺日朗的心里清楚，这名俘虏可不是一般的战士，纵使刚才伤了一只手，以他的身手，别说是一名普通的百姓，就算是一名受过严格训练的普通战士，也不是他的对手。看着马强毫发无损，把他老老实实地制服在这里，马强的身手肯定不凡。

马强轻描淡写地说道："冤家路窄嘛！我一下来，就发现了这家伙，贼头贼脑、灰头土脸，不像是个好人！我看着不顺眼，就把他给收拾了！这不，让咱这好扎巴给看着。你可是不了解，咱这扎巴，机灵着呢，智勇双全，英雄无敌！"说罢，自豪地指了指扎巴。

诺日朗羡慕地打量了扎巴几眼，又抬起头来，向着岩壁上方看了看，好奇地问道："老乡，你刚才说下来？你从哪下来的？"

马强皱起眉头，说道："以后别再叫我老乡，我听着这称呼不舒服。我叫马强。"

诺日朗笑道："行！我以后就叫你老马或是马大哥。我叫诺日朗，一会儿我把其他队员也介绍给你。老马，你刚才说下来？你从哪下来的？"诺日朗再次追问了一句。

马强伸手向着另一侧的岩壁上方指了指，笑道："从天而降！你先把你的战士叫过来一个，接收俘虏，然后，再帮我一把，我还得上天梯，把我的女人和兄弟们接下来。"

诺日朗对着入口处喊了一嗓子，"杨立华，你过来一下！其他队员原地待命，加强警戒！"

迷雾中，杨立华应了一声，很快跑了过来。

待杨立华到了近前，诺日朗说道："看好这兔崽子，别让他再跑喽，也别让他死喽，再出差错，唯你是问。这可是马大哥送咱们的一份厚礼！"

听了此言，杨立华敬佩地看了马强一眼，向他点了点头，算是致意。

诺日朗指了指杨立华，对马强说道："他叫杨立华，很棒的！我们为之骄傲的勇士！老马，你说吧，让我们怎么帮你？"

马强冲着杨立华微微点点头，算是还礼，随即把头抬了起来，举起手，向着上方五六米的高度指了指，说道："看到没有？你们得想办法把我送到那个位置上，那块岩石后头有个出口，我就是从那里下来的。"

诺日朗和杨立华一起抬起头，惊奇地盯着马强所指的位置，仔仔细细看了起来。那一处的岩壁带着一点角度，向上倾斜着，有一大块凸起的岩石，看上去也没有什么特别，其他地方的岩壁上，类似的大块凸起岩石也不少。

看了一会儿，诺日朗惊道："天哪！还真是难以想象！你若是不提醒，指着让我看了，我也想不到，那里会有出口！"

马强点了点头，说道："是的！换着让我看的话，打死我我也看不出来！出了那里的洞口，外面的不远处就有一条长长的通往山顶的阶梯。"

诺日朗感慨道："难怪他们传说这里有一条通天的梯子。很多的民间传说，还真的不是无中生有！"

马强道："先不扯这些，看看，想个什么办法，把我送上去？"

杨立华放下了背包和手中的武器，从包中拿出了一根绳子斜背在肩头，整了整衣装，自信地说道："我来试试！"说罢，退后几步，然后，迅速地奔向岩壁，灵猴一般，手扒足蹬，三下五除二，攀了上去，坐到了岩石上。

马强看得有些呆了，半天才回过神，笑道："还行！不像是白吃部队干饭的！我曾经也有这个本事，要是再年轻个二十岁，肯定也能攀得像你这么利落。"

"Good! Very good!"连地上的俘虏也连声称赞起来，敬佩的目光抬头盯着杨立华。

其实，方才杨立华的行为并非为了卖弄，要卖弄也不卖弄这点，这点小小的技能对于他们猎豹连的勇士们来说，只不过是小菜一碟。搁在平时，若是没有发现领导在附近，回宿舍楼从不走楼梯，直接徒手沿着墙壁攀上去。偶尔战友之间还会用一包烟或是一瓶啤酒做赌注，看谁先攀到楼顶。

诺日朗看了俘虏一眼，对着他的双腿踢了一脚，怒道："有你什么事？

多嘴！"

挨了这一脚，俘虏夸张地大叫起来，额头冒起了冷汗，不停地呻吟着。

诺日朗轻蔑地看着俘虏，说道："我就没用力！有那么夸张？"

马强笑道："他可不是乱叫，他的腿断了一条，你这一脚，他不叫唤才怪哪。"

"哦？"诺日朗疑惑地看了看俘虏的双腿，这才注意到他的右腿上粘着许多灰土，大概是已经粘在渗出来的血液上。

马强笑着补充一句："谁让他刚才对老子下黑手？差点把老子的命根子给踢碎了。打折他的狗腿，一来是略施惩戒；二来也是防止他再跑喽。"

诺日朗敬重地看了马强一眼，说道："马大哥练过吧？"

马强笑道："还成，懂那么三招两式的。"

诺日朗开着玩笑，说道："看着马大哥慈眉善目，想不到，下手还够狠的！哈……"

马强不以为然地说道："战场上就不能有妇人之仁！我这对他还算是轻的！怎么说也算是给他留条命。等你落到他手上，你再试试。不要了你的命才算怪！"

"马大哥，上来吧！"杨立华在上面喊道。一根绳索已经垂了下来。

马强刚要抓着绳子往上攀，诺日朗拦住了他，说道："等等！马大哥，你这是要回去呢？还是……我记得刚才好像听你说，要去接你媳妇和兄弟什么的？"

马强说道："当然了！他们还在上面等着，我再不回去，他们该急了！"

诺日朗有些焦虑起来，正色地说道："马大哥，如果你打算接他们下来的话，我很不赞同！说句良心话，我也希望能多一位像您这样的英雄好汉做帮手。可是，于情于理，我中肯地建议您上去之后，带着他们赶紧离开，目前这个深谷的的确确很不安全！"

马强乐了，说道："如果你是警察，没准儿我会考虑你的建议。可你是军人，没有执法权。我也和你直说了吧，我们也是身负重大任务的国家考古探险工作人员。上面还有一位社科院的院士、一位北大的考古专家、一位青年舞蹈家、一位藏族地理专家。我的身份是考古探险队的队长。"当然，马强这是在扯虎皮做大旗，意在先震住诺日朗，省得他

再啰唆个没完。

诺日朗一听，更加着急起来，说道："你们，你们到这里来做什么？"诺日朗的额头冒起了冷汗。若是真如马强所说，更不应该让这些专家级的人物下来涉险。

马强把脸一板，严肃地说道："你们有你们的任务和机密，我们当然也有我们的任务和机密。你无权过问，现在问了，我也不告诉你！你要是企图阻挠，那就是破坏国家重大考古工作的行为，性质相当严重，明白吗？"马强当过兵，很了解军人的弱点。

诺日朗的脸腾地涨红起来，额头上冒起了细汗，他顺手擦了一把，还真让马强给唬住了。马强给他扣的这个大帽子——破坏国家重大考古工作，别说是他，就算是他的首长，怕也是扛不动。诺日朗心中着急，想要再次劝说马强，却不知说什么才好，嗫嚅着："你，你们，不能下来！"

杨立华也急了，在上面喊了一嗓子："是呀，马大哥，你们不能进谷呀，赶紧回去吧！考古工作早一天晚一天不都是一个样？"

见到诺日朗窘迫的样子，马强心中大乐，脸上却是一点也不表露出来，故意眉头紧锁，从口袋中掏出了一盒烟来，递给了诺日朗一根。诺日朗说自己不抽烟，拒绝了，马强自己点着，接连深深地吸了几口，一副深思熟虑的样子，口中喃喃地自言自语："要不，我就安排他们再推迟几天？不行，不行，一天也耽误不得，在国际上会影响到国家的声誉，早一天完成任务，就早一天为国争光。"声音不大，字字句句诺日朗却是听得清清楚楚，当然，这是马强在故弄玄虚，故意说给诺日朗听。

诺日朗大脑中飞速旋转着，怎么办？怎么办？听马强的语气，他们的任务很重要，耽搁不得，看样子非要进谷不可。小分队完成任务的同时，一定得保护好他们的安全。可是，黑鲨雇佣军的人数众多，火力又强，都是挑选出来的好手，完成自己的既定任务，已经很困难，凭空再多出这个枝节，可真是愁煞人！

马强思索一会儿，似是无可奈何地叹了一口气，然后看着诺日朗，打起了官腔，正色地说道："诺日朗同志，军民合作是我们的优良传统，希望这一次我们能够把这种精神更加发扬光大。互帮互助，精诚合作！"

说罢，马强伸出手来，诺日朗下意识地也伸出了手掌，二人的双手紧紧地握在一起。马强用力地握了再握，诺日朗机械地顺从着。诺日朗有些发蒙，心里合计着：这就算合作了？可我还没答应啊？可是人家已经给了小分队很大的帮助，及时给抓了一名俘虏。算了，尽力而为吧，就算是豁出命来，也要保护好这几位专家的安全。

诺日朗作为一名优秀的特种部队指挥官，他的智商当然不低，如此轻而易举地让马强忽悠住，或许是基于他的那颗爱护百姓、拳拳报国之心，被马强巧妙地利用了一回。马强曾经也是位军人，历经生活的沧桑、世事的洗礼，准确地抓住了诺日朗正直善良的弱点。

最后，马强说道："诺日朗同志，保重！我得赶紧上去接他们！任务重大，耽误不得！"说完，马强松开手，转身抓住绳索攀了上去，转身的这一刻，马强差点大声笑了出来，强行地克制住了自己。

诺日朗挠了挠头，无可奈何地说道："那好吧！这样吧，杨立华，你陪着马队长一起过去，快去快回。我们在这里等着。路上一定要保护好马队长他们的安全。注意：行动要快，此地已经不能久留！"

马强心中又乐了起来，一会儿叫我老马，一会儿叫我马大哥，这会儿，又叫我马队长了。等明天再忽悠他一把，让他改叫自己首长得了。

马强把扎巴留在谷中，和杨立华一道，钻入了岩石后面隐秘的洞口。入了洞口，弯着腰穿越一条一米多高，五六米长的狭窄通道，眼前是豁然开朗的峡谷，四处遍布青翠丰腴的绿草，草丛间一簇簇的格桑花盛开着，五颜六色，婀娜多姿，偶尔可以见到几只野兔、白鹿从眼前调皮地跑过，丝毫不惊惧这两位深谷中的不速之客。或许它们还没有弄清，刚才深谷中回响着的激烈的枪弹声究竟是怎么回事。或许只是当作一场惊雷，惊雷过后，它们这方与世隔绝的世外桃源依然要恢复往日的宁静。它们却是不知，深谷中长久的宁静即将被这些不速之客打破。

迷雾又淡了许多，飘着淡香，清新湿润的空气让人觉得格外惬意，视线中处处是色彩斑斓的花花草草、极致的美景。马强和杨立华二人无心欣赏，各人在想着各人的心事，路上偶尔聊几句轻描淡写的话语，比如，老家是哪的？多大了？仅此限度。马强知道，问多了，杨立华也不会说，索性也不多问。杨立华本就沉默寡言，也不多说。

越过了这片几十米宽的草地，二人到了山脚，顺着蜿蜒而上的阶梯，

很快赶到了钱教授和杰布他们那里。

钱教授他们听着深谷中传来的枪声和爆炸声，不知道究竟发生了什么，一直很是为马强着急，杰布甚至几次冲动地想下去看看，让钱教授给拦住了。钱教授说："马强是特种兵出身，打过仗，头脑灵活，反应机敏，你过去了，不但帮不上忙，反倒添乱。马强又带着机灵勇敢的扎巴，肯定没事，等他摸清了情况之后，一准儿平安归来。"

正在牵肠挂肚、万分着急之际，终于见到马强归来，居然还跟着一名背着冲锋枪的同伴。

梅青见到马强，自然是悲喜交集，又是哭又是笑，又是一番关心和责备的话语。众人免不了问三问四。马强却不解释，催促着众人："赶紧收拾行李，下谷再说，我敢打赌，我们离传说中的香巴拉、遍地金银宝石的香巴拉不远了！"听得众人热血沸腾。

杰布没见到扎巴，心里很不踏实，不停地询问马强："扎巴呢？"

马强故意卖着关子，表情沉重地说："下去就知道了。"

接连问了几次，马强死活不说。赶路的时候，杰布急了，停下了脚步，一把拉住马强，紧张地盯着他，忧心忡忡地问："马大哥，扎巴是不是出什么麻烦了？"

说这话的时候，马强看到杰布的眼睛中似是有泪珠要滚落下来。

马强要的就是这个效果，终于哈哈大笑起来，说："咱的好扎巴怎么会有事呢？扎巴这次立了大功，捉了一个俘虏，刚才在谷中若不是扎巴帮忙，我差点让人给灭喽。"

杰布这才长舒一口气，重重地打了马强一拳，说："马大哥，你以后再跟我卖关子，再给我开这种玩笑，我可是不再帮你说话了。"

看到杰布对扎巴的这个关心劲，担忧和惊喜之间强烈的反差，马强也不由得心动："这小杰布和扎巴的感情太深了！"

第八章 威玛神杖

当猎豹侦察分队和钱教授的探险队会合起来，一起赶到巴拉部落王宫之时，已临近傍晚。

巴拉王和他的法师杰尔对于他们的到来，似乎并不感到惊讶，仿佛早已未卜先知，或是早已得到了神灵的谕示。巴拉王命人在王宫外的城墙边为他们搭起了几个帐篷。广场上燃起了火堆，火堆上架起了刚刚宰杀的牛羊。陆陆续续，有些部落中人聚了过来，围坐在火堆旁，不知是巴拉王的刻意安排还是他们早已存在的习俗。

诺日朗一直担忧着吕哲的伤口，吕哲在谷中醒过来一次，路上再度昏迷，好在与钱教授他们会合之时，索朗占堆给他服了一点驱毒的藏药。一到王宫的营地，诺日朗顾不上审问俘虏，便急着央求法师杰尔帮助吕哲解毒治伤。路上，贡布头领告诉过诺日朗，吕哲中了魔鬼的诅咒，在他们整个部落只有杰尔法师才能够医治。

杰尔法师轻描淡写地看了看吕哲的伤口，便说他中的是巴达先部落邪恶的蛇蛊。杰尔法师先是用小刀在吕哲脖颈的伤口处划开一个小小的"卍"字符，在上面敷了些秘制药物，又给吕哲服了一颗药丸，念了一阵经文。没多久，吕哲的伤口流出许多黑血来，高高肿起的脖颈也渐渐消平下去，没多久，吕哲便苏醒过来。

诺日朗惊喜地问杰尔法师："蛇蛊是不是解掉了？"

杰尔法师摇了摇头："还需要第二日清晨去白玛神庙采集大地之母的眼泪。"

诺日朗问："白玛神庙在哪？"

站在一边的贡布头领告诉他，白玛神庙就是最初捉住他们的那个地方，并答应明天清晨带着他一起过去。

诺日朗总算松了一口气，心中踏实起来，随即又请求杰尔法师帮着医治俘虏的断腿。

杰尔法师冷漠地看了诺日朗一眼，摇了摇头，转身离去了。

贡布头领说，智慧的杰尔是不会用自己的神通去拯救魔鬼的。

最后，还是索朗占堆帮了忙，和杨立华一道，为俘虏接了断腿，并帮他在手腕上的刀伤敷药。

与此同时，诺日朗在一边审问着俘虏："你们到底来这个深谷做什么？"

俘虏信誓旦旦地说，自己确实不知道，只有他们的指挥官才知道，他只是听命行事。

诺日朗见他死活不肯说，便把他捆了个结结实实，小分队的队员轮流值班，看守在帐篷之中，防止他再跑了，留待第二日再细细审问。

广场上早已经是载歌载舞，巴拉王和杰尔法师以及他的臣民们，在火堆前大声地谈笑着，大口地喝酒，大块地撕着烤肉。尽管白天，部落中死了许多人，此时却是丝毫见不到他们的悲伤情绪，或许生死在他们眼里，本没有什么界限，死亡仅仅是一次超脱，一次短暂的别离，又一次生命的开始。他们渴望生着的快乐，却也无畏死亡的恐惧。他们把自己的命运交给了神灵去主宰，今生的虔诚会让他们的来生获得更好的福报。他们笃信不疑，神灵的慈悲会带给他们启示，告诉他们那些岁月长河中未知的秘密。神灵会在冥冥之中关怀他的子民，让他们在一世又一世的轮回中，获得智慧的启迪，最终迈向光明。

在诺日朗的眼里，尽管这个与世隔绝的部落中人尚未开化，但是，他们的朴实和善良、正直与虔诚和整个青藏高原的藏民们并没有太大的区别，诺日朗甚至从他们身上看到了藏人祖先的影子。诺日朗是一位土生土长的藏人，也是一位正规军事院校训练出来的特种军人，系统的现代知识和理论的教育，使他和一些尚未完全步入现代化的藏民们有了一定的区别，他相信现代科技，相信幸福要靠自己的双手去创造，冥冥中的神灵只是导人向善、洁净心灵的慰藉。他的骨子里依然遵循着祖先的崇高信仰：信奉正义和真理，追求幸福和吉祥。这也是世间所有正直的人们共同的心愿。

见到钱教授他们正围在巴拉王和杰尔法师的身边，诺日朗凑了过去。

自从进了这个隐秘的深谷，钱教授和杰布既是兴奋，又是激动，仿佛变成了两个孩子一般，新奇地打量着这里的一切，滔滔不绝地互相讨论着。这一切对于他们来说，梦幻一般，是如此地不可思议，仿佛穿越了时空，瞬间到了数千年前。原始的部落生活场景，神秘的藏地土著文明，在他们的眼前真实地展现出来，仿佛一道光芒，照亮了他们的求知路上苦苦探索的黑暗。钱教授已经确信了，这里处处映射着藏地土著文明的影子，关于这些，经书和历史资料中，也仅仅是只言片语的记载。没有任何人，也没有任何书籍资料曾经详细地介绍过这些。

诺日朗悄悄坐到了钱教授身边。在路上，马强已经向他介绍过关于钱教授的情况："熊猫级"学者，社科院院士，国际著名藏文化专家，象雄文化权威，光专家头衔就十几个，也是他们这支考古探险队的副队长，当然，如此吹嘘自然又是马强在故弄玄虚。马强心里很清楚，若想真的到达传说中的香巴拉，绝不是一件轻而易举的事情，还不知道要遇到多少凶险，他们很需要这支拥有强大火力武器装备的特战小分队的随时支援。

并不是因为钱教授的头衔有多少，而是自从见了钱教授的第一眼，诺日朗便对这位风趣开朗、平易近人、老顽童一般的慈祥学者产生了好感。

马强和梅青早已和部落的族人们手拉着手，踏着热情豪放的鼓点，血脉贲张，疯狂舞动着。梅青是舞蹈演员出身，受过训练，她的舞姿吸引了众多部落族人的目光，看着众人惊羡的目光，时不时的喝彩声，她愈发地得意，舞动得更加卖力，似乎是在刻意表演一般，她一直梦想着有朝一日，能够在舞台上尽情地独舞，但在生活中始终是个配角，在这个深谷，她似乎终于实现了自己的平生所愿。

索朗占堆静静地坐地一边。

杨立华值的第一班，带着扎巴在帐篷中看守着俘虏，其他队员围坐在火堆前，大口地享受着烤肉的美味，连日的奔波，难得遇到这惬意又让人兴奋的场景。

钱教授满面红光，正兴奋地向杰布说道："杰布，你知道吗？我刚才

突然想起来，巴拉部落大法师的名字——杰尔的来源。根据苯教的经文记载，'杰尔'原本是古象雄文字中的一个词汇，后来被翻译成藏文中的'苯'或者'苯波'，一直沿用至今。"

听了此言，杰布不由好奇地细细打量起杰尔法师。恰在此时，杰尔法师也在注视着他，事实上，自从见了杰布的第一眼，杰尔法师便一直在悄悄观察着杰布，或许他敏锐的嗅觉和奇异的感知能力，捕捉到了杰布身上藏着足以令他震惊的秘密，可是他始终没有和杰布说过任何的只言片语，连杰布他们在王宫礼节性地拜见巴拉王之时，巴拉王也没有多问。他们仿佛对于这群不速之客的到来，真的是早已得到了神灵的谕示。

二人四目相对，在火光的映照下，杰布发现，杰尔法师的眼神中似乎有些异样，很是奇特，犀利的目光似是要把杰布的脏腑看个透彻，倒也和善，杰布被他看得心中一跳一跳的，赶紧把脑袋移向了舞动的人群。

钱教授却没有留意到这些，依旧滔滔不绝，"目前关于苯教的认识，一般认为苯教是由辛饶米沃创立，而事实上，在辛饶米沃之前的象雄文明时期，很早就有魔苯和赞苯的原始宗教行为在象雄扎根，拥有广泛的信徒，后来传至吐蕃，也是佛教盛行于藏地之前的主流信仰。辛饶米沃最初创立的宗教并不叫'苯'，而是叫'杰尔'，后人从象雄文转译为藏文时译成了'苯'。"

听到这里，诺日朗好奇地插了一句："钱教授，这么说，苯教的历史很久远了？"诺日朗虽是藏人，对于佛教知识了解得多一些，对于苯教却知之不多。

钱教授原意是启迪杰布，见多了一个听众，谈兴陡然上升许多，他看了看诺日朗，说道："是的，苯教是整个世界宗教史中较古老的原始宗教之一，目前，由于相关资料和文献的缺乏，学者们对于苯教的研究还远远不够，甚至于经常处于混乱的状态。"

诺日朗"哦"了一声，点了点头，又顺口问了一句："钱教授，那么辛饶米沃创立的苯教和原始苯教之间究竟有什么区别？"

钱教授说道："一般把辛饶创立的'苯'叫作'雍仲苯教'，并认为是正统。在辛饶创立苯教之前，原始的苯还不是一个成熟的宗教，辛饶米沃废除了用活人祭祀的陋习，改用动物。而且，辛饶米沃整理出一整套系统的理论和相应的教规，这可以说是苯教史中一个里程碑式的飞跃。"

诺日朗"哦"了一声，说道："钱教授，您是这方面的专家，依您看来，这个深谷中的部落中人信奉的宗教是不是就是苯教？"

钱教授看了看杰尔法师，又看了看舞动着的部落族人，自信而又兴奋地说道："我想是的！至少，我们可以从他们的身上找到原始苯教留下的深深的烙印。"

诺日朗说道："我记得刚进谷的时候，亲眼见到他们的一场祭祀活动，他们的贡布头领告诉我说，他们在向辛饶米沃祈祷，驱除恶魔恰巴拉仁给他们带来的迷雾灾难。辛饶米沃既然被认为是苯教的祖师，那么我想，他们信奉的一定是苯教。你刚才提到的魔苯和赞苯，我想，巴拉部落信奉的肯定是赞苯，而巴达先部落信奉的很可能是魔苯了。"诺日朗对宗教的认识不是很深，但是他懂得逻辑推理。

钱教授点了点头，眼中闪烁着兴奋的光芒，说道："基本可以如此认定！我想，他们信奉的苯教和杰布阿爸——木辛霍尔伦活佛所信奉的苯教，同出一源，虽有不同，肯定是大同小异。任何一门宗教从产生之日起都不是一成不变的，在久远的历史长河中，被一代代的先哲们不断地发展和完善着。在不同的区域流传，之间存在一些差异，这也是情理之中的事情。这个深谷的存在，原本只是苯教隐秘久远的传说，若不是今天我亲身到了这里，这里的一切，真是让人难以置信！神奇的世界中，藏着太多我们未知的秘密。"

诺日朗看了看那些痴迷和虔诚的部落族人们，若有所思地问道："钱教授，那么你说，信奉宗教究竟是好事还是坏事？"

钱教授笑道："这个问题，我没有办法给你一个确切的答案。但是有一点，我要告诉你，每个人都有自己选择信奉真理的自由。至于宗教，我是一名研究者，不是一名信奉者。在我眼里，宗教是一门哲学，只是一门哲学。宗教的产生不是偶然的，是远古祖先在极其原始的条件下，认识自然、探索文明的产物之一。在人类文明的历史长河中，宗教既有积极的一面，也有消极的一面……"说到这里，钱教授忽然停住了话语，他看到杰布已经站起身来，慢慢地向着杰尔法师走了过去。杰布的眼睛正死死地盯着杰尔法师手中的那根法杖。看到这根法杖的瞬间，钱教授也怔住了。

不知何时，杰尔法师的手中多了这根法杖，这根法杖和他们在古格秘道中发现的那根威玛神杖几乎一模一样。

一堆堆熊熊的篝火映照着整个广场，粗犷、简陋的王宫在火光和迷雾中更显出几分神秘和壮观。火堆上的烤肉冒着诱人的香气，滋滋地滴落着脂肪滴。各式各样奇特的乐器声混杂在一起，伴随着很有节奏的鼓点，曲调很像藏地流传已久的民间曲子《格桑拉》，人们手拉着手，欢快地舞动着，随着曲调尽情地欢唱着。钱教授和诺日朗他们都听不懂他们在唱些什么内容，但是可以听出，这是一支热情洋溢、让人兴奋的曲子。不知何时，有一部分部落族人戴上了鬼神或是动物的面具，人群中不时传出几声"嗦！嗦！嗦！"的呼喝声。舞动的过程中，几位迷人的少女为这群不速之客们友好地献上了白色的哈达。

人群中早有一位十七八岁的美丽女孩，不时地偷偷观察着杰布。她的装束和其他少女有些不同，穿着一件薄薄的青色粗布坎肩，蓝色的粗布短裤，足蹬一双奇特的豹皮短靴，右脚靴子外侧插着一把精致的匕首。肤色略黑，五官匀称协调，自然卷曲的黑色长发披散在肩头，个头不高，发育得很好，身体的曲线分明，倒也显得娇小玲珑，一看便知是一位活泼大方、透着几分野性的部落女孩。杰布脖颈的哈达便是她大大方方地走到近前献上的。

没有人认识她是谁，聚在一起的部落中人原本也不能识别出每个人的身份。或许是他们各自居住得太分散，也或许是部落的族人们历来对陌生人抱着友善的态度，没有探听他人秘密的习惯。

杰布也没有留意，只是在接受她的哈达时，被她火辣辣的眼神看得脸色发红，心里咚咚直跳，甚至于不敢抬头盯着她大胆直接的目光。他的心思更多地放在了这个神秘部落，从方方面面观察和研究着，见到杰尔法师的法杖之后，心思又全放在了这根法杖上面。

到了杰尔法师的近前，杰布按照阿里的习俗，礼节性地向他致意，杰尔法师冲着杰布笑了笑，低了低脑袋，算是还礼致意，邀请杰布坐到他的地毯上。除了巴拉王坐着一张木制的座椅，部落的族人们全部席地而坐。此时，巴拉王表情肃穆，似一尊雕像，一动不动，只有眼珠子在不停地转动着，或许他在思考着什么，或许这也是他和他的臣民们独特的相处方式。

　　那位美丽活泼的少女，在火光的映照下，脸上泛着兴奋和羞涩的红光，待众人的歌声低下之后，她停止了舞动，伸出胳膊，顺手擦了擦额头的汗水，忘情地唱了起来，歌声高亢嘹亮，很好听，却是听不懂她唱的内容。钱教授对古今藏语研究得很深，倒是能听懂其中的几句——

　　……

　　啊，雪山啦，

　　我愿变作一朵洁白的云，

　　飞在你身旁；

　　啊，雪山啦，

　　我愿变作一把悠扬的琴，

　　伴你把歌唱；

　　……

　　杰布走到杰尔法师身边坐下之后，礼貌地向杰尔法师问道："大师，我可以看看您的神杖吗？"

　　杰尔法师的目光在杰布的脸上停留了几秒钟，似是在迟疑，随即，便把法杖双手递给了杰布，看上去，他对这根法杖很是恭敬。

　　杰布伸出双手接过法杖，放了下来，低下脑袋，借着火光，仔细地看了一会儿。没错！这根法杖和他在古格秘道中得到的威玛神杖一模一样。杰布记得他阿爸说过，威玛神杖是辛饶米沃祖师曾经留在象雄的神器，后来象雄被松赞干布灭掉之后，法杖便传入了古格。奇怪的是，杰尔法师怎么会有这么一根一模一样的？难道这两根法杖中有一根是复制品？或者说，原本就是一对？难道这个隐秘深谷中的部落和象雄、古格有什么联系？杰布皱起了眉头，一边端详着，心中一边胡乱地猜测着。

　　"索朗占堆，索朗占堆，你在做什么？"是钱教授着急的声音。

　　钱教授的声音尽管被歌声遮盖着，还是传入了杰布的耳际，打断了他的思索。杰布抬起头来，看到索朗占堆正惊愕地向着巴拉王走了过去，对钱教授的叫喊似乎充耳不闻。

难道巴拉王在召唤他？杰布的目光转向了巴拉王。当他的目光落到巴拉王之时，杰布也有些惊奇起来，不知何时，巴拉王的怀抱中坐着一只奇异、漂亮的银狐，小家伙眯缝着小眼睛，似是在安详地享受着部落族人的歌舞。

待冒失的索朗占堆走到近前，银狐从巴拉王的怀抱中立了起来，伸出两只前爪，调皮地对着索朗占堆凌空挠了两下，似乎是故人相见。巴拉王伸手轻轻地拍了拍银狐的脑袋，银狐便安生地坐了下来。

索朗占堆看着银狐，突然显得有些激动起来，快步走到杰布近前，大声说道："杰布少爷！就是这只银狐！"

坐在火堆前的巴特尔，眼睛也死死地盯着银狐，他也再次确认，这只银狐和他在营地守岗时碰到过的确是同一只。

杰布看了看银狐，又看了看索朗占堆，诧异地说道："索朗占堆，银狐怎么了？"话刚说完，瞬间便明白过来，杰布记得索朗占堆在他家中曾经详细描述过他初次碰到"雪山女神"和跌落古格秘道入口时的起因，便是因为他先见到一只银狐的缘故。

索朗占堆用力地点了点头，说道："杰布少爷！就是这只银狐！"

杰布明白了，索朗占堆想告诉他，这只银狐和他曾经在雪山中看到的是同一只，杰布再次仔细打量起巴拉王怀抱中的银狐，就是因为这只银狐，引发了他们这一连串的奇遇。或许冥冥之中，天神真的是早有安排，一步步地把他们引领到这里，最终将会把他们带到美丽的香巴拉王国。

杰布笑着对索朗占堆说道："索朗占堆，我明白你的意思了。一切说起来，是仁慈的天神安排了我们这次美妙的奇遇，让我们一起感谢天神，静静地等待着将要为我们揭开的秘密。"说完，杰布对着索朗占堆做了一个手势，示意他坐到身边来。

索朗占堆开心地坐了过来，和正直、善良、和气的杰布少爷坐在一起，对于他来说，是一件很荣幸的事情。

坐定之后，索朗占堆又看了一眼巴拉王怀抱中的银狐，脑袋便转向了部落族人中那位神秘的女孩。的确，她长得很美丽，歌声很好听，吸引了很多人的目光。

巴拉王一直很沉静，对他们的话似是充耳不闻，好像心中什么都明白，抑或他对这些话题毫无兴趣。

杰尔法师明白了索朗占堆和杰布对话的意思，一定是他们曾经遇到过这只银狐。他也看了银狐一眼，然后友善地对杰布解释道："这只灵狐是天神赐予我王的守护神。它可以到达天庭，从天神那里得到圣明的谕示转达我王。"

杰布淡淡一笑，"哦"了一声，说道："这只银狐很漂亮，很可爱，看上去很有灵性。"杰布此时也想明白了，这只银狐定然知道深谷那条通向外界隐秘的通道，也就是部落中人传说中关角神山通天的梯子。有时候，许多人类未知的秘密，那些灵巧的动物们却能发现一些端倪，自己的好兄弟扎巴不也是很出色吗？

杰尔法师说道："是的！英俊的杰布啦，它是天神的使者。和你一样，都是天神的使者。我知道，你们来的目的，还包括那些魔鬼。"

听了此言，杰布惊讶地看了杰尔法师一眼，随即笑道："哦？那大师说说看，我们到底为什么而来？"杰布明白，杰尔法师所说的魔鬼一定是指伤害过他们部落族人的黑鲨雇佣军。

杰尔法师犹豫片刻，没有正面回答杰布，眼睛盯向了正蹿着火苗的火堆，似是自言自语般说道："将心交给神灵，心中便会明亮如同太阳；将心归于贤王，心中便会自由自在不再彷徨。欲求财宝的人很多，达到愿望的却很少；欲求好猎物的人很多，得到的收获却很少。不管怎么样，沿着天神指引的道路，永远不会走错。"

杰布有些不明白他到底想要说什么，不便多问，眼光投向了火堆。杰尔法师的话语似是在点化他什么道理。看着一跳一跳的火苗，杰布的心中猛然地想：我们为什么要去寻找香巴拉？一时的好奇？一时的冲动？或许仅仅是为了去印证一下这个千百年来让人魂牵梦绕美丽的传说？抑或自己仅仅是当作一次考古之旅？显然，这些答案都不是杰布心中真正所想。为什么要去寻找香巴拉？杰布此时在心中自问，自己却也难以回答。

杰尔法师的目光在他们这群不速之客的身上扫了一遍，又转向杰布，说道："只有努力寻找和历经磨难，才能找到你心中真正需要得到的。智慧之门只会对叩门的人敞开。天神会佑护你们！"说罢，杰尔法师向杰布伸出了手，意思是想要回他的法杖。

听了杰尔法师的话，杰布的心中很受触动，感激地说道："感谢大师智慧的启示！您的话语似一盏明灯，驱走了道路上的黑暗。我会牢牢记住的。"说罢，杰布将法杖递给了杰尔法师。

杰尔法师小心翼翼地双手接过法杖，放入怀中。

看着杰尔法师对法杖恭敬虔诚的态度，杰布不由得问道："大师，我可以请教您几个问题吗？"

杰尔法师点了点头，默许了。他从没有打听过杰布的任何事情，他的心中却是一直觉得这个英俊的小伙子很不寻常，浑身透着一种莫名的吸引力，一见到他便让人感受到了他那种友善的亲和力。

杰布指了指杰尔手中的法杖，说道："是关于这根威玛神杖的。我听我阿爸说，这根神杖原本是辛饶米沃祖师的法器，曾经在象雄国传教时留在了象雄，后来又传到了古格。您怎么也会有这根法杖呢？"

听了杰布的话，杰尔法师的双手猛然地抖动了一下，眼睛睁得大大的，惊愕地看着杰布。杰布准确地说出了法杖的名称和来历，让他很是震惊！

看着他的神情，杰布脸一红，有些不好意思起来，局促地解释道："大师，怎么了？如果我的问话唐突，我收回我刚才所说的。我向天神起誓，我并无恶意。"杰布以为自己的问话冒犯了他。

杰尔法师诡异地一笑，说道："没什么，善良的孩子。你能够说出威玛神杖的来历，让我感到很吃惊。因为，这是一个古老的秘密。想必天神已经选中了你！给了你很多的谕示。你的到来，将会是整个魏摩隆仁的一道光芒！"

杰布还是第一次看见杰尔法师的笑脸，笑得又是如此怪异。听到杰尔法师说起法杖是一个古老的秘密时，好奇的杰布，顿时起了兴致，说道："大师，我也有一根相同的法杖。我去拿来你看看。"说罢，杰布起身去了帐篷。

挤在友好的部落族人中间，马强如同大猩猩一般扭动了半天，早已是气喘吁吁，大汗淋漓，却是很开心，很久没有如此放松过，如此惬意过，仿佛自己成了原始部落中一名普通的族人，白天打猎耕种，夜晚和族人们聚在一起，尽情地享受着生命的原始和快乐。

在北京时，他时常也会约朋友们一起，喝得微醉，到迪厅狂舞。这两种感觉却是天壤之别，在这里，朦胧之中，马强似乎对生命产生了一些新的认识，在他四十多年的人生旅途中，经历过生死，经历过贫贱，经历过富贵，人世间的善恶忠奸、世态炎凉，他曾经一直认为自己什么都看明白了，人生就是那么一回事，赤条条地来，赤条条地去，广厦千间，夜眠七尺。一堆堆跳动的火焰，半裸的部落族人们一张张纯朴的笑脸，诡异的面具，咿咿呀呀的原始歌舞，在这神秘而又让人亢奋的氛围中，他忽然间觉得生命或许还有另外一重意义，是他从来没有感受过的，内心一直抑制不住的那份浮躁开始渐渐地平静。

看到诺日朗一直静静地坐着，怀中始终抱着冲锋枪，舞动的马强很清楚诺日朗的心思，越是在这个时候，他越是不敢放松，表面上不动声色，却一直在为众人暗暗地警戒着。这是一名优秀特种军人的素质，防患于未然。马强一边擦着汗，一边微笑着走到诺日朗的身边，坐了下来，说道："这么多美女就没一个你看得上眼的？怎么不过去一起热闹热闹？"

诺日朗轻轻一笑，说道："我这一不会唱二不会跳的，献什么丑？就不去凑那个热闹了。"

马强说道："别怪我没提醒你，过了这个村可就没这个店了。等以后出了谷，再想找这样的机会，可就千难万难喽。你愿不愿掺和，那是你个人的私事，我也懒得管。趁这会儿工夫，我想和你正式地谈件正事。"

诺日朗说道："什么事？你就直说吧。"

马强说道："好！那我就直说了。关于指挥权的问题。"

诺日朗眉头一皱，疑惑地问道："指挥权的问题？怎么了？"

马强把脸一板，显得很严肃的样子，说道："目前的形势，你是知道的，很严峻！敌众我寡，敌强我弱。我们必须军民团结，携手合作，才能最大限度地消灭敌人。"

诺日朗有些不耐烦，说道："到底想说什么，你就直说吧！你也曾经是位军人，直截了当，痛快点！"

马强说道："关于指挥权的问题，伟大的红军就曾经数次经受过考验。最终把指挥权正确地交给了毛泽东同志，中国革命才一步步地走向胜利。这是历史带给我们的启示。既然我们合作了，那么首先就得解决合作后的统一指挥问题。我的意见是，由我负责统一指挥。"

诺日朗一听此言，乐了，看着马强说道："你？指挥权交给你？我知道，

你曾经当过兵，真枪实弹地打过仗，可你现在不是军人，多少年没摸过枪了？枪还会使吗？"

马强急道："敢说我不会使枪？我实话告诉你，我在战场上玩枪那会儿，你小学还没毕业呢，难听的话，我就不说了。说你那会儿小学没毕业，你得承认吧？"

诺日朗顿了片刻，说道："这个，这个我承认，行了吧？此一时彼一时。我不和你多说这些没边没谱的，你也累了，早点回去休息吧。"

马强说道："你还别不服气！钱教授都说过，我马强有将帅之才，要是不退伍的话，没准儿这会儿混个少将军衔，我一个少将指挥你们几个，不算过分吧？"

诺日朗哭笑不得地说道："你少来了！即使你真的是少将，我只能说会尊重你的意见，未必会听你的！执行任务中，我只服从于我的上级。况且，你目前的身份，只是一名老百姓，我怎么路上听钱教授说，你这个考古探险队队长的职务还是自封的？"

马强见没有唬住诺日朗，口气软了下来，说道："这个钱教授！专揭我马强的短。下次再到我店里去买古董，我非拿假货蒙他不可！"

"又准备算计我什么哪？"钱教授乐呵呵地走了过来。

马强笑道："钱教授，你总是在关键时刻出现！好家伙，我这还是头一次背后夸你，居然还让你给撞上了。你老人家来了正好，坐下坐下，我们一起商量商量大事，这可是事关生死！"

钱教授坐了下来，笑道："有这么严重？"

诺日朗正色地对钱教授说道："钱教授，这个问题，我希望你能够重视，都怪我当时一时糊涂，让老马给唬住了，竟然同意了你们入谷。你们考古队每个人的人身安全，确实是个大问题，我希望你们在以后的工作中，能够小心一些。"

钱教授说道："老马这人啊，标准的北京人特点，有话不好好说，非得绕点弯子，时常说些没谱的话。不过，我说句公道话，他人倒是不坏，也有两下子，需要的时候，可以给你们搭个手。"

马强笑道："我说钱教授，你这是夸我哪还是批评我？你到底跟谁一头的？"

钱教授笑道："我当然是跟解放军一头的！你呀，不靠谱。"

马强刚要着急，诺日朗适时地打起了圆场，拦住了马强的话语，笑道："马大哥说话很幽默，这是他的特点，话又说回来，毕竟打过仗，是我的老前辈，有着丰富的实战经验，有些意见该听的，我会认真考虑的。"

一听此言，马强开心起来，说道："这还差不多，其实刚才我和你提到指挥权的问题，我就知道，你肯定不会同意，也算是开个玩笑。不过，我还是得好心提个醒，他们人多，不可轻敌，我还是很乐意和你们并肩作战。"

诺日朗好奇地问道："你怎么知道他们比我们人多？"

马强说道："听枪声呀！从你们对战的枪声，我基本就可以断定，他们至少有八九个人！"

马强此言让诺日朗心中暗暗地佩服起来，能够从枪声判断出对方的大致人数，这可不是一般的战士能够做到的，再者，他竟然可以轻松地擒住黑鲨雇佣军的一名特种战士，身手肯定不错。在那个天梯出口处，居然神不知鬼不觉地摸到自己身后，要知道，自己在入谷的时候，早已检视了那里的地形，一直很警觉。看来这个马强还真不简单，连钱教授都夸他，钱教授这样的学者是不会随意夸大事实的。诺日朗觉得，还是很有必要对他们说出一些真相来，以便引起他们的重视，便说道："事实上，根据我们掌握的情况，他们有十七个人。全是受过特种训练的特种战士！"

马强吃了一惊，说道："啊！这么多？他们到底是什么人？到这来做什么？部队就派你们几个人来？你们的领导也太不负责任了！"

诺日朗看了看钱教授，又看了看马强，说道："该告诉你们的我会告诉你们，不该说的，我也不会乱说。"

钱教授深明事理，点了点头，说道："我明白，这是军事机密。小马，你就别难为人家了，你也是当过兵的，知道部队纪律。"

马强悻悻地说道："知己知彼才能百战百胜嘛。对方人多，我的天，十七个人，三比一的实力对比呀，正好多点帮手，胜算不是大一些嘛！"

诺日朗似是忽然想起来什么，说道："不对！他们目前应该只有十六个人，在路上我们曾经碰到他们的一名士兵遭遇了不测。"

马强说道："哦？你们是一路跟踪他们过来的？路上让你们消灭一个

了？"

诺日朗简单地把见到那名士兵被雪地怪物追击扑杀的事情描述了一番。

听完诺日朗的描绘，马强和钱教授惊得脸色都变了。

钱教授喃喃地低声说道："是雪龙，肯定是雪龙！魏摩隆仁的守护神！"扎巴和雪龙的那场生死之战，此时此刻依然让他心有余悸，那只雪龙太可怕了，那一次的逃脱，是他们的幸运。若不是上路时遇到牧羊小姑娘，得到了那朵死亡之花，怕是那次遭遇雪龙，他们没有一个能够活着离开，史密斯的死便是一个很好的例子。

"雪龙？钱教授的意思是说，那只雪地怪物是雪龙？你们了解那只雪地怪物？"诺日朗急切地问道。

钱教授说道："是的！从你刚才的描述来看，如果我没猜错的话，你们见到的那只雪地怪物肯定是雪龙！传说中，雪龙是魏摩隆仁的保护神，所有冒犯魏摩隆仁的人都会遭到雪龙严厉的惩罚！"

马强补充道："是呀！钱教授说得没错！我们路上碰到过雪龙，差点全军覆没！连勇敢的扎巴都斗不过雪龙。"

诺日朗默然不语，双手下意识地摸了摸冲锋枪。

马强再次急道："雪龙真的很可怕的！我这可不是危言耸听，连子弹都不怕啊！当然，主要是因为我的仿制六四的威力不够，索朗占堆的猎枪也只能打打兔子打打鸟，要是我手中有支军队的真家伙，肯定不怕雪龙。刚才关于指挥权的问题，只当是一个玩笑，我现在正式要求，不，是请求，请求解放军同志为了我们这批专家学者的安全，先借给我们考古队一把真枪。用完，我肯定还你们。这次我说的可不是玩笑，是认真的！"

诺日朗皱起了眉头，心中愈发地焦虑起来。看来，情况比自己想象得要复杂得多，凭空地又多出一只可怕的怪物，虽然暂时没有正面遇到，但是肯定避免不了要遭遇这只凶猛的怪兽。关于马强借枪的问题，诺日朗原本是想一口否决，可是听了马强的话，他从心底倒是真想马上把手中的冲锋枪借给马强，这可是严重地违反部队纪律。诺日朗看了看马强，说道："借枪的问题，让我考虑考虑。"

马强说道："还考虑什么呀？我看你就是不把老百姓的安全当回事！"

诺日朗一听，急了，脸涨得通红，说道："你！你怎么能这么说话？我们猎豹连全体战士就算是豁出命来，也会保护你们的安全！"

钱教授说道："诺日朗，你别理他，他这是故意激你哪！我说小马，你也真是！我们国家对枪支的管理一向很严，你不是不明白这个道理，再说了，人家部队也有纪律，哪能随随便便就把手中的枪支给借出去了？"

让钱教授抢白了几句，马强不但没生气，反倒笑了起来，一直和钱教授争争吵吵的，也就是图个乐子，马强肯定不会生气，他乐的是诺日朗一着急兜了自己的底。马强盯着诺日朗，说道："还真没想到，你们居然是西藏军区猎豹连的，你们可是名扬中外的特种部队，大名鼎鼎啊！"

诺日朗很快控制住了自己的情绪，说道："这可不算是我告诉你的，是你猜的。"其实诺日朗不是什么都不想说，一来是因为纪律，二来也是为钱教授他们的安全考虑，万一有什么不测，对小分队的情况知道得越少，他们反倒越安全。

马强笑道："好！是我猜出来的！不过，找你借枪的问题，我希望你认真考虑一下，出了谷我就还你，咱大伙都不说，部队又哪会知道？放心，我也不会白借的，我再给你提供一条绝对有价值的情报！"

钱教授正色地说道："我说小马，生活中开开玩笑没什么，这正儿八经的大事可别乱说话，要负责任的！"

马强笑道："放心吧，我的钱大教授！我的情报肯定有价值！"

诺日朗疑惑地看着马强。

钱教授说道："既然你觉得有价值就别卖关子了，赶紧说出来。"

马强说道："是关于猎豹连和对手的军力对比，如果我没分析错误的话，他们现有的兵力应该只有十四个人。"

诺日朗诧异地问道："你有什么根据？"

马强把在古格秘道口遭遇的两个"吃人魔鬼"的事情简单地描述了一番。

诺日朗听完，眉头舒展开来，笑道："没错！马大哥说得没错！那两个十有八九是黑鲨雇佣军的战士，奇怪的是，他们怎么会在那里？"

马强说道："这不难分析，你们既然在路上碰到雪龙追杀他们的一名战士，那么我说的这两个人难保也曾经遭遇过雪龙的追击，他们无路可逃，

很可能像索朗占堆一样，无意中跌落在那里。"

钱教授一拍大腿，说道："正是如此！"

诺日朗说道："倒也合乎逻辑！问题是雪龙究竟在哪？为什么要追击他们？万一碰到雪龙，有什么好办法可以对付这个可怕的怪物？"

马强说道："雪龙在哪我不知道，为什么追击他们，我也不知道，至于有什么办法对付雪龙我倒是知道。"

诺日朗眼前一亮，说道："还是马大哥有办法，赶紧说说看，有什么好办法？"

马强说道："根据杰布阿爸所说，只有带着死亡谷的死亡之花，才能躲过雪龙的袭击。事实上我们那次若不是带着一朵死亡之花，怕是也不会在这里给你们解放军同志们添麻烦了。不过，我说了这话算是白说，死亡谷在冈仁波齐山脚下，我们曾经去那找过死亡之花，但没找到，倒是无意中从一位放羊的小姑娘那里得到过一朵。"

诺日朗喃喃地自言自语："死亡谷？死亡之花？冈仁波齐？啊！我明白了，我明白了！我明白他们为什么三次绕道冈仁波齐的缘由了！"此时的诺日朗心中豁然开朗，黑鲨雇佣军先后三次派出的小分队全部绕道冈仁波齐，一定是先去那里的死亡谷寻找死亡之花，就是为了进这个隐秘的深谷避开雪龙的袭击。

马强说道："明白什么了？一惊一乍的？"

诺日朗笑道："马大哥刚才提供的线索太重要了！非常感谢！等我们完成任务，回到部队，一定会为你们请功！"

马强阴阳怪气地说道："得了吧！还请功呢！连我们现在的安全问题都不管。虽然我刚才提供了极有价值的军事情报，不过，我可不会向你们邀功。关于借枪的问题，我希望你能认真地考虑，生死攸关的大事，希望你能尽快地答复。我是普通百姓，死活没人疼，可以理解，但钱教授他们可是国家的人才哪。"

诺日朗笑道："放心，马大哥，借枪的事，我会认真考虑！明天一早答复你！至于处分什么的，我也不管了，我诺日朗扛着就是！"

马强心中偷偷乐了起来，诺日朗的话语里虽然没有直接说借枪给他，明摆着是答应了。

"都在聊什么哪！"这个时候，梅青气喘吁吁地走了过来。到了马强近前，盘腿便坐在他的身侧，也顾不得钱教授和诺日朗在不在场，大大咧咧地往马强身上一靠，说道："哎呀，累死我了，今天真是开心！虽然在舞台上表演过那么多次，从来没有过今天的感觉，太艺术了！太完美了！对了，马强，不知你发现没有，有一位小姑娘八成是看上咱的杰布兄弟了，人长得倒是挺漂亮，就是皮肤有点黑。看，看，就是那边的那位。"说罢，梅青推了马强一把，伸手指了指远处那位迷人的部落女孩。

众人看了过去，那位女孩已经坐到了火堆旁，正和其他的部落年轻人说着话，她的身边围坐着三四位年轻的小伙子和几位姑娘。其实，众人早就发现了这个问题，都是成年人了，那位女孩的目光那么大胆和直接，只要不是弱智，都看得明白。

马强这边谈兴正浓，让梅青这么一打岔，很是扫兴，显得不耐烦起来，说道："还是跳你的舞去吧，我们这正谈论军国大事呢。"

梅青说道："人家累这样了还跳？再跳就散架了。"

马强说道："那你再去为他们唱首歌，就唱那首《天路》，我最喜欢听了，我感觉，你比韩红唱得好听多了！"

"真的啊！"梅青一听，顿时高兴起来，"那我就过去唱一首？可惜没有音乐，只能清唱了。"

"去吧，去吧！"三言两语，马强便把梅青给打发走了。

钱教授和诺日朗偷偷地乐了起来。

梅青走到火堆近前，回头看了看马强，清了清嗓子，刚要唱，忽听得广场边传来一声怪异的喊叫，似是祭祀时的一声大喊，听上去很激动很兴奋！

所有的人停了下来，目光齐刷刷地看了过去。

只见杰尔法师浑身颤动着，嘴唇喃喃地嚅动着，不知他在说什么，或许是在念动只有他和神灵才能明白的咒语。杰尔法师很是激动的样子，头颅仰向天空，双手高高地托举着一根奇特的法杖，这只法杖正是杰布拿过来的威玛神杖。

部落中的人见到威玛神杖，纷纷围到了杰尔法师的附近跪了下来，虔诚地叩拜着，有的浑身颤抖，有的热泪盈眶，仿佛见到了天神现身一般。

巴拉王早已离开了座椅,跪拜下来,竟然连他的银狐也静静地伏在一边。

很快,广场前一张石制祭祀平台摆上了祭品,燃起了桑烟。祭台一边的地上竖起了一根高高的九节长箭,钱教授和杰布都明白,在藏地,人们称之为福箭,藏语叫"俄博",箭上系着白毛绳,以此代表通向天界之路。这是典型的苯教祭祀仪式的风格,在后来的藏传佛教仪式中吸纳了这些文化。现如今,几乎每个藏民家中在出卖牲畜时,都会拔一根毛系在福箭上来供奉九节福箭。出嫁的姑娘,更是要在福箭旁举行家祭,也就是人们常说的"招福仪式"。这些习俗正是从原始的苯教中沿袭而来。

杰尔法师缓缓地走近平台,慢慢地将法杖放在了平台正中央的一块方形石块上,随即退后几步,跪拜下来,双臂对着苍穹伸展开,口中大声地喊道:

> "汇聚一切圣者智慧无所不能的教主,
> 您的慈悲最无偏无向,
> 犹如众星之中的明月,
> 宛若草原上的雪莲。
> 请您为苦难的众生洒落一道圣光。
> 摧毁有形的敌人和无形的恶魔,
> 将我们从黑暗带向光明,
> 从死亡带向永生!"

部落中的人们不约而同地齐声跟着呼喝着:"嗦!嗦!嗦!"喊完之后,杰尔法师俯首在地,口中喃喃地念起了无人听懂的经文和咒语,顶礼膜拜。

诺日朗和钱教授等人一时不知所措,茫然无语,静静地立在一旁,注视着这一切。

看来,部落中人对于这根神杖早已熟悉,他们对这件看似普普通通的法器如此之狂热,让钱教授不禁为之震动,在远古时期人们又何尝不是如此?对虚无缥缈的神灵的虔诚,几乎充斥着人们的整个心灵。在原始的自然条件下,由于对未知世界的认知不足,人们坚信万物有灵,人们坚信高高在上的神灵左右着世间的一切。一次又一次地听着族人们的齐声呼喝，钱教授不禁思忖起来，根据经文记载，"嗦"这个词汇出自象雄文明时期中常用的祭祀用语，人们在占卜时也会经常用到，想不到这个词在这个近似原始土著的部落中竟会如此频繁地被使用着。根据考证和推测，人类的发声器官经历了数百万年的演变，大约在五万年前进化成型，人类的语言开始快速发展，或许早期的原始人类也仅仅是借助于类似"嗦"一般的语气词进行原始的沟通和交流，人与人之间如此，人与神之间亦是如此。人类在劳动协作中，找到了越来越多的默契和共识，语言渐渐形成，然而人与神之间始终存在着无法逾越的鸿沟，人神之间的沟通也只能借助于简单的语气词以及袅袅的烟雾和神秘的法器。

这是一个既让人陌生又让人觉得熟稔的部落，从他们使用的语言，从他们的生活形态，从他们信奉的宗教来看，他们和传说中的早期象雄文明极其相似，保留着深深的藏地土著文明的印迹。每一个民族都有自己的文明史。藏族作为中华民族大家庭中的一个成员，自古以来就繁衍生息在青藏高原上。据大量文献和出土文物考证，藏族的历史至少可以追溯到一万年以前的新旧石器时代。在漫长的历史中，和其他民族一样，创造了自己辉煌灿烂、别具一格的古代文明。以传播苯教为主线而发展起来的象雄文明便是其中之一。许多史料证明，象雄文明历史悠久，先于雅砻部落的兴起，最终与雅砻部落、苏毗部落融合，形成了强大的吐蕃王朝。

此时此刻，钱教授的心中似是渐渐地理出了头绪，又似是被层层迷雾团团笼罩着。这个神秘的部落有自己的文字吗？他们究竟从哪里来？或者，从一开始就生活在这里？人间蒸发一般的象雄人、古格人和他们有什么联系？是曾经的象雄文明影响过他们？还是他们曾经影响过象雄文明？一切太让人琢磨不透。

杰布的心中也一直在思索着，或许在原始文明时期，在人们日常生活中，祭祀、占卜的各种仪式无处不在，很多事情，甚至于战争，都要取得神灵的许可或是启示，甚至于一些邪恶的行为，人们也会以神灵的名义进行，似乎这样人们才会心安理得。虚无缥缈的神灵真的存在吗？神灵真的能给出启示吗？

杰布想起了伽比尔曾经对神灵的解读：神就像撒入沙子里的糖，一头

大象围着糖发怒，却吃不到它。你变成一只蚂蚁，便可以吃到糖。

过了半个小时左右，祭祀活动停了下来。巴拉王的银狐已经爬上了他的肩头，巴拉王走到杰尔法师近前，低声耳语几句，随即转身去了王宫。贡布头领紧紧地跟在他的身后，似一名忠诚的卫士。

杰尔法师双手紧紧地把威玛神杖抱在怀里，走到杰布身边，鞠了一个躬，恭恭敬敬地说道："尊敬的杰布啦，请你和你的朋友们一起到王宫去一趟，让我们和勇敢的王一起去寻求天神的谕示。"说罢，目光快速地在钱教授和诺日朗等人身上扫了一圈。

钱教授和诺日朗等人已经围到了杰布的近前，杰尔法师的话语他们听得很真切。

广场上早已经变得很安静，甚至于能听到火堆燃烧的声音，部落的人们静寂无语，依然在虔诚地跪拜着，不愿离去。

杰布看了钱教授一眼，钱教授没有插话，但是他兴奋的眼神告诉杰布，神秘的巴拉王和杰尔法师一定会为大家揭开一个重要的秘密。

钱教授、诺日朗等人随着杰尔法师缓缓地迈向王宫。

杰布悄悄地转身，脸色微红，甚至稍稍有些发烫，好在夜色朦胧，没有人留意到，杰布的目光在部落的人群中快速地寻找了一遍，方才那位美丽而又神秘的女孩早已不见了踪影。不知为什么，杰布的心中略略地有了几分落寞和失望。

杰尔法师将众人引入了王宫一侧的一所宽大的宫殿之中，宫殿与主体宫殿相分离，隔了有几十米远，房顶足有两层楼那么高，四壁插着一些点燃的火把，把里面照得通亮，墙壁上雕刻着一些线条粗犷而又流畅的鬼神画像。整个墙壁都是白色。有十余尊大大小小奇特的神像，或坐或立，靠近宫殿四壁无规则地摆放着，宫殿的正中间莲花宝座上，端坐着一尊高大威武的金色神像，足足高过一层楼，神像的手中拿着一把杖，造型和威玛神杖十分相似。神像的两侧站着几尊大约有其一半高的金色立像。钱教授心中思忖着，或许，这便是传说中辛饶米沃的神像。两侧的应该是他的弟子，传说中，他曾经穿越箭道到象雄传教时带着的便是他的几位弟子。

神像的前面有一张晶莹透明的长方形供桌，似是水晶一般，晶莹透亮。供桌上一字摆放十几盏酥油灯，发出昏暗的光。油灯的正前方有一个金黄色如脸盆大小的香炉，里面插着的几支香，正发出一闪一闪或明或亮的点点亮光，缭绕着袅袅向上的青烟，似是刚点燃不久。

看来，这里是他们的一座神殿，或者说是他们供奉的神庙。

巴拉王正盘腿坐在正中央一张厚厚的地毯上，他的银狐伏在他的身侧，脑袋贴着前爪，一动不动，显得十分安静。贡布头领在巴拉王的一侧跪坐着。

杰尔法师对着巴拉王合十行礼，说道："尊敬的王，按照您的旨意，尊贵的客人们，天神的使者，已经走进奉神的殿堂。"

巴拉王微笑着向众人说道："太阳是未经邀请的客人，用温暖的光辉去照耀着众生；你们是不请自来的使者，却带着神灵的福音。请坐吧，巴拉部落的客人们。"

钱教授、诺日朗等人学着杰尔法师的礼仪，双手合十向着巴拉王行礼，然后分坐到巴拉王两侧的地毯上。

杰尔法师走至巴拉王近前，将手上的法杖恭恭敬敬地递了过去，随即退到一边坐了下来。

巴拉王接过法杖后，仔仔细细地看了一会儿，然后抬起头来，打量了杰布一番，说道："巴拉部落曾经得到神灵的谕示：丁酉孟夏，上弦初八，巴拉领地将会出现高贵的凤凰和光明神祇的后裔。今天已经应验。正直的孩子，你的眼睛告诉我，你曾经在充满光辉的领地里诞生，你是从天而降的英雄，你具有无限的聪明才智，愿你的寿命比金刚岩牢固，愿你的权势比神山还要稳当，愿你的福气就像宝树一般茂盛，愿你的命运犹如大地一样平坦。感谢你，尊贵的杰布王子，你带来了象征法力和智慧的神器，它将很快为我们驱除迷雾带来光明。"说罢，巴拉王双手托起手中的法杖举了举，又放入怀中。

众人的目光齐刷刷地聚集到了杰布的身上。

听了巴拉王之言，杰布有些不知所措，脸色微红，显得有些腼腆起来，想要开口，却又不知说什么好，他看了看巴拉王，又看了看杰尔法师，最后把目光停留在马强的脸上。马强的应变能力一向很强，在杰布心中，早已将马强视若兄长。

老练的马强已经看出端倪，不失时机地接过话语，笑着对巴拉王说道："尊敬的巴拉王，既然你什么都明白，咱也不拐弯抹角了。我的兄弟杰布啦，

接受神灵的指示，要到香巴拉去一趟。到香巴拉怎么走？你赶紧想办法把我兄弟送过去就成了。这样一来，你们也算是立了大功，功德无量！"

钱教授一直微笑不语，静静地分析着他们的一言一语。

梅青自从进了这个神秘的宫殿，便一直紧紧地靠在马强身边，一只手牢牢地抓着马强的衣襟，大气也不敢喘，看到殿中那些面目狰狞的神像，她心中自然是十分害怕，几次欲叫出声，还是努力地克制了自己，生怕一不小心，冲撞了神灵、冲撞了部落的禁忌，电影中她是看过的，一些原始部落中人，十分野蛮，闹不好，把自己给活祭了。

诺日朗等人以及索朗占堆沉默不语，耐心地倾听和观察着巴拉王的一言一行。他们很清楚，此时此刻，他们的命运至少有一半掌握在巴拉王的手里，换个角度看，巴拉王很快会为他们解开一些他们急于想知道的谜团。

听了马强之言，巴拉王微微一笑，说道："如果没有信仰，就难以得到神灵的护持；如果没有福气，就难以得到梦寐以求的财宝；如果没有努力，就难以到达梦想的地方。神灵既然颁下旨意，一切自会按他的旨意进行。我知道，你们是天神的使者，还有那群住在巴达先部落的魔鬼，都是为香巴拉而来……"

"咚，咚，咚……"正说着话间，众人的耳际传来了清晰、绵延、浑厚的鼓声。钱教授、杰布、马强等人对此鼓声很是熟悉，据杰布阿爸所说，这是神秘的香巴拉传来的鼓声。

听到鼓声，巴拉王、杰尔法师、贡布头领均是脸色一变，显得有些激动，有些兴奋，他们对着殿堂内高大的神像跪拜起来，口中喃喃地念起了经文。索朗占堆也不由自主地跟着跪拜。

马强兴奋地说道："是香巴拉的鼓声！是香巴拉的鼓声！"却是没有人接过他的话题。

诺日朗和钱教授等人沉默不语，眼睛巡视着殿堂内的神像。

鼓声响了一小会儿便停了下来。巴拉王、贡布头领和杰尔法师渐渐恢复了平静，坐了下来。巴拉王静静地看着杰尔法师，似是想询问什么，杰尔法师开口说道："王！这是召唤的鼓声！香巴拉的神鼓在召唤着他们的客人，她将要用智慧的真理启迪世人迷惘的心灵。"

"香巴拉的神鼓？大师你能不能告诉我，世上真的有香巴拉吗？香巴拉到底在哪？"诸日朗急切地脱口问道，他已经抑制不住自己，太多的谜团困扰着他。关于香巴拉的传说，在藏地无人不知、无人不晓，可是没有人知道香巴拉是否真的存在，到底在哪。而且，黑鲨雇佣军此行的目的和香巴拉有关。诸日朗必须弄清这个问题。

众人的目光齐刷刷地落在了杰尔法师神秘的面庞上，诸日朗所问也正是众人都想知道的问题。

杰尔法师沉默片刻，说道："香巴拉王国被神秘的咒语保护着隐藏起来，是万千世界最神圣的地方。没有神灵的旨意和佑护，无人可以到达。那里的人们有着超凡的智慧，居住在宁静和谐的城市。他们不执、不迷，遵循智慧而生活，和谐相处……只有经过箭道才能进入香巴拉王国。法力无边的辛饶米沃曾经化身王子降生在这里。当年，辛饶米沃祖师向世人传教时，从他神奇的戒指里射出了一支箭，开辟了这条通道。只有带着这颗神戒，得到神灵的庇佑，才能安然地通过箭道。"

马强激动地问道："杰尔大师，据我们所知，辛饶米沃的神戒就藏在你们这个叫魏摩隆仁的深谷，可不可以告诉我们，这颗神戒到底被藏在哪里？"

不待杰尔法师答话，巴拉王接过话来，说道："神戒被供奉在魏摩隆仁的神庙之中，由我们圣明的王世代掌管着。"

"那么箭道的入口又究竟在哪？"马强又急切地问道。

巴拉王、杰尔法师、贡布头领三人同时摇了摇头，却是不语。

"你们是不知道还是不愿说？我看你们就别卖关子了，急死人！"马强有些不耐烦。

"没有人知道箭道的入口。没有神灵的引领，没有人会找得到。"贡布头领好心地提醒了一句。

"哦。"众人齐声应了一句，都显得有些失望。

诸日朗又好奇地问道："那么鼓声究竟在召唤什么？这到底是怎样的鼓啊？如此神奇？鼓声响起的时候，整个阿里地区都听到了。"说罢，诸日朗又喃喃地自言自语道："看来有些民间传说也并非空穴来风。"

杰尔法师的目光在众人身上扫视一圈，缓缓地说道："香巴拉的神鼓具有无上的力量！恶人得到它，可以夷平高山、填平四海、摧毁军队、灭

绝生灵，可以使沉睡的恶魔恰巴拉仁苏醒。善良的人得到它，可以唤醒沉睡的智慧，振奋孤寂的灵魂，获得无边的法力，可以赶走妖魔，得到勇气和希望、正义和真理！"杰尔法师的眼睛中泛起了晶亮的光芒。

"恶魔恰巴拉仁是谁？"诺日朗握了握手中的冲锋枪问道。

马强抢着答了一句："恶魔恰巴拉仁是辛饶米沃一生中的敌人和对手。辛饶米沃祖师在圆寂之前，用他的法力使恶魔恰巴拉仁沉睡起来。"说罢，马强得意扬扬地看了诺日朗一眼。

诺日朗看了马强一眼，随即，眼睛继续盯着杰尔法师，希望他能多说出一些他不知道的秘密。

杰尔法师点了点头，认可了马强的话语，接着说道："在我们深谷之中，每年入夏时节，便会被迷雾遮蔽圣洁的阳光，迷雾过后，又会是一片冰天雪地，白雪茫茫。因此，我们无法种植更多的粮食。"说罢，杰尔法师黯然地低下了头。

巴拉王和贡布头领看上去也有些神情沮丧。

钱教授和杰布心里已然明白，听杰尔法师所言，他们这个深谷一定是气候变化无常，并不是他们想象中的四季如春，只不过他们进来的这个时候，赶上了这个好时节，过一阵子，定会是天气转冷，大雪纷飞。

此时，或许是鼓声突然响起的缘故，巴拉王已无心再和他们聊天，他让杰尔法师将众人送到帐篷。自己静静地坐在部落神庙之中。

诺日朗的心中渐渐理出了头绪，黑鲨雇佣军借道尼泊尔，意在嫁祸于人，转移视线；三次绕道冈仁波齐，便是为了先找到死亡之花，以此避开魏摩隆仁深谷中雪龙的袭击；如果自己没有猜错的话，他们的最终目的地便是传说中的香巴拉，或许是为了得到香巴拉的财富，抑或是为了得到香巴拉神庙中的神鼓。

如果真是如此，接下来，黑鲨雇佣军的目标肯定是魏摩隆仁神庙中的神戒了。诺日朗的心中思忖着，不管他们是什么目的，绝不能让他们的目的得逞！下一步的行动计划，诺日朗的心中也更加明朗起来，先到魏摩隆仁王城的神庙，在那里守株待兔，一定能够等到黑鲨雇佣军的人。想到此节，诺日朗的心中又开始疑惑起来，既然他们早已进了深谷，为什么不直接去神庙夺取神戒？难道是自己分析错误？或者说，他们另有其他阴谋？或者说，他们此时很可能已经到了王城神庙？

诺日朗很想把自己的推测向指挥部汇报一下，他再次试了试携带的通信系统和个人手机，可惜的是都没有信号。他很想派一个人出谷，和指挥部取得联络，又担心耽误了时间，分散了兵力。思忖再三，最后索性一咬牙，不入虎穴，焉得虎子！想办法灭了这帮王八蛋！不管结果如何，鹿死谁手，至少不能让他们的阴谋得逞！不管他们是什么样的目的。

临睡之前，诺日朗、钱教授、马强、杰布几人聚在帐篷中沟通了一次。情况已经很明朗，他们的下一步有着共同的目的地——魏摩隆仁王城的神庙。

诺日朗建议：让钱教授他们先在巴拉部落住上一段时间，暂时先考察一下部落文明，由猎豹小分队先行一步，等到小分队完成任务，一定会派人过来接钱教授他们过去。诺日朗说，这也是为了考古探险队的安全着想。

钱教授、马强、杰布说什么也不同意，当然，每个人都急着早一日找到箭道的入口。钱教授分析，箭道的入口肯定在魏摩隆仁的王城一带，甚至很有可能和神戒藏在同一个地点，都在王城神庙之中。

争执了半天，诺日朗无奈，只好同意第二天一早一起出发，把俘虏暂时关在巴拉部落王宫的地牢，先去白玛神庙采集大地之母的眼泪彻底治好吕哲的蛇蛊，然后，直接奔赴王城神庙，不过，一切行动要听从诺日朗来指挥。

马强说："我不指挥你们也就罢了，你还要来指挥我们？不行！不行！考古队由我亲自指挥，诺日朗，你指挥你的小分队，我们两班人马配合行动就是了。"

诺日朗说："那好吧，我们就各自行动，各走各的道。"

马强一听，傻眼了，想了想自己的队伍，老的老，小的小，还有一个爱生事的梅青瞎胡闹，整个儿一帮老弱病残，失去了猎豹小分队的保护，安全成了最大的问题，单凭他一个人，的确也不好办。于是马强说："那这样吧，咱一起行动，军民合作。中国革命之所以取得胜利，靠的就是军民齐心、团结协作。你们怎么能把光荣的革命传统给忘了呢？我不和你争总指挥成了吧？但是，至少，我也得算个副总指挥。"

钱教授埋怨起马强来："你尽是跟着瞎掺和，官瘾就这么大呀？真要是爱当官，当年你就不该退伍。"

诺日朗听了马强之言，乐了，说："成！那就这样定了！我可丑话说到前头，要是有人不听指挥，军法从事！"说完，诺日朗拍了拍腰间的手枪。诺日朗心里想着：你爱给自己封个副总指挥就封吧，哪怕给自己封个国防部部长也没人拦着，反正猎豹小分队的战士们不会听你的。

最后，马强再次向诺日朗提出借枪的要求。

诺日朗笑着说："我还没考虑好，等我考虑好了再说。既然计划说定了，都早点休息吧！养足了精神，明天奔赴王城神庙！"

众人回到各自帐篷，躺了下来，劳累一天，早已倦了，在浮想联翩之中渐渐地睡了。

诺日朗在临睡之前，再次提审了俘虏："你们到底到这里来做什么？"

俘虏还是硬气得很，死活不肯说，只是说自己真的不知道，只有他们的指挥官才知道。

诺日朗冷笑道："你不说，我也知道了。前前后后，你们派出三支小分队，一共十七个人，自作聪明，刻意从尼泊尔边境过来的吧？绕道冈仁波齐，为的是得到死亡谷的死亡之花，以此避开谷中雪龙的袭击。进入这个深谷，是为了得到魏摩隆仁王城神庙供奉的神戒，然后穿越箭道，到达香巴拉。是想得到那里的财富还是想得到那里供奉的神鼓？得到神鼓想干什么？想要称霸世界？真是狼子野心！实话告诉你，香巴拉是我们的圣地，心中的天堂！任何人企图破坏和染指的话，都是白日做梦、痴心妄想！"

听了诺日朗所言，那名俘虏惊愕地瞪大眼睛，不可思议地盯着诺日朗看了半天。

从他的眼神诺日朗确认了自己的分析，诺日朗之所以提审他，也是验证一下自己的想法。诺日朗鄙夷地看了他一眼，说道："你们的人是多了一点，我明确告诉你，你们不是对手！1962年，我们已经较量过了，四万兵力对你们三十二万。战争的结果，我就不用再重复一遍了吧？你们在谷中的总兵力一开始是十七个人，现在还剩多少？眼下，不包括你，怕是只有十三个人了吧？我们还没有真正出手哪！多行不义，天必怒之！神灵都会处罚邪恶的人！"

到了此时，俘虏的气势已经被诺日朗彻底击垮，蔫巴起来，开始交代。诺日朗所推测的一点也没有错，他们的最终目的就是进入香巴拉，一是为了神鼓，二是为了财富。据他交代，黑鲨雇佣军第一次派出的五人小分队进谷不久便遭遇雪龙，他们只在谷中找到了两具尸体，其他的三人不知去向。目前的兵力，不算他在内，只有十一个人，其中还包括一名只受过临时训练、熟知原始宗教的巫师。他们在冈仁波齐的死亡谷一直都没有找到传说中的死亡之花，根据他们的巫师所说，在巴达先部落的领地范围依然藏着死亡之花的踪迹，在那里只要找到死亡之花，便会马上赶到王城神庙，那只凶猛的雪龙便守护在王城神庙之中。只要拿到神戒，也就找到了箭道入口的秘密。秘密就藏在神戒之中。

诺日朗的心中更加踏实起来，目前黑鲨特种部队真正能够参加实战的也就十个人，不知道明天吕哲恢复的情况怎么样，眼下看来状态良好，他们五人再加上马强和索朗占堆做帮手，基本上有一拼，俗话说得好：邪不压正！如果冥冥之中真的有神灵存在，神灵也会佑护正义之师！

半夜时分，香巴拉的神鼓之声，再次响起，若隐若现，足足响至凌晨，方悄然停息。众人却是睡得十分地安然和香甜。

第二天一大早，梅青在帐篷外面的大呼小叫声把众人惊扰起来。梅青总是起得很早。事实上，整个夜晚，猎豹小分队的队员们一直在轮流值班警戒。

梅青尖叫着："大雾散啦！天啦，大雾散啦！"

众人赶紧起身，纷纷走出帐篷。

马强一边走着，一边揉着睡眼，说道："穷嚷嚷什么哪？"

"景色太美了！"梅青赞道，此时竟也忘了拿出相机拍照。

扎巴欢快地跟在杰布身后。站在山边，杰布呼吸着新鲜的空气，极目远眺。浓浓的迷雾早已散去，远远近近的地面上依稀蒸腾着水汽，只是远方还在淡淡的雾气笼罩之中。一座座起伏的小山连绵着，一些小山上生长着繁茂的树林，树林之间青翠鲜艳的花草相间，草地上零星散布着一些黑色帐篷，成群的牛羊在帐篷附近悠闲地啃着草儿，却是见不到放牧之人。贴着山脚的峭壁，散布着一些山洞，洞中似是有人居住，上方依稀冒着炊烟。

远处陡峭高耸的崖壁直冲云霄。众人明白，峭壁之外便是茫茫的雪山了。

众人感慨着，大自然真是夺天地造化，雪山之中竟然会隐藏着如此神秘的深谷，默默地环顾着眼前的一切，竟是无人再言语。或许，没有人愿意去打破清晨的惬意和宁静。

贡布头领早已静静地坐在一边，怀中抱着一个精致的长方形盒子，似是一直在等待着他们起床。

马强同他打起了招呼："这么早！"

贡布头领微笑着向马强点头致意，站起身来，走到杰布身旁，恭恭敬敬地行礼，然后双手将盒子递给了杰布。

杰布疑惑着刚要伸手去接，身边的马强眼疾手快，一把接了过来，说道："好漂亮的盒子！装的什么呀？哇，好重！"

接过盒子的刹那，马强的手被压得一沉，赶紧双手抱住，打量起来，很快，马强惊叫道："天哪！黄金做的！"

"让我看看！让我看看！"梅青早已冲到了近前，欲从马强手中抢过盒子。

"没有你不掺和的！"马强一边笑着一边将盒子小心地递给了梅青。

梅青贪婪地盯着手中的盒子，惊道："天啦！足足有好几斤重！杰布兄弟，这下你可发财啦！纯金的？"说罢，梅青的眼神投向了贡布头领。

贡布头领没说话，点了点头。

梅青的眼睛紧紧地盯着贡布头领，接着又问道："对了！昨晚我忘了问，宫殿里的那些佛像都是镏金的吧？"梅青哪是忘了问，当时倒是想问的，只是没敢开口。

贡布头领答道："都是纯金的！"

"一层楼高的那尊神像也是纯金的？"马强瞪大了眼睛问道。

"是的！都是纯金的，这些是我们巴拉部落的财富！"贡布头领平静地答道，一点也看不出骄傲的神情。

"我靠！我靠！我又靠！我再靠！"马强跺着脚，连声惊叫，"钱教授，依我看，不如让诺日朗他们先走一步，我们在这个部落再考察几天。我估摸着这附近肯定有一座很大的金矿，要不然，他们哪来这么多的黄金？再说了，我们几个人手无寸铁，跟着解放军战士们也是个拖累。杰布兄弟，你说呢？"马强先是冲着钱教授说，说到最后，又把眼光投向了杰布。

"是呀！是呀！钱教授，我们先在这里考察几天吧！"梅青在一边激动地帮着腔。

钱教授和杰布同时哈哈大笑起来。

笑了一会儿，钱教授说道："马强啊马强，这点财富就让你走不动啦？你没听杰布阿爸说吗？香巴拉王国是万千世界最神圣的地方。王国有八个莲花般的区域，王国中心耸立的九层黄金雍仲山，俯瞰着整个大地，山峰是巨大的水晶石，山上撒满了钻石珠宝。这里的黄金相对于香巴拉来说，那可是九牛一毛啊！不过，关于你刚才的意见，我部分同意，你和梅青先留在这继续考察，我们先走。你看这样行吧？"

听了钱教授之言，马强和梅青同时瞪大了眼睛，怔了一会儿。梅青咽了一口唾沫，马强的眼睛投向了远方。猛然，马强张开了双臂，激动地大声喊道："香巴拉啊香巴拉，我一定要找到你！你到底在哪？"

众人都笑了起来。

马强转过身，对着诺日朗说道："诺日朗队长，我看我们赶紧出发吧！黑鲨雇佣军那帮兔崽子肯定是冲着香巴拉的财宝去的，这可是我们西藏的物质和精神财富，更是我们的国家宝藏，绝不能让他们抢了先！钱教授、杰布、索朗占堆，你们都还愣着干什么？赶紧收拾一下，准备出发！"

众人再次笑了起来。

马强脑袋一歪，伸手冲着众人指了指，振振有词地说道："都笑什么？大哥别笑二哥，喇叭别笑广播。你们哪一个不是冲着香巴拉的财富而来的？"

钱教授说道："或许吧，你说得没错，大伙儿都是冲着香巴拉这个巨大的财富而来，只不过目的不同罢了，每个人对财富的理解也不同。好了，赶紧收拾准备一下，吃了早餐早点出发！马强说得没错，不能让那帮兔崽子抢了先！"

梅青甜笑着，说道："对了，盒子里到底装的什么呀？"一边说着，一边打开来。

众人好奇的目光一起看了过去，原来，装的是杰布的威玛神杖。

梅青笑道："我还以为他们不还给杰布兄弟了呢。没想到，因祸得福，

到头来又赚回了一个黄金盒子。"

这时，站在一边的贡布头领冲着杰布开口说道："尊敬的杰布啦，巴拉部落圣明的王和智慧的杰尔让我转达他们对您最真诚的谢意！您带来的神杖为我们驱除了迷雾，带来了光明和智慧。"

杰布看了看手中的法杖，说道："这根法杖也是我们无意中所得，既然你们如此敬重这根法杖，不如就留在这里吧。我留着也没有什么用。"

贡布头领说道："神灵的法器只会让福缘深厚的人拥有。带上它吧，它会帮助你驱除灾难，带来光明！"

钱教授说道："小杰布，你就别再客套啦，让你带上你就带上，说不定前面还有用呢。"钱教授的心中在疑惑着，难道这根法杖真的有那么神奇？居然帮他们驱散了迷雾？或许又是一次自然现象的巧合吧。

杰布犹豫片刻，默默地点了点头。

此时，诺日朗说道："那大伙就赶紧收拾一下，一会儿我们还得先去白玛神庙。对了，贡布头领，我们的这个俘虏能不能暂时先放在你们这里关一阵子？另外，再帮我们找一个向导可以吗？"

贡布头领点了点头，说道："没问题！王让我过来就是为了送你们去王城神庙。"说罢，贡布头领向着远处的部落士兵招了招手。

很快，走过来两名士兵，到了近前，贡布头领对着他们低声吩咐了几句。

诺日朗让巴特尔将俘虏移交给了他们。

众人开始收拾行李，收拾完毕之时，王宫里走出了几位部落少女，送来了丰富的早餐。

第九章　白玛神庙

出发之前，钱教授和杰布对贡布头领说，要去王宫向巴拉王和杰尔法师辞行。

贡布说，一大早他们便离开王宫到王城朝拜去了。

在贡布头领的带领下，没有费多少周折，众人很快到达了白玛神庙，也就是猎豹小分队最初降落后被贡布头领擒住的那片废墟。原来，入口处那尊一米多高雕着两只裸露乳房的无头半身石像，便是被他们称作"大地之母"的神像。

到了近前，贡布头领自怀中拿出了一个包裹，打开来，从里面取出一个精致的金碗，放到了雕像上方的平台上，随即，从腰间取下一把刀子，把吕哲叫到身旁，让吕哲伸出手来。吕哲不知何意，却也顺从。贡布头领解释说，祈祷时需要勇士的鲜血。说完，拉过吕哲的手，用刀子割破了吕哲右手的食指，在金碗中滴了几滴鲜血。然后，退后几步，让吕哲和他一起跪拜祈祷。吕哲犹豫着，看了诺日朗一眼，诺日朗点了点头。

二人在神像面前跪拜下来，贡布头领口中喃喃地念起了经文。吕哲是个汉人，却是不懂得如何祈祷，只是学着贡布头领的仪礼跟着跪拜，心中却在暗暗地发笑。一个无神论的汉人相比较于生活在众神领地的藏人来说，对于神灵的态度，自是天差地别。

众人静寂无语，立在一旁，一来是要尊重贡布头领的仪式，毕竟贡布头领是在为中了毒蛊的吕哲祈求灵药；二来，他们也想看看贡布头领到底怎样取到所谓的"大地之母的眼泪"。

祭拜了一会儿，贡布头领站起身，对众人说，需要等到日出时，大地之母才会为受难的生灵降下她垂怜的泪水。

杰布向天边看了看，林间的树梢现出了橙色的霞光，估计很快太阳会升起来，借着这个工夫，好奇的杰布向贡布头领问起了神庙为什么会被荒废。

贡布头领解释说，很早以前这个神庙被巴拉部落和巴达先部落共同供奉着，后来，两个部落为争夺神庙的归属权发生了战争。最终巴拉部落战胜了巴达先部落，争得神庙。可是没多久，一个漆黑的夜晚，不知何故，神庙轰然倒塌，于是，巴拉部落的人很快又把这座神庙修复起来，又过了没多久，白玛神庙再次莫名其妙地倒塌。人们开始惊恐，纷纷央求杰尔法师向神灵寻求启示。杰尔法师告诉部落的族人们，因为战争触怒了神灵，神灵已经远离，不在这里住持，不会在这里接受众人的供奉。于是，巴拉部落放弃了继续修复神庙。

听了贡布头领所言，让钱教授和杰布都不由自主地想起了拉萨大昭寺的修建过程。

大昭寺是藏人心中的圣地，又名"祖拉康"，藏语意思是经堂。"大昭"的藏语为"觉康"，意思是指有释迦牟尼像的佛堂。始建于公元647年，是西藏现存最辉煌的吐蕃时期的建筑，融合了藏、唐、尼泊尔、印度的建筑风格，也是藏式宗教建筑的千古典范。最早供奉的是藏王松赞干布的王妃尼泊尔赤尊公主带去的释迦牟尼8岁等身佛像，现今大昭寺内供奉的是文成公主从大唐长安带去的释迦牟尼12岁等身像，在佛教界具有至高无上的地位。赤尊公主带去的8岁等身像于8世纪被转供奉在小昭寺内。

相传，当时的拉萨平原遍布湖沼，赤尊公主欲修建寺庙，供奉她从家乡带来的释迦佛祖8岁等身金像。可是，不知何故，白天刚建，夜里又倒塌。赤尊公主听说从长安来的文成公主熟知阴阳、精通风水，便派女仆带上重礼登门求教。文成公主经过堪舆测算，认为西藏地形犹如一个巨大的魔女仰天而卧，卧塘湖的位置（大昭寺现址）正是汇聚魔女心血的心脏，在此处填湖建寺方可以镇住。为了控制魔女四肢，人们在她身上钉了12根钉子。传说这些钉子便是现今大昭寺主殿内的12根柱子。文成公主又说，要建成供奉释迦牟尼的寺庙，还需要调集千只白山羊驮运土石，才能完成这样的功德。松赞干布采纳了文成公主的主张，征集了许多民夫和白色山羊，开始填湖建寺。今天的拉萨这两个字便是从大昭寺演变而来。最早拉萨不叫 LASA，古藏文书上都是 RASA，RA 指山羊，SA 指土地，意思是指山羊修建的地方。后来因为里面供奉了佛祖的圣像、佛经、佛塔，又有四面八方的信徒来这里朝圣，大家都认为这个地方是佛地，于是又改称拉萨。LA 在藏语里是指佛的意思。

根据现代学者的考证和推测，当时大昭寺初建时倒塌的重要原因，是由于苯教僧人的破坏。当时的松赞干布察觉到根深蒂固的苯教贵族和僧侣集团已经威胁到了王权，便借助兴建大昭寺以弘扬佛教，以此来扬佛抑苯。这必然触动苯教贵族和僧侣集团的利益，于是，他们暗中破坏。

钱教授心里思忖着，这座白玛神庙的倒塌，很可能与大昭寺兴建时的倒塌原因有相似之处。

一道金黄色的霞光自天际远远地照来，众人开始兴奋起来，迷雾总是让人觉得压抑，被暖暖的阳光包裹着，心情也会觉得格外地舒畅。

看得出，贡布头领也是十分地激动和喜悦，脸上的表情不再那么木然，变得丰富起来。他恭恭敬敬地走到神像前，小心翼翼地端下金碗。

众人好奇地向着金碗看了过去，瞬时，一个个惊得瞠目结舌！

只见金碗中赫然装了半碗清泉般的甘露，几滴鲜血早已和甘露融为一体，碗中的液体泛出淡淡的红色，如鸡尾酒一般。如此情形，众人又如何不惊？太让人不可思议！

贡布头领将金碗放在唇边喝了一小口，然后递给了吕哲。众人不知所以然，也不以为意，还道是贡布头领近水楼台先得月，先喝一口这神奇的灵药。钱教授却是明白，这可能是他们的习俗，为了表达对朋友的忠诚，先喝一口示意碗中无毒。

吕哲接过碗来，豪爽地一饮而尽！

马强在一边开着玩笑，说道："兄弟，什么味道啊？有没有 XO 好喝？"

吕哲饮罢，抹了抹嘴，笑道："XO 什么味道？没喝过！"

马强正待开几句玩笑，忽听得跟在杰布身边的扎巴呜呜低声叫了起来。

杰布拍了拍扎巴的脊背，说道："扎巴，你怎么了？又要淘气了？"

一向机警的马强一怔，他突然意识到这可能是扎巴在示警，他警觉地

向四周看了看，众人也跟着四处看了看，四周并没有什么异样。

马强低声说道："我估摸着有问题。"

吕哲似乎精神了许多，早已经看不出当初中毒的样子。其实，自从杰尔法师帮他医治之后，便已基本恢复。关于蛊毒的传说，众人早有耳闻，信则有，不信则无。之所以还要到这里来喝下这碗"大地之母的眼泪"，也是以防万一。

众人疑惑地盯着扎巴，扎巴一动不动，眼睛死死地盯着丛林。马强补充道："我谁都可以不信，但是我相信我们的好扎巴！肯定有情况！"

诺日朗看了马强一眼，一言不发，警觉地四处察看起来。四周都是丛林，看不出什么名堂。

吕哲的听力最好，只见他皱起眉头，侧着脑袋。

小分队的队员们也开始四处察看。他们肩头的冲锋枪早已紧握手中，打开了保险。

猛地，吕哲喊了一声："有情况！"

恰在此时，梅青一声惊呼："妈呀！蛇！"

诺日朗大声喊道："警戒！"

猎豹小分队成战斗队形迅速四下分散开来。

周围响起了一片"簌簌"的声音。只见神庙废墟的四周密密麻麻的千万条蛇，自草丛间，从树林里，钻了出来，将众人牢牢地围在废墟当中。蛇群停在废墟边缘，却也不再往废墟中游动。

众人紧张地盯着蛇群，蒙了，谁也说不出话来，有些不知所措。钱教授和杰布心里惊得咚咚直跳。

梅青紧紧地抓着马强的胳膊，哭丧着脸，说道："天啦，怎么办呀？不会是欧阳锋来了吧？"

一时间，马强也有些着慌，听了梅青的话语，哭笑不得地怒道："瞎嚷嚷什么呀？再嚷嚷把你扔蛇群里去，吵得人心惶惶的！办法总是人想出来的嘛，你这越闹不是越乱？"

梅青打了马强一拳，却也不再言语。

马强也不知怎么办才好，即使对面是人山人海的敌人，他倒也不至于如此惊慌，大不了冲上去一拼。当年的战斗中，马强所在的整整一个班，在执行任务中被越南大兵大约一个排的兵力围在一片丛林之中，最后硬是凭着一番苦战，冲了出去。

马强把目光投向诺日朗，恰好，诺日朗正把目光投向马强，二人目光相遇，都明白了对方的心思，相视苦笑起来。显然，都是无可奈何。

此时，贡布头领镇定地说道："这是神的领地，白玛女神会佑护我们的平安，蛇妖不敢进来，它们会受到神灵的惩罚！一定是邪恶的巴达先部落搞的鬼！明知道我们要来这里向大地之母祈求！在这里给我们布下了陷阱！"

贡布头领的话语让众人开始镇定下来，每个人都觉得他的话合情合理，一定是巴达先部落的人搞的鬼。诺日朗暗暗恼怒，又中了对手的圈套。事实上，从出发的那一刻起，诺日朗一直很警觉，一路上不停地用望远镜观察了很多次，一个可疑的人影也没有发现，却是没有想到，他们还有这一手。

诺日朗四处仔细看了看，的确，没有一条蛇进入废墟。蛇群只是围在废墟之外，来回蠕动着，千万条蛇头高高地昂起，死死地盯着他们，显得很有耐心，似乎想告诉他们：你们就在里面待着吧，别出来了，最终也会把你们活活困死！

"看样子，这些蛇不像是毒蛇。它们个头小，脑袋都不是三角形。"马强笑着说道。

的确，每一条蛇都不似是有毒的样子，每一条大约一尺来长，泛着淡淡的金色的光芒。

钱教授说道："那只是简单的识别毒蛇的方法，到底有没有毒，可不能妄加推测，大伙儿还是小心点，别让蛇给咬着。"

马强笑道："钱教授，你这不是动摇军心嘛。"

诺日朗明白马强刚才那句话的用意，主要是为了让大伙儿镇定下来，不管遇到多大的困难，人一慌乱，便不知所措，只有镇定，才是解决问题的保证。诺日朗的心中对马强又增添了一分信服，不愧是当年实战打出来的高手。

诺日朗从脖颈上取下了冲锋枪的背带，顺手把手中的冲锋枪扔给了马强，说道："马大哥，子弹不多啊，悠着点！"其实，早起那会儿，诺日

朗便想把枪交给马强。

马强接过枪来，乐得眼睛眯成了两条小缝，麻利地打开保险，将子弹推上了膛，"嗒……"对着蛇群就是一梭子，口中说道："多少年没摸了，比我们那会儿用的 56 式可灵巧多了。"

当年的对越自卫反击战中，中越双方使用的基本都是中国产 56 式冲锋枪。56 式冲锋枪是仿照苏联 AK-47 改造而成，近年来也开始改称突击步枪，在国际上被称作中国 AK。

诺日朗羡慕地看着马强，说道："参加过战争的军人才算是真正的军人！接下来，你可得好好打，打出当年的威风！"

马强笑道："放心吧！敢和我们中国军人硬碰的，还没出生哪！"

马强刚才的一梭子打得蛇群有些骚乱，但是很快，蛇群又渐渐安静下来。

贡布头领看了看骚乱的蛇群，又死死地盯着马强手中的冲锋枪，一副不可思议的诧异神情。

马强见状，拍了拍手中的冲锋枪笑道："贡布兄弟，这是现代科技，不是魔法。世上本没有什么魔法，所谓的魔法的谜底在进步的科技面前，最终会一一解开。"

钱教授有些沉不住气了，擦了擦额头的汗水，急切地说道："快别在这卖弄了，到底该怎么办？总不能在这里困死？"

马强正要回答，只听杰布一声惊呼："扎巴！"

众人的目光齐刷刷地投向了神犬扎巴。扎巴站在废墟的一边，正和一只金色的小蛇对峙着，对主人杰布的喊叫声似是充耳不闻。

那只金蛇和其他的小蛇略有不同，长度差不多有一尺来长，只是它的颜色更显得金黄灿烂，浑身泛着红色的微光，通体现着点点晶莹的亮点，正昂着骄傲的脑袋，两只冷冷的三角眼泛出蓝蓝的光芒，似是两只萤火虫，死死地盯着扎巴。

钱教授、杰布、马强等人瞬时认出了这只奇异的小金蛇，古格秘道中，他们曾经遭遇过。

诺日朗和吕哲也认出了这只小金蛇，在侦察关角祭坛时，这只小金蛇曾经缠绕在巴达先部落巫师的脖颈上。

　　这时，小金蛇正立在一片空地上，其他的小蛇离它远远的，似是有意空出场地。

　　众人不知扎巴想要做什么，大致已经猜出，这只金蛇定是群蛇之王。众人呆呆地看着扎巴，大伙儿都希望在这令人不知所措的时刻，扎巴会带给他们意料之外的惊喜。

　　小金蛇的脑袋摇动了几下，似是在向扎巴挑衅。

　　扎巴一动不动，目光冷傲，紧盯着小金蛇的一举一动，身上黑得发亮的细毛开始微微地竖起。杰布明白，扎巴正在积蓄力量，准备对蛇王发起攻击。俗话说得好：擒贼先擒王！扎巴极有灵性，确是非同一般，在众人慌乱之际，已经看出了端倪。

　　"扎巴！"杰布再次喊叫了一声，显得有些着急，他想把扎巴喊到身边。在古格秘道中，杰布已经了解到这只小金蛇十分灵巧，不是那么容易对付的。

　　扎巴猛地跃起，利箭一般，冲出废墟，一团黑影向着金蛇扑了过去！小金蛇灵巧地侧身一闪，避开了扎巴的雷霆一击。随即绕着扎巴的四周，快速游动起来。扎巴扑空之后，立即稳住身形，紧盯着金蛇，迅速地跟着小金蛇转动起来，转了几圈，扎巴猛地稳住身形，它大概是突然意识到，这是小金蛇的圈套。

　　扎巴敏捷地奔到一边，和小金蛇拉开了一段距离，准备选择合适的时机，再次扑击小金蛇。小金蛇似是看出了扎巴的意图，不待扎巴立稳，忽地一跃而起，整个身子腾空飞了起来，身子笔直，张开利齿，如同一支疾速飞驰的箭，向着扎巴的眼睛啄了过去！

　　扎巴立地未稳，尚不能使力，危急时刻，来不及反击，身子猛然俯下，就地一滚，虽然有些狼狈，倒是避开了小金蛇的突然袭击。小金蛇扑了个空，顺着扎巴的上方飞落到一边。

　　周围的蛇群，高昂着蛇头，一起快速涌了上来，向着扎巴围了过去！

　　"嗵！"的一声，索朗占堆手中的猎枪响了，打在了冲向扎巴的蛇群里。见到扎巴的情形，索朗占堆情急之下，扣响了扳机。

　　"嗒……"马强手中的冲锋枪紧跟着响了起来，打在了向着扎巴涌动的蛇群中。

几条被击中的小蛇，身躯凌空飞了起来，向着蛇群飘落下去。蛇群顿时一阵骚乱，向前涌动的气势缓了一缓。

几条游动快速的小蛇已经冲到了扎巴身旁，张开嘴巴一起咬向扎巴。扎巴"呜——"地一声低吼，跃起身来，避开了小蛇的攻击，紧接着伸开两只前爪，向着冲到近前的小蛇狠狠地拍了下去，随即迅速转身退开。

被扎巴拍中的小蛇，扭动着身躯翻滚到一边，痉挛着，在地上颤动着，似是被扎巴拍断了骨头。

"扎巴，快回来！"急得满头大汗的杰布，已经冲到废墟边缘，捡起了地上的石块向着蛇群扔了过去。

蛇王已经再次调整好身形，向着扎巴快速冲来，它的身后跟着一群涌动的蛇群，海浪一般卷向扎巴。扎巴已经意识到情况不妙，猛地跃起，凌空扑向杰布身边的空地。就在扎巴跃起的刹那，扎巴方才落脚的地方已经被蠕动的群蛇围得没有了一点缝隙。

令人惊奇的是，蛇群游动到废墟边缘的青石边，全部停了下来，却是不敢近前，在附近来回地游动着，似是石头上沾着它们忌讳的灵药。

悬！马强紧张地擦了一把冷汗。

钱教授却是皱起眉头，从地上捡起一块石头，仔细地看了看，放到鼻尖闻了闻，又伸出指头用力地在石头上搓了搓，心中思忖着：石头上没有硫黄的味道，莫非石头表面有什么奇异之处？竟然使蛇群如此地忌讳。

站在钱教授身边的贡布，对着钱教授自豪地说道："智慧的杰尔早已经在我们巴拉部落的每一块石头上留下了诅咒，碰到石块的金蛇必将受到神灵的惩罚！"

钱教授看了贡布头领一眼，轻轻一笑，似是从贡布头领的话语中找到了答案：在这两个部落长期的争斗中，杰尔法师肯定是找到了对付金蛇的办法，在他们建筑使用的每一块石头上，早已涂上了灵药。

见到扎巴无恙，杰布松了一口气，关切地蹲了下来，搂着扎巴的脖子，说道："好样的！扎巴！"

"嗒……"马强开心地大笑起来，端起冲锋枪对着蛇群又是一梭子，似是孩子在玩弄玩具枪。

"我说老马，省着点！子弹有限哪！"诺日朗着急地喊道。

"好咧！"马强乐呵呵地应了一声。

"那怎么办呀？总不能在这里困死吧？"梅青看了诺日朗一眼，着急地喊道。

诺日朗白了她一眼，没有答话。

"豹头，你看！"吕哲指着树林的一边喊了起来。

猎豹小分队几支冲锋枪的枪口早已全部指了过去。警觉的诺日朗已经发现了那边林中的异常情况。

只见一位装束奇特的中年男子，正拿着一根奇特的木杖在蛇群中不停地挥舞拍打，木杖所落之处，群蛇纷纷避开，对木杖似是颇为忌惮。那人动作麻利，从蛇群中打开一条通道，进了废墟，不紧不慢地向着众人走来。

到了近前，众人看得分明，那人有四十来岁的样子，留着短须，相貌威武，看上去倒也和善，所穿的麻布长袍非藏非汉的风格，他手中的木杖更是让人惊奇，竟然是一根中原常见的龙头拐杖，暗黑色的木料，颜色和杰布的威玛神杖很是相似。

不知他是敌是友，众人惊愕地盯着他，猎豹小分队的队员们全神戒备，枪口一直没有从他的身上移开。

那人平静的目光顺次在大伙儿的身上扫了一圈，然后一拱手，冲着年龄最大的钱教授微笑着，说道："有朋自远方来不亦乐乎？"明显的中原口音，地道的中原古代礼仪，居然还搬出了孔夫子的话语。说完，那人又对着贡布头领说道："扎西德勒，勇敢的贡布头领。"

钱教授上上下下打量了他一番，眉头一蹙，疑惑地问道："您是……"

那人答道："余姓王名林字思唐，祖上乃大唐洛阳人氏。此处非闲谈之所。速速随吾离去，容后叙。"说罢，那人急急地转身，向着刚才冲进来的方向走了过去。

听他之言，众人大吃一惊，你看看我，我看看你，又看了看那人的背影，最后，目光一起落到了钱教授的身上。

钱教授更是大惑不解，一头雾水，听他的言语，文绉绉的中原汉话，略略带着点陕西口音，又说祖上是大唐洛阳人氏，他怎么会到了这里？看样子，他又似是认识贡布头领，从贡布头领疑惑的眼神可以看出，贡布头领却是不认得他。

那人走了几步，已经感觉到众人并没有跟随他一起走动，便停了下来，转过身，不容置疑的口气，对着钱教授笑道："人生之幸事，莫过于洞房花烛夜、金榜题名时、异乡遇故人，诸君大可不必担忧，王林之心日月可照，天地为证。林外之蛇愈聚愈多，快快随吾速速离开此地！迟则祸之大矣！"

钱教授还在发蒙，诺日朗果断地提醒道："钱教授，当断不断，反受其乱，我看我们暂时还是随他离开，留在这里肯定不会有好结果，我看他不像有恶意。不管怎么样，出去之后再见机行事！"

马强急切地插进话来，学着王林的语气说道："对！对！对！一干人等听我号令，立刻整理好物品，准备出发！"

此时，钱教授似是回过神来，顺口应和道："好！好！先离开这里再说。"随即又喃喃地自言自语："这不是在做梦吧？"

见此情形，马强有些不耐烦，讥讽道："钱教授，还愣着做什么？赶紧收拾一下走吧，真打算留在这里喂蛇？我看你老人家是让蛇群给吓糊涂了吧。"

听了马强在奚落钱教授，杰布恼怒地瞪了他一眼。

众人麻利地背上背包。

王林见众人收拾完毕，转身抬腿迈步，刚走两步，又停了下来，回过身，冲着杰布说道："试问，此君可曾携有法杖乎？速速取来！"

杰布很是诧异，惊愕地问道："你怎么知道我有根法杖？"

王林笑道："昨之盛会，王林亦身在其中，山林野夫不足令诸君留意也。"

听他之言，诺日朗猛地一怔，突然想了起来，昨天晚上，他确是发现部落人群中有位中年男子显得有点不同寻常，不时地偷偷观察着他们，后来却又不知隐身到了何处，当时他并未多虑，还以为只是好奇的部落族人。

杰布取出收起的金盒，拿出法杖，狐疑地盯着王林，不知他提起这根法杖有什么用意。

王林笑道："汝不妨持杖至蛇群一试，可否？"

马强笑道："我说这位兄弟，有话你能不能好好说？你这'之乎者也'的，累不累呀？不知道底细的，还以为你是头名状元哪。"

王林淡淡一笑，却不回应。

杰布拿着法杖走到废墟边缘，试着将法杖往蛇群中一伸。霎时，法杖所到之处，群蛇如避瘟疫一般，四处逃窜，很快便闪出了一块空地。

钱教授惊奇道："想不到，法杖还有这个神奇的功效。"

众人也终于明白，王林为何让杰布拿出法杖来。众人的心中愈发惊奇，这王林究竟是什么来路？威玛神杖到底是什么做的？竟然会如此神奇？

王林笑道："怪哉？不怪！天下之事，无奇不有。世人本不愚，然每每做出骑驴寻马之愚也。余在前，此君断后，中间诸君对群蛇施之法器以制之。可否？"

马强答道："否！让杰布兄弟在前，你在后。"

看着马强有些不信任、略带嘲弄的目光，王林乐道："然也！"

杰布苦笑道："马大哥，你就别瞎指挥了，在前在后都一个样，可是，我不知道路怎么走啊！还是让他在前面带路吧。"

王林笑眯眯地盯着马强。

马强犹豫片刻，说道："也成！都还愣着干什么？快走！"

王林在前，杰布断后，中间用几支冲锋枪不停地扫射，阻住蛇群往里涌，众人从王林冲过来的地方打开了一条通道，冲了十几米远，总算是冲出了群蛇的包围。

众人轻嘘一口气，却也发现，四处不断地有一些小蛇正往此地涌来。众人心惊肉跳，一个个浑身冒出了冷汗，紧跟王林，顺着一条满是荆棘的小道，没走多远，便走出了密林，进了一片平坦的草地，不待惊魂未定的众人喘口气，身后的蛇群便如海浪一般涌了上来。

王林领着众人向着远处的一座小山发足狂奔，快速游动的蛇群如惊涛骇浪，在身后不远处紧紧跟随。

奔至山口，众人眼前出现了一条狭窄的通道，冲进通道几米远，拐了一个弯，顺着一条崎岖的山路，众人跟着王林上了山。

行至半坡，王林终于停了下来，喘了几口粗气，又擦了擦额头的汗水，对众人说道："山边草木皆是灵药，安矣！"

众人明白，他是说，这座小山边的草木如同灵药一般，蛇群不会冲上来，可以放心了。惊魂未定、气喘吁吁的众人，扔下身上的背包，面向

山下群蛇的方向，就地坐了下来，一边喘着粗气，一边擦着汗水。先是好奇地打量着山间的草木，似乎又看不出什么特异之处，但是这些奇妙的植物，他们从未见过，更是叫不出名来。世间万物，原本神奇。

众人却也不去多想，目光一起回到了令人惊魂的蛇群。此时山下草地上，满眼都是蠕动的小蛇，千万条高昂的蛇头，看着便让人毛骨悚然。草地上吃草的羊群、牛群早已躲得远远的，来不及逃走的霎时变成了一堆白骨。太阳早已高高地升起，蛇群在阳光的照耀下，如同海面的波涛，泛着粼粼的光芒。

梅青呆呆地立在山坡上，对着漫山遍野昂起的蛇头，怔怔地看了一会儿，全身开始瑟瑟地发抖，红润的脸庞，慢慢地变白，越来越白，白中泛着青，慢慢地瘫软到了草地上。

众人的注意力都集中在蛇群，正唏嘘感慨庆幸着，谁也未曾留意，倒是杰布的一声惊呼，把众人的眼光转移到了梅青身上。"梅青姐，你怎么了？"

马强见状，来不及起身，从地上连滚带爬冲到梅青的身边，一把将梅青搂进怀里。马强的心中当然很是着急，虽然平时语气中对梅青极不客气，这是因为他的大男子主义在作怪，其实马强的内心还是比较心疼梅青，尽管梅青有着这样或是那样一大堆的毛病。有一点马强很清楚：梅青一心一意地爱着他。马强了解梅青的身世，梅青曾经对他讲过她过去坎坷的遭遇和不幸的往事。历经风风雨雨、生活沧桑的马强，很理解梅青为什么会是现在这样的性格，环境使然，经历使然。马强的内心并不是十分讨厌她。梅青的矫情，梅青的装腔作势，梅青的做作，也仅仅是表面上的，她的内心一直很善良，马强知道，梅青的钱一部分补贴给了远在山村的老家，一部分捐给了希望工程，尽管也买了不少虚荣的服饰和化妆品，但在生活中的许多方面，倒是一直很节俭，话又说回来，有几个女人会真正拒绝服饰和化妆品？马强一直不认为梅青是一个坏女人，要不然，根本就不会和她在一起。那些表面美丽、骨子里尽是毒药的女人，才会真正令人讨厌。

猎豹小分队的队医杨立华快速奔了过来，他翻了翻梅青的眼皮，又摸了摸梅青的脉搏，轻轻地说道："受了惊吓，再加上劳累虚脱，昏倒了。没有大问题！"

听了此言，马强放下心来，他猜着也是这么回事，梅青为了保持身材，平时经常运动，身体素质倒是不错。马强笑道："我说这丫的怎么就一点没害怕？敢情是癞蛤蟆垫床脚，硬撑着过来的。"

杨立华已经取出了一根银针，对着梅青鼻下的人中穴扎了下去，接连扎了几次，梅青悠悠地转醒，一醒过来，见马强正搂着她，顿时开始撒娇，往马强的怀里拱了拱，轻声地哭了起来。

马强轻轻地拍着她，笑道："多大点事呀？号几声就行了。"

众人笑了起来。梅青微笑着，惬意地伏在马强的怀抱中，乖顺得似一只小猫。

到了此时，钱教授总算是回过神来，气息渐渐平定，他走到王林的身边，疑惑地问道："我说，你到底是什么人？"众人狐疑的眼光一起盯住了王林。

王林双手一揖，对着钱教授深深施礼，说道："先祖乃大唐贞观年间王玄策是也，曾任唐王使节，出使天竺，官至援朝散大夫之职。"

听他所言，他说他是唐朝大夫王玄策的后人。王玄策是谁？钱教授眉头一皱，脑袋歪向一边，开始思索起来，口中喃喃自语："王玄策？唐王使节？援朝散大夫？"

马强、杰布和诺日朗等人，也在努力地从记忆中搜索着。唐贞观年间，是唐太宗李世民在位的时期，要提起大唐时期的李靖、秦叔宝、徐茂公、程咬金等大英雄，众人倒也略知一二，这王玄策是谁？

沉思片刻，杰布问道："请问，你说的是不是著有《中天竺国行记》的王玄策？"

王林答道："正是先祖。"王林说着话，冲着一侧的苍天拱了拱手，以示对先祖的尊敬。

"啊！我老人家想起来啦！"在杰布的提醒下，钱教授眉头一展，拍了一下自己的脑袋，猛地惊呼起来。王玄策并非青史名人，但是他曾经著下的《中天竺国行记》，倒是鼎鼎有名。

唐贞观年间，王玄策曾几度出使印度，带回了诸多佛教文物，著有《中天竺国行记》十卷，图三卷，现今大多早已失传，仅存片断文字，散见于世。前不久，人们在洛阳龙门石窟又发现过王玄策的造佛像题记。

钱教授哈哈大笑起来，杰布也跟着笑了起来。

诺日朗、马强等人都有些莫名其妙，诺日朗和马强不约而同地齐声问道："王玄策是谁？"

钱教授笑道："提起这王玄策可不一般哪！曾经为大唐王朝立下空前绝后的奇功！他当年以少胜多、横扫印度的一仗，打出了大唐王朝的威风，可以说是前无古人后无来者！古今中外，在整个世界史上也是绝无仅有的一个辉煌战例！"

"哦？钱教授赶紧给说说看。"钱教授的话顿时引起了诺日朗浓厚的兴趣，但凡军人或是爱好军事的发烧友，对于奇特的战例，都会产生浓厚的兴致。

"钱教授，你就别卖关子了，趁这会儿工夫给大家讲讲吧！"吕哲、巴特尔等小分队的队员们，一起催促着钱教授。

"你老人家就别卖关子啦，赶快讲讲，非得大伙跪下来求你呀？你要是不讲，一会儿咱让杰布讲，让杰布抢了你的风头。我们大伙儿都做杰布兄弟的忠诚'粉丝'，你老人家就等着自个儿寂寞吧。"马强乐呵呵地说道。

对于马强的话，钱教授倒并不在意，钱教授是一位宽容有涵养的学者，他也知道，马强是在和他开玩笑。钱教授的目光投向了杰布，鼓励着说道："要不，杰布给大伙儿说说？"

杰布脸一红，说道："这段历史，我倒是曾经偶尔看过一次，记得不大清了，还是你老人家给大伙儿详细说说吧，就当是给大伙儿上一课，开展一次历史教育。"

钱教授犹豫片刻，笑道："好！那我就给大伙儿说说我们大唐时期一位杰出但是并不出名的中华豪杰！赶紧拿水呀，跑了一路，我老人家口渴得不行！"

杰布赶紧从包中拿出一瓶水来，打开盖子递给了钱教授。

钱教授接过来，喝了一大口，然后坐在了山坡的草地上。

众人围坐到钱教授一边，已经顾不上山下的蛇群。它们再凶狠再毒辣也上不来，一边听钱教授讲着千年秘史，一边观看壮观的蛇海奇观，倒也不失为一件美事。

钱教授一口气喝了大半瓶水，这才开始讲了起来。

正所谓时势造英雄，王玄策所处的时代英雄辈出，王玄策并未受到唐太宗李世民的重用，因此他也没有多少可以发挥的空间。主要是因为当年出使印度，回国后写下了《中天竺国行记》，详细记录了三次出使印度的经过以及印度的地理特征，方在历史的夹缝中留下了自己的名字，可惜的是此书早已失传。

提起这王玄策出使印度，还得从唐僧玄奘远赴天竺求佛取经说起，据有的专家考证，这位王玄策应该算是《西游记》西天取经的故事的唐三藏原型。

当时的印度国名天竺，举国崇尚佛法，分东西南北中五大天竺国。玄奘法师历尽艰险到达摩迦陀国（中天竺），得到了摩迦陀王尸罗逸多的召见。摩迦陀王文武双全，东征西讨，征服了天竺四方诸侯。当时的大唐王朝威加海内外，名声远播世界各地，摩迦陀王能够见到大唐高僧来访，自然是喜不自胜。摩迦陀王问玄奘："偿闻汝国有圣人出世，汝能为我说明圣迹否？"玄奘法师便把太宗皇帝中原平乱、降服四夷、威震八方的事迹描述一番。摩迦陀王听罢，十分佩服，大为仰慕："如汝所言，吾当东行面圣，朝觐汝王！"

后来，玄奘法师在天竺采集经论六百五十余部，带回中土。摩迦陀王派使臣带上书信、厚礼，随玄奘法师返回长安拜见太宗皇帝。唐太宗自然也是十分高兴，便派行卫尉寺丞李义表为正使、王玄策为副使，随印度使节回访。到达印度之时，摩迦陀王亲率群臣出朝恭迎唐使，拜受唐王诏书。第二年，摩迦陀王又遣使大唐，献厚礼谒见唐太宗。如此礼尚往来，两国开始建交往来。

过了几年，也就是贞观二十二年，唐王命王玄策作为正使，与副使蒋师仁再度出使印度。访问团一行五十余人，还带上了唐僧的师弟辩机和尚做翻译。千山万水，走了好几个月，总算进入印度境内。

不料此时，印度国内局势发生了急剧变化：摩迦陀王病逝，其中一位诸侯国帝那伏帝王阿罗顺那谋权篡位，伪立为王，整个印度陷入战乱。因当时交通不便，通信手段落后，再加上路途艰难遥远，访问团对此事并不知晓。

这阿罗顺那倒也是胆大包天，听说大唐使节入境，不举行欢迎仪式倒

也罢了，竟然派出了二千兵将伏击。王玄策、蒋师仁以及所带的五十余名护卫个个都是久经沙场，临危不乱，摆了个雁行阵将王玄策、蒋师仁、辩机和尚夹在阵中，奋力杀出重围，逃向吐蕃境内。此时的吐蕃正与大唐交好，早有人向吐蕃王飞驰报信。吐蕃王松赞干布闻讯，亲率一千铁骑驰援，结果只救出了王玄策、蒋师仁、辩机和尚三人，其他兵将全部战死，访问团几乎全队覆没！

王玄策大怒之余，立即发檄向邻近各部军府节度使以及各大唐属国借兵，共集兵马一万有余，其中尼泊尔骑兵七千、吐蕃骑兵一千二百名。王玄策自封为总指挥，蒋师仁为先锋，浩浩荡荡，杀奔天竺，发誓要铲平天竺！

一入天竺，很快与阿罗顺那的数万大军展开激战，第一仗便打得天竺兵将溃不成军；随即巧布火牛阵击溃阿罗顺那亲率的七万战象部队，杀死敌军数千，水攻溺毙万余、俘虏万余；紧接着，蒋师仁率兵数千攻破了朝乾陀卫城，城中有阿罗顺那的妻子拥兵数万，据险坚守。破城后，数万守军逃的逃，降的降。至此，远近城邑望风而降；最后，王玄策亲率大军直取首都茶和罗城。阿罗顺那大惊，坚守不出。王玄策一心报仇，拿出唐军的攻城套路：云梯、石车、火攻，足足攻了三个多月，茶和罗城兵败城破，阿罗顺那被活捉。中天竺遂灭。

因东天竺曾援兵阿罗顺那，王玄策盛怒之余，欲起兵再亡东天竺，东天竺王尸鸠摩吓得魂飞魄散，急忙遣使求和，送了牛马三万头，财宝若干，向唐师谢罪，表示臣服大唐。王玄策这才罢兵回朝，押解阿罗顺那及一千降臣，绑赴长安。太宗皇帝大喜过望，下诏封赏王玄策，又升了他的官：援朝散大夫。

天竺诸国也恢复了往日的安定与和平。事实上，这一仗王玄策一来是解了气，打出了大唐的威风；二来也算是帮助天竺诸国平定了叛乱。

王玄策远在异国他乡，而且主力部队也是异国之兵，主帅王玄策以中原兵家谋略，以少胜多，出奇制胜。得胜之后，并未以胜利者的姿态索取任何土地和赔偿，挥一挥衣袖，不带走一丝云彩，轻轻地来，潇洒地去，将我中华儒家文化的智慧与仁义表现得淋漓尽致！如此战例，不可不谓是空前绝后、震古烁今！

钱教授绘声绘色地讲述了这段隐秘历史，众人听得是血脉偾张！

马强哈哈大笑，感慨地说道："小小天竺竟敢冒犯我天朝神威，简直是耗子逗老猫——自寻死路！"

诺日朗却是不解，疑惑地问道："钱教授，似王玄策这样的英雄，为什么在史书中却没有记载？"

钱教授答道："看到这段历史之后，我也曾经考虑过这个问题。或许是因为当时他的官位不够高，在正史中不可能单独为他行文立传。又或许是因为那个时代风云人物太多，他们的夺目光彩淹没了与之同时代的王玄策，以至于这位英雄鲜为人知。"

众人无语，自豪之感自心中油然而生。想我中华几十个民族，数千年文明，在历史的长河中又曾经出过多少叱咤风云的人物？一个名不见经传的王玄策确实也算不了什么。

众人敬仰的目光也纷纷投向了王玄策的后人王林，同时也是愈发好奇，王玄策的后人怎么又会出现在这里？

王林听钱教授讲完，早已是泪水纵横，远望着苍穹，默默无语。似乎是在缅怀先祖，又似乎是在祈望大唐。

钱教授本想问王林一些问题，见到他如此情形，也不便再去打扰。

山下的群蛇已经渐渐地退去。此刻已临近中午。

王林稍稍平抑了激动的情绪，微笑着"之乎者也"地邀请众人随他回寒舍用膳。

众人饥肠辘辘，没有拒绝，随他一起进了山谷。

一路上，众人的话语自然是一直在谈论着奇人王玄策和盛唐雄风，转而又讨论起哪个民族更会打仗的问题。

马强说："用兵打仗主要还得看指挥！俗话说得好，兵熊熊一个，将熊熊一窝。我们中原汉人的兵法谋略和指挥艺术那可不是吹的，世界第一！海湾战争期间，美军士兵每人怀中不是都揣着一本《孙子兵法》吗？"

巴特尔说："光有指挥也不够，我们蒙古人的铁骑举世无双，曾经打下了整个世界史上最大的国家版图，没有士兵的勇猛能做得到吗？"

马强说："有道理。不过，纵观古今，提起打仗，总体来说，还是我们汉军第一，蒙古军队只能排第二。你们藏族人就更不行了，整天琢磨着

求神拜佛，至于兵法，根本不懂。"

马强又开始向诺日朗挑衅。或许是因为诺日朗不同意让他来做小分队的指挥官，他心存不满，此刻开始借题发挥。抑或马强在故意和诺日朗开玩笑。

巴特尔轻哼一声，没有和马强去争辩到底谁最会打仗，他觉得争执这个话题没有意义。

马强的话语激起了诺日朗的几分怒火。诺日朗冷笑："是呀，你们汉人最会打仗，先是让蒙古铁骑给灭了，再后来又让清朝大军亡了国。八国联军火烧圆明园的火星子还没灭干净吧？连小日本打进中国的时候，也招架不住。"

马强一听急了，说道："那是因为我们汉人的队伍中出了汉奸，政府腐败无能，奸臣当道，能人得不到重用，不管怎么说，最后的结果不还是我们胜利了？总之，我们汉人的兵法谋略世界第一，就是比你们藏人会打仗！"

格桑平措不服气地说："谁说我们藏人不会打仗？我们的藏王松赞干布，统一了西藏土地，威服四方，当年还曾出兵远征大理。只不过，我们藏人不喜欢打仗，我们世世代代的藏人更向往和平与安宁，更热爱我们神奇美丽的雪域家园！"

马强说："松赞干布也只有一个，自从吐蕃分裂瓦解之后，元代划入中国版图，元明清时期西藏曾多次遭受廓尔喀人、拉达克人的入侵，最后还不是向中原告急，出兵赶走了侵略者？这就说明，你们藏人用兵打仗不行，离开了中原的庇护，怕是很难安宁。"

众人还待争吵，钱教授有些生气了，大声说道："什么你们我们的？我中华民族本身就是一个多民族融合而成的大家庭，不同时代有不同的历史背景，每个民族都有每个民族的历史渊源，每个民族都有每个民族的长处与特点，各民族团结一家，万众一心，才能免受外来侵略，才能构筑一个强大稳定的基础，人民有了和平与安宁，才有信心去创建美好的家园，才有机会去追求幸福的生活。任何搞分裂的言行和结果，只会给人民带来深重的苦难。几千年前，西周灭掉残暴商纣的大军，就是一支多民族的联合部队。我可以很负责任地告诉大家，汉藏原本就是一家，有着共同的祖先，都是古羌人之后，这点绝不是我胡说来取悦大家，目前已经有充足的考古证据和历史资料可以证明，通过科学上的 DNA 检测，也证实了这一点。这里我不想多说，有兴趣的话，你们可以回去查查。事实上，我们中华民族中人数最多的汉族，在人类历史的长河中，经历了千万年的风雨沧桑，本身就是由多民族融合而来。有兴趣的话，你们也可以回去查查相关的考古证据和历史资料。"

钱教授很是生气的样子。他的话说得众人无语，大家你看看我，我看看你，相视一笑，心中反倒觉得更加亲近了一些。

杰布笑道："好啦，都别争啦，兄弟姊妹，本来就是一家。追溯历史，也是为了让我们更加珍惜现在的和平与稳定。不过，有一点，我还是想和马大哥说明，我们藏人也很会用兵打仗。唐代的高级将领——论弓仁就是一个实例。"

格桑平措笑道："杰布兄弟，你给老马讲讲，让他老人家看看井口之外的天空到底有多大。"

马强悻笑，没有答话。

杰布兴致勃勃地讲了起来。

"唐高宗龙朔三年，也就是公元 663 年，论弓仁出生于吐蕃噶氏家族。他的祖父噶·东赞因辅佐吐蕃王松赞干布有功，名垂青史。他的父亲论钦陵曾经官至吐蕃的大论，相当于兵马大元帅一职。论弓仁所处的时代，兵荒马乱，征战四起，论弓仁从小专心习武，熟读兵书。后来，由于吐蕃内部的贵族权力争斗，他的父亲论钦陵兵败自杀，论弓仁和他的叔父赞婆率一千多部下投奔大唐，随即又把曾经统率的吐谷浑部七千兵马带入中原。大唐王朝将他们待为上宾，给予了很高的礼遇。羽林军郊外迎接，相当于今天的仪仗队。武则天亲自接见，赐宴武威殿，并赐予他们免死铁券，赞婆被封为辅国大将军、行右卫大将军、归德郡王。论弓仁被封为左羽林大将军、安国公。所辖军队被安置在凉州兴源谷。不久赞婆因病去世，被唐王朝追封为安西大都护。

"论弓仁到中原后，很受重用，他也得以施展才干，当年即于唐蕃争战的前线，动之以情、晓之以理，劝说吐蕃军队数千兵马放下武器，和平解决了冲突。以后，论弓仁又率军平定突厥叛乱，战果辉煌，数次得到朝

廷封赏。据史料记载，论弓仁文韬武略，治军有方，身经百战，纪律严明。多次巧出奇兵，化险为夷，转败为胜。汉家史书对他的评价是：算无遗策，兵有全胜。曾经为官武后、中宗、睿宗及玄宗四朝，军功显赫，名震朝野。论弓仁因长期征战，最终一病不起。唐玄宗得知后，马上派太医救治，无奈病入膏肓，开元十一年四月五日，一代名将论弓仁病逝，时年60岁。唐王朝追封他为拨川郡王，谥号'忠'，葬于长安南郊。《唐书》中专门为他立传，并立碑表墓。他的后人封官袭爵，备受优待。

"论弓仁在中原生活达24年，成为汉史所载最早的藏族高级将领。论弓仁是我们藏人的骄傲，事实上，我们藏人在中央王朝任职受封者，历朝历代，也是不乏其人。马大哥，论起他的丰功伟绩、雄才大略，可是远远超越王玄策喔！"

诺日朗哈哈大笑，说道："老马，这下你没话说了吧？"

钱教授出语相讥："井底之蛙！"

马强大笑："好，好，好！不和你们争，你们人多，一起冲我来，我也争不过你们，再说了，我文化不高，不像你们熟读史书，一张嘴就引经据典。就算我是井底之蛙，行了吧？"

梅青见马强有点尴尬，岔开了话题，说道："对了，钱教授，我想请教你老人家一个问题，西藏以前叫吐蕃，为什么后来又叫西藏呢？"

钱教授解释起来，西藏这个名称是在清朝正式定名。唐宋时期称为吐蕃；元代设立宣政院；明代称作乌思藏，设都司；清初称卫藏，卫指的是前藏，藏也就是后藏，由于在地理位置上处于版图的西侧，后来，正式定名为西藏，这就是西藏得名的开始。清代还曾设立西藏办事大臣一职；民国初期，设立西藏地方政府；西藏解放后，建立西藏自治区，区名使用至今。

众人一路说笑，不知不觉中，到了王林的家园。

王林所居之所，简直就是活脱脱的一处世外桃源，位于一处幽静的山脚，依山傍水，风景秀美。几间石墙草顶的房屋，连着一个宽大的篱笆小院，建筑风格让人一眼便可以从中看出中原古韵。院子紧邻一片清幽的山林，一条清澈的小溪自林中流出，绕房而过。院子中拴着一条猎犬，见到众人便开始狂吠，扎巴恶狠狠地瞪了它一眼，那条家犬低鸣着，止住了叫声，夹着尾巴灰溜溜地躲到一边。扎巴紧紧地跟着主人杰布，却是不屑与它计较。

王林的妻子正在院中一棵歪脖树下，剥着一只野兔的毛皮，他们五六岁的儿子拿着一根树枝，正在院子里的一片沙土上练习写字，见到陌生人进院，害羞地低下了脑袋，在沙堆中继续书写。王林的妻子见到众人时微微一笑，稍稍显出几分羞涩，点了点头，算是打了招呼，却是不放下手中的活计。她看上去倒也落落大方，长相带着部落土著明显的特征。

王林将众人引入房中落座，由于人多，显得十分拥挤。见此情形，诺日朗留在了房中，其他几名队员放下行李，走到院子外面，开始观察附近的地形。梅青也走到外面院子里去看个新奇。

屋内只有几件简单的木制家具，让人觉得惊奇的是，墙壁上居然挂着几幅字画，其中有一幅模仿王羲之的《兰亭集序》。字画涂抹在白布上，做过简单又粗糙的装裱。

众人很是好奇，愈发地想要了解王玄策的后人究竟是为什么到了这里？却又没人冒昧地开口发问。

王林似是早已觉察出众人的心思，待众人落座安定之后，便开始为众人解谜。

自然又是一番"之乎者也"。由于古代汉语的晦涩难懂，钱教授不时地插进话语，帮着众人解释一番。

原来，当年随王玄策出使天竺遭遇叛乱的护卫队伍中，有一位偏将是王玄策的侄子，叫王休。在当时的突围拼杀中，王休自然是奋力保护叔叔王玄策。

突围的王玄策原以为侄子王休早已战死，也曾数次派人寻找王休的尸骨，却是始终未见踪影。由于当时处于战乱，再加上自己一心复仇，要惩戒一下不知天高地厚的摩迦陀王，此事也只好作罢。

事实上，这王休并没有战死，身负多处重伤，昏迷中又被战马踏断了一条腿。醒来之时，已是月朗星稀到了半夜，战场上早已是寂寥无声。求生的本能，让王休拼命地向前爬，却又不敢出声呼救，生怕引来天竺乱兵。不知爬了多久，又冷又饿的王休，疲惫之际再次昏迷。醒来之时，却发现已然躺在一个藏家的帐篷之中。这王休不通藏语，也无法解释自己的身份，想要打听汉军的信息，好心救助他的人家却也听不懂他的言语。身负重伤

卧床不起，无奈之余，只得静等伤势好转再说。

哪知不待伤好，便遇上了藏地的佛苯之争，救助他的好心藏人恰是位虔诚的苯教信徒。王休卷入其中，没多久，为了躲避当地佛教信徒的打击，这家人随一批苯教信徒举家逃往阿里，居然把王休也给带了过去。到了阿里没多久，男主人染病身亡，只留下了孤儿寡母。

渐渐地，王休伤势痊愈，感激之余，帮着孤儿寡母做点事情维持生计。一开始，还整日想着回归中原，又不忍抛下于他有救命之恩、处境艰难的母子俩。这样，一来二去，日久生情，王休和女主人成了亲，一家人过起了日子，没多久又生了个孩子。由于瘸了一条腿，再加上路途艰险遥远，王休回归中原的心思，也渐渐淡了下来。当时的阿里正处在象雄王朝向古格王朝的过渡时期。

王休虽是一员武将，却也粗通文墨，渐渐地学会了当地的语言，开始教两个孩子学文习武。两个孩子倒也争气，习得一身好武艺，得以进入军中效力。

一代代绵延相传，直至古格王朝灭亡之时，王休的后人随着逃亡的古格人进入了这个神秘的深谷。

当王林把故事讲到这里的时候，钱教授和杰布既激动又兴奋，情不自禁地打断了王休的话语。

钱教授说："小杰布，看来我们当初的推论和判断是正确的，古格王朝灭亡之时，确是有一部分人顺着秘道逃了出来。可是，这些人的后代，现在究竟在哪里？"

一直眉头紧皱的杰布眼前突然一亮，似是解开了哥德巴赫猜想一般开心，顾不上讨论钱教授的问话，却像个孩子一般，乐呵呵地笑道："哦！哦！现在我终于明白王林先生为什么开口闭口'之乎者也'了。"

马强问道："那是为什么啊？"

杰布笑道："那是因为当年的王休没有忘记教育后代学习汉文化。但是他的后代们没有很好的语言环境，虽是学习了中原汉语，对发展中的汉语并不了解，依然停留在古代汉语的风格上，他们对汉语的学习和了解，我估计，很大一部分是从书本中得来！因此，开口闭口'之乎者也'也就不足为奇了！"

钱教授笑道："不错！不错！分析得很有道理。如此说来，想必王先生的家中定是藏有中原的古汉书。"

众人把目光投向了王林。

王林微笑着，默默地点了点头。随即转身入了一间侧室，一小会儿工夫，王林抱出了一个方方的粗布包，小心翼翼地放到了木桌上，然后，慢慢地打开。

一层一层又一层，接连打开了五层。当最后一层粗布被打开的时刻，钱教授和马强二人顿时惊呆了，二人先是瞪大眼睛，傻傻地盯了一会儿，继而，二人似是同时遭受了电击，全身微微颤抖起来。

里面包着的是十几块竹简和一摞古书。见到包里的物品，杰布忍不住好奇地说道："这些书看上去已经很古老了。"说罢，便想伸手去拿，看看到底是什么书。

坐在杰布左右两侧的钱教授和马强，不约而同，一人拉着杰布的一只胳膊，异口同声地说道："别动！"语气都显得很紧张。

杰布笑道："怎么了这是？我先声明，我可没打算要抢。我明白了，这些东西一定很贵重、很值钱。"钱教授和马强都是古董行家，他们如此举动，这些竹简和几本旧得发黄、黄中透着黑的古书一定很珍贵。杰布一下子就猜了出来。

马强说道："傻杰布，哥哥知道你没那心思。就是好奇，想看看不是？这可是近千年的古书，乱动不得啊，这纸都脆了，不小心的话，一碰就碎了。这可是地地道道的宋版！"

"哦，那一定很值钱！"诺日朗惊诧地插了一句。

马强脑袋一歪，说道："当然！宋版书那可是按页论价！知道什么价吗？"

诺日朗和杰布同时摇了摇头。

马强说道："我就给你们打个比方吧，在我们行里有这么句话：一页宋版书，黄金十六两！明白了吗？宋元版古籍，对于喜欢藏书的人来说，那可是顶级收藏品！"

杰布笑道："哇！怪不得你拉着不让我碰，两只手像是螃蟹的两只大钳子，掐得我胳膊疼。"

马强轻轻地在杰布的胳膊上揉了揉，不好意思地笑道："这不是怕你损坏国宝嘛！"

钱教授傻盯了半天，终于开口说话："小杰布，仔细看看，书面上写的是什么？"

杰布辨认了一会儿，说道："我只认得一个'玄'字，其他的不认得。"

钱教授说道："是《玄都宝藏》！一本关于中原道家的古籍珍本，也可以说是目前由我们发现的孤本。"

听了此言，马强立刻瞪大了眼睛，死盯着古书，惊叫道："天！书面上的字我是不认得，可我了解市场行情。看了第一眼，我就琢磨着这书肯定不一般！据我了解，元太祖忽必烈曾经下令独尊佛教，烧毁道教经藏，《玄都宝藏》就在那个时期片纸无存。2003年的一次拍卖会上，仅仅一页蒙古刻版《玄都宝藏·云笈七笺》，当时的成交价相当于16两黄金！这要真是《玄都宝藏》，那我们可是要发大了！"

王林一直微笑，听他们激动地讨论着。听了一会儿，伸出双手，小心翼翼地把一摞书上面的这本《玄都宝藏》移开。如果说《玄都宝藏》让钱教授激动，那么下面的这本，连杰布也要跟着激动了。幸好他们都没有高血压和心脏病。

下面是一本厚厚的羊皮卷，书面上没有字。但一眼可以看出，不似是中原的书籍风格。

王林移开书后，坐到一边，对着钱教授伸手示意。钱教授明白，是让他自己打开看看。

钱教授双手在衣服上蹭了蹭，轻轻地翻开了羊皮卷的书皮。书中的内容是手抄的。看到内容的瞬间，钱教授愕然一怔，双眼死死盯着书中的文字，不再翻页，似是麻木了，一动不动。看到内容，连对宋书都不以为然的杰布也怔住了。

马强说道："钱教授，怎么了这是？"

钱教授不语。杰布不语。屋子内没有人答话。

起初，马强以为钱教授可能是在研究卷中的文字，碰到了不认识的，卡住了，正在苦思冥想，便不再打扰。要是别的古董，没准马强会凑到近前，一把抢过来仔细研究一下，他自知文化水平不高，反正那些奇形怪状的古文字他看不懂，也懒得去凑热闹，目光在屋内开始四下打量。

一时间，屋内显得很安静，空气似是凝固起来，甚至连呼吸声也清晰可闻。

闷了半天，马强看了看钱教授，又看了看杰布，两人傻乎乎的，依旧瞪着眼睛紧盯着羊皮卷的内容，如同石头雕像一般，一动不动。马强有些沉不住气了，好奇地问道："究竟怎么了这是？"

还是没人言语。马强推了推杰布，说道："傻孩子，到底怎么了这是？钱教授傻了可以理解，你怎么也跟着犯傻？"

诺日朗轻轻地笑了起来。

隔了一小会儿，钱教授才一字一句地说道："这里面书写的可都是古象雄文字啊！"说罢，这才开始慢慢地翻动了几页。一边翻着，一边仔细地辨认着其中的文字内容，然后，停了下来，接着说道："内容和杰布阿爸伏藏时得来的那本《雍仲古经》几乎是相同的，记载的是关于香巴拉王国的传说。"

"啊！"一听此言，马强也跟着激动起来，"快！快！快！赶紧翻译给我听听，等回到北京，我一准儿请你老人家泡脚去。"说罢，马强哈哈大笑起来。

钱教授苦笑道："指望着我老人家，怕是完成不了这个重任。对于象雄文字的研究，杰布阿爸可谓是泰山北斗，这一点，我向来是心悦诚服，自愧不如。我们在一起研究了那么久，对这本经书的内容也没搞懂多少。我也想马上就能看明白书中到底写的什么内容，搞明白神奇的香巴拉王国到底隐藏着多少秘密。可是心有余而力不足啊！真要把这书弄明白了，还得靠机缘，靠很多人的努力！"说完，钱教授轻轻地拍了拍杰布的肩膀。

杰布笑道："别着急啊，钱教授，等到了香巴拉，一切不就都水落石出了？我刚才还在琢磨，香巴拉之所以神秘，就是人们始终不知道她的真面目，甚至连关于她的文字也看不明白。或许，香巴拉真的与我们相隔得太遥远，我们永远无法到达，只能是留在心中的一份期盼与守望；或许，香巴拉就在我们的眼前，像群星灿烂的苍穹，深邃而美丽；又或许，香巴拉就在我们的身边，似空气一般，伴随着我们的呼吸，我们却始终触摸不到、感知不到。"

听了杰布意味深长的话语，众人不知说什么，静静地反复琢磨着。或许是神灵在借助杰布之口启示众生。

沉寂了一会儿，马强轻轻地拿起了一片竹简，双手捧着，笑道："好啦，都别幻想啦，我马强坚信：我们一定能够到达神秘的香巴拉！我们都快要发大财啦，别再瞎琢磨了。钱教授，如果我没看走眼的话，这些竹简，应该是唐代的吧？这可比金子还值钱哪！"

钱教授说道："是！是比金子还珍贵，那上面印着我们祖先的身影啊！"

"想不到这荒山野岭的，还藏有这么多宝贝！以此看来，香巴拉王国还不知藏有多少奇珍异宝呢！"马强感慨道。

诺日朗笑道："那是自然！香巴拉是我们藏人心中最珍贵的财富！"

杰布也跟着笑道："也是国家最珍贵的财富，全人类最珍贵的财富！"

众人一下子明白了杰布的语中深意，相视哈哈大笑起来。

王林却没有跟着笑，待到众人安静下来，又开始"之乎者也"起来，听他的语气，看他的神态，王林很诚恳，大意是说，我得到这些东西是因为机缘，既然你们碰到了，也是一份机缘。看样子这些东西对于你们很重要，对于我却没有多大的用处，湮没在这深山，早晚也会化作尘埃。等你们从香巴拉返回的时候，一起带回中原去吧！

钱教授笑了，问道："你怎么知道我们要去香巴拉？"

王林一笑，激动地说了起来。大意是说，这个与世隔绝的深谷，是离香巴拉最近的地方。没有神灵的指引，无人能够找得到这里。先是亡国的象雄人，后来是亡国的古格人，先后逃入这个深谷。曾经有多少人想着出去看一眼古老的家园，可是再也找不见回去的路。神灵把我们安排在这个离香巴拉最近的地方，我们所有的人却一样找不到通往香巴拉的道路。甚至有人穷其一生的精力去寻找，却始终无法到达。世间的一切，冥冥之中早有注定。神灵早已安排好了众生的宿命。既然神灵让你们到达这个深谷，注定是与香巴拉有关。

钱教授呵呵笑着，对王林的说法，既不表示否认，也不表示肯定。

马强连连点头，"有道理，有道理。对了，你刚才的意思是说，要把这些东西送给我们？不是开玩笑的吧？如果真是诚心诚意，那我就代表大伙儿收下了。想给你点钱做补偿吧，我寻思着，作用不大。在这个地方等于是废纸，你也花不出去。给你金子吧，我也舍不得，我马强就是来寻金找宝的，再说了，我也没有。"

听了马强的话，众人哈哈大笑。

钱教授一边笑着一边说道："真有你的！马强，脸皮够厚！这些东西先放这，你就别瞎琢磨了！再说了，路上带着也麻烦，万一遇到不测，那损失可就大了！"

马强讪笑道："我说的不也是大实话嘛！我马强别的优点没有，就一点，人实在！"说完，马强自己也哈哈大笑起来。

众人正说着话，梅青冲了进来，大叫着："饿死啦，该谈的都谈完了吧？赶紧收拾一下，兔肉炖好啦！该吃饭啦！"

倒也真是，在梅青的嚷嚷下，众人这时才感觉到饥肠辘辘，一阵阵饭菜的香味飘进鼻孔。

王林把物品整理好，重新又搬回房中。

梅青和王林的妻子一道，端上了热腾腾的饭菜。有兔肉、炖鱼，有野菜，还有几道他们从来没有见过的菜肴，很丰富。人多，挤了两个桌子。饭菜全是纯银的小盆和碗碟装着，用的筷子是纯金的。

众人一边狼吞虎咽，一边说说笑笑。马强说，这礼遇，国务院总理怕是也没遇到过几回。等这里开放了，我马强一定头一个来投资，就搞旅游。

饭刚吃完，诺日朗便和钱教授商量说，他心里很着急，时间紧迫，不如你们考古队的同志先在这里研究一下王先生的古籍竹简，我们小分队先走一步。你们最好哪也不要去，我觉得这里比较安全。

马强一听，不乐意了，说："要走一起走，你们想把我们扔下啊？香巴拉的财宝你们想独吞哪？我实话告诉你吧，没我们几个，你们进不了香巴拉，不信你们就试试看。"

诺日朗知道马强是在故意和他开玩笑，倒也并不在意。相处到此时，众人对马强的脾性也了解了几分。

钱教授想了想，说："还是一起走吧。人多力量大，三个臭皮匠，顶个诸葛亮。我们几个除了马强之外，别人打仗都不行，但是可以帮着拿个主意，搞点后勤工作。有一点请战士们放心：我们完全有能力保护好自己的安全，绝不会拖解放军同志的后腿。马强虽是玩笑话，但我琢磨着他说的，

也有些道理，去香巴拉肯定不是那么容易的。"

诺日朗笑着说："我们对香巴拉虽然也很向往，但是去不去，对于我们来说，并不重要，重要的是必须完成我们的任务。我这心里急得像火烧，那帮人狡猾得很！今天要不是王林帮了我们一把，怕是我们全都要困死在蛇群里。耽误一分钟，我这心里就不踏实。"

钱教授说："行，既然这么着，我们就赶紧走，你先去院子里找贡布头领商量下，看王城的路还有多远？有没有近道？我还有些疑问想请教一下王林。"

诺日朗说："好，那我们都抓紧时间，早点处理完早点赶路。"

说完，钱教授便开始问正在收拾碗筷的王林："那本羊皮卷上的文字，你认得吗？"

王林回答说并不认得，只是祖上传下来的。

钱教授问："那你知不知道，这个深谷中的人平时会不会读书写字？"

王林解释说，据他所知，部落之中除了王和杰尔能够使用他们独特的文字之外，其他人根本就看不懂文字。

钱教授又问："那你能不能告诉我，曾经进入这个深谷的古格人和象雄人都住在哪里？"

王林回答，关于象雄人，并不是很了解。进来的古格人一代代绵延下来，早都分散到各个部落了。

问到这里，钱教授心中感慨万千，历经700余年的古格王朝、几千年的象雄文明，世间还有许多和它们一样的文明，就这样在历史的长河中烟消云散，甚至于连它们遗民的身影也很难找到。历史的车轮是这般地无情，曾经辉煌的文明，一瞬间便被它碾作了灰尘。

钱教授沉思之间，诺日朗心急如焚地走了过来，焦急地说："钱教授，事情处理得差不多了吧？我刚才问过贡布头领，到王城得走三四天的路。我们得抓紧了，要是有马，最好找几匹快马，我们先走。"

钱教授吃了一惊，"有那么远？"

王林却笑了起来，神秘地告诉诺日朗说："少安勿躁。我知道有一条更近的路，一天即达王城。怕的是你们过不去！"

马强一听，大喜，说："有我马强在，就没有我们过不去的路！快说，怎么走？"

　　王林这才告诉大家，在这附近有一条河，过了这条河，再翻一座山，那边便是王城了。

　　诺日朗一听，差点跳了起来，激动得一把抱住了王林的双肩，"您就别卖关子了，赶紧领我们去吧！"

第十章　桑吉河惊魂

　　这是一条奇特的河流，有二百多米宽，河的两岸十几米的地方不见花草树木，甚至连一点点的绿色也看不到，更别说有牛羊。河边见不到泥沙，灰色坚硬的岩石河床，一直通向水底。一些银色的鹅卵石散落岸边，似是镶着的美丽玉石。深蓝色的河水静寂无声，却显出一种神秘奇异的美。河水看不见底，似乎很深，显得有些死气沉沉。河的对岸耸立一座覆盖着丛林的大山，这座山看起来，算是附近最高最雄伟的一座了。

　　王林说，河里的水又涩又咸，部落中的族人没有人敢靠近。

　　贡布头领很认真地告诉大家，这条河名叫桑吉河，通向远方的大海，听杰尔法师说，很早以前，桑吉河是魏摩隆仁深谷最美丽的河流，恶魔却带走了桑吉河的灵魂，终有一天，河流会复活，河水会变得甘甜，向远方流淌。

　　对于贡布头领所说，众人并不以为意，在藏地流传着各种各样千奇百怪的传说，甚至一块毫不起眼的石头，也能被赋予传奇的色彩，大多会与神灵或是恶魔有关，这毫不稀奇。尤其是对于信奉万物有灵的原始苯教信徒来说，世间的一切都被赋予了神秘的色彩。

　　众人正在河边浮想联翩，杰布放下背包，向前冲了几步，快速走近一片鹅卵石边，弯下腰去。

　　梅青大喊着："杰布兄弟，帮姐姐也捡几颗！"喊罢，略一迟疑，便也放下背包，口中嘟囔着："算了，还是我自己去挑吧。"

　　梅青冲到杰布附近的时候，见到杰布正诧异地蹲在原地，死死地盯着面前的鹅卵石发呆。梅青笑着，顺口问了一句："怎么了？杰布兄弟。"

杰布没有答话。

梅青快速扫了几眼，选中了一块看上去最光滑最漂亮的银色小石头，走到近前弯腰去捡。奇怪的是，怎么也捡不起来。小石头牢牢地粘在地上，就像是焊住了一般。梅青用力地扳了扳，还是纹丝不动，便着急地喊道："马强，快过来帮我！"

马强已经放下了背包，慢悠悠地向着梅青走了过去。

到了近前，马强笑道："死脑子啊，扳不动还硬扳什么呀！"说着话，他抬脚踢了踢脚边的鹅卵石，一样的结果。马强也惊奇地弯下了腰。

见此情形，钱教授、诺日朗等人快步走了过去，除了贡布头领和王林之外，众人都试着弯下腰，扳了扳地上的鹅卵石。徒劳无功。

钱教授直起腰来，笑着说道："世界之大，无奇不有！这种奇怪的现象还真值得好好研究一下！"

诺日朗说道："钱教授，我看我们还是赶紧想办法过河！以后肯定会有研究的机会，您说呢？"

钱教授说道："是！"

诺日朗回到贡布头领和王林近前，问道："有船吗？"

二人都摇了摇头。

诺日朗又问："有什么办法能在附近搞到船？"

二人再次摇了摇头。

诺日朗有些失望地叹了口气，咬了咬牙，向着他的战士们喊道："准备强渡！"诺日朗打算让小分队的队员们从河中游到对岸去。的确，二百多米宽的河流对于他们来说，根本不算什么。一名普通的野战部队战士，几百米的武装泅渡也是必修课目之一。况且这是几名特战精英。

诺日朗又对着钱教授说道："钱教授，现在看来，想带着你们探险队的同志一起走，也是不可能了。我的意见是，你们跟着贡布头领从陆地上走，我们强行渡河。你看怎么样？"

钱教授犹豫着说道："哦，那样，也行……这样也行。要不，你们就先过去，我们从陆地上慢慢走！有把握吗？不行的话，还是一起从陆地上走，安全一些。"

一边的吕哲轻蔑地笑道："钱教授，您就放心吧！别说这点，再加宽几倍，我们照样过得去！"

马强急了，说道："我说，诺日朗同志，你跟钱教授商量什么呀？我才是他们的领导！再说了，我是整个大部队的副总指挥。我还不同意哪！我的意见是：要过一起过，扎木筏！"

诺日朗怒道："你……"话正要出口，又觉得不妥，强行克制了一下自己的情绪，皱起眉头，说道："不管你们谁是领导，时间不等人！我们已经没有时间再去砍树扎木筏。要不，你们先砍树，我们先走一步！"随即，诺日朗面色冷峻，果断地说道："准备强渡！"

吕哲笑着说道："我说，老马，还愣着干什么？赶紧去找斧头吧！"队员们齐声大笑，众人也跟着笑了起来。

马强一看这形势，愈发着急，说道："你们，你们太不讲义气了！说扔就把我们给扔下了？我告诉你们，没有我们几个，你们进不了香巴拉！"

吕哲笑道："老马，难为你也是当过兵的，军人讲的不是义气，讲的是纪律，执行的是命令！再说了，我们并不是为香巴拉而来！"

诺日朗瞪了吕哲一眼，说道："胡说什么哪？说那么多做什么？五分钟之后开始行动！两人一组，吕哲和巴特尔一组，格桑平措和杨立华一组。注意安全！"

钱教授笑道："我说小马，你就别跟着掺和了，尽拖后腿。他们有任务，肩上扛的是国家利益。我们早走晚走还不是一个样？马副总指挥，依你看，我们找斧头呢还是直接走陆路？"

见此情形，马强反倒哈哈笑了起来，没好气地说道："好你个钱教授，你也跟着起哄？我还不是为了大家着想？想带着大家早点找到香巴拉。既然如此，你们都不急，我还急什么？找斧头砍树！我刚才寻思着，多他们几个壮小伙子一起砍，速度不是快一些嘛。"

小分队的战士们很快准备完毕，向着河边走了过去。

贡布头领脸色大变，快步冲到诺日朗近前，一把拉住了他，着急地嚷嚷起来，意思是说，你们不能过河！你们过不去！凶恶的龙神和吸血鬼在水底守护着桑吉河！

诺日朗却是不以为然，说道："谢谢你的好意，你还是带着他们砍树扎木筏去吧！"说完，转身向着河边走去。

说着话，便到了河边，诺日朗等人正要下水，贡布头领大喊一声："等等！"

队员们疑惑不解地盯着贡布，不知道他到底想要做什么。

贡布头领冲到诺日朗身边，再次急速地重复着刚才的话语。

钱教授对着诺日朗说道："诺日朗，你们还是先等一下吧，等他把话说完。他刚才说了，这河里有凶恶的龙神守护着，你们过不去。"

猎豹小分队的队员们相视一笑。诺日朗轻轻地拍了拍贡布头领的肩膀，说道："谢谢您的好意！"说罢转过头，对着队员们果断地命令道："行动！"

"等等！"队员们刚要下水，忽然，马强又一声急喝。

性格一向急躁的吕哲却是"扑通"一声跳入水中。其他人停在了岸边，诧异地盯着马强。诺日朗眉头一蹙，说道："又怎么了？"

马强正色地说道："没什么，我觉得你们还是再慎重考虑一下吧。我觉得有些传说从来都不是无中生有，在现实生活中或多或少总能找到一些联系。"

杰布也跟着补充道："是啊！诺日朗大哥，我觉得马强说得很有道理，你们不妨再慎重一下吧。"

诺日朗略一迟疑，笑道："谢谢了！或许是我们的祖先很善于想象的缘故。时间不等人，纵使刀山火海、龙潭虎穴也要闯一回了！"说罢，诺日朗对着岸上的队员一挥手，说道："行动！"

恰在此时，水中的吕哲又惊呼起来："等等！都别下来！"

队员们停住了，诧异地看着吕哲，刚才还见他在水中开心地游了几米。此时的吕哲已经脸色大变，正向岸边急游。到底怎么了这是？

原本游出去没多远，吕哲很快回到了岸边，巴特尔伸手把他拉了上来。

一上岸，吕哲顾不得许多，赶紧扔下背包和冲锋枪，不管三七二十一，腰带一解，便把裤子脱了下来。

梅青"啊"的一声惊叫，双手捂住了眼睛。

马强冲梅青笑道："嚷嚷什么呀？有什么大不了的？"

梅青乐道："讨厌！我到那边小树林去了！"

马强说道："去吧，别走丢了！"

吕哲的裤子一脱下来的时候，诺日朗惊呆了，只见吕哲两条腿上分别叮了约有十几条黑中泛着暗紫的蚂蟥。正慢慢地蠕动着，一点一点地向吕哲的肌肉中深入。吕哲恼怒地抓起一条蚂蟥便要向下扯。

诺日朗急道："别动！别乱动！"

马强看了吕哲一眼，眉头一蹙，似是十分恶心的样子，转身走向小树林，找梅青去了。马强平时一向厌恶蚂蟥。

吕哲停了下来，问道："豹头，怎么了？"

诺日朗快步走到吕哲近前蹲了下来，又是关切又是气恼地说道："以前不是训练过这个课目？全忘娘肚子里去了？愚蠢！"

吕哲恍然大悟，一拍自己的脑袋，笑道："看我这德行，一着急给忘了！"

诺日朗伸出手掌，用力地在蚂蟥附近"啪啪啪"地接连拍打着，被诺日朗拍到的蚂蟥立刻缩成一团，有的不用摘，自己掉落到地上。没掉下来的，诺日朗这才小心地把蚂蟥从吕哲的腿上轻轻往下取。巴特尔和杨立华赶紧走到近前，帮着吕哲处理另一条腿上的蚂蟥。

吕哲把上衣也脱了下来，只剩下了一条内裤，吕哲笑道："豹头，内裤就不用脱了吧？"

诺日朗眼一瞪，说道："全脱，脱光！"

吕哲皱起眉头惊叫道："啊！这，这，这怎么行？豹头，那边还有女同胞呢！"

诺日朗并不是真想让让吕哲脱光，只不过是和他开个玩笑，笑道："那就自己检查一次，仔细点！脱下来的衣服，仔细检查一次，杨立华帮他一下！"

正说着话间，吕哲上身的几条蚂蟥也被迅速地处理掉。

随即，诺日朗说道："巴特尔，到那边小树林去采点竹叶，最好是采嫩一点的！从我们走出林子的地方往右走，大概十几米远的地方，你就能看到！"

此时的杰布对猎豹连的战士们，尤其是对诺日朗简直是佩服得五体投地！一路上的地形地貌、分布的植物居然记得清清楚楚，哪像自己，一路上，光顾着说说笑笑，再让自己走回王林的家中，怕是也困难。

巴特尔应了一声："是！"

"不用啦！我给采过来了。"马强乐呵呵地拿着一把鲜嫩的竹叶走到了近前。

杰布好奇地惊叫道："哇！马大哥，你怎么知道他们需要竹叶处理伤口？"

马强乐呵呵地说道："我是神仙我会算哪！"

诺日朗惊异地盯了马强一眼，随即明白过来，笑着对杰布说道："看来你马大哥在当年的越战丛林中肯定没少挨这些吸血鬼叮咬。"

马强顺手把竹叶递给了杨立华，然后也对着杰布笑道："是呀！那个时候，确是没少吃这些吸血鬼的苦头。不过，这点还算不了什么，还有比这更吓人的。这么大的蚂蚁你没见过吧？让它咬一下，那才叫不是滋味呢！"一边说着话，马强双手比画了一下，然后，哈哈大笑起来。

看着马强双手比画的蚂蚁大小，足有一尺来长。杰布瞪大了眼睛，惊叫道："不会吧？马大哥，世上真有这么大的蚂蚁？"

"别听他瞎扯！我老人家活了整整一个甲子，别说没见过，听都没听说过有那么大的蚂蚁！你马大哥逗你玩呢，你还当真了！"钱教授说道。

众人哈哈大笑起来。

马强自我解嘲般地说道："你还别说！暂时是都没见过，大千世界，无奇不有！没见过的，不代表没有。你们这些专家啊，嘴上讲着唯物论，骨头里的唯心主义比谁都严重！自己没见过的就不承认！没准河对岸树林里的蚂蚁比我比画的还要大！"

杰布开心地笑了笑。

钱教授说道："别乱扣帽子！我老人家可不吃你这一套！"

马强笑道："这叫勇于开展批评与自我批评！你们这些专家最大的毛病就是自以为是，一点批评都接受不了。我说诺日朗，看来这不扎木筏是不行了。照此情形，这水中还不知有多少蚂蟥！"

诺日朗正盯着死寂的河水发呆，马强一语道破了他的心事，诺日朗也是在这么琢磨着。

吕哲一边配合着杨立华帮他的伤口敷上砸碎的嫩竹叶，一边说道："是啊！豹头，马大哥说得很有道理，照此情形，我们强行泅渡的危险性很大！"

诺日朗沉思片刻，果断地把手向着小树林一挥，说道："扎木筏！"

马强开心地哈哈大笑起来。

两只木筏和四只木桨被做好时，已经过了第二天的中午。

王林和贡布头领都没有跟着他们一起过河。王林给他们指了指王城的方向，便欲离去。马强自然依依不舍地上前紧紧握住王林的手，寒暄一番，说一些"多多保重""后会有期"之类的话语。马强还惦记着王林的唐代木简和宋版书，更重要的是还有巴拉部落金矿的线索。不过，暂时马强挤不出工夫，对于他来说，目前没有任何东西能比得过香巴拉王国财宝的诱惑了。

贡布头领居然热泪盈眶地跪拜到了杰布的脚下，亲吻着他的双手，为杰布说一些祝福的话语。在他的眼里，杰布早已成为天神的化身。弄得杰布在众人面前，异常地难为情，脸涨得通红。

上木筏的时候，诺日朗将众人分成了两组，马强、梅青、巴特尔、钱教授和杨立华一组；诺日朗、杰布、吕哲、格桑平措、索朗占堆和扎巴一组。众人用临时做出来的几支简易木桨划水。王林和贡布头领等到木筏划到河中央的时候，他们才挥手离去。

桑吉河向远处蜿蜒着，不知哪里是它的发源地，也不知哪里是它的尽头。或许真如贡布头领所说，河流的远方通向大海。神秘的桑吉河如同许多被隐藏或是掩埋的秘密一样，等待着人们在某一个偶然的瞬间或是千百次的努力探索，才会揭开那些未知的谜底。或许，正是因为世间存在着如此多的未知，传说才显得愈加地神秘。

风平浪静，马强站在木筏上，向远处眺望，突然间，似乎是诗兴大发，高举双臂，大声喊道："啊！沉寂的河流，复活吧！伟大的勇士要在你的旋涡中战斗！"

顿时，逗得众人哈哈大笑。

诺日朗说道："还真没想到，老马同志文武双全哪！"

马强自我解嘲地说道："那是自然！咱马强向来是'被窝里放屁'。"

杰布猜得出马强想卖弄一句歇后语，故意问道："怎么讲？"

"能文能武！"马强说道。

众人稍稍一怔，一下子明白了其中的玄机，原来这个包袱抖在"能闻能捂"这个字面上，随即一起哈哈大笑起来。

钱教授乐得弯下了腰，居然笑得眼泪也跟着流了出来。

待众人笑声平息，马强呵呵笑着说道："不怕你们笑话，说句大实话，我马强文化不高，活了这么大把年纪，这还是我头一回作诗。不知怎么的，突然间就来了灵感。"

杰布正色地说道："马大哥，我也说句大实话，你刚才的诗句作得相当不错。"

"是啊！是啊！"

"还真是不错呢！"

"很有水平！"

"很有深度！"

众人你一言我一语夸赞起马强来。不管是真夸还是假夸，马强突然间反倒显得有点不自在起来，连连摆手，"哪里，哪里！夸得我都不好意思了！"马强素来是吃软不吃硬的主，越是对他说些难听话，越是不灵；越是夸他，他反倒经受不住，受不得好听的软话。

说说笑笑之间，两只木筏又向前移动了不少，离岸边只有几十米远了。

突然，站在木筏中间的扎巴一动不动，目不转睛地盯着远处的水面，口中发出低低的鸣叫。紧接着，正在一边划水的索朗占堆抬手擦了一把汗，擦汗之际，索朗占堆猛地惊叫起来："你们看！杰布少爷你看！那是什么？"

顺着索朗占堆手指的方向，众人诧异地看了过去。只见远处几十米远的水面上，出现了一只类似鲨鱼鳍一样的物体，正快速地向着木筏冲来，鳍状物在水面上划出了一道深深的水纹。

持续了几秒钟的时间，鳍状物迅速沉了下去，水面很快又恢复了平静。

呆呆地怔了几秒钟的时间，诺日朗一声惊呼："注意警戒！大家小心！划水的速度再加快一些！"诺日朗思忖着，看似宁静的桑吉河，此时突然出现这么个奇怪的物体，绝非偶然！方才吕哲经历的小插曲便是一个不容忽视的警示。

马强故作惊慌地向着身边的梅青惊叫道："妈呀！水鬼！"

"啊——"梅青吓得一声尖叫，往马强的怀里扑了过去。

木筏顿时在水中左右摇摆起来。钱教授一个趔趄，差点跌落水中，情

急之中，慌乱地蹲了下来，稳住身形，随即恼怒地瞪了马强一眼，说道："瞎闹什么呀？上岸再闹不行啊？"

正在划水的巴特尔和杨立华也瞪了他们一眼。

见此情形，马强扮了个鬼脸，显得有些不好意思，学着钱教授的语气，冲着梅青大大咧咧地喝道："瞎闹什么呀？上岸再闹不行啊？"

梅青伸拳在马强的胸前打了一下，生气地说道："讨厌！都是你！"

马强笑道："让我亲自来划一阵子木桨，看着他们划，我一直手痒。看把我们英雄的巴特尔给累的，满头大汗。"说罢，马强推开梅青，拍了拍正在划桨的巴特尔的肩膀，"巴特尔兄弟，我来划一会儿，你休息一下。"

巴特尔略一迟疑，说道："你要划就让你划！省得闲出麻烦来！"说罢，将手中的木桨递给了马强。

马强接桨时，另一侧正在划桨的杨立华却忘了停下来，筏身登时偏了方向。马强急忙抄起木桨用力划了几下，经过二人几次的努力调整，筏身总算正了过来。诺日朗所在的木筏原本便走在他们的前面，此时又超出了一截。

站在前面木筏上的杰布笑着说道："胜利在望，再加把劲，就到对岸啦！"

杰布的话音刚落，两只木筏之间一股水柱猛地向上喷涌而出，足足喷出几米高，很快便又四下落回水面，一些水花洒落到了两只木筏上，水花带出来的几条蚂蟥，落上了筏身，蠕动着。梅青顺手擦了一把脸上的水珠，随即触电般地一甩手，惊呼一声："妈呀！"一条蚂蟥被梅青远远地甩了出去。梅青吓得面色惨白，一下子瘫坐到了木筏上。

众人还没有弄明白是怎么回事，水中突然探出了一只蟒蛇头一般的怪物脑袋，脑袋不大，扁扁的，长长的脖子如蟒蛇颈一般，泛着光泽，看上去光滑柔软，如灰色的粗长鳗鱼，两只绿豆般的小眼睛泛着荧荧的蓝光。紧接着，怪物身边的水面上泛起了层层白色的泡沫。

怪物盯着杰布看了几秒钟的时间，猛地张开嘴巴，脑袋向前一探，冲着杰布恶狠狠地咬了过来！怪物的口腔中红得似一团小火球，两排尖利的牙齿如同两排锋利的细刺。

杰布头一回见到这种怪物，或许是因为好奇，或许是因为惊恐，杰布怔住了，已然忘记了闪避。

眼看着怪物的嘴巴咬到了杰布的喉咙近前，情急之下，诺日朗猛地一伸手扯住杰布后面的衣服，将杰布向下一拉，杰布被诺日朗的大力拉得坐到了木筏上。筏身顿时一阵摇晃。

正站在杰布一边的扎巴，早已见到主人的险境，毫不迟疑，瞪着愤怒的目光，猛地向着怪物扑了过来。

怪物的嘴巴扑了个空，灵活地闪开了扎巴的扑击，很快收了回去，随即整个脑袋缩入了水底，水面泛出了一个小小的旋涡。

筏身一阵猛烈地摇晃，所有的人都惊呆了，划桨的勇士也忘了挥桨。

诺日朗大喊一声："加快速度！快划！快往岸边冲！坐稳抓牢！"

手中正拿着木桨发呆的马强、杨立华、格桑平措一下子回过神，奋力地挥动起来。

两只木筏的速度瞬时加快，向前直冲！

哪料到，刚冲出两米多远，水面上猛地露出了一个背上长着顶鳍的椭圆身体，横在了正前方，冲在前面的木筏不及闪避，也没有办法闪避，径直地撞了上去，怪物的身体被撞得往里一凹，筏身一震，猛地停住，紧接着慢悠悠地开始后退。后面的木筏，已经没法控制速度，直冲上来，"咚"地一声闷响，木筏撞到了一起，两只筏身交错着，慢慢地在水面转起圈来。

怪物被结结实实地撞了一下，可能是受创不轻，立即翻滚着，灰白的肚皮露出水面，一闪而过。怪物在水中接连翻滚了几圈，随即下沉，紧接着，猛地从水中跃了出来！

就在这个瞬间，众人看清了它的身形，两米多长的细长蛇颈，三米左右的椭圆身体，还有一条一米多长的尾巴，通体如鳗鱼般柔软的皮肤，背上长着一只半米多高如鲨鱼一般的顶鳍，身体两侧分别长着两只粗壮的短鳍。

很快怪物再次落入几米开外的水中，水面溅起了一阵巨大的水花，水花中夹带着一些让人恶心的蚂蝗。此时，水面的泡沫也是越来越多，不停地向上翻腾着，扩散着。

"控制好筏身方向，不要慌！坐稳抓牢！"诺日朗再次大声喊叫起来。

没有人再顾得上说话，拿着木桨的，有条不紊、手脚麻利地划动着。

其他人也顾不上哪是哪，不及细看，凡是手能摸到的地方，便死死地抓住，更是顾不上去清理落在筏身边缘的蚂蝗。

扎巴守在了木筏的一边，眼睛警惕地盯着怪物消失的水面，它的身体向前低俯下去，随时准备扑击怪物的再次袭击。

钱教授一声惊呼："不好！绑木筏的绳子松啦！"

马强喊道："不是绳子松了，你把我的腰带给拉开啦！"

钱教授低头一看，自己正抓在马强皮带的一端，赶紧松手挪开，情急之下，又一把抓住绑着木筏的一截绳头。没有人笑得出来。也没有机会让他们去笑。

两只筏身刚刚调整好方向，怪物已经快速游到了近前，直冲向杰布所在的木筏。细长的脖颈从水中探出，张开嘴巴，再次恶狠狠地向杰布咬了过去。

杰布坐着，两只手抓在木筏上，没法闪避，只得下意识地一侧身。

守在主人近前的扎巴猛地立起了身子，冲到了杰布面前，用自己高大威猛的身躯挡在了主人面前！张开大嘴向着怪物咬去。在水中战斗不是扎巴的长项，扎巴也不敢轻易地向着怪物扑击。怪物的嘴巴恶狠狠地咬向了扎巴！情急之下，诺日朗丝毫不加迟疑，手中的木桨疾速向着怪物的脑袋抡了过去，没有打准，却打在了怪物的脖颈上。扎巴也咬了个空。

怪物的脖颈被砸得变了形，顺势一弯，缠在了诺日朗的木桨上，随即怪物的身体往水中一沉，诺日朗没有料到怪物还有这个本事，木桨没有抓牢。一股大力将木桨从诺日朗的手中夺了过去。

"嗒……"吕哲手中的冲锋枪打响了，一串子弹打中了怪物的身体。

吕哲不敢平射，生怕误伤到另一只木筏上的同伴，枪口只能斜着向下。

"神枪哲别"巴特尔手中的狙击步枪子弹早已上膛，他却一弹未发，显得异常冷静，他在寻找机会，想要一枪打烂怪物的脑袋。由于筏身不稳，再加上不敢平射，怪物每次往水底下沉的速度很快，巴特尔没有找到合适的时机。作为一名优秀的狙击手，不会轻易出手。

水面上泛起了几抹暗紫的污血，如同油污一般，却不溶解，在淡蓝的水面向四周漫延开，似一幅诡异的图画。显然，怪物已经流血受伤。水中的能见度极低，众人看不到怪物究竟潜到了何处，水面也开始恢复平静。

"快划！快划！"马强一边挥着桨，一边喊叫着。

前面木筏上由于少了一只木桨，筏身很难再平衡向前，格桑平措只能左边划几下，再转到右边划几下，一时间显得手忙脚乱。筏身来回往复地偏移着，吃力地迂回前行。丢了木桨的诺日朗咬了咬牙，暗暗恼怒。

后面木筏上的马强和杨立华不顾一切，奋力划水，很快超了过去，再加几把力便可以冲到岸边。

只一小会儿工夫，被怪物卷入水底的木桨浮了上来，却漂在了几米远的水面上，木桨的周围泛起了许多泡沫。没有人敢下水去捞木桨，更是不敢把木筏划过去。照此情形看来，怪物十有八九潜在木桨的水底，当务之急，是赶紧冲到河边，上岸！

众人显得异常地紧张，梅青却冷不丁地喊道："这倒奇了，这怪物怎么专冲着杰布兄弟去呀？"

经过梅青这么一提醒，众人似乎这才反应过来，都觉得有些蹊跷，是呀，怪物的两次袭击，都是冲着杰布去的，仿佛跟杰布有深仇大恨。

"没准是偶然，纯属巧合，哪来那么多的蹊跷？"钱教授说道。

正说着话间，杰布所在的木筏一侧，猛地又冒起了一个水柱，紧接着，水面如波涛一般，涌过来一个浪头。汹涌的浪头将木筏抬了起来，木筏随着浪头一个起伏，又坠了下去。浪头过后，怪物的顶鳍露出了水面，如同一个大大的浮标，快速向着木筏撞了过去。

"抓牢！"诺日朗一声大呼。

哪里还来得及闪避，"咚！"一声闷响，木筏被结结实实地撞了一下，登时筏身被倾斜着向上掀了起来，还好，木筏只是半立了一个小的斜角，再次落稳。幸好是诺日朗的及时提醒，没有人落水，一直守护着杰布的扎巴却猝不及防，倾斜之际，身体失去了平衡，向水中滑落。筏身正过来时，扎巴的半个身体已经掉进河中，两只前爪，却死死地搭在了木筏的边缘。

见此情形，杰布一着急，站起身来，伸手抓住了扎巴两侧松软的毛皮。借着杰布的这一把力，扎巴搭在木筏边的两只前爪奋力一压，抬身上了木筏，筏身也跟着摇晃起来。

恰在这个当口，怪物的脑袋连同长长的脖颈从水中探了出来，向着杰布咬了过去！

"叭！叭！叭！"诺日朗的手枪打响了！接连射出了三发子弹。

"嗒……"前面木筏上吕哲手中的冲锋枪再次打响。

索朗占堆顾不上开枪，顺手抡起猎枪向着怪物的脑袋砸了过去。子弹都打在了怪物的身体上。怪物的脑袋却灵活地闪开了索朗占堆的攻击，索朗占堆的猎枪砸了个空。巴特尔还是没能找到精确又不会误伤同伴的射击机会。

梅青又一次"啊——"一声惊叫。

子弹的冲击力阻滞了怪物攻击的势头，重伤之下的怪物猛地沉入了水中，油污般的污血从水中翻出了一大片，似乎还冒着丝丝的热气，将水面的泡沫也冲散开来。

前面的木筏离岸边仅仅有几米远的距离了，马强只顾着划水，身后的情形并没有见到，听到梅青的一声惊呼，他意识到后面出危险了！他把木桨顺手交给钱教授，说道："你来划！"说罢，便从木筏上面站起身，把肩头背着的冲锋枪麻利地取了下来。后面的情形，他快速地看明白了：怪物已经潜入水底，一只木桨在远处的水面上漂浮着，后面的木筏上只有格桑平措手中的一只木桨在手忙脚乱地划着水。

钱教授刚接过木桨，正要划，马强一猫腰，一把从钱教授的手中把木桨又给抢了回来，大喊一声："接住！"话音刚落，便把木桨向着后面的木筏扔了过去。木筏在空中疾速地划了一个优美的弧线，诺日朗稳稳地接入手中。

失去了一只木桨，前面木筏的筏身一下子偏离了方向，一向沉稳的杨立华，马上转到另一侧紧赶慢赶地划了几桨，此时，木筏已经斜斜地冲向了岸边。

诺日朗接过木桨，顿时一阵兴奋，配合着格桑平措，拼命地划了起来，似乎比刚才更加有力！木筏的速度一下子加快了许多，眼看着离岸边已经不远。

钱教授和梅青二人连滚带爬地上了岸，巴特尔和杨立华手慌脚乱地往岸上扔行李。撞在岸边的木筏，猛地顿了一下，马强一个趔趄，差点摔倒。

扔完行李，巴特尔和杨立华上了岸，见马强还站在木筏上着急地紧盯着河面，巴特尔顺手拉了马强一把，说道："愣着做什么？快上岸！"随着一声言语，巴特尔有力的胳膊一把将焦急的马强拖上了岸。

此时的马强胸中火烧火燎，正牵肠挂肚地惦记着杰布。在他的心中，早已经把杰布当成了亲兄弟，当成了生死兄弟！

如同木偶一般被拖上岸的马强着急地大喊起来："加把劲！快！加把劲！"马强心里有数，这暂时的平静，恰恰是更危险的前兆。

果不其然，正在向着岸边急冲的木筏，突然间猛地一震，木筏登时停了下来，诺日朗和格桑平措不管怎么努力划水，木筏却是如同蜗牛一般行进得很慢，水底被障碍物阻住了。

不由分说，诺日朗端起手枪，对着筏底接连射出了三发子弹；吕哲端起冲锋枪扣动了扳机；岸上的马强和杨立华的冲锋枪，也疯狂地向着木筏的水底一通急射。

情急之下，诺日朗仍不忘大喊一声："节约子弹！"打了这么多子弹，诺日朗很是心疼，携带的弹药基数毕竟有限，在这个怪物身上使用得太多有些可惜，后面还有一场真正的生死较量，如果没了弹药，在对手的强大火力面前，便会处处被动挨打。

诺日朗和格桑平措再次奋力划桨。木筏又开始向前移动，仅仅前行了一米多，筏身又是猛地一震，再次被阻滞在河面上。突然，怪物的尾巴猛地从水中挥出，如同一根粗壮弯曲的木棍，从木筏一侧向着木筏中间大力砸了下来！

索朗占堆见势不妙，双手抓住猎枪两端，迎着空中一横，挡了个正着！怪物的尾巴结结实实地砸在了枪管上，枪管一下子便被砸弯。怪物的尾巴飞快地收回水中。

紧接着，怪物的脑袋连同长长的脖颈，从另一侧的水中疾速探了出来，怪物的眼睛闪闪发亮，如同喷着蓝荧荧的鬼火，似是被激怒了。

一露出水面，只停顿了几秒钟的时间，怪物便张开嘴巴恶狠狠地向着划水的格桑平措咬了过去，格桑平措抡起手中的木桨反击，诺日朗手中的木桨也砸了上去。

哪料到，这怪物的脑袋却是快速一摆，绕开了两只木桨，径直扑向杰布。小杰布也早已被它激怒，眼看着怪物的嘴巴咬到近前，心一横，不假思索，双手一把抓住了怪物的咽喉，扎巴低吼着扑到了近前，张嘴咬在了怪物的

脖颈上。

一直找不到机会施展神威、正满腔怒火的扎巴，死死地咬住了它。

诺日朗和格桑平措的木桨、索朗占堆的猎枪一股脑地向着怪物的脖颈砸了过去。怪物的身子也露出水面，浮在了木筏的一侧。

"嗒……"岸上的两支冲锋枪连同木筏上吕哲的冲锋枪一起射向了怪物的身体。

水怪痛得猛地发力，身体向前一冲，木筏被大力掀翻，众人一齐跌入水中。

杰布、扎巴和水怪纠缠在一起，在水面上扑打着，水花夹带着怪物的污血，四处飞溅！

索朗占堆快速游到杰布身边，一把抱住了水怪的脖颈，着急地喊道："杰布少爷，你快走！快上岸！"

扎巴在战斗，杰布不可能离开；杰布在战斗，扎巴也不可能离开。

诺日朗、吕哲、格桑平措也快速游了过来，眼看到了近前，水怪的尾巴却在水面疾速地画了一个圈，连同身体一起将索朗占堆、杰布、扎巴卷入了水中，沉了下去！

岸上的冲锋枪已经不能再射击，傻傻地盯着水面的搏斗。

马强急了，扔掉冲锋枪，"扑通"一声跳入了河中，向着杰布下沉的地方快速游了过去。

众人的目光死死地盯着水面搜索着，焦急地等待着他们再次浮出来，一直等了好几分钟，一点动静也没有。

呆若木鸡的钱教授，似是猛然间回过神来，惊叫一声："杰布！"喊罢，重重地呆坐到了地上，老泪纵横！

马强近乎疯狂地在水面上游来游去，不时地潜入水中，胡乱地摸索着。

诺日朗三人也时不时地下潜，水太深，根本踩不到底。

又过了好大一会儿，众人一筹莫展之际，岸上的梅青突然指手画脚地连声大喊："快！那边！快！快！快！"

众人都看到了，杰布终于从不远处的水面浮了出来。

水中的人飞快游了过去。

水面上却是一直没有见到索朗占堆和扎巴浮上来。

马强最先冲到近前，大喊一声："杰布！"一把抓住了杰布的衣领，抓得牢牢的，生怕再脱手。

杰布却没有回答，也没有任何的动作，杰布已经失去了知觉。

马强拉着杰布便拼命地往岸边游。

诺日朗从侧面抓住了杰布的胳膊，配合着马强，一起救护。游动中，诺日朗喊道："都上岸，上岸再说！"

吕哲和格桑平措，围在附近游动着，一边在水面上搜寻着索朗占堆，一边警戒着，随时准备应付怪物的突然袭击。

不见了怪物的踪影，也再没有见到索朗占堆和扎巴。

很快游到河边，众人手忙脚乱地将杰布拖上了岸，沉着的杨立华选了一处倾斜的地面，将杰布的身体展开，以保持脚高头低，便于救护。

杰布被拖上岸的那一刻，扎巴也从岸边的水底探出了脑袋。马强瞬间明白了，是扎巴一直在水底托着杰布！扎巴真是好样的！

此时的扎巴已经筋疲力尽，在水中吃力地挣扎着，似乎连爬上岸的力气也没有，挣扎了几次才将两只前爪搭到岸上。马强一把抓住扎巴的两只前腿，猛地发力，把沉重、健壮的扎巴拖了上来。扎巴摇摇晃晃，挣扎着走到主人杰布的身边，随即便失去控制般伏到了地上，浑身微微颤抖着，口中不时低低地呜呜着，嘴巴轻轻地拱着杰布的胳膊，扎巴看上去已是虚脱至极，奄奄一息。

杰布双目紧闭，面色苍白，唇色铁青。杨立华伸手探了探杰布的鼻息，又摸了摸杰布的脉搏，顿时紧张起来，却依然显得沉着冷静，果断地说道："豹头，帮我一把！"

不待诺日朗蹲下来，马强扑到杰布身侧，跪到了地上，慌乱地大声喊叫："杰布！杰布兄弟！"一边喊叫着，一边发疯般地大力撕开了杰布的衣袍。

诺日朗麻利地解开了杰布的腰带，镇定地说道："都不要慌，保持冷静！"

杨立华先是扳开杰布的双唇，看到杰布的口中没有杂物，便掐了掐杰布的人中，随即一只手捏住了杰布的鼻孔，另一只手托住了杰布的下颌，开始实施口对口式人工呼吸。

马强双手放在杰布的胸前，发疯般地按动着。马强看上去有些失去了

理智，眼睛红得吓人。

诺日朗轻轻地拍了拍马强的胳膊，说道："老马，冷静点，让我来吧！"

马强顺手一拳，打在了诺日朗的胸膛上，力气很大，"咚"一声，诺日朗被打得坐到了地上，皱起眉头，伸手轻轻地在胸前揉了揉，似乎很疼。

吕哲有些生气地喊道："老马！你冷静点！救护也是需要配合的！他们的合作救护是经过专门训练过的！"

诺日朗向着吕哲摆了摆手，示意他不要乱嚷嚷。马强是什么样的心情，小分队的战士们都能看出来。马强顺手的一拳，也是无意识的。

吕哲的一嗓子倒是把马强喊得回过了神，马强一怔，看了诺日朗一眼，喊道："那还愣着做什么！人命关天！你他妈的倒是快点呀！"

诺日朗笑了笑，迅速坐起身，回到杰布身边，配合着杨立华的人工呼吸，开始有节奏地实施胸部按压。

站在一边的梅青嘤嘤地哭了起来，哭得很伤心，一把鼻涕一把泪。

方才还老泪纵横的钱教授，此时反倒不哭了，呆坐在地上，面无表情，嘴巴半张着，两眼无神，眼珠子一动不动，茫然地盯着杰布。若是杰布有个三长两短，钱教授瞬间便会崩溃。在钱教授的心中，早已经把杰布当作了亲生儿子一般，他一直就很喜欢聪明懂事的杰布。

曾经落水的格桑平措和吕哲，此时却也顾不得许多，开始脱衣服，清理身上吸附着的蚂蟥。

暖暖的阳光洒落在桑吉河畔，不见一丝风，桑吉河上死一般的寂静。水面上的阵阵泡沫早已无声无息地散尽，不见一片落叶，不见一个水花，淡蓝色的河水在阳光的映照下，折射着冷冷的诡异的光芒。两只木筏，歪斜着靠在岸边，一动不动。

早已不见了水怪的踪影，也再没有见到朴实善良的猎人索朗占堆浮出水面。或许他们一起沉没在水底。勇敢的猎人一直死死地掐着水怪的脖颈，坚决不允许它来伤害自己的兄弟、自己的同伴、自己一直敬重着的杰布少爷。

诺日朗和杨立华二人努力了一会儿，一直没见杰布醒来。

马强的额头全是汗水，许多地方的衣服已经让汗水渗透，一片一片，似是浑身燥热，他顾不上解衣扣，双手扯住自己的上衣，一把撕开，随即站起身来，冲到河边，大声地喊叫起来："佛祖啊！天神啊！你他妈的真的有灵吗？有灵的话，救救我的杰布兄弟吧！"撕心裂肺、声嘶力竭的声音远远地送了出去，在茫茫的群山间、青翠的草原上、茂密的丛林间回响着。

马强喊罢，似是突然想起了一件事，急忙回到杰布身边，一看杰布的脖颈上空空如也，顿时急了，大叫道："藏天珠！杰布的藏天珠！杰布的护身符呢？怎么不见了？"

梅青在一边提醒道："让他们刚才给解下来了，我给收着哪！"说罢，梅青蹲到了马强身边，将她的手掌伸到了马强的面前。

马强一把取了过来，双手捧着放到了杰布的脑袋边，随即跪到了地上，双目紧闭，双手合十，口中喃喃地念起了苯教的八字真言："阿、嘛、吱、枚、依、萨、哩、咄"，别的经文马强也不会念，这也是他头一次念经。人在无奈又无助的时候，很需要精神支柱。在一个人即将绝望之前，意念中一切求生的可能，他都会去尝试一下。

虚脱的扎巴此时渐渐地恢复了一点体力，依然显得萎靡不振，它挣扎着努力站了起来，静静地看了看主人，似乎它也感知到了主人的不测。

诺日朗和杨立华尝试了几种不同的救护方法，已是满头大汗，依然有条不紊、沉着冷静地努力着。吕哲也走到近前，准备帮着清理杰布身上吸附的蚂蟥，让他惊异的是，杰布的身上居然一只蚂蟥也没有！

扎巴轻轻地挪动了脚步，在主人的身侧慢慢地跑动着，跑着跑着，突然停了下来，猛地昂起了脑袋，长嚎一声："呜——"

扎巴的声音略略有些沙哑，低沉，雄浑，透着深深的悲伤，悠长的鸣叫声向着远方传了出去，传得很远很远，很远的远方，那是天神们居住的地方……

太阳躲到了乌云的背后，桑吉河畔笼罩着不祥的阴影。

"咚，咚……"香巴拉的鼓声也开始隐隐地响起，低缓的鼓声中似乎也透着哀伤。

杰布一直没有醒来。

梅青在一边着急地说道："看样子，杰布兄弟怕是不行了。我看大伙儿还是早点为杰布兄弟准备后事吧。顺便把那个猎人的后事一起办了。办

完早点赶路！"

近乎崩溃的马强一听梅青的话语，顿时火冒三丈，两眼血红，怒吼一声："妈了个巴子！嘴里没一句好话！你这个扫把星，老子先把你的后事给办了！"说罢，抢起巴掌向着梅青冲了过去。

梅青见势不妙，撒腿便跑，一边跑着，一边惊慌失措地喊叫着："马强发疯啦！马强要打人啦！"

没人帮她说话，也没人拦着马强。

马强平时虽然时常威胁过要揍梅青，却是从来没有真正动过一次手。

看着怒气冲冲的马强向自己冲来，梅青知道马强这一次要动真格的了。在河边追了一个小弯，马强一直是一副不依不饶的样子，快步跟着梅青，那气势简直非要把她剥皮抽筋不可。

梅青着实慌了神，赶紧向不远处的树林逃了过去，寻思着，先到树林里躲一会儿，等马强消了气再出来。哪知道马强却不罢休，跟着梅青追了过去。逃到林边，见到一条小道，梅青不假思索冲了进去。

到了近前，马强刚要跟着往里进，林间小道上，猛地迎面冲过来一匹白色的快马。眼看着便要和快马撞到一起，马强本能地往一边快速闪开。

白马冲出林子，马上之人一勒缰绳，白马一声长嘶，两只前腿高高地抬起，停在了当场。

马强看清了，马上端坐着一位十七八岁的少女，一只手抢着长鞭，一只手握着缰绳，目光严厉，冷冷地盯着马强。

见到她，马强一怔，他一眼便认出了这位少女。那天晚上，在巴拉部落王宫广场聚会时见过她。一位透着野性、娇小玲珑的美丽女孩。还曾经大大方方地为杰布献过一条白色的哈达。

马强没有理会她，余怒未消，抬腿便要进入林子去追赶梅青。

刚走出几步，"啪"一声响鞭，鞭梢绕过马强的肩头，结结实实地打在了马强敞开的胸膛上，火辣辣地疼。

马强大怒，转过身来，一边揉着胸前的鞭痕，一边瞪着眼睛吼道："想找事不是？"

女孩却不答话，神色倨傲，冷冷地盯着马强，手中的长鞭低垂着，似乎随时准备再给马强一鞭子。

马强犹豫片刻，怒道："你先等着，别跑啊，老子先收拾了扫把星，一会儿再来收拾你！"说罢，马强又要转身入林。

"啪"地又是一鞭子，这一次鞭梢却缠住了马强的脚脖子，鞭梢往后一带，马强猝不及防，"扑通"一声，直直地摔了个"猪拱地"。

这一鞭子可是把马强给打急了。马强狼狈地爬了起来，顺手从地上捡了一根树枝，转过身来，指着少女喝道："你是谁？到底想要做什么？想找事不是？"

"不许你打女人！"少女终于开了口，声音清脆如铃，很好听，居然说的还是汉话，虽不标准，倒也能让人听得明白。

马强手中的树枝冲她指着，没好气地说道："我管教自己的女人，关你屁事？我可声明，除了自己的女人之外，我马强从不和女人斗，你非要逼我出手，那就别怪我姓马的不客气了！"

少女嫣然一笑，脸上两个浅浅的酒窝绽放开来，唇间露出了整齐雪白的牙齿。少女的笑脸看得马强心神一荡，心中暗赞：这女孩真美！简直是仙女下凡。从她的笑意中，马强也看明白了，那神情是嘲笑，意思是说，不服你就来试试，本姑娘还没瞧得起你哪！

这一来，马强倒有些束手无策，对方若是一位彪壮的汉子，马强立刻会出手同他过几招。面对这位美丽迷人而又霸气十足的十几岁少女，马强手中的树枝无论如何也挥不出去。

马强愤愤地说道："算了！世间的女人与小人最不好惹。老子不和你们一般见识了！对了，我的杰布兄弟！"说罢，马强的脸色瞬间拉了下来，变得灰白，扔掉手中的树枝，快步向杰布冲了过去。

那位少女见马强不再入林，一提缰绳，马身急转，也向着杰布冲了过去，很快便奔到马强的前头，到了杰布近前，白马又是一个急停。随即，少女将手中的鞭子和缰绳顺手一扔，利落地跳下马来，着急地奔到杰布身边，皱起眉头蹲了下来。

少女的白马威武神骏，皮毛油亮，细如白雪，不见一丝杂色，驯服地立在原地，并不乱动。白马的马鞍、马镫似是用黄金打造，泛着金灿灿的光泽，上面镶嵌的绿松石和白银，点缀其间。红色的马鞍垫，厚实而又精美。

巴特尔羡慕地盯着白马片刻，又傻傻地看着少女，心中暗暗赞叹她的骑术之精，简直可以和蒙古草原上一位优秀的骑手相媲美。

诺日朗和杨立华依然在努力救护着，诺日朗大汗淋漓，一直没有腾出时间来清理身上的蚂蟥，一刻不停地按压着杰布的胸膛。杨立华开始尝试用银针刺激杰布的穴道，此时正往杰布的人中上扎着一根细细的银针。二人的心中都有些沮丧和失望，看来杰布是真的不行了。

少女心急如焚地盯着杰布，顺手将杰布领头的乱发轻轻地拨开，猛然间她看到了杰布脑袋边的藏天珠，一把抓了起来，捧在手心，仔细地看了又看，神情很是诧异。看了一会儿，她把藏天珠攥入手中，轻轻地喊道："加布！加布！"她的发音不标准，把杰布的名字喊成了"加布"。

马强也到了近前，着急地大声喊道："杰布兄弟！我可怜的杰布兄弟！你这一觉也该醒了！千万别吓哥哥啊！"喊罢，马强又将手掌往少女面前一伸，喝道："拿来！"

少女面色一收，脸罩寒霜，瞪了马强一眼，那副神圣不可侵犯的神情让马强心中一凛！马强将手收了回来。

少女冷冷地说道："它可以救活加布的命！"

众人都明白，她指的肯定是杰布的藏天珠！

"到底怎么救？姑娘，你有办法的话，快救救杰布吧！我老人家求求你了！"钱教授冲到了近前，此时的钱教授情绪稳定了许多，他正努力地克制着胸中的悲痛，不停地在心中提醒自己：一定要保持冷静，一定要想办法把杰布救活！

众人求救的目光齐刷刷地盯住了少女，诺日朗也停了下来，焦急地看着她。

少女丝毫不加理会，目光转移到了杰布的脸上，柔柔地盯了一会儿，伸手将杰布人中上的银针拔了下来，扔到了地上，轻声地说道："加布睡着了。他梦见他的阿爸了！"

扎巴小跑着，慢慢地回到了杰布的近前，默默地伏到了地上，孤单无助的眼神哀怜地盯着主人。杨立华顺手想拍拍扎巴的脑袋，安抚它一番。哪料到，手掌刚碰到扎巴的脑袋，扎巴张嘴便咬。幸好是杨立华闪得快。此刻的扎巴已经意识到了主人不祥的兆头，它的心中除了主人的安危，别无牵挂，早已抛开了一切，任何人碰它，它一定会本能地反击。

扎巴的喉咙中不时哽咽地低鸣几声，哀怜的眼睛中似乎闪动着泪花，关切的眼神静静地盯着主人，等待着主人的悄然醒转，可是主人始终无声无息地躺着，身体已经渐渐地冰冷。扎巴时不时地伸出舌头，来回舔着主人的脸庞。主人早已经没有了往日的朝气与活力，扎巴也早已经没有了往日的冷傲与威猛。

终于，两滴露珠一般的泪水，自扎巴的眼睛中悄然滑落，扎巴的喉头低声鸣鸣着……

看着扎巴可怜兮兮的样子，钱教授不由得心酸。方才少女的话语，也让他意识到，杰布的阿爸木辛霍尔伦活佛和阿妈仁珍拉姆一定每天都在牵挂着杰布，一定每天都在为他祈祷。若是他们知道杰布此刻的情形，还不知道会有多忧心！

看着少女关切又略带神秘的样子，钱教授急道："我说姑娘，你倒是有什么好办法？倒是快说呀！"钱教授明白，昏迷过久并不是好事，大脑长时间地缺氧，即使最终被救醒，或轻或重，很可能会造成不可预料的后果，比如痴呆、失忆、半身不遂都有可能。

此刻钱教授心中隐隐地对这位奇怪的少女，也感到有些惊奇，她到底是什么人？怎么会说汉话？暂时却也顾不得多想多问，一门心思放到了杰布身上，先把杰布救醒才是当务之急。

少女怔怔地看了杰布一会儿，轻轻地叹了一口气，随即冲着诺日朗挥了挥手，示意他不要再按啦，一边待着去。

诺日朗和杨立华对望了一眼，又看了看少女，便让开了杰布。少女伸展双臂将杰布从地上抱了起来，她娇小玲珑的样子抱起俊朗挺拔的杰布却并不显得吃力。

少女走近白马，将杰布横卧到了她的马鞍前，然后俯身捡起她扔掉的马鞭，随即踩着金灿灿的马镫翻身上马。

奇怪的是，扎巴并没有攻击少女，反倒跟着她走到了白马近前，无助的目光紧紧盯着杰布。

众人先是疑惑不解，随即明白了，她要带走杰布！

马强连同小分队的五名战士端着枪便冲到近前，将白马团团围住。

马强喝道："你是谁？你到底想要做什么？"

少女不慌不忙，冷冷地扫了众人一圈，傲然说道："我叫达娃！"说完，扬起了手中的马鞭，便要拍马扬鞭的架势。

马强厉声吼道："站住！把我兄弟放下来！你到底想要做什么？"

少女达娃杏眼一瞪，怒视着马强，霸道地喝道："让开！"话音刚落，手中的马鞭便疾速地挥向马强。

这一次马强有了防备，马鞭到了近前，一伸手，利落地抓住了鞭梢。少女待要收回，却是如何也拉不动。马强死死地扯着鞭梢却也不松手，二人僵持起来。

达娃见收不回长鞭，突然愤怒起来，脸蛋涨得粉红，双目喷火，瞪着马强，胸脯一起一伏地喘着粗气，好像从来没有受过如此委屈。

马强幸灾乐祸地盯着她，却也不说话，眼神分明在告诫她：这下你知道老子的厉害了吧？

僵持了一小会儿，少女极力控制住了自己愤怒的情绪，抬头看了看天空，然后对着马强着急地说道："太阳落山的时候，加布会没命的！想救加布的话，都给我让开！"

听了此言，马强手中一松，达娃将马鞭收了回去。

众人一齐抬头，这时才发现，不知不觉间，已经到了下午，看样子顶多再有一两个小时，太阳便要落山了。

钱教授着急地说道："小马，你就别瞎搅和了，我看这姑娘不像是坏人！也许她真的有办法救杰布！他们这些原始部落的人们，往往存在着一些现代科学也无法解释的超自然能力。"

众人有些不知所措，但是心中对这位少女的判断，都和钱教授是一样的看法，这位少女不像是坏人，应该不会伤害杰布，看样子她也急着要救杰布的性命。可是，又不能眼巴巴地看着她把杰布带走，万一她真的不怀好意，又如何是好？

众人犹豫之际，达娃双腿一夹，猛地一甩马鞭，白马一下子从马强的身边冲了出去，快速向林间疾驰！

扎巴紧跟在白马身后也冲了出去！

巴特尔的狙击步枪枪口跟着便瞄向了达娃，情急之下，诺日朗一把按下了巴特尔的枪口，急道："不要乱来！"

几秒钟的时间，白马便冲到了林边的小道口，达娃头也不回，大声喊道："加布会在神庙等着你们的！"

话音落下的时候，少女和白马带着杰布，连同扎巴都已经消失在了丛林中。

钱教授有些着慌，结结巴巴地说道："这……这……怎么给带走了？怎……怎么把杰布给……给带走了？"

马强恼怒地说道："什么这个那个的？明摆着她要把杰布带走！你非要跟着瞎掺和！这下好了吧？"

诺日朗镇定地说道："我看她也不像是有恶意。杰布应该不会有问题！赶紧处理一下，赶往神庙！"

钱教授擦了擦汗，连声说道："对！对！对！杰布肯定没有问题！她没有恶意！杰布肯定不会出问题！"

不知什么时候，梅青也走出了林子，站在马强不远处，说道："一看这妹妹就是个好人！杰布不让她带走又能怎么着？你们又没有本事把杰布救活？她肯定能想出办法来！看她对杰布的眼神，一准儿看上杰布了！"说罢，怯生生地盯着马强，生怕马强再找她麻烦。

马强心烦意乱，早已经把刚才的事情抛之脑后，那会儿想揍梅青，也是因为着急得没办法，憋得恼火，无处发泄，才找梅青做出气筒。马强喊道："都愣着做什么？还不赶紧收拾一下，马上到神庙去救杰布！"

众人收拾完毕，不约而同，目光静静地盯着神秘的桑吉河。河面上异常地平静。大家心里都明白，勇敢善良的猎人索朗占堆从此长眠河底，长眠在寻找香巴拉的征途中。或许此刻，他的灵魂已经到达了他梦寐以求的香巴拉。众人在心中默默地为他祈祷和祝福着，祝福他有一个美好的来生，祝福勇敢善良的人都会有一个美好的来生。

第十一章　叛乱

　　丛林边有一条小路，达娃的白马便是进了这条小路消失在林中。小路上长着一些青苔和杂草，似乎很久没有人走过，白马的蹄印清晰可见。很显然，沿着这条路，按照王林和贡布所指的方向，一定能够找到王城的神庙。

　　高大的树木遮住了阳光，丛林中显得有些阴森森的。走在路上，一开始谁也不说话，突然间少了三位同伴——杰布、索朗占堆和扎巴，谁的心中也高兴不起来。生死未卜的杰布让钱教授和马强的心情更加地焦虑和悲伤，甚至于偶尔的枝条抽打在脸上，二人也感觉不到疼痛，都在心中默默地为杰布祈祷着：天佑吉人！杰布啊，你一定不会有事的！

　　诺日朗的心中正沮丧不已，在桑吉河中木筏被掀翻之时，诺日朗、格桑平措和吕哲的包全丢了，沉没到了河底，包中装着一些弹药和装备。其他的装备还好说，弹药不足是一件很让诺日朗踏实不下来的事情。目前，只有杨立华和巴特尔的包中装着少量子弹和手雷，原本带的便不多，上次关角祭坛一战，消耗了不少。诺日朗肩头背着杰布的包，幸好是上木筏时，马强出于关心，非要帮着杰布拿包，这才拿到了自己的木筏上，要不，杰布的包连同包里的威玛神杖也会一起沉没河中，这原本是无心之举，却保住了神奇的威玛神杖。世间类似许多看似偶然、看似寻常的小事，往往藏着让人琢磨不透的玄机。吕哲背着钱教授的背包，格桑平措帮梅青拿着包。诺日朗将杰布的包背在肩头。

　　谁也不知道王城神庙还有多远，从最初在河对岸看到的地形轮廓上判断，出了这座丛林，再翻一座山，也便到了。众人急着赶路，都希望在日落之前，赶到那里，达娃的话一遍又一遍地在钱教授和马强的耳边回响着"太阳落山的时候，加布会没命的！"

或许真的有神灵佑护，众人并没有遇到什么凶险，一直沿着那条小路走了半个多小时，便走出了丛林。再一次抬头西望，夕阳似是猛地坠下了一大截，焦虑不已的马强恨不能找根绳子把即将落山的太阳拴住，先这么挂在天边，等他的杰布兄弟安然无恙再说。

顾不上休息，众人又一鼓作气爬到了山顶，此时，最后一抹阳光猛地在天边沉了下去！马强和钱教授几乎在同一个瞬间重重地坐倒在山巅。

梅青嘤嘤地抽泣起来，一边抹着泪，一边说道："可怜的杰布兄弟，肯定是不行了！"

一听此言，本来便心情沉重的钱教授不由得再一次老泪纵横！

马强再也没有心思去责骂梅青的乌鸦嘴，一路上始终舒展不开的眉头紧紧地蹙在一起，不停地抽着烟，双唇青紫，舌头早就抽麻了，因此也懒得说话，不想说话。

猎豹战士们默默无言，却也不去安慰二人，他们知道安慰也没有用。

天色渐渐黑了下来，山林间时不时地传来几声豺狼虎豹的嗥叫声。

山路有些崎岖，时不时地要穿过一些灌木或是小溪。诺日朗在前面找路。梅青似是有些害怕，紧紧地跟在马强身边，牢牢地抓着马强的衣襟。马强木然地走着，偶尔踩进溪水，也不加理会，似乎对什么都不在意了。

马强这副失魂落魄的样子，也让梅青心疼。梅青很了解马强，在她眼里，马强对朋友重情重义，大大咧咧，风趣幽默。有时候很贪财，有时候似乎又看得很淡，跟朋友在一起的时候总是抢着花钱。样样都好，就是一条不好：大男子主义，动不动就抡起拳头威胁她。倒是从来没有真的动过她一拳。马强每年都会捐出他十分之一的收入，梅青清楚地记得马强曾说过，他这一辈子不容易，逮着机会就绝不手软，能挣多少是多少，花钱也别心疼，能花多少算多少，"两腿一伸"之前，把所有财产都捐了，哪个地方穷就到哪个地方去，见人就发钱，发光为止。

梅青的老家在河北一个偏僻的山村，据梅青说，曾经还是个革命老区。梅青没念过几天书，小的时候父亲便去世了，家中还有母亲和兄弟。兄弟

有一次和大伙儿一起进山采石料时，摔进了山沟，命是保住了，却截了一条腿。梅青从小就爱唱爱跳，一有机会便跑到县城去看那些野班子演出。由于她基础条件好，终于有一天，跟着一个演出的野班子走了。

大大小小的城市、县城演出，着实让梅青这只"山村野蛙"开了眼，她的整个人生跟着改变。一朵清纯的山百合也变成了带刺的野玫瑰。后来，梅青跟了一位包工头，住到了北京。包工头把她甩掉之时，她才发现，他们曾经住过的高档公寓是租来的，由于欠着房租，梅青是净身出门的，房东连换洗的衣服都不让她带走。这个时候，梅青才懊恼不已，突然间明白了：手头握着大把钞票才是生存的唯一真理。此刻的梅青早已是今非昔比，无奈之下，梅青变卖了首饰，租了一间民房，重操旧业，到三里屯酒吧联系演出。

就在这个时期，梅青认识了马强。有一次，马强和几位朋友去三里屯酒吧，其中有一位认得梅青，梅青演出完便过来陪他们喝酒聊天。于是，他们相识了。那天，马强也发现了，梅青和他的那位朋友一直眉来眼去，打得火热。

第二天，马强就给梅青打电话："那人不地道，别和那人来往了。"

梅青就问："怎么了？"

马强说："那人以前曾经带过俩女的去了日本，再也没见那俩孩子回来，给卖那了。"

梅青一听心里就打鼓，笑着问马强："不会是故意编瞎话，离间我们的关系吧？"

马强说："你爱信不信。"

从此，梅青开始和马强好了起来。

梅青第一次被马强带回别墅的时候，梅青笑着问："这房子是租的还是买的？"

马强说："这碍不着你的事！我们的关系暂时不算是恋爱，只能说是互相利用、各取所需。任何一方随时都可以解除这种关系。你给了我想要的，我当然也会给你必要的补偿。"

梅青说："理是这么个理，事是这么回事。别太露骨，说得委婉含蓄点不行？"

马强说："骗人的话我也会说，不过，我不想骗女人。"

梅青问："那女人要是骗你你怎么办？"

马强说："别说是女人，这世上谁能把我骗倒了，我服他，拜他为师！只能说明我马强智商不够，还得加强学习。古人说，活到老、学到老，指的就是这么个道理。"

梅青说："你这人说话难听，倒也实在，比起那些甜言蜜语，让人听着踏实、放心。好吧，我就跟着你了！"

马强说："跟不跟我的，不是你说了算，我说了才算。"说罢，马强扔了一张卡给梅青，"这里面有十万块钱，你拿着花吧，缺钱再说。"

梅青笑道："你就不怕我一下子全花了，然后没完没了变着法子找你再要？"

马强笑道："没完没了变着法子找我要，这点我信。你说一下子把这十万全花完，我马强不信。"

梅青好奇地问："为什么这么说？"

马强说："我马强是什么人？早看出来了，你穷苦出身，苦大仇深的主儿。以后没准儿真的会拼命花钱，显摆一下自己是多么多么有钱，多么多么高贵，这种人我马强见多了。你暂时还不会这么做。行了，赶紧去洗个澡，准备战斗！"

他们相处没多久，梅青带着马强回了一趟老家，是马强嚷嚷着非要去，说是要尝尝山里正宗的野味，很久都没有吃过了，外面卖的十之八九是蒙人的，全是人工养殖出来的，味儿不正。

梅青说："你是怕我以后坑了你，摸摸我的底吧？"

马强说："没那个必要！就你这智商，想坑我的难度比珠穆朗玛峰还高。"

马强的车子进不了山，没路。他们走了半天多的时间才进了山。

一到梅青的家，梅青就问："比你想象中的还要贫困吧？"

马强说："比我想象中的好多了。"说完，扔了一个袋子在梅青的母亲的炕头。

梅青打开来，整整二十万。

梅青的母亲皱着眉头连声责备着梅青，从哪带这么个人来？愣头愣脑

的。还往我炕头扔纸钱，不是给我添晦气，咒我早死吗？

梅青说："妈，这是真钱，都是真钱！"

梅青的母亲说什么也不信。直到梅青挂着双拐的弟弟激动地向他妈连声证实了半天，老人家才相信。老人擦着眼泪，说什么也不肯要。最后还是梅青让弟弟给收了起来，她对母亲说："这点钱，在人家眼里也顶多是拔根毛。"梅青的母亲诧异地问："他是开银行的？"

他们在山里一起住了几天，马强出高价让梅青从山里私藏猎枪的猎户手头买了一把土制猎枪。马强把野味吃得过足了瘾的时候，俩人才离开。

没多久，梅青的家里盖起了崭新的大瓦房。当然，她的弟弟也娶上了媳妇，光彩礼就足足送了一万。附近几个山沟里的所有村子都被震动了。

回到北京，梅青就对马强说："我这辈子都铁了心跟着你了，我不在乎你会不会娶我。只要你一天不赶我走，我就会死心塌地跟着你一天。"

这就是马强和梅青的罗曼史。

下山似乎比上山更让人觉得疲惫。下山的路上，钱教授默然无语，不时地抬手擦着额头的汗水。诺日朗好心地征求钱教授的意见，"是不是要停下来休息一阵子再走？"

钱教授说："不累，抓紧赶路吧。我估摸着，就快到了。"

不知何时，天空升起了一弯月牙儿，朦胧的月色照着众人匆匆赶路的身影，似乎也在催促着他们，脚步再快一些吧。

大半夜时分，众人已经穿越了几条小溪，过了几个小树林，离山下不远了。月牙儿似是和大伙儿捉起了迷藏，忽然躲到了云彩的后面，夜色悄然转暗，辨认道路变得有些困难起来。一路上，出于安全隐蔽的考虑，诺日朗没有同意使用照明工具。对于小分队来说，暗夜行军自然不是什么困难之事，对于失魂落魄的马强和钱教授，深一脚浅一脚的，黑暗成了最大的障碍。万一摔伤，也会是一个麻烦。无奈之下，诺日朗准备拿出强光手电。

恰在此时，不远处，一个如同萤火虫一般的亮点突然出现在了众人的眼前。很快，亮点由一个变成了两个，两个又变成了四个，如同原子裂变一般，越变越多。亮点飘忽不定，散发着诡异的微光，直到形成蜂群般大小，亮点不再增多，如同一个荧光灯笼，悬浮在五米多远的地方。道路却是被隐隐地照亮了。

众人都觉得十分诧异，不由自主地停下了脚步，疑惑地看着眼前的奇观。

钱教授不以为然地说道："赶紧走吧，没什么大不了的。国内一些宗教名山曾经多次出现过这种现象，人们称之为佛灯或是圣灯。"

吕哲快步向前紧赶，想要走到圣灯近前，探个究竟，圣灯似是和他开起了玩笑，也跟着飘忽向前，他快灯也快，他慢灯也慢，始终和他保持着几米远的距离，吕哲怎么也走不到近前。

跟着飘忽的圣灯，走了十几分钟的时间，蜂团状奇异的圣灯，却在突然之间又消失了。到底是哪来的圣灯？这究竟意味着什么？还是在向他们启示什么？难道仅仅是为他们引路？抑或只是一种巧合？

众人疑惑之际，朦胧之中，眼前出现了一片竹林。顺着林间的一条小道，众人毫不犹豫地走了进去。诺日朗寻思着，穿过这片竹林，怕是就要到王城的神庙了。

进了竹林，众人再次惊诧起来，根根竹枝和片片竹叶，一根接着一根，一片连着一片，仿佛在突然之间，渐渐地发出了淡淡的若隐若现的荧光，洁净的竹干上触摸不到一丝的灰尘；奇特的竹叶似婴孩的小手，分出五个叉来；叶片上偶尔见到的露珠儿似珍珠一般透着微光，整个竹林如同翠玉精雕细琢而成，在黑暗中显得秀美而又壮观。

好奇之际，谁也没有慢下脚步，边走边欣赏着眼前的美景。林中的小路曲曲折折，众人一直走到天光大亮，还是没有走出去。

走着走着，吕哲终于忍不住地说道："豹头，我觉着有些不对劲，这竹林中的路曲曲折折，像是迷宫似的。"

诺日朗早就发现了这个问题。

一听此言，各自心事绵绵的众人也回过神儿，全部停住了脚步，立在原地，四下察看起来。

晨光透过高高的稀疏竹叶照进了林间，竹上的荧光早已不见，青翠的竹枝、竹叶，如同碧绿的翡翠，泛着淡淡的油润光泽，一根根的竹子秀气地挺立着，一眼看不到边，再找来时的路，早已记不得到底是从哪个方向

进来的，连一直默记着方位的诺日朗也有些迷茫起来。眼前的小路，弯弯曲曲，如同一条长长的小溪在林中蜿蜒，看不出还要走多久才会走到尽头。

诺日朗咬了咬牙，说道："沿着路，继续往前走！总不会平白无故地留着这么条小路。你们看，这路上肯定是有人走过。"诺日朗指了指地上的一些踪迹。

吕哲问道："豹头，我觉得奇怪的是，不知那位叫达娃的姑娘走的是哪条路？她骑着白马又是如何翻过的大山？"

梅青接过话来，说道："她住在这里，当然熟悉这里的地形，熟悉这里的道路。说不定，还有别的近道呢，只不过某些人带错路而已。"说完，梅青嘲弄地看了诺日朗一眼。

诺日朗说道："说得有道理！不管怎么样，我们已经走到了此地，暂时我们先不要再去讨论是不是走错了路，当务之急，是想办法走出去。从大的方向上看，这里距离王城神庙绝不会很远。不管对错，总不能再走回去！接着走！就算是走错了路，也错不到哪儿！出了竹林再说。"

诺日朗刚说完，林间忽然飘来一阵好听的琴声，清晰地传到众人的耳际，众人很是诧异，不由驻足。

只听得那琴音浑厚醇和、空灵清澈、宁静飘逸，袅袅回旋的余韵，让众人的心情不由得舒畅了许多，精神为之一振。

梅青叫道："哎呀，我听过这支曲子，弹的是《秋水》，以前我们还用这首支子配过舞蹈！"言罢，很自豪的样子。

钱教授说道："是古琴的声音！谈的正是一首《秋水》，著名的蜀派传曲，取自《庄子》篇名，又叫《神化引》，借用庄周梦蝶的典故，弘扬天人合一的哲学思想。"

钱教授话音刚落，又听得一个豪放洒脱的中年男性声音伴着琴声唱了起来，只听得他唱到：

十指生秋水，
数声弹夕阳。
不知君此曲，
曾断几人肠……

曲子尚未唱完，马强急道："都愣着做什么？光听琴声不见人，赶紧找找去呀，找到弹琴的人不就可以问问路了？"

诺日朗一拍脑袋，回过神来，说道："对！对！对！看我这脑子，一时没反应过来！这琴弹得真是好听！"诺日朗也沉浸在好听的琴声之中。

让众人奇怪的是，琴音仿佛就从不远处传来，透过稀疏的竹林间，四下环顾，却是找不见一个人影。顺着林间弯曲的道路再往前急赶一阵儿，找了半天，还是见不到任何人的踪迹。

此时，一曲《秋水》已然唱罢，琴声一转，又弹起了一首《平沙落雁》。伴着琴声，那人又唱到：

> 世路崎岖，
> 堪美那平沙雁，
> 翔翔自如。
> 逍遥乎不与人争，
> 结友海鸥，
> 天地为庐……

众人一筹莫展，钱教授却叹道："好一曲《平沙落雁》！天高云淡，雁落平沙，婉转流畅，清新隽永！唱得好、弹得更是好啊！借鸿鹄之远志，写逸士之心胸！"

马强气恼地说道："好什么呀好？是神是鬼还闹不清，就跟着叫好！"说罢，马强又对着竹林间大声喊叫起来："你是神还是鬼？卖什么关子？有种站出来，老子要问个路！"

梅青说道："有你这么问路的吗？"

琴声如故，歌声如故。那人也不应声，似是充耳不闻，依然我行我素地唱着：

> 上九天，
> 九天九天上九天。

鱼龙的也潜深渊，

深渊变化在深渊。

天海相隔几万千，

日沉海底复升天……

马强怒斥梅青："有你什么事？没你不掺和的！"

梅青正待反唇相讥，钱教授不耐烦地说道："瞎嚷嚷什么哪？好好的一支曲子，偏偏飞进了两只苍蝇，扫兴！"

马强正待和钱教授理论，不远处的林间小道上却忽然走过来一位十几岁的年轻喇嘛，穿着五彩的僧袍，戴着一顶奇特的僧帽，长得清朗俊秀，一副稚气未脱的样子。仿佛从天上掉下来，又似是突然出现的幽灵，到底从哪来的，却是没人留意到。

众人一直找不到出路，正急得如热锅上的蚂蚁，突然间来了位小喇嘛，让众人欣喜若狂，赶紧迎面走了过去。

很快到得近前，不待众人问话，年轻僧人合十行礼，朗声说道："让诸位久等了，主人命我恭迎诸位。请随我来。"

众人先是你看看我，我看看你，又看了看那位小喇嘛，疑惑着，却又犹豫起来。

钱教授说道："依我看，不如先随他过去看看再说。"

众人赶紧快步跟在他的身后。

一边走着，马强狐疑地说道："闹的什么妖？神神道道，仿佛天上掉下来个小喇嘛。这到底怎么回事？"

小喇嘛却不多言，只顾走自己的路。马强喋喋不休地低声嘟囔着，众人听不明白他到底是发什么牢骚，也没有人接他的话茬，都感到奇怪的是，这个小喇嘛到底从哪个地方冒出来的？按理说，竹林并不密实，远处出现行人，依稀是可以看到的。

走了十几米远，小喇嘛忽然离开小路，脚步迈进竹林间隙，进入竹林，众人跟紧。又走了一小会儿，又是同样的方法转了个弯。

此时，诸日朗才留意到，看似稀疏很不规则的竹林，似是有些规律可循，大多竹子之间的间隙，无法容身，有些地方明显地宽敞许多，可以轻松通过。他们一直只顾着寻找那明显的常规道路，却没有想到，宽敞的竹林间隙竟也是路。

诺日朗不由问道："小师父，想不到，这竹林间还隐藏着非常难辨的道路。这究竟是什么地方啊？"

小喇嘛却不转身，平静地答道："主人称这个林子为'竹林德吾'，主人曾说：世事如同竹林德吾，看似是路，未必是路，有时候真正的路途就在眼前，世人迷茫，往往视而不见。""德吾"在藏语里指的是智慧。

钱教授叹道："想不到竟藏着如此玄机，发人深省！想必这片竹林之中一定还藏着许多秘密，居然有人能够弹出如此美妙的中原古琴名曲！"

小喇嘛自豪地说道："主人说，辛饶米沃祖师就曾经在这里修行过。主人时常会来这里静修。美丽的公主也是时常在这里随她的一位拥有大智慧的上师修行。"

钱教授听到小喇嘛说起辛饶米沃曾在这里修行过，心中一颤。

小喇嘛笑道："前面就快到啦，主人在等着你们。"

一路上如同在迷宫中穿行，小喇嘛领着众人在竹林间又绕了几个弯，众人懵懂之际，一栋精致的木制阁楼庭院赫然出现到了众人面前，连院墙都是木制的，斑驳的墙面透着一股弥久的沧桑。诺日朗很是诧异，从大致方位上计算，这座阁楼庭院似乎离小喇嘛最初出现的位置并不算远，完全在可视范围，不知何故，他们居然看不到端倪，这个竹林真是奇怪，它主人到底是什么人？

院子门口又有两位衣着相同，面目清秀的小喇嘛，似是早已站在门口恭迎。

两位小喇嘛先是向众人合十行礼，一言未发，面无表情，向着众人示意，众人随他们进入敞开着的院门。

一路之上，琴声和歌声一直未停，此时的歌声正在唱到：

> 旭日映窗纱，
> 未向桃源问仙槎。
> 肃肃兔罝在烟霞，
> 鸿雁落平沙！

唱罢此句，恰是一曲终了。

原来，美妙的琴音竟是传自这里。

众人随着小喇嘛入院，院中一处池塘边的凉亭下，一位精神健旺的老人，正手抚古琴微露笑意，温和地盯着他们。绕着池塘边的幽径，两名小喇嘛将众人领至凉亭，随即躬身退至一边。

到了近前，钱教授看得分明，这位老人六十多岁的年纪，国字脸，相貌和善，头上戴着一顶奇特而又华贵的帽子，耳边两侧垂着两条过肩的白色绒带，似是动物的皮毛做成的，身着朴素的淡青色丝绸长袍，质地精细，做工精美，纹饰间似是嵌着金丝银线。老人神态儒雅，气宇轩昂，眉目之间隐隐透着一股威严的气势。

老人的身后站着一位书童模样的仆人，也是穿戴考究。凉亭边立着两位面色冷峻、腰挎弯刀、身材魁梧的健壮武士。两名武士手握刀柄，正神色警惕地盯着众人。

钱教授按照藏地的礼仪，上前向着老人施礼，微微笑道："不速之客侵扰贵地，打扰了老先生的雅兴。"从庭院的规模，精美的建筑风格，院中的环境，以及老人身边的从人，钱教授已然看出这位老人的身份绝非一般。

老人微笑的眼神轻描淡写地在每个人的脸庞上快速扫了一遍。

马强却呆呆地盯着老人面前的古琴，惊愕地瞪大了眼睛！

老人面前这柄琴古朴简洁，整体如凤身一般。熟识古董的马强认得这是一把中正大气的伏羲式古琴，也是许多古代名琴经常采用的式样。著名的唐琴"九霄环佩"便是伏羲式。从琴身细细的断纹初步判断，这是典型的最古老的"梅花断"。能够自然产生断裂细纹的古琴，至少都会有百年以上的历史。老人的这柄琴至少有千年左右的历史，市场价值在千万以上。马强又如何不惊？

钱教授说道："老先生的琴声与歌声如清风明月，淡泊宁静、超然洒脱，令人清心静欲，真乃一曲仙境佳音！"钱教授的话语突然之间变得文绉绉起来，或许为琴声和环境感染。

老人笑道："快乐时唱歌使人欢笑，愁苦时弹琴安慰人心。陋音粗喉，见笑，见笑！诸位风尘仆仆，一路劳累，随我入内室饮清茶一杯如何？"说罢，站起身来，便要离去。

诺日朗却抢着答道："感谢老先生的盛情，冒犯打扰之处，请老先生多多见谅！我们还要急着赶路，请问老先生，这里距离王城神庙还有多远？"

老人欣赏的目光看了看诺日朗，似乎在暗暗赞许他的健硕威武，老人笑道："要说王城，这里便是了。你们在挂怀那位勇敢的年轻人吧？请不要心焦，大地不会枯萎有灵气的雪莲，天神不会无视智慧的明珠。经受磨难的大鹏迟早也会腾空飞翔。"说罢，老人转身离去。

两名武士赶紧上前护卫在了他的身后，仆人跟在了他的身边，一边的两位小喇嘛开始近前收拾古琴。

老人的话也让众人一直悬着的心放下了一半，从他的话语中不难理解出，这里已经是王城的地界；杰布没有大碍，但是一刻见不到，也着实让人放不下心。

马强垂涎三尺的目光早已从古琴移到了老人的身上，试探着问道："老人家，你的意思是不是说，杰布没事，被你们救活了？"

刚要迈步的老人转过身来，笑着对马强点了点头。

马强激动得哈哈大笑起来，眼睛中含着欣喜的泪花，显得有些得意忘形。

老人身边的仆人皱着眉头怒视着马强，似乎在斥责他的无礼和大声的语气。

诺日朗上前两步对着老人施了一礼，说道："感谢魏摩隆仁的善良与好客，此刻我们很想去魏摩隆仁的神庙朝拜神灵，以表达我们的虔诚和感激之情！请问老人家，去魏摩隆仁的神庙怎么走？等我们朝圣之后，一定会再来这里向老人家表达我们的谢意和感激！"此时的诺日朗已然感觉到，神庙近在咫尺，自己却不知道路。杰布已无大碍，眼下最让他着急的事情，莫过于去神庙了。

老人仰起了头颅，看了看天空，沉默一会儿，低下头，把目光在众人的身上快速巡视一圈，面色平静地说道："晴朗的天空，日月没有闲居的权利；世间有了贪欲和纷争，连山石草木也会失去安乐！苦乐、祸福和灾难，

神灵的图画上早已绘成。只要对神灵有一颗虔诚的心，正直的祈求自会如愿！"老人没有正面回答，言语中似乎在启示众人。说罢，老人又低声向着他的仆人吩咐着什么，声音虽是清晰可闻，却是没人听得懂他的话语。老人转身离去，不再理会众人，也不再邀请他们去饮茶。

众人呆立着，一时不知所措。

钱教授抱怨道："诺日朗同志，你说你就急着这一会儿？非要马上到神庙不可？这下把人家惹生气了吧？说不定，老人家有事情要告诉我们。给你这一搅局，人家不愿说了。咱这不是狗坐轿子——不识抬举嘛！"一路上，钱教授心中积压了好多的疑问，想到此间问问主人，而此时诺日朗的心思却不在此，急着要去神庙执行他的任务，让人扫兴。

马强没好气地说道："你埋怨诺日朗干什么？他要急着过去完成任务，我们不也是着急早点找到杰布兄弟嘛，一刻见不到杰布兄弟，我这心里就不踏实。我还急着去神庙哪！你老人家在这喝茶吧！没喝过好茶似的！诺日朗，我们走！"

钱教授有些恼怒，不服气地说道："怎么走，你们知道路吗？要不是人家带路，我们还不知道在这竹林子里转多久，迷宫似的，院子四周还是竹林，往哪走？"

马强没好气地说道："就是把竹子全砍喽，我也要走出去，我就不信这个邪！"

众人你一言我一语谈着话间，老人的仆人走到两名小喇嘛近前，低声耳语几句，再次快步走开，赶到老人的身边。老人已经顺着庭院中的小径渐渐地走远。

此时，一名小喇嘛走到近前，合十施礼，打断了他们的争吵，说道："怨愤是藏在心中的魔鬼，各位不要争吵，请随我来，主人让我为你们带路。"说罢，向着众人伸手示意离开，随即转过身，向着庭院的院门慢慢地走去。

钱教授依依不舍地看了看离去老人的背影，又四下看了看庭院的布局，心中诧异地思忖着：这位老人到底是谁？他们怎么都会说一口流利的汉话？看模样不像是中原人，典型的藏人特征，对中原文明居然有如此深的造诣！要说那个王林，对中原文明有所了解，是因为世代延续的祖传。他们深居在这个深谷，又是如何掌握的中原文明？

马强拉了一把钱教授，说道："还愣着做什么？走呀？"

钱教授"哦"了一声，回过神来，茫然地迈动脚步，跟在众人身后，一路上惊诧地四处察看着。整个庭院的建筑风格，虽是有些奇特，却也能从中依稀看出中原古老建筑的影子。

众人刚出院门，竹林中驰出一匹白马，不紧不慢地到了庭院门口的空地上，停了下来，马上之人利落地翻身下马。

骑马之人，正是少女达娃。

领路的小喇嘛一见达娃，赶紧快步近前行礼。

众人仿佛见到观世音菩萨下凡，又惊又喜地快步围了过去。

见到众人，达娃的神情先是一怔，很是诧异的样子，似是想问：你们怎么到了这里？却是一言未发。

钱教授忙不迭地问道："姑娘啊，可算找着你了，你把杰布带哪去了？杰布怎么样了？"

马强一见到她，便想端着冲锋枪冲上前去，指住她的脑袋。马强还是努力地克制了自己的焦急情绪，硬是装出一副笑脸，皮笑肉不笑地问道："姑娘啊，可算找着你啦，我那杰布兄弟怎么样了？"

梅青哪能错过这个时机？上前一把握住达娃的一只手，说道："妹妹呀，可算是见到你了！我这妹妹长得可真漂亮，天仙似的！"

达娃想要挣开梅青的双手，却被她抓得紧紧的，本能地挣了一下没挣开，皱起眉头，用另一只手轻轻地推开了梅青的双手，梅青倒也识趣，松开了双手。

达娃看了看马强，笑道："加布好着哪，正在神庙和我师父下棋！"达娃总是把杰布称呼为加布。

杰布平安的消息，再次得到证实，众人长嘘一口气，总算放下心来。

马强却一下子火了，怒道："这丫的！大伙儿都为他急得不行不行的，他倒好，不早点来找大伙儿会合，却躲到庙里下棋！见着这丫的非揍他不可！"

达娃不再理会众人，面色稍显得有些着急的样子，对着那位领路的小喇嘛问道："我阿爸在吗？"

小喇嘛神色恭敬，双手合十，躬身答道："尊敬的公主殿下，智慧的

王正在等待着您的到来！"

达娃从众人的间隙中迈开步伐，快步走向大门，头也不回，再也不理会众人，似乎他们从来没有出现过，从她匆匆的脚步，隐约可以看出，她有急事。

听了小喇嘛的话语，众人大惊失色，盯着达娃的背影，呆立了半天，直到达娃走进庭院，不见了身影，才回过神来。众人都不是弱智，小喇嘛的话语等于明明白白地告诉了庭院中的老人和这位少女达娃的身份：老人一定是魏摩隆仁的王，少女是魏摩隆仁的公主。

马强走到小喇嘛近前，瞪大眼睛，一把抱住他的双肩，吃惊地问道："小师父，你刚才的意思是说，院子里的老人家是你们的王？这位姑娘是你们的公主？"

小喇嘛皱起眉头，顺手推开了马强的双手，说道："是的！我们深具智慧的大王是天神的化身，统领着十八个部落；我们的达娃公主是伟大的王唯一的掌中明珠，她是天上的度母转世，魏摩隆仁的每一位臣民都喜爱她，她将会成为我们未来的女王！"

小喇嘛的回答令众人惊呆了，怔在当场，久久不语，仿佛在梦境之中，小喇嘛的话语只不过是梦中听到的呓语。

"走吧！你们不想到神庙找你们的杰布去了吗？"小喇嘛催促道。

众人一点反应也没有，似乎在突然之间中了魔障。

"走吧！再不走，我可不管你们了，今天是神庙讲经的日子，我还要急着赶过去呢！"小喇嘛再次大声催促起来。

"是呀！大伙儿都别待着啦，不是都急着要到神庙去吗？这会儿怎么都傻了？"回过神来的钱教授大声说道。

众人跟着回过神来，你一言我一语地说道："走吧！走吧！赶紧走吧！"

"这姑娘居然是他们的公主？那竹林里的老头居然是他们的王？我们这都不是在做梦吧？我怎么觉着迷迷糊糊的，这段时间我一直寻思着，自从进入雪山以来，生活突然间改变了，变得反常，变得让人不可思议！"马强连声感慨着，不时地掐着腮帮上的肉，以此证实这不是梦境。

小喇嘛已经走出了几米远，众人赶紧跟了上去。

一路走着，钱教授思绪万千，慨叹不已，说道："是啊！不到此地，实在是难以想象，世间还存在着如此神奇的王国！"

马强说道："简直是难以想象！"

诺日朗说道："是啊，在青藏高原这片神秘的土地上，存在着太多的神奇与美丽！因此，世人为之狂热，藏人们坚守着对美好家园的信念与虔诚！"

路上，钱教授又好奇地问小喇嘛，"你怎么会说的汉话？"

小喇嘛疑惑地看了看钱教授，似是不知他问的是什么意思。

看着小喇嘛的样子，钱教授又笑着问："你怎么会说我们的语言？"

小喇嘛这才恍然大悟地回答："是聪明的公主教我们的。我们的大王和公主都很喜欢这种语言。"

钱教授追问："那公主又是谁教的？"

小喇嘛说："自然是公主的师父教的。"一提起公主的师父，小喇嘛的神色很是恭敬，又说道："大王说，公主的师父是天神下凡，大智大慧，无所不能，熟知世间的一切，他是专门下凡到魏摩隆仁教化我们的。"

钱教授接连追问了几次："公主的师父从哪来的？究竟是什么样的人？"

小喇嘛一开始只是不停地摇头，并不回答。

后来，被钱教授追问得急了，小喇嘛才说："没有人知道公主的师父究竟是从哪里来，一年之中，偶尔才会过来几次。平时根本不可能见到他。"

钱教授心里想着，听达娃公主说，杰布和他正在神庙下棋，到了神庙见到他，一切就水落石出了。

不知不觉间，终于走出了迷宫般的竹林。

一出竹林，众人的眼前一亮，一座宏伟的庙宇远远地出现在眼前，宫堡式的庙宇位于几百米开外的一座小山上，依山而砌，群楼重叠，气势恢宏，嵯峨的雄姿犹如横空出世，气贯苍穹，远远地看去，整体风格简直就是活脱脱的一座小布达拉宫。在阳光的照耀下，显得金碧辉煌。神庙一侧的山下是一片茂盛的森林，宽广的森林远方，连绵着巍峨的群山轮廓。

一时间，惊得众人呆若木鸡，心中不由思忖着：不知此庙是仿制布达拉宫而建，还是布达拉宫仿制此庙而建？

小喇嘛对着神庙躬身合十，喃喃地念诵着众人听不懂的经文。

念罢，转过身来，见到众人呆立着停住了脚步，小喇嘛指着远处说道：
"那里就是我们的木赤神庙。根据我们大王的名字命名。大王说，这座神庙曾经是香巴拉王国的人为我们建造的。"

钱教授如同木偶般接连"哦"了三声。

梅青惊叫道："这不就是布达拉宫嘛！不知要不要门票？"

钱教授叹道："在这里能见到这样的神庙，就是多少钱的门票也值啊！快，过去看看！"说罢，钱教授如一个老顽童般，快步向着神庙方向一路小跑。

众人跟着向前冲了过去。

竹林和神庙之间，隔着一条几十米宽的小河，河边长满了各种奇异的花草，很是美丽，河上搭着一座横索木桥，桥面铺着平整的木板。

穿过索桥，又有一座荷塘，里面生长着五颜六色的莲花，亭亭玉立，荷塘不远处有一条小溪，似是从神庙附近的山上蜿蜒而来。

神庙的山下有一处宽阔的广场，广场中间有一个巨大的四足石制方鼎状香炉，香炉中正冒着淡淡的袅袅青烟。广场上铺着磨得发亮的白色大理石。几十个衣着简单的部落族人，正跪在那里虔诚地朝拜着，一看便知，曾经有许多人跪在这里顶礼膜拜，广场上的石头早已被跪磨得光亮。

广场的一边，有一排连着庭院的房屋，院子上空飘着炊烟，似是有人居住，正在生火准备早餐。或许这里是喇嘛们的住地，抑或是为远程而来的部落族人准备的驿站、旅馆之类。

连着广场，有一座长长的向上延伸的宽阔阶梯，一直通向山顶神庙门口，层层地向上叠加着，十分壮观。站在广场上隐约可以看到，远处的神庙前正有一些小喇嘛在勤快地擦拭着门窗。

众人你一言我一语，不停地感慨着，赞叹着，不知不觉，到了层层阶梯近前。

钱教授正要迈上台阶，忽然有一个熟悉而又激动的声音传入了耳际，"钱教授、马大哥、梅青姐、诺日朗大哥，你们都过来啦！"

是杰布的声音，从广场一侧的庭院附近传了过来！

顺着声音，众人看了过去，杰布正绽放着鲜花一般的笑脸，快步向着他们奔来，杰布的身后跟着生龙活虎的扎巴！

众人先是一怔，继而，掉过头一起向着杰布冲了过去！众人激动的笑脸如同百花齐放。

马强的速度最快，最先冲到杰布近前，先是伸开双臂紧紧地将杰布拥得透不过气来，紧接着又将杰布拦腰抱起，向着空中抛了起来，然后接入双臂。很快，诺日朗等人也到了近前，小分队的几名战士和马强一起，将杰布不停地向空中抛起，接住，再抛起。

钱教授站在一边，老泪纵横，久久不语。

梅青一边抽泣着，一边说道："我以为再也见不到杰布兄弟了呢！"

抛了一会儿，马强喊道："都别闹啦，我要和杰布兄弟说说话！"

众人这才将杰布放了下来。

杰布却走到钱教授身边，微笑着说道："怎么啦？钱教授，让风沙迷了眼睛啦？"

钱教授上上下下打量着眼前这位英俊的大孩子，斯人如故，白荷花般的笑容里依然带着未脱的稚气，纯朴的脸庞上多了几分淡淡的自信，清澈的眼神中透着泉水般的聪灵。

钱教授抑制了一下情绪，有些哽咽地呵呵笑道："是啊！是啊！八成是吧！"

马强走到杰布身边，用力地在杰布的胸前打了一拳，笑道："看兄弟这副神情，肯定没事了！到底怎么回事呀？达娃公主把你带过来后，没把你怎么着吧？"

杰布不知如何回答，轻轻地笑了笑。

吕哲笑道："还能怎么着啊？大不了招为驸马喽！达娃公主那么美丽，打着灯笼也遇不上的好事情啊！"

众人哈哈大笑起来。

杰布的脸腾地红了起来，说道："去你的！净瞎说！"

钱教授跟着大伙儿哈哈笑完，走到杰布身边，高兴地摸了摸杰布的脸蛋，说道："真要是嫁给咱小杰布了，那也是她的福气。不过，也不能那么快，总得有个相互了解的恋爱过程！"

杰布哭笑不得地瞪了钱教授一眼，说道："钱教授，你老人家怎么也跟着起哄？"

钱教授笑道："好！好！好！我老人家不跟着你们年轻人瞎闹腾，没事就好！没事就好！刚才我们听达娃公主说，你不是在和她的师父下棋吗？"

杰布脸色平静下来，说道："达娃的师父一大早就走了！也是他老人家救了我！"

众人的情绪渐渐地稳定下来。给他们带路的小喇嘛，站在台阶前，神色恭敬地看着杰布，远远地向他合十行礼。

马强却在一边逗着扎巴，时不时地拍着扎巴的脑袋，时不时地抚摸着扎巴的青黑的皮毛，笑道："咱这扎巴看上去更加威猛，更加健壮了呢！"

钱教授问道："杰布，达娃公主的师父究竟是什么人？他是怎么救的你？他又怎么会说的汉话？他到底从哪里来的？这会儿又去了哪？"

一提起达娃公主的师父，杰布的眼前一亮，笑着说道："钱教授，你这一连串的问题，我都不知先回答哪一个了。达娃公主的师父可真是一位了不起的人物啊！大智大慧，世外高人……"

杰布的话未说完，冷不丁地，梅青打断了杰布的话语，梅青指着远处说道："你们快看，那不是竹林中的那位小喇嘛吗？"

杰布停住了话语，随着众人的目光一起看了过去。

只见一位小喇嘛正神色惊慌，连滚带爬地顺着阶梯往神庙方向冲。他的衣袍许多地方撕破了，刚刚上了几层阶梯。那位小喇嘛正是他们最初在竹林中碰到的那位。

看着小喇嘛的样子，不知道发生了什么事情，众人均是一惊！

马强说道："快，过去问问他，发生了什么事情！"说罢，冲了过去。

众人跟着也走了过去，心中都咯噔一下，隐隐地觉得，肯定是发生了不祥之事！

马强冲到小喇嘛身后，一把抓住了他的衣袍，小喇嘛早已跑得气喘吁吁，有些疲惫，顺势转身坐到了阶梯上。

马强问道："怎么了这是？丢了魂似的！"

小喇嘛大口喘了几口粗气，脸皮苍白，一只手指着竹林，上气不接下气地说道："大王！大王！公主！达娃公主……"

"达娃公主怎么了？大王怎么了？"此时，杰布也冲到了近前，一把抓住了小喇嘛胸前的衣襟。

小喇嘛很是着急的样子，似是已说不出话来，接连咽了几口唾沫，才结结巴巴地说道："大王……大王和公主被……被魔鬼抓走了！"说罢，小喇嘛站起身来，奋力地挣脱杰布的双手，再次拼命地顺着阶梯向上冲。

马强还要往上追，诺日朗说道："老马，别追了，他们的国王和达娃公主肯定是出了麻烦，他一定是到神庙搬救兵去了！当务之急，我们赶紧回竹林，看看到底怎么回事？"

马强停住了脚步，疑惑地说道："这前后脚的，到底是怎么了？走，回竹林看看去！"

一直为他们领路的那个小喇嘛此时已经听明白了是怎么回事，木然地站在一边，喃喃地念起了经文，他的眼睛中流出了着急的泪水。

马强向着竹林方向刚走出几步，似是突然想起了什么重要的事，回过身，快步奔到小喇嘛的近前，生气地拉了他一把，说道："犯什么傻呀？念那些没用的经文有用吗？还不赶紧回去给我们带路，竹林跟迷宫似的，别一会儿再让我们给走迷糊喽！"

小喇嘛擦了擦泪水，连连点头，快速向着竹林方向奔了出去。

一行人，浩浩荡荡，刚从竹林出来，没有来得及和杰布聊几句，便又急匆匆地往竹林赶。

倒是没有费多大周折，在小喇嘛的带领下，众人又赶回了隐秘的竹林庭院。

众人在庭院中里里外外快速搜索了一番，庭院的规模不是很大，很快便有了结果，国王和达娃公主早已不知去向，众人只找到了九具尸体，其中有五名武士，四个小喇嘛，除此之外再也没有找到一个活着的人影。

诺日朗从死者伤痕判断，其中三人被扭断了颈骨，另外的几人分别在心脏部位或是眉心被子弹击中。

面对着尸体，钱教授疑惑地问道："奇怪，既然刚才有人开枪，怎么我们就没有听到枪声？"

小诸葛吕哲举着手中的一枚空弹壳说道："枪伤是手枪所为，很显然，加了消声器。"搜索的过程中，吕哲捡到了一枚弹壳。

诺日朗有些紧张地说道："事情已经很明显，他们已经开始行动了！"众人都明白，诺日朗所说的"他们"指的是黑鲨雇佣军。

巴特尔问道："豹头，怎么办？"

不待诺日朗回答，马强急着说道："还能怎么办？先救出国王和公主再说！"

小分队的队员并不理会马强，目光一起盯着诺日朗。

诺日朗一言不发，眉头一皱，沉思起来。

早已失魂落魄的杰布一听马强之言，顿时着急地说道："是啊！诺日朗大哥，马大哥说得很有道理！我记得昨天达娃曾对我说过，她说她知道我们都是为香巴拉而来，为神戒而来，她阿爸早已经下令将神戒藏了起来。我觉着他们绑架国王和达娃公主，肯定是为了神戒。"

钱教授连连点头，说道："毫无疑问！毫无疑问！"

诺日朗眼前一亮，眉头一展，看着杰布，笑道："如此说来，魏摩隆仁的国王和你的达娃公主一时半会儿不会有危险！"

杰布的脸一红，低下了脑袋。

紧接着，诺日朗果断地说道："他们不会走得太远，追！"

小诸葛吕哲提示着说道："豹头，竹林中的道路那么复杂，我觉得搜索起来一定有困难，不知道扎巴的嗅觉怎么样？"

众人将眼神一起看向了杰布。大家都明白了吕哲的想法，如果扎巴具备一只警犬的能力，追踪到他们，就会变得容易多了。

杰布迟疑着说道："我也不知道扎巴在这方面是不是擅长！不过，据我了解到的藏獒知识，藏獒有很发达的嗅觉和听觉，我想扎巴一定能行！"

马强自信地说道："对！扎巴肯定行！"

众人将目光齐刷刷地看向了扎巴，扎巴正立在杰布的身边，显得很安静。

诺日朗说道："只好如此了，吕哲，你先去找一件国王或是公主常用的衣物。"这是为了先让扎巴熟悉国王或是公主的气息，然后再根据留下的气息追寻到他们的踪迹。

吕哲应了一声，刚要转身，杰布说道："不用了，我这有。"说罢，杰布拿出了一个精美的刺绣荷包。

马强笑道："哈，杰布兄弟，连定情信物也收下啦。"

杰布腼腆地说道："达娃说，这里面装的是她的护身符。"说罢，不再理会马强，蹲下身来，一只手抚摸着扎巴的脑袋，一只手将荷包放到扎巴的鼻子前，说道："扎巴啊！能不能找到公主，全靠你了！"

扎巴似乎明白了主人的意思，伸过脑袋，用舌头舔了舔荷包，又舔了舔杰布的手，好像它想说：主人，放心吧！

舔了一小会儿，扎巴便如一只猛虎，快速冲了出去。

众人跟着扎巴，出了院门，刚进竹林不久，忽听得竹林外面，神庙广场方向传来一阵巨大的嘈杂声，不时地伴着"嗦！嗦！嗦！"整齐的呼喝声，声音很大，似乎有很多人。

马强说道："我觉着不对劲，根据我目前的了解，这个深谷中的部落在祭祀或是战斗时，便会如此呼喝。广场那边一定出了事情！"

吕哲说道："没准儿是他们接到了小喇嘛的报信，赶过来救援国王和达娃公主的军队。"

马强说道："对，很有可能！"

诺日朗凝神听了一会儿，说道："我听着不像，好像是两帮人马的声音，在互相示威似的！"

众人停了下来，恰在此时，广场那边又传来了一阵呼喝声，一阵弱一阵强，似乎两帮人马在互相较劲，人数明显不一样多。

带路的小喇嘛疑惑地说道："神庙没有这么多的人！"

诺日朗思索片刻，说道："我看还是这么着吧！我们兵分两路，马强大哥一路，带着你们几个人到广场那边去看看情况；小分队一路，直接追踪国王和达娃公主的下落。你们在神庙等我们，找到线索，我们就到神庙去会合！"

马强略一迟疑，说道："这样也好，这么一大帮人窝在一起，也不利于行动，有你们几位特种战士，找到国王和达娃公主的线索，不是什么大不了的事情。走，钱教授，杰布兄弟，我们到神庙去等他们的好消息！"

杰布执拗地说道："不！我要和他们一起去找达娃！"语气坚决，一副丝毫不容反对的样子。

马强一听，乐了，说道："好！好！好！你要去就跟着他们去，哥哥知道你放心不下你的达娃公主。年轻人刚刚坠入爱河，这也是情理之中的事情。哥哥告诉你，这达娃公主可不是省油的灯，刁蛮、霸道，真要是娶了，

以后有你的苦头吃！"马强挨过达娃公主的两鞭子，一直耿耿于怀。

众人哈哈大笑起来。

梅青白了马强一眼，说道："达娃妹妹才不是你说的这样哪，你们男人就爱戴着有色眼镜看女人。"

杰布恼怒地瞪了马强一眼，"要你管！我乐意！"随即，转头对诺日朗说道："诺日朗大哥，我们赶紧走吧！"

诺日朗沉思片刻，说道："不如就这么着吧，杰布跟我们走，老马说话也别阴阳怪气的，主要是扎巴，有杰布在，我想扎巴可以发挥出更大的威力来。藏獒对主人的忠诚度，你们都是知道的。真有什么麻烦，扎巴也不会听我们的不是？"说罢，诺日朗对吕哲说道："吕哲，你和马强他们一组，一定要保护好他们的安全！"一边说着话，诺日朗开始解上衣的纽扣。

吕哲应了一声："是！"

一边的杨立华立刻明白诺日朗为什么要解上衣，诺日朗想把防弹背心脱给杰布，杨立华急忙说道："豹头，你别脱了，还是让杰布兄弟穿我的吧，我穿着嫌沉，老觉着别扭。"

吕哲见状，说道："你们都别争了，穿我的！我和他们在神庙中应该不会有直接的战斗冲突，你们每一个人都比我更需要！"不容分说，吕哲麻利地脱下了自己的防弹背心。

杰布说道："你们都别争了，我谁的也不穿！"

马强冲着杰布连连使眼色，杰布说道："你使眼色，我也不穿，我知道，你们都是为我好，我不需要！你们还是防护好你们自己吧！"

争执客套了半天，最后还是吕哲硬是把防弹背心塞给了杰布。

就这样，诺日朗一组，马强一组，很快分头行动起来。

钱教授、马强、吕哲、梅青、小喇嘛等几人刚走出竹林，迎头正碰上一群拿着武器、气势汹汹的喇嘛队伍，有二三十人，喇嘛们不由分说，一见他们便将他们团团围住。

幸好，为他们带路的小喇嘛帮着他们解释说，不是他们带走的国王，他们是国王和达娃公主的朋友，中年喇嘛倒是认得这位小喇嘛，有点半信半疑。很快，去神庙报信的喇嘛也站出来帮他们解释，众喇嘛这才罢休，放开他们，一群人继续往竹林中急冲。为他们带路的那位小喇嘛或许是救主心切，也扔下钱教授他们，跟着一起进了竹林。

出了竹林，马强等人果然远远地见到两帮人马在广场上对峙着，一帮是背靠着阶梯的喇嘛，一帮是部落士兵的队伍。

他们闹不清到底是怎么回事，快步赶了过去，倒是没有人留意他们，附近三五成群的部落族人拿着武器正纷纷赶来。马强发现，这些人大多站到了喇嘛一边，对着那群士兵怒视而视，显然是过来帮助喇嘛们的。

喇嘛们的队伍只有百人左右，显得比较散乱，也有些单薄，不像对面的士兵，有二三百人，显得整齐有序，健壮威武。喇嘛们手中的武器比较杂乱，有弓弩、长矛，更多的是菜刀、斧头或是木棍之类。对面的部落士兵们，大多是长矛和弓弩为主，还有一部分用的是弯刀，使用不同武器的士兵排列有序，一看便知是受过训练的正规部落军队。

此时，一名领头的中年喇嘛正在和对面部落队伍的一名头领大声嚷嚷着，这位喇嘛虽有些激愤，说起话来的样子倒也显得比较冷静。他们说的是部落中的土语，和古老的藏语十分相似，钱教授听了半天，虽然很多话语听不明白，也总算听出了一些端倪来，他顺便将听明白的内容讲解给马强和吕哲。

部落士兵头领的意图很明显，不停地要求喇嘛们交出庙中供奉的神戒，他还说，大王和公主都已经失踪，神灵已经传达新的旨意，只有他们巴达先部落勇敢的桑嘎多王，才有资格掌管神戒。如果喇嘛们不交出神戒，他将代表神灵的意愿，惩罚违抗天神旨意的人。

神庙的喇嘛首领很是气愤，他说，他们的木赤大王才是真正的天神转世，只有他才有资格掌管神戒。谁想得到神戒都是痴心妄想。赶紧把木赤大王和达娃公主给放了，否则，天神一定会惩罚伤害大王和公主的魔鬼！

马强说道："原来是巴达先部落在闹乱子，这个巴达先部落真是可恶！上次差点困死在他们的蛇群里！"

吕哲说道："事情发生得太快太突然，我想，这肯定不是巧合，哪有这么巧，国王和公主刚刚失踪，叛乱的士兵就到神庙来抢神戒？看来，一切早有预谋！"

钱教授说道："想必是如此了！"

三人正说着话，部落士兵已经开始向喇嘛们发动攻击，一时间广场乱

了起来，两帮人马乒乒乓乓打斗到了一起。打斗之时，附近又有一些部落族人纷纷拿着武器赶了过来，一过来便义愤填膺地向那些士兵们攻击，显然是站在喇嘛的一边。

慌乱之中，马强和吕哲将钱教授和梅青护到了中间，远远地退开，马强问道："吕哲兄弟，我们怎么办？要不要帮他们一把？用冲锋枪给他们几梭子，准把他们给打跑了！"

钱教授急着说道："别！千万别乱伤害无辜！毕竟他们是内部争斗，士兵们大多也是一时受了蒙蔽，等事情真相揭露出来，他们都还会是魏摩隆仁的臣民！"

吕哲急道："那怎么办？总不能看着他们自相残杀？"

马强不语，皱起眉头，沉思起来，他也不知如何是好。眼看着众喇嘛们一个接着一个倒了下去，却是一直没有见到神庙中救援的喇嘛出来。马强寻思着，估计这个神庙也就这么多的喇嘛了，一部分去救国王和公主，一部分守在这里，奇怪的是，王城没有兵将吗？他们怎么不来救援？

几个人眼睁睁地看着他们争斗，一时手足无措，十分着急。

马强思忖了一会儿，终于说道："不如我们先到阶梯上去，再等等看，至少我们可以帮助他们守护一下神庙！"

钱教授擦了一把额头上的冷汗，说道："对！就这么着，这么伟大的建筑，千万不能有任何的破坏！"钱教授早已没了主意。

梅青看着混战的队伍，时不时地尖叫一声，早已惊呆了，她从来没有见过这般血腥的场面。

当钱教授他们爬到阶梯的半坡之时，喇嘛们早已抵挡不住，退到了阶梯上，时不时地，一些喇嘛的躯体像稻草一般倒了下去，这些喇嘛一看便是不熟悉作战，倒也是强悍，奋死抵抗，面对强手，丝毫不惧，硬是凭着这股子精神，顶住了几倍于己的士兵们的攻击。可是，毕竟是实力相差太大，喇嘛们不住地顺着阶梯向神庙后退。

钱教授有些着急起来，说道："马强，快出手吧，这些喇嘛们快要顶不住啦！"

马强看了看眼前的形势，笑着说道："钱教授，你先别着急，沉住气，坐山观虎斗，坐收渔翁之利。我就寻思着，不会只有这几百号人，巴达先部落的桑嘎多王不是还没有出面吗？我看我们最好等到他出头的时候制服他，情况就简单多了！你们看，似乎不用我们过多地担心，那边好多部落族人赶了过来，看样子是帮着喇嘛们的！"

此时，众人也都注意到了，广场的四面八方越来越多的部落族人正手持刀叉棍棒往这里赶，一过来，便义愤填膺地向着那些士兵们攻击。

吕哲说道："钱教授，我觉得马大哥的话有道理，我们出手也不是，不出手也不是，倒不如静观事态发展，见机行事！一旦神庙这边守不住的时候，我们再出手也不迟。况且，即使我们出面，他们双方肯定没有人听我们的，说不定还会成为他们双方共同的敌人。"

钱教授擦了擦额头的汗水，说道："只好先这样吧！"

一开始，那些士兵们士气高昂，占了上风，喇嘛的队伍死伤严重，此时形势开始逆转，已经有几百个部落族人，连同喇嘛们一起，将那些士兵们团团围住，喇嘛们已经从拼死抵抗，变成了奋力反击，很快将那些士兵们围到了广场上。

战斗中的人们，不时地"嗦！嗦！嗦！"高声呼喝着，似乎呼喝可以带给他们勇气和力量。

那些士兵们渐渐抵抗不住，死伤不少，开始后退。眼看着胜利在望！恰在此时，远处的大路上，尘烟滚滚，一大群排列有序的士兵队伍，正往这边赶来。足足有四五百人！

马强高兴地喊道："太好了！救兵来了！救兵来了！一定是王城的勇士们赶了过来！这下可是有好戏看了。"

一大群士兵，在几匹战马的带领下，不大会儿工夫，便赶到了广场。

可惜的是马强高兴得太早！那群士兵到了近前，不由分说，向着喇嘛和部落族人的队伍发起了攻击！他们竟然也是叛乱的士兵！这些人的战斗力似乎比先到的那些士兵们更加勇猛，那些即将战败的士兵们一见来了救援，顿时勇气大增。

瞬间，形势再次逆转。

众人一下子紧张起来，慌乱之中，吕哲远远地指着士兵队伍后面一位骑在战马上的巫师模样的人，说道："你们看！那个人我认得，是巴达先部落的巫师！我和豹头在关角祭坛见过他！"

马强远远地看了过去，阳光普照，光线很足，基本可以看得清，那人身材不高，显得有些瘦弱，装束很是奇特，帽子上插着一根长长的羽毛，隐隐约约，可以看到，有一条一尺来长的小蛇缠绕在他的脖颈上，来回游动着。

马强惊道："依此看来，我估计巴达先部落的王肯定跟着过来了！"

吕哲说道："仔细找找看，肯定藏在队伍中，一会儿找个机会灭了他！"

马强说道："一会儿找个时机，最好是活捉了桑嘎多王！"

说着话间，马强指着队伍中一位骑着灰色战马、横冲直撞的人说道："想必那丫的就是巴达先部落的王，看他穿的全套的铠甲，衣服光鲜，数他最牛气！"

顺着马强手指的方向，钱教授和吕哲都看到了，那人身材高大，手提一把硕大的弯刀，冲锋陷阵，来回砍杀，很是勇猛！

巴达先部落的队伍大战上风，王城附近的族人死伤不少，奇怪的是士兵们好像对喇嘛有意手下留情，并不痛下杀手，倒是对那些过来救援的部落族人毫不容情。

一开始还有些族人不停地赶过来，此时赶过来的族人数量已经大大减少，依然有三三两两的赶来，到了近前，没战几个回合，便战死在广场上。素来宁静神圣的神庙广场，洒满了鲜血。

吕哲说道："救援的族人好像少了很多。"

马强说道："或许这附近居住的部落族人并不多，该来的都来了。这个深谷虽然号称有十八个部落，从我一路上的观察，还是人烟稀少，不像是居住着很多人。你们看，情况不妙啊！"

此时，广场上，大半的部落族人已经战死，喇嘛们也死伤不少，剩下的已经被几百名巴达先部落的士兵紧紧地围在了广场一边。

钱教授看着广场的情形，忧心忡忡地说道："不管怎么样，一定要守护好神庙的安全，坚决不能让他们破坏，该出手时就要出手，有你们手中这两支冲锋枪，估计应该能守住！"

梅青着急地惊叫道："你们看，战斗停下来了！怎么不打了呀？打呀！"

马强笑道："都瞧见了！停止争斗不是好事吗？你这娘们，唯恐天下不乱！"

广场上的战斗确实停了下来，巴达先部落的桑嘎多王坐在战马上，正面对着众喇嘛们指手画脚地说着什么。那名部落巫师也到了他的近前，等到桑嘎多王讲完，巫师又接着说了起来，一边说着话，不时地用手指指天，或是指指地，要么便是双手合十，对着神庙礼敬的样子。

喇嘛的头领愤怒地看着他们，等他们说完，也大声嚷嚷了几句。

钱教授他们站在阶梯半坡处，听不清他们到底在说什么。大致可以猜得出，桑嘎多王和巫师一定在说服他们，投降并交出神戒。喇嘛头领态度坚决，定是死活不同意。

众人正凝神观察之间，只见桑嘎多王将手中的弯刀一挥，周围的勇士们如潮水般"哗"地围了上去，气势汹汹。这一次出手，已经和刚才大不相同，出手狠辣，似乎想要把众喇嘛们给灭了。

钱教授说道："糟糕！情况不妙啊！到底该怎么办呀？我看我们还是出手吧，照此情形，再不出手的话那些喇嘛们怕是全完了！"

吕哲利落地打开了手中冲锋枪的保险，说道："是啊！该出手了！"

马强笑道："冷静！沉住气，急什么？你们看！那边！"

顺着马强手指的方向，就在巴达先部落大批士兵们赶来的路上，五匹战马疾驰而来，马上之人高举着武器，威风凛凛地向着巴达先部落的士兵们冲了过来，不一会儿，大路上又是尘烟滚滚，一大群部落队伍向着广场快速赶来。从队伍规模上看，有五六百人，丝毫不亚于桑嘎多王带来的士兵人数。

马上之人已经向着巴达先部落的士兵们发起了猛烈的攻击。

钱教授笑道："好啊！这一次真的是救兵来了！肯定是王城的救兵到了！不，肯定是巴拉部落的人马，你们看，手持长矛的那位，是巴拉王！天哪，是巴拉王赶来了！"

只见巴拉王手持一支硕大的长矛，在广场上来回冲杀，很是勇猛！他们记得第一次见到巴拉王时，他的长矛就是由两名部落士兵抬着的。几个回合下来，巴拉王已经用长矛挑死了几位士兵，惊得他附近的巴达先部落士兵们纷纷后退。

桑嘎多王大怒，一提缰绳，举着弯刀向巴拉王冲了过去，二人你来我往，拼得倒也是旗鼓相当。

很快，巴拉王率领的士兵们潮水般赶到了广场，同巴达先部落的士兵们混战到了一起。身临绝境的喇嘛们终于解了围，勇气大增，跟着救援的士兵们再次并肩战斗起来。

看着壮观的场面，马强笑道："哈，我们早期的祖先们大概也就是这么互相战斗的吧！如果能够穿越历史，真的想生活在那个年代。"

钱教授叹了一口气，说道："人类啊，最初为了生存，和不同种类的动物们战斗，继而后来演变为部落之间争夺猎物和领地而战斗。直到今天，为了权力或是利益，依然在不停地争斗着。和平始终是人类最终的梦想，难道这只会是一种空想、一种幻想吗？"

马强笑道："钱教授，快别发这种感慨了，我一听你这类感慨就浑身起鸡皮疙瘩，直冒冷汗，你搞好你的科学研究，做好本职工作就行啦，整天忧国忧民、心怀天下，跟个圣人似的，小心忧出个抑郁症来！"

吕哲指着巴拉王和桑嘎多王，说道："你们看，他们停止了战斗，似乎在谈判！"

众人一起看了过去，士兵们还在你死我活地拼杀着，巴拉王和桑嘎多王已经停止了争斗，二人面对面，似乎在高声争论着什么。巴拉王看上去很激愤的样子。

两个部落的法师也骑着战马到了他们各自的头领身边，两位部落王争执了一会儿，两位巫师又开始争论起来。争执了一会儿，两位巫师退到一边，好像战争与他们无关，两位部落王又开始混战到了一起。总体看来，巴拉王率领的士兵们作战勇猛，士气很旺，明显占据了优势，桑嘎多王的部队渐渐有些抵挡不住。

看了一会儿，马强说道："看不出来，这两位部落王都挺凶悍的！体力相当好，战斗了半天，一点不觉得累，越战越勇！"

"你们快看呀！那是什么？"梅青指着远处喊了起来。

众人惊奇地看了过去，只见远处，隐隐约约如海浪一般涌过来一片潮水般的物体，正慢慢地向着广场靠近。经过之处，三三两两正赶过来的部落族人，很快便没了踪影。

看了一会儿，马强和吕哲不约而同地惊叫道："是蛇群！是蛇群！"

瞬间，每个人汗毛直竖，上次在白玛神庙时已经遭遇过一次，侥幸逃脱，此时依然是心有余悸。

正在激烈拼杀中的巴拉王的军队大难临头，似是丝毫不觉。

钱教授说道："糟糕！要都是士兵还好说，可以谈判。蛇群可不好斗！他们怎么会采取如此卑鄙的手段？无耻！下流！"

马强笑道："希特勒说过，在战争中要不惜一切手段取得胜利，胜利后人们是不会追究胜利者的责任的。战争还讲什么道义？真要是讲道义的话，就不应该有战争！"

钱教授说道："窃玉者盗，窃国者侯。看来，这一次巴拉部落的士兵和喇嘛们要吃大亏！"

吕哲笑道："钱教授，你的结论怕是为时过早，你们再看看！"

钱教授向着蛇群看了过去，只见蛇群涌到广场边，却是停到了草地上，不再靠近。

钱教授疑惑了一会儿，大笑起来，说道："哈哈，看来巴拉王早已经防好了他们这一手，神庙附近的青石上，已经被他们涂上了灵药，或者说，神庙早就被喇嘛们涂上了灵药，蛇群根本无法靠近。你们看，那边巴拉部落的杰尔法师，镇定从容，胸有成竹的样子。"

突然，梅青再次惊叫起来："快看哪！马强你快看！那边又是什么呀？天哪！"

马强顺口说道："又怎么了？"

顺着梅青指着的方向，众人见到，远处神庙一侧的森林边，漫山遍野的狐狸群正蜂拥而来，有红色的、白色的、灰色的，各种各样的颜色，一只只可爱的小家伙，拖着长长的大尾巴，欢快地跳跃着，向着广场这边快速奔来！如同滚滚而来的江河潮水一般。

钱教授如同一个孩子一般拍手大叫："蛇群的克星来了！狐狸是蛇的天敌，这下子热闹了，有好戏看了！"

到得附近，狐狸群绕过广场，径直冲向蛇群，前面被冲击到的蛇群顿时一阵骚乱，群狐连扑带咬，与群蛇斗到了一起。

广场上，桑嘎多王带领的士兵，早已经明显地处于下风，群蛇攻来之时，还是一片振奋，大有反败为胜的样子，此时见到漫山遍野的狐狸制住了蛇群，士兵们再无斗志，有的甚至已经放下了武器。

钱教授看到，杰尔法师似在大声地冲着桑嘎多的军队喊叫着什么。

桑嘎多王的士兵们又有一些人放下了武器，成了俘虏。显然，杰尔法师一直在劝说他们投降。

见势不妙的桑嘎多王用弯刀奋力架开巴拉王的长矛，不再恋战，催动战马狼狈不堪地向蛇群中逃去，逃跑之时，恼羞成怒的桑嘎多王顺手砍死了两名已经投降的士兵。他的巫师和几十名亲信也跟着他逃向蛇群。进了蛇群，群蛇仿佛对他们十分忌讳，纷纷躲着他们，蛇群中间为他们让出了一片空地，把他们团团地护住。

巴拉王挥动长矛，带领他的勇士们紧追不舍。到了群蛇边却是不敢轻进。

此时，一只漂亮的白色银狐已经敏捷地奔到巴拉王的身边，用力一跃，翻上了巴拉王的战马，灵巧地攀到了巴拉王的肩头。一定是这只精灵的银狐召来了它的同类！

广场上，投降的士兵已经垂头丧气地立在一边，被巴拉王的士兵用武器包围着看押起来，有些投降的士兵已经跪拜到了广场上，向着神庙匍匐长拜，泪流满面，十分懊悔的样子。

一大群士兵站在了巴拉王的身后，不时地挥舞着手中的武器，齐声呼喝着："嗦！嗦！嗦！"呼喝声整齐有力，让人闻之振奋。

马强说道："看来，巴拉王基本控制住了局势，接下来，要看蛇群和狐狸的战斗结果了。"

此时，群狐和蛇群斗得正酣，互相攻击，你扑我咬，异常激烈。战斗中，小蛇的尸体四处横飞，不少的狐狸也倒在了蛇群中化作了白骨，双方似乎是势均力敌，旗鼓相当。

看了一会儿，马强笑道："小诸葛，你猜猜，狐狸和蛇，哪个更厉害？"

吕哲说道："各有各的长处吧！"

钱教授说道："是啊！每一种动物都是经过长期的进化，渐渐地适应了环境，拥有了自己独特的长处，找到了战胜对手、避开对手的手段，找到了适合自己的生存方式。非要说哪种动物更厉害，实在也不好下结论。"

马强说道："钱教授，那依你看来，蛇群和狐狸的这场争斗，结果如何？"

钱教授说道："暂时还不好说，你们看，狐狸虽然勇猛敏捷，可是，小蛇的数量众多，远远地多于狐狸，而且那些小蛇看上去却很灵巧，配合得很好。随着时间的推移，怕是狐狸要吃亏。"

马强笑道："钱教授，我敢和你打赌！狐狸必胜！"

吕哲疑惑地问道："马大哥，为什么这么说？我觉得钱教授的分析很有道理，你们看蛇群似乎略占上风了。"

马强说道："最后的胜利，从来都是属于正义一方。从古至今，早已验证了这条真理！"

钱教授哈哈笑了起来，说道："对！正义必胜！"

梅青在一边说道："你们看啊！蛇群里的巫师在做什么？是不是要使用巫术？马强，我怕！"说罢，梅青躲到了马强的身后。

钱教授、马强、吕哲向着蛇群中间的桑嘎多王和他的巫师看了过去。只见那名巫师，已经跳下战马，站在草地上，正伸展双臂，仰望天空，似乎在念动咒语。过了一小会儿，他放下双臂，低下头来，从怀中掏出了几个黑乎乎的团状物，鸡蛋般大小，随即又取出火镰，打着了一页薄纸，借着薄纸的火苗，他将团状物点着了。不一会儿，那物体便冒起了浓浓的青烟。巫师将冒着青烟的团状物扔进了蛇群，烟雾在蛇群中弥散开来。

马强惊道："他在做什么？"

钱教授说道："谁知道哪？看看再说。"

那巫师接连点着了好几个冒着青烟的团状物，全部扔进了蛇群，便冷冷地立到一边，盯着蛇群。

不一会儿工夫，整个蛇群渐渐开始骚动起来，有些小蛇高昂蛇头，开始舞动，显得很是兴奋，群蛇四处游动的速度渐渐地加快起来，越来越快，如同水面泛起了层层涟漪，快速游动的蛇群在草地上翻出了几个旋涡。正与群狐缠斗着的群蛇，似乎在陡然之间增加了勇气，越来越多的蛇群涌向群狐，前仆后继，不顾一切地向前冲击。一只接着一只的狐狸在群蛇的围攻中倒了下去。

狐狸们丝毫不惧，依然顽强地拼斗着。

见此情形，一直伏在巴拉王肩头观战的银狐，迅速跳了下去，冲进蛇群，敏捷地连扑带咬，它的身侧，一时间被咬死的小蛇尸体四处飞舞。

可是涌上来的小蛇太多，越来越多的狐狸倒了下去。

桑嘎多王和他的巫师得意地笑了起来，桑嘎多王兴奋地挥动着长矛，大喊大叫，似乎在鼓动群蛇们，快快往前冲！

马强说道："看来，那个巫师使用了奇怪的药物，诱发了群蛇的野性，狐狸怕是挡不住了。不知巴拉王这边会拿出什么好的对策？"

众人的目光紧张地盯向了巴拉王，巴拉王和他的杰尔法师一时间显得有些慌乱，有些手足无措，二人一动不动地坐在战马上，呆呆地盯着眼前的情形，一副不可思议的神情。

一部分小蛇已经不顾一切地冲到了广场的白色大理石上，冲上来的小蛇，一触到石面，便不停地翻滚，如同被开水烫到一般，有的已经翻着肚皮直挺挺地僵在了广场上。后面的群蛇如同潮水决堤一般，纷纷涌上了广场，再也不顾什么忌讳。

巴拉王见势不妙，从怀中掏出了一个小巧的骨笛，用力地吹响，接连几声长鸣，尖厉的声音在空气中如同千万支利箭，很快四下飘散。吹了几声，巴拉王将手中的长矛向空中一挥，大喊一声，听不清他在喊叫什么。他的勇士们纷纷从广场退上了通往山顶神庙的阶梯，到了阶梯口，士兵们迅速列好队形，停在了那里，狐狸们也退到了阶梯前。很快，不顾一切的蛇群跟了上来，狐群和蛇群在阶梯口附近再次展开了一场恶战。

桑嘎多王骑在战马上，哈哈大笑，一副得意忘形的样子。他的巫师脸上也露出了诡异的笑容，时不时地双手合十，低声念动几句咒语，仿佛此时的他早已经是魔鬼附身。

巴拉王和他的杰尔法师都已经退到了阶梯上。

天空光芒万丈的太阳，不知何时躲到了乌云的背后，气温陡然下降了许多，远处的天空昏黄，一阵阵的冷风吹来，如阴风飒飒，让人觉出一股透骨的寒意。

马强看着惊心动魄的场景，不住地擦着冷汗，说道："真他娘的悬！上次要不是王林救出我们，怕是我们连骨头也剩不下了。"

钱教授感慨地说道："动物的野性一旦有组织地被释放出来，其后果也是相当可怕的。眼前的这些小蛇，真是让人触目惊心！"

吕哲说道："简直是难以想象，若不是亲身经历，提起雪龙、桑吉河中的水怪，还有这蛇群，打死我，我也不相信世间还有如此奇异的事情！快看，你们快看，杰尔法师像是在祈祷！"

杰尔法师正跪在地上，高举他的法杖，面向神庙的这个方向，大声呼喝着只有他自己才明白的神奇咒语。

紧紧地薅着马强衣摆的梅青说道："杰尔法师不会是在作法吧？看样子他想和那个巫师斗法，不知谁的法力更高？马强，我冷。"说着话间，梅青打起了寒战。

马强看了看天空，说道："奇怪，这天怎么说变就变？是挺冷的。此时也不知道诺日朗和杰布他们怎么样了？"

吕哲说道："放心吧，马大哥，我相信我们的豹头。况且有扎巴的帮助，他们跑不掉！一定能够把国王和达娃公主救出来！"

钱教授关切地盯着杰尔法师，很是好奇，不知杰尔法师在搞什么名堂。

阶梯下面的广场上早已经是群蛇涌动，一部分小蛇越过阶梯两侧的斜坡，往山上爬，好在两侧的山坡比较陡，小蛇很难爬上去。

正在抵挡蛇群的狐狸群数量越来越少，接近一半已经战死。

阶梯口挤着密密的人群，众喇嘛连同巴拉王的士兵，混杂在一起，虽然有些人显得惊慌，但是没有人退缩，前面的勇士倒下一个，后面的马上冲了上去。巴拉王有条不紊地指挥着他的士兵，配合着群狐抵挡向阶梯涌动的群蛇。一部分士兵将他们的俘虏押上了阶梯，到了队伍的后面。

桑嘎多王带着他的巫师和几十名亲信，已经到了广场上，立在蛇群的中间，一副张狂的样子，似乎已是胜券在握。

杰尔法师一直在不停地虔诚祈祷着，不知他究竟在祈祷什么，或许是祈求神灵的帮助，或许是呼唤正义和真理来拯救魏摩隆仁的灾难。

"马强，我冷！"梅青浑身开始颤抖。

马强也在打着寒战，缩着脖子，说道："这天气还真是邪乎了！顶不住的话，你先到庙里暖和一会儿。"

梅青说道："我不！我最害怕一个人进庙里了，到处都是神像，吓死人！"

马强看了看钱教授和吕哲，他们二人也在不停地哆嗦着。

气温陡然下降了许多，远处的天空被一片黄色的迷雾笼罩着，不一会

儿，如同尘埃般的白色粉末慢悠悠地自空中飘了下来。

吕哲惊道："天哪！不会是下雪了吧？"

钱教授瞪大眼睛看了看天空，又看了看落在衣服上的白色"粉末"，怔了一会儿，跟着惊呼道："天哪！是下雪了！是的，下雪了！"

天空似是魏摩隆仁大大地开了一个玩笑，不到半天的时间，完成了从春意盎然到白雪飘飘的季节跨越。

就在这个时候，广场的形势悄然发生了出人意料的逆转，万蛇涌动的广场渐渐地显得平静下来，一直高昂着脑袋，如同喝醉一般狂舞的金蛇，一个接着一个，蔫巴一般，伏在了广场上，似是在突然间失去了活力。

借此时机，群狐和巴拉王的士兵们欢呼着攻下了阶梯。

桑嘎多王和他的巫师大惊失色，闹不清是怎么回事。他的巫师慌乱之中又点了几块烟团，胡乱地扔到蛇群之中，可是，再也没有出现他想要的结果。

巴拉王挥着长矛，带领他的勇士们潮水一般冲向了桑嘎多王。

桑嘎多王见势不妙，拨马便逃。

猛然间，钱教授惊呼道："啊，我明白了！我明白了！"

马强说道："明白什么了？一惊一乍的！"

钱教授激动地说道："蛇是冷血动物，在天气转冷之时，绝大多数会进入冬眠状态，或者说是被冻僵。这是因为冷血动物无法抵御寒冷。真是天助巴拉王！天助魏摩隆仁！正义终究会战胜邪恶！"

马强皱起了眉头，疑惑地说道："钱教授，你说，这是不是杰尔法师刚才作的法？古时候，诸葛亮可以借东风，这个杰尔法师看着就非同小可，看样子，本事也不比诸葛亮小啊！"

钱教授思忖一会儿，说道："这或许是巧合吧！我还清楚地记得，那天晚上，巴拉王曾经在他的王宫里说过，过不了多久，天气会转冷，白雪飘飘，因为气候的反常，所以他们无法种植更多的粮食。那个王林也提醒过我们，过一阵子天气会转冷。现在应验了。"

吕哲欢呼起来："钱教授，你快看，巴拉王已经把他们全部包围啦！他们胜利在望，太好了！走，下去看看去！"

远处的树木花草已经披上了一层淡淡的素装，一些花瓣已经凋谢，随着雪花慢悠悠地飘落到了土地上。群狐似乎对飘雪有着特殊的偏好，兴奋地四下散开，在蛇群中欢快地跳跃着。

钱教授他们踩着群蛇冻僵的尸体，快步走了过去。所有的蛇都已经被冻死，一动不动，几乎见不到一条活着的。群狐们正在津津有味地享受着美味。

当他们到达巴拉王近前时，桑嘎多王还在垂死挣扎，他身边的几十名亲信大多已经战死，只有十余人还护在他和他的巫师身侧，已经被巴拉王的士兵们围成了一个大圈，团团包围，无处可逃。

钱教授等人挤到了队伍之前，没有人拦着他们，好像有些士兵认识他们，看着他们时的目光很是恭敬，主动为他们让开一些空隙来。钱教授看了看巴拉王和杰尔法师，想和他们打个招呼。

巴拉王和杰尔法师的目光正紧紧地盯着银狐和金蛇的战斗，似乎是没有留意他们。钱教授的目光便转了过去。

巴达先部落巫师的小金蛇正立在他们的前面，凶狠地张着嘴巴，怒视着众人。巴拉王的士兵们对这条小金蛇似是颇为忌惮，没有人敢靠近。不过，巴拉王的银狐正在和它对峙着，它们已经缠斗了一会儿，双方的士兵都在紧张地盯着它们，已经忘记了互相厮杀。

这只奇异的蛇王竟然顶住了寒冷！

吕哲发现，巴拉王的好几个士兵，面色青黑，正坐在一边，额头冒着冷汗，呼吸很是困难的样子，另外有几名士兵面色青黑，直挺挺地躺在一边，已然死去，都是明显的中毒特征。吕哲暗暗地咬了咬牙，心中怒骂：一定是被小金蛇咬到了！上次在关角祭坛，吕哲已经吃了一次苦头，中了蛇蛊的滋味，简直是让他痛不欲生，此时此刻依然是心有余悸！从巴拉王勇士们喷火的目光中，吕哲可以看出来，他们对这条奇异的金蛇也是咬牙切齿。

此时，小金蛇正绕着银狐游走，和它曾经对付扎巴时的策略一样，企图通过游走，消耗对手的体力，让对手急躁，如果对手不跟着它转动，它便会在背后选择有利战机，猛然出击。

银狐和扎巴不同，银狐看上去，比扎巴灵巧很多。从银狐轻快自信的样子可以看出来，银狐很有耐心，很冷静，似乎有巧妙的办法对付小金蛇，

一副胜券在握的样子。随着小金蛇的四处游动，银狐不时轻快地原地跳动着，始终面对着小金蛇，不给它任何偷袭的机会。

游动了一会儿，反倒是小金蛇消耗的体力更多，终于小金蛇有些沉不住气，停止了游动，高高昂起脑袋，半个身子猛地立了起来，小金蛇张着嘴巴，口中几颗尖尖的獠牙，让人汗毛直竖。

银狐反倒是盘着大尾巴，坐到了地上，眯缝着小眼，似是睡着了一般，殊不知，这正是狐狸迷惑对手的手段之一。

突然间，小金蛇猛地跃起，身子笔直，凌空飞了起来，利箭一般，射向银狐，嘴巴向着银狐的眼睛咬了过去。

广场上的所有人一时间紧张得透不过气来。

巴拉王和他的士兵关心着银狐能不能避开这恶毒的一击。

桑嘎多王和他的亲信们却是关心小金蛇能否得手。

只见灵巧的银狐猛地起身，脑袋轻巧地一侧，张开嘴巴，脑袋再次快速向前一探，动作敏捷，干净利落。银狐想咬住小金蛇的七寸，没料到却咬在了小金蛇的身体中间，小金蛇的脑袋猛地向后掉转，本能地迅速咬在了银狐的鼻尖上！银狐死死地咬住小金蛇的身体，牙齿用力地往小金蛇的肌肉中深入，想要把这个可恶的家伙拦腰咬断。

小金蛇的尾巴不停地甩打着银狐的脑袋，嘴巴死死地咬着银狐的鼻尖，利齿深深地刺了进去，一股毒液也射入了银狐的伤口。俗话说得好，毒蛇的牙齿马蜂针，这一下，银狐也是受伤不轻！

银狐立在原地，和小金蛇互相叮咬，如此僵持着，只一小会儿工夫，银狐的身体开始渐渐地颤抖起来，突然之间，猛地躺倒在地，不停地翻滚着，口中却是死死地咬着小金蛇，并不松口。银狐翻滚的速度越来越快，接连打了十几个滚，看得众人目不暇接，眼花缭乱，甚至有些看不清银狐的身影。

终于，银狐的速度渐渐地慢了下来，最后缓缓地在地上转了一个身，伏到了地上，小金蛇已经被咬断，下半截身体抛落到了一边。可是，小金蛇的牙齿还是深深地咬在银狐的鼻尖上。银狐似是有些精疲力竭，挣扎着站起身来，脑袋用力地抖了几次，没能将小金蛇抖落下来。恼怒的银狐，抬起两只前爪，接连快速地从鼻尖上拨拉着。

终于，小金蛇的上半截躯体掉到了地上，小金蛇却是还没有死，又向前慢慢地游动了一会儿，无力地昂起脑袋，看了看它的主人——巴达先部落的巫师，怔怔地立了一小会儿，猛地倒在了地上，抽搐着翻滚了两圈，再也一动不动。

巴拉王的勇士们一片欢呼！巴拉王一拍战马，挥动长矛向着桑嘎多王冲了过去。桑嘎多王惊恐万状，无心恋战，拍马转身便要逃跑，却被巴拉王的长矛从背后戳个正着，刺中之后，巴拉王将手中长矛大力一挑，从空中划了一个圆弧，将桑嘎多王抛落到了人群的外面，重重地落到了狐群之中。刹时，一大群狐狸围了上来，你争我抢地撕咬着桑嘎多王的肉身。几声惨叫过后，再无声息。

至此，桑嘎多王的亲信们，无心再战，纷纷抛下武器投降。

巴达先部落的巫师满面泪水，一副悲痛欲绝的样子，已经坐到了小金蛇的尸体一边，双目紧闭，口中低声喃喃地念动着经文，对周遭的事情不闻不问。

巴拉王将桑嘎多王挑落马下之后，赶紧翻身下马，扔掉手中的长矛，奔至他心爱的银狐近前。他的银狐伏在地下，胸脯起伏不定，正在喘息着，它哀怜的目光盯着主人，挣扎了几次想要站起身，却是站不起来。巴拉王心疼得满面泪水，将银狐一把抱入了怀中，脑袋贴着银狐柔软的皮毛，一只胳膊搂着银狐，一只手不时地摩挲着它。

此时，杰尔法师走到巴拉王近前，躬身行礼，说道："勇敢的王！您的灵狐需要神灵的抚慰和帮助，请把它交给我。"

在杰尔法师的提醒下，伤心的巴拉王这才回过神来，他将银狐送入了杰尔法师的双手，然后喷火的双目，慢慢地转向了如木头一般坐在金蛇旁边的巴达先部落巫师。新仇旧恨一下子涌上巴拉王的心头，巴拉王顺手从身边的士兵手中夺过一把弯刀，奔至巴达先部落巫师身边，愤怒地手起刀落，巫师的人头从他的肩头飞出了几米远，一股鲜血从他的脖颈断口喷了出来，巫师的躯体晃了晃，慢慢地倒了下去。

勇士们一阵欢呼："嗦！嗦！嗦！"他们对这个巫师也早已是恨之入骨！

杰尔法师为银狐的伤口上了点药，又给它喂了一些灵药，便开始祈祷。

在和巴达先部落长期的争斗中，巴拉部落的法师们早已摸索出一套对付毒蛇的办法，代代相传。银狐看上去精神好了许多。

钱教授、马强、吕哲赶紧走到巴拉王的近前，同他打起了招呼。

见到他们时，巴拉王一直严厉的面庞这才露出了几丝笑意。

巴拉王告诉钱教授，智慧的木赤国王对巴达先部落收容的魔鬼使者，早已知悉，他们尊敬的达娃公主已经觉察到了巴达先部落企图背叛神灵、背叛国王的阴谋。

马强说，那天晚上公主出现在王宫广场上，你居然没有拜见公主，还装作不认识的样子，原来是早有安排呀！

说着话间，忽然听到神庙方向传来一连串"嗒……"清脆的冲锋枪声，爆竹一般。

马强正想和巴拉王聊几句，听到枪声，猛地一怔，惊呼道："不好！神庙出事了！吕哲，快跟我看看去！"

吕哲说道："一定是豹头他们和黑鲨部队交上火了！"

二人向着神庙快速奔了过去。

梅青冲着马强的背影喊了一声："马强，小心些！"

马强回过头，喊了一句："你和钱教授跟着巴拉王，不要乱跑。"

听到枪声，巴拉王皱起了眉头，自言自语般，问道："怎么回事？"

钱教授寻思着，此时的巴拉王一定不大可能知道国王和达娃公主已经出事了，便对他说，国王和达娃公主被魔鬼的使者绑架了。此时，勇士们正在追踪救护他们。估计是他们交上火了。

巴拉王一听大惊失色，目瞪口呆地盯着钱教授看了一会儿，一副很不相信的神情。

钱教授冲着巴拉王用力地点了点头。

巴拉王又转过头怔怔地向神庙传来射击声的方向，看了看，看了一会儿，才回过神来，惊慌失措地冲至他的长矛近前，一把拎了起来，奔至战马前，利落地翻身上马，对着他的勇士们喊道："北风吹来刺骨的寒冷，雄鹰遭遇了罕见的暴风雪！大王和公主遭遇了不幸！巴拉部落的勇士们，快随我去降服害人的黑妖魔！"

士兵们一听，顿时群情激愤，挥舞着兵器，齐声呼喝着："嗦！

嗦！嗦！"

巴拉王喊罢，两腿一夹，拍马便走，不顾一切地冲了出去。他的勇士们紧紧地跟在了他的身后。

飞雪飘飘，纷纷扬扬，慢悠悠地落到了魏摩隆仁的大地上。

第十二章 箭道

　　且说诺日朗、杰布等人在扎巴的带领下，在竹林中七拐八绕，一路追踪。

　　扎巴真是好样的！凭着灵敏的嗅觉和机警，细细地寻觅着他们留下的蛛丝马迹。很多人喜爱藏獒是因为它的忠诚，事实上，藏獒也有着非凡的听觉、嗅觉、适应能力和超强的记忆能力，这是在世界最严酷的自然环境中生物进化的结果，因此被世人赞誉为"东方神犬"，跻身世界名犬之列。

　　一开始，扎巴远远地冲在他们的前面，杰布有些担心，毕竟对手心狠手辣，手中又有枪，扎巴冲锋在前，很是危险。杰布几次呼喊着："扎巴小心点，不要太快了，我们赶不上你啦。"

　　追踪了许久，出了竹林，又越过一条小河的浮桥，进入了一片丛林，还是没有见到他们的身影。一路上，穿越了复杂的地形和曲折的道路，诺日朗暗暗惊叹，他们对于这里的地形竟然是如此地熟悉，居然连迷宫一般的竹林道路也是轻车熟路。诺日朗断定，他们没有理由做到这一点，很可能是有王城熟悉此地的向导为他们引路。

　　在森林中穿行了很长时间，绕了几个大弯，有一次，诺日朗发现他们在重复着走过的路，诺日朗寻思着，不是他们的向导迷了路，便是他们察觉了后面有人追踪，故意绕路，企图甩开自己。

　　扎巴岂是如此好蒙的？不管他们多么狡猾，始终死死咬住。

　　阴沉的天空变得昏黄，天空慢慢飘下了白雪，每个人都感到很诧异，感慨着这深谷里的天气真是奇怪！好在一直处在紧张艰难的跋涉中，并不觉得很冷，杰布依然被冻得浑身直哆嗦。诺日朗将自己的外套脱给了他。

终于在一片稀疏的林间，几十米远的地方，诺日朗终于发现了他们的身影，树干的遮掩，看得不是很清楚，依稀可以看到木赤国王和达娃公主被他们捆绑着，围在中间。他们似乎也发现了诺日朗等人。

诺日朗等人既是兴奋又是紧张，如果不是因为顾忌人质，他们手中的武器早就似狂风暴雨一般扫射过去。

一见到他们的身影，杰布便着急地喊道："达娃，你没事吧？"

听见杰布的声音，达娃大声地回了一句："加布，你怎么来啦？放心啦，我没事！"

诺日朗将杰布拉到自己身边，拍了拍他的肩膀，说道："杰布兄弟，跟在我后面，不要贸然往前冲。不管什么情况下，都要提醒自己，时刻保持沉着冷静！你明白我的意思吗？"

杰布用力地点了点头，说道："谢谢诺日朗大哥，我明白的！"

诺日朗说道："明白就好！那我就不多啰唆了。你这北大高才生，英语一定说得很棒，替我喊几句，我这英语水平属于半吊子，肯定没你讲得好！"

杰布问道："说什么呀？"

诺日朗说道："你琢磨着说吧，让他们不要伤害人质。只要放下武器，我们会宽大处理。"

杰布便操起熟练的英语向他们大声喊了起来，大意是说：你们已经被包围了！赶快放下武器，苦海无边，回头是岸。只要合作，我们的政府会宽大处理，有什么要求，可以谈判解决，千万不要伤害人质。你们要是敢碰他们一根汗毛，让你们碎尸万段！死无葬身之地！

喊罢，杰布腼腆地笑着问诺日朗："这样说，行吧？"

诺日朗听得懂杰布说的英语，笑道："行！说得非常好！就这么说！"

杰布憨笑道："其实我也不知说什么，情急之下，借用一下电影里的台词。"

对方却传来一阵哈哈大笑声，跟着，一个洪亮奸诈的中年男性声音传了过来："兄弟，多大年纪了？还没成年吧？赶紧回家做功课！凭你们那

几个人，也能包围我们？说梦话的吧？"他说的居然是熟练的汉语，虽然不是很标准，却也显得流利，从他的语气中可以听出，他的汉语造诣很深，对汉语很有研究。

的确，杰布的年龄正处在青春期的过渡阶段，发声系统还没有完全成熟，声音多少显得有些稚嫩，让人一听便可以听出是一个大孩子的声音。

听了他的喊话，杰布很生气，脸腾地涨红了，正要回声还击。诺日朗拍了拍他的肩头，示意他要冷静，杰布便止住了话语，恼怒地咬了咬牙，攥紧了拳头。

诺日朗厉声喝道："有种的你们不要跑，放了人质，我们明刀明枪地拼一场。你们都是受过训练的特种军人，劫持无辜的老人和少女，丢了我们特种军人的脸。是好汉的话，就把他们放了，就在这片丛林中，我们来拼一场如何？"

对方却不答话，继续往前赶路，他们的移动速度明显加快了许多。

诺日朗他们紧紧跟随，他们也不敢跟得过近，一边跟踪一边寻找掩体，因为对手无所顾忌，随时都有可能会开枪。相反，迫于人质的安全，诺日朗不敢随便下命令开枪。因此，黑鲨雇佣军的人，有恃无恐，他们之所以没有向猎豹小分队开火，或许是他们也知道猎豹连的威名，有所忌惮，不想激起这个强悍对手的怒火，抑或他们暂时没有找到合适的攻击机会。

诺日朗反复交代着队员们，没有命令，千万不要随便开枪，一定要确保人质的安全。走着走着，诺日朗又让巴特尔将他的六四式手枪，交给杰布。

拿到手枪，杰布又是激动又是兴奋，说自己还是头一次拿到真枪！居然还是军用的六四，平时他连猎枪也没碰过。

一边追踪，诺日朗简单地告诉杰布手枪的使用要领，诸如，如何打开保险，如何瞄准，如何装卸弹匣，以及在开枪时要小心后坐力等问题。诺日朗说，给你手枪的目的，是防患于未然，用于特殊情况下的自卫，不要随便开枪。

由于下了雪，地下留下了踪迹，追踪变得更加容易。诺日朗他们追出丛林的时候，远远地看到，黑鲨雇佣军恰好刚刚进入了神庙的后门。神庙后门与丛林之间，是一片斜坡，斜坡上没有树木，只长着一些杂草，此时已经覆盖了薄薄的一层白雪。

天气冷得让人无法忍受，杰布不停地打着哆嗦，嘴唇已经变得紫青，不时地流着鼻涕。

诺日朗领着战士们跟着进了神庙的后门。

神庙的规模确实不小，高低起伏的各类神殿，一座连着一座，显得很密实，一排排围墙将它们分隔开来，围墙之间，一个接着一个的小门互相连通，神庙里却显得静悄悄的，几乎没有见到几个喇嘛。大部分的喇嘛此时正在广场上战斗着。

若不是有扎巴领着路，在这个复杂的神庙中，单凭猎豹小分队的搜索，一时半会儿，着实难以寻到黑鲨雇佣军的踪迹。

终于，扎巴停到了一座高大的宫殿门前。不停地向着里面狂吠。诺日朗心下明朗，对手藏在里面无疑。

这座神殿背靠一座满是树木的小山，套着一所宽阔的院子，院子中铺满了整齐宽大的青石，种着几棵粗壮的大树。此处的建筑，坐落于整个神庙建筑群的一侧，不似别处那么密集，显得空旷，冷清。神殿大门的正上方挂着一个牌匾，上面用奇怪的文字写着几个字，小分队的队员们没人认得。连熟悉藏语的杰布、诺日朗与格桑平措也认不出来，似乎不像是藏语。字体上却是又很类似。

诺日朗却是不敢领着队员往里硬冲，那无疑是送死，他一边思忖着，一边让杰布将扎巴看守好。诺日朗说："对手人多，现在我们要做的就是冷静，不要轻举妄动，一切的冲动都对救出国王和达娃公主不利，更容易给自己造成不必要的麻烦或是伤亡。"看着杰布忧心忡忡的样子，又笑着拍了拍杰布的肩头，说道："请杰布兄弟放心，我一定会想办法、尽最大努力救出国王和达娃公主！"

杰布点了点头，将扎巴喊到身边，自己蹲下来抱着扎巴，这样也可以互相取暖。

随即，诺日朗低声吩咐队员们分散开找好掩体，吩咐完毕又让杨立华绕着这座神殿转一圈，看一下地形。不一会儿工夫，杨立华回来报告说，这座神殿只有这一个出口，语气显得很高兴。

诺日朗却皱起了眉头，他们没有理由选择这么一处"死地"，他们的葫芦里卖的到底是什么药？这是什么地方？他们把国王和达娃公主带到这

里做什么？

正思索之间，殿门中走出了一位二十多岁的年轻人，看上去彪悍强壮，双目有神，并没有携带武器，一出殿门便高高举起双手，立在门口，四下看了看，显然是在寻找猎豹小分队的踪迹。

扎巴低鸣一声，正想冲出去，杰布死死地抱住了它，轻轻地拍着扎巴，说道："扎巴，不要冲动，一切听从诺日朗大哥的吩咐。"

巴特尔的狙击步枪瞄着那人的眉心，只待诺日朗一声令下，便会随时扣动扳机。

诺日朗从一棵大树后面，闪出身来，用枪指着那人，心中寻思着，照此情形，这人十有八九是想过来谈判的。

诺日朗猜得没错，那人一见到诺日朗，便高声喊道："别开枪，和谈的！"说罢，向着诺日朗走了过来。

一到近前，诺日朗倒也大度，收起了自己的武器，诺日朗并不担心他会偷袭自己，在空手格斗的情况下，别说是他，再多一个两个，诺日朗也丝毫不惧。诺日朗对自己的实力很有信心。

那人先是上上下下，仔细打量了诺日朗一番，随即，操着熟练的汉语，对诺日朗说道："想必阁下就是诺日朗上尉了！"那人镇定从容。显然，心理素质很不一般。否则，也不会派他过来谈判。

诺日朗一惊，瞪着他，冷冷地说道："正是！你怎么知道？阁下如何称呼？"

那人诡异地一笑，说道："请叫我尼卡拉。阁下曾经带领手下在国际侦察兵竞赛场上为中国军人赢得了荣誉，大名鼎鼎！我们很多人都知道你。少校估计得一点都没有错，果然是阁下亲自带的队。今日一见，荣幸之至！"说罢，那人的眼神又狡黠地四处察看，显然是想摸清其他队员的准确位置。

诺日朗不轻不重地说道："到底要谈什么？有话直说！"其实，诺日朗对他的来意多少能猜出几分。只不过，这样的话必须从他的嘴里说出来，才能加以证实。

尼卡拉说道："少校让我转达他对阁下的钦佩和诚意。少校说，能碰到你这样的对手，是他的荣幸。"

诺日朗喝道："废话少说！"

尼卡拉一笑，说道："好！都是军人，我就直说了。少校的意思是，希望能与阁下合作，大家都是为了香巴拉的财宝而来。况且，这里是我们的领土，我们来这里得到我们的财宝，并不过分。我们双方可以合作，香巴拉的财宝，我们可以平分，不知阁下认为如何？"

诺日朗听完，冷冷地瞪着他，沉默片刻，说道："我郑重地向你重申，这里是中华人民共和国的领土！关于这一点，我不想和你过多地废话，至于合作，不是不可以。我们的合作意见是：你们无条件放下武器，无条件释放人质，我以我的人格以及军人的荣誉向你们保证，绝不会伤害你们！其他的，免谈！"

听了诺日朗的话，那人一愣，他没想到，诺日朗的态度会如此强横。

其实，诺日朗很清楚这帮人打的什么算盘，拖延时间，迷惑对手罢了，根本就没有什么和谈的诚意。这是他们一贯的套路。跟他们打交道，如果有一刻放松了警惕，他们就会像毒蛇一样，随时扑上来咬你一口。跟他们说好话，更是没用，他会当作你怕了他，好欺负，会更加地趾高气扬。不需要废话，实力是最靠得住的筹码。

尼卡拉脸色很难看，微微泛红，咬了咬牙，说道："既然阁下没有诚意合作，那就别怪我们不仁不义了。"

诺日朗说道："不是我们没有诚意合作，是你们没有诚意合作。你们非法侵入我们的领土，非法绑架我们的百姓，如果你们真的有诚意，就请立刻释放无辜的老人和少女。"

尼卡拉诡秘地笑道："他们不是无辜的老人和少女，他们是这里的国王和公主。"言语之间，很是得意，一副有恃无恐的样子。

诺日朗说道："看来你们什么都清楚得很，早有预谋！知道他们的身份就好，要是他们损失了一根汗毛，我实话告诉你，我诺日朗对着神灵发誓，让你们没有一个人能够活着离开！"

听了诺日朗威严的话语，尼卡拉神色一变，随即又冷笑道："大话说得是不是太早了，就凭你们几个人？若不是少校不想把矛盾激化，刚才在丛林中，就有你们好看的！"

诺日朗冷哼一声，说道："那你们就试试吧！"说罢，不再和他争辩，

诺日朗明白，这种争论毫无意义，看着那人衣着单薄，唇色青紫，微微发抖的样子，诺日朗对他倒也是挺敬佩，站在自己的面前，不卑不亢，显出了自己优秀的特种军人素质。

诺日朗说道："你的来意我们已经知道，我们的态度及合作的诚意，请你向你们少校明确地转达。另外，为了人质的健康和安全，我希望能够派人送过去一些人道主义的棉衣和食物。"说罢，诺日朗顺手指了指正飘着雪花的天空。

尼卡拉微微一笑，说道："这也正是我过来谈判的第二个条件。我们需要棉衣。希望能够为我们准备20套，如果你们不希望国王和漂亮的公主被冻死的话。"

诺日朗点了点头，说道："请放心，这个要求，我会考虑的！"

尼卡拉说道："谢谢！我还是希望上尉能够再次考虑一下，我们少校的建议：合作。"

"你们没安好心！跟你们没有什么好合作的！请你们马上放了国王和达娃公主！你们根本就到不了香巴拉！"杰布在一边涨红着脸，着急地嚷嚷开来。

尼卡拉看了看杰布，胸有成竹地笑道："请阁下不必担心！神戒我们一定能够得到，香巴拉也一定能够到达，至于你们……"说到此处，尼卡拉故意停住了话语，言语之间得意扬扬。

诺日朗一怔，心中随即踏实下来，他的这句话也算是提醒了诺日朗，说明他们暂时还没有得到神戒，由此推测，他们不会无端地绑架国王和达娃公主。想必，神戒的秘密掌握在国王或是公主的手中。

杰布冷笑道："你们痴心妄想！你们是得不到神戒的，香巴拉不会欢迎你们这样的人！绑架无辜的老人和少女算什么英雄好汉？"

尼卡拉轻轻一笑，说道："我们不是好汉，我们是雇佣军人！"

诺日朗说道："杰布兄弟，不要冲动，不要和他废话。"

尼卡拉看了看诺日朗说道："上尉阁下，我想我的来意已经说得很清楚了，希望你能够认真考虑。对了，一会儿送棉衣的时候，我希望看到的会是你的这位同伴。"

诺日朗说道："我的建议，我想我刚才也说得很清楚了，请准确转达到你们的少校，希望你们认真考虑。另外，我再郑重提醒一次，不要随意伤害无辜，否则后果自负！"

尼卡拉点了点头，说道："我一定会准确无误地转达阁下的建议。再见！"说罢，那人转身，快步向着神殿走了过去。

那人刚进殿门，侧面的一个窗口便射出了一排子弹，"嗒……"向着诺日朗和杰布二人扫射过来。

谈话的时候，诺日朗早就警觉到了那里悄悄伸出的枪口。诺日朗一把拖着杰布隐蔽到了大树后面。

"嗒……"隐蔽在另一棵大树后面的格桑平措还击了一梭子。

诺日朗低低地喊道："格桑，不要乱开枪，你马上到里面找一位喇嘛，想办法搞一批棉衣，神庙里一定有。速度要快！"

"是！"格桑平措麻利地转身离开。

杰布着急地说道："诺日朗大哥，我们现在该怎么办？"

诺日朗安慰着杰布，说道："别着急，急也没用。等待时机。放心，国王和达娃都会没事，他们一个也跑不了！现在我们要做的是，冷静，寻找合适的机会。"

没过多久，格桑平措便领着一位小喇嘛赶了回来。每个人的肩头上背着一大包棉袍。

格桑平措的运气真不错，出去没多久，便遇到了一位小喇嘛，格桑平措熟知藏语，虽然他说的藏语和小喇嘛的藏语有很多的不同，解释了半天总算是解释清楚了。

小喇嘛一听国王和公主被关在神庙，大吃一惊，赶紧领着格桑平措去了仓库，格桑平措撬开了仓库的铜锁，将棉袍包了两大包，一个人拿不了，小喇嘛自告奋勇帮着他一起拿了过来。

诺日朗从中留出几套，分发给了队员们，然后对着神殿中喊话，说是要进去送棉衣。

里面很快回应，可以，不过，一定要刚才尼卡拉指定的人送才行。否则，不保证其他人的安全。

诺日朗很想进去探个究竟，可这又违反行动准则，作为一名指挥官，若是出了不测，不但解决不了问题，反倒容易给其他队员带来更大的麻烦。

诺日朗很不放心地看着杰布，他只是一位十七八岁的大孩子，只是位涉世未深的学生。有些担心他应付不了那些老奸巨滑的特种兵。

杰布拍了拍胸脯，说道："放心吧，诺日朗大哥。"

杰布刚走出几步，扎巴紧紧地跟在了他的身后，诺日朗见状，心中一怔，赶紧把杰布喊了回来，他让杰布最好别带上扎巴。诺日朗很是担心，万一扎巴看到主人受辱，一时冲动，说不准，会给杰布带来更大的麻烦。

杰布犹豫片刻，答应了，拍着扎巴的脑袋，反复地和它说了半天，也不知道扎巴到底有没有听懂主人的话，扎巴还是乖乖地留了下来，怔怔的眼神一直盯着杰布走进神殿的大门。

将棉衣送进去不久，马强和吕哲也顺着枪声气喘吁吁地赶了过来。

马强一听说杰布进去送棉衣了，很是着急，连声责备诺日朗："怎么能让一个孩子去送棉衣呢？"

格桑平措不服气地说道："这是他们提出的要求。你也是位特种战士出身，稍微动点脑子就能明白，他们为什么要让杰布进去送！"

马强想了想，也是这么回事，这个队伍中，杰布的格斗实力最弱，他正要往神殿里面冲，诺日朗拉住了他。

格桑平措冷笑道："不怕死就往里冲吧！"

马强说道："死倒是不怕，怕的是我死了，老老小小的没了依靠。成，听你们的！赶紧想办法，我马强全力配合，别在这干耗着，急人！"

诺日朗说："我也想马上冲进去和他们大干一场，又能怎么样？有助于解决问题吗？不管怎么样，也要等杰布出来再说。里面到底是什么情况，杰布出来就知道了。你不是一向很冷静、很理智、很关心杰布安危的吗？怎么这会儿倒冲动起来，不管杰布的死活了？真要是有心关心杰布，就老老实实候着！"

马强无言，点起了香烟。

诺日朗见衣着单薄的马强坐在雪地上抽着闷烟，便又客气地让小喇嘛领着格桑平措再去拿几套棉衣，他寻思着，要不了多久，钱教授和梅青也会赶过来。

杰布背着一大包棉衣刚进神殿，便被两支冲锋枪顶住了脑袋，神殿的大门再次关了起来。

其中一人先是快速地在杰布的周身仔细地搜查一番，另一人一把从杰布的肩头抢下包来，麻利地打开，从中拿出了两件喇嘛棉袍，一人一件穿了起来，显然，他们早已耐不住寒冷。

杰布倒也不惧，随着他们快步进了内殿。神殿内立着许多诡异的神像，杰布却是无心再留意这些，搁在平时，准会细细地研究一番。此刻，满脑子装着的怕也只是达娃公主了。

"加布！你怎么来啦？"达娃公主远远便看到了杰布，她总是把杰布的名字叫错。达娃公主的语气中既显得激动，又显得兴奋。

杰布也看到了达娃公主，达娃公主正和她的阿爸靠在一起，一副狼狈不堪、可怜兮兮的样子。杰布心头一热，紧接着又是一阵辛酸，衣着单薄的达娃，似乎正在微微地颤抖着，清水一般的鼻涕挂在鼻尖上，脸色苍白，嘴唇青紫，清澈的眼神中透着几分兴奋的光亮，却也显得楚楚动人。

杰布的喉头哽咽着，说不出话来，不管怎么说，达娃公主救过他的命，他将肩头的背包一扔，不顾一切地向着达娃冲了过去。刚冲到近前，扑通一声，杰布脚底一绊，重重地摔到了地上。原来，是一名士兵给杰布使了个绊子。

达娃公主怒道："不许伤害他！否则，你们将什么也得不到！"达娃的胸脯一起一伏，脸色涨得通红，很是气愤的样子。

杰布狼狈地从地上爬起，再次冲到达娃公主近前。

一位三十多岁，冷峻沉稳的中年人，正挎着一支冲锋枪，冲着士兵们摆了摆手，示意他们不要轻举妄动。

这人便是这支队伍的头儿，阿伦德拉少校。这是一位身手不凡、经验丰富、老奸巨滑的特种部队军官，在国际雇佣兵中声名显赫。

"加布，你没事吧？"达娃公主关切地问了一句。

杰布恼怒地瞪了绊他的那人一眼，双目喷火，恨不能立刻扑上前去，撕碎了他。杰布攥了攥拳头，咬了咬牙，还是冷静地克制住了自己。

那人不屑一顾地斜瞄着杰布，很是嚣张。

杰布脱掉了刚穿上不久的棉袍，将身材娇小的达娃紧紧地包裹起来。

木赤国王微笑着，慈祥地看着杰布，一言不发。

阿伦德拉少校皱着眉头，思忖一会儿，好像觉出某个地方不对劲，便走到杰布近前，冷冷地喝道："我们不是要20套棉衣吗？是谁让你带这么少的？"阿伦德拉少校说的是汉语。他觉得奇怪，棉衣的数量刚刚好，其中包括了他们队伍中的一名向导，这人是木赤国王的近侍，是一位被收买了的内奸。

杰布冷冷地答道："诺日朗大哥说，你们不需要20套，这么多刚好够用了！"

阿伦德拉少校低低地用自己的母语自语了一句："诺日朗，果然是名不虚传！"诺日朗对他们人数的准确判断，让他隐隐地产生了不安。诺日朗的大名，他早就听说了。对于中国的驻藏部队，他们早有分析，作为驻藏部队侦察连长的诺日朗，自然名列他们特种部队的军方档案之中。从关角祭坛察觉到自己被一支精干的中国特种部队追踪时起，他便猜测着，很可能是诺日朗带的队伍。因此，他们的行动格外地小心谨慎，再也不敢肆无忌惮地横冲直撞。他很清楚，诺日朗可不是一盏省油的灯，不是那么容易对付的。因此，也不敢做出过激的事情激怒这位强悍的雪山豹子。

这是一座奇特诡秘的神殿，和常规的神殿很不相同，一座白色的大理石祭台上方，没有供着神像，却高高地托起一张温润洁白的白玉方台，上面扣着一座拱形的晶莹剔透的水晶罩子。罩子中空空如也，什么也没有。祭台的四周林立着一些面目怪异、神色狰狞的高大神像，有的手中拿着武器，似乎在守卫着祭台。

阿伦德拉少校走到了木赤国王的身边，两只如毒蛇般的三角眼冷冷地瞪着他，说道："说，神戒到底藏在哪里？"

木赤国王淡淡一笑，说道："我早就说过了，那只是一个传说，世间根本就没有什么神戒，香巴拉只是藏在我们心中的希望，没有人可以真正地走到那里！"

杰布守护在达娃公主的身边，听了他们的对话，很快明白过来，他们绑架木赤国王和达娃公主，真正目的就是得到神戒，这原本也是情理之中的事情，不难猜想。说不定，这个神殿便是曾经供奉着神戒的地方。

"你是一位智慧的国王，我想你能够看出，我的忍耐已经到了极限。

如果还不说出来的话，我想，你会知道后果。"阿伦德拉少校的眼睛中闪出了凶狠的火焰，鼓起的腮帮，可以看出，他咬紧了牙齿。

木赤国王却不答话，目光在周围的神像上面逡巡着，双唇微微动着，似乎在默默祈祷众神的佑护。

阿伦德拉少校慢慢地将手枪顶在了达娃公主的太阳穴上。

杰布见状大喝一声："不许你伤害她！"说罢，便要扑向阿伦德拉，两名士兵却死死地拉住杰布，将他的双手拧到背后，拧得杰布的肩膀关节很是疼痛。

阿伦德拉紧盯着木赤国王，一字一句地说道："这支枪的威力，我想你在竹林中已经见识过了，如果你不想失去这位美丽的公主、魏摩隆仁未来的女王，我建议你交出神戒吧！"

木赤国王的神色一变，眼睛中闪出了火焰，愤怒地瞪着阿伦德拉少校，显然，对他卑鄙的行为很是不满，却又显得无可奈何。

"神戒是天神赐予魏摩隆仁的吉祥，你们休想得到神戒！阿爸，不要告诉他们！"达娃公主愤怒地喝道。

阿伦德拉少校一言不发，收起手枪，"啪"地顺手在达娃公主的脸上扇了一巴掌。

达娃公主苍白的脸上留下了几道清晰的红色指印。霎时，达娃公主愤怒的眼睛似是溢满了委屈的泪水，随时便要夺眶而出的样子，瞪着眼睛，挣扎着，喊道："魔鬼！我要杀了你！"若不是她被身后两名士兵死死地拉住，马上便要扑向阿伦德拉，和他拼个你死我活。

杰布大怒，顾不得疼痛，猛地一发力，挣脱了身后的两名士兵，像一只敏捷的豹子，扑向了阿伦德拉少校。抡起拳头，便砸向了阿伦德拉的面庞，阿伦德拉猝不及防，他没想到杰布竟然能够挣开他手下两名强壮的士兵。

杰布的一拳结结实实地砸在了阿伦德拉的鼻梁上，阿伦德拉下意识地顶起膝盖，恰好顶在了杰布的小腹上。杰布痛得捂住小腹弯下腰来。

瞬间，鲜血顺着阿伦德拉的鼻孔流了出来，眼泪也顺着他的眼眶，挂到了面颊上。

阿伦德拉顺手抹了一把鼻孔间的鲜血，恼羞成怒地猛一挥手，顿时，

两名士兵冲向了杰布，一阵暴风骤雨般的拳打脚踢。可怜的小杰布哪里受过这番苦头？

"畜生！魔鬼！你们会下地狱的！"达娃公主急得大喊大叫，心疼的泪水顺着她的脸庞流了下来，一滴一滴地滑落到胸前的衣襟上。

"放开他！否则，你们永远休想得到神戒！"木赤国王冷冷地一声低吼，声音不大，一字一句如惊雷一般。

阿伦德拉少校冲着暴打杰布的士兵摆了摆手。两位士兵终于停了下来。

杰布低低地呻吟几声，慢慢挣扎着站了起来，他轻轻地擦了擦嘴角的鲜血，喘息着，一言不发。

"加布！你没事吧？"达娃公主哽咽着喉头，喊道。

阿伦德拉面带微笑，盯着木赤国王，说道："终于想明白了？说！神戒到底藏在哪里？"

木赤国王长叹一口气，关切地看了看杰布，又爱怜地看着达娃公主，似是在征求达娃公主的意见，到底说还是不说？

阿伦德拉的几位手下，接二连三地吼道："说！老家伙，神戒到底藏在哪里？"

"快交出神戒！"

"要是不说，先要了两个小崽子的命！再灭了你这个老家伙！"

达娃公主急道："阿爸，千万不要告诉他们！如果你交给他们，神灵会谴责你的！他们是魔鬼，一定会遭受神灵的诅咒！"

木赤国王说道："放心吧！我的孩子！他们是永远得不到神戒的！"

"智慧的大王，他们是天神的使者，为了您和公主的生命，您还是把神戒交出来吧！"一直躲在一边的一位年轻人开了口。

"你给我闭嘴！你这个内奸，魏摩隆仁的耻辱！你背叛了天神，背叛了伟大的魏摩隆仁，你会遭受天神的诅咒和惩罚！"木赤国王怒道。

那人似是十分惧怕威严的国王，不再言语，惊恐不安，悻悻地退到了一边。那人正是一名曾经很受木赤国王信任的侍卫，便是他为黑鲨雇佣军领的路。

阿伦德拉奸笑道："世界上所有的诱惑加到一起，也比不过神秘的香巴拉，他也想和我们一起到那个人人向往的地方看一看，从此得到永生！

我看你还是交出神戒吧，我以一位军人的荣誉起誓：只要交出神戒，我不但放过你们，还会把你们一起带到香巴拉，这座供奉神戒的殿堂里所有的人，我都会把你们带过去！我发誓！"

听着阿伦德拉的慷慨陈词，他的士兵们眼睛中放出了期盼的光芒。

"休想——"杰布一声大喝，如同一只下山的猛虎，向着阿伦德拉猛扑了过去。喘息了半天，杰布终于缓过了几分精气神。原本看着他的两名士兵，一通狂揍之后，早已把他当成了一只受伤的病猫，不再理会他，注意力也集中到了木赤国王和阿伦德拉少校的对话中。

阿伦德拉的注意力也放在了木赤国王的身上，没想到杰布居然还有能力攻击他。"啪"，先是他的下巴挨了杰布一拳，随即，杰布的另一只拳头打在了他的小腹上，紧接着，被杰布一脚踹倒在地。正要踢出第二脚，却被倒地的阿伦德拉快捷的双脚重重地踹到了小腹上，杰布控制不住地踉跄着向后退了几步，肩膀上重重地又挨了一个枪托的重砸。密集的拳头砸向了杰布。

杰布愤怒得如同一只发威的狮子，也没有什么章法，伸开拳头和双脚，胡乱地向四周不停地反击着！

只可惜，杰布毕竟没有受过训练，力量、速度和技巧无从谈起，靠的是心中压抑着的愤怒和不满，为了维护自己的尊严，为了讨回所遭受的凌辱，或者说是为了一个男子汉的荣誉，在瞬间爆发出了强大的勇气和力量。

很快，杰布便被打倒在地，这一次经受的暴打，远远地超出了方才的那一顿。

杰布在地上痛苦地翻滚着，挣扎着。打了一会儿，一名士兵抓住他的衣服，将他从地上拎起来，对着小腹便是一拳，然后一脚又将杰布踢倒，另一位士兵又将杰布从地上拉起，又是一脚踢倒。

达娃公主心疼得嘤嘤地哭了起来，一边哭着一边哽咽着说道："阿爸，加布会被他们打死的，快救救加布。"

"可怜的孩子！天神会佑护你的平安的！"木赤国王闭上了眼睛，不忍目睹杰布的惨状。

不时地"刺啦"一声，暴打中，杰布的衣服被他们一次又一次扯碎。突然间，杰布再次摔倒之时，一个精美的荷包从他的怀中飞了出来，落到

了几米远的地上。杰布似是感觉到了，不顾一切地扑向那个荷包。

恰在此时，木赤国王终于怒吼一声："住手！"

暴打杰布的士兵被惊得愣住了。

阿伦德拉早已站起身来，恼羞成怒地盯着被暴打的杰布，不时地冷笑着。听到木赤国王的怒吼，他冲着手下的士兵摆了摆手，示意他们，到此为止。

可怜的杰布总算扑到了那个荷包，趴在地上，用手轻轻地擦着上面的灰尘。

这一切，达娃公主看在眼里，既是高兴，又是心酸，高兴的是杰布似乎十分在意她送的礼物，荷包是她早已过世的母亲留给她的，这里面装着她阿爸送她的护身符，很小就挂在达娃公主的脖颈上。那天她的师父将杰布救醒之后，她便将这个一直视若珍宝的荷包送给了杰布，她向神灵祈祷，希望里面的护身符一样能够佑护英俊可爱的杰布，一生平安吉祥！

见到荷包，木赤国王脸色一变，神情一怔，随即很快恢复了平静，静静地盯着达娃，轻声问道："是你送他的？我的孩子。"

达娃含着眼泪，羞涩地点了点头，随即腼腆地回了一句："加布将他的天华送给了我。"藏人传说中，天华指的是藏天珠。

阿伦德拉看在眼里，木赤国王方才看到荷包时，脸庞上惊诧复杂的表情，虽然一闪而逝，却还是被这只狡猾的老狐狸捕捉到了。阿伦德拉眨了眨眼睛，诡异地一笑，走到杰布近前，一只脚用力地踩住了杰布的脑袋，将杰布踩得无法挣扎。随即，一弯腰，从杰布毫无防备的手中抢走了荷包。

达娃公主着急地大声喊道："不许你碰！那是我送给加布的护身符！"

阿伦德拉毫不理会，拿起荷包的时候，眼神一直在偷偷地观察着木赤国王。

木赤国王的神情果然是为之大变，但是随即又恢复正常，装作若无其事的样子。

阿伦德拉狡黠一笑，心中明白了，这里面一定藏着古怪。他先让士兵将杰布捆绑到一根柱子上，然后，拿着荷包走到一边。

杰布在绳索中挣扎着，大声吼道："不许你碰！还给我！"一支冲锋

藏地奇兵

枪的枪口顶在了他的太阳穴上。

阿伦德拉故意地将荷包举到眼前，耐心地端详着，似乎从中看到了玄机。

木赤国王、达娃公主、杰布紧张地盯着他，不知他到底要拿着荷包做什么？他的手下也疑惑不解地看着他，不知他葫芦里卖的什么药。

看了一会儿，阿伦德拉麻利地从后腰间拿出匕首，用锋利的匕首尖端猛地从荷包一侧挑出了一个小口，然后，将匕首尖端插入荷包，猛地一挑，荷包被划开来，分开断口，阿伦德拉伸出指头，从里面拿出了一枚戒指。他的双手颤抖着，眼睛中闪出兴奋的光芒，紧紧地盯着那枚戒指，捏着戒指的手，高高地举了起来，得意地哈哈大笑起来。

木赤国王痛苦地闭上了眼睛。

达娃公主惊得眼睛瞪得大大的，忘记了说话。

杰布皱起了眉头，目瞪口呆地盯着神戒，他万万没想到，神戒居然藏在达娃公主送给自己的荷包之中！杰布吃惊得说不出话来。

所有的人在一瞬间似是停止了呼吸，一动不动，惊愕地盯着阿伦德拉手中的神戒。

没错，正是辛饶米沃的神戒！传说中，辛饶米沃从中射出了一只神奇的箭，在神秘的香巴拉王国和美丽的世界之间打开了一条神秘的通道，他顺着这条通道到了象雄开始传教。传说中，拥有它，便可以获得神秘的力量，穿越箭道，到达人人梦寐以求的香巴拉王国。

这枚神秘的戒指，从其形状上看，似乎戴在一只粗壮的大拇指上才会合适。白色的象牙底托泛着淡淡的暗黄，散发着岁月的沧桑，看上去，是如此的美丽；硕大的宝石戒面，隐隐折射着五彩炫目的光芒，让人觉出几分诡异的寒意。

阿伦德拉的一位手下，走到了他的附近，面对着神戒，虔诚地跪拜下来，脸庞上挂着激动的泪水，喃喃地低声自语，似是在念诵着祈福的经文。这便是黑鲨雇佣军的随行巫师了。紧接着，国王的近侍，那名内奸也走了过去，虔诚地面对着神戒跪拜下来。阿伦德拉的其中几位手下，也跟着跪拜下来。

"阿爸，神戒怎么会在我的荷包里？"达娃公主回过神来，诧异地问道。

"天意！自从能干的信使告诉我说，魔鬼进入我们的领地，我便得到天神的启示，他们一定是为香巴拉而来，我不能让他们的阴谋得逞，我必须把神戒隐藏到一个不为人知的地方，因此，因此……"说到这里，木赤国王长叹一口气，沮丧地低下了脑袋。

杰布一下子明白过来，因此，国王将达娃公主随身携带的护身符，换成了神戒。一来，是有效地隐藏了神戒；二来，是为达娃公主赋予了法力更加强大的护身符。却未曾想，阴差阳错，达娃公主将她的荷包送给了自己，而自己却没能守护好，一时的冲动和鲁莽，丢失了荷包，让他们得到了神戒。想通了此中关系，杰布不禁心中懊恼，暗暗地骂着自己：杰布啊杰布，难怪马大哥总是把你当成一个毛头大孩子，你太没用了！真是蠢笨之极！

杰布羞愧地对达娃公主说道："达娃，都是我不好。"

达娃轻轻一笑，说道："加布，这不是你的错。阿爸说，天神早已安排好了世间的一切。我想，天神之所以如此安排，肯定是有他神秘的用意。我相信万能的天神、守护着世间正义和充满智慧的天神，最终会惩罚这些凶狠的魔鬼！"说罢，达娃冲着那些人瞪了一眼。

当达娃公主的目光转移到阿伦德拉的身上之时，猛然地，她吃惊地瞪大了眼睛。

杰布的目光一直停留在达娃美丽的脸庞上，对于一位情窦初开、跌入爱河的大男孩来说，没有什么力量和诱惑再能比得过他心中那份美丽而神圣的爱情。看到达娃惊异的眼神，他赶紧将目光转向阿伦德拉。

木赤国王闭着眼睛，低下脑袋喃喃自语，他在向天神责问："无所不能的天神啊，为什么？为什么会这样？智慧的天神啊，请用你无边的法力，阻止凶恶的魔鬼吧！"

阿伦德拉和巫师已经站到了一起，他的所有士兵一个接着一个，顺次排开，如同孩子们玩的老鹰捉小鸡的游戏，后面的人双手搭在前面之人的肩膀上。魏摩隆仁的内奸，也凑在了他们的身后，学着他们的样子。巫师已经将神戒戴到了他的右手大拇指上，高高地举了起来，低低地念起了咒语。他们每个人的脸庞上神色凝重，眼睛中透着兴奋的光芒。

杰布一下子明白了，他们的巫师一定懂得使用神戒开启箭道的方法！

他的大脑中霎时一片混乱，不停地在心中暗暗地大声喊叫着：为什么会这样？为什么是这样的结果？他们历经艰险到了这里，就是为了得到神戒去圣洁的香巴拉看一看，看一看神秘的香巴拉、梦想中的天堂究竟是怎样的地方？那里藏着未来之书，那里藏着人们的期盼和守望。

巫师念动咒语的声音越来越高，阿伦德拉和他的士兵们，也在低声地跟着念动，不时地呼喝着："嗦！嗦！嗦！"他们的周围泛起了淡淡的、若隐若现的迷雾，氤氲的迷雾萦绕在每一个人的身侧。

杰布的心中黯然神伤，为了香巴拉，自己的兄弟、自己的同胞、勇敢的索朗占堆猎人，在艰难的路途中为了拯救自己，而丢掉了生命。到头来，居然让这群心怀叵测的魔鬼轻易之间便得到了神戒。自己真是没用啊，竟然想不出办法来阻止他们，要是马强大哥和诺日朗大哥在，他们一定会有办法。突然之间，想到了马强和诺日朗，杰布禁不住大声喝叫起来："马大哥——诺日朗大哥——马大哥——诺日朗大哥——"洪亮的声音穿透冰冷的空气，远远地传了出去。

围绕在阿伦德拉和他的士兵们身侧的迷雾渐渐地多了起来，慢慢地开始旋转，渐渐地加快，越来越快。他们的头顶上空如同旋起了一条通天的白龙，一直通到高大的神殿房顶。隐约之间，神殿之中似乎响起了很多喇嘛的低声诵经之声，让人迷乱的内心无法去分辨，这究竟是幻觉还是真有人在诵经。

"咚咚……"突然之间，香巴拉王国神鼓的声音似是跟着响了起来，声音低沉，连绵不断，似是透着无奈和哀伤。

"杰布——杰布兄弟——"马强人未到，焦急的大喊声先传了过来。

随着一阵杂乱的脚步声，早已等得心焦、手足无措的一群人冲了进来。

冲在最前面的是扎巴，后面紧跟着马强，马强扫了一眼，基本判断出了内殿的形势，不管三七二十一，奔跑之中，端起冲锋枪对着旋转的迷雾就是一梭子扫射。

"嗒……"巨大的声音，在这座神圣的殿堂内回响起来。

就在这一梭子之间，迷雾突然地消失，黑鲨雇佣军的人全部不见了踪影，那名充当内奸的国王内侍，却是双手捂着满是弹痕的胸膛，瞪大了眼睛，慢慢地倒在了地上，倒地的那刻，他绝望的双眼最后看了一眼仁慈的国王，

眼神中留下了痛苦和羞愤的光芒。或许，在他生命的最后这一刻，他为自己背叛了国王帮助了魔鬼而感到悔恨和羞愧。或许，在神灵的心目中，像他这样的人，根本就没有资格涉足香巴拉，只能永远沉沦在地狱之中。

迷雾消失的最后刹那，马强看得真切，他也搞不清到底是怎么回事，赶紧冲到鼻青脸肿的杰布身边，"兄弟，到底怎么回事？我早就想冲进来，诺日朗那个家伙死活拦着我。"

诺日朗和他的勇士们紧跟着冲了过来，他们没有忙着解绳索，分散开来，在内殿警觉地快速搜索起来。

杰布一言不发，双眼发呆，木然地立着，不停地喃喃自言自语着："为什么会这样？为什么会是这样的结果？"

马强解开了国王的绳索，正在帮着达娃公主解绳索时，钱教授、梅青、巴拉王带着几名强壮的士兵也冲了进来。

钱教授和梅青急切地冲到杰布近前，问长问短。就在杰布进入神殿之时，钱教授和梅青以及巴拉王带着士兵们也顺着枪声找了过来。

一见到木赤国王，巴拉王所带的士兵们齐刷刷地跪拜下来。杰尔法师跪在了士兵的前面，巴拉王三步两步冲到国王近前，跪倒在他的脚底下，巴拉王流着泪，不时地亲吻着木赤国王的靴子。他为尊敬的国王能够安然无恙而感到庆幸，感到激动。

"尊敬的大王，在您的威严之下，叛乱的士兵已经全部铲除，被魔鬼吸走灵魂的桑嘎多已经下了地狱！"巴拉王哽咽着，向国王汇报着战果。

智慧的木赤国王早已觉察到桑嘎多王的叛乱之心，悄悄地安排几位部落首领埋下伏兵，巴拉王是他最信任的人，自然是冲锋在前。只是，他没有估计到，那些恶魔的使者会是如此狡猾，居然找到了自己隐秘的修身之处，还绑架了自己。木赤国王抚摸着巴拉王的脑袋，和气地说道："起来吧，我的勇士，你会获得最好的吉祥和福报！天神会赐予你和你的勇士们永恒的力量和吉祥！"

"大王——大王——"又一个高声而又着急的声音传到了近前。随着一阵粗重杂乱的脚步声，木赤国王的侍卫头领风尘仆仆地冲了过来。

此时，神殿外面已经站满了武士，整个神庙已经被王城赶来的士兵和巴拉王带来的士兵紧紧地包围着。他们一直在守卫着王城，听说神庙这边出了麻烦，便赶紧赶了过来。

国王的侍卫头领见到国王没事，顿时安下心来，他顾不上擦去脸上的灰尘和汗水，赶紧向着木赤国王跪倒行礼，行礼之间不停地喘着粗气，看得出，他是一路急赶而来。"尊敬的大王，这座神圣的殿堂已经留下了魔鬼的脚印，请你和公主一起赶到您舒适的宫殿中去吧，您忠诚善良的臣民们正牵挂着您！"

国王的神色已经好了很多，苍老的面庞上显得很平静，再也看不出一点的慌乱和沮丧。他走到侍卫头领的近前，扶起了他，然后，对着所有跪在地上的人说道："我忠诚的勇士们，都起来吧。天神会赐予你们永恒的吉祥和福报！"

所有的士兵们异口同声，低低地呼喝一声："嗦！"

站起身来的侍卫头领征求的目光一直在等待着国王的命令。

国王看着他，微笑着说道："我要在这里召见我尊贵的客人们，你们先下去。"

侍卫头领迟疑着，不放心地看了看神殿中的杰布等人，随即躬身行礼，答道："是！大王！"说罢，他向着士兵们挥了挥手，士兵们很有秩序地退下。内奸的尸体也被两名士兵顺带着抬了出去。

侍卫头领和几名精干的侍卫留了下来，巴拉王和杰尔法师也留在了殿中，安静地退到一旁，随时等候着国王的谕示。

见国王处理好了他们的内务私事，钱教授领着诺日朗等人微笑着，走到近前，一起躬身向木赤国王行礼。

钱教授笑道："尊敬的王，祝您永远吉祥如意，身体健康！"

此时，达娃公主无所顾忌地冲到国王近前，扑到了他的肩膀上，嘤嘤地又哭了几声，显得娇柔又淘气的样子。

国王搂着达娃公主，爱怜地轻轻拍打着她，对着钱教授等人说道："勇敢善良的客人，雪山之外的雄鹰，你们的到来如同太阳照进魏摩隆仁的光芒。天神会赐予你们吉祥和福报！"木赤国王说的是汉语。虽有些生硬，不标准，却也流畅，让人听得明白。

"尊敬的国王，想不到您的汉话说得如此流利！"虽然小喇嘛曾经告诉钱教授，他们的汉话都是达娃公主教的，达娃公主是和她神秘的师父所

学，钱教授还是忍不住再次提起。

国王神色微微一怔，随即明白过来，说道："达娃的师父说，这是一门古老而美丽的语言，终有一天，这门语言会领着我们魏摩隆仁的臣民们走进众神的殿堂，沐浴东方的曙光。"提起了达娃公主的师父，木赤国王的神情变得有些兴奋，眼神中透出了光亮，"达娃公主的师父智慧超群，无所不能，他能够洞悉过去，看到未来，我想他是天神派来的使者，他要启迪魏摩隆仁的众生。"

"是啊！我的师父非常厉害，他掌握着世间各种各样的语言，加布就是他救活的。"达娃公主情绪好了很多，自豪地向着众人补充道。

杰布努力地调整好了情绪，走到了钱教授的身旁，说道："是啊！那位老人家真的非常了不起……"

马强早已是急不可耐，打断了他们的话语，"我说，大王，钱教授，杰布兄弟，咱先别扯这些没用的，废话连篇，刚才到底怎么回事啊？那些人呢？突然之间跑哪去了？刚才那条白龙到底是怎么回事？"马强再也沉不住气，心中一连串的疑问，像一只只狂奔的老猫，在他的胸膛中来回蹿腾着。

钱教授皱起眉头，对马强说道："有时候你的性格很冷静，有时候又猴急猴急的，不管发生了什么事情，总得慢慢来，有个过程，一句一句说出来嘛！"

诺日朗的心中却在思索着，究竟发生了什么？那些人到哪去了？

木赤国王看着马强，呵呵一笑，说道："平地不会刮起无故的狂风，天空不会堆起没缘由的乌云。不要着急，我勇敢的孩子。坐下来，慢慢说。"国王说完，顺手指了指地上。

他们说话之间，早有几位手脚麻利的小喇嘛，在神殿的空地上铺上了崭新厚厚的地毯。地毯周围架起了几个火盆，火盆中光亮的木炭烧得正旺。

神殿之内一团和气，早已没有了恐惧和紧张，已是一片融融的暖意。

木赤国王盘腿坐到了地毯上，随即再次伸手示意众人落座。达娃公主拉着杰布的胳膊坐到了国王的右侧，巴拉王坐到了木赤国王的左侧，钱教授、马强、诺日朗犹豫片刻，跟着也围坐下来，梅青挤到了马强的身边。

其他人立在一边，不时好奇地看着神殿中的神像和墙壁上美丽的壁画。

　　"杰布兄弟，刚才到底是怎么回事啊？我早就想冲进来了，可是诺日朗死活不同意。"马强最先发了言。

　　钱教授说道："那也是为了里面的人质的安全。冲动只会带来不好的结果，现在他们三人不是很安全吗？不管怎么样，目的是达到了。杰布，刚才到底发生了什么事情？听到你的喊声，真是急死人了！"

　　杰布伸出拳头，重重地在地毯上打了一拳，气恼地说道："神戒让他们抢走了……"杰布将他们无意中抢到神戒的事情简单地描述了一番。

　　木赤国王长叹一声。

　　一时间，众人久久不语。神殿中本已变暖的空气似是被突如其来的寒冷空气瞬间又凝固住了。

　　猎豹战士们如坠冰窖！数日来的苦苦追踪，眼看着胜利在望之时，却是如此结果！

　　钱教授瞠目结舌，呆若木鸡。

　　马强的脸拉得老长，像是中风般张着嘴巴，耷拉着下巴，呆呆地盯着杰布。

　　怎么会这样？为什么会这样？还有天理吗？还有公道吗？几乎每个人都在心中如此责问着。

　　沉默良久，终于，马强伸出拳头，重重擂在了地面上，力量很大，"咚"一声，地面微微一震。马强怒道："那我们不是没戏了吗？"

　　达娃公主看着众人垂头丧气的样子，安慰起众人来，"我师父说，只要不惧天路的艰险，再高的大山也挡不住雄鹰的翅膀！虽然失去了神戒，你们一定会有办法到达香巴拉的！"

　　明知道达娃公主说的是安慰、鼓励的话语，众人的心情还是稍稍地平静了一点。是啊，得再想办法。可是又能想出什么好办法？

　　钱教授不想让这种悲观的情绪持续下去，心中思忖着：罢！罢！罢！既然去不了，干脆死了这份心，在心中留一份梦想和守望未尝不是一件好事，月有阴晴圆缺，人有悲欢离合，世上圆满的事情本就少之又少。为了岔开话题和众人的思绪，钱教授问道："杰布，达娃公主的师父究竟是什么来头？这会儿去了哪里？"

一提起达娃公主的师父，杰布眼前一亮，说道："我也不知道他老人家这会儿去了哪里！一大早就离开了，就是他老人家救的我……"

说到这里，达娃抢着插进话来，"我师父用加布的天华向天神祈祷，天神重新赐予了加布智慧和力量！我师父曾经对我说过，在很久很久以前，在一个象雄地方的神山上，那里白雪皑皑，住着一只三翅大鹏，它拥有着天神的智慧和力量。终有一天，它会驮着一位勇敢的王子翻越雪山，到达他梦想的香巴拉，带走天神的启示，回到他丰饶的土地上传播吉祥。那天，我一见到加布的天华，就想起了师父的话，加布一定就是师父所说的勇敢的王子，师父一定能够救活他！加布就像是天空中的太阳！"

众人恍然大悟，她说加布是天空中的太阳，难怪那天她带走杰布时会说，太阳落山之时，加布会没命的，不同地方的人们总是有着自己独特的信仰和习俗。

听着达娃公主稚气的话语，众人微微一笑，目光齐刷刷地聚到了杰布身上。

杰布很有耐心地听着达娃喋喋不休地说完，接着说道："达娃公主的师父说，那颗天华中隐藏着神秘的力量。"

一向对新鲜事物颇感兴趣的吕哲感慨地说道："据说，藏天珠是外星陨石的产物，科学家从中发现好几种地球没有的元素，戴上真正古老的藏天珠，会让人产生奇怪的感应，或许其中真的存在着人类未知的能量。"

钱教授问道："杰布啊，达娃的师父到底是什么人啊？"达娃师父的身世之谜愈发地激发了钱教授的兴趣。

杰布摇了摇头，说道："我也不知道他究竟是从哪里来，我问过他，他只是微笑不语。昨天吃过晚饭，他便约我下棋。"

诺日朗问道："下棋？下的什么棋？"诺日朗隐隐约约觉得，既然这位老人是如此神秘，绝不会凭白无故地和杰布下棋，其中一定藏着深意。

杰布回道："下的是我们藏地流传、古老的密芒，人们称之为西藏围棋，这种棋和中原的围棋很相似，只是横竖十七道线，比中原围棋少了两根。"

吕哲眼前一亮，说道："我知道这种棋，我见过在我们驻地附近庙里的喇嘛们下过，现在很少人会下了。有人说，这是从中原围棋演变出来的。杰布兄弟，到底是不是这样？"

杰布摇了摇头，说道："不是这样的，虽然二者有许多相同之处，根据考证，西藏围棋和中原围棋没有渊源关系，产生的时间大致相同。西藏围棋源于苯教文化，也是象雄文明的产物之一，已有四千多年的历史，最初用于占卜、发咒，后来逐渐演变成一种游戏。据一些专家考证，佛教围棋是由苯教传入，印度围棋也是从西藏引进。小时候，阿爸教过我。昨天和达娃师父虽是下了一夜的棋，我心中一直隐隐地觉得，达娃师父似乎是在点化我什么道理。"说到此处，杰布的眼睛变得茫然起来，呆呆地盯着神殿内温润的白玉祭台，似乎在思索着什么。

钱教授疑惑地问道："点化你什么了？达娃师父点化你什么了？"

杰布一脸地茫然，似乎有一团乱麻缠住了他的思路，面无表情地摇了摇头。

达娃公主伸出手来，调皮地在杰布的脑袋上轻轻拍了一下，笑道："别想啦，再想就想傻啦！"

杰布猛地回过神来，腼腆地笑了笑。

众人跟着轻轻笑了笑，都觉得这位达娃公主美丽活泼，清纯可爱。

木赤国王微笑着，说道："尝闻象雄乃世间古老而伟大的王国，却又如尘埃般烟消云散。唉，天下之事，兴亡盛衰，得失之间，自有其天数！曾有象雄王国的人们，觅到了幽径，进入魏摩隆仁这片神圣的土地，分散到了十八个部落之中，或许，这也是天神的旨意。"

钱教授跟着长叹一声，怅然若失地说道："是啊！一点没错！天下之事，兴亡盛衰，得失之间，自有其天数！"

马强说道："唉！可惜呀可惜！只可惜了神戒，阴差阳错已经到了杰布兄弟的手中，却不料又得而复失。我们千辛万苦走到这里，没想到离香巴拉一步之遥的时候，却又功亏一篑！尊敬的国王陛下，你说香巴拉到底是不是真的存在着？到底是怎样的一个地方？你掌管着神戒，一定去过，就给我们说说吧。即使我们到不了，总算也能知道一下香巴拉。"马强又开始为没有得到神戒而耿耿于怀。

达娃公主笑道："虽然阿爸掌管着神戒，但是如何通过神戒到达香巴拉，阿爸也不知。"

马强惊异地说道："不是说，有了神戒就可以穿越箭道，穿越箭道就

可以到达香巴拉的吗？"

木赤国王说道："曾经有幸与达娃师父谈起过关于箭道之事，达娃师父说，所谓的箭道，原本是无处不在，无缘之人只是不觉，他们的智慧不足以打开箭道之门。"

杰布一怔，说道："我明白了，我明白了！所谓的箭道，原本就是无处不在，只有你获得了足够的智慧和能量，便会如同跨越时空，瞬间到达梦想中的香巴拉。不知道，我理解的是不是这个意思？"

钱教授点了点头，若有所思地说道："所有美丽的传说中，原本就存在着一些靠不住的因素，大多是人为地加入了一些猜想或是憧憬。杰布说的很有道理，圣洁的香巴拉，其实离我们每个人的身边只有一步之遥，而对于我们来说，却是那么遥不可及，始终寻不到她的踪迹。香巴拉啊香巴拉，为什么你要留给我们如此多的未知？竟然连一本记载你的经书也不让我老人家看个明白？"

想到这里，钱教授站起身来，走向他放在一边的背包。里面放着那古老的《雍仲古经》，杰布阿爸掘藏而得，里面用难解的象雄文字记载着香巴拉的秘密。钱教授想着，或许这位奇特的部落之王能够看懂其中的文字，尽管去不了香巴拉，也会让他不虚此行。

听了钱教授所言，众人不由得四处看了看，疑惑着，难道香巴拉真的就在身边？

神殿还是这座神殿，众人还是此般众人。

吕哲一拍脑袋，说道："或许神戒之中和杰布的藏天珠相似，隐藏着神秘的力量！这种能量可以为人们打开箭道之门，国王却是不知道激发这种能量的方法。黑鲨所带的巫师肯定找到了这种方法，所以他们才会三番五次地打起香巴拉王国神鼓的主意。"

杰布说道："一定是了！虽然很多东西用现代的科学无法解释，但是，不可否认，世间确实存在着一些神秘的力量，科学上暂时不能解释，不代表永远不能解释，终有一天，会一一解开这些困扰着我们的谜团。我们也不能因为一些无法解释，而否定了它们。"

马强失望地苦笑道："唉，说什么也没用啦，即便以后能够解释，那也是后代子孙的事情。看样子，我这辈子是去不了香巴拉啦！明天我就回，先到巴拉部落去，去找找那里的金矿，也不算白来一趟。正好，巴拉王也在，咱先说好，我去找金矿，你可不能拦着，得帮我一把。"说罢，马强看了巴拉王一眼。

巴拉王笑了笑，然后诚恳地点了点头。

马强和梅青一起，开心地笑了起来。

说着话间，钱教授拿回了那本经书，坐到了地毯上，顺手翻了翻，一副怅然若失又无可奈何的样子。钱教授一边慢慢翻着一边说道："杰布啊杰布，你看看，你看看，其实这里面就藏着香巴拉的秘密，为什么我就是一直看不明白？"

杰布笑道："我相信，终有一天这些谜团都会大白于天下，这本经书也是一样。"

木赤国王看到了钱教授手中的经书，听着他们的对答，大致明白了他们说的意思，微笑着冲着钱教授的经书招了招手，意思很明显，他想看看这本经书。

其实，钱教授故意拿出经书引起木赤国王的注意，他想着，若是直接开口恳求的话，怕是这位国王不会轻易答应，于是低头翻动着这本他不明白的神秘经书。装作没有见到木赤国王的动作。

身边的诺日朗推了一把钱教授。钱教授一抬头，看到了木赤国王的手势，赶紧双手捧着经书递了过去。

木赤国王打开了经书的第一页，看了一会儿，又翻了一页，皱起了眉头。众人疑惑不解地盯着他，不知道他有没有看懂，或是看明白了里面的大致内容，正在为少数难解的地方思索？

钱教授的心咚咚跳了起来，他寻思着，这位智慧的老人、博学的国王一定是认得书中的文字，否则不会如此。

国王一直目不转睛地翻着书页，时而眉头紧蹙，时而面带笑容，看着木赤国王的神态，众人多少有些明白，这位国王一定是从书中发现了一些玄机。

看着看着，木赤国王突然之间似乎显得有些激动起来，甚至于捧着经书的双手竟也有些微微颤抖，他的呼吸显得有些急促起来，脸色微微泛红，眼睛中似乎是在陡然间点燃了两道曙光，口中低低地重复着一句话，自言

自语，没人听得懂他在说什么。

　　静静地坐了半天，梅青一直没有插话，在这种场合，她也明白，轮不上她说话的份，早就显得有些不耐烦，见到大家一齐呆呆地盯着国王，便说道："国王一定是看懂了经书，连一大堆专家头衔的钱教授也看不懂，看来，还是达娃妹妹的阿爸学识高出一筹。"

　　"不插嘴会憋死你啊？光腚推磨——转圈丢人！不管走到哪儿，就没你不爱掺和的。"马强奚落起梅青来。

　　"讨厌！"梅开打了马强一拳，经常冷不丁地挨上马强几句，她早已习惯，早已懒得和马强计较。她知道，计较也是白搭。

　　众人笑了笑，气氛一下变得轻松了一些。

　　达娃公主对马强的话似是有些疑惑不解，悄悄地问杰布："加布，什么是光腚推磨啊？"

　　杰布笑了笑，想了一会儿，说道："以后再慢慢跟你解释。对了，你阿爸一定是看懂了经书，他刚才在说什么？"

　　达娃公主笑了笑，说道："阿爸刚才说，可以飞越箭道了，可以飞越箭道了！"

　　达娃公主的话语虽是轻描淡写，却是让所有听明白的人大吃一惊！

　　"是真的吗？"诺日朗急急地问了一句，一向平稳的内心禁不住咚咚跳了起来。

　　"到底怎么回事？你阿爸想出了什么好办法？"马强问道。

　　钱教授紧张地盯着木赤国王。

　　终于，木赤国王抬起头来，微笑着，说道："这本经书中记载着香巴拉的秘密，也记载了打开箭道之门的方法。你们可以去香巴拉了，这是神灵留给勇敢者的启示！"

　　听了木赤国王之言，众人先是默然不语，奇怪地互相看了看，突然之间，众人齐声欢呼起来，"哦——"每个人的脸上登时扬起了巨大的兴奋。真是一个激动人心的消息。

　　立在一边的吕哲，在神殿内的空地上接连做了几个空翻。

　　马强从地上一骨碌站起身来，双手将梅青拦腰抱起，用力地向上抛起，接住，再抛起。接连做了好几次。

众人兴奋得你一言我一语，他们甚至都不知道自己在说什么，一时间，神殿内的气氛热烈如火，火热如夏。

杰布却呆呆地坐着，一言不发，一反常态，他应该比每个人都感到高兴才对。此时，他的心中反倒冷静了许多，仿佛这是情理之中的事情，自从踏上寻找香巴拉之路，他就隐隐地觉得，一定能够找到香巴拉，为什么会产生这样的潜意识，他也不知道，如果真要他去回答这个问题，他也说不清，他也会很奇怪。

钱教授心中思索着，这位木赤国王能够看懂古老的象雄文字，不应该觉得这是一件奇怪的事情，他的名字"木赤"本身就是一个地地道道的象雄名字，根据钱教授的研究，在古老的象雄语中，"木"字意为"天"，"赤"字意为"神"，那个竹林德吾中的"德吾"也包含着一个象雄词汇，意思是"智慧"。整个藏族，不管地位尊卑，每一个姓名都有一定的含义，没有一个不是经过认真考虑而起的一个吉祥、有意义的名称，从来不起没有任何意义的名字。比如，"达娃"指的便是"月亮"，"诺日朗"指的便是"高大的男神"，"杰布"的意思是"王"。杰布的阿爸不是说过吗，杰布是雪山之神赐予他们的一位王子。藏名如此，整个人类的名字又何尝不是如此？

木赤国王和达娃公主等人，乐呵呵地看着这群被他们当作"天神使者"的客人们，他们也是发自内心为这些人感到庆幸。

"我看大家还是先冷静一下。到底怎么去香巴拉？等我们真正到了香巴拉再庆祝也不迟。"诺日朗冷静地说道。诺日朗的心中总算踏实了许多，刚才听说神戒被黑鲨雇佣军的人抢走，他沮丧得似是丢了魂，恼怒得真想找个人揍一顿。冷静之后，心中又开始焦急起来，真不知黑鲨的人此时有没有真的到达香巴拉？

"对啊！还是先请这位伟大的部落之王告诉我们打开箭道的方法！"钱教授跟着说道。

众人渐渐地安静下来，一起围坐到了木赤国王的附近。

木赤国王平静地在众人期待的面庞上扫了一圈，笑道："祖先告诉我们，天神从不会无视虔诚的众生，不会留下亲疏厚薄在世间，千万条大道给了众生，让他们从黑暗走向光明、从死亡走向永生！"说到这里，木赤国王

停住了话语，又看了看众人。

马强急道："智慧的王啊，我看您就别卖关子，到底有什么好办法？您倒是说呀？"

木赤国王说道："古人早有谚语：苦乐、祸福和财富，三者前世命中定。别着急，我的孩子，你们一定能够到达圣洁的香巴拉。经书中说，念动打开箭道的咒语，天神便会赐予无上的智慧和力量，打开时空之门。只是念动这段咒语的人，必须是一位拥有无上的福缘，正直、勇敢、善良，充满智慧，对真理笃信不疑，能够将香巴拉的启示带给众生。"说到这里，木赤国王微笑着将目光投向了杰布。

达娃公主依偎着杰布，说道："肯定只有加布才能够做到啦！"

对此，众人毫不怀疑。

看了看杰布，木赤国王又将目光移向钱教授，皱起眉头，说道："只是，只是打开时空之门，还需要拥有无上力量的圣洁之物！经书中说，需要三翅大鹏的天华……"

"有啊！有啊！加布有啊！"木赤国王的话未说完，达娃公主便打断了他。达娃公主一下子坐正了身体，麻利地从她的脖颈处，将杰布送她的藏天珠，取了下来，双手捧着递给木赤国王，说道："阿爸，你看，这是加布的护身符，三翅大鹏天华，加布说，从小他就一直戴着，神灵早就赐予了加布。"

木赤国王接了过来，双手小心地捧着，一副虔诚的样子，端详了一会儿，说道："没错！这是天神留给世间的希望。天神一直就在指引着人们去寻找正义和真理、幸福和安宁。只是，经书中说除此之外，还需要辛饶米沃的威玛神杖。唉！"说罢，木赤国王的神情显得有些焦虑起来，言下之意，这件东西似乎很难找到。

"杰布兄弟，赶紧把你包中的神杖拿出来让国王老人家开开眼，省得这位老人家把我们当成没见过世面的乡下穷棒子！"马强兴奋地催促道。

杰布正要起身，站在一边的杨立华已经麻利地将杰布的背包递了过来。幸好，在桑吉河中，马强善意的关心保住了杰布的这个背包，要不然，木筏被掀翻的时候，也就会连同诺日朗他们的背包一起，永远地沉入深不见底的桑吉河底。一路上，他们轮换着帮着背了过来。

杰布打开背包，拿出了巴拉部落帮他打造的黄金盒子，双手小心地捧出了里面装着的威玛神杖。

拿出威玛神杖的刹那，坐在一边一直沉默不语的巴拉王和杰尔法师赶紧跪倒，他们一直听不懂国王和众人的对话，也不敢胡乱插言。此刻，见到了他们心中的圣物，激动不已，虔诚跪拜。

见到威玛神杖，连一向威严、智慧的国王也显得激动起来，起身跟着跪拜。看来，威玛神杖在他们心目中的地位至高无上！

激动地跪拜了一会儿，国王坐了下来，平定了一下情绪，双手接过了杰布递给他的威玛神杖。

诺日朗兴奋地说道："箭道大门的钥匙我们已经算是拿到了，该出发了！"

"时不我待！"钱教授激动地说道。

"箭道在哪？这把钥匙怎么用还是个问题！"马强忧虑起来。

众人的目光聚集到了木赤国王的脸庞上。

木赤国王说道："经书中记载，拥有神戒，处处都可以打开箭道之门。没有神戒，凭借神奇的咒语和天神的力量，找到我们魏摩隆仁的雪龙谷，天神在那里留下了一条条自由大道，那里处处都有箭道之门。"

"太好了！我就说嘛，我们一定能够到达香巴拉！"马强激动地说道。

"别打岔！听人家把话说完。"钱教授说道。

木赤国王接着讲了起来，语气显得有些担忧，"可是，据我所知，雪龙谷那里一直有力量强大的雪龙在守护着。"

"是啊，那个雪龙很凶猛的！那里是魏摩隆仁的禁地，没有人敢靠近那个地方！"达娃公主也担忧起来。

听了他们父女之言，众人各自心中一凛，倒吸了一口冷气，关于雪龙，钱教授和诺日朗他们都不陌生。的确，这只雪龙太可怕了。

马强说道："是的，这个家伙太厉害了！我就纳了闷了，这些天一直没有见到雪龙，杰布阿爸不是说过吗？雪龙是魏摩隆仁的保护神，所有进犯魏摩隆仁的人必将遭受它最严酷的惩罚。"

钱教授说道："我也觉得奇怪，这些天为什么一直没有见到雪龙？"

达娃公主说道："我知道，因为一直没有下雪，阿爸跟我说过，雪

龙喜欢冰天雪地。是不是呀，阿爸。"说罢，达娃公主调皮地看了看木赤国王。

木赤国王点了点头，随即看了看杰布，说道："经书中说，只有在铁马孟夏上弦初八夜半之时念动咒语，方可为之！可巧的是，这个日子，正是今日。错过了今日，怕是又要等待六十年。杰布，随我来，我告诉你天神在经书中留下的咒语。"说罢，木赤国王站起身来。

众人都明白，木赤国王或许是出于对神灵的虔诚和尊重，不想把咒语当着众人的面讲出来。

杰布跟着木赤国王慢慢地走到了神殿的角落里。

兴奋的众人你一言我一语，议论纷纷，有谈雪龙的，有谈这本神奇经书的，有骂黑鲨雇佣军的。有的在分析争论着，铁马孟夏上弦初八的夜半之时，究竟是几点。最后一致的结论是，应该是子夜十二点到一点之间。

钱教授却是感慨不已，自己和杰布阿爸二人穷思苦想，许许多多的专家学者殚精竭虑，始终不解的象雄文字，到了木赤国王的眼里，却是如此简单，就像是小学生的课本，看上去似是阴差阳错一般。世间的许多，看似偶然，看似巧合，或许冥冥之中，真的是有定数。注定会有这种偶然的结果、巧合的结果，这种结果也必是历尽艰辛之后才能够得到的。

这位木赤国王真是让人不可思议，弹得一手绝妙的古琴不说，居然讲得一口流利的汉语，对象雄文字的研究又是如此之深！自己需要向他请教的疑惑太多太多，眼下当务之急，赶紧想办法，到达香巴拉，黑鲨雇佣军的进入，真是让人担心！等回来之后，一定会抽出专门的时间，好好研究一下这个神秘的魏摩隆仁。

杰布虽然很聪明，可是对于木赤国王从经书转述的咒语大惑不解，可以说是根本不理解。他心里想着，或许咒语原本就是晦涩难懂、高深莫测。许许多多的巫师们世代相传、反复念诵的咒语，他们未必也能明白其中之意，站在一边倾听的他人，更是无从知晓了。他的心中也在想着，或许根本不需要什么咒语，藏天珠和威玛神杖隐藏的能量便可以打开时空的大门，不管是不是真的需要，还是掌握了为好，至少，以后为他阿爸和钱教授研究象雄语言，也会有所帮助。咒语很长，木赤国王照着经书，反复地向杰布传授着，连续转述了好几次，杰布一字不落、硬生生地记了下来。

木赤国王和杰布回到众人面前之时，众人早已准备完毕，随时可以出发，一个个摩拳擦掌，急不可耐。

木赤国王顺着神殿的窗户向外看了看，此时外面早已是大雪飘飘，白茫茫的一片。时间也临近傍晚。

转过头来，木赤国王便向众人说道："天神的使者，正直的勇士们，时间不多了。天神会佑护你们，去降伏强大的妖魔，除净众生的孽障。"

"阿爸，我要为加布他们带路，帮他们找到雪龙谷。我也要去香巴拉，我要和加布一起去香巴拉！"达娃公主恳切的目光看着木赤国王。

木赤国王盯着达娃，关切地看了一会儿，叹了一口气，说道："去吧！我的孩子，香巴拉的神奇将带给你新的智慧和勇气。"木赤国王的心中思忖着，不知不觉间达娃也大了，他没有儿子，达娃是他唯一的孩子，也是魏摩隆仁的王位继承人，让她去磨炼一番也是好事情，或许，这也是天神的旨意。

达娃公主高兴得搂着杰布的脖子，落落大方，毫不顾忌地亲了一下。

第十三章　雪龙谷

临近夜半时分，在达娃公主的引领下，众人顶着一直没停的风雪顺利到达了隐藏在雪山深处的雪龙谷。

整个森林连同雪龙谷被一片白茫茫的雪花笼罩着，原本鲜绿的树叶已经冰冻，裹在冰雪之中，将粗壮的树枝压得弯了下来，冷不丁地，甚至可以听见树枝被压断的声音。

到了雪龙谷的入口处，达娃公主笑着告诉大家："到啦！"

诺日朗大声地提醒道："全体戒备，大家小心！尽量不要分散。"每个人都知道，这会儿要戒备的已经不是黑鲨雇佣军的人，而是随时可能出现的可怕的雪龙。

一直走在队伍前面的扎巴，突然停住了脚步，昂起脑袋，静静地盯着狭窄如同走廊般的雪龙谷入口。

众人顿时警觉起来，以为扎巴发现了不祥的预兆。杰布喊道："扎巴，你怎么了？"

扎巴丝毫没有理会主人的话语，显得很安静，少有的安静；显得很沉稳，少有的沉稳；坚实的躯体孤傲地站立着，青黑发亮的皮毛在白雪的映衬下，更显得神采奕奕，威武雄壮。扎巴正在积蓄力量，扎巴似乎是嗅到了某种气息，感知到了不远处的敌人正在等待着它。

猎豹战士们手中的冲锋枪，早已经子弹上膛，机警地四周察看着。他们既担心着那只可怕的怪物随时会出现，又希望它早点出现，隐藏一分钟，众人就面临一分钟的危险。巴特尔走到杰布身边，将自己的手枪交给了杰布。

突然之间，扎巴仰起了脑袋，"嗷——"长长地吼叫起来，低沉有力，沉浑悠长，如同一声凶狠的狼嚎，又如同一只威猛狮子的吼叫。声音远远地送了出去，远方传回了久久的回声。

众人一惊，不禁心中暗叹，没想到这只神勇藏獒的吼声竟然也如此威武！闲暇之时，马强曾经好几次向猎豹战士绘声绘色地描述扎巴战雪龙时的情形，听得他们血脉偾张，唏嘘不已。

杰布和扎巴一起生活了那么久，还是头一次听到扎巴如此长吼，杰布不禁暗暗担心起来，一会儿肯定会遭遇雪龙，难免又有一场恶战，扎巴肯定会毫不犹豫地冲锋在前。当时战雪龙的情景让他一想起来便心有余悸，这只雪龙太可怕了！不管怎么样，自己一定会和扎巴并肩战斗，同生共死！

"哞——"冷不丁地，谷中传来一声威严的厉吼，声音甚至高过了扎巴的分贝，似是警告，又似是挑衅。

"是雪龙！"马强惊叫。

"是雪龙！"杰布担心着。

"是雪龙！"钱教授喊了起来。

雪龙的吼声，他们在上次遭遇的地方听见过一次，一直牢牢地印在了记忆深处。

诺日朗默默无言，看了看手表时间，已经临近半夜十二点。如果真如木赤国王所说，必须在夜半时分，也就是他们理解的半夜十二点，如果必须在这个时间才能够激发藏天珠和威玛神杖的能量，那么对于他们来说，时间确是不多了。诺日朗看了看众人。虽然明知道谷中隐藏着极大的危险，每个人却是显得很镇定，或许是即将到达香巴拉的诱惑，让他们敢于面对任何的危险，敢于面对任何的艰难，忘记了所有的恐惧。人性中的恐惧大多是出于内心的怯懦，而人性本质中的勇气是与生俱来的，是人类几百万年的进化过程中，战胜了大自然，战胜了各种对手之后，留下的最可贵的品质。当具备了足够的条件激发了这种潜能之时，人类的勇气足以战胜一切！

这种条件可能是无奈，可能是诱惑，可能是鼓舞，可能是关怀，可能是爱……

听到雪龙的吼叫，扎巴静静地立了一会儿。看着扎巴丝毫无惧、一副沉稳自信的样子，众人的心中踏实了一些，都在思忖着，大不了，一会儿和扎巴一起并肩战斗，灭了这只怪物，扫除通往香巴拉的最后一个障碍。

吕哲说道："豹头，出发吧！"

众人的目光齐刷刷地盯住了诺日朗。

诺日朗将手一挥，说道："出发！大家尽量靠在一起，战士们在外围，注意保护好大家的安全。"

刚走出几步，马强扑哧一声笑道："一个个的怎么跟上刑场似的？有咱的扎巴在，又有这么几条枪，几个粗壮的汉子，我就不信这个邪了，收拾不了一只雪龙？"

马强的话一说完，众人紧张的心情一下子轻松了不少。又开始说说笑笑，言谈之间，比起平常，却是显得有些不自然，似乎在刻意放松自己，安慰队友。

穿过一条几米远的狭长通道，众人便进了谷。雪龙谷中早已盖上了一层厚厚的白雪。一见到谷中的情形，众人都显得有些惊异，里面的情形很是奇怪，不见树木，不见房屋，四周是笔直陡峭的崖壁，一块宽大的平整阔地，四四方方，雪地上有一些借着雪色，依稀可以辨清的白色凹槽。凹槽笔直，横竖交错着。

白茫茫的雪花盖着大地，风停了，天空依然在落着雪，此时明显小了许多，星星点点的雪花悠悠地向着地面飘落着。谷中的积雪已经没过了脚踝，踩在雪地上，依然可以感觉到下面是冰冷坚硬的岩石。

扎巴紧紧地护在主人的身前，眼睛机警地在雪地上巡视着。杰布静静地看了谷中的情形，突然之间，惊叫起来："钱教授，这里的地形像是一个巨大的棋盘！"

众人也意识到了这点，钱教授说道："活脱脱的一个巨型围棋棋盘。"说罢，钱教授走到一边的凹槽处，好奇地弯下腰来，开始拨拉着地上的积雪。

梅青点着指头，数了一会儿，说道："横竖都是十七道。"

"是的！"杨立华也默默地数完了。

"真是奇怪！大自然的一些奇怪的现象真是让人不可思议！这里居然有这样的地形！"马强诧异地说道。

吕哲笑道："说不定这里曾经是外星飞船的一个基地，横横竖竖的是他们的跑道。在秘鲁南部的纳斯卡高原，有一个奇怪的地方，那里一片贫瘠干燥、五谷不生，却又分布着一些奇怪的线条，精确度很高，这就是著名的纳斯卡线条。很多人猜测，那些神秘的线条，很可能是外星飞船的跑道。你们看，这些线条大致看上去，横竖之间很均匀，线条笔直，如果硬要说这是天然形成，肯定很牵强。魏摩隆仁的人们，没有人敢到这个地方来。肯定也不是他们在这里修建的。"

达娃公主正色地说道："是的，从来没有人敢到这里，我也是头一次来，每次我来森林中打猎，隔这里很远的时候就绕开了。"

"天哪！太奇怪了，下面的凹槽足有半米宽，简直是像刀切一样的规整。"钱教授蹲在地上惊叫道。

吕哲和诺日朗好奇地过去看了看，看完了一言不发。

马强急道："时间不多了！以后有的是考查和研究的时间，杰布兄弟，开始吧！也不知道国王翻译的经文准不准？法子灵不灵？"

"是啊！时间不多了，开始准备吧！不管怎么样，总要试一试！"诺日朗又看了看表，说道。

杰布还在呆呆地凝视着纵横交错的棋盘，一直眉头紧皱，沉思不语。

"加布，你怎么了？"见到杰布奇怪的样子，达娃公主轻轻地扯了扯他的衣袍。

恰在此时，杰布眉头一展，惊叫道："啊！我明白了！我明白了！"

钱教授看着杰布，不知道杰布究竟想要说什么。

马强说道："怎么了？杰布兄弟，有什么想不开的？咱回去慢慢想，时间不多了，赶紧吧！"

"好！马上开始！走，大伙儿跟我到那个位置，先随我去占座子！"杰布说着话，顺手指着远处的一个交错点。

"这孩子，没头没脑说的什么呀？占什么座子？"钱教授不解地问道。

杰布笑道："我刚的说的是藏式围棋中的术语！座子也叫势子。怪我，刚才没说清楚！走！时间不是不多了吗？一边走一边说！"

一边走着，杰布向众人解释着："在西藏，围棋叫'密芒'，藏语中'密'的意思是'眼睛'，'芒'指'众多'，因此，'密芒'也被称为'多眼

棋'或是'多目棋'。由于芒与玛同音，玛指的是战争的意思，因此有人将密芒理解为眼睛的战争。密芒和中原围棋不同的是，密芒是执白子先行，这一点和藏人对白色的尊崇密切相关。很早以前，下棋之人还要边下棋边念咒语，祈求增强自己的法力，诅咒对方。

"密芒在开局前要事先布好十二个座子，黑白各六枚，交叉摆放。在藏人的传统中，十二是个吉祥的数字。苯教中人曾经将天体分为十二宫：人马宫、摩羯宫、宝瓶宫、双鱼宫、白羊宫、金牛宫、双子宫、巨蟹宫、狮子宫、室女宫、天秤宫、天蝎宫。曾经帮助聂赤赞普登上王位的是十二贤人，西藏的许多神山都是每十二年转一次。"

马强笑道："如此说来，我们推算的十二点，肯定是正确的时间。"

众人更觉得有道理。

梅青说道："我算了算，要是那位猎人没死的话，加上扎巴，我们一共也有十二个了。"

听了梅青的无心之语，众人都觉得有些惊奇。是啊，竟然如此之巧？

提起索朗占堆，杰布心中又是一阵伤感，此时众人已经跟着杰布走到了棋盘的中心点，相当于中原围棋的天元位置。杰布说道："我想，最佳的位置应该是这里了。"一边说着话，杰布一边取出了威玛神杖。

钱教授眉头一展，笑道："小杰布，我知道你明白什么了。我也知道，昨天晚上达娃公主的师父为什么会和你下棋了，他一定是借着下棋在点化你。没想到，我们寻找香巴拉之旅的最后一程居然是要下完一盘棋。"

杰布正色地点了点头，说道："是的！我想是的，当时我们只顾下棋，棋外之语，并没有说多少。那个时候，对于老人家不多的话语，我也是不以为意，现在突然想来，很多话语发人深思。我记得最后的那一盘，我快要输了，走的最后一颗落子，我放在了这个位置。老人家笑着说，智慧的年轻人，这是你最后的生路，落下了这个子，你已经赢了。香巴拉在召唤着你们。我当时很奇怪，下棋和香巴拉会有什么关系？老人家为什么说出这句不搭边的话语，现在想来，现在想来这一定是那位拥有超群智慧的老人家好心的启示了！"

众人听了杰布的话语，也不由得愈发地惊异。

达娃公主从脖颈上解下了那颗神奇的藏天珠，双手捧着，送到了杰布近前，杰布接了过来，拿在了手心。

诺日朗说道："全体队员注意！守住外围，保护大家的安全！"诺日朗的心中隐隐地觉得，雪龙该出现了。

马强端着冲锋枪护到了杰布的周围。扎巴静静在立在众人之前，严阵以待。

杰布开始清理中心点位的积雪，达娃公主双手拨拉着，帮着他一起清理。

诺日朗看了看表，秒针正在一步一步地向正上方靠近。

一直飘个不停的雪花似在是陡然间停了下来。空气一时显得格外地紧张，仿佛一触即发。

杰布按照木赤国王转述的经书中的方法，伸展双臂，一只手托起藏天珠，一只手托起威玛神杖，仰望着苍穹，念起了经书中的咒语："阿、嘛、吱、枚、依、萨、哩、咄……"咒语的第一句便是苯教的八字真言。

"咚咚……"随着杰布的咒语，那熟悉的鼓声也跟着响了起来，这一次的声音清晰可闻，仿佛就在耳际。

不远处，一大团白雪猛地向上翻涌起来，一道雪箭冲天而起，紧接着，一只豹子般大小的怪兽从雪底冲了出来，雪花四下飞溅着。是雪龙！

雪龙冲出雪底，立在了原地，瞪着发亮的眼睛，冷冷地向着众人看了一眼，"哞——"地一长高吼，随即撒开四足冲了过来！

"嗒……""嗒……"守在前面的诺日朗和格桑平措率先扣动了冲锋枪的扳机！

子弹打在了雪龙的身体上，电光石火之间，巴特尔的狙击步枪扣响了，"叭"一声，打在了雪龙的脑袋正中间。

紧接着，所有人手中的枪打响了，子弹如同暴风骤雨一般，射向了雪龙。

雪龙被打得在地上翻了一个跟头，稍一迟滞，再次起身冲了上来，似乎冲锋的子弹，狙击步枪的子弹，它也无惧！

与此同时，扎巴的身躯如同利箭一般向着雪龙冲了过去。神勇的扎巴早已等待多时，它要一雪前耻！

刹那间，所有枪口全部瞄向了雪龙，不约而同，射击却全部停了下来，扎巴已经冲到了雪龙近前，两只神兽斗在了一起。没有办法再开枪，都怕

误伤到扎巴。

　　猎豹战士们大吃一惊，总算是领教到了这只雪龙可怕的威力！巴特尔心里合计着，一会儿必须找个合适的机会，打瞎它的眼睛。巴特尔双手稳稳地端着枪，紧张地盯着雪龙，他在等待一个合适的机会。

　　扎巴和雪龙激烈地缠斗着，此时的扎巴似乎显得更加敏捷，异常地沉稳，守多攻少。雪龙每一次疯狂的扑击和撕咬，都被它巧妙地闪避化解。

　　杰布的咒语停了下来，向着扎巴关切地看了看。

　　马强喊道："杰布，专心做你的事情，不要停下来！"马强心中，暗暗发急，赶紧念完吧，说不定念完了，也会像黑鲨雇佣军的人，陡然间地消失，跨越时空，穿越箭道，瞬间到达只有一步之遥的香巴拉。

　　杰布咬了咬牙，再次仰起头颅念动着咒语。他也不知道，咒语有什么用，到底灵不灵。他的内心更相信的是藏天珠和威玛神杖中潜藏着的神秘的宇宙能量。

　　诺日朗让吕哲留守在杰布身边，自己带着其他几名队员，连同马强一起，端着枪靠近了雪龙，组成了一道防线，挡到了前面。时不时地，队员们及时抓住扎巴和雪龙的躯体错开的时机，给上雪龙一梭子。效果并不理想。巴特尔一直在等待他想要的战机，稳稳地端着枪，凝神静气。

　　马强护在杰布一旁，紧张地盯着扎巴和雪龙之间的较量，心中思忖着，神奇的大自然中，变异进化而来的物种，太让人难以理解，幸好只有一个雪龙，要是有许许多多的雪龙，地球上哪里还会有人类生存的余地？

　　雪龙的士气很旺，在杰布低低的咒语声中，似乎越来越显得有些狂躁，有些愤怒，对扎巴的攻击速度和力量越来越凶猛，时不时地扭过脑袋向着杰布这边察看一眼。可是时间极短，一瞬即逝，每次在巴特尔正要扣动扳机的时候，雪龙的脑袋便迅速地偏了回去。

　　梅青一直紧紧地跟在马强身后，上次扎巴战雪龙之时，她并不在现场，后来听了马强几次提起，听得她也是十分惊恐。这次总算见到了雪龙，看着雪龙凶狠的怪模怪样，居然连子弹也打不透它坚硬的皮甲，一向被她视为豹子般勇猛的扎巴看上去也不是它的对手，梅青心中十分害怕。似乎只有紧紧地抓着马强的衣襟，靠在马强的身边，她心里才踏实一些。女人靠在自己所爱的男人身边，才会感到安全。

扎巴又一次敏捷地闪开雪龙利爪的攻击，此时的扎巴似乎稍稍显得有些气喘，它的身形比雪龙略略矮小了一些，又缺少雪龙那条鳄鱼般的大嘴和尾巴。神勇的扎巴很镇定，以闪避为主，时不时地反击，似乎它在等待着雪龙体力的消耗。

上次一战，让扎巴着实吃了大亏，差点没有守护好主人，也让它领教了这个强大对手的凶悍、敏捷和力量。那一战让扎巴刻骨铭心，一直被当作一份耻辱。从那之后，扎巴一直也在思索着，如何才能战胜这个对手。

雪龙几次想要转身向杰布这边冲来，都被扎巴凶猛的攻击纠缠住。原本，雪龙根本没有瞧得起眼前这个对手、手下败将。此时，也开始暗暗吃惊，这个黑不溜秋的家伙似乎突然之间有如神助，力量和速度有了很大的进步，更让雪龙吃惊的是，这个家伙居然是如此地沉稳，如此地平静，如此地有耐心，攻少防多，似乎是在以逸待劳。冲锋枪的子弹时不时地打在雪龙的皮甲上，虽然打不透，却也让它时不时地经受着一阵又一阵的痛。

诺日朗、马强等人看得揪心，有好几次眼睁睁地看到扎巴差点被雪龙咬中咽喉，最后还是被扎巴巧妙快速地闪避开来，化险为夷。

渐渐地雪龙显得有些焦躁，它似乎想早点解决这只讨厌的獒，然后再来收拾这群两条腿的家伙，在雪龙的眼里，他们柔弱得见到一只狼都会感到恐惧，根本就是不堪一击。雪龙的进攻越来越凶猛，两只利爪和尾巴的攻击越来越迅速，每一次攻击，卷动着周围冰冷的空气，让人觉出阵阵寒意。

地上的雪花被激斗搅得四处飞舞。

激斗了一会儿，扎巴的体力似乎有所下降，动作显得有些迟滞，的确，扎巴一直在全力拼斗。雪龙几次将目光投向主人的时刻，扎巴便意识到，它想要对主人杰布发起攻击。扎巴便更加凶猛地扑击撕咬对手，不给它留下这个机会。

杰布一直在牵挂着扎巴，好几次停止了念动咒语，看一看自己的好扎巴，他很想冲上来和扎巴并肩战斗，最后还是克制住了自己。

随着时间的推移，不知是咒语的作用，还是心灵的感应，杰布手中的藏天珠渐渐地发出了淡淡的蓝光，手中的威玛神杖也萦绕着微微的红色光芒，在雪色的映照下，煞是好看。杰布甚至已经感受到了有一种力量正紧

紧地包裹在他的周身附近，这种力量压迫着他，让他有些窒息，似乎要将他从平地卷起。

立在一侧的钱教授一会儿看看扎巴，一会儿看看杰布。杰布手中的藏天珠和威玛神杖的奇异现象也让他诧异不已。

"扎巴小心！"是马强的一声惊呼。

扎巴一个不小心，被雪龙的利爪拍到了腹部，拍得扎巴倒在了地上，打了一个滚。雪龙却并没有继续追击，而是抛下扎巴，径直向着诺日朗、马强等人猛地冲了过来，众人大惊，下意识地闪避在一旁，他们已经见识到了这只雪龙的威猛，谁也不敢和他硬拼。

"嗒……"又是几梭子弹打在了雪龙的身体上，闪避的刹那，谁也没有忘了还击。

轻易地突破了众人的防护网，雪龙并没有向众人发起攻击，直接向着杰布冲了过去，它的目标是杰布！

一个起落，雪龙便到了近前，张开大嘴，伸出利爪，扑向杰布。

"杰布小心！"马强惊呼起来。

"加布小心！"达娃公主不顾一切地向杰布冲了过去。

机警的吕哲一直守护在杰布身边，来不及向雪龙射击，幸好是他反应机敏，松开挂在脖子上的冲锋枪枪托，腾出双手，猛地拉住了杰布的一只胳膊，将他迅速地拖到了一边。

总算是闪开了雪龙这雷霆一击，杰布手中的藏天珠和威玛神杖掉落到了地上。

扑空的雪龙，身躯在雪地上滑出了几米远。雪龙恼羞成怒，迅速调整好身形，再次冲向杰布。

扎巴的身形如一团黑影，已经冲了过来，扑向雪龙，主人遭受到了攻击，它又如何不急？诺日朗、马强等人也冲了过来。

扎巴的速度很快，又一次准确地扑中了雪龙，将雪龙扑倒在地，扎巴抓住战机，咬住了雪龙的咽喉，死死地咬住，它要咬断这只怪物的喉咙。

这一下，雪龙彻底被激怒了！或许是因为疼痛，雪龙怪叫着，在地上打了一个滚，扎巴死死地咬着雪龙，连同它一起滚动着。

雪龙的大嘴在扎巴的身躯上胡乱地撕咬着，两只有力的利爪，疯狂地拍击着，扎巴的身躯上又增加了些新的伤口。在和雪龙的战斗中，扎巴早已是伤痕累累，身上的鲜血一直在不停地四处飞溅着。地上洒落的血迹，在暗淡的雪色上，如同一个个梅花般的黑点。

随着"嗷"的一声怪叫，雪龙猛然挣开了扎巴，站起身来，两只前爪接连不断地在扎巴的身躯上拍打了几次，然后尾巴一扫，将扎巴凌空扫出了几米远，扎巴重重地倒在了雪地上，滚动了两圈，抽搐着，挣扎着，想站起却没有站起来。

"扎巴！"见到扎巴的惨况，杰布心疼地冲了过去。

诺日朗、马强等人也跟着冲了上来，他们一直想出手，可就是不知道如何出手，也插不上手，真是有心无力！连子弹都打不透，他们的拳头又能把雪龙怎么样？搞不好的话，还会造成无谓的伤亡。

雪龙将整个身躯抖落几下，似乎在振作精神，仰起脑袋，"哞"地一声长嚎。叫声在空旷如棋盘一般的雪地上回响着，又如同一声火车的汽笛长鸣，声音更让人震撼，更让人心惊。陡然间，雪龙眼睛中的光芒似乎更盛。

"啪"一声，巴特尔手中的扳机终于扣响！

紧接着，听见雪龙"嗷"一声怪叫，巴特尔的子弹射中了雪龙的一只眼睛。紫红的鲜血，一下子从雪龙的眼睛中涌了出来。恰在此时，雪龙的身躯也凌空跃起，扑向了杰布，速度很快。

马强一惊，大叫一声："杰布小心！"

杰布的注意力正集中在扎巴的身上，见到扎巴的样子，杰布的泪水差点要流了出来，根本就没有想到雪龙要向他发起攻击。听见马强的喊叫，杰布一惊，猛地转身，雪龙已到了近前，如泰山压顶一般扑了下来！

马强急冲到了近前，猛地一把推开杰布，自己却被雪龙扑到了身底。雪龙这重重一扑，着实让马强受伤不轻！一刹那，只觉得眼冒金星，头昏耳鸣，一时间透不气来。

将马强扑倒之后，雪龙的利爪迅速在马强的身躯上拍了两下，张开大嘴便恶狠狠地咬向了马强！

诺日朗等人不敢射击，生怕误伤到马强，挥着枪托便急冲上去。

"马强——"一声撕心裂肺的惊吼，声音划破了夜空，梅青发疯般地

冲了过来，速度比诺日朗等人还快！

诺日朗等人还没到近前，梅青已经抱住了雪龙的脖颈，在梅青的冲击下，雪龙一个趔趄，身躯不自主地移开了马强，咬了个空。

马强稍稍透了口气，身子一旋，利落地站了起来，没有片刻的犹豫，挥起枪托冲向了雪龙。

雪龙已经将梅青扑倒在地，利爪正在不停地疯狂拍打着。

诺日朗手中的匕首，脱手而出，一个正着，刺中了雪龙的另一只眼睛。

马强也到了近前，身子跃起，双脚凌空向雪龙踹了过去，结结实实地踹中了雪龙的身躯，雪龙打了一个滚，倒向了一边。

马强的身躯也重重地落在了雪地上，随即，马强双腿猛地一伸，身子又是一旋，再次站了起来，"青青——"马强一声大吼，发疯般地冲向了梅青。

梅青早已是有气无力，嘴角正向外流着鲜血，面色苍白。马强坐到了雪地上，将梅青轻轻地抱到了怀中，眼泪在这位坚强的汉子眼中流了出来。

失去了双眼的雪龙如同发疯一般，不停地"嗷嗷"怪叫，盲目地四处冲击，双爪，尾巴，四处胡乱地拍打着，挥动着。

"嗒……"猎豹战士们的冲锋枪不停地在雪龙的身躯上扫射着。

杰布坐在雪地上，正流着泪水抚摸着扎巴，扎巴努力了好几次，已经站不起身来，似乎气力已经耗尽，似乎骨头已经让雪龙拍断。

正所谓：困兽犹斗。雪龙发了疯，四处胡乱地冲击着。猎豹战士们灵巧地闪避开来，"嗒……"子弹不停地射击着雪龙。

马强的眼睛转向了雪龙，双眸闪烁出了愤怒的火焰。他将梅青放到了雪地上，顺手捡起地上的冲锋枪，站起身来，顺手打出一梭子子弹，随即疾速冲向了雪龙。

突然之间，雪龙改变了战术，它似是觉察出了门道，停了下来，忍受着子弹的扫射，仔细倾听一会儿，猛地一声怪叫，身子迅速跃起，顺着射击的方向，扑向了马强。

电光石火之间，雪龙冲到了马强近前。马强迅速闪开，不料，雪龙忽地停住，尾巴猛地一扫，将马强打倒在地。雪龙转过头来，张开大嘴恶狠狠地向着马强咬了下去！

诺日朗等人惊得目瞪口呆，惊得额头"刷"地冒出了冷汗！

"马大哥！"杰布呼喊着冲了过去。

猎豹战士们也惊呼着，冲到近前！

马强虽慌不乱，情急之下，端起冲锋枪，扣动扳机，"嗒……"向着雪龙张开的大嘴射了进去！

诺日朗等人冲到了近前，枪托、拳头、大脚雨点般地砸在雪龙的身躯上。

雪龙挺立了一会儿，终于重重地倒了下去。在雪地上抽搐了几下，再也一动不动。

"马大哥，你没事吧！"诺日朗惊恐地喊道。

"我没事。"马强浑身微微颤抖着，从雪地上坐了起来，强自露出了笑脸。

扎巴挣扎着，冲到了雪龙近前，不依不饶地咬到了雪龙的咽喉。

杰布到了近前，先是恶狠狠地在雪龙的身躯上踢了几脚，然后便蹲下来，轻轻地拍打着扎巴。扎巴终于松开了嘴巴，杰布坐到了地上，心疼地将扎巴抱入了怀中，眼中的泪水止不住地流了出来。

诺日朗等人也到了近前，诺日朗麻利地取下了还插在雪龙眼睛中的匕首，这是他的心爱之物，可丢不得。

"梅姐姐，梅姐姐！"是达娃公主着急的声音。

马强迅速起身，发疯一般冲到了梅青近前，坐到了雪地上，将她揽入怀中。

众人这才想起，那边还有一个伤号。不约而同，奔到了梅青近前。

梅青躺在马强的怀抱中，神色和平时大不相同，眼神中含着淡淡的泪花，洋溢着幸福和愉悦。平时，她的眼睛中，似乎总是藏着一种淡淡的哀伤。马强低声呜咽着，脸上满是泪水，也顾不上擦拭。

杨立华一到近前，准备帮梅青检查伤口，马强一把推开了他。杨立华一个趔趄坐到了地上。

梅青脸色苍白，看了看马强，又看着钱教授，轻轻地说道："钱教授，马强是个好人，虽然有时候脾气不好，他人很善良，很讲义气……"说到这里，梅青停了下来，努力地喘了几口气。

钱教授说道："这个我知道。"

梅青接着又说道："马强看上去精明，我知道他经常挨人坑！他是打落门牙往肚子咽、赔本也会吆喝几声的那种……"

钱教授说道："这个我能看出来。"这一点，钱教授倒不是随口应付的话语，他也明白，生活原本如此，越是马强这种性格的人，往往是因为曾经吃过太多的亏，才造就出来的。那些看上去很道貌岸然，说出话来泾渭分明，动不动就是道德法律挂在嘴边的，背地里处处想着给别人下套算计别人的，反倒更阴，心里更毒。钱教授六十岁的人，再不懂得生活，他也能明白这个道理。

梅青又看了看杰布，目光恳切，说道："你马大哥虽然四十多岁的人，有时候说话做事还有些孩子气，难免做出点过分的事、说出过分的话来，你要多多理解他，多多体谅他，他的父母早已不在了，北京就他一个人。你和马大哥要像亲兄弟一样相处。"说罢，梅青又关切地看了马强一眼，像是在交代后事。

杰布强忍着泪水，使劲地点了点头，说道："放心吧，梅青姐。你会没事的，我们是一起从北京过来的，还会一起回到北京去的。"

梅青盯着杰布，勉强地笑了笑，说道："这一次，我怕是回不去了。杰布兄弟，叫我一声嫂子吧！"

杰布犹豫着，看了看马强。

马强怒道："混蛋！还愣着做什么？没听见你嫂子的话！"

杰布努力地点了点头，哽咽道："嫂子，你放心吧，我会和马大哥成为世界上最好的朋友、最好的兄弟的！"

梅青说道："我相信，一定会的！"说完，转过头，伸出手来，摸了摸马强的脸庞，又道："马强，我知道，你一直讨厌我，我也知道很多人看不起我，我没文化，家里穷，出身贫贱，想在北京这个大都市立足，很难……"

"青青，不要再说了，我马强的女人，就他妈的是皇后！看不起我的女人，就是看不起我马强！"马强喊道。

马强的心中意识到，梅青撑不住了。他感到痛心，他万万没有想到，梅青会不顾一切地冲上来救自己。在他的眼里，梅青一直就是个胆小鬼，时常向马强撒娇，动不动就怕这怕那的。

梅青幸福地笑了，"马强，我唱的那首《天路》真的比韩红唱得好听吗？"

马强伸出衣袖擦了一把脸上不停向外涌出的泪水，说道："那是当然！在我马强眼里，你就是比她唱得好！好一千倍，好一万倍，回到北京，我就给你灌唱片！说到做到！"

没有人再插言，没有人再打搅他们的对话，众人明白，这或许会是他们今生今世痛心的一次生离死别。

梅青看着马强，一只手不停地轻轻擦拭着马强的泪水，此时此刻，她的心中突然间觉得格外地甜蜜，格外地喜悦，看着马强的神情，听着马强的话语，她能看出来，马强说的是真心话！马强虽然动不动便骂她，甚至威胁着要揍她，可事实上并没有真的动过一次手。不知为什么，自己会那么地喜欢他，甘愿忍受一切的屈辱，甚至在最危急的时刻，她会毫不犹豫地用自己的生命去守护他的安全。

"马强，我想问问你，假如我不躲，你真的会揍我吗？不许说谎！"梅青微笑着盯着马强。她苍白的脸庞上开始泛起了红潮。

"我他妈的不是人！青青，你不要再说了，我他妈的不是人——"马强没有正面回答，声嘶力竭地大声喊叫起来。看着梅青的样子，马强痛心不已，自己曾经是那么霸道，那么无耻，很少去重视这位肯为他付出一切的女人，肯为他献出自己生命的女人。他感到羞愧，感到无地自容！看着梅青的情形，他明白，此时此刻，这个女人很可能就要永久与他分别了！他突然间意识到，这个女人和他之间，就像是两棵漂流着的浮萍，命运的旋涡，将他们连到了一起，不知不觉间，她早已成为他生命中不能再缺少的一部分，他多希望上天能够再多给他们一些时间，他要好好照顾她，好好地爱她！

坐在一边的达娃公主一直很是着急地盯着梅青，此时已禁不住嘤嘤地哭了起来。

待到马强的情绪平息下来，梅青盯着这位美丽的达娃公主，伸出手来。达娃不知道她要做什么，神色一怔，下意识地伸出手去，双手握住了梅青的手。

梅青开心地笑了，她似乎就是想握握达娃公主娇嫩的小手，梅青说道："达娃公主真漂亮！命也好，出生在王室之家，以后还要做女王。"叹了

一口气，接着微笑着又道："杰布兄弟善良、单纯，他是一位英俊的雪山王子，也只有他才配娶走你这位美丽的公主，你们会很幸福的！我也命好，能够见到传说的公主、聪明的王子。唉，只可惜，到不了香巴拉了。"

马强喊道："青青，你放心！我他妈的说什么也要把你带到香巴拉！"

梅青叹了一口气，怔怔地看了看马强，说道："虽然跟了你那么久，我觉得生命中最幸福、最快乐的时光，就是在这条寻找香巴拉的旅途上。我希望，我希望我死了之后，你能拍一张香巴拉的照片，烧在我的坟前。"

"说什么我也要把你带到香巴拉！走，我们现在就走，杰布兄弟哪，杰布兄弟，走，我们现在就出发！"马强有些控制不住自己，说着话间，就要抱着梅青爬起身的样子。

杰布喊道："放心吧，梅青姐，你会没事的，我们一起去香巴拉！马大哥，你冷静点。"杰布已经和达娃公主一起坐在梅青旁边的雪地上。

扎巴已经站起身来，依偎在主人的身边，只是身体仍然在不停地颤抖着。

诺日朗伸手拍了拍马强的肩膀，他的心中一直在暗暗地骂着自己：真是无能，真是没用！居然没能保护好这位姑娘的生命。

梅青剧烈地咳嗽了几声，似是很累了，她闭上了眼睛。马强双手紧紧地抱着梅青，喊道："青青，青青！千万不要吓我，我们一起去香巴拉，我们一起回北京，以后，我还要天天听你给我唱歌，就唱那首你最喜欢的《天路》！"

梅青再次睁开了双眼，轻轻地叹了一口气，微笑着看了看马强，伸出手来，又擦了擦马强脸上的泪水，说道："我现在就给你唱。"说着话间，梅青轻轻地唱了起来：

"清晨我站在青青的牧场，
看到神鹰披着那霞光，
像一片祥云飞过蓝天，
为藏家儿女带来吉祥，
那是一条神奇的天路哎……"

唱到此处，梅青的声音渐渐地弱了下去，胳膊重重地垂了下去，声音停了下来，梅青幸福地闭上了眼睛，脸庞上挂着微微的笑意。

"梅青！梅青——"马强揪心地喊了起来，肝肠寸断，声音在空气中回响着，久久不绝。

"梅青姐，梅青姐！"杰布伤心地大声喊了起来，喊罢，号啕大哭。

"老马，节哀顺变吧！"钱教授擦了擦眼泪，拍了拍马强的肩膀。

马强对众人的关心不加理会，突然间又安静下来，坐在冰冷的雪地上，像个木头人，怔怔地盯着梅青惨白的面孔，一动不动，一言不发。

天空再次飘起了雪花，吹来的阵阵寒风，让人觉得一阵比一阵冰冷。

众人唏嘘不已，虽然都想说些安慰马强的话语，终究还是没人再说出口，都明白，说那些没用，对待马强这样的硬汉子，什么也别说，静静地守在他的身旁，别让他一时冲动，做出什么激愤的事情来，等着他自己慢慢地调整好情绪。

诺日朗看了看表，分针已经快指向凌晨一点。他心中不禁有些焦虑，刚才明明看到杰布的藏天珠和威玛神杖泛起了光芒，看来，传说中的东西，还真是有些难以理解的地方，或许真的其中存在着巨大的能量，人们获得了这种能量，在某一个特别的时间和空间中，可以匪夷所思地找到开启时空奥秘的钥匙。

"杰布，你再试试看，还能行吗？快一点了，过了这个时间段，怕是更难了。"诺日朗焦虑起来。

杰布站起身来，激愤地喊道："行！一定行！我一定要把梅青姐带到香巴拉，我一定要站在香巴拉的大地上为勇敢的索朗占堆祈祷！"说罢，杰布拍了拍马强的肩膀，喊道："走，马大哥，我们一起把梅青姐带到香巴拉！"

杰布说完，快速迈动脚步，捡起了方才掉落的藏天珠和威玛神杖，上面还隐隐泛着微微的淡蓝和红色光芒，比方才暗淡了许多，似乎正在一点一点地隐去。

杰布走到了天元的星位，一只手托着藏天珠，另一只手紧紧地握住威玛神杖，伸展双臂，仰起头颅，悲愤地仰望着天空，再次开始念动那神奇的咒语。这一次杰布的声音很大，语速很快，没有人听得懂他说的究竟是

什么，当然，杰布自己也不明白。

众人互相帮助着收拾好行囊，聚到了杰布的身旁。

马强一言不发，双手托着梅青渐渐冰冷的身躯，站在杰布的身侧，满面的泪水。他在等待空中降下一双巨大的翅膀，托着他和梅青一起飞向香巴拉的天堂。

钱教授盯着已经冻僵的雪龙尸体，感慨不已，幸好人类拥有了超凡的智慧，否则在这个地球上生存，是多么地不易！远古的祖先们在几百万年的漫漫长路上，不知道经过了多少艰辛，多少考验，一路走来，才给后人们留下辉煌灿烂的文明。

达娃公主如同一位安静的天使，静静地守护在杰布的一旁。

猎豹战士们双手紧握枪柄，警惕地盯着四周，生怕再发生意外的事情。

寒风大了许多，夹带着从地面卷起的阵阵雪花，吹到众人的脸庞上，让人觉得生疼。

时间一分一秒地过去，随着杰布的咒语声，香巴拉的鼓声密密地响起，杰布手中的藏天珠和威玛神杖再次发出了神奇的光芒。

渐渐地，众人似乎都感觉到四周产生了一种奇怪的压力，压得人透不过气来，周边的温度在不断地上升着，已然让人觉不出寒冷。雪花不待飘到近前，便融化成了水汽，脚下地面上的积雪快速消融，融化的面积正不断地向四周扩散着。隐隐地一团雾气笼罩住了众人。雾气越来越浓，慢慢地开始旋转，速度越来越快，每个人都觉得有些头晕。

突然之间，杰布的声音停了下来，杰布已经念完了全部的咒语。手中的藏天珠和威玛神杖，似是在突然之间光芒四射，很亮，很亮，刺得人睁不开眼睛！

就在这一刹那，众人仿佛在突然之间失去所有的思维，大脑中一片空白，眼睛看不到任何东西，甚至想动动手脚，也是不能。潜意识间，只觉得周边被高速旋转的气流包裹着，双脚离开了地面，身躯如同发射离地的宇宙飞船，高速飞向茫茫的太空……

第十四章 香巴拉

"马大哥、钱教授、诺日朗大哥！"杰布最先恢复了意识。

他发现，众人一个个睁大眼睛，如同雕像一般立在自己的身侧，一动不动，队形和他们在雪龙谷中一样，他手中只剩下了藏天珠，威玛神杖早已没了踪影。扎巴正立在自己的一边，也如同雕塑一般，一动不动。

杰布好奇地四处看了看，他们正站在一片青青的草地上，眼前有一条小路向前蜿蜒着，一直通向不见边际的远方。远方是一望无际、青翠的草地，草地上一些不知名的花朵在温暖的阳光下，轻轻地摇曳着。不时地，有几只蝴蝶在草地的上方，花丛之间，互相追逐着翩翩起舞。一条如同白色飘带般的河流，镶嵌在宽广的草地之中。小河的一边延伸出几处荷塘，里面长着各式各样奇特的莲花，每一朵绽放的花瓣比生活中常见的大出一倍，娇艳欲滴。

快速的巡视中，杰布还看到了远处的一座高山，一片森林。几只奇特而又美丽的动物正在不远处安详地啃着水草。一大群动物从他们不远处走过，有的在好奇而又友好地打量着他们。这群动物中有老虎、有猎豹、有白羊、有小鹿、有大象……居然还有传说中恐龙模样的怪兽，几只始祖鸟般的大鸟在它们的头顶翱翔着。它们看上去是如此地和睦、如此地友善、如此地安详，根本没有互相攻击、互相猎食的迹象。让杰布更加惊异的是，附近居然有一头狮子正和一只温驯的小鹿亲昵在一起嬉戏！

"杰布！杰布！"杰布的头顶传来一声轻轻的呼唤，杰布抬头仰望，一只神奇的大鹏鸟正从他的头顶翩翩飞过，向着远方舒缓地振动着翅膀。

这只神奇的大鹏鸟居然长着三只翅膀！

"青青，我们到了，我们到香巴拉了！"是马强一声低低的自言自语，透着无限的悲凉和哀伤，再也没有以前的激情和冲动。他的怀中抱着梅青的尸体，梅青再也没有醒来。

"这是什么地方？"

"这不会就是香巴拉吧？"

"天哪，那不会是传说中的恐龙吧？"

"加布，我们一定是到了香巴拉啦！"

……

众人接二连三地恢复了意识，兴奋地你一言我一语，嚷嚷起来。

嚷嚷一阵，众人突然间又停住了话语，四处好奇地张望着，静静地巡视着周边的一切，静静地在这份宁静平和的空间中享受着从未有过的安详，仿佛胸腑洞开，心灵正在沐浴着温暖的阳光，一时间甚至忘记了自己熟悉的语言。这里的一切让众人感到不可思议。

终于，钱教授开了口，争切地说道："如果这里就是传说中的香巴拉，那么传说中，环绕着香巴拉王国的时轮海在哪？王国中心耸立的九层黄金雍仲山在哪？那几条流向四方的河流在哪？无数的庙宇、城堡和园林呢？金碧辉煌的卡拉波齐王宫和香巴拉神庙呢？香巴拉那些拥有超凡智慧、和睦相处的居民们呢？"似是在询问别人，又似是在问着自己。

"钱教授，我敢打赌！这里肯定就是香巴拉！错不了，你不是曾经也说过吗？传说终究是传说，当你发现真相的时候，才会找到传说与现实的偏差！"杰布兴奋地说道。

"是呀，加布，这里一定是香巴拉！"达娃公主欢呼道。

"你们看，你们看，远处的那座山上，我看到了一面大鼓，肯定是传说中的神鼓！"视力一向很好的巴特尔指着远处的小山大声说道。

众人努力地向远处的小山眺望着，却是没有巴特尔的好视力，除了小山的轮廓，什么也看不清。诺日朗的望远镜早已丢到了桑吉河中。

"走！过去看看去！"诺日朗欢呼起来，心中思忖着，如果巴特尔看到的真是传说中的神鼓，那么就说明，黑鲨雇佣军很可能并没有到达他们费尽心机想来的香巴拉，说不定，神戒的力量已经将他们送入了地狱。

到了此时，众人的意识基本恢复了正常，只是一个个变得有些兴奋。

众人齐声叫好，正要离去，却发现马强默默无言，正用自己的匕首默默地在一边的草地上挖着坑，梅青的尸体放在了他的身边。

众人的情绪一下子低落了不少，都觉得有些伤感起来，不禁又想起了勇敢朴实的猎人索朗占堆。

众人默默无语，不约而同地走到马强的身旁，帮着他一起挖坑，有的用自己的军用匕首，有的用自己的双手，杨立华从自己的背包中拿出了一把袖珍的折叠军用铲。这也是队伍中所带的唯一的一把。

不一会儿工夫，挖出了两个坑来。一个安葬了梅青，另一个墓坑之中，马强从怀中掏出了一小瓶藏药，放了进去，原来这是路途之上马强向索朗占堆讨要过来的，以备不时之需，此时此刻，以此来代表了索朗占堆的亡灵。

不知吕哲从哪里找来了两块木板。

马强用匕首在木板上刻下了几个字：爱妻梅青之墓。

杰布借来诺日朗的匕首在另一块木板上刻着：勇敢善良的猎人索朗占堆之墓。

两块木板立在了墓前，算是墓碑。曾经一路争吵，互相看着不顺眼的伙伴，此时却成了永恒的邻居。

将梅青埋葬完之后，马强跪着在坟前咚咚磕了几个响头。

杰布按着他熟悉的苯教仪式，为梅青和索朗占堆做了一次庄严的祈祷。

处理完梅青的后事，马强平静了许多，情绪略略恢复了一些，"走吧！我们该走了。"他的眼睛中已经没有了泪水，看上去，伤感而又平静。说这话，他也只不过是顺口而出，他也不知下一步要到哪里，在他的心中，此时此刻最想做的是找个没人的地方，一个人抽根烟，静一静。

"生者为过客，死者为归人。天地一逆旅，同悲万古尘。能够在这里享受着永久的和平与宁静，也不失为一种幸福的归宿。"钱教授感慨道。

"咚咚……"恰在此时，远处的山间响起了他们听见过很多次，那熟悉的鼓声。只是鼓声响了一小会儿，便又停息。

钱教授心中感慨着，这面大鼓可真是神奇，如果有仪器记录下它的频率就好了，研究一下，声音为什么能够传得如此之远。

"走！过去看看去！"诺日朗兴奋地一挥手。

众人踩着片片青草，开始向远处的高山迈步。

杰布和达娃公主手拉手，亲昵地并肩走着。跟在他们身后的钱教授心中暗暗称赞着：君子乘龙，美人如玉，好一对神仙伴侣！

扎巴似是恢复了精力，生龙活虎，先是跑到远处的动物群中和它们友好地嬉戏一阵，又快速奔回到主人身边。扎巴早已没有了往日的冷傲和凶猛。

马强默默地跟在队伍后面，走了好远，又回过头来，悄然地看了梅青的坟墓一眼。

一路上，众人不时地四处张望着，猜测着，感慨着，所有的疲惫早已忘却。随着距离的越来越近，小山的面貌渐渐地在众人的眼前清晰起来。是的，没错，一面神奇的大鼓立在山巅，犹如泰山顶上的飞来石一般，巍然矗立着。

到了近前，才发现，这座小山和阿里地区的小山区别不是很大，十分相似。灰色的岩石中见不到青草，见不到树木。山下附近却长着繁盛的青草。相连之处，泾渭分明。山上没有路，走在斜坡上，让人觉得仿佛就是走在阿里地区一座很不起眼的小山之中。

一口气爬到了山顶，众人没有觉得累，一个个倒是出了一身的大汗，这里的天气不冷不热，温暖如春。

到了山顶才发现，放着大鼓的山顶平平的，大约有半个篮球场那么大，圆圆的大鼓直径有两人多高，稳稳地立在这里，原来大鼓竟是灰色如岩石般的石鼓。

吕哲走到近前，用那只没有负伤的胳膊，举起冲锋枪用枪托用力地在鼓面磕了几下，除了"铿铿"几声轻轻的闷响，却没有听到他们熟悉的那种鼓声。

众人很是诧异。不知何故，甚至在怀疑，那神秘的鼓声究竟是不是从这里发出来的。

正疑惑间，站在鼓边的吕哲突然惊叫道："大家小心！是黑鲨！"一边喊着，端起手中的冲锋枪，不加迟疑，对着大鼓的另一侧，扣动了扳机。

恰在此时，大鼓的另一面，接二连三地闪出了一群人来，站在最前面的正是黑鲨雇佣军的指挥官阿伦德拉少校。

诺日朗等人也迅速端起枪，扣动了扳机。

那位阿伦德拉少校，很是平静，丝毫不惧的样子。他们的武器早已不见了踪影。和平友善地盯着诺日朗等人。

猎豹战士们的枪声并没有响起，似乎是在突然之间全部哑火。猎豹战士们接二连三地又扣动扳机，枪声还是没有响起。手中的武器突然之间成了废铁。难怪黑鲨雇佣军的人会如此有恃无恐。霎时，战士们惊得额头冒出了冷汗。

一向好斗的马强静静地立在一边，冷漠地盯着他们，他没有冲上去争斗，似乎早已失去了争强好胜之心。他曾经向诺日朗借用的冲锋枪，在梅青死后，便被他扔在了雪地上，置之不理，此时已经回到了诺日朗的手中。

诺日朗见打不响手中的冲锋枪，很是吃惊，心中思忖着，面前站着一群没有人性的家伙，人数众多，没有受过训练的钱教授、杰布随时都有可能遭受他们的袭击！必须先发制人，绝不能容情，也算是为民除害。

诺日朗正要射出手中的匕首，指向阿伦德拉的咽喉，却猛然听到一声温厚、祥和的声音："年轻人，不要冲动！香巴拉从来就没有过纷争，永远也不会有纷争！"

一位老人跟在黑鲨特种战士身后，从神鼓后面走了出来，慈祥的目光盯着诺日朗。那位老人精神矍铄，鹤发童颜，一身青色的藏袍，干净利落，身材硬朗，须发尽白，一只手正轻轻地捋动下颌长长的白须，真如一位天神下凡。

"师父！是师父！原来你在这里！"达娃公主惊喜地欢呼着，如同淘气可爱的孩子一般，冲到老人身边，脑袋顶着老人家的胸膛开心地撒起娇来。

杰布见了老人，先是一怔，随即露出了笑容，欣喜地惊呼："老人家，原来是你！"

这位老人正是达娃公主的师父，曾经救过杰布的性命。

诺日朗收起了匕首，疑惑地看了看老人，又看了看黑鲨雇佣军的人。

猎豹战士们抡起拳头正要冲上前去同黑鲨的人拼个你死我活，听了老人的话语，疑惑着立在了原处。达娃和杰布的呼声让他们一下子明白了这

位老人的身份。

　　黑鲨雇佣军一个个彪悍的战士似乎突然间变成了温驯善良的小猫，一个个向着老人鞠躬行礼，然后乖乖地立在一旁，目光和善，安安静静，他们每个人对这位老人很是恭敬的样子，如同仆从见到了主人，仿佛已经进入传说中"放下屠刀，立地成佛"的境界。

　　老人呵呵笑道："世间所有的坎坷和艰辛终究挡不住勇敢者的脚步！"

　　钱教授见到老人时也是一怔，通过达娃公主和杰布的话语，他终于明白了一直令人困惑不解、神秘的达娃师父的身份。原来，竟然是香巴拉的一位老人。听达娃公主说过，这位老人会说很多的语言，还教会了他们流利的汉语，既然他去过魏摩隆仁，肯定还去过世间许许多多的地方，说不定曾经在北京的街头，从自己的身边悄悄地走过，自己却无从得知。

　　钱教授激动不已，自己虽然拥有了七八个专家头衔，心中也曾经悄悄地自负过，站在老人的面前，钱教授心中突然间隐隐地觉得，自己在他的面前是如此地渺小，甚至连个小学生也不如，钱教授问道："老人家，请问这里就是传说中的香巴拉吗？我们此刻是不是站在香巴拉王国的土地上？"

　　老人微笑着点了点头。从容，友善。

　　杰布疑惑地问道："老人家，那传说中环绕着香巴拉王国的时轮海在哪？王国中心耸立的九层黄金雍仲山在哪？那几条流向四方的河流在哪？无数的庙宇、城堡和园林呢？金碧辉煌的卡拉波齐王宫和香巴拉神庙呢？香巴拉那些拥有超凡智慧、和睦相处的居民们呢？"

　　众人齐刷刷的目光看向老人，等待着他的答案。

　　老人偏了偏脑袋，一只手搂着正激动不已的达娃公主，一只手指着一侧的远方，说道："你们看——"

　　众人顺着他所指的方向看了过去，一下子，众人全呆住了。

　　迷茫的远方草地上，不知何时，出现了一座泛着碧蓝波光的海洋，对面有一座闪着金光的大山，依稀可以看到九个层层向上递进的轮廓，山上珠光闪闪，一定是撒满了钻石珠宝而发出的光芒；大山的两侧，有两座金碧辉煌的宫殿；无数的庙宇、城堡和园林四下分布；依稀之中，似是有许多的人正安详地走动着……和传说中的情景简直一模一样！

杰布惊呼道："天哪，这究竟是怎么回事啊？我们刚才怎么就没有看到？难道这是人们常说的海市蜃楼？还是我们出现了幻觉？不会是真实的现实场景吧？"

老人笑道："善良勇敢的孩子！真实也罢，幻觉也罢，海市蜃楼也罢！总之，这里就是你们千辛万苦要寻找的香巴拉！你能够想象出来的美丽和憧憬，香巴拉就会拥有；你不能够想象出来的，香巴拉也会拥有……除了贪婪、纷争、痴迷、狂妄……美丽的香巴拉从来没有世间一切的罪恶。这里只有和平与宁静。"

杰布若有所悟地看着老人，似是突然间明白了一个道理，到底明白了什么，他却又一时说不出。

老人看着他的样子，正色地说道："箭道无处不在。美丽的香巴拉原本就在人们的脚下，有时候，只是一步之遥。而人们却漠然地远离了她，远离之时却又要费尽心思地去苦苦寻找……"

老人的话语尚未说完，杰布兴奋地拍了拍脑袋，猛然间恍然大悟的样子，惊喜地说道："我明白了，我明白了！老人家，我明白你的意思了！你是想对我们说，其实，拥有和平与宁静的地方就是世间的香巴拉！"

马强却淡淡地说道："我觉得这一切不过是一个梦。我们所有的人走进了同一个梦境之中。在梦境看到了曾经所追求的，曾经所希望的。"

"哈……"老人开心地笑了起来，赞赏地看着马强，捻起了胡须。

猎豹战士们各自心中一怔，皱起眉头思索起来。他们说不清自己此刻究竟要思索什么，都是觉得有个问题需要好好地思考。

老人家平静地对马强说道："年轻人，这里所有的一切都已经属于你了，你已经得到了你所真正需要得到的财富！"

此时的杰布，心中感慨万千，看着神鼓，又看了看黑鲨的战士们，问道："老人家，人们所听到的神鼓的声音，真的是这面大鼓传出去的吗？我听说这些战士们就是为了这面神鼓而来，可是现在又是怎么了？"

老人家微微笑着，伸出右手捻起了胡须，却是不语。

众人的耳畔再次响起了熟悉的鼓声，声音很轻，似乎填满了整个胸腔，在腹中回响。

听了一会儿，马强忽地笑了，说道："这是一面不叩而鸣的石鼓！"

老人点了点头，说道："每个人的心中都藏着同样的一面不叩而鸣的石鼓。"

诺日朗点了点头，诚恳地向着老人深深地鞠了一躬，说道："谢谢您！老人家！我们都会认真地思考，即使现在不明白，终究会明白的！"

老人家点了点头，沉思片刻，指着山下的一间小屋说道："去吧，那里更需要你们！"

众人疑惑不解，看了看老人，又看了看小屋。不知老人要让他们去小屋中做什么。

马强很认真地盯着老人，一脸的真诚，平静地问道："老人家，我可以留下来，拜您为师吗？"自从失去了梅青，马强似是突然间换了一个人。语气间已经没有了往日的幽默，没有了往日的大呼小叫。

老人看着马强，说道："勇敢的孩子，你曾经所走过的每一步，都是在耕耘。为了你自己，也是为了他人。你曾经过来的地方，也藏着同样的一面神鼓。此时此刻，香巴拉只是你的起点，曾经所来之处，才是你真正的终点。"

马强先是一怔，随即眼睛濡湿了，他感激地看了看老人，如同一个绅士般，向着老人深深地鞠了一躬。

紧接着，钱教授、杰布等人，一个接着一个，向着老人深深地鞠躬。达娃公主调皮地微笑着，学着杰布的样子，也向着老人鞠了一躬。

"去吧！勇敢的孩子们！"老人看着马强和诺日朗等人，语重心长地说道。

老人转过头，盯着黑鲨战士们，指了指脚下的土地，说道："你们所期望的恶魔恰巴拉仁，依旧在这面石鼓之下沉睡着。山下有一座山洞，你们既然是他忠诚的追随者，我想，那里才是你们最好的归宿，在漫长的岁月中，继续守候着吧，直到恶魔的苏醒！"

老人说罢，领着阿伦德拉少校等人，慢慢地走下了小山。不知何故，阿伦德拉等人，竟无丝毫的反抗，顺从地跟在老人的身后，乖顺得像一只只小猫。

马强寻思着，看来，老人家是要把这些黑鲨雇佣军的战士们永久地禁锢在这个山洞之中了。

看着老人和黑鲨特种战士们的背影，众人怔怔地盯了半天，感慨不已！

杰布和达娃依偎在一起，冲着老人的背影使劲地挥着手。

钱教授站到石鼓近前，双手在温暖的石鼓上摸索了许久，心中思潮起伏，感叹着：好大的一面石鼓！

"豹头，我们走吧！去看看老人家所说的那个小屋中到底又藏着什么秘密！"吕哲笑道。

"走吧！"诺日朗手一挥。

外表看来，这是一座寻常的茅草小屋，房门开敞着，马强领头，众人一个接着一个，走了进去，达娃公主紧紧拉着杰布的胳膊，跟在最后。

迈过门槛的刹那，众人都觉得眼前一黑，身形一晃，待到稳住身形，定睛一看。他们已经身处一处平稳的雪山之巅，眼前呈现的是连绵不绝、白茫茫的群山，天空晴朗。

众人很是诧异，你看看我，我看看你，一时间惊愕得说不出话来。

让杰布感到吃惊的是，人群之中，再也不见达娃的身影。杰布的心中一阵阵地伤心和失落。

马强安慰着杰布说道："每个人都有自己的终点和起点，我想，雪山深谷、部落臣民才是达娃的真正归宿。"

杰布点了点头，沉默不语，两颗硕大的泪珠，从他英俊的脸庞上滑落而下。

远处一架直升机正轰鸣着向他们飞来。

"雪山呼叫猎豹，雪山呼叫猎豹！听见请回答。"诺日朗的耳侧传来了他久违的声音。一直别在衣领上早已失灵的北斗通信系统，重新开始发挥了作用。

诺日朗一阵惊喜，赶紧联系起来。

不远处的那架直升机很快飞了过来，降落到了他们附近的空地上。自从指挥部与他们失去了联系，便一直为他们担忧着，派出了直升机在附近的山间不停地搜索着他们的踪迹。一直在查找他们位置的总部北斗系统值班人员，突然之间发现，屏幕上清晰地显示出失踪猎豹战士们的坐标，又惊又喜，赶紧将信息回馈给了正在搜寻的直升机。

茫茫高原，雄鹰高飞。

直升机载着众人飞到了阿里的上空，马强、杰布、钱教授和猎豹战士们顺着窗口盯着远处茫茫的群山，久久不语。他们再也找不见香巴拉的踪迹，心中却时不时地回响着老人的话语——

"箭道无处不在。美丽的香巴拉原本就在人们的脚下，有时候，只是一步之遥。而人们却漠然地远离了她，远离之时却又要费尽心思地去苦苦寻找……"

马强俯视着众神归宿的神山冈仁波齐，俯视着河流之母的圣湖玛旁雍错，渐渐地眼前一片模糊，此时此刻，他突然之间才真真切切地感受到，这片土地是如此地深邃美丽！

这里是人与神心灵相通的阶梯。在这片海拔最高、自然环境最艰苦的生存区域，勤劳、纯朴、智慧、善良的人们生生不息，与世无争，创造了辉煌灿烂的文明，人与神在同一片土地上拥有了共同的归属。

马强似是突然间明白了，为什么在人们的心中，总会有些东西始终高高在上……

（全文完）